精神病學家

凱勒柏・卡爾——著　尤傳莉——譯

THE ALIENIST

CALEB
CARR

The bestselling mystery that became a worldwide phenomenon and a touchstone of histirical suspense is now a modern classic,and a TNT original series starring Daniel Brühl,Luke Evans,and Dakota Fanning.

媒體名人盛讚

追獵的方法和截然不同的獵人團隊，讓整個故事超越優秀驚悚小說的水準——超過太多了……一部融合歷史小說和心理驚悚小說的出色組合。

——《水牛城新聞報》（*The Buffalo News*）

凱勒柏・卡爾這本豐富的驚悚小說帶著我們回到歷史上的那一刻，我們初次見識到現代觀念中的連續殺人兇手……看著一群有遠見的調查團隊，熱誠地努力要解開一連串駭人聽聞的謀殺案——引人入勝……充滿懸疑……令人滿足。

——《弗林特日報》（*The Flint Journal*）

太了不起了……帶領讀者進行一場鍍金年代大都會的旋風之旅，登上廉價租屋的樓梯，爬過屋頂，見證午夜的驗屍解剖……一部令人屏息、寫作技藝絕佳的推理小說！

——《里奇蒙時代快報》（*Richmond Time-Dispatch*）

不但是出色的推理小說，同時還讓讀者透過虛構的社會歷史場景如臨現場。

——《科克斯書評》

《精神病學家》不但是別出心裁的推理小說，凱勒柏．卡爾同時也熱切地將舊時代的紐約歷歷呈現於讀者眼前。

——安東尼．昆（Antohony Quinn），《獨立報》

凱勒柏．卡爾的卓越之處是他極為嚴謹的佈局，以及高度的想像力。尤其在描寫克萊斯勒為什麼向前探索時總可以依循許多龐大的科學脈絡而得以成功……凱勒柏．卡爾說故事的氣魄對他的小說幫助頗大，其敘述能力讓讀者在每章節結束時感受到驚險的高潮，欲罷不能！

——史蒂芬．阿米頓（Stephen Amidon），《星期天泰晤士報》

雖然故事的素材不容易處理，但是故事卻憑著正確的歷史感和緊湊情節，直到最後才公開殺手的身分，而贏得讀者的一致讚賞。其實凱勒柏．卡爾的小說並不只是局限推理小說上，而是立基於更開闊的文體。

——基爾柏．泰勒（Gilbert Taylor），《書目》雜誌

故事的前提安排巧妙——背景和角色塑造部分極為細膩，比書店裡成排的一般驚悚小說要強太多！

——《華盛頓郵報》書之世界（*The Washington Post Book World*）

第一流的罪與罰故事。

——《娛樂週刊》（*Entertainment Weekly*）

讓讀者一頁接一頁，過了睡覺時間許久還欲罷不能！

——《舊金山紀事報》（*San Francisco Chronicle*）

恐怖，令人著迷……《爵士年代》和《沉默的羔羊》的粉絲們會很喜歡。

——《弗林特日報》（*The Flint Journal*）

令人沉迷其中。

——《新聞週刊》（*Newsweek*）

情節設計出色……一場美好的黑暗之旅。

——《亞歷桑納每日星報》（*The Arizona Daily Star*）

令人入迷！

——《底特律自由報》（*The Detroit Free Press*）

獻給讀者們

並紀念 David Abrahamsen 博士

二十世紀之前，遭受精神疾病之苦的人被認為是「疏遠的」（alienated），不光是跟社會其他人格格不入，也脫離了自己的真正本性。因而研究精神病理學的專家，便被稱為「精神病學家」（alienists）。

第一部 知覺

我們的知覺，一部分固然是源自我們對眼前物體的種種感官知覺，另一部分（可能是更大的部分）則總是來自我們自己的腦子。

——威廉·詹姆斯（William James），
《心理學原理》（*The Principles of Psychology*）

這些血腥的想法，是從何而來的？

——皮亞威（Piave），
出自威爾第歌劇《馬克白》（Verdi's *Macbeth*）

1

一九一九年，一月八日

西奧多・羅斯福入土了。

我寫下這些字句時，感覺上好荒謬，就像看著他的棺材降入賽格摩山莊（這世上他最深愛的地方）附近那一小片多沙的土壤中，一點都說不通。今天下午我站在那裡，置身於長島海灣吹來的一月冷風中，心中兀自想著：這一定是開玩笑的。他一定會衝破棺蓋，用那種滑稽的咧嘴笑容讓我們所有人目眩，外加那種高音調的大笑震撼我們的耳朵。然後他會嚷著說我們還有工作要做——「行動要完成！」——於是我們就會全都打起精神來，去進行保護某種稀有蠑螈的任務，免得一個掠奪成性的工業鉅子在牠們的繁殖地蓋起一座惡臭的工廠，蹂躪這些小小的兩棲類動物。我不是唯一懷有這種幻想的人：從葬禮中的每個人的表情就看得出來，顯然大家都有同樣的期待。而且所有的報導都指出，全國大部分的人和全世界許多人都有同樣的感覺。西奧多・羅斯福消失的這個想法，實在就是不能接受。

儘管大家都不願意承認，但其實他已經衰老許久，自從他的么子昆廷在一次世界大戰末期戰死，他就開始露出老態了。英國外交官、也是羅斯福的好友賽西爾・史普林・萊斯曾以他英國式融合了深情和諷刺的口吻說，羅斯福一輩子都「大約六歲」；另一位羅斯福的好友作家賀曼・哈格多恩則注意到，自從昆廷一九一八年夏天在空戰中殉職後，「西奧多骨子裡的那個孩子就死了」。我今天晚上和拉茲洛・克萊斯勒在戴蒙尼寇餐廳吃飯時，提到了哈格多恩對羅斯福的這句評論。結果晚餐席間接下來的兩道菜，我就聽著克萊斯勒發表一場典型的漫長言論，熱心解釋為什麼昆廷的死對羅斯福而言不光是心碎而已：他同時感覺到深深的罪惡感，因為他長年把自己「艱辛人生」的觀念灌輸給每一個子女，因而他們老是刻意冒險犯難，心知這樣可以取悅他們深愛的父親。羅斯福無法忍受悲慟，這一點我一直知道；每回聽到某個親近的人過世的消息，他就難過得像是快崩潰了。但直到今晚，聽著克萊斯勒的解釋，我才明白對這位美國第二十六任總統而言，道德的兩難也是難以承受的，畢竟，他似乎常常自認為正義的化身。

克萊斯勒……他不想參加葬禮，但是羅斯福的夫人伊迪絲會希望他去的。她向來特別偏愛這位她稱之為「謎樣男子」的優秀醫師；過去四十年來，克萊斯勒對人類心靈的研究深深影響許多人。葬禮之前，克萊斯勒寫了一封信給伊迪絲，解釋說他想到這個世界沒了羅斯福就很難受，因此，現年六十四歲、已經花了一輩子直視醜陋真相的他，打算就縱容自己一回，不要去面對好友過世的事實。伊迪絲今天告訴我，閱讀克萊斯勒的信讓她感動得流淚，因為她明白羅斯福龐大的情感與熱忱——基於新聞記者的正直，我必須說，他的這些特色也讓許多憤世嫉俗者厭惡，有時就連朋友都難以忍受——強烈到能感動克萊斯勒這麼一個離群索居、幾乎其他所有人都覺得無法溝通的人。

一些《紐約時報》的老同事希望我去參加今天晚上的追悼晚餐；但我覺得，這一晚跟克萊斯勒安靜共度似乎更適當。我們舉杯時，並不是出於在紐約一起長大的懷舊感，因為克萊斯勒和羅斯福其實是在哈佛大學認識的。不，克萊斯勒和我共同想到的，就是一八九六年春天——將近四分之一個世紀前了！——以及當時的一連串事件，至今回想起來，那些事情仍然怪異得不可能發生，即使是在紐約這個城市。等到我們的餐後甜點和馬德拉酒上來時（而在戴蒙尼寇餐廳吃這頓追悼晚餐，又是多麼令人感傷的事情。這家古老又美好的餐廳，已經跟我們其他人一樣走向衰老了，但在一八九六年的那些日子裡，我們最重要的幾場聚會都是在這家熱鬧的餐廳發生的），我們大笑又搖頭，至今仍然很驚訝我們能渡過那場考驗，全身而退；同時從克萊斯勒臉上的表情，以及我自己胸中的感受，我知道我們也都想到那些沒能熬過來的人，因而深感哀傷。

要描述這件事沒有簡單的辦法。只能說，回顧起來，似乎我們三個人的性命，還有許多其他人的性命，都無可避免地註定要經歷那一場經驗：但是這麼一說，就好像是把這件事視為心理決定論，質疑人類的自由意志：換句話說，重新開啟那段惡夢般過程中不斷出現的哲學難題，像是一齣艱難歌劇中唯一哼得出來的曲調。或者我可以說，在那幾個月，羅斯福、克萊斯勒、我，加上一些我所認識最優秀的人士協助，我們開始追蹤一個謀殺惡魔的足跡，最後面對的卻是一個嚇壞的小孩；但這樣是刻意講得太模糊了，太充滿了「模稜兩可」，這種模糊似乎令現今的小說家們著迷，近年卻讓我不想進書店，轉而流連於電影院中。不，要講這件事情只有一個辦法，那就是把整件事全部說出來，回到第一個可怕的夜晚，以及第一具被殘殺的屍體；事實上，甚至該上溯得更早，回到我們在哈佛跟著詹姆斯教授學習的時光。沒錯，重提所有舊事，而且終於攤在大眾眼前——這是唯一的方式。

大眾可能不會喜歡；事實上，就是因為擔心大眾的反應，我們才不得不保密了這麼多年。即使是媒體上所刊登西奧多・羅斯福的訃聞，大部分也都沒有提到這件事。在列出他一八九五年到一八九七年擔任紐約市警察局局長的成就時，只有《紐約前鋒報》——現在已經沒有什麼人看了——令人不愉快地加上一句：「以及破解了一八九六年那些令全市驚駭的可怕謀殺案。」然而羅斯福從沒說過這個案子的破解是他的功勞。的確，儘管他當初心中忐忑不安，卻還是夠開明，願意將調查交到一個有可能解開謎團的人手中。但私底下，他一直承認，這個人就是克萊斯勒。

他很難如此公開承認。羅斯福知道美國人還沒準備好要相信他，或甚至準備好聽到這個說法的種種細節。我不知道現在人們是否準備好了。克萊斯勒還是很懷疑。我跟他說我打算寫出這個故事時，他發出一聲慣有的嘲弄低笑，說這故事只會讓人們恐懼又厭惡而已。他指出，從一八九六年至今，儘管有羅斯福，還有傑可．里斯和林肯．史代芬斯，以及其他許多這類人的努力，但這個國家其實沒有什麼改變。以克萊斯勒的說法，私底下，我們美國人依然恐懼地盡力逃避，不去面對我們明知隱藏在許多看似平靜家門後的那些黑暗，不去面對那些兒童腦中被持續灌輸的夢魘（而且是由他們天性該深愛且信任的人所灌輸的），愈來愈多人為了逃避，於是盲目而虔誠地轉向藥物、毒品、宗教、哲學，以求忘記這類恐懼與夢魘。他說的有可能是對的嗎……？

但是我好像愈講愈模糊了。那麼，就從頭開始吧！

2

一八九六年三月三日凌晨兩點，在我祖母位於華盛頓廣場北路十九號的大宅裡，一陣窮凶惡極的捶門聲響起。先是吵醒一個女僕，接著是我祖母，兩人先後走到各自的臥室門口。我躺在床上，處於不再酒醉、卻也沒完全酒醒、且還需要睡眠的狀態。雖然知道來敲門的人大概是要找我，而不是要找祖母的，但我只是在亞麻布套的枕頭堆裡鑽得更深，希望那個敲門的人可以放棄而離開。

「摩爾太太！」我聽到那女僕喊。「好吵啊，我該去應門嗎？」

「不要，」我祖母清脆且堅定的聲音回答。「去叫醒我孫子吧，哈麗葉。一定是他的賭債忘了還！」

然後我聽到腳步聲走近我的房間，心想自己最好有所準備。自從大約兩年前，我和華府的茱麗亞・普瑞特小姐的婚約取消之後，就搬回來跟我祖母同住。這兩年來，我祖母愈來愈懷疑我怎麼消磨自己的下班時間。我已經跟她解釋過很多次，身為《紐約時報》的社會記者，我必須去很多比較污穢的區域和建築物裡，跟一些比較不那麼體面的人物打交道；但她清楚記得我年少輕狂的種種，不肯接受這個顯然太過勉強的說法。我搬回來後每天晚上的行為，又加強了她的猜疑，認定我老跑去「里脊肉區」❶的舞廳和賭場並不是出於職業責任，而是因為我愛去；這會兒我聽她跟哈麗葉提到賭博，才發現應該表現出我是清醒男人、認真負責的形象。於是趕緊穿上一件黑色睡袍，把頭上的短髮撫平些，然後高傲地打開了門，剛好哈麗葉來到我房門前。

「啊，哈麗葉，」我冷靜地說，一手放在睡袍裡。「不必大驚小怪。我剛剛正在看一篇報導的筆記，發現還需要一些辦公室的資料，於是派了人去拿。一定是那個跑腿的小弟幫我拿來了。」

「約翰！」正當哈麗葉困惑地點著頭時，我祖母大喊。「是你嗎？」

「不是，奶奶，」我說，踩著厚厚的波斯地毯下樓。「是賀姆斯醫師。」H．H．賀姆斯醫師是費城一位殘酷不堪的騙子謀殺犯，此刻正關在牢裡等著被吊死。而出於莫名其妙的原因，我祖母最大的夢魘，就是賀姆斯可能逃離跟絞刑官的約會、跑來紐約殺了她。我來到她臥室門邊，吻了一下她的臉頰，她毫無微笑接受了，不過顯然還是很開心。

「別這麼沒禮貌，約翰。這是你最不討人喜歡的特質。另外別以為你英俊的魅力就能讓我比較不生氣。」捶門聲又開始了，隨之一個男孩的聲音喊著我的名字。我祖母的眉頭皺得更深了。「到底是誰啊，有什麼事情這麼急？」

「我相信是報社派來的跑腿小弟，」我繼續撒著原來的謊，但也很想知道這位如此堅定猛敲著門的人是誰。

「報社？」我祖母說，一個字都不相信。「好吧，那你去應門。」

我迅速但謹慎地走到樓梯底端，才意識到我其實聽過這個喊我名字的聲音，但想不起到底是誰。儘管我確定這個聲音很年輕，但還是不放心——我一八九六年在紐約所見過各路最兇惡的盜

---

❶ Tenderloin，一八八〇－九〇年代紐約一個區域的通稱，大致位於四十二街與二十四街、第五與第七大道之間，是曼哈頓各種夜店、賭場、妓院最密集的區域。因警方強索賄賂油水最多而得名。

賊和兇手，有一些都只是未成年人。

「摩爾先生！」那小夥子又喊道，敲門之餘還用腳用力踢了大門幾下。「我要找約翰．司凱勒．摩爾先生！」

我站在門廳的黑白大理石地板上。「是哪一位？」我問，一手放在門鎖上。

「是我，先生！史蒂威，先生！」

我放鬆地吐出一口氣，打開沉重的木門。外頭，站在一盞煤氣燈——全屋子內外所有燈都已經換成電燈泡了，只有這盞我祖母堅持不肯換——黯淡燈光下的，是史蒂威．塔格特，綽號「史蒂威菸斗」。史蒂威才十一歲時，就成了十五分局的禍患；但接著我的好友拉茲洛．克萊斯勒醫師讓他改過自新，現在這男孩成為這位著名內科醫師兼精神病學家的馬車夫與跑腿小弟。史蒂威倚著門外的一根白石柱，努力喘著氣——顯然嚇壞了。

「史蒂威！」我說，看到他長長的褐色頭髮被汗水沁溼。「發生了什麼事？」然後我看到他身後克萊斯勒那輛小小的加拿大輕馬車。黑色的上掀式車篷收起來了，拉車的是一匹黑色的騸馬，叫福瑞吉克。那匹馬和史蒂威一樣渾身是汗，在三月的凌晨空氣中吐著白霧。「克萊斯勒醫師沒跟你來嗎？」

「醫師叫你跟我走！」史蒂威匆忙喘著氣說。「馬上！」

「可是去哪裡？現在是凌晨兩點——」

「馬上！」他顯然沒時間解釋了，於是我叫他等我換衣服。回房時，我祖母在我臥室房門外大聲說，不論「那個古怪的克萊斯勒醫師」和我在凌晨兩點要去做什麼，她都確定不會是什麼體面的事情。我盡量不理會她，換好衣服回到外頭，拉緊我的粗花呢大衣，跳上馬車。

我都還沒坐下，史蒂威就揮動長鞭抽打福瑞吉克。我往後倒向深栗紅色的皮革座位，本來想責罵那小鬼，但他臉上的恐懼神情再度鎮住了我。我撐穩身子，同時馬車搖晃著駛過華盛頓廣場的鵝卵石路，速度快得有點危險了。馬車轉入百老匯大道的俄羅斯石板路面時，那種搖晃和震動也只稍微減輕一點。我們駛向下城、往東的方向，來到的曼哈頓這一帶是拉茲洛．克萊斯勒工作的地方，而且是愈進入深處、生活就愈廉價且骯髒的區域：下東城。

有那麼片刻，我以為或許克萊斯勒出了什麼事。當然，這是因為史蒂威焦躁地鞭打並驅趕福瑞吉克的方式，因為據我所知，史蒂威大部分時間都對這匹馬非常和善。史蒂威對任何人不是咬一口就是打一拳，唯一的例外是克萊斯勒，而且他絕對是這個小夥子沒待在蘭德爾島那所美其名為「少年收容所」的唯一理由。以紐約市警局的說法，史蒂威除了十歲前就是「小偷、扒手、醉鬼、有菸癮、騙人牌局的攬客小弟，以及天生有破壞性的討厭鬼」之外，外加攻擊過蘭德爾島的一名警衛至嚴重傷殘，還說是因為那警衛想攻擊他。（在四分之一個世紀之前，報紙上所謂的「攻擊」，幾乎毫無例外就是指強暴。）因為那警衛有老婆、有小孩，因此史蒂威的誠實度、甚至精神正常與否，就頗受質疑了。此時克萊斯勒以當時法庭精神病學界最厲害專家之一的身分，進入了那個收容所。在一場為了判定史蒂威精神健全與否的聽審上，克萊斯勒出色地描繪出這個男孩從三歲被母親棄養、從此在街頭流浪的生活。（他的母親為了鴉片癮而拋棄兒子，後來成為一名華人鴉片商的情婦。）法官對於克萊斯勒的敘述印象深刻，也很懷疑那位受傷警衛的證詞；但直到克萊斯勒提出要收留這個男孩，並為他未來的行為擔保，法官才同意釋放史蒂威。當時我覺得克萊斯勒太瘋狂了，但毫無疑問，才剛過一年，史蒂威就變得截然不同。而且，就像幾乎每個幫克萊斯勒工作的人一樣，這個男孩對主子忠心耿耿，儘管克萊斯勒情感上保持距離的古怪特質，讓很多認識他的人覺得費解。

「史蒂威，」我在馬車輪子撞擊俄羅斯花崗岩石板破損邊緣的嘈雜聲中大喊，「克萊斯勒醫師人在哪裡？他沒事吧？」

「在學園裡！」史蒂威回答，藍色的眼睛睜得很大。克萊斯勒工作的總部是一所學校與研究中心的混合物「克萊斯勒兒童學園」，由他一手在一八八〇年代創辦。我正要問起他這麼晚了還在那裡幹嘛，馬車就衝過依然繁忙的百老匯大道和郝士頓街交叉口，於是我把問題吞回肚裡。曾有人睿智地說，你可以站在這個十字路口，拿一把霰彈槍朝任何方向開火，都不會射中一個誠實正直的人；史蒂威很樂於把那些醉鬼、法老牌戲莊家、嗎啡和古柯鹼成癮者、妓女和她們的水手恩客，以及行乞的遊民嚇得朝人行道飛奔。大部分人安全後，都在我們後頭叫罵著粗話。

「所以我們也要去學園了？」我喊道。但史蒂威只是扯著韁繩，在清泉街猛然左轉，打斷了兩三家歌廳外頭的人潮，這些歌廳其實是幽會的撮合地點，裡頭的妓女打扮成舞者，跟通常是城外來的不幸笨蛋在此挑好對象，稍後再去廉價旅館。清泉街走到底後，史蒂威轉入迪蘭西街——這條街正在拓寬，以容納新的威廉斯堡橋（最近剛開始興建）落成後預計將會增加的車流——然後我們飛快掠過幾座黑暗的戲院。一路經過的每條小街，我都能聽到絕望、發狂的聲音從廉價酒館內傳來：這些污穢的小店裡只有一塊骯髒的厚木板權充吧檯，賣的那些劣等烈酒裡摻的從石油醚到樟腦，各式各樣都有可能，一杯只賣兩毛五。史蒂威沒放慢速度，我們似乎直衝曼哈頓島的最邊緣。

我又最後一次試圖溝通：「我們要去學園嗎!?」

史蒂威只是搖頭，然後又揮動長長的馬鞭。我聳聳肩，往後靠著車廂邊緣坐好，很納悶會是什麼把這男孩嚇成這樣——他短短的一生中，已經看過紐約的許多恐怖場面了。

我們沿著迪蘭西街往前，經過一家家關閉的水果攤和衣服店，進入了下東城那些擠滿廉租屋和簡陋棚屋的最糟糕貧民窟之一：柯立爾岬北邊的水濱附近。一大片由小棚屋和粗糙新建廉租屋形成的悲慘海洋，就在我們兩邊延伸。這個區域是不同移民文化和語言的大燉鍋，愛爾蘭人獨霸迪蘭西街以南，匈牙利人則佔據了靠近郝士頓街的北端。偶爾可以看到某個宗派的教會，點綴在一排排淒慘的住屋間，而那些住屋外的曬衣繩上頭，連在這寒冷的凌晨都還掛著溼衣服。有些衣服和床單都快結凍了，在風中僵硬地扭動，形成非常不自然的角度；但老實說，在這樣的一個地方——鬼鬼祟祟的人從沒有燈光的門內溜進黑暗的小巷，一身破爛衣服，赤腳踩在馬路表面冰凍的馬糞、馬尿、煤灰上——沒有什麼真能稱之為不自然的。我們來到的這一帶沒有什麼法律或規則，無論訪客或居民，只有在逃離這裡之後，才能感到愉快。

快到迪蘭西街盡頭時，海洋和新鮮海水的氣息，混合著岸邊居民每天倒進海裡的垃圾臭味，製造出這個潮水灣——我們稱之為東河——獨一無二的氣味。很快地，一個巨大的結構物在我們前方傾斜升起：那是通往初期威廉斯堡橋的斜坡通道。令我驚訝的是，史蒂威毫無暫停地衝上了那條木板斜坡道，馬蹄和車輪在木頭上敲出的嘈雜聲，遠比敲在石頭路面要響亮。

那條斜坡道由一片迷宮般錯綜複雜的鋼製樑柱撐起，帶著我們往上爬了幾十呎，進入黑夜空氣中。正當我納悶著此行的目的地到底會是哪裡——因為威廉斯堡橋的橋塔才剛開工，還得好幾年才能完成——就開始搞懂聳立在前方、貌似大型中華廟宇壁面的東西是什麼了。這座奇特而雄偉的建築物，就是大橋在曼哈頓這端的錨座，整個結構由巨大的花崗岩石塊構成，頂端有兩個矮而粗的瞭望塔，每個塔的周圍環繞著一圈窄小的鋼製走道。整座橋將會有一組巨型懸吊鋼纜支撐中央橋跨，而這些鋼纜最後就是固定在橋兩端的錨座上。不過在某種程度上，我覺得它像一座廟的印象也不算太離譜：就像布魯克林大橋（我往南還可以看到它夜空下哥德式拱頂橋塔的輪廓），這座跨越東河才剛開工的新橋，建造時曾有許多工作人員的性命為之犧牲，而且完成後的十五年間，也引發全曼哈頓各地的極大驚嘆。但我當時不知道的是，那一夜在威廉斯堡大橋西端錨座頂端獻祭的鮮血，性質是非常不同的。

在錨座通往頂端瞭望塔的入口附近，幾個巡邏警員站在幾盞電燈泡和手持提燈所發出的微弱光線中，他們身上小小的黃銅佩章顯示屬於十三分局（不久前我們在迪蘭西街上，還經過了這個分局）。另外還有一位來自十五分局的警佐跟他們在一起，這件事立刻讓我覺得很反常——在《紐約時報》負責跑犯罪新聞兩年，更別說從小在紐約市長大，我已經知道這個城市的每個分局都嚴守自己的地盤。（在十九世紀中期，各種警界派系還都公然彼此鬥爭。）十三分局找來一個十五分局的人，顯示一定出了非同小可的事情。

接近這群穿著藍色長大衣的警察時，史蒂威終於勒住馬，然後跳下座位，抓住馬銜，把那匹猛喘的馬拉到路旁，靠近很大一堆建築材料和工具。史蒂威看著那些警察，帶著慣有的不信任眼神。來自十五分局的那個警佐是個高大的愛爾蘭人，蒼白的臉上唯一特色就是沒有一般警察唇上厚厚的小鬍子，他往前走過來打量著史蒂威，臉上帶著威脅的微笑。

「這可不是小史蒂威．塔格特嗎？」他說，一口明顯的愛爾蘭腔。「局長大老遠把我找來這裡，你想，應該不是為了要搧你這個小屁蛋的耳光吧？」

我下了車廂，走向史蒂威，他狠狠瞪了那警佐一眼。「別在意，史蒂威，」我盡可能體諒地說。「愚蠢是跟著皮革頭盔而來的。」史蒂威露出虛弱的微笑。「不過麻煩你告訴我，我來這裡是要做什麼？」

史蒂威朝北邊的瞭望塔點了個頭，然後從口袋裡掏出一根壓扁的捲菸。「在上頭。醫師說你要上去。」

我正要走向花崗岩牆上的一個入口，但發現史蒂威還是站在馬旁。「你不來嗎？」我問。

那男孩打了個冷顫，別過身子點了菸。「我看過一次了，可不想再看第二次。我就在這裡等你，摩爾先生，我會送你回家。醫師的指示。」

我心裡愈來愈擔心，轉身走到入口，那個警佐伸手攔住了我。「請問你是哪位，讓史蒂威菸斗三更半夜載著你到處亂跑？這裡是犯罪現場，你知道。」我說出我的姓名和職業，他一聽就咧嘴秀出一顆醒目的金牙。「啊，媒體的記者先生——而且還是《紐約時報》！唔，摩爾先生，我也是剛趕到。他們緊急打電話找我來，顯然沒有其他信得過的人。敝姓弗林，先生，拼法是F-l-y-n-n，另外可別把我寫成了巡查警官。我是正警佐。來吧，我們一起上去。你給我乖一點，小史蒂威，否則我馬上把你送回蘭德爾島！」

史蒂威轉身回去面對那匹馬。「你一邊涼快去吧。」他喃喃說，大聲得讓那警佐聽得見。弗林猛地轉身，惡狠狠的雙眼充滿憤怒的殺意，但是又想到我在場，於是忍住了。「無可救藥，那小鬼。摩爾先生，真無法想像你這樣的紳士怎麼會跟他在一起。想必是利用他當下流社會的線民了。我們上去吧，先生，另外提醒你一聲，這裡可是黑得像礦坑！」

於是就這樣，我磕磕絆絆地走上一段高低不平的階梯，爬到頂之後，我看出了另一個皮革頭盔的形影，是十三分局的一位巡查警官，他轉身喊著另外一個人：

「是弗林，長官。他來了。」

我們離開階梯，來到一個小房間，裡頭散佈鋸木架、木板、鉚釘桶，還有金屬和電線碎片。幾扇大窗使得各個方向的視野一覽無遺——我們後方的市區、我們前方的東河和局部完成的橋塔。小房間裡有一道門通向橋塔外環繞的走道。靠近門邊站著一個細長眼睛、蓄著絡腮鬍的刑事警佐，他是派屈克·康納，我以前去茂比利街的市警局總部跑新聞時就認識的。站在他旁邊、雙手在背後交握、正踮起腳往下眺望著東河的，則是更熟悉的身影：西奧多·羅斯福。

「弗林警佐，」羅斯福說，沒有轉身。「我們找你來，是因為有很可怕的狀況。非常可怕。」

然後羅斯福轉身過來時，我的不安感忽然更強烈了。他的外表沒有任何不尋常之處：一套昂貴而有點浮華的格子西裝，就是他那些年最偏愛的；戴著的夾鼻眼鏡就像他的雙眼，對他粗獷、四四方方的腦袋來說太小了；大鼻子底下是濃密的小鬍子。只不過，他的臉卻是極其反常。然後我想到了：他的牙齒。他那一口整齊、通常很顯眼的牙齒，現在卻完全看不到了。他的下巴緊繃著，看起來似乎非常生氣，或是自責。顯然有什麼事情讓他非常震驚。

看到我之後，他似乎更加驚訝了。「什麼——摩爾！你跑來這裡做什麼？」

「我也很高興見到你，羅斯福。」我不安地開了口，伸出一手。

他握了，不過難得一次，他沒有握著一直猛晃、晃得我手臂都快脫臼。「什麼——啊，對不起，摩爾。我——我當然很高興見到你了。很高興。不過是誰告訴你——？」

「告訴我什麼？我是被克萊斯勒的跑腿小弟硬拉著跑來這裡的。他只下令讓我來，根本什麼都沒解釋。」

「克萊斯勒！」羅斯福有點急切地喃喃道，看了窗外一眼，眼神困惑，甚至是有點恐懼，完全不像平常的他。「是的，克萊斯勒來過這裡。」

「來過？你的意思是，他離開了？」

「我到之前就走了。他留了一張字條。還有一份報告。」羅斯福讓我看他抓在左手裡的一張紙。「總之，只是一份初步報告。他是他們能找到的第一個醫師。雖然當時狀況已經沒有希望了……」

我握住他一邊肩膀。「羅斯福，到底怎麼回事？」

「局長，為了確定一下，我也很想知道，」弗林警佐也說，那種老派的奉承口吻讓人很受不了。「我們十五分局那邊最近都忙不過來了，我也才剛趕──」

「非常好，」羅斯福說，打起精神。「你們兩位的胃不會太差吧？」

我什麼都沒說，弗林講了個荒謬的笑話，提到他這輩子見過很多可怕的場面；但羅斯福的雙眼無動於衷，只是指著通往外頭走道的門。康納刑事警佐讓到一邊，然後弗林帶頭走出去。

儘管很擔心，但出了那道門之後，當時我的第一個想法，就是走道上的視野比塔樓窗子還要驚人。水面盡頭就是布魯克林的威廉斯堡地區，那裡一度是平靜的鄉間小鎮，但現在已經迅速轉變為一個繁華的地帶，而且幾個月後，就會正式納入大紐約的一部分。往南，則是布魯克林大橋；西南邊的遠方是印刷廠廣場上幾棟高聳的大樓，而在我們下方，則是滾滾流逝的黑色河水。

然後我看到了。

3

怪了，不曉得我的腦子花了多久才想通這個畫面。或是想不通；有太多地方實在太離譜、太不對勁、太……扭曲了。我怎麼能期望自己很快就搞懂呢？

走道上是一個未成年人的屍體。我說「人」，是因為儘管身體特徵是一個青春期男孩的，但衣服（除了缺了一邊袖子的女式寬鬆睡衣，剩下的也不多了）和臉上的彩妝則是女孩的。或者，應該說，是女人的，而且是聲譽可疑的女人。那個可憐人的雙腕被綁在背後，雙腿呈跪姿，臉朝下壓著走道的鋼材。附近沒有任何長褲或鞋子的痕跡，只有一邊腳上還悲慘地拖著一隻襪子。但那具身體被做過的事情……

那張臉似乎沒有被人痛揍過，也沒有瘀傷——彩妝和粉底依然完整——但一度曾經是眼睛的地方，現在只剩兩個血淋淋的空眼眶。嘴裡插著一塊不曉得是什麼肉。一道長長的切口橫過喉嚨，不過傷口附近沒有什麼血。腹部交錯著一道道大切口，露出了一大堆內臟。他的右手幾乎被整個切斷了。鼠蹊還有另一個切開的傷口，解釋了嘴巴裡的那塊肉——生殖器被切掉，塞在嘴裡了。臀部也被切割，看似大型的……只能稱之為雕刻式刀痕。

在我留意這一切細節的那一兩分鐘裡，周圍的視野褪成一片模糊的黑色海洋，我原以為是一艘船駛過的翻騰水聲，結果是我耳朵裡血液湧動造成的。我忽然發現自己可能要吐了，趕緊轉身抓住走道上的欄杆，探出頭去對著水面。

「局長！」康納喊道，走出瞭望塔。但先趕到我身邊的，是腳步迅速的羅斯福。

「小心，約翰，」我聽到他說，以他瘦而結實卻異常強壯的拳師身材扶著我。「深呼吸。」

我遵照他的指示深呼吸時，聽到弗林發出一個長哨音，逐漸減弱，他還繼續盯著屍體看。「好吧，」他對著屍體說，口氣並不特別擔心。「小喬治歐、花名葛羅麗亞，有人幹掉你了，對吧？你真是一塌糊塗啊。」

「所以你認識這個孩子了，弗林？」羅斯福說，讓我靠著瞭望塔的牆。我的腦子又恢復鎮定了。

「是的，局長。」弗林說，在黯淡的光線中，他似乎在微笑。「不過它不是孩子，這一個，用行為判斷就不是。姓桑托瑞里，現在一定是十三歲左右了。原來的名字是喬治歐，不過自從它在那個派樂思宮工作以來，就自稱是葛羅麗亞了。」

「它？」我說，用大衣袖口擦掉額頭上的冷汗。「你為什麼稱呼他是『它』？」

弗林咧開嘴笑了。「當然了，不然你要怎麼稱呼它，摩爾先生？從它荒唐的行為判斷，它不是男性——但上帝所創造的它也不是女性。這類動物啊，對我來說都是它。」

羅斯福雙手有力地撐在腰側，手指握成拳——他在打量弗林。「我對你的哲學分析沒有興趣，警佐。無論如何，這個男孩還是個兒童，而這個兒童被謀殺了。」

弗林低聲笑著，又看了屍體一眼。「那個我就不爭了，長官！」

「警佐！」羅斯福吼著弗林，他的聲音本來就稍嫌粗啞且刺耳，這會兒更是尖銳了幾分，吼得弗林立正站好。「一個字都不准再講了，除非是我問你話！懂了沒？」

弗林點點頭；但那種憤世的、冷笑的怨恨還是明顯地停留在他微微上揚的嘴唇上，那是局裡所有資深警察對這位接掌局長才一年的指揮官的共同感覺。羅斯福不可能沒看到。

「好吧，」羅斯福說，用他那種特有的方式咬著牙說話。「你說這男孩名叫喬治歐・桑托瑞里，在派樂思宮工作——那是畢夫・艾里森在庫伯廣場上的店，對吧？」

「是的，局長。」

「那麼，你想艾里森先生這會兒人在哪裡呢？」

「這會兒——怎麼了？就在他的店裡啊，長官。」

「你過去。告訴他明天一早到茂比利街來見我。」

弗林頭一回露出了憂慮不安的神色。「明天——唔，對不起，局長，可是像這種召見，艾里森先生可不會樂意接受的。」

「那就逮捕他。」羅斯福說，轉身望著威廉斯堡。

「逮捕他？是的，局長，如果只因為有一個男雛妓被毆打或甚至謀殺，我們就要逮捕每家有男雛妓的酒館或妓院的老闆，那麼，長官，我們永遠不——」

「或許你願意告訴我你反對的真正理由，」羅斯福說，腰側的拳頭開始舒展。他走上前，戴著眼鏡的雙眼湊到弗林的臉上。「艾里森先生不是你收賄的主要來源之一嗎？」

弗林雙眼睜大，但設法傲慢地抬頭挺胸，裝出一副自尊受傷的模樣。「羅斯福先生，我加入警隊已經十五年了，長官，我想我知道這個城市是怎麼運作的。你不能隨便去騷擾一個像艾里森這樣的人，只因為有個移民垃圾自作孽而終於惹禍上身！」

這樣就夠了，我知道這樣就夠了——而且幸好我知道，因為要不是我在那一刻衝過去抓住羅斯福的雙臂，他一定會把弗林揍得半死。不過要抓住那對強壯的胳膊，還真是很辛苦。「不，羅斯福，不！」我在他耳邊低聲說。「他們這種人就是希望你這樣，你明明曉得的！攻擊一個制服警員，他們就可以讓你下台了！市長也救不了你！」

羅斯福呼吸沉重，弗林再度微笑，旁邊的康納刑事警佐和那個巡查警官也顯然不打算勸架。他們很清楚自己那一刻夾在兩邊之間，處境很危險，一邊是隨著前一年雷克索委員會針對警察貪腐的調查結果，所引起紐約市政改革的一波強大浪潮（羅斯福正是力倡改革的代表人物之一）；另一邊則是持續貪腐的力量，而且或許更強大，從紐約警察局設立以來就已經存在，現在正靜待時機，想等到大眾對那種改革的短暫熱潮厭倦了，這股貪腐力量就要回到常軌了。

「弗林，這事情很簡單，」羅斯福在盛怒之下仍充滿威嚴地說。「明天上午，把艾里森帶到我辦公室，否則就繳回你的警徽。」

弗林很不高興地放棄掙扎。「是，局長。」他轉身沿著下瞭望塔的階梯離開，嘴裡還唸叨著類似「該死的社交公子當警察」。然後一個原先駐守在塔下的警察跑上來，說驗屍處的運貨馬車來了，可以運走屍體了。羅斯福叫他們再等幾分鐘，然後把康納和那個巡查警官也遣走。現在走道上只剩我們兩個人，除了地上那具駭人的遺骸。我們西邊那一大片黑暗、悲慘的出租公寓海洋中，每一季都會吐出很多極度煩惱的未成年人，這具遺骸顯然生前也是其中之一。這些未成年人不得不利用自己能找到的一切工具——而喬治歐．桑托瑞里的工具則是最基本的——以求存活，這樣的兒童完全只能靠自己，而任何不熟悉一八九六年紐約貧民窟的人都根本無從想像。

「克萊斯勒估計，這個男孩是今天晚上稍早的時候被殺害的，」羅斯福說，看了手上那張紙一眼。「跟屍體的體溫有關。所以兇手可能還在附近。我已經派人在附近查訪了。他還說了其他的醫學細節，然後是這個。」

他把那張紙遞給我，上頭是克萊斯勒激動的大手寫下來的字：**「羅斯福：可怕的錯誤已經造**

成。我明天上午有空，或者中餐。我們應該開始了——有個時間表。」我想了一會兒，還是不明白其中的意思。

「他寫得這麼隱晦，實在很煩。」這是我唯一能得出的結論。

羅斯福勉強低笑一聲。「是啊，我原先也這麼想。不過現在我可以理解，是驗屍讓他變成這樣的。摩爾，你知道紐約每年有多少人被謀殺嗎？」

「不知道。」我又好奇地看了屍體一眼，但一看到那張臉壓在鋼製走道上的殘忍模樣——下巴被壓得往旁邊彎成一個怪誕的角度——以及眼眶裡黑紅兩色的洞，就又轉回頭來。「如果要我猜，我想是幾百個吧。或許一兩千。」

「要我猜也是這樣，」羅斯福回答。「不過我也只是用猜的。因為大部分命案我們都沒注意。啊，如果被害人出身名門世家或是富裕家庭，警方就會盡力偵辦。但是像這樣的男孩，是個淪落到賣淫的移民——我這麼說很羞愧，摩爾，但這樣的案子，之前從來不會深入調查，你從弗林的態度就曉得了。」他雙手又放回腰側。「但是我受夠這種狀況了。在這些糟糕的地區裡，丈夫和妻子互相殘殺，醉鬼和有毒癮的人謀殺正派的勞工，大量娼妓被殺害或自殺，而在局外人眼中，這頂多只是個淒涼又可笑的奇觀。這樣就已經夠糟糕了。但是當被害人是這樣的兒童，而一般警察的反應都跟弗林沒兩樣——老天，害我對警局裡的自己人都充滿敵意了。為什麼，光是今年，我們就已經碰到三樁這樣的案子，而各個分局和刑事警探根本都不吭聲。」

「三樁？」我問。「我只知道錐普店裡的那個姑娘。」上海錐普在第六大道和二十四街交叉口經營一家惡名昭彰的妓院，提供九到十四歲的雛妓（大部分是女孩，但偶爾也有男孩）給花得起錢的顧客。一月時，有人發現一名十歲的女孩在妓院的一個隔板小房間裡被毒打致死。

「沒錯，而你會知道那個案子，純粹是因為錐普給警方的賄款遲交了，」羅斯福說。現任市長威廉．L．史壯正領軍展開對抗貪腐的苦戰，而底下像羅斯福這樣的軍官儘管英勇作戰，但依然無法杜絕最古老也最有利可圖的警察活動：向酒吧、歌廳、妓院、鴉片館，還有其他犯罪場所的經營者收取賄賂。「十六分局裡有個人，我到現在還不知道是誰，把整件事告訴媒體，好對錐普施加壓力。但另外兩個被害人跟這個一樣是男孩，在街上被發現，所以沒辦法用來對他們的妓院老闆施加壓力，也所以就沒人告訴媒體了……」

他的聲音愈來愈小，融入了下方傳來的水聲和不斷吹拂的風聲中。「那兩個也像這個一樣嗎？」我看著羅斯福問，他正在觀察屍體。

「差不多。割喉。而且都有老鼠或鳥類咬過，就像這個。看起來都很慘。」

「老鼠和鳥類？」

「眼睛，」羅斯福回答。「康納刑事警佐認為是老鼠，或食腐鳥類挖走的。不過這個還有其他的……」

各報紙都沒報導另外兩樁命案，不過這也沒什麼好驚訝的。就像羅斯福剛剛說的，看起來破不了、且是發生在窮人或社會邊緣人身上的謀殺案，都很少會被記錄，更別說會有警方調查了；而如果被害人是一般並不承認其存在的社會階層，那麼公諸大眾的機會就更是縮小到零。一時之間我很好奇，如果我向上司建議要登一篇這樣的報導：有關一個男孩打扮成女性娼妓、向成年男子（其中很多還是頗體面的）賣淫維生，結果在這個城市某個黑暗角落被殘忍地屠殺，不曉得我《紐約時報》的編輯們會有何反應？我想沒把我開除就算不錯了；比較可能的下場，是把我送去精神病院強制住到老死。

「我跟克萊斯勒好幾年沒聯絡了，」羅斯福終於若有所思地說。「不過他寄過一封非常體貼的信給我，是在——」一時之間他有點結巴起來。「在一段很難捱的時期。」

我明白。羅斯福指的是他第一任妻子愛麗思，她在一八八四年生下女兒後不久後過世，這個女兒也同樣取名為愛麗思。他那一天失去了兩個親人，因為他的母親跟妻子就在幾個小時內相繼過世。羅斯福處理這個悲劇的方式非常典型，那就是封鎖起他對妻子神聖不可侵犯的哀傷回憶，永遠不再提起。

他設法振作起來，轉向我。「不過，這位優秀醫師叫你來這裡，一定有個好理由。」

「但是我要能明白才怪呢。」我聳聳肩回答。

「是啊，」羅斯福說，又充滿關愛地低笑起來。「我們的朋友克萊斯勒，就像任何中國佬一樣難以理解。另外，我過去這幾個月或許就跟他一樣，身邊都是奇怪或可怕的人。但我想，我可能猜得出他的目的。你知道，摩爾，我之前不得不忽視那兩件命案，因為局裡沒有人想調查。就算有人想，我們那些警探所受過的訓練，也不可能搞清楚這種屠殺是怎麼回事。但這個男孩，這麼血腥、可怕的手法——不公義的狀態不能再持續下去了。我有個計畫，我想克萊斯勒也有個計畫，而且我覺得，你就是促成我們合作的人選。」

「我？」

「有何不可?就像你在哈佛時，介紹我們認識那樣。」

「但這回我該怎麼做？」

「明天帶他來我辦公室。照他說的，上午過半之後。到時候我們會交換想法，看能做些什麼。不過提醒你，要謹慎——對任何人來說，那都只是老朋友的社交敘舊而已。」

「該死，羅斯福，什麼是老朋友的社交敘舊啊？」

但他光顧著擬定計畫，沒理會我哀怨的問題。他吸了口氣，挺起胸膛，看起來比之前自在多了。「行動，摩爾——我們一定要以行動回應！」

然後他環住我的肩膀，緊擁著我，充滿了昔日那種熱忱和道德上的確定性。至於我自己的確定性，無論道德上或其他方面的，都還苦等不來。我只知道自己被我所認識的人之中最熱情而堅定的兩個給拖下水——這個想法一點都沒有給我安慰，同時我和羅斯福走下階梯，把可憐的桑托瑞里男孩屍體孤單留在冰冷的、高高的瞭望塔上，在那裡，曙光尚未觸及。

4

刺骨的三月寒雨隨著早晨而到來。我起得很早，發現哈麗葉已經很好心地幫我準備了早餐，包括濃咖啡、吐司麵包，以及水果（她從一個充滿醉漢的家庭中所得到的經驗，相信水果對常喝酒的人是不可或缺的）。我坐在我祖母家角落裡的玻璃小室中，俯瞰著後院依然處於休眠的玫瑰園，決定先看完晨間版的《紐約時報》，再打電話去克萊斯勒的學園。雨水嘩啦打在黃銅屋頂和我周圍的玻璃牆上，我吸入我祖母所種植的少數常綠植物和花卉所散發出的芳香，閱讀著報紙，設法恢復和這個世界的聯繫——經過前一夜的種種事件，原先的世界似乎令人不安地消失了。

西班牙充滿憤怒，我閱讀著報紙上的標題；美國支持古巴民族主義叛軍（美國國會正考慮批准他們的交戰國地位，因而就等於承認他們脫離西班牙而獨立建國的訴求），持續引發殘酷而搖搖欲墜的西班牙王朝的強烈不安。《紐約時報》社論抨擊共和黨紐約州領袖「老大」湯姆・普拉特為了他自己種種無恥的目的，正打算糟蹋掉改制在即的大紐約市（日後將包括布魯克林和史塔登島，以及皇后區、布朗克斯，以及曼哈頓）。即將舉行的共和黨與民主黨全國代表大會都承諾，要集中討論金銀複本位制問題，或者美國可靠的金本位是否應該被銀製貨幣玷污。三百一十一名黑種美國人搭船前往賴比瑞亞；義大利各地發生示威暴動，因為他們的軍隊在非洲大陸慘敗給阿比西尼亞的部族軍。

這些當然都是重大事件，但我卻沒有心情多留意。於是我轉而去翻比較輕鬆的版面。普洛克特劇院有大象騎腳踏車的表演；十四街的休伯特簡易博物館可以看到一群印度教托缽僧；男高音麥克斯．艾佛瑞在紐約音樂院演出歌劇《崔斯坦與伊索德》中的崔斯坦，表現非常出色；麗蓮．羅素在艾比戲院演出《真理女神》；艾蓮諾娜．杜塞在《茶花女》中的演出「不是莎拉．伯恩哈特」，而歐提斯．史金納在《哈姆雷特》中跟她一樣老是太容易又太常哭。《曾達的囚徒》在萊西姆戲院的演出進入第四個星期——我已經看過兩次，不過一時間還考慮晚上要再去一次，那是個絕佳的逃避，可以拋開平常的種種煩憂（更別說前一夜那些恐怖的場景）：有護城河的城堡，持劍的打鬥，一齣娛樂性十足的神祕劇，還有眩目的、令人神魂顛倒的女人……

但就連我想著這齣戲時，雙眼還是漫無目的地看了別的新聞。第九街一個曾在酒醉時割斷兄弟喉嚨的男子，又再度喝醉而開槍射殺他的母親；聾啞學校那位藝術家老師被兇殘謀殺的命案還是沒有線索；一個名叫約翰．麥金的男子之前殺害妻子和岳母、接著割開自己的喉嚨想自殺，現在已經傷癒康復，又企圖餓死自己。當局為了說服麥金進食，還把可怕的強制灌食器具給他看，總之他必須活著接受處決……

我把報紙扔到一邊，喝掉最後一口加了糖的咖啡，吃了一片喬治亞州運來的蜜桃，更大幅增強晚上要去萊西姆戲院包廂的決心。我正要走回房間換衣服時，電話發出響亮的鈴聲，然後我聽到我祖母在她的晨間起居室警覺又生氣地大喊：「啊，老天！」那電話鈴聲老是讓她有這個反應，但她從來不肯接受建議把電話換個地方放，或是至少用布蒙住。

哈麗葉走出廚房，她柔和、中年婦女的五官上沾著肥皂泡。「是你的電話，少爺，」她說，在圍裙上擦著手。「克萊斯勒醫師打來的。」

我把睡袍稍微拉緊些，走向廚房邊那個小小的木箱子，拿起沉重的黑色聽筒湊在一邊耳朵上，同時另一隻手放在固定的話筒上。「喂？」我說。「拉茲洛，是你嗎？」

「啊，原來你醒了，摩爾，」我聽到他說。「很好。」聲音很模糊，但口氣則是一如往常地活力十足。那些話帶著一種歐洲口音的抑揚頓挫：克萊斯勒小時候就跟著父母移民來美國。他父親原來是德國一名富裕的出版商，在一八四八年的革命浪潮中支持共和派，為了要逃離君主派的迫害，於是跟他的匈牙利人母親帶著他來到紐約展開新生活，成為當時頗為常見的政治流亡者。

「羅斯福跟我們約幾點？」他問，完全不認為羅斯福會拒絕他的提議。

「午餐之前！」我拉高嗓門，好像要克服他聲音裡的模糊。

「你幹嘛用吼的？」克萊斯勒說。「中午前，嗯？好極了。那我們就有時間了。你看了報紙吧？有關一個叫沃夫的男人？」

「沒有。」

「那就趁你換衣服的時候看一下。」

我低頭看了一眼自己的睡袍。「你怎麼知道——」

「他們把他關在表維精神病院。反正我應該要去評估他，所以我們還可以順便多問幾個問題，確定他是不是跟我們的事情有關。然後去茂比利街，再到學園稍微逗留一下，接著去戴蒙尼寇吃中餐——可以吃乳鴿，或者豬網油包鴿肉。朗歐佛主廚的松露佐黑胡椒醬汁做得好極了。」

「可是——」

「賽勒斯和我會直接從家裡過去。你得搭出租馬車。我約了九點半，你盡量不要遲到，好嗎，摩爾？這件事我們一分鐘都不能浪費。」

然後他就掛斷電話了。我走回角落的玻璃小室，再度拿起《紐約時報》翻著。那篇報導在第八版：

前一天晚上，亨利．沃夫在他鄰居孔拉德．魯德斯海默的廉價租屋裡喝酒。魯德斯海默五歲的女兒走進房間，沃夫還繼續講一些話，魯德斯海默覺得很不適合讓年紀這麼小的小女孩聽到，於是出聲阻止。沃夫就掏出一把槍，朝那小女孩的腦袋開火，殺了她，然後溜掉。幾個小時後，他在東河附近茫然遊蕩時被抓到。我放下報紙，一時間有種預感，前一夜在橋塔上的種種事件只是個序曲而已。

我回到走廊，一頭撞上我祖母，她滿頭銀髮梳得一絲不亂，灰黑兩色的洋裝整潔得無懈可擊，一雙灰色眼珠（也遺傳給了我）炯炯有神。「約翰！」她驚訝地說，好像忽然看到屋裡還有其他十個人似的。「剛剛是誰打來的？」

「克萊斯勒醫師。」我說，朝著樓梯走。

「克萊斯勒醫師！」她在我身後喊道。「啊，親愛的！我這一整天真受夠了克萊斯勒醫師了！」我關上臥室的門開始更衣時，還聽到她說：「如果你問我，他真是太古怪了！而且我也不相信他的醫術。那個賀姆斯也是醫師啊！」她繼續氣呼呼地數落著，同時我梳洗、刮鬍子，用所梳敦特牙粉刷牙。她老是這樣嘮叨，而儘管很煩人，但對我這樣打從解除婚約後就失魂落魄的男人而言，她的嘮叨總還是比住進一棟單身公寓——裡頭充滿了認命而獨自生活的男人——的孤單生活要好。

我抓了灰色便帽和一把黑雨傘，衝出前門，腳步輕快地走到第六大道。現在雨下得更大了，而且開始吹起大風。我走到第六大道時，風從馬路兩側人行道上方的紐約高架鐵路底下吹過，氣流忽然轉向，把我的雨傘吹得開花，其他幾個正在軌道底下匆忙趕路的人也是。大風、下雨、寒冷加起來，讓平常就已經熙來攘往的尖峰時間更是一片大混亂。我招了輛出租馬車，正手忙腳亂地要收起我那把累贅而無用的雨傘，忽然被一對開心的年輕男女很不客氣地擠開，然後他們迅速爬上我招的那輛馬車。我大聲詛咒他們的後代，朝他們揮舞著那把收起來的傘，惹得那女人害怕得尖叫，那男人則緊張地瞪著我，說我瘋了——我想到我要去的地方，不禁低聲笑了起來，也讓我再等下一輛的等待期間不那麼難熬。等到又有一輛出租馬車從華盛頓道的角落轉過來，我沒等到車停下來就跳上去，然後關上門，朝車夫喊著載我去表維的精神病館：這可不是一般車夫希望聽到的。車子往前行駛時，他臉上的驚慌表情害我又笑了一下，於是等到我們來到十四街時，我甚至已經不在乎溼答答的花呢長褲貼在腿上有多難受了。

我的車夫把雨衣領子豎起，高頂帽外頭包著一層薄薄的橡膠套，他跟典型的紐約市出租馬車夫一樣任性，過了第十四街不肯右轉往東走，決定要沿著第六大道熱鬧的購物區奮戰。我們緩緩經過了大部分的大型百貨公司——歐尼爾、亞當斯、辛普森－克勞佛——然後我敲敲車廂的屋頂，再次跟車夫說我真的得快點趕到表維醫院。於是他在二十三街猛地右轉，艱難地駛過一片混亂的第五大道和百老匯大道十字路口，經過厚實而龐大的第五大道飯店，那裡是「老大」普拉特的總部，此時他大概正要完成他大紐約市計畫的最後一些細節。接著我們往北轉，沿著麥迪遜廣場公園的東端到二十六街，然後在麥迪遜廣場花園的義大利式拱廊前方再度轉往東。表維醫院莊嚴而四方的紅磚建築群出現在遠方的地平線，又過了幾分鐘，我們就穿過第一大道，在一輛大大的黑色救護馬車後頭停下來，這裡是醫院靠二十六街這一側，接近精神病館的入口。我付錢給車夫後，走向入口。

這是一棟簡單的建築物，長長的四方形。入門處迎接訪客和住院者的，是一個小小的、沒有吸引力的門廳，再往裡頭，穿過第一道鐵門，是一條穿過建築中心的寬闊走廊。二十四個「房間」（其實是囚室）開向走廊，走廊中點有兩扇加了鉚釘的鐵製滑門，把這些囚室隔成男女各一區。這個精神病館是用來觀察與評估的，主要是針對那些犯下暴力罪的人。一旦確定他們的精神健全（或是不健全），也收到正式報告，這些住院者就會被送往別處，有可能是更糟糕的機構。

我一走進門廳，就聽到尋常的呼喊與嚎叫——有些是有條理的抗議，有些只是瘋狂與絕望的哀號——從前面的囚室傳來。同時我看到了克萊斯勒；怪得很，在我心中，他的畫面總是跟這些聲音連在一起。一如往常，他的西裝和外套都是黑色的，而且也一如往常，他正在閱讀《紐約時報》的樂評版。他雙腳轉換重心時，那一對活像大鳥的黑色眼珠迅速掠過報紙。他右手拿著《紐約時報》，幼年受傷而發育不良的左臂則緊靠著身體。他的左手偶爾會抬起來撫過唇上修剪整齊的小鬍子和唇下的一小片鬍鬚。他深色的頭髮留得比現在流行的長度要長許多，用髮油往後梳，因為他通常不戴帽子；而他的髮型，加上他對著眼前的報紙輕點著頭，讓他更像是某種飢餓、焦躁的鷹，決心要從這個令人煩惱的世界裡取得滿足。

站在克萊斯勒旁邊的大塊頭是賽勒斯．蒙特若斯，他是克萊斯勒的男僕，偶爾充任車夫，同時還是很管用的保鏢，也是他的知己。就像克萊斯勒大部分的僕人，賽勒斯以前也是病患，而且儘管他的舉止和外表都顯然控制良好，但他老是會害我很緊張。那天早上他穿著黑色長褲和扣緊鈕子的棕色夾克，那張黑色的大臉似乎沒看到我走上前。但等我接近了，他就輕碰一下克萊斯勒的手臂，指著我的方向。

「啊，摩爾，」克萊斯勒說，左手從背心裡掏出一只繫著鏈子的懷錶，同時微笑著伸出右手。「好極了。」

「拉茲洛，」我說，和他握手。「賽勒斯。」我又說，朝他點了個頭，但他幾乎沒有回應。

克萊斯勒看時間時，一邊指著旁邊的報紙。「我對貴報有點不滿。昨天晚上我在大都會歌劇院看的《丑角》非常出色，有梅爾芭和安科納——但《紐約時報》唯一談的，就是艾佛瑞演的崔斯坦。」他暫停下來審視我的臉。「你看起來很累，約翰。」

「還真不曉得為什麼呢。三更半夜搭著沒車廂的馬車到處亂跑，通常都可以讓人有充分的休息啊。你可以告訴我，我來這裡要做什麼嗎？」

「稍等一下。」克萊斯勒轉向旁邊一張直背木椅，上頭坐著一名身穿深藍色制服、頭戴藥盒帽的接待員。「傅勒？我們準備好了。」

「好的，醫師。」那男子回答，從腰帶取下一個掛著成串大鑰匙的巨大鑰匙圈，然後走向通往中央走廊的門。克萊斯勒和我跟在後頭，賽勒斯則像一尊蠟像似的留在原地。

「你看過那篇報導了，對吧，摩爾？」克萊斯勒問，此時那個接待員用鑰匙打開通往第一區牢房的門鎖。隨著門打開，各囚室傳來的嚎叫和呼喊變得簡直是震耳欲聾，搞得人很緊張。在這條沒有窗子的走廊上，只有幾盞過勞的電燈泡提供一點光線。一扇扇巨大的囚室鐵門上，有幾扇觀察窗是開著的。

「是的，」我總算回答，非常不安。「我看過了。而且我明白其中可能的關聯——但是你為什麼需要我？」

克萊斯勒還沒來得及回答，一個女人的臉忽然出現在我們右邊的第一扇門上。她的頭髮雖然夾好了，但是很凌亂；那張疲倦而寬闊的臉上有一種極為憤怒的表情。然而當她看到訪客是誰，那個表情立刻就變了。「克萊斯勒醫師！」她猛吸口氣，用一種沙啞但熱情的聲音說。

接著，一連串反應被推向高速：克萊斯勒的名字沿著走廊往下傳，一間囚室接一間囚室，一個人接一個人，穿過女性病房區的牆壁和鐵門，再傳入男性病房區。這個狀況我以前看過幾次，在不同的機構裡，但每回碰到還是嘆為觀止：那些話語就如同水流淹過煤炭，帶走燃燒的高熱，留下一陣冒著煙的嘆息，對燒得正旺的火來說，這個緩解期或許只是暫時的，但畢竟還是有用。

這個現象的原因很簡單。克萊斯勒不但在病患之間很有名，在紐約的罪犯圈、醫療圈、法律圈裡也人盡皆知，他在法庭上或精神健全聽審時的證詞，比當時任何精神病學家都更能決定一個人是該關入監獄，或是稍微比較不可怕的精神病機構，或是重獲自由。因此，像在表維精神病館這樣的地方，只要一有人看到他，大部分住院者平常瘋狂的聲音，就會轉為一種恐怖的、試圖條理清楚的溝通。只有外行人或是瘋得最沒希望的人，才會繼續胡言亂語；然而這種噪音忽然消退的狀況一點也不令人放心。在某些方面，其實會令人更緊張，因為你知道這種秩序是勉強撐出來的，那些苦惱的聲音很快就又會開始——再一次，就像燃燒的煤炭把之前潑水所造成的片刻壓抑給烤乾了。

克萊斯勒對這些住院者行為的反應也同樣令人不安，讓人只能想像他這一生和職業生涯中有過什麼樣的經驗，才會讓他有辦法走過這樣的地方、親眼看到這樣極度渴望的表現（所有人都不斷審慎但熱誠地懇求著「克萊斯勒醫師，我一定要跟你談！」「克萊斯勒醫師，拜託，我不像這裡的其他人！」），而不會恐懼、嫌惡，或絕望。當他邁著慎重的腳步走在長廊上，雙眉緊蹙，明亮的眼睛迅速左右移動，看著一間間囚室，帶著一種同情又警告的表情：彷彿這些人只是不乖的小孩似的。他始終不跟任何住院者講話，但這種拒絕並不殘忍；相反地，因為跟任何一個人講話，都只會喚起那個不幸者的希望（或許還是不切實際的希望），同時也打擊了其他哀求者的希望。在場任何曾待過瘋人院或監獄的病患，或者曾在表維這邊被長期觀察的，都知道這是克萊斯勒的專業領域；於是他們用雙眼極力懇求，知道只有用眼神才能打動克萊斯勒。

我們經過中央的雙扇拉門，進入男性區，跟著接待員傅勒走到左邊最後一間囚室。他站到一旁，打開沉重木門上的觀察窗。「沃夫！」他喊道。「有你的訪客。這是正式程序，所以乖一點。」

克萊斯勒站在窗前往裡看，我也隔著他的肩膀看。在那個牆面空空的小囚室裡，一名男子坐在一張粗糙的行軍床上，床下有個凹痕處處的鋼製便壺。唯一的小窗上裝了沉重的鐵條，常春藤遮掩了外頭透進來的光。靠近那男子的地板上有一個金屬水壺，還有一只托盤裝了一小塊麵包和一碗表面結成硬殼的燕麥粥。那男人的臉埋在雙手裡，身上只穿了一件內衣和羊毛長褲，褲子上沒有腰帶或吊褲帶（以防他們自殺），手腕和腳踝都銬上沉重的鐐銬。傅勒喊過後幾秒鐘，他抬起頭來，露出一雙發紅的眼睛，讓我想起自己狀況最糟糕的幾個早晨；他皺紋深深、長了絡腮鬍的臉上是一種聽天由命的表情。

「沃夫先生，」克萊斯勒說，仔細觀察著那個人。「你清醒嗎？」

「在這種地方待上一夜，」那男人緩緩回答，聲音模糊不清。「誰不會清醒過來呢？」

克萊斯勒關上觀察窗上那扇小門，轉向傅勒。「你們給過他什麼藥嗎？」

傅勒不安地聳肩。「他剛被送來時鬧得很厲害，克萊斯勒醫師。主任說他好像不光是喝醉而已，所以他們給他打了水合氯醛。」

克萊斯勒很氣惱地嘆氣。對他而言，水合氯醛是那個時代的禍根之一，這種有苦味、帶點灰色、略具苛性的化合物，會減低心跳頻率，因而使得服藥者格外平靜——或者就像很多酒館裡的狀況，會令服用者幾乎陷入昏迷，使得洗劫或綁架格外容易。然而醫藥界人士普遍都堅持水合氯醛不會成癮（克萊斯勒強烈反對）；而且一劑二十五分錢，使得這種藥物成了一種便宜又方便的選擇，免得要扭打病人為他們加上鐐銬或是皮革束縛帶。也因此很多人毫無顧忌地使用水合氯醛，尤其是在精神病或暴力者身上，甚至還擴散到一般大眾，在那個時代，一般人在任何藥房不但可以買到水合氯醛，也買得到嗎啡、鴉片、印度大麻，或任何這類藥物。好幾千人都因為任意投降於水合氯醛「讓你從煩憂中解放出來，帶給你健康的睡眠」（一家藥商的廣告詞）的威力，而毀掉自己的人生。服用過量致死的狀況變得普遍；愈來愈多自殺事件跟服用水合氯醛有關；然而當時的醫師還是照樣不以為意，堅持這種藥物安全且有效。

「用了多少格令？」克萊斯勒問，原先的厭倦轉為惱怒——他知道施用藥物不是傅勒的職責，也不是他的錯。

「他們從二十開始，」傅勒難為情地回答。「我跟他們說過，醫師，我說你排定要來做評估，到時候你會生氣的。但是——唔，你知道的。」

「是啊，」克萊斯勒平靜地說。「我知道。」我們三個都知道，精神病館的主任一聽到克萊斯勒預定要出現，而且大概會反對用藥，那就幾乎可以確定，他會把水合氯醛的劑量加倍，這麼一來，克萊斯勒要進行他那類評估時（包括很多刺探的問題；而且最理想的評估狀態，是在對象沒有受到藥物和酒精影響之下進行），沃夫的專注能力就會被大幅降低。醫學界對克萊斯勒普遍有這類的反感，尤其是比較老一輩的。

「好吧，」克萊斯勒思索了一會兒，就宣佈說。「反正也沒別的事情可以做，我們人都來了，摩爾，而且時間緊迫。」我立刻想到前一夜克萊斯勒留給羅斯福的字條上提到了「時間表」；但是我什麼都沒說，只是看著他打開門閂，用力拉開沉重的門。「沃夫先生，」克萊斯勒宣佈，「我們得談談。」

接下來一小時，我耐著性子旁觀克萊斯勒檢驗這個茫然、迷惘的男子，儘管被施打了水合氯醛，但他堅持認為，如果他真的用自己的手槍轟掉小路易莎．魯德斯海默的腦袋——我們也跟他保證他真的做了——那麼他一定是瘋了，也當然應該被送到精神病院（或頂多是梅特萬那個專收精神錯亂定罪囚犯的機構），而不是去一般監獄，或是上絞刑架。克萊斯勒注意到這個態度，但暫時先不討論案子本身。他只是問了一長串看似不相干的問題，都是有關沃夫過往經歷的，他的家庭、朋友，還有童年。那些問題非常個人，在正常狀況下都太過唐突，甚至是冒犯；而沃夫對克萊斯勒詢問的反應沒有大部分人那麼激烈，幾乎可以確定是因為藥物的影響。但他的缺乏怒氣也同時表示他的回答不夠精確或清楚，於是這場訪談似乎註定會提早結束。

但是當克萊斯勒終於開始問起有關路易莎．魯德斯海默時，就連沃夫受到化學藥物影響的腦袋都無法保持冷靜了。沃夫對那個小女孩懷有性慾方面的感情嗎？克萊斯勒問他，那種直率是在討論這類話題時不常見的。他對自己所住的那棟樓房或附近的其他小孩，懷有這樣的感情嗎？他有女朋友嗎？會去妓院嗎？他覺得自己性慾方面受到小男孩的吸引嗎？他為什麼要射殺那個女孩、而不是用刀刺死？沃夫一開始對這些問題不知所措，然後向傅勒求助，問說他是否一定要回答。傅勒帶著幾分淫穢的欣喜，表明一定要回答，於是沃夫就聽從了，但只是暫時的。過了半個小時後，他踉蹌站起來，手銬和腳鐐發出嘩啦的聲響，然後咒罵著說沒有人可以逼他回答這類淫穢的問題。他反抗地宣佈自己寧可被吊死，此時克萊斯勒也站起來，注視著沃夫的雙眼。

「恐怕在紐約州，電椅已經逐漸取代絞刑架的地位了，沃夫先生，」他鎮定地說。「不過我猜想，根據你對我問題的回答，你自己有一天會發現這一點的。上帝憐憫你。」

克萊斯勒轉身要離開，傅勒迅速拉開門。我跟著克萊斯勒走出去之前，又看了沃夫最後一眼：他的模樣忽然從憤慨轉為深深的恐懼，但他現在太虛弱了，頂多只能咕噥著可悲的抗議，說他很確定自己行兇時精神錯亂了，然後就跌回他的行軍床。

傅勒忙著拴上沃夫囚室的門鎖，克萊斯勒和我則沿著精神病館的主走廊出去。其他病患又開始低聲懇求，但我們很快就走過去。一出了走廊來到門廳，我們身後那些喊叫和呼號又開始大聲起來。

「我相信我們可以刪掉他了，摩爾，」克萊斯勒平靜而疲倦地說，一邊戴上賽勒斯遞給他的手套。「雖然受到藥物影響，但沃夫已經顯示了自己的狀況——暴力是當然的，而且怨恨兒童。另外還是個醉鬼。但是他沒瘋，我也不認為他跟目前的事情有關。」

「啊，」我說，趕緊抓住機會。「那麼，有關——」

「當然，他們希望他瘋了，」克萊斯勒沉思著說，沒聽到我講的話。「這裡的醫師，還有報紙、法官，他們願意想成只有瘋子才會朝一個五歲女孩的腦袋開槍。如果非得承認我們的社會所製造出來的、神智正常的人會做出這樣的事情，就會引發出某些……困境。」他嘆了口氣，從賽勒斯手中接過一把雨傘。「沒錯，我覺得，這個案子應該會在法院熬上漫長的一兩天……」

我們走出精神病館，我擠在克萊斯勒的雨傘下，然後爬上罩篷已拉起的輕馬車。我知道接下來會是什麼：克萊斯勒會開始一段獨白，那對他有滌淨的效果；他會重申一些最基本的專業守則，好緩解他協助一個人被叛死刑那種龐大的責任。克萊斯勒反對死刑，即使像沃夫這麼兇殘的謀殺兇手也不例外；但他絕對不容許這樣的反對立場影響自己的判斷，或影響自己對真正心神喪失的定義（這個定義，比起他許多同業要更為狹窄）。當賽勒斯跳上輕馬車的駕駛座，馬車駛離表維醫院時，克萊斯勒開始抨擊，內容涵蓋了我聽他討論過很多次的種種話題：心神喪失的定義太廣，可能會讓整個社會感覺好過些，但是對精神科學毫無幫助，只會害真正有心理疾病的人更沒有機會接受適當的照顧與治療。那是一種持續不斷的演講——克萊斯勒似乎試圖藉著這些演說，把沃夫坐上電椅的畫面愈推愈遠——而隨著他講下去，我明白自己是不可能問出眼前到底是怎麼回事、又為什麼要把我叫來參與了。

我有點懊惱地看著經過的那些建築物，然後目光停在賽勒斯身上，一時間想著，既然他比任何人都常聽到這些話，那麼我或許可以從他身上獲得一點同情，但心知不太可能。賽勒斯就像史蒂威・塔格特一樣，來幫克萊斯勒工作之前的人生過得很辛苦，現在他對自己的主人忠心得很。生於紐約的賽勒斯，一八六三年在紐約徵兵暴動期間，看著父母親名副其實被撕成碎片，當時憤怒的白人暴民（很多都是剛抵達紐約的移民），為了表達他們不願意替北方聯邦的理想和解放黑奴而作戰，於是把他們所能找到的任何黑人都抓起來——包括兒童——並予以肢解、活活燒死、塗上柏油，總之是任何源自歐洲中世紀的酷刑。賽勒斯是非常有才華的音樂家，且擁有一副絕佳的低男中音嗓子，在父母死後，他被一個拉皮條的叔叔收留，訓練後成為鋼琴師，在一家提供黑人姑娘給有錢白人的妓院裡面彈奏。但因為小時候的夢魘，讓他很不願意容忍妓院顧客們那些帶有偏見的辱罵。一八八七年有天夜裡，他碰到一個喝醉的警察來收例行的賄賂，這個警察顯然認為賄賂內容也包括狠狠賞耳光和辱罵「黑鬼婊子」。於是賽勒斯冷靜地走到廚房，拿出一把大大的切肉刀，殺了那個紐約市警局的警察。

接著克萊斯勒再度出馬。他解釋一個他稱之為「爆發聯想」的理論，把賽勒斯行動的起源向法官解釋：在殺人前後的那短短幾分鐘內，克萊斯勒說，賽勒斯的腦子回到了他父母遇害的那一夜，他從事發當時就封起的憤怒深井於是打開，大量湧出，淹沒了那個惹事的警察。克萊斯勒宣佈，賽勒斯沒有發瘋；他對那個狀況的反應，是他那樣背景的人唯一可能的方式。法官對克萊斯勒的論辯非常佩服，但考慮到大眾的觀感，也不太可能釋放賽勒斯，於是就建議關在位於布萊克威爾島的紐約精神病院裡。但克萊斯勒表示，由他的學園雇用賽勒斯，要遠遠更有可能達到改過自新的效果。急著要擺脫這個案子的法官同意了。這件事更確定了克萊斯勒特立獨行的公眾形象和專業聲譽，而且一定也讓拜訪克萊斯勒家的一般人不太敢跟賽勒斯單獨待在廚房。不過倒是確保了賽勒斯的忠誠。

我們沿著包厘街（據我所知，是紐約唯一從來沒有教堂的主要道路）往南行，一路上大雨不停。酒館、歌廳、廉價旅店在路旁閃過，經過庫伯廣場時，我看到畢夫．艾里森那家派樂思宮的大電燈招牌和拉上簾子的窗戶，喬治歐．桑托瑞里生前就是在這裡度過他可憐的賣淫生涯。馬車一路行駛，經過了更多廉租房屋群聚的荒原，人行道的混亂狀況只被大雨稍稍減緩一些。直到我們轉入布利克街，快到市警局總部時，克萊斯勒才淡淡地說：

「你看過那具屍體了。」

「看過？」我有點氣惱地說，不過終於可以討論這個話題，也讓我鬆了口氣。「我只要閉上眼睛超過一分鐘，就還是能看到那個畫面。為什麼要派人半夜跑來把我們全屋子的人吵醒，逼我去那裡？你明知道我不能報導這種新聞。這樣折騰半天，只會激怒我祖母，這可不算是什麼成就。」

「對不起，約翰。但是你得親眼看看那個原貌，知道我們即將對付的會是什麼樣的事情。」

「我才不要對付什麼呢！」我又抗議。「別忘了，我只是個記者，而且報社根本不會刊登這類血腥的報導。」

「你對自己的評價不公平，摩爾，」克萊斯勒說。「你對各種保密資訊是名副其實的百科全書——但是你自己可能都還不知道。」

我拉高嗓門：「拉茲洛，這到底——」

但是再一度，我講到一半就被打斷了。正當我們轉入茂比利街時，我聽到大喊的聲音，抬頭看到林肯・史代芬斯和傑可布・里斯正朝我們的馬車跑來。

5

「離教堂愈近，就愈靠近上帝。」有個黑社會的聰明人曾這麼說，以解釋自己為何決定把犯罪行動的基地設在離警察總部幾個街區之處。這句話也可以適用於幾十個類似的角色身上，因為茂比利街與布利克街交會的北側（紐約市警察局總部是在茂比利街三〇〇號）是一大片由廉價公寓、妓院、舞廳、酒館、賭場所構成叢林的心臟所在。而茂比利街三〇〇號隔著布利克街的正對面，就是一家妓院，裡頭的一群妓女在閒著沒事做的那幾個小時，就坐在妓院有綠色遮光板的窗子旁，用看歌劇的小型望遠鏡觀察警察總部的動靜，以此為樂，然後對著經過的警察品頭論足。警察總部周圍的氣氛就像這種嘉年華會，也或許該說是馬戲團，而且是古羅馬式的殘忍馬戲團，因為每天有好幾次，流著血的犯罪被害人或受傷的行兇者會被拖進這個看起來單調、貌似旅館的建築物內，進入紐約執法部門忙碌的總部中。只有外頭的人行道上會留下一道黏答答的血跡，讓人想起這棟樓內業務的致命本質。

隔著茂比利街對面的三〇三號，則是社會記者的非正式總部：我和我的同業常在那個簡單的門廊打發時間，等著某條新聞的消息。所以也難怪瑞斯和史代芬斯會在那邊等著我們。瑞斯焦慮的舉止，以及史代芬斯憔悴帥臉上咧嘴開心的笑容，都顯示有特別吸引他們的事情發生了。

「哎呀，終於！」史代芬斯說，舉起他的雨傘，跳上克萊斯勒這輛馬車車廂底部突出的踏板。「兩個神祕訪客聯袂而來！早安，克萊斯勒醫師，很高興見到你。」

「史代芬斯，你好。」克萊斯勒不太起勁地點了個頭。

瑞斯氣喘吁吁地跟在史代芬斯後頭，他龐大的丹麥人骨架不像年輕許多的史代芬斯那麼柔軟。「醫師，」他說，克萊斯勒聽了只是點個頭。他很不喜歡瑞斯；這位丹麥佬揭露廉價公寓生活中種種罪惡的先驅作品——最重要的就是收錄在他的文章和照片選集《另一半人如何生活》中——並未改變他是堅定衛道人士的事實，而且就克萊斯勒看來，他有些想法非常偏執。我不得不承認，我常常也贊同克萊斯勒的觀點。「摩爾，」瑞斯繼續說，「羅斯福剛剛把我們趕出他的辦公室，說他在等你們兩個，要進行重要的商討——我認為，有個非常奇怪的遊戲正在進行中！」

「別理他，」史代芬斯大笑一聲說。「他的自尊受傷了。而且看起來，有另外一樁謀殺案發生了，但我們的朋友瑞斯相信，《太陽晚報》永遠不會登出來——恐怕我們全都很無恥地把他壓下去了！」

「史代芬斯，老天，如果你繼續這樣——」瑞斯舉起他北歐人的大拳頭，朝史代芬斯揮舞著，同時呼吸沉重地繼續跑，想趕上馬車的速度。賽勒斯在警察局總部外頭勒住馬停下時，史代芬斯跳下車。

「來吧，傑可布，別威脅人了！」他和善地說。「我只是開玩笑罷了！」

「你們兩個到底在說什麼？」我問，同時克萊斯勒設法不理會我們，走下馬車。

「別裝傻了，」史代芬斯回答。「你看過屍體了，還有克萊斯勒醫師——這個我們知道。但是很不幸，因為傑可布否認有男雛妓和這類妓院的存在，所以他不能報導這則新聞。」

瑞斯又生氣了，那張大臉變得更紅。「史代芬斯，我會教訓你——」

「而且因為我們知道你的編輯不會登這種齷齪的新聞，約翰，」史代芬斯繼續說，「恐怕就只剩《紐約郵報》會登了——你覺得怎麼樣，克萊斯勒醫師？要不要提供一下細節，給全市唯一會登出這則新聞的報紙？」

克萊斯勒嘴巴彎成一個很淺的微笑，但既無善意，也無歡樂，只是有點不以為然。「唯一的，史代芬斯？那《紐約世界報》呢？或是《紐約新聞報》？」

「啊，我應該講得更精確一點——全紐約市唯一會登出這則新聞的可敬的報紙。」

克萊斯勒只是目光上下打量著史代芬斯瘦長的身軀。「可敬的。」他說著搖搖頭，然後走上階梯。

「隨你怎麼說，醫師，」史代芬斯在他身後喊道，依然保持微笑，「但是我們會比《紐約世界報》或是《紐約新聞報》給你更公平的待遇！」克萊斯勒毫無反應。「我們知道你今天上午去察看過兇手了，」史代芬斯持續進逼。「你能不能至少談一下這件事？」

克萊斯勒暫停在門邊，轉過身來。「我察看的那個人的確是兇手。但他和桑托瑞里男孩的命案沒有關係。」

「真的？唔，那你或許該告訴刑事組的康納警佐一聲。他一早上都在跟我們說，那個沃夫發神經射殺了一個小女孩，殺紅了眼，然後又繼續去找下一個被害人。」

「什麼？」克萊斯勒一臉真實的驚慌。「不——不，他絕對不能——他絕對不能這麼做！」

史代芬斯還想逗他講話，但克萊斯勒已經衝進門內了。史代芬斯看到他的消息來源跑掉，於是就把空著的那隻手扠著腰，臉上的笑容褪到只剩一點點。「你知道，約翰——那個人的態度可不會贏得太多讚賞。」

「他也不想贏得讚賞。」我說，開始走上階梯。史代芬斯抓住我的手臂。

「你能不能透露點什麼，約翰？羅斯福又不能禁止我和傑可布跑社會新聞——要命，我們比他那些笨委員更了解警方的狀況呢。」

這倒是沒錯：羅斯福常常諮詢瑞斯和史代芬斯有關政策的問題。不過我也只能聳聳肩。「林肯，如果我知道什麼，就會告訴你了。不過他們也都瞞著我。」

「可是那具屍體，摩爾，」瑞斯附和道。「我們聽到了一些荒唐的謠言——絕對不可能是真的！」

我想了一下橋塔上的那具屍體，嘆了口氣。「無論謠言多麼荒唐，兩位，都還差得太遠了。」說完了我就轉身，大步爬上階梯。

我還沒進門，瑞斯和史代芬斯就又開始吵了起來，史代芬斯尖酸地嘲諷瑞斯，而瑞斯則生氣地想讓他閉嘴。但史代芬斯雖然講話太刻薄，卻也說得沒錯：瑞斯頑固地堅持同性戀賣淫不存在，就表示紐約又一家大報絕對不會報導一宗殘忍謀殺案的所有細節。而能寫多少報導，對瑞斯的意義會比對史代芬斯的重要：因為史代芬斯身為進步運動倡導者的大部分重要工作都還要等到未來，而瑞斯則已經建立起權威之聲的地位，他憤怒的演說不但使得桑樹彎（紐約最惡名昭彰的貧民窟「五點地區」的心臟）被拆毀，連帶也消滅了許多其他的惡劣小區域。然而瑞斯無法鼓起勇氣正視桑托瑞里謀殺案；儘管他目睹過很多恐怖場面，但他無法接受這樣一件罪案的種種背景；而當我走進總部的那道綠色大門時，我很好奇，就像我在《紐約時報》的編輯會議中曾納悶過一千次的：媒體圈（更別說政治圈和一般大眾）的許多成員老是刻意忽視、假裝這些罪惡並不存在，他們到底還要假裝多久？

進去之後，我發現克萊斯勒站在鐵柵式電梯前，正在起勁地跟康納談，這位警探前一夜也在犯罪現場。我正要加入時，忽然有人抓住我的手臂，把我拉向樓梯，我一看，原來是全總部比較令人愉快的面孔之一：我的老友莎拉．霍華德。

「別湊熱鬧了，約翰，」她說，帶著她慣有的睿智口吻。「你的朋友正在斥責康納，而且他完全是活該。此外，局長要你先上樓——不要跟克萊斯勒一起。」

「莎拉！」我開心地說。「真高興見到你。我已經一夜加上一個上午都碰到各種瘋子。我需要一個理智的聲音。」

莎拉偏愛設計簡單、配合她眼珠顏色的綠色調洋裝，今天她穿的就是這樣一件，臀部的裙撐極低，沒有太過繁複的襯裙，展露出她高大、健美的身材。她的臉一點也不顯眼，但樸素而悅目；而最令人看了開心的，就是她靈動的雙眼和嘴，在調皮和憂傷之間反覆來回。早在一八七〇年代早期，我還是十來歲的少年時，他們一家搬進了格拉梅西公園區的一棟房子，就在我家附近。隨後我就看著她十歲以前那幾年，把那個高雅的街坊地帶變成她私人的娛樂室。時光沒有改變她太多，只除了容易激動的個性，有一半也變得比較會思索（偶爾還會陷入憂思）；兩年前我和茱麗亞．普瑞特取消婚約後沒多久，有天夜裡我喝得大醉，判定所有被視為美女的女人都其實是惡魔，於是要求莎拉嫁給我。她的回答就是帶著我搭上一輛出租馬車到哈德遜河邊，然後把我丟進河裡。

「今天在這棟大樓裡，你不會發現很多理智的聲音，」莎拉說，跟我一起爬上樓梯。「泰

❷ 泰迪（Teddy）是羅斯福的名西奧多（Theodore）的暱稱。

迪——我是說，局長——這樣喊他好奇怪不是嗎，約翰？」❷的確，不過紐約市警局是由四名委員所組成的委員會所領導，羅斯福是主任委員，因此他的頭銜就是跟其他三位不同的「局長」❸。當時我們很少有人能猜到，不太遙遠的未來，他就會效命於同樣頭銜的總統之下。「唔，他正為了桑托瑞里的案子而處於那種旋風中心的狀態。各式各樣的人進進出出他的辦公室——」

正當此時，羅斯福洪亮的聲音從二樓走廊傳下來：「不必費事把你坦慕尼協會的朋友們捲入這件事了，凱利！坦慕尼是民主黨的可怕產物，而這裡是改革派共和黨所管理的機構——你們那些人脈在這邊是不管用的！我建議你們乖乖合作！」這番話唯一的回答，就是樓梯間內側傳來的兩個低沉輕笑聲，而且那聲音正在朝我們接近。沒幾秒鐘，莎拉和我就面對面看著一身紈褲子弟打扮、古龍水氣味熏天、個子高大的畢夫．艾里森，以及個子比較小、衣著比較有品味、也比較沒那麼香的犯罪總管保羅．凱利。

曼哈頓下城的黑社會事務，原先由幾十個無法無天的街頭黑幫瓜分；到了一八九六年，大部分地區的舊勢力都已終止，各種黑道生意被更大的集團接管或合併，這些集團同樣致命，但方法遠遠更有效率。伊斯特曼幫（以他們經歷豐富的首領「猴子」伊斯特曼而得名）控制了包厘街以東、十四街到且林廣場之間的地區；在西城，深受眾多紐約知識份子和藝術家喜愛的哈德遜粉人幫（大部分是因為他們對古柯鹼的胃口似乎都永無饜足），掌管十三街以南和百老匯大道以西；西城十四街以北屬於「木槌」墨菲的地鼠幫，這群住在地窖的愛爾蘭生物的進化方式，連達爾文先生都會覺得難以解釋；而在這三大幫派之間，位於犯罪颶風圈中央，而且離警局總部只有幾個街區的，就是保羅．凱利和他的五點幫，他們統治的領域介於百老匯大道與包厘街之間，以及十四街到市政廳之間。

凱利的五點幫是以紐約市最剽悍的區域命名，企圖讓人聽而生畏，但其實他們做生意的手法遠遠不像前一代五點區的幫派（哇喔幫、醜帽幫、死兔幫等等）那麼混亂，不過前一代這些黑幫的遺跡就像暴力的、不滿的鬼魂，依然在舊街坊間陰魂不散。凱利本人正反映了這種風格上的改變：講究的服裝配上文雅的談吐和舉止。他同時擁有藝術和政治學方面的豐富知識，藝術品味偏向現代派，而政治方面則偏向社會主義。但凱利也很了解他的顧客；而有品味這個字眼可不能用來形容新布萊登（五點幫位於大瓊斯街的總部）。新布萊登是個俗麗的跳舞廳，由綽號「通殺」的巨漢傑克．麥馬納斯所掌管，裡頭充滿了鏡子、水晶吊燈、黃銅欄杆，以及穿著清涼的「舞者」，其奢華程度就連在里脊肉區的店都無法匹敵。而在凱利崛起之前，里脊肉區絕對是非法行業最豪華的中心。

另一方面，綽號「畢夫」的詹姆士．T．艾里森則代表了比較傳統的紐約暴徒。他的黑道生涯起點，是在一個名聲特別糟糕的酒館當守門的保鏢，因為把一個警察打得差點死掉而首度贏得惡名。儘管他渴望有幫裡老大凱利那樣的世故優雅，但是在無知、性墮落、有毒癮的艾里森身上，這種企圖心成了怪誕的浮華。凱利手下有一票兇殘幹部的行事名聲很差，甚至是大膽，但只有艾里森膽子大到敢開派樂思宮。全紐約只有三、四家這樣的酒館敢公然又興高采烈地迎合社會上這個客層的需要——這個客層是傑可布．瑞斯絕對拒絕承認存在的。

「喲，你瞧瞧，」凱利親切地說著走近我們，領巾上的飾釘亮晶晶，「是《紐約時報》的摩

❸ president，也有總統的意思。

爾先生——還有警察局新進的可愛女士之一。」黑髮的愛爾蘭人凱利握住莎拉的手，輪廓分明的臉低下去輕吻一記。「這陣子被找來總部，也當然就比較愉快了。」他望著莎拉，臉上的微笑非常老練且充滿自信；但樓梯上的氣氛照樣充滿了強烈的威脅感。

「凱利先生，你好，」莎拉勇敢地點了個頭，不過我看得出她很緊張。「真可惜，你選擇的同伴不如你這麼有魅力。」

凱利大笑，但個子本來就比我們高出一截的艾里森則是更挺直身子，肉乎乎的臉和那對雪貂眼很不高興。「你最好小心你那張嘴，小姐——從總部走到格拉梅西公園這趟路很遠。一個孤身女子走回家，很多不愉快的事情都有可能發生的。」

「你真的是兔子，對吧，艾里森？」我說，儘管這個人有可能不假思索就把我剁成兩半。「怎麼回事——沒有小男孩可以欺負，現在開始找女人下手了？」

艾里森的臉變得很紅。「你這個臭寫字匠說什麼鬼話？沒錯，葛羅麗亞很難搞，難搞得不得了，但是我不會因此滅了她，誰要是敢說是我，我就宰了——」

「哎呀，哎呀，畢夫。」凱利的口氣很愉快，但是意思非常明顯：別再說了。「沒什麼好爭的。」然後對我說：「畢夫和那個男孩被謀殺根本無關，摩爾。另外我也不希望看到報上提到我跟這事情有關。」

「那我可要好好想一下了，凱利，」我回答。「我看過他的屍體——符合畢夫的手筆。」其實，就連艾里森都沒幹過這麼可怕的事情，但我沒理由跟他們這麼說。「他還只是個男孩啊。」

凱利低笑著下了幾級階梯。「是啊，而且是一個玩危險遊戲的男孩。拜託，摩爾，這個城市每天都有那樣的男孩死掉——你為什麼感興趣？難不成他有什麼有錢有勢的祕密親戚？是摩根還是弗利克的私生子？」

「你覺得調查這個案子的唯一原因就是這個？」莎拉問，有點不高興——她在總局工作的時間還不長。

「親愛的姑娘，」凱利回答，「摩爾先生和我都知道，這就是唯一的原因。但是隨你怎麼說吧——羅斯福要捍衛無知愚昧的人！」凱利繼續下樓梯，艾里森則擠過我旁邊跟上去。他們又走了一小段路，然後凱利轉身，聲音裡頭一次透露出他的黑道身分。「不過我警告你，摩爾——我不希望看到我的名字被扯進這件事情裡。」

「別擔心，凱利。我的編輯絕對不會登這則報導的。」

他又露出微笑。「他們很明理。這世上有許多重大的事情正在進行中，摩爾，幹嘛浪費力氣在這種小事上？」

然後他們離開了，莎拉和我鎮定下來。凱利或許是新派的黑幫份子，但照樣還是黑幫份子，而我們的這回相遇實在很令人不安。

「你知道嗎，」我們繼續上樓時，莎拉思索著說，「我的朋友愛蜜莉．寇特有天晚上跑去貧民區逛，就是為了想看看保羅．凱利——結果她發現他非常有趣。不過愛蜜莉向來就是個沒什麼腦袋的小傻瓜。」她挽住我的手臂。「對了，約翰，你為什麼說艾里森先生是兔子？他比較像人猿。」

「以他們的語言，兔子就是指很兇暴的顧客。」

「啊。我一定要記下來。我希望我對犯罪階級的知識愈詳盡愈好。」

我只能大笑。「莎拉——現在有這麼多行業對女性開放，你為什麼偏偏選這個？像你這麼聰明，可以當科學家、醫師，甚至是——」

「你也可以啊，約翰，」她嚴厲地回答。「只不過你剛好不想。碰巧呢，我也不想。老實說，有時候你真的很白癡。你很清楚我想做的是什麼。」莎拉的其他朋友也都曉得：她想成為紐約市的第一個女警察。

「可是，莎拉，你現在離目標比較近了嗎？畢竟，你只是個秘書啊。」

她露出聰明的微笑，但隱隱帶著同樣緊繃的嚴厲。「沒錯，約翰——但是我人在總部裡了，不是嗎？十年前連這點都不可能呢。」

我聳了一下肩，點點頭，知道跟她爭執也沒用，然後我打量了二樓走廊一圈，想找個熟面孔。但進出各個辦公室裡的警探和警員全都是陌生人。「慘了，」我低聲說，「今天這裡的人我一個都不認得。」

「沒錯，狀況愈來愈糟糕了。上個月有一打人離職。他們全都寧可辭職或退休，也不想面對調查。」

「但是羅斯福總不能把全警察局全都換成新人吧？」我說。

「大家都這麼說。但如果要在腐敗和沒經驗之間選一個，你也知道他會怎麼做。」莎拉堅定地推了我背部一下。「啊，別再閒晃了，約翰，他要你馬上過去。」我們走過穿著制服、戴著皮革頭盔的巡警，還有被稱為「飛天警察」的便衣刑警，一路直到走廊盡頭。「另外呢，」莎拉又說，「稍後你一定要跟我解釋，為什麼像這樣的案子通常是不會調查的。」然後她匆忙敲了羅斯福辦公室的門，打開來、一路推著我進去。「局長，摩爾先生來了。」她宣佈道，然後退出去帶上門。

羅斯福的閱讀量和寫作量都大，因此向來喜歡用大書桌，他在警察總局辦公室裡的辦公桌就是如此，桌子周圍很侷促地放了幾張扶手椅。一個高高的時鐘放在白色壁爐架上，一張小邊桌擺著擦得亮晶晶的黃銅電話；除此之外，房間裡唯一的東西就是成堆的書和紙張，有的從地上堆疊到房間的一半高度。幾扇窗子面對著外頭的茂比利街，遮光簾半拉下來，羅斯福就站在一扇窗前，身上是一套非常保守的灰色西裝。

「啊，約翰，好極了，」他說，匆忙繞過桌子，過來握住我的手猛搖。「克萊斯勒在樓下？」

「是的。你有事情要私下跟我談？」

羅斯福走來走去，帶著一種嚴肅但樂觀的期待。「他的心情怎麼樣？你覺得他會有什麼反應？他的情緒就像暴風雨似的——我想確保用正確的方式對待他。」

我聳聳肩。「他應該還好吧。我們剛剛去表維醫院看了一個叫沃夫的，射殺了一個小女孩，之後克萊斯勒的心情很不好。不過馬車過來的一路上，他就慢慢想開了——在我看起來是這樣。總之，羅斯福，我根本不明白你找他來是怎麼回事——」

正當此時，有人迅速地輕敲房門，然後莎拉再度出現了，後頭跟著克萊斯勒：他們顯然正在聊天。隨著他們走進辦公室而結束談話，我注意到克萊斯勒專注地審視著她。當時這件事似乎沒什麼稀奇，大部分人看到警察局總部裡雇用了一個女人，都會有這樣的反應。

羅斯福迅速走到他們兩個人之間。「克萊斯勒！」他大聲說，「真高興，醫師，真高興見到你！」

「羅斯福，」克萊斯勒報以真誠的微笑。「好久不見了。」

「太久，太久了！我們要坐下來談，或者我該把辦公室清出來，好讓我們可以再較量一下？」

這指的是他們在哈佛第一次相遇時，兩人打了一場拳擊賽；我們大笑著坐下，氣氛非常融洽，於是我的思緒又回到了哈佛的那段時光。

一八七六年，西奧多・羅斯福進入哈佛大學讀大一，當時我雖然已經認識他很多年，但始終不是很熟。他小時候一直是個好學而守規矩的孩子，只是體弱多病；而我和弟弟的童年，則是成天在格拉梅西公園的街坊間到處帶頭搗蛋。我爸媽的朋友們總是說我們兩兄弟是「流氓頭」，還常常議論一個家庭裡出了兩個敗類真是不幸。其實我們從來沒做什麼太壞或太惡意的事情；大家比較在意的，是跟我們一起玩的那票男孩都是出身陋巷、或是東邊煤氣屋區那一帶的人家。在我們那個古板的荷蘭裔小社區裡，這樣的玩伴是不能接受的。那些大人認為階級很重要，而且無法容忍小孩有自己的想法。後來讀大學前去預備學校住校幾年，也完全沒有改變我的種種傾向；的確，在我滿十七歲之前，一直被視為素行不良，因而申請哈佛大學差點被打回票（若有這種下場，我應該也會欣然接受）。但我父親夠深的口袋替我扳回局勢，於是我就去了哈佛大學所在的劍橋鎮。在那個單調無聊的小鎮過上一兩年大學生活，也絕對不會讓我更願意接受羅斯福這樣的年輕書呆子。

但是一八七七年秋天，我上大四、羅斯福上大二那年，這一切開始改變了。當時在一場辛苦的戀愛和父親病重的雙重壓力下，羅斯福開始從一個思想狹隘的少年轉變為心智大開、態度可親的年輕人。當然，他從來沒有變得精明世故；但我們設法在彼此身上找到了一些哲學層面，得以共度許多飲酒與談話的夜晚。很快地，我們就開始探查波士頓的上流社交圈和下流社會；在這樣的共同經歷下，逐漸建立起堅實的友誼。

在此之前，我另一個童年時代的好友拉茲洛・克萊斯勒先是以史無前例的速度讀完哥倫比亞大學醫學院，接著在布萊克威爾島的精神病院擔任資淺助理期間，又被威廉・詹姆斯在哈佛新開設的心理學研究所課程吸引，辭職來攻讀。日後將成為著名哲學家的詹姆斯，當時只是一名喜歡社交、好鬥的教授，才剛在校內羅倫斯樓的幾個房間裡建立起美國的第一個心理學實驗室，同時也在大學部開了比較解剖學的課。一八七七年的秋季學期，我聽說了詹姆斯是個很有趣的教授，而且給分數很大方，於是就報名選修他的課。第一天上課時，我赫然發現旁邊坐著羅斯福，他來修課是因為從小就對野生動物很有興趣。雖然羅斯福常常跟詹姆斯針對動物習性的一些細節熱烈討論，但他跟我們所有人一樣，很快就拜倒在這位年輕教授的魅力之下。詹姆斯還有個習慣，當學生的參與程度逐漸低落時，他就會斜倚在地板上，宣稱教學是「一種雙向的過程」。

克萊斯勒跟詹姆斯的關係則遠遠更為複雜。雖然非常尊敬詹姆斯的工作，也對教授本人極為愛戴（你實在不可能不愛戴他），但克萊斯勒還是無法接受詹姆斯有關自由意志的著名理論，而這些理論是詹姆斯哲學的基石。詹姆斯小時候體弱多病又愛哭，長大後還不止一次考慮自殺；但他閱讀了法國哲學家雷諾維葉（Charles Renouvier）的作品之後，克服了這種傾向。雷諾維葉認為，一個人可以藉由意志的力量，克服所有心理上（以及許多身體上）的疾病。「我的第一個自由意志行動，應該就是相信自由意志！」是詹姆斯早期的口號，這種態度在一八七七年仍持續主宰他的思想。而這樣的哲學，必然會抵觸到克萊斯勒發展中的信念，他稱之為「脈絡背景」理論：童年經驗對於一個人的種種行動有關鍵性的影響，如果不曉得這些經驗，就無法分析或改變一個人的行為。羅倫斯樓的實驗室裡充滿了各種解剖動物神經系統及測試人類反應的工具，在裡頭，詹姆斯和克萊斯勒兩人爭辯著人類生活模式如何形成？我們任何人是否可以任意決定自己長大後要過著什麼樣的生活？這類爭辯持續加溫——更別說成為校園八卦的話題——直到最後，第二個學期剛開始的一個晚上，他們在大學樓辯論這個問題：「自由意志是一種心理現象嗎？」

那一天，大部分修課的學生都出席了；而儘管克萊斯勒辯論得很好，但學生們都先入為主地不理會他的論述。再加上當時詹姆斯的幽默感遠遠勝過克萊斯勒，哈佛的眾多學生在享受教授的笑話之餘，就犧牲了克萊斯勒。另一方面，克萊斯勒援引了諸如德國叔本華等悲觀的哲學家，以及達爾文與赫伯特．史賓賽這些演化學家的理論，以解釋存活是人類的目標，而心理發展與身體發展的作用同等重要，這些話引起眾多大學部學生的反對，發出特別長的抱怨聲。我承認，就連我都很掙扎，一邊是我應該保持忠誠的老友，他的信念老是讓我很不安；另一邊是我充滿興趣的老師，以及一套似乎能為我和所有人的未來提供無盡可能性的哲學。羅斯福——當時他還不認識克萊斯勒，而且他就像詹姆斯一樣童年多病且幾度很嚴重，但他認為是藉著純粹的意志力而熬過來——則沒有任何疑慮；他為詹姆斯最後且必然的勝利而熱烈歡呼。

那場辯論後，我和克萊斯勒過了查爾斯河到對岸，在一家哈佛師生常去的小酒館吃晚餐。吃到一半，羅斯福和一些朋友進來了，看到我和克萊斯勒在一起，就要我介紹他們認識。他針對克萊斯勒的「有關人類心靈那些神祕的胡言亂語」說了一些友好但譏諷的評語，還說這一切都是源於他歐洲移民而來的背景；但當他又喋喋不休地嘲諷著有關「吉卜賽血統」時，那就太過頭了。因為克萊斯勒的母親是匈牙利人，於是覺得被嚴重冒犯。克萊斯勒提出決鬥的挑戰，羅斯福欣然接受，建議舉行一場拳擊賽。我知道克萊斯勒會比較想較量擊劍——以他幾乎廢掉的左手臂，他在拳擊場上獲勝的機會渺茫——但是他同意了，以遵守正式決鬥的禮儀，讓接受挑戰的羅斯福選擇武器。

羅斯福有一點值得讚揚，那就是他們兩個人都在賀門威體育館（在那麼晚的時間進去，是用我那年稍早在一場撲克牌局從一名守門人那邊贏來的一套鑰匙）脫光了上身衣服後，羅斯福看到克萊斯勒的左手臂，便提出讓對方挑一樣武器，而不是比拳頭；但克萊斯勒頑固又自尊心強，於是儘管他在同一晚註定要輸掉第二次，但他打了一場遠超出任何人預料的好拳。他的頑強讓在場所有人都刮目相看，而且可想而知，也贏得羅斯福衷心的佩服。然後我們又都回到那家小酒館喝到很晚；儘管羅斯福和克萊斯勒從來沒成為親近的朋友，但他們兩人間有一種很特殊的情誼，讓羅斯福打開心靈（即使只是一道縫隙），注意克萊斯勒的理論和意見。

那道縫隙，就是我們現在聚集在羅斯福辦公室裡的一大理由；當我們聊起在哈佛的昔日時光，就暫時拋開眼前的事情。談話很快延伸到最近幾年，羅斯福真心關切地問起克萊斯勒的工作，有關學園裡的兒童和心神喪失的罪犯。克萊斯勒則說他一直很關注羅斯福的事業生涯，先是選上紐約州眾議員，然後去華府擔任公務員委員會的委員。在久未碰面的老友間談談彼此多年來的狀況，真的太愉快了，而且大部分時間，我都往後靠坐著只聽就好，因為經過了前一夜和今天上午之後，我很樂意有這樣的氣氛轉換。

但最後，我們的話題還是必須轉到桑托瑞里謀殺案上頭。一種不祥而哀傷的預感無情地爬進房間裡，驅散歡樂的回憶，就像把那個男孩丟在橋塔上的野蠻人那般狠心。

6

「我看過你的報告了，克萊斯勒，」羅斯福說，從辦公桌上拿起那份文件。「還有驗屍官的。他沒提供其他深刻的看法，這一點你應該不會覺得驚訝。」

克萊斯勒厭惡且熟悉地點頭。「任何屠夫或專利藥的業務員都可以當驗屍官，羅斯福。簡直就跟當上精神病院的院長一樣容易。」

「的確。無論如何，你的報告似乎指出——」

「裡頭沒有指出我所發現的每件事，」克萊斯勒警覺地打斷他。「其實，報告裡沒有提到我認為最重要的幾點。」

「嗯？」羅斯福驚訝地抬頭看，夾鼻眼鏡從他鼻子上滑下。「你說什麼？」

「局長，總部裡面很多人會看到報告。」克萊斯勒盡力講得很得體，這對他是很辛苦的事。「我不想冒險讓某些細節……公開。現在還不到時候。」

羅斯福暫停一下，雙眼思索地瞇起來。「你故意寫錯一些東西。」他最後終於低聲說。

克萊斯勒起身走到窗邊，把遮光簾往旁拉開一條縫。「首先，羅斯福，你得答應我，這些事情絕對不能透露給某些人，比方——」他一臉憎惡的表情。「——康納警佐。他今天早上就在散播假消息給媒體——這類消息很可能會導致更多人送命的。」

羅斯福平常微蹙的眉頭皺得更深了。「老天！如果真是這樣，醫師，我會把他——」

克萊斯勒舉起一隻手。「答應我就是了，羅斯福。」

「我跟你保證。不過至少告訴我康納說了些什麼。」

「他給了幾個記者一個印象，」克萊斯勒回答，開始在辦公室裡踱步，「覺得這個沃夫就是殺害桑托瑞里的人。」

「所以你不這麼認為？」

「一點也沒錯。以這個案子來說，沃夫的思緒和行為都太沒有預謀性，也太沒有章法。不過他的確完全無法控制情緒，也不厭惡暴力。」

「你會認為他是一個……」對羅斯福來說，這些字眼有點陌生。「一個精神病患者（psychopath）嗎？」克萊斯勒聽了揚起一邊眉毛。「我看過你最近發表的一些文章，」羅斯福繼續說，看起來有點難為情。「不過我不敢說自己真正看懂了多少。」

克萊斯勒點點頭，臉上帶著神祕的淺笑。「你問我，沃夫是不是精神病患者。他有些基本的精神問題，這點毫無疑問。至於是否把他貼上精神病患者的標籤——如果你讀過一些文獻，就會知道這要看我們採納誰的意見。」

羅斯福也點點頭，結實的手摩挲著下巴。當時我並不曉得，但接下來幾個星期我將會得知，克萊斯勒和許多他的同業之間最大的爭論點之一——他們的論戰主要是發生在《美國精神病學學報》這份由全國精神病院負責人組織所出版的季刊上——就是殺人犯真正心神喪失的定義。最近德國心理學家埃米爾．克雷佩林就把智力正常、但兇殘暴力行為違背一般道德觀的人，納入廣義的「精神病人格」內。這個分類已經被專業人士普遍接受；但大家爭執的問題點在於，這樣的精神病患者真的是精神上有疾病嗎？大部分醫師認為是，而且儘管還不能確切找出這種疾病的性質和成因，但他們認為要搞清楚只是遲早的事情。相反地，克萊斯勒相信精神病患者是由極端的童年環境和經驗所製造出來的，並沒有任何真正病理學上的原因。只要從過往脈絡背景，就可以了解、甚至預測這類病患的行為（不像那些真正發瘋的）。這顯然是他對亨利・沃夫所做出的診斷。

「那麼你打算向法庭表明他有能力受審？」羅斯福問。

「是的。」克萊斯勒明顯沉下臉來，瞪著交疊的雙手。「而且，更重要的是，我敢打賭，還不必等到審判開始，就會有證據出現，證明他跟桑托瑞里命案無關。令人沮喪的證據。」

我覺得很難保持沉默了。「那證據會是……？」我問。

克萊斯勒雙手落回身側，走回窗邊。「恐怕會有更多屍體。尤其是如果有人想把桑托瑞里命案套在沃夫頭上。沒錯。」克萊斯勒的聲音變得不太專心。「他會因為被這樣搶走風頭而生氣……」

「誰會？」

但是克萊斯勒好像沒聽到我講話。「你們有誰記得，」他繼續用那種心不在焉的口氣問，「大約三年前，有過一宗有趣的案子，也是謀殺孩童的？羅斯福，恐怕當時你正在華府焦頭爛額，所以你可能沒聽說。另外摩爾，我相信你當時正在跟《華盛頓郵報》打一場激烈的筆仗，他們想要羅斯福的腦袋。」

「《華盛頓郵報》，」我厭惡地嘆了口氣。「他們像是眼睛淹在糞堆裡，看不見任何一個非法任命的官員——」

「是的，是的，」克萊斯勒回答，舉起軟弱的左手臂阻止我說下去。「毫無疑問，當時你的行為很值得敬佩。也很忠實，雖然你的編輯似乎比較不那麼熱心支持。」

「他們最後改變立場，」我說，稍微挺起胸膛。「而且我也被調職了。」我說，胸膛又垮下來。

「好了，好了。別自責了，摩爾。但是就像我剛剛說的，三年前在迪蘭西街北邊不遠的薩佛克街上，有一棟大型廉租公寓屋頂的水塔被閃電擊中。這種事情或許有點不尋常，但也難怪，因為那水塔是附近最高的建築物。不過那棟公寓的居民和消防隊來到屋頂時，有些人就覺得那是天意了——因為水塔裡有兩個孩童的屍體。是兩兄妹。他們的喉嚨被割開了。碰巧我認識這家人。他們是來自奧地利的猶太人。那兩個小孩長得很美，精緻的五官、大大的褐色雙眼，但同時也很令人心煩，害家人相當難堪。他們偷竊、撒謊、攻擊其他小孩，很難管教。事實上，那一帶鄰居對他們的死不怎麼遺憾。屍體被發現時，已經進入分解晚期。那男孩已經從水塔內原來就安裝的一個平台掉進水裡，屍體膨脹得很厲害。女孩還在平台上，沒泡在水裡，所以屍體比較完整，但任何能蒐集到的線索，都被一個無能的驗屍官毀掉了。我只看過官方報告，但我注意到裡頭有個奇怪的細節。」他左手指著自己的臉。「他們的眼睛不見了。」

我不禁打了個寒噤，不光是想起桑托瑞里男孩，也想起羅斯福前一夜告訴我還有另外兩宗謀殺案。我看了羅斯福一眼，發現他有同樣的聯想：雖然他的身體平穩不動，雙眼卻因為恐懼而睜大了。不過我們都努力壓下自己的驚慌，羅斯福果斷地說，「那也不稀奇，尤其是那兩具屍體已經暴露在外很久。如果他們的喉嚨被割開，那就一定流了很多血，會吸引食腐動物。」

「或許吧，」克萊斯勒審慎地點著頭，繼續踱步。「但是那個水塔是封住的，就是為了防止食腐動物和有害動物跑進去。」

「原來如此，」羅斯福聽了很困惑。「這些事實有媒體報導嗎？」

「有的，」克萊斯勒回答。「我相信是登在《紐約世界報》。」

「可是，」我反對道，「任何水塔或建築物都無法防止某些動物跑進去，比方老鼠。」

「沒錯，約翰，」克萊斯勒說。「而且因為缺乏更多細節，所以我也只好接受那個解釋。為什麼連紐約市的老鼠，在發現了兩具屍體後，要這麼小心只啃掉眼睛？這個令人困擾的謎我一直設法想忽略掉，也一直找不出答案。直到昨天夜裡。」克萊斯勒又開始踱步。「我一看到桑托瑞里男孩的狀況，就檢查了頭骨上的眼眶。用手電筒看當然很不理想，不過我發現我要找的了。在顴骨和上眼眶脊有一連串細溝，另外在蝶骨的大翼——位於眼眶底部——有幾個小凹痕。全都符合刀刃和刀尖所形成的痕跡，而且我相信是獵人最常使用的那種刀。以我的猜想，如果我們把一八九三年那兩個被害兒童的屍體挖出來——我打算要提出這個要求——我們就會發現同樣的狀況。換句話說，兩位，那些眼睛是被人挖出來的。」

我更加擔心起來，笨拙地想反駁：「但是康納警佐不是說——」

「摩爾，」克萊斯勒的口氣很堅定。「如果我們還要繼續討論下去，就真的別再提康納警佐那類人的意見了。」

羅斯福憂心地在他的椅子上挪動了一下；從他臉上，我看得出他已經沒有辦法，非得坦白告訴克萊斯勒最新的狀況了。「我覺得我必須告訴你，醫師，」他說，抓著椅子的扶手，「過去三個月來，還有另外兩宗謀殺案，也可能符合……你所描述的模式。」

克萊斯勒走到一半猛地停下。「什麼？」他說，急切但平靜。「哪裡——屍體是在哪裡發現的？」

「我不完全確定，」羅斯福說。

「兩個都是娼妓嗎？」

「我相信是的。」

「你相信是的？紀錄，我得拿到紀錄！這個警察局裡沒有人想過這些案子是有關的嗎？你沒想過嗎？」

羅斯福派人去取來紀錄。從那些紀錄中我們發現，根據驗屍官的猜測，另外兩個男孩的屍體（兩人都的確在賣淫）都是在死後幾小時後被發現的。一如羅斯福前一夜告訴過我的，兩具屍體被毀損的狀況不像桑托瑞里那麼嚴重，但這些案子的相似處遠遠超過任何細微的相異。第一個男孩是十二歲的非洲移民，只知道他叫「米莉」，被人用鏈子拴在一艘埃利斯島渡輪的船尾；第二個名叫阿倫．莫頓的十歲男孩，則是被發現綁住雙腳從布魯克林大橋懸吊下來。根據報告上的紀錄，兩個人都幾乎全身赤裸；喉嚨都被割開，身上還有各式各樣的割傷；而且兩個人眼睛都不見了。當克萊斯勒讀完這些敘述，他兀自喃喃唸著最後一筆好幾次，陷入沉思。

「我明白你在暗示什麼，克萊斯勒，」羅斯福說，在任何考驗智力的討論中，他從來不願意落後，即使主題是他非常陌生的領域。「有個兇手三年前犯下這麼令人髮指的罪行。有媒體報導了。而現在另一個這樣的人，可能閱讀過這則報導，也因而去模仿。」他很滿意自己的推斷。

「是這樣嗎，醫師？我們的報紙造成這種效果，不會是第一次了。」

然而克萊斯勒只是坐在那邊，一根食指輕敲著皺起的嘴唇。臉上表情顯示整件事比他原來猜想的還要複雜太多。

我搜索枯腸，想找出不同的結論。「那其他的呢？」我問。「那些……那些不見的內臟，還有切掉的肉。更早的案子裡頭都沒有這些。」

「是啊，」克萊斯勒緩緩回答。「但是我相信這個不同點有個解釋，雖然我們暫時不必去管。那些眼睛是連結，是關鍵，是切入點——我願意用一切打賭……」他的聲音逐漸沒了。

「好吧，」我說著舉起雙手。「所以有個人三年前謀殺了那兩個小孩，現在又有個模仿的神經病也喜歡毀損屍體。那我們該怎麼辦？」

「你剛剛所講的，約翰，」克萊斯勒平靜地回答，「幾乎沒有一樣是正確的。我一點也不確定他是神經病，也不太相信他喜歡毀損屍體。但最重要的是——這一點我恐怕要讓你失望了，羅斯福——我非常確定這不是模仿者，而是同一個人。」

終於來了——這番話就是羅斯福和我都一直在擔心的。我當社會記者已經好一段時間了，前面也提到過，之前羅斯福在公務員委員會對抗政治酬庸系統時，我為他辯護，因而被粗暴地調離華府特派記者的職位。跑社會線的這些日子，我甚至報導過國外幾宗著名的謀殺案。因此我知道，克萊斯勒所描述的那種謀殺兇手的確是存在的；但聽到我們在追查的這個兇手仍逍遙法外，並不會讓我比較容易接受。至於羅斯福——儘管他是天生的鬥士，但對於犯罪行為的種種第一手細節所知甚少——那就更難以相信了。

「可是……三年了！」羅斯福驚駭地說。「克萊斯勒，如果這樣的一個人真的存在，他當然不可能逃過法律制裁這麼久！」

「因為沒有人追查他，要逃過並不那麼困難，」克萊斯勒回答。「即使警方有興趣追查，也無能為力。因為他們根本完全不了解這個兇手的動機。」

「那你就了解？」羅斯福的語氣簡直是滿懷希望。

「不完全。我有頭幾塊拼圖——而且我們必須找到其他的。因為只有真正了解驅動他的是什麼，我們才有破案的機會。」

「但是有什麼可能驅動一個人做出這種事情？」羅斯福不安且困惑地說。「畢竟，桑托瑞里男孩沒錢。我們調查過他們一家，但看起來他們全家人整夜都在家裡。除非他是和其他家人發生了爭吵，那麼……」

「我不太相信有發生過什麼爭吵，」克萊斯勒回答。「事實上，這個男孩昨天夜裡之前，可能從來沒見過殺他的兇手。」

「你的意思是，這個人去殺害他根本不認識的孩童？」

「有可能。對他來說，認識與否並不重要——重要的是他們所代表的意義。」

「什麼意義？」我問。

「那個，就是我們得查出來的。」

羅斯福繼續小心地試探。「你有任何證據，可以支持這個理論嗎？」

「沒有你指的那種。我只有一輩子研究類似人物的心得，還有學院裡面所得到的經驗。」

「但是……」當羅斯福也站起來開始踱步，克萊斯勒就變得比較放鬆了，他工作中辛苦的那部分已經完成。羅斯福一手握拳，持續敲著另一手的手掌。「聽我說，克萊斯勒，我生在一個特權階級的家庭沒錯，我們都是。但自從接下這份工作，我就認為自己有責任熟悉這個城市的下層社會，而且我也見識了很多。我不必別人告訴我，紐約的種種墮落和不道德狀況有多麼駭人聽聞。但即使是在這裡，有什麼不知名的夢魘會驅動一個人做出這種事？」

「不要歸咎於這個城市。」克萊斯勒緩緩地說，設法講得清晰易懂。「也不要從最近的狀況、最近的事件裡尋找原因。你要尋找的兇手，是很久以前就創造出來的。或許是在他的嬰兒期——絕對是童年時代。而且未必是在這裡。」

羅斯福一時之間無法回應，臉上明白顯示了種種矛盾的情感。這番談話讓他深感不安，而且他認識克萊斯勒以來，每次類似的討論都會造成同樣的效果。然而我開始明白，打從他要我帶克萊斯勒到他辦公室來，他就知道、甚至確信這次的談話會發展到眼前這裡。此時羅斯福臉上的表情帶著滿足，因為他明白，對他警局裡每個警探而言，這些案子都似乎是一片險惡、無法繪製航海圖的海洋；但是對經驗豐富的克萊斯勒而言，卻是充滿了潮流與航道。克萊斯勒的理論顯然提供了一個方法，可以解決羅斯福原先深信無法解決的謎團，因此也能為一個人（或者，現在看起來，是不止一個）伸張正義，否則紐約市警局其他人永遠也不會去探索這個人的死因。但這一切都無法解釋為什麼我也要在場。

「約翰，」羅斯福突然說，沒看著我。「凱利和艾里森剛剛來過這裡。」

「我知道。莎拉和我在樓梯上碰到他們了。」

「什麼？」羅斯福把夾鼻眼鏡戴上。「出了什麼麻煩嗎？凱利是個魔鬼，尤其是碰到有女人在場。」

「不是很愉快，」我回答。「不過莎拉堅守立場，沒有退讓，像個騎兵似的。」

羅斯福鬆了口氣。「感謝上帝。不過私底下告訴你，我有時候還是會懷疑，自己這個決定是否明智。」他指的是決定雇用莎拉，她和另一位警局秘書是有史以來第一批在紐約市警局工作的女性。因為決定雇用她們，羅斯福受到許多嘲笑和批評，包括來自媒體的；不過羅斯福對於女性在美國社會所受到的待遇向來很不滿，因而決心要給這兩位一個機會。

「凱利威脅我，」羅斯福繼續說，「說如果我把艾里森或他扯進這個案子裡，他就要在移民社區裡製造大麻煩。他說他只要放話，說警察局讓貧窮的外國兒童被任意屠殺卻不追究，就可以煽動出各式各樣的騷亂。」

克萊斯勒點點頭。「那不會太難辦到。因為基本上這也是實情。」羅斯福目光凌厲地看了克萊斯勒一會兒，但接著軟化下來，知道他說得沒錯。「告訴我，摩爾，」克萊斯勒問，「你對艾里森有什麼看法？你覺得他有可能牽涉在其中嗎？」

「畢夫？」我往後坐，雙腳向前伸，思索著克萊斯勒的問題。「毫無疑問，他是全紐約市最惡劣的人之一。現在大部分管事的黑幫份子都還是會透露出一點人性，無論藏得多麼隱密。就連『猴子』伊斯特曼都養了貓和鳥。但是畢夫——據我所知，什麼都打動不了他。殘酷是他唯一的嗜好，也似乎是唯一能帶給他樂趣的。如果我沒看過屍體，而你假設性地問我說，有個曾在派樂思宮工作的男孩死掉了，那麼我會毫不猶豫地說，畢夫就是嫌疑犯。動機？他應該有幾個，最可能的就是要殺雞儆猴，讓其他男孩乖乖付該有的抽成給他。但唯一的問題出在風格。畢夫是那種用匕首的人，希望你懂我的意思。他會安靜、俐落地殺人，而且很多應該是他殺的人，屍體從來沒有被找到過。他的衣著非常招搖，但是工作上就不是這樣。所以，儘管我很想，但是我不能說我覺得他有涉入。這個案子實在就不是他的——風格。」

我說完了抬起頭，發現克萊斯勒非常困惑地看著我。「約翰，認識你這麼久，這是我聽你說過最睿智的話了，」他終於宣佈。「你竟然還不懂我為什麼把你找來。」然後他轉頭。「羅斯福，我得要求摩爾當我的助手。他對這個城市的犯罪活動，以及這些活動地點的知識，實在是太寶貴了。」

「助手？」我問。但他們又開始不理會我了。羅斯福瞇起眼睛，咧嘴笑了，顯示他對克萊斯勒的評語非常贊同，而且聽得很樂。

「那麼你是打算參與調查了，」羅斯福說。「我感覺你會願意的。」

「參與調查？」我說，完全目瞪口呆。「羅斯福，你是瘋了嗎？一個精神病學家？一個心理學家？你已經得罪了警局裡每一個資深警察，還外加一半的委員。城裡有一半的賭場都接受下注，賭你會在七月四日獨立紀念日之前被開除！如果消息傳出去，說你找了個像克萊斯勒這樣的人來參與查案——你還不如雇個非洲巫醫來算了！」

克萊斯勒低聲笑了起來。「我們大部分可敬的市民大概就是這樣看我的。摩爾說得沒錯，羅斯福，這個計畫得在完全保密的狀況下進行。」

羅斯福點點頭。「兩位，相信我，我知道現實狀況是什麼樣。我們會祕密進行的。」

「另外還有，」克萊斯勒繼續，又是小心翼翼地想說得圓通些。「關於條件方面……」

「如果你指的是薪水，」羅斯福說，「因為你將會是以顧問的身分做這件事，所以當然——」

「我想的並不是薪水，也不是顧問的身分。老天爺，羅斯福，屍體的眼睛不見了，你們局裡的警探都還沒辦法看出跡象——三個月內有三宗這樣的謀殺案，他們居然把最重要的線索歸咎於老鼠！誰曉得他們還犯下過哪些愚蠢的錯誤？而如果這個案子跟三年前的案子有關，我看等到我們都老到快死了，他們還根本找不出兩者之間的關聯，無論有沒有顧問都一樣。不，跟他們合作絕對行不通。我心裡想的是——輔助的人力。」

向來務實的羅斯福很樂意聽聽看。「繼續說下去。」他說。

「給我兩個或三個年輕的優秀警探，非常欣賞現代方法的那種——跟局裡老一派利益沒有瓜葛，絕對不會對伯恩司效忠。」（湯瑪斯·伯恩司是很受尊敬的刑事組創辦組長，在任期內累積了大筆財富——而且在羅斯福被任命為局長時，他就毫無意外地退休了。）「我們會在總警局之外設立一個辦公室，但是不會離這裡太遠。派一個你信得過的人當聯絡官——同樣要找個比較年輕、新進的人。盡量在不透露這個行動的狀況下，給我們所有你能得到的情報。」克萊斯勒往後靠坐，意識到他的提議是完全沒有前例的。「給我們這一切，那麼我相信，我們就可能會有機會。」

羅斯福手撐著辦公桌，坐在椅子上安靜地搖晃著，同時雙眼望著克萊斯勒。「如果這事情被人發現，」他說，似乎並不是那麼擔心。「那我就會下台了。醫師，不曉得你是不是真的了解，你的工作把管理這個城市的那些人嚇壞或激怒到什麼程度——政治圈和商業圈的人都是。摩爾有關非洲巫醫的評論，其實不是開玩笑的。」

「我跟你保證，我也沒把它當玩笑看。但如果你真希望阻止這些謀殺繼續發生——」克萊斯勒說得很懇切——「那你就一定要答應。」

我還在為自己所聽到的這些話驚愕不已，同時想著此時羅斯福一定會停止考慮這個念頭，予以推翻。但結果他只是握拳又敲了另一隻手掌。「老天，醫師，我知道有兩個警探，完全符合你的要求！不過告訴我——你要從哪裡開始？」

「要回答這個問題，」克萊斯勒回答，指著我，「我得先謝謝摩爾。是他多年前寄來的一份資料，讓我想出這個主意的。」

「我寄給你的資料？」我一時得意起來，暫時擱下對這個危險提案的驚恐不安。

克萊斯勒走到窗邊，把遮光簾全都拉起來，看著外頭。「你記得的，約翰，幾年前你在倫敦時，正巧碰上開膛手命案那陣子。」

「我當然記得，」我說著哼了一聲。那不是個成功的假期：一八八八年在倫敦度假的那三個月，一個嗜血的殘忍兇手開始在倫敦東區隨機跟妓女搭訕，然後將她們開膛剖腹。

「我當時跟你要資料，還有當地的媒體報導。你很好心地幫忙，其中包括了一些小佛布思．溫思婁的文章。」

我回溯著當年的記憶。佛布思．溫思婁有個名字相近的父親，是著名的英國精神病學家，克萊斯勒早期便曾受過他的影響。一八八〇年代，小溫思婁利用父親的成就，成為一家精神病院的院長。依我看，小溫思婁是個自負的笨蛋，但是當開膛手傑克開始殺人，小溫思婁的名氣就大到可以參與調查；而且他還曾宣稱，他的加入使得謀殺停止。（在我寫下這份回憶時，兇手是誰依然無解。）

「可別告訴我溫思婁幫你指出了方向。」我驚訝地說。

「只是無意間。在他那些談開膛手的荒謬論文中，其中一篇討論到一個特定的嫌疑犯，說就算他根據兇手的種種已知特徵，創造出一個『想像的人』——這就是他的用詞，『想像的人』——也不可能比這個嫌犯更符合了。唔，當然了，他覺得嫌疑最重的那位嫌犯，結果證明是無辜的。不過這個說法我一直忘不了。」他轉身面對著我們。「我們對自己要找的這個人一無所知，也不太可能找到一個知道得比我們更多的目擊證人。情況證據就算有，也非常少——畢竟，他已經作案好幾年，有太足夠的時間精進自己的技巧。我們必須做的，也是唯一能夠做的，就是針對可能做出這種行動的那個人，描繪出一幅想像圖。如果有這麼一幅圖像，我們所蒐集到少數證據的重要性，就會大幅增加。我們就可能把藏著一根針的一座乾草堆，減少為——一小堆乾草，如果你不介意我這麼說的話。」

「我不介意，謝謝。」我的緊張程度只是更增加。這種對話正就是會激發起羅斯福內心熱情的那種，而且克萊斯勒很清楚。行動、計畫、一場改革運動——當羅斯福面對這樣令人熱血沸騰的引誘，還指望他做出明智的決定，簡直就是不公平。我站起來伸開手臂，希望擺出一副先發制人的姿態。「聽我說，兩位，」我開口，但克萊斯勒只是碰碰我的手臂，用那種權威得讓人火大的表情看著我，然後說：

「摩爾，你先坐下來一會兒，」我只能乖乖聽命，儘管很不安。「還有一件事，你們兩位應該要知道。我一直在說的是，在我列出的這些條件下，我們可能有成功的機會，如此而已。我們要追捕的對象，他這幾年來的練習可不是白練的。別忘了，水塔裡那兩具孩童的屍體會被發現，完全是因為最幸運的意外。我們對他一無所知，甚至連是不是『他』都不曉得。女人謀殺自己的小孩或別人的小孩——非常極端的產後躁狂症、或現在稱之為產後精神病所造成的——這類案例並不算罕見。我們有一個樂觀的主要理由。」

羅斯福機靈地抬頭看。「桑托瑞里男孩？」他學得很快。

克萊斯勒點頭。「更精確地說，是桑托瑞里男孩的屍體。他的位置，還有另外兩具屍體的位置。兇手可以把被害人的屍體永遠藏起來——天曉得他過去三年來殺了多少人。但現在他等於給了我們一份公開聲明，而且其實就像開膛手傑克殺人期間寫給各個倫敦官員的信。在這位兇手心中，某些埋藏的、萎縮的、但還沒死滅的部分愈來愈厭倦殺人了。那三具屍體就像文字一般清楚，我們可以閱讀出他竭力呼喊著要我們找到他。而且要快——因為我猜想，他殺人的時間表非常嚴格。而這個時間表，也是我們務必要學著破解的。」

「那麼你相信，你有辦法很快找到他了？」羅斯福問。「畢竟，像你所描述的這種調查，不可能永遠持續下去。我們務必要查出一些結果！」

克萊斯勒聳聳肩，似乎對羅斯福急切的口氣無動於衷。「我已經給了你誠實的建議。我們有一搏的機會，不會更多，也不會更少了。」克萊斯勒一手放在辦公桌上。「怎麼樣，羅斯福？」

我沒有進一步反對，這點似乎很奇怪，但我只能說：就在我們分享了哈佛時代的回憶、羅斯福對這個計畫也愈來愈熱心之後，緊接著克萊斯勒又解釋，他目前的行動方案是受到幾年前我寄給他的一份文件所啟發，於是忽然間我看得很清楚，當時發生在那個辦公室裡的事情，跟喬治歐·桑托瑞里之死只有一部分關係。要追索完整的原因，似乎就得回溯得更早，追到我們的童年和隨後的人生，無論是各自或共同的。克萊斯勒認為一個人對人生重要問題的回答，絕對不會是一時心血來潮決定的，而此刻我難得這麼強烈地覺得，他的這個想法一點也沒錯；這些回答代表了我們各自人生中多年累積的脈絡經驗、以及種種模式的建構，最後主宰了我們的行為。羅斯福——他的個人信條是積極回應種種挑戰，因而引導他度過童年的病弱以及成年後政治與個人的考驗——真的有拒絕克萊斯勒提議的自由嗎？而如果他接受了這個提議，接下來，我面對這兩個年輕時曾多次跟我一起惡作劇的好友，且他們現在又說我本業之外的活動和知識——幾乎我認識的所有人都認為那是無用的——將會是抓到一個兇殘兇手所不可或缺的，那麼，我可以隨心所欲說不嗎？詹姆斯教授會說，沒錯，任何人在任何時間，都有自由去從事或拒絕任何事；而且或許客觀而言，也確實是如此。但一如克萊斯勒喜歡說的（而且詹姆斯教授也很難駁倒他），你無法把主觀的事情客觀化，也無法把特定狀況予以一概而論。我們可以辯論一般人會如何選擇；但當天要做決定的，是羅斯福和我。

於是，在那個天氣陰沉的三月上午，克萊斯勒和我成了偵探，而且我們三個人都知道非如此不可。一如我之前說過的，這個必然性是基於我們對彼此的性格和過往有徹底的了解；然而在那個起點時刻，紐約有一個人正確猜到了我們的商討和所達成的結論，而我們卻渾然未覺。直到日後回顧，我才明白那個人一直對我們那天上午的活動非常留意；而且他挑了克萊斯勒和我離開警察局總部的那一刻，送出一個模糊但令人不安的訊息。

當時天色愈來愈昏暗，我和克萊斯勒衝過一陣猛烈的大雨，才爬上他的馬車，我立刻聞到一股特殊的臭味，不同於平常市區街道上充斥的馬糞或垃圾味。

「克萊斯勒，」我皺著鼻子說，此時他才剛爬上來坐在我旁邊，「有沒有人來過——」我轉頭看到克萊斯勒黑色的眼珠盯著車廂一角，立刻停下來。循著他的目光，我看到一團髒兮兮的白色破布，於是用我的雨傘戳了戳。

「這個氣味相當明確，」克萊斯勒喃喃說。「是人類的血液和糞便，除非我搞錯了。」

我哀嘆著用左手摀住鼻子，明白他說得沒錯。「大概是附近哪個小鬼惡作劇，」我說，用傘尖挑起破布。「車廂就像高頂帽，很容易成為下手的目標。」我把那破布甩出窗外時，布裡面掉出一團同樣髒兮兮的、印著字的紙張，落在車廂地板上。我又哀嘆著想用傘尖戳那團紙，但是沒成功。我戳的時候，那團紙逐漸展開，我開始看得到上頭印的一些字。

「唔，」我困惑地咕噥著。「這個看起來像是你的專業，克萊斯勒。『衛生與飲食對嬰兒期神經形成的影響』——」

克萊斯勒突然搶走我的雨傘，用傘尖戳穿那張紙，然後連紙帶傘丟出窗外。

「怎麼回事——克萊斯勒！」我跳下車廂，撿起雨傘，甩掉傘尖那張冒犯人的紙，然後又爬回馬車上。「我要告訴你，這把傘可不便宜！」

我看了克萊斯勒一眼，發現他臉上有一抹深深的憂慮；但接著，他似乎硬逼著那股憂慮消失，等到他開口時，是一種堅決的輕鬆口吻。「對不起，摩爾。但我碰巧跟那篇文章的作者很熟。他的風格和思想一樣貧乏。眼前沒時間分心了——我們有太多事情要做。」他身子往前傾，喊著賽勒斯的名字，於是賽勒斯的腦袋出現在車篷下方。「先去學園，然後去吃午餐。」克萊斯勒說。「另外如果可以的話，麻煩加快速度，賽勒斯——我們這裡需要一點新鮮空氣。」

當時很明顯，在馬車裡留下那塊髒抹布的人不會是小孩：因為根據我所能看到的那一小段文字，還有克萊斯勒的反應，我幾乎可以確定那張紙是從克萊斯勒的論文裡撕下來的。我以為這件事是克萊斯勒眾多批評者——無論是在警察局裡，或是一般大眾——的其中之一做的，沒有往下多思考；不過接下來幾個星期，這個事件的完整涵義將會變得極其明顯。

7

我們焦慮地開始為調查安排人力，中間所碰到的種種拖延雖然短暫，卻仍是令人懊惱。羅斯福聽說記者們和警察們都在猜測克萊斯勒來訪總部的事情，這才明白自己犯了個錯誤，不該安排我們在那裡碰面的，於是他告訴我，他需要兩天讓事情冷卻一下。克萊斯勒和我就利用這段時間，針對我們的「平民」職業做出安排。我來到三十二街和百老匯大道交口的《紐約時報》報社，說服我的主編們讓我請假一段時間，羅斯福也適時打電話給我的上司，解釋說有非常重要的警察事務需要我協助，於是我的請假稍微順利一點。不過准假條件是，我得發誓：如果調查的結果能寫成一篇適合刊登的報導，我就不能拿去給別的報紙或雜誌，無論他們出多少錢。我向我那位臭臉的主管保證說反正他們根本不會想要這篇報導，然後離開報社，輕快地沿著百老匯大道往南走。這是紐約典型的三月天：上午十一點的氣溫是零下二度，時速八十公里的冷風吹過街道。我約好要去克萊斯勒的學園找他，本來因為有一段時間不必上班而大感解脫，我還想走路過去的。但是紐約的寒冷——街道表面的馬尿都被凍成一道道細流——能夠打消任何高昂的士氣。走到第五大道飯店外頭，我就決定招一輛出租馬車，於是暫停下腳步，剛好看到「老大」普拉特從一輛馬車的車廂下來，他僵硬、不自然的動作讓我很難相信他還真活著。

至於克萊斯勒的缺席，我在出租馬車上思索，就不會像我這麼簡單了。他學園裡有兩打左右的兒童，之前在各自的家中（或街頭）都被習慣性忽視、經常責備，甚至挨揍，來到學園後便非常仰賴他的出現和建議。的確，一開始我看不出他怎麼有辦法規劃休假一陣子，甚至只是暫時性的，因為學園裡太需要他穩定的手；但後來他告訴我，他還是計畫每星期花兩個上午和一個晚上在學園裡，而在這些時段，調查就交給我負責。我沒想到會有這樣的責任，也很驚訝自己的反應是熱切而非焦慮。

我搭的出租馬車剛過且林廣場、轉入東百老匯大道不久，我在一八五－一八七號的克萊斯勒兒童學園下了車。一踏上人行道，我便看到克萊斯勒的輕馬車也停在路邊，於是抬頭看了學園的窗子一眼，半期待能看到他正往外要找我，但結果沒看到他的臉。

克萊斯勒於一八八五年自費買下這兩棟紅磚所建、門窗木框漆成黑色的四層建築物，然後內部打通成為一整棟大樓。隨後的維修費用來自他向比較富有的顧客所收取的費用，以及他擔任法庭專家證人的可觀收入。兒童們的房間在學園內的頂樓，教室和各種娛樂室在三樓。二樓是克萊斯勒的諮商室和檢驗室，以及他的心理實驗室，他會在這裡進行實驗，測試兒童的各種感知、反應、聯想、記憶能力，以及精神病學家圈子內很著迷的其他各種心理功能。一樓就留給他那個非常嚇人的開刀房，他偶爾會在那裡進行腦部切片和驗屍。之前我的出租馬車停在一八五號前，那裡有一道通往前門的黑色鐵階梯，賽勒斯．芒綽斯站在階梯頂端，頭上戴著一頂常禮帽，大大的身軀裹著一件更大的長大衣，寬闊的鼻孔呼出白氣。

「午安，賽勒斯，」我擠出微笑爬上樓梯，每次被他那一對鯊魚眼瞪著看，我就覺得很不安，但此刻仍徒勞地希望自己的口氣沒那麼害怕。「克萊斯勒醫師在嗎？」

「他的馬車就在那邊，摩爾先生。」賽勒斯回答，口氣頗為和善，卻還是害我像是全紐約最蠢的白癡。不過我只是堅定地繼續咧嘴微笑。

「醫師和我會一起工作一陣子，我想你應該聽說了吧？」

賽勒斯聽了點點頭，要不是夠了解他，我會發誓他臉上的笑容是冷笑。「我已經聽說了，先生。」

「很好！」我敞開外套，拍拍背心。「那我就進去找他了。午安，賽勒斯！」

我進門時，他沒再回應我，不過我本來也就不期待；沒有理由兩個人都表現得像智障。

學園內狹小的門廳和前廳——白色牆壁的下半截有漆成黑色的木製護牆板——充滿了尋常的父親、母親、孩童，全都擠在兩張低矮的長椅上，等著要見克萊斯勒。深冬和初春的幾乎每個上午，克萊斯勒都會親自進行訪談，以決定學園秋天要收哪些學生。申請者從最富有的東北方家族到最貧窮的移民和農村傭工，但他們都有一個共同點：一個麻煩或令人心煩的孩子，行為很極端且難以理解。這種事當然很嚴肅，但卻改變不了學園在某些上午有點像是動物園的事實。當你沿著走廊往前，很可能會被各種孩童絆到腳、吐口水、咒罵，以及其他粗暴的對待，尤其某些兒童唯一的心理缺陷就是被寵壞了，而他們的父母顯然可以、也應該省點力氣，不必跑來找克萊斯勒。

我走向克萊斯勒的看診室時，目光就對上了這樣一個闖禍精，那是個眼神惡毒、胖胖的小男孩。一名年約五十、黝黑而皺紋明顯的女人裹著一條圍巾，咕噥著一些我想是匈牙利語的話，正在看診室門外走來走去；我還得閃過她和那個胖男孩亂踢的腳，才有辦法來到門前。敲了門之後，我聽到克萊斯勒大喊：「請進！」於是我進去，那個踱步的女人很擔心地看著我。

經過了還算安全的門廳之後，克萊斯勒的看診室是他未來病患（他總是稱之為「學生」，也堅持他的員工這樣說，免得那些兒童為自己的狀況覺得難為情）在進入並初步體驗過克萊斯勒學園之後，第一個看到的地方。因此他特別留意裡頭的裝潢不會令人望而生畏。牆上貼著一些動物畫，除了反映了克萊斯勒的好品味，也可以逗樂小孩並使之安心，另外還有一些玩具：劍球、簡單的積木、玩偶，和鉛製小士兵——克萊斯勒會用這些玩具來初步測試兒童的靈敏度、反應快慢，以及性情。醫療工具盡量減到最少，大部分都收在後頭的檢查室裡。克萊斯勒碰到有興趣的病患，才會在那邊進行第一次認真的身體檢查。他會做一些測試，以判定小孩的難題是源於繼發性原因（也就是說，身體機能失常，影響了心情和行為），或是原發性異常（也就是心理失常或情緒失常）。如果一個兒童沒有繼發性異常的跡象，而且克萊斯勒覺得自己可以予以協助（也就是說，沒有嚴重得毫無希望的腦部疾病或損傷），那麼這個小孩就會「註冊入學」：他們會住在學園裡，只有碰到假日、且克萊斯勒覺得接觸家人很安全的狀況下，才能回家。克萊斯勒很贊同他的同業好友阿道夫·梅耶醫師的理論，也常常引用梅耶的一句格言：「兒童的心理退化過程，主要成因是有同等缺陷的家庭環境。」讓受苦的孩子有一個新的環境脈絡，是學園最重要的目標；除此之外，學園也是克萊斯勒研究工作的基礎：他奮力想查明他所謂人類心理「原型」是否有可能重新塑造，並因此改寫我們出生時便註定的命運。

這會兒，克萊斯勒正坐在他那張相當考究的寫字桌前，藉著一盞淡綠與金色玻璃所構成的蒂芬妮小檯燈的燈光在寫字。我趁他抬頭前的空檔，走向寫字桌旁的一個小書架，取出我很喜歡的一本書：《瘋狂盜賊與兇手山繆·格林的生涯與死亡》。這個發生在一八二二年的案例，是克萊斯勒常常向他「學生」的父母們引用的。因為以克萊斯勒的說法，聲名狼藉的格林也曾是「鞭子底下的產物」——童年常常挨揍——而且他被捕時曾公開承認，他的犯罪是對社會的一種報復。而我喜歡這本書，是因為裡頭的卷首插畫，描繪著波士頓一個絞刑架上「瘋子格林的終局」。我很喜歡插畫中格林的瘋狂眼神，也很樂於再溫習一下，此時克萊斯勒還是埋首在桌前，就突然朝我遞出幾張紙說：

「你看看這些，摩爾。這是我們的第一個成就，很小，但畢竟還是個成就。」

我放下書，從他手裡接過那幾張紙，發現那是一連串表格和棄權書，似乎是有關一處墓園，而且是兩座特定的墳墓；裡頭還有一張便箋是有關發掘屍體的事宜，以及一份潦草難辨的文件，簽名的是一位亞伯拉罕．茨威格——

此時我因為明確感覺到有人在觀察我而分心。轉身一看，是一個大約十二歲的小女孩，漂亮的圓臉上有恐懼且略帶困擾的表情。她拿著我剛剛放下的書，目光從我身上回到那張卷首插畫，同時一手摸著身上那件簡單但乾淨的連身裙最上方的幾顆鈕釦。她看著那張版畫底下小小的圖片說明，顯然得到了某些不太愉快的結論——她的表情愈來愈害怕，看著克萊斯勒，同時避開我。

克萊斯勒轉向她。「啊，貝絲。你要離開了嗎？」

那女孩不太確定地指著書，然後手指轉向我，顫聲說：「那麼……我也瘋了嗎？克萊斯勒醫師？這個人會把我抓去這些地方嗎？」

「什麼？」克萊斯勒回答，拿走她手裡那本書，一臉警告的表情交給我。「瘋了？荒謬！我們只有好消息。」克萊斯勒跟她講話就像跟任何大人一樣直接而坦率，但是帶著一種特別用在小孩身上的口吻：耐心、仁慈，偶爾還帶著寵溺。「過來這裡。」那小女孩走過去，克萊斯勒抱著她坐在自己的膝上。「你是個非常健康、非常聰明的小姑娘。」那女孩臉紅著笑了起來。安靜而快樂。「你的難題是出在鼻子和耳朵裡長的一些小瘤。你們家太冷了，這些小瘤不像你這麼適應。」他說著輕拍幾下她的頭。「你應該去看一位醫師，他是我的朋友，他會幫你把這些小瘤切除。你只要好好睡上一覺，醒來這些小瘤就都不見了。至於這個人——」他把貝絲放回地上，

「——他是我的朋友摩爾先生。跟他打個招呼。」

那小女孩微微向我行了個屈膝禮，但沒說話。我也鞠躬回應。「很高興認識你，貝絲。」

她又咯咯笑了，克萊斯勒噴了一聲。「你笑夠了吧。去找你母親來，我們把事情安排好。」

那女孩跑向房門，克萊斯勒頗為興奮地輕敲我手上的那幾張紙。「很快吧，摩爾？不到一個小時前，他們才剛抵達這裡。」

「誰？」我困惑地問。「誰來了？」

「茨威格兄妹！」他低聲回答。「在水塔裡的那兩個小孩——他們的遺骸已經放在樓下了！」

我光想就覺得好可怕，而且覺得跟學園裡當天的其他活動實在太格格不入了，於是不禁打了個寒顫。但我還沒來得及問他為什麼要做這種事，貝絲就帶著她母親——裹著圍巾的那個女人——進來了。那女人跟克萊斯勒交談了幾句匈牙利語，但是他對這種語言的所知有限（他的德國人父親不希望自己的小孩講母親的語言），於是他們的對話很快就轉回英語。

「拉吉克太太，你一定要好好聽我講！」克萊斯勒不高興地說。

「可是，醫師，」那女人扭絞著雙手抗議道，「有時候，她能聽得懂我們的話，然後又變得像個惡魔，折磨我們——」

「拉吉克太太，我不曉得要跟你用不同的方式解釋多少遍，」克萊斯勒說，掏出他背心口袋裡的銀懷錶匆忙看一眼，然後再度試圖保持冷靜地說。「或者要用多少不同的語言。那些疙瘩偶爾會變得比較不明顯，你懂嗎？」他指著自己的耳朵、鼻子、喉嚨。「這種時候她不會痛，不光是可以聽見、說話，也可以順暢呼吸。所以她就會比較警覺、專注。但大部分時候，咽喉和鼻子裡的贅疣會擋住連接到耳朵的耳咽管，通常就會害她聽不到。你們住的公寓裡有很多冷擊風，更加重了她的病況。」克萊斯勒雙手放在小女孩的肩膀上，她又再度開心地笑了。「簡單來說，她那些行為不是故意要折磨你或她的老師。你懂嗎？」他又湊近那個母親的臉，一雙銳利的鷹眼仔細打量著她。「不。顯然你不懂。好吧，那麼，你反正乖乖按照我的指示——她的腦子和靈魂沒有任何問題。帶她去聖路加醫院。奧司本醫師很常做這種手術，而且我相信我可以說服他降低費用。到今年秋天——」他撫亂了小女孩的頭髮，她感激地抬頭看著他，「——貝絲早就完全復元，而且準備好去學校有好表現了。對不對，小姑娘？」

那女孩沒回答，只是再度發出一個小小的笑聲。那母親又試了一次：「可是——」但克萊斯勒已經抓著她一邊手臂，推著她出門走過門廳，來到前門。「真的，拉吉克太太，這樣已經夠了。你不能了解這種情況，並不表示它不存在。帶她去找奧司本醫師！我會先知會他的，另外如果我發現你沒遵照我的交代，我就會非常生氣。」他在這對母女面前關上了前門，轉回來面對前廳，立刻被其他家庭圍攻。克萊斯勒大聲宣佈說接下來看診要暫停休息一下，然後回到看診室甩上門。

「要說服人們更小心留意孩子的心理健康，最大的困難，」他回到寫字檯前，開始把那些紙張排整齊，「就是愈來愈多父母相信，他們子女每個小小的煩擾，都是重大病症的前兆。啊，好吧……」他關上那個寫字檯又鎖上，然後轉身。「接下來，摩爾，我們下樓吧。羅斯福的人應該已經到了。我交代賽勒斯帶他們直接從一樓的門進去。」

「你要在這裡跟他們面試？」我問，跟他一起穿過檢驗室，避開外頭那些家庭，從一道後門進入學園的庭院。

「其實呢，我完全不打算跟他們面試，」克萊斯勒回答，我們來到寒冷的室外。「我會讓茨威格兄妹去考他們。我只要看結果就好。另外別忘了，摩爾——有關我們在做什麼，你可一個字都不能透露，我必須先確定這些人是可以用的。」

外頭開始下起小雪，幾個克萊斯勒的小病患——穿著學園裡式樣簡單的灰藍兩色制服，目的是防止不同經濟背景的小孩之間產生摩擦——正在後院裡玩。他們看到克萊斯勒時，紛紛跑過來，很開心但很尊敬地向他打招呼。克萊斯勒也對他們報以微笑，問了幾個有關他們的老師和學校作業的問題。其中兩個膽子比較大的學生坦白回答了，說這個老師長得醜，那個老師身上有臭味，克萊斯勒聽了就告誡他們，但是並不嚴厲。當我們轉身走進一樓的門內，我聽見歡樂的叫聲又開始迴盪在後院裡，想到才不久之前，其中很多小孩都還在街上流浪，差一點就會步上類似喬治歐．桑托瑞里的命運。我已經愈來愈投入，看到任何事情都會聯想到這個案子了。

我們經過一條黑暗而潮溼的走廊，來到開刀房。那是一個很長的房間，角落裡有一個煤氣暖爐發出嘶嘶聲，以保持室內的乾燥和溫暖。光滑的牆壁刷了石灰水，沿著每面牆都排列著一個個有玻璃門的白色櫥子，裡頭放著發出金屬亮光的可怕工具。櫥子上的白色架子放著一批令人恐懼的模型：人類和類人猿頭部的逼真塗色石膏像，頭骨頂部去掉一部分，露出了腦部的位置，而且這些臉都還帶著臨終前痛苦的表情。除此之外，架子上還放著一大批各種生物的腦部標本，儲存在裝滿甲醛的玻璃罐裡。牆壁的剩餘空間貼著人類和動物神經系統的大圖。房間中央放著兩張鋼製手術台，還裝設了排水管，可以將體液從手術台中央排到地面的鋼製容器內。每張手術台上都有個大致是人類比例的形體，蓋著消毒過的床單。一股動物腐敗混合著泥土的強烈氣味，從那兩個形體散發出來。

兩名男子站在手術台邊，都穿著三件式羊毛料西裝，高的那個是暗色但時髦的格子圖樣，矮的那個是黑色的。手術台上方有兩盞手術電燈開著，剛好位於他們和我們之間，刺目的光線讓我幾乎完全看不清他們的臉。

「兩位，」克萊斯勒說，直接走向他們。「我是克萊斯勒醫師。希望你們沒等太久。」

「一點也不久，醫師，」比較高的那名男子說，跟克萊斯勒握手。當他傾身進入手術台周圍的燈光下，我看到了他閃米族的五官相當英俊——高挺的鼻子、沉著的棕色眼珠，還有一頭茂密的捲髮。比較矮的那位則明顯不同，有一對小眼睛，肉乎乎的臉上結著汗珠，頭髮已經開始稀疏了。他們看起來都三十來歲出頭。「我是馬庫斯．艾薩克森刑事警佐，」那個高的繼續說，「這位是我弟弟，盧修斯。」

較矮的那位一臉不高興地伸出一隻手。「醫師，我是盧修斯．艾薩克森刑事警佐，」他說。然後他站直身子，從嘴角咕噥著，「別再這麼做了。你說過你不會的。」

馬庫斯．艾薩克森翻了個白眼，然後設法朝我們微笑，同時也從嘴角說話，「什麼？我做了什麼？」

「別介紹說我是你弟弟。」盧修斯．艾薩克森堅持地低聲說。

「兩位，」克萊斯勒說，被他們的吵嘴搞得有點不知所措。「請容我介紹我的朋友，約翰．司凱勒．摩爾。」我跟他們兩個人分別握手，同時克萊斯勒繼續說：「羅斯福局長對兩位的才華有很高的評價，而且認為你們可能有辦法協助我正在進行的研究。你們有兩個領域的專長讓我特別感興趣——」

「是的，」馬庫斯說，「犯罪學和法醫學。」

克萊斯勒又接著說：「首先，我想知道——」

「如果你好奇的是我們的名字，」馬庫斯打斷他，「我們的父母親來到美國時，希望他們的小孩在學校裡不會受到反猶太情緒的迫害。」

「我們算是運氣好的了，」盧修斯補充。「我們的妹妹名字是寇蒂莉亞。」

「是這樣的，」馬庫斯繼續說，「他們藉由研讀莎士比亞學習英語。我出生時，他們才剛開始讀《凱撒大帝》。一年後，我弟弟出生時，他們還在讀這個劇本。但是又過了兩年，我妹妹出生時，他們有了些進展，正在讀《李爾王》——」

「我相信，兩位，」克萊斯勒幫他說完，更加擔心地朝他們抬起雙眉，露出那種掠食動物的眼神。「雖然你們講的事情很有趣，但我想問的是，你們怎麼會有這樣的專長，又為什麼會當警察。」

盧修斯嘆氣，抬頭看著哥哥。「沒人想聽我們名字的由來，馬庫斯，」他咕噥著。「早就跟你說過了。」

馬庫斯的臉有點氣得發紅，然後似乎感覺到這次會面進行得並不順利，就刻意拿出正經的口吻對著克萊斯勒。「唔，你知道，醫師，這又是跟我們的父母有關了，不過我知道這個解釋可能不是特別有趣。我母親希望我當律師，又希望我弟弟——我是說這位刑事警佐——當醫師。結果沒有用，我們小時候就開始讀威爾基．柯林斯的小說，等到上大學的時候，我們就很確定自己想當偵探了。」

「法律和醫學訓練一開始很有用，」盧修斯接著說，「不過後來我們就轉向，幫平克頓偵探社做了些工作。直到羅斯福局長接掌紐約市警局，我們才有機會加入警察的行列。我想你聽說過，他雇用人的方式有點……非正統。」

我知道他指的是什麼，後來也解釋給克萊斯勒聽。羅斯福除了調查紐約市警局幾乎每個警員和警探、因此促使其中很多人辭職之外，還堅持雇用一些似乎不合適的新進人員，以設法打破湯瑪斯．伯恩司以及諸如「揮棒者」威廉斯與「大比爾」戴佛瑞這些分局長為首的警方派系。羅斯福尤其喜歡用猶太人，覺得他們特別誠實又勇敢，還說他們是「正義的馬加比戰士」。❹艾薩克森兄弟顯然就是他所雇用的代表性人物，不過他們看起來一點也不像戰士。

「我猜想，」盧修斯謹慎而滿懷希望地開了口，想擺脫有關他們背景的話題，「你希望有人幫忙處理這這回的開棺驗屍吧？」他示意那兩張手術台。

克萊斯勒審視著他。「你怎麼知道這是開棺驗屍？」

「氣味太明顯了，醫師。而且屍體的姿勢顯示是正式的葬禮，不是隨便挖個坑埋掉的。」

克萊斯勒喜歡他的回答，整個人也開朗了一點。「是的，刑事警佐，你的假設是正確的。」他走過去，把手術台上的兩張布迅速抽走，此時臭味的來源揭曉，是兩具看起來頗嚇人的小型骸骨，一具穿著腐爛的黑色西裝，另一具則穿著同樣破舊的白色連身裙。有些骨頭還連在一起，但很多都已經彼此脫離，而且兩具骸骨上到處都是頭髮和指甲的碎屑，以及沾上的泥土。我設法堅強起來，不要別開眼睛：這類事情註定會跟著我一陣子，所以我猜想自己最好習慣一下。但是那兩個頭骨可怕的鬼臉，清楚表明了這兩個小孩是冤死的，我實在很難持續看著他們。

艾薩克森兄弟一臉著迷地走近手術台，仔細聽著克萊斯勒說話：「這是茨威格兄妹，班傑明和蘇菲亞。謀殺。他們的屍體是在——」

❹馬加比家族（Maccabee）是西元前一至二世紀的猶太愛國者，曾率領族人起義，推翻敘利亞人的統治，收復猶太地與聖殿。

「一個水塔裡，」馬庫斯說。「三年前，這個案子一直沒有結案。」

這個反應也讓克萊斯勒很高興。「在那邊，」他繼續說，示意房間角落一張堆著剪報和文件的白色小几，「是我能找到所有關於這個案子的資料。我希望你們兩位看一下，然後檢查這兩具屍體。這件事有點急，所以只能給你們今天下午和晚上的時間。我今天晚上十一點半會在戴蒙尼寇餐廳。請到那邊跟我會合，為了交換你們的資訊，我很樂意請你們吃一頓美味的晚餐。」

馬庫斯・艾薩克森的熱情暫時被好奇心壓過了。「如果這是公事，晚餐就不用了。不過很謝謝你願意請我們。」

克萊斯勒帶著淺笑點了個頭，被馬庫斯想套他話的企圖給逗樂了。「那麼我們就十一點半見了。」

然後艾薩克森兄弟就開始閱讀那些資料，幾乎沒注意到克萊斯勒和我的道別。我們上樓，我到看診室拿大衣時，發現克萊斯勒還是一臉好奇。

「他們的確是有點奇特，」他送我走到前門時說。「不過我有個感覺，他們對自己的工作很在行。我們很快就會知道了。啊，順便講一聲，摩爾，你今天晚上有乾淨的禮服可以穿嗎？」

「今天晚上？」我問，戴上便帽和手套。

「歌劇，」他回答。「羅斯福找了個聯絡官的人選，可以在我們這個調查小組和他辦公室之間負責聯繫，講好今天晚上七點在歌劇院和我們碰面。」

「他是誰？」

「不曉得，」克萊斯勒聳肩說。「但是不管是誰，這個聯絡官的角色很重要。我想我們就帶他去聽歌劇，看看他的反應如何。聽歌劇是個很好的性格測試，而且天曉得下回有空去聽歌劇會是什麼時候了。我們就去我大都會歌劇院的包廂。摩瑞爾主演的《弄臣》。這齣歌劇應該很符合我們的目的。」

「沒錯，」我開心地說。「說到目的，誰演駝背的女兒？」

克萊斯勒表情有點嫌惡地別開身子。「老天，摩爾，有一天我該研究一下你嬰兒期的詳情。這種壓抑不住的色情狂——」

「我只是問你誰演駝背的女兒！」

「好啦，好啦！是法蘭西絲・薩維爾，就是你說的『美腿姑娘』！」

「如果是這樣，」我說，快步走下樓梯，走向馬車。「那我一定有乾淨禮服了。」對我來說，即使大都會歌劇院有妮麗・梅爾芭、麗蓮・諾迪卡和其他還算有魅力的四星級嗓子，但是套一句史蒂威・塔格特的話，你一邊涼快去吧。給我一個真正好嗓子的美女，我就會乖乖當觀眾。「我七點到你家。」

「好極了，」克萊斯勒皺眉說。「我簡直等不及了。賽勒斯！送摩爾先生去華盛頓廣場！」

往西北邊回家的這趟短短旅程，我心裡想著，以一齣歌劇和一頓戴蒙尼寇餐廳的晚餐作為我們調查的開場，真是太奇特了（不過還是很令人享受）。不幸的是，這些愉快的節目其實不算是開場；因為我到家時，發現莎拉・霍華德正焦慮不安地站在我家門口的階梯上。

8

莎拉根本沒留意我跟她打招呼。「這是克萊斯勒醫師的馬車，對吧？」她問。「還有他的僕人。我們可以借用嗎？」

「要去哪裡？」我回答，抬頭看到我祖母正在客廳的窗前擔心地朝外看。「莎拉，這是怎麼回事？」

「是康納警佐和另一個叫凱錫的警察，他們今天上午去找桑托瑞里男孩的父母談。回警局後，他們說什麼都沒查到，但是我看到康納的襯衫袖口有血跡。一定是出了事，我很確定，我想去看看到底是什麼事。」她說這些的時候沒看著我，或許是因為她知道我可能會有什麼反應。

「對一個秘書來說，那裡有點太遠了吧？」我問，莎拉沒回答，但一臉難堪的失望，那種懊惱太強烈了，害我只好打開輕馬車的門。「怎麼樣，賽勒斯？」我說。「你不反對載霍華德小姐和我去辦點小事吧？」

賽勒斯聳聳肩。「不反對，先生。只要讓我在看診時間結束前趕回學園就行了。」

「那沒問題。上車吧，莎拉，另外，這位是賽勒斯．芒綽斯先生。」

片刻間，莎拉的表情就從兇惡轉為興高采烈，不過這種轉變在她身上並不稀奇。「有些時候呢，約翰，」她說，跳上了馬車，「我會覺得我這些年來都誤會你了。」她熱切地跟賽勒斯握了手，然後坐下來，等我上車後，她用一條毯子蓋住我們兩個人的腿。她跟賽勒斯說了一個位於摩特街的地址，馬車開始移動時，她還興奮得拍了一下手。

很少女人敢冒險進入下東城最惡劣的地帶之一，更別說還帶著這麼欣然的態度。但是莎拉從小就有冒險精神，後來也始終沒能變得更精明審慎多少。甚至，她之前其實去過那些地帶：就在莎拉大學剛畢業時，他們家忽然覺得，讓她去萊因貝克（霍華德家的鄉村別墅所在地）和格拉梅西公園以外的地方，有些許第一手的生活經驗，就可以彌補她教育上的不足。於是那個夏天，她就穿著漿過的白襯衫和陰沉的黑裙子，還戴上一頂相當可笑的平頂硬草帽，去協助第十選區的一位巡迴護士。在那幾個月，她見識了很多——所有下東城的種種，她大部分都看過了。然而那些經歷，沒有一個能比我們那天即將遇到的更惡劣。

桑托瑞里一家住在後巷廉租公寓內，位於堅尼路南邊幾個街區外。後巷廉租公寓從一八九四年起被宣佈為非法，但法案中包括了一個不溯及既往的條款，於是現有的這類租屋在稍加改善後，就准予繼續保留。不消說，如果一棟面對馬路的廉租公寓是黑暗、疾病流行的險惡居所，那麼通常位於這些建築背後——佔據了本來有助於通風和採光的院子——那些更小的屋子，處境的惡劣程度更是暴增多倍。那天我們停下車，從眼前那棟廉租屋的外貌，我們就曉得會有一場典型的體驗：幾大桶的灰燼和垃圾放在尿臊味十足的前廊周圍，同時在前廊上，有一群衣服破爛骯髒的男人聚集在那裡，每一個看起來都差不多。他們正在喝酒說笑，但一看到輕馬車和賽勒斯，就立刻停了下來。莎拉和我下了車，來到人行道上。

「別跑太遠，賽勒斯。」我說，設法不要洩漏自己的緊張。

「是的，先生，」他答道，一手緊握著馬鞭頭，另一手伸進長大衣口袋。「或許你該帶著這個，摩爾先生。」他拿出一對黃銅的指節套環。

「嗯，」我說，審視著那武器。「我不認為有這個必要。」然後我放下偽裝。「何況，我根本不會用。」

「快點，約翰。」莎拉說，然後爬上前廊。

「喂！」前廊上的男人抓住我的胳膊。「你不曉得有個黑鬼在駕駛你們的馬車嗎？」

「是嗎？」我回答，帶著莎拉穿過那群奇臭無比的男人。

「黑得就像黑桃A！」另一個男人說，好像很驚訝。

「真有意思。」我回答，莎拉已經搶先進屋了。我還沒來得及跟上，第一個男人就又抓住我的胳膊。

「你不會也是警察吧？」他惡狠狠地問。

「絕對不是，」我回答。「我瞧不起警察。」

那男人點了個頭，但什麼都沒說，我由此推測這表示我獲准通過了。

要到後巷的房子，就得先經過前頭屋子裡一條漆黑的走道：這類經驗向來讓人緊張。莎拉走在前頭，我們沿著污穢的牆面摸索，想讓眼睛適應黑暗但沒成功。莎拉絆到了某個東西時，我嚇了一跳；而那個東西開始哭號時，我就更驚嚇了。

「老天，約翰，」莎拉過了一會兒說。「是個嬰兒。」

我還是什麼都看不見，但湊得更近時，聞到了氣味——一個嬰兒，沒錯，這可憐的孩子一定全身沾滿了自己的糞便。

「我們得找人幫它。」莎拉說，於是我想到走廊上的那些男人。然而回頭朝前門看，發現他們的剪影襯著下雪的室外，正朝我們揮舞著木棍，偶爾還發出很不友善的笑聲。我知道他們不可能幫忙的，於是開始試著敲走廊裡的幾扇門。最後終於找到一扇肯開門的，我拉著莎拉走進去。

裡頭是一對拾荒的老夫婦，他們直到我掏出五毛錢，才肯收下那個嬰孩。他們說這個嬰兒是住走廊對面那對夫婦的，他們不在家，而且每天白天和夜晚都跑出去注射嗎啡，或是去街角的一家廉價酒吧喝酒。那老人保證說他們會找吃的給那嬰孩，幫它清理乾淨，莎拉聽了又給他們一元。長期來看，我們都不敢妄想他們的餵食和清理對那小孩能有多少好處（我想你可以說，我們當時只是想讓自己良心比較好過一點），但是在紐約，你太常就會碰上這種時刻，必須面對一堆討厭的選項而做出決定。

終於，我們來到後門。前棟和後棟屋子間的小巷裡擠滿了大小桶爆滿的垃圾和污水，那氣味實在難以形容。莎拉掏出手帕摀住鼻子和嘴巴，叫我也照做。然後我們穿過小巷，來到後棟建築的一樓走廊。一樓住了四戶人家，看起來好像有一千個人住在裡面。我設法搞清那些人講的語言有多少種，但數到第八種就沒再繼續下去了。一群臭乎乎的德國人拿著啤酒外帶瓶坐在樓梯上，我們上樓時，他們不太情願地讓出路來。即使在昏暗的光線下，樓梯上都明顯罩著將近一吋厚的、非常黏的物質，我不想搞清楚那是什麼。反正那些德國人似乎並不介意。

桑托瑞里住的那戶在二樓後側，是整棟屋子最黑暗的角落。我們敲門後，一個雙眼凹陷、瘦得可怕的嬌小女人來應門，說著西西里方言。我會的義大利語只夠聽歌劇，但莎拉好得多——也是因為當護士助理的那段日子——於是溝通得相當順利。桑托瑞里太太看到莎拉一點都不驚慌（事實上，她似乎還正在等著她來）；不過她對我的出現就表現得非常擔心了，恐懼地直問我是不是警察或記者。莎拉腦子轉得很快，說我是她的助手。桑托瑞里太太聽了一臉迷惑，但還是讓我們進門了。

「莎拉，」我進門時說，「你認識這個女人嗎？」

「不認識，」她回答，「不過她好像認得我。好奇怪。」

這戶公寓有兩個房間，沒有任何真正的窗戶，只有牆上剛切割出來的幾道小裂縫，以符合政府對廉租公寓有關通風的新規範。桑托瑞里家把另一個房間分租給另一個西西里家庭，這表示他們一家六口——父母親和喬治歐的四個兄弟姊妹——就擠在一個大約九呎乘十六呎的空間裡。籠罩著煤灰的牆壁上沒掛任何東西，角落裡的兩個大桶子是上廁所的地方。這家人還有個煤油暖爐，就是那種常常會燒毀這類租屋的便宜款。

房間角落一張破舊骯髒的床墊上，身上蓋著毯子的，就是引發桑托瑞里太太焦慮的源頭：她的丈夫。他腫起的臉有割傷、瘀青，前額被汗水溼透。他旁邊放著一條染了血的破布，另外很不協調地，還有一疊捆起來的鈔票，看起來一定有幾百元。桑托瑞里太太拿起那捆鈔票塞給莎拉，然後又催她去看她丈夫，淚水開始滑下她的臉。

我們很快就發現，桑托瑞里太太相信莎拉是護士。一個小時前，她才派四個小孩去找個護士來。莎拉又是腦筋轉得很快，就坐下來開始檢查桑托瑞里，很快就發現他有一隻手臂骨折。此外，他的軀幹上也滿是瘀青。

「約翰，」莎拉堅定地說，「派賽勒斯去買繃帶、消毒劑、一點嗎啡，另外跟他說，我們還需要一塊乾淨的木片，要當夾板用。」

我急忙出門，經過那群德國人和巷子，下了門廊來到人行道邊。我大聲交代了賽勒斯，他駕著馬車疾馳離去，我回頭經過門廊上的那群男子時，其中一個朝我胸口伸出手。

「稍等一下，」他說。「剛剛那些是怎麼回事？」

「桑托瑞里先生，」我回答。「他受傷很嚴重。」

那男人朝街上狠狠啐了一口。「該死的警察。我恨那些該死的義大利佬，但是我告訴你，我更恨警察！」

這個討厭警察的主題似乎再度成為我獲准通過的信號。回到樓上，莎拉已經找來了一些熱水，正在清洗桑托瑞里先生的傷口。他太太還在絮絮叨叨，同時揮動著雙手，偶爾還掉淚。

「有六個男人來過這裡，約翰。」莎拉聽了幾分鐘後對我說。

「六個？」我說。「你原先不是說兩個？」

莎拉朝床上點了個頭。「過來這裡幫我——不然她會起疑心。」我過去坐下，發現很難判斷床墊或桑托瑞里先生哪個比較臭。不過兩者的臭味莎拉似乎都不在意。「康納和凱錫鐵定來過這裡，」她說。「另外還有兩個男人和兩個教士。」

「教士？」我說，拿起一條熱溼布。「到底是——」

「一個顯然是天主教的，另外一個不是，但到底是什麼樣的教士，她也沒辦法講得更明確了。那些錢是兩個教士給的，叫桑托瑞里夫婦用一部分錢幫喬治歐辦個像樣的葬禮。剩下的是——酬金，顯然是封口錢。他們叫她不要讓任何人替喬治歐開棺驗屍，就連警察都不行，另外也不准跟任何人談這件事——尤其不能跟記者談。」

「教士？」我又說了一次，不太熱心地擦著桑托瑞里身上的一條紅腫痕。「他們長得什麼樣子？」

莎拉問了桑托瑞里太太，然後又把回答翻譯給我聽。「天主教的教士是矮個子，兩道大大的白色連鬢鬍子。另外一個瘦瘦的，戴著眼鏡。」

「兩個教士到底為什麼會對這事情有興趣？」我納悶著。「而且他們為什麼希望警察不要管這件事？你剛剛說，康納和凱錫當時也在場？」

「顯然是。」

「所以不管是怎麼回事，他們都有份。好吧，羅斯福聽了會很高興。我敢打賭，刑事組又會有兩個警探缺了。不過另外兩個人是誰？」

莎拉又把問題拿去問桑托瑞里太太，她急速講了一串話，莎拉似乎無法明白。她又問了一遍，但得到同樣的回答。

「我可能不如自己以為的那麼懂這種方言，」莎拉說。「她說另外兩個不是警察，但接著她又說他們是警察。我不——」

莎拉停下來，我們同時轉頭看著發出響亮敲門聲的房門。桑托瑞里太太畏縮著，我也不急著去代替她開門；但是莎拉說，「啊，去吧，約翰，別傻了。大概是賽勒斯。」

我走到門前打開來，外頭是門廊上的男子之一。他舉起一個袋子。

「你的藥，」他說著咧嘴笑了。「這棟房子不准黑鬼進來的。」

「啊，」我說，接過袋子。「我懂了，謝謝。」

我把那包藥交給莎拉，又在床邊坐下來。此時桑托瑞里先生已經半昏迷，莎拉用了一些嗎啡：她打算把他骨折的手臂接回原來的位置，這招是她跟著巡迴護士的那個夏天學到的。他的骨折並不嚴重，她說，不過她把骨頭接回原位時，還是發出了令人想吐的喀擦聲。幸好桑托瑞里先生本來就半昏迷，又加上嗎啡的藥效，似乎完全沒有感覺，不過他太太小小驚呼一聲，又唸了一段禱詞。我開始用消毒劑擦在其他傷口上，同時莎拉繼續跟桑托瑞里太太講話。

「狀況好像是，」最後莎拉終於說，「桑托瑞里先生被搞得很生氣。把錢丟還給兩位教士，說他要求警方找出殺他兒子的兇手。此時兩位教士離開，然後……」

「是啊，」我說。「然後。」我很清楚愛爾蘭人警察通常是怎麼對付不合作、又不會講英語的人，眼前就是一個活生生的例子。

莎拉搖頭。「這一切都太奇怪了，」她嘆氣，開始用紗布貼住幾個最嚴重的割傷和瘀青。

「桑托瑞里先生差點送了命——但他已經四年沒見過喬治歐了。那男孩一直在街頭生活。」

桑托瑞里太太因為莎拉照顧她丈夫而產生了信任感，而且一旦她開始說起兒子喬治歐的故事，就很難停下來了。莎拉和我繼續努力照料桑托瑞里先生的傷勢，好像那是我們關注的主要重心，但我們的思緒其實都鎖定在耳邊所聽到那個古怪的故事。

喬治歐幼年時代是個害羞的孩子，但是夠聰明也夠有決心，他在喜士打街上公立小學時，成績相當不錯。但是從七歲開始，學校裡的一些男生跟他之間有了問題。那些比較年長的男生顯然有辦法說服喬治歐進行一些性行為，桑托瑞里太太不願意說清楚是什麼。不過莎拉還是努力逼問，感覺到這個資訊很重要，於是我們發現，這些行為包括同性間的肛交和口交。一位教師發現了，於是通知家長。拉丁語系的人認為男性就該有男子氣概，沒得商量。喬治歐的父親快氣瘋了，開始常常揍這個小男孩。桑托瑞里太太跟我們示範她丈夫如何把喬治歐的雙腕綁在前門，然後用寬皮帶抽他的屁股，還把寬皮帶拿給我們看。那寬皮帶是非常殘酷的刑具，在桑托瑞里先生的手裡顯然造成了非常大的傷害，因而喬治歐有時就不去上課，只因為他根本沒辦法坐下。

然而奇怪的是，每次挨揍之後，喬治歐沒有變得更聽話，而是變得更執拗。挨揍幾個月後，他的行為發展到最極端：他開始會好幾夜不回家，而且完全不去上學了。然後有一天，他爸媽看到他在華盛頓廣場西邊的一條街上，臉上化了妝，像個阻街妓女在攬客。桑托瑞里先生正面警告喬治歐，說如果他敢回家，就要殺了他。喬治歐的回應是憤怒地大聲叫罵，他父親正打算好好揍他一頓時，另一個男人——大概是喬治歐的皮條客——就介入，勸桑托瑞里先生離開。那是他們最後一次看到兒子，再下一回相見，就是在停屍間裡看到他被毀損的屍體。

這個故事激起我心中許多疑問，我看得出莎拉也一樣。但我們永遠沒有機會問了。正當我們用原先那些破舊骯髒的毯子蓋住桑托瑞里先生時，門上響起一陣隆隆聲。我以為是門廊上的那些人，於是開了門。兩個身穿西裝、頭戴常禮帽、留著小鬍子的大塊頭惡棍立刻硬擠進來。桑托瑞里太太一看到他們，就歇斯底里起來。

「你們他媽的是誰？」其中一個惡棍問道。

莎拉勇敢地說她是護士；但有關我是她助手的說法，雖然之前對一個不會講英語的絕望女人很管用，但對眼前這兩個人來說行不通。

「助手，嗯？」那惡漢說，兩人走向我。莎拉和我小心地慢慢朝門挪動。「一個助手居然穿得那麼好！」

「唔，我很重視你的意見。」我微笑著說，然後抓著莎拉出門衝下樓梯。我從來沒這麼慶幸莎拉是那種健美型的女人，即使穿著裙子，她還是跑得比那兩個惡棍快。只不過這也沒用，我們來到前棟建築的走廊時，看到門廊上的那些男人擋住我們的路。他們開始朝我們接近，棍子朝手掌不祥地輕敲著。

「約翰，」莎拉說。「他們真的是想攔住我們嗎？」我心想她的聲音也未免太鎮定了，而在當時的狀況下，這一點真的很煩。

「他們當然是想攔住我們！」我說，猛喘著氣。「都是你和你的偵探遊戲，我們就要被活活打死了！賽勒斯！」我兩手圈成筒狀，湊在嘴邊對著前門大吼，同時那些人開始逼近我們。「賽勒斯！」我喪氣地垂下雙手。「他到底跑到哪裡去了？」

莎拉只是緊抓著她的手袋，不發一語；當那兩個戴常禮帽的男子出現在走廊的後端時，顯然確定了我們的下場，此時莎拉伸手到手袋裡。「別擔心，約翰，」她信心十足地說。「我不會讓你出事的。」然後她掏出一把點四五口徑的陸軍款柯爾特輪轉手槍，有珍珠握柄和四吋半的槍管。莎拉可能會被一般人稱之為手槍迷，但是我可不太放心。

「啊，老天，」我說，更加驚慌了。「莎拉，你不能在這麼黑的走廊裡面亂開槍，你不曉得會射中誰——」

「那你有更好的建議嗎？」她說著四下張望，這才明白我說得沒錯，於是她也首度開始恐慌起來。

「好吧，我——」

但是太遲了：前廊上的那些人已經大吼著衝向我們。我抓住莎拉，用身體護住她，希望她不會在接下來的攻擊中一槍射中我的肚子。

你可以想像，當這場攻擊沒有實現時，我有多麼驚訝。我們一時間被那些拿著棍子的男子推撞著，但那只發生在他們經過時。他們一路大叫，帶著少有的兇猛去攻擊我們後面的那兩個惡棍。由於雙方人數懸殊，也就毫無競爭可言：我們聽到幾秒鐘的大喊、悶哼、扭打，然後走廊裡充滿了沉重的呼吸和偶爾的呻吟。莎拉和我趕緊出去到前廊，然後衝向馬車，賽勒斯正站在車旁等待。

「賽勒斯！」我說。「你知道我們剛剛差點死在裡頭嗎？」

「我看是不太可能，摩爾先生，」他冷靜地回答。「因為那些男人進去之前講了一些話。」

「什麼話？可以解釋一下嗎？」我問，還是很不滿他的態度。

他還沒來得及回答，那兩個惡棍就從租屋門內飛出來，重重落在覆蓋著雪的路面上。隨後他們的常禮帽也飛出來。那兩個人已經失去知覺，而且整體而言，會讓桑托瑞里先生顯得很健康。隨之我們那些拿著棍子的朋友得意洋洋地走出來，不過少數兩個也挨了重拳。稍早跟我講過話的那名男子朝我們看，大團白霧隨著他沉重的呼吸冒出來。

「我雖然恨黑鬼，」他咧嘴笑著說。「但是，該死，我真的更恨警察。」

「那個，」賽勒斯咕噥道，「就是他們剛剛說的。」

我看著地上那兩個惡棍。「警察？」我朝前廊的那名男子問。

「前任警察。」他說著走向我。「以前是這一帶的巡查警官。他們膽子可真大，還敢回來我們這樣的租屋裡。」我點點頭，看著眼前人行道上那兩個人事不省的傢伙。然後向那男子比了個謝謝的動作。「大人，」他說，指著自己的嘴巴，「這工作讓人口渴。」我掏出一些硬幣，朝他丟去。他試著想接住，但是沒成功，於是他的夥伴趕緊蹲下身子在地上抓。他們很快就爭吵了起來。莎拉和我趕緊爬上馬車，沒幾分鐘，賽勒斯就載著我們來到百老匯大道，往上城方向行駛。

現在確定平安無事，莎拉開心極了，在車廂裡雀躍歡呼，興高采烈地細數我們這趟探險的每個危險時刻。我微笑又點頭，很高興她能有片刻的積極樂觀；但是我的心思放在別的事情上頭。我反覆思索著桑托瑞里太太說過的話，設想著克萊斯勒會怎麼看。喬治歐童年的故事裡有個什麼，讓我想到克萊斯勒提到過的水塔兄妹；是很重要的事情，但我一時想不出到底是什麼。然後我想到了。行為。克萊斯勒曾描述兩個令人心煩的小孩，讓家人蒙羞；而剛剛桑托瑞里太太告訴我另一個這樣的小孩。在克萊斯勒的假設中，這三個小孩都死在同一個人手上。這種性格上明顯的相似處，會是他們送命的原因之一嗎？或者只是巧合而已？有可能是後者，但不知怎地，我不認為克萊斯勒會這樣想……

我沉浸在這些思緒裡，沒注意莎拉問了我一個令人震驚的問題：但是等她問了第二遍，問題中那種古怪的性質，就讓我分心的腦子完全清醒過來。總之，那一天我們一起經歷了太多，我實在不願意讓她失望。

9

我比約定的時間早了幾分鐘，抵達克萊斯勒位於東十七街二八三號的住宅。我身穿最正式的禮服和一件斗篷，對於自己即將跟莎拉進行的這樁陰謀毫無信心，然而無論如何，這樁陰謀都得進行下去了。積雪已經增加到六吋厚，為克萊斯勒家對面史岱文森公園裡光禿的灌木和鐵欄杆裹上了一層素淨宜人的白。打開小小的柵門，來到同樣小小的前院，我走向大門，輕叩了黃銅門環幾下。樓上客廳的落地窗稍微打開，我聽得到賽勒斯在彈鋼琴，《弄臣》裡的詠嘆調〈我們都一樣〉傳送出來——克萊斯勒正在為他的耳朵暖機，準備迎接晚上的歌劇。

門打開了，面對著我的是身穿制服、容易受驚的瑪麗．帕默。她是克萊斯勒的女僕兼管家，也是他以前的病患，而且也同樣會讓知道她詳盡過往的訪客有點不安。瑪麗骨架完美，有著天藍色眼珠和迷人的臉蛋，但從小就被家人誤以為是白癡。因為她沒辦法把自己的意思說清楚，字詞和音節胡亂拼湊得讓人聽不懂，於是也從來沒學過閱讀和寫字。她的父親是布魯克林一位受人尊敬的教師，跟母親一起訓練瑪麗種種當僕人的家務技巧，看起來似乎也很照顧她了；但是一八八四年的某一天，瑪麗十七歲那年，她趁著其他家人都出門的時候，把父親用鏈子鎖在他的黃銅床上，然後放火燒了屋子。她父親慘死；而因為她的這個攻擊行為沒有明顯的原因，瑪麗就被關進布萊克威爾島的精神病院。

克萊斯勒就是在那裡遇見她的，他偶爾會去那裡進行一些看診工作，而且之前也在那裡認識了賽勒斯並雇用他。克萊斯勒很驚訝瑪麗缺乏大部分早發性癡呆的症狀，甚至完全沒有。以他的意見，唯一的可能就是真正的精神錯亂。（克萊斯勒說得相當正確，「精神錯亂」（insanity）這個字眼現在已經被瑞士精神病學家尤金．布魯勒醫師的「精神分裂症」（schizophrenia）所取代；根據我的了解，這個詞表示一種病理上的失能，對於所處的現實世界無法認知，或無法產生互動。）克萊斯勒開始試著跟這個女孩溝通，也很快就發現她其實有典型的運動型失語症，又因為書寫障礙而更複雜化：她了解字句，也可以用清楚的句子思考，但她腦子控制講話和寫字的部分有嚴重的損傷。就像大部分這類不幸的人，瑪麗深刻意識到自己的艱難處境，但是沒有辦法向別人解釋。克萊斯勒藉著問一些可以用最簡單方式回答的問題（通常只要答「是」或「不」），得以跟瑪麗溝通，而且他斟酌她的狀況，盡量教她學會基本的寫字。努力幾個星期後，他得知了她過往一個令人震驚的新狀況：顯然地，她的父親在遇害前性侵她好幾年，但她當然沒辦法把這件事告訴任何人。

克萊斯勒要求重審這個案子，瑪麗最後被釋放。之後，她設法向克萊斯勒表示她是個理想的家僕。而克萊斯勒知道，如果自己不答應，這個女孩獨立生活的機會很渺茫，於是就接納了她。現在她不光是打理家務，還嚴密守護著這個家。然而瑪麗出現後，加上賽勒斯．芒綽斯和史蒂威．塔格特所帶來的效果，讓我每次拜訪十七街這棟精緻優雅的房子時，心情總是受到考驗。儘管這個地方有許多當代和古典的藝術作品，以及華麗的法國家具，還有一架平台鋼琴讓賽勒斯持續彈奏出優美的音樂，但是我每次去，總是意識到自己被盜賊和兇手環繞，儘管他們每個人所犯下的罪都有很好的解釋，但三個人都讓人感覺，他們絕對不會再容忍其他任何人的可疑行為了。

「哈囉，瑪麗，」我說，把我的斗篷交給她。她微微屈膝回應，眼睛盯著地上。「我早到了。克萊斯勒換好衣服了嗎？」

「沒有，先生。」她認真地說，臉上同時顯現出放鬆與懊惱，那是她正確說出字句時的特有表情：放鬆是因為她成功說出來了，懊惱是因為沒辦法說得更多。她一隻罩在藍色亞麻寬鬆袖子裡的手臂指向樓梯，然後拿著我的斗篷去掛在旁邊一個掛物架上。

「唔，那我就先去喝杯酒，享受一下賽勒斯的優美歌聲了。」我說。

我一次跨兩級階梯，感覺到身上的禮服有點累贅，一路來到客廳。賽勒斯朝我點了個頭，繼續唱歌，同時我走到燒得很溫暖的壁爐前，拿了壁爐架上的銀色香菸盒。我從裡頭取出一根維吉尼亞混合俄羅斯菸草的黑色香菸，又從壁爐架上另一個比較小的銀盒子裡拿出一根火柴，點著了香菸。

克萊斯勒從上方的樓梯走下來，穿著一套剪裁完美的燕尾服，打了白領結。「羅斯福的人還沒消息？」他問，此時正好瑪麗端著一只銀托盤出現。上頭是四盎司的閃光鱘魚子醬、幾片薄吐司、一瓶冰鎮伏特加，還有幾個小小的結霜玻璃杯：克萊斯勒回去俄羅斯聖彼得堡旅行期間，養成了這個令人讚賞不已的習慣。

「沒有。」我回答，捻熄了香菸，忙不迭地攻擊那只托盤。

「唔，我希望參與的每個人都能準時，」他說，看了一下時間。「如果他不……」

說到這裡，樓下的門環輕叩了幾下，然後是進門聲透過樓梯傳來。克萊斯勒點點頭。「那個，至少是個好跡象。賽勒斯——換個比較不嚴肅的吧。〈普羅旺斯家園〉。」

賽勒斯遵從指示，開始輕輕彈奏起威爾第這首溫柔的詠嘆調。我渴望地大口嚥下我的魚子醬，然後瑪麗又進來了。她的模樣有點不太確定，甚至是略帶激動，然後她設法想宣佈我們的客人到來，但是失敗了。當她又是微微屈膝、匆忙退回屋子後方時，一個人影從黑暗的樓梯走出來，進入客廳：是莎拉。

「晚安，克萊斯勒醫師。」她說，翠綠與孔雀藍兩色的晚禮服隨著她走進來而發出沙沙聲。

克萊斯勒有點吃驚。「霍華德小姐，」他說，雙眼明顯流露出喜悅，但口氣很困惑。「真是個驚喜。你帶來了我們的聯絡官嗎？」接下來停頓了好一會兒，克萊斯勒的目光從莎拉轉到我身上，然後又轉回去看莎拉。他的表情一點都沒變，然後開始點著頭。「啊。你就是我們的聯絡官，對吧？」

一時之間，莎拉的表情有點沒把握。「我不希望你以為我是硬磨著局長答應這件事。我們其實徹底討論過的。」

「我也在場。」我趕緊說，聲音有點顫抖。「等你聽到我們今天下午的故事，克萊斯勒，你就會知道莎拉是這份工作的正確人選，毫無疑問。」

「這個決定很務實，醫師，」莎拉說。「在警局總部裡，不會有人注意到我做了什麼；而要是我缺席，就更不會有人好奇了。總部裡有這樣條件的人並不多。我對犯罪學相當熟悉，而且我有管道，可以接觸到你和約翰可能接觸不到的地方和人——就像我們今天看到的。」

「我今天好像錯過了很多事情。」克萊斯勒用一種模稜兩可的語氣說。

「最後，」莎拉說，因為克萊斯勒的冷淡而有點遲疑。「碰到麻煩的時候……」從她左手戴著的一個大暖手筒裡，她迅速掏出一把小小的柯爾特一號款德林加手槍，指著壁爐。「你會發現我的槍法比約翰好。」

我趕緊讓開一步，離那把槍遠一點，引得克萊斯勒忽然低笑一聲：莎拉顯然認為他是在嘲笑她，有點不高興。

「我跟你保證，我是認真的，醫師。我父親是神射手。不過我母親體弱多病，我也沒有兄弟姊妹。於是我從小就成為我父親打獵和飛靶射擊的同伴。」這些話都是真的。史蒂芬·漢默頓·霍華德當年在萊因貝克的莊園裡過著真正鄉下大地主的生活，而且訓練他的獨生女跟任何哈德遜谷地的紳士們騎馬、射擊、賭博、喝酒——這些事莎拉全都很行，而且做了很多。她示意手裡那把有雕刻的精緻小槍。「大部分人都以為德林加是一種軟弱的武器；不過這一把有點四一口徑的子彈，可以轟倒你那位鋼琴前的僕人，子彈還能穿過他後方的窗子。」

克萊斯勒轉向賽勒斯，好像期待他會有某些警覺，但他輕柔的〈普羅旺斯家園〉彈奏毫無中斷。克萊斯勒注意到了。

「我對這種槍並不特別偏好，」莎拉說，把槍放回暖手筒裡。「但是……」她深吸一口氣，禮服低領口上方蒼白的皮膚鼓起。「我們正要去看歌劇。」她摸一下自己戴的祖母綠項鍊，進門後首次露出微笑。最經典的莎拉，我心想，然後把整杯伏特加喝掉。

接下來是頗長一段暫停，克萊斯勒和莎拉只是牢牢盯著對方。然後克萊斯勒別開眼睛，恢復他平常的模樣。「一點也沒錯，」他說，拿起一點魚子醬和一個杯子，遞給莎拉。「而且如果我們不趕快動身，就會錯過公爵的詠嘆調〈這位還是那位〉了。」賽勒斯聽到，就站起來走向樓梯，但克萊斯勒攔住他。「還有，賽勒斯——這位是霍華德小姐。」

「是的，醫師，」賽勒斯回答。「我們見過了。」

「啊，」克萊斯勒說。「所以你聽到她會跟我們一起工作，應該也不會驚訝了？」

「是的，先生。」賽勒斯朝莎拉微微鞠躬。「霍華德小姐。」他說。莎拉也點了個頭，報以微笑，然後賽勒斯繼續走向樓梯。

「所以賽勒斯也有份了，」克萊斯勒說，同時莎拉迅速但優雅地喝著她的伏特加。「我承認，我被激出興趣了。到歌劇院的路上，你們兩個可得詳細告訴我這趟神祕的探險——你們到底是去了哪裡？」

「桑托瑞里家，」我回答，吃掉最後一口魚子醬。「而且我們帶著有用的資訊離開。」

「桑托——」克萊斯勒真的很刮目相看，而且忽然間變得鄭重許多。「可是……哪裡？怎麼會？你們一定要告訴我一切，一點都不能漏——關鍵就在細節裡！」

莎拉和克萊斯勒走在我前面先下了樓，邊走邊聊，好像這個發展完全都在他們預料中。我解脫地呼出一口長氣，因為我之前一直不曉得克萊斯勒對莎拉的提議會有什麼反應，然後我把一根香菸放進嘴裡。不過還沒點著，我就又忽然緊張起來，這回是因為瑪麗．帕默意外出現的臉，我經過餐室時，她站在門縫間往外看，漂亮的大眼睛擔憂地凝視著莎拉，而且她好像在顫抖。

「瑪麗，」我低聲安慰她，「在可預見的未來，這裡的狀況可能會有點不尋常。」她似乎沒聽到我講話，但是發出一個小聲音，然後轉身跑掉了。

外頭還在下雪。克萊斯勒兩輛馬車中比較大的那輛正在等待，那是有黑色鑲邊的酒紅色四人座大馬車。史蒂威．塔格特已經把佛列吉克套上馬車，外加另一匹騸馬。莎拉拉起了她的風帽，走過前院，然後在賽勒斯的協助下爬上車廂。克萊斯勒把我留在前門稍停一下。

「好個與眾不同的女人，摩爾。」他一副就事論事的口吻說。

我點頭。「不要刁難她就是了，」我低聲回答。「她的神經繃得很緊，像鋼琴弦似的。」

「是啊，看得出來，」他說。「她提到她父親——他死了。」

「打獵意外。八年前。他們很親——事實上，事後她還在療養院住了一陣子。」我不曉得自己是不是該透露一切，但以我們的狀況，這樣似乎是明智的。「有人說那是自殺，但她否認，還很激動。所以你或許不要談這個話題比較好。」

克萊斯勒點點頭，戴上手套，從頭到尾都盯著莎拉。「這種脾氣的女人，」他說著跟我一起走向馬車，「在我們的社會裡，似乎並不註定會幸福的。不過她的能力顯然很強。」

我們上了馬車，莎拉開始急切地敘述我們訪談桑托瑞里太太的種種細節。我們的馬車經過格拉梅西公園南邊靜謐的雪中街道、朝百老匯大道駛去時，克萊斯勒不發一語聽著，唯一興奮的證據就是他躁動不安的雙手；等到我們來到先驅廣場，高架鐵路站周圍熙來攘往的人聲變得大很多，此時他開始問起各種細節問題，考驗我們的記憶力到極致。兩個前警察、兩個教士，外加兩個紐約市警局的警探一起出現，這個奇怪的故事引起克萊斯勒的好奇，但他遠遠更有興趣的（一如我預料到的），就是小喬治歐的性行為和他大致上的性格。「要了解我們的兇手，首要方式之一就是了解他的被害人。」克萊斯勒說，而當我們在照亮大都會歌劇院馬車入口雨篷的那些大電燈泡下停車時，他問莎拉和我對那個男孩的感覺。我們兩個都得想一下，於是沉默著思索，同時史蒂威駕著馬車離開，賽勒斯則陪著我們走進門。

對於紐約社交圈的守舊派而言，大都會歌劇院是「上城那棟黃色啤酒廠」。這個簡短且不屑的稱呼，最明顯的原因是這棟四四方方的早期文藝復興風格建築物，以及黃磚建材；但這個評論背後的態度，則是源於大都會歌劇院的暴發戶歷史。歌劇院佔據了百老匯大道、第七大道、三十九街與四十街之間的這個街區，於一八八三年啟用，出資的是七十五名紐約最有名（而且不是好名聲）的新富：摩根、顧爾德、惠特尼、凡德比爾特等等。這類姓氏全都被紐約傳統世家視為社交地位不入流，因而之前不肯批准把十四街神聖的音樂學會歌劇院的包廂賣給他們。為了回應這個沒有明講、但顯然貶低他們身價的評估，大都會歌劇院的創建人士就在這個新歌劇院裡認購包廂，不是一排，也不是兩排，而是三排；而發生在表演之前、之間、之後的社交戰爭，則是慘烈無比。然而儘管有這些背後中傷，管理大都會歌劇院的經理亨利．艾比和默里斯．葛勞照樣找來一些舉世最優秀的歌劇明星；到了一八九六年，在「黃色啤酒廠」裡面度過一個夜晚，很快就成了全世界其他歌劇院難以超越的極致音樂體驗。

我們走進那個頗為窄小、一點也不像其他大城歌劇院那麼華麗的主門廳，立刻碰到幾個小心眼的人瞪著我們看，他們不高興看到克萊斯勒身邊陪著一個黑人。不過大部分人之前都見過賽勒斯，也只是見怪不怪地忍受他在場。然後我們急步走上那道擁擠的、有折角的主樓梯，而且我們是進入觀眾席的最後一批人。克萊斯勒的包廂在二樓所謂「鑽石馬蹄」的左邊，我們匆匆經過紅色天鵝絨的交誼廳，來到我們的座位。坐下時，劇院的燈光開始逐漸暗下來。我拿出一副小小的折疊式望遠鏡，勉強還有點時間察看附近和對面的包廂，尋找熟悉的面孔。我瞥見西奧多．羅斯福和史壯市長在羅斯福的包廂裡，似乎正在進行非常嚴肅的交談；然後我的目光轉向鑽石馬蹄正中央的三十五號包廂，那個大鼻子醜怪、令人生畏的金融章魚約翰．皮爾龐特．摩根正坐在陰影裡。有幾位淑女跟他在一起，但我還沒搞清楚到底是誰，歌劇院裡就陷入黑暗了。

維克多．摩瑞爾這位偉大的法國男中音演員，曾讓威爾第為他寫出幾個最難忘的角色，他那天晚上的狀況非常好，不過恐怕在克萊斯勒包廂裡的我們——可能賽勒斯除外——都心有旁騖，沒辦法完全享受精采的表演。第一次幕間休息時，我們的談話很快就從音樂轉回桑托瑞里案。莎拉懷疑，喬治歐被父親毒打，似乎只讓這個男孩更渴望繼續他的反常性行為。克萊斯勒也談到這個諷刺的狀況，說當初桑托瑞里先生只要跟他兒子談一談，探索他奇特行為的根源，說不定還有辦法予以改變。但他訴諸暴力，就把這件事變成了一場爭執，在喬治歐的心中，他父親所反對的行為就成了他生存所不可或缺的力量。第二幕從頭到尾，莎拉和我一直想著這個概念；但到了第二次幕間休息，我們開始能理解一個男孩為了討生活而讓自己被以最不堪的方式利用，但在他自己的眼中，這麼做正是在堅持自己的權利。

克萊斯勒指出，茨威格兄妹很可能是同樣的狀況，這證實了我原先的假設：他不會把這這兩兄妹和喬治歐．桑托瑞里的相似處視為巧合而已。但克萊斯勒接著又說，我們不能太強調這個新資訊的重要性：我們現在得知了一個模式的開端，可以據此建立一個大致圖像，知道哪些特質引發兇手的暴力，如此而已。另外，這些資訊都要歸功於莎拉決心拜訪桑托瑞里家，而且能讓桑托瑞里太太信賴她。克萊斯勒有點笨拙、但絕對真誠地表達他的感激；而莎拉臉上的滿足感，顯示這一天所有的考驗都值得了。

換句話說，這次幕間休息時間的整體感覺很友好。接著羅斯福帶著史壯市長進入我們包廂，整個小空間的氣氛就立刻改變了。儘管威廉．L．史壯總是使用「上校」的軍階，而且素有改革者的名聲，但他就像任何富有的中年紐約商人一樣，不喜歡克萊斯勒。市長大人對我們的問候沒有回應，只是坐在包廂裡的一個空位，等著燈光變暗。於是羅斯福只好尷尬地解釋，說史壯有重要的事情要談。在大都會歌劇院裡，觀眾在表演時講話通常不會被視為粗野，而且有些最重要的私事或公事就是在這種時間談好的，但克萊斯勒和我都覺得這樣對表演者很不尊重。也就是說，當史壯在第三幕那個不祥的開場時開始告誡我們，我們的態度並不友善。

「醫師，」市長說，眼睛沒看著他，「羅斯福局長跟我保證，說你最近去警察局總部純粹是社交性質的拜訪。我相信他。」克萊斯勒沒回答，於是史壯有點不高興。「不過呢，我很驚訝看到你跟一個警察局的雇員一起來聽歌劇。」他很無禮地朝莎拉的方向點了個頭。

「如果你想知道我所有的社交行程，史壯市長，」莎拉勇敢地說，「我可以安排時間。」

羅斯福安靜但有力地一手按住前額，史壯更生氣了，但是沒理會莎拉。「醫師，你或許不曉得，我們正在進行一場偉大的聖戰，要根除這個城市的貪腐和墮落。」克萊斯勒還是沒回應，雙眼依然看著舞台上的維克多．摩瑞爾和法蘭西絲．薩維爾在對唱。「在這場戰役中，我們有很多敵人，」史壯繼續說。「如果他們能找到方式羞辱或質疑我們，他們就會使用的。我講得夠清楚嗎？」

「清楚？」克萊斯勒終於回答，還是沒看史壯。「不禮貌是一定的，至於清楚……」他聳聳肩。

史壯站起來。「那我就直說了。如果你跟警局裡任何職位的人來往，醫師，就會讓我們的敵人有機會質疑我們。正派人士都不喜歡你的工作，因為你對美國人家庭那些可憎的意見，或是你胡亂刺探美國兒童的心靈。這類事情是父母和他們心靈導師的本分。如果我是你，我就會把我的工作範圍限制在精神病院，那裡才是你該去探查的地方。無論如何，請你記住，我們局裡任何人都不喜歡這種骯髒事。」市長站起來要出去，又暫停下來轉向莎拉。「還有你，小姐，你最好記得，總局雇用女人是一個實驗，而且別忘了，實驗通常都會失敗！」

說完後，史壯就出去了。羅斯福在後頭稍微逗留，趕緊跟我們低聲說，往後我們三個一起公開出現，恐怕並不是明智之舉，然後他就跟在市長後頭也離開了。這個事件很過分，但其實也很典型：那一晚觀眾席裡，只要有機會，很多人也會向克萊斯勒說類似的話。克萊斯勒、賽勒斯和我以前已經聽過太多了，所以不像莎拉那麼難以接受這種不寬容的態度。總之這齣歌劇剩下來的大部分時間，她都一臉像是要用那把德林加手槍轟掉史壯腦袋似的表情；但是摩瑞爾和薩維爾最後的二重唱太令人心碎了，就連憤怒的莎拉都把現實世界的事情拋在腦後。等到最後燈光亮起，我們都站起來大聲喝采，舞台上的維克多．摩瑞爾揮手致意。然而莎拉一看到包廂裡的羅斯福和史壯，就又火大起來。

「老實說，醫師，你怎麼能容忍？」她說，此時我們往外走。「那人根本是個白癡！」

「你很快就會發現，莎拉，」克萊斯勒冷靜地說，「你對這類說法絕對不能在意。雖然市長對這件事情某方面的關注，的確讓我擔心。」

我根本不必想，因為史壯說的時候我就想到了：「那兩個教士。」我說。

克萊斯勒朝我點點頭。「沒錯，摩爾。那兩個令人困擾的教士——讓人好奇今天是誰安排這樣的『精神導師』陪著那些警探去桑托瑞里家。不過眼前，這還是一個謎。」他看了一下銀懷錶。「很好，我們應該可以準時到達。我希望我們的客人也準時。」

「客人？」莎拉問。「我們要去哪裡？」

「去吃晚餐，」克萊斯勒只回答。「我希望，這同時也是一場最有啟發性的會議。」

10

我發現今天的人往往很難想像，一個開了數家餐廳的家族怎麼可能改變整個國家的飲食習慣。但這就是戴蒙尼寇家族上個世紀在美國所達到的成就。他們於一八二三年在威廉街開設第一家小餐館，為曼哈頓下城的商業界與金融界人士提供餐飲服務；在此之前，美國的料理大致就是水煮或煎炸，其目的是吃飽或下酒，通常還是很差的酒。戴蒙尼寇一家（雖然是瑞士人）將法國料理手法引進美國，而且每一代都更加精進且拓展經驗。從一開始，他們的菜單就涵蓋了數十種可口又健康的菜色，精心製作但全都價格合理。他們供應的葡萄酒種類跟任何巴黎餐廳一樣昂貴而出色。因為經營得太成功了，因而幾十年間，他們就擁有了下城兩家、上城一家餐廳；到了一八六一—一八六五的南北戰爭期間，來自全國各地在戴蒙尼寇吃過飯、帶著新的經驗回到家鄉的旅人，都紛紛要求當地的餐廳老闆不但要給他們愉悅的用餐環境，還要供應營養豐富且烹調技巧高超的美食。在十九世紀最後幾十年，對於第一流餐飲的渴求成為一種全國性的熱潮——這都要歸功於戴蒙尼寇。

但精緻的美食和葡萄酒只是戴蒙尼寇成功的一部分原因：這個家族公開表明的平等立場，也是吸引消費者上門的因素。任何一個晚上，在上城二十六街和第五大道交口的這家餐廳裡，你可能碰到實業家戴門．吉姆．布瑞迪和女星麗蓮．羅素，以及凡德比爾特太太和其他紐約上流社交圈貴婦。就連保羅．凱利這樣的人，也不會被拒絕進入餐廳。任何人都能進門或許還不稀奇，更稀奇的是每個人都得排隊——因為除了包下私人用餐室之外，該餐廳不接受預訂座位，而且從來不會出現任何偏袒。排隊等待有時真的很煩，但是發現自己排在某個類似凡德比爾特太太這樣的人後頭，還聽她跺腳大嚷「這種待遇！」可能非常具有娛樂效果。

跟艾薩克森兄弟進行會談的這一夜，克萊斯勒知道我們的談話可能會讓主用餐區周圍的其他人覺得很不舒服，於是就預訂了一個私人用餐室。我們從百老匯這一側駛近這家佔地一個街區的餐廳，然後在二十六街左轉，來到大門口停下。克萊斯勒讓賽勒斯和史蒂威回去休息，因為他們最近常常工作到深夜。我們其他人晚餐後會搭出租馬車回去。我們走進餐廳，年輕的查理・戴蒙尼寇立刻跟我們打招呼。

在一八九六年時，這個家族早一輩的人幾乎全都過世了，查理之前放棄了華爾街的工作，接掌家族事業。他是這份工作的不二人選：世故而有禮、衣著整潔而考究，而且永遠應對得體，他不動聲色地應付各種細節，大大的眼睛連眨一下都不會，整齊的大鬍子也絲毫不亂。

「克萊斯勒醫師，」查理迎上來跟我們握手，臉上帶著微微的笑容。「還有摩爾先生。看到兩位總是很開心，尤其是一起出現的時候。霍華德小姐也是——你好久沒來了。很高興你又再度光臨。」這是查理的方式，委婉表達他了解莎拉自從父親過世後經歷了許多。「醫師，你的另外兩位客人已經到了，正在樓上等著。」他繼續說，同時等著我們寄放大衣等等。「我還記得你說過，你發現橄欖綠或深紅色都對消化沒有幫助，所以我安排你們在藍廳——這樣可以嗎？」

「真是周到，跟往常一樣，查理，」克萊斯勒答道。「謝謝。」

「現在就可以上樓了，」查理說。「一如往常，朗歐佛已經準備好了。」

「啊哈！」我聽他提起戴蒙尼寇了不起的主廚，不禁開了口。「相信他已經準備好要接受我們嚴厲的批評了。」

查理又微笑了，嘴唇同樣彎出微微的弧度。「我相信他精心安排好了。來吧，各位。」我們跟著查理穿過鏡面牆壁、紅木家具、溼壁畫天花板的主用餐區，然後上二樓到私人用餐室。艾薩克森兄弟已經在一張小而精緻的餐桌旁坐下，看起來有點不知所措。而當他們看到在警局總部就已經認識的莎拉後，就更困惑了；但她非常謹慎地迴避他們的問題，只說得有個人來幫羅斯福局長記筆記，因為局長私下也對這個案子有興趣。

「是嗎？」馬庫斯・艾薩克森說，大鼻子兩側的深色眼珠憂慮地睜大了。「這不會是——唔，不會是什麼測試吧？我知道局裡要對每個人做評鑑，不過——唔，這麼一件三年前的舊案子，用這個來判斷我們好像不是很公平……」

「其實我們很高興這個案子還沒結案。」盧修斯趕緊說，用手帕擦掉額頭的幾滴汗，此時侍者端著幾盤牡蠣和裝在玻璃杯裡的雪利酒和苦啤酒進來。

「冷靜一點，兩位警佐，」克萊斯勒說。「這不是評鑑。兩位會在這裡，正就是因為大家都知道，你們跟導致警局目前爭議的那些因素毫無瓜葛。」聽了這句話，艾薩克森兄弟都呼出一大口氣，開始喝起雪利酒。「據我所知，」克萊斯勒又繼續說，「你們並不是特別喜歡伯恩司督察，對吧？」

兩兄弟看著對方，盧修斯點了個頭，於是馬庫斯說：「是的，醫師。伯恩司相信的那些方法比較——呃，姑且說，比較過時吧。我弟弟——我是說，艾薩克森警佐——和我都出國進修過，所以督察對我們非常多疑，此外，還有我們的——背景。」

克萊斯勒點點頭；警局守舊派對猶太人的看法並不是祕密。「唔，那麼，兩位，」克萊斯勒說。「就麻煩告訴我們，你們今天發現了什麼吧。」

為了誰先開口，這兩兄弟稍微爭執了一下，然後決定盧修斯先說：

「你也知道，醫師，屍體分解到這麼後期的階段，能夠判斷的東西很有限。不過，我相信我們發現了幾個事實，是當初驗屍官和偵辦警探漏掉的。首先，就是死因——對不起，霍華德小姐，不過你不是要記筆記嗎？」

莎拉朝他微笑。「心裡記下來。我稍後會再用筆寫下。」

這個答案對盧修斯沒有任何作用，他還是緊張地看著莎拉，然後繼續說：「是的，唔——死因。」幾名侍者又出現，撤走我們的牡蠣盤，代之以綠龜清湯。盧修斯又擦擦他寬闊的額頭，嚐了一口湯，同時侍者打開一瓶阿蒙蒂亞度雪利酒。「嗯——真美味！」他判定，顯然美食讓他心情放鬆了。「不過就像我剛剛說的，警察和驗屍官的報告都說，死因是喉嚨的傷口。頸動脈割斷等等。如果你碰到一具被割喉的屍體，這是很明顯的解釋。但是我幾乎立刻注意到喉部結構有嚴重的損傷，尤其是舌骨，兩具屍體的舌骨都斷裂了。當然，這表示他們是被勒死的。」

「我不明白，」我說。「如果兇手已經勒死他們了，為什麼還要割開他們的喉嚨？」

「嗜血，」馬庫斯非常平靜地回答，同時一邊喝著他的湯。

「沒錯，嗜血，」盧修斯同意道。「他大概擔心自己的衣服被弄髒，離開時會吸引任何注意。但是他又非得看到血不可——或者聞到。有些兇手說，讓他們滿足的是血的氣味，而不是看到血。」

幸好，我已經喝完自己的湯了，因為這最後一句話可不會有開胃的效果。我望向莎拉，她很沉著且專注地聽著這一切。克萊斯勒則是一副聽得入迷的表情。

「那麼，」克萊斯勒說。「你假設他們是被勒死的。好極了。還有呢？」

「還有關於眼睛的事情，」盧修斯說著往後靠坐，好讓侍者收走他的湯碗。「我不太相信驗屍報告上的說法。」侍者現在上了鱸魚柳佐乳酪醬汁——非常美味。雪利酒則換成了德國白酒。

「容我打岔一下，醫師，」馬庫斯低聲說。「但是我真的很想說——這些菜太了不起了。我從來沒吃到過像這樣的。」

「我很高興，刑事警佐，」克萊斯勒回答。「後頭還有很多菜呢。那麼，現在，該談談那些眼睛了？」

「對，」盧修斯說。「警方報告提到了鳥或老鼠吃掉了眼睛，驗屍官也顯然贊成這個說法，這真的很奇怪。即使屍體是暴露在戶外，而不是在封閉的水塔裡，為什麼食腐動物會只吃眼睛？不過最讓我困惑的是，那些刀痕非常明顯。」

克萊斯勒、莎拉和我全都嚼到一半停下來，面面相覷。「刀痕？」克萊斯勒低聲說。「任何報告裡都沒提到刀痕啊。」

「是啊，我知道！」盧修斯開心地說。這番談話的內容雖然很恐怖，但他顯然因而感到放鬆，葡萄酒當然也有幫助。「這真的很奇怪。顴骨和眶上脊有幾道很窄的溝紋，外加蝶骨上還有幾道割痕。」

之前克萊斯勒對羅斯福和我描述喬治歐·桑托瑞里的屍體時，用的字句也是幾乎一樣。

「乍看之下，」盧修斯繼續說，「你可能會以為這些刀痕都是互不相干的，是一把刀刺了好幾次所形成的。但我覺得這些痕跡似乎是彼此相關的，所以我就做了個實驗。你們學園附近有一家很不錯的刀具店，醫師，裡面也賣獵刀。我去了那裡，買了我覺得可能符合的刀，分別是三種不同的長度——九吋、十吋、十一吋。」他摸著外套內側的口袋。「結果最大的那把，證明是最符合的。」

說到這裡，他就將一把發亮的刀放在桌子中央，看起來似乎大得不得了。刀柄是鹿角，護手是黃銅，鋼製刀身刻著一隻公鹿在灌木叢中的圖像。

「阿肯色牙籤刀，」馬庫斯說，「這種刀不曉得是吉姆．鮑伊還是他的兄弟在三〇年代設計出來的，不過我們知道，現在大部分都是英格蘭雪菲爾德的刀廠所製造，出口到我們西部各州。這種刀可以用來打獵，但基本上是一種戰刀，用於近身搏鬥。」

「這種刀，」我說，再度想起喬治歐．桑托瑞里，「有可能用來，嗯，用來雕刻或切割嗎？我的意思是，夠沉重，而且刀刃夠鋒利？」

「絕對可以，」馬庫斯回答。「刀刃要看鋼的品質，以這麼大的刀來說，尤其是在雪菲爾德製造的，通常品質很好，鋼的硬度很高。」他說，用一種跟下午同樣的困惑眼神看著我。「為什麼問這個？」

「這刀子看起來很昂貴，」莎拉說，刻意改變話題。「是吧？」

「那當然，」馬庫斯說。「不過很耐用。可以用很多年。」

克萊斯勒凝視著刀子，那眼神似乎在說：這個，就是他使用的刀子。

「蝶骨上的刀痕，」盧修斯又回到原來的話題，「是刀刃割到顴骨和眶上脊的同時形成的。這很自然，因為他是在這麼一小塊區域——兒童頭骨裡的眼眶——使用這麼大的一把工具。不過，儘管如此，他的技巧應該是不錯，否則造成的損傷應該會大得多。接下來……」他喝了一大口葡萄酒。「如果你們想知道他是在做什麼，或者為什麼，那就只能推測了。有可能他是把屍體的某些部分賣給解剖學者或醫學院。不過這樣的話，他取走的就應該不只是眼睛而已。這還真令人困惑。」

我們聽了都沒法說什麼，只是瞪著那把刀，至少我是很怕去碰它。此時侍者們又出現，端著幾盤小羊脊肉佐柯爾貝醬汁，以及幾瓶拉格蘭吉酒莊的紅葡萄酒。

「好極了，」克萊斯勒說，他終於抬頭看著盧修斯因為葡萄酒而轉紅的胖臉。「警佐，你們的工作成果真是太出色了。」

「喔，我們還沒說完呢。」盧修斯說，切著他的小羊肉。

「慢慢吃，」馬庫斯低聲說。「別忘了你的胃。」

盧修斯沒理會他的勸告。「還有別的，」他說。「額骨和頭骨頂端的頂骨，還有幾個很有趣的破裂。不過我就讓我哥哥——讓艾薩克森警佐解釋吧。」盧修斯咧嘴笑著看我們。「我太喜歡這些美食，沒辦法再說下去了。」

馬庫斯看著他搖頭。「你明天會生病，」他喃喃道。「而且到時候你會怪我——但是我警告過你了。」

「警佐？」克萊斯勒說，拿著一杯拉格蘭吉酒莊的紅酒往後靠坐。「如果你想勝過你的——呃，這位同事，那麼你就得真有一些不同凡響的資訊才行。」

「唔，這事情真的很有趣。」馬庫斯答道，「而且也很可能告訴我們一些具體的事情。我弟弟發現的裂痕是從正上方擊打所造成的。好吧，像這種攻擊，你可以預料到一些特定的襲擊角度，不是因為高度類似，就是因為掙扎而難以出手。然而，這些裂痕的性質顯示，攻擊者不只完全控制被害人的身體，而且也夠高，足以用某種鈍器直接用力往下擊打——甚至有可能就是用他自己的拳頭，不過我們不太相信這點。」

我們讓馬庫斯停下來吃點東西；不過當肥美的馬里蘭鑽紋龜肉端上來取代小羊肉時，我們就不得不逼著盧修斯繼續：

「好吧，我會盡量講得讓你們能聽懂。如果我們以兩個小孩各自的身高，再加入我剛剛說的那些頭骨裂痕的角度，就可以開始推測攻擊者的身高了。」他轉向盧修斯。「我們猜是多少，大概一八八公分？」盧修斯點點頭，於是馬庫斯繼續說。「我不曉得你們對人體測量學的了解有多少，就是貝蒂永那套用來鑑定和分類的系統——」

「啊，你們有受過這方面的訓練嗎？」莎拉說。「我一直很想認識這樣的人。」

馬庫斯一臉驚訝。「你知道貝蒂永的研究，霍華德小姐？」

莎拉急切地點頭時，克萊斯勒插嘴了：「我得承認自己的無知，刑事警佐。我聽過這個名字，除此之外知道得很少。」

於是，我們一邊吃著龜肉，一邊聽艾薩克森兄弟替我們簡單介紹阿豐思．貝蒂永，這位孤僻、學究氣的法國人，在一八八〇年代對於刑事鑑定科學有種種革命性的成就。他本來是一名低階職員，被指派去整理巴黎市警察局所保存已知罪犯的檔案，他發現，如果把任何一個人身體上的十四個測量結果——不光是身高，還有腳、手、鼻子、耳朵的大小等等——查出來，任何兩個人會有同樣結果的機率，要小於兩億八千六百萬分之一。儘管他的上司們百般阻撓，貝蒂永還是開始記錄已知罪犯身體上的各種尺寸，然後將結果分類，同時訓練一個助手同事幫忙測量與拍照；等到他把這些蒐集到的資訊，用來破解幾個難倒巴黎警方的大案子，他就成為名揚國際的大名人了。

貝蒂永的系統很快就被全歐陸所採用，稍後傳到倫敦，最近才傳到紐約。但在湯瑪斯．伯恩司擔任紐約市警局刑事組長期間，都一直排斥人體測量學，因為他認為這套方法需要精確地測量與仔細地拍照，對於他大部分手下的智力都是太高的要求——這個假設當然很準確。此外，也因為伯恩司創設了「罪犯照片室」，裡頭充滿了全美國最知名罪犯的照片：他小心翼翼守護著自己的創建成就，認為這樣就足以達到鑑識的目的。最後一個原因是，伯恩司已經建立起自己的一套偵查原則，才不想讓隨便什麼法國人給推翻。但隨著伯恩司的退休，人體測量學又得到更多擁護者，其中顯然就包括這一夜在座的人。

「貝蒂永系統的主要缺點，」馬庫斯說，「除了要靠精確的測量之外，就是這套系統只能拿已知的紀錄進行比對。」吃過一小碗赫爾辛基冰沙之後，馬庫斯從口袋裡掏出一根香菸，顯然以為這頓飯已經結束了，結果非常驚喜地看到侍者端上一盤帆背潛鴨肉，佐以玉米粥和紅醋栗果凍放在他面前，外加一杯法國香貝丹產區的頂級紅葡萄酒。

「醫師，請容我岔開問一聲，」盧修斯繼續困惑地說，「可是……這頓飯會有結束嗎？或者我們要一直吃下去，直到早餐？」

「只要你們能提供有用的資訊，兩位，食物就會繼續上。」

「唔，那麼……」馬庫斯吃了一大口鴨肉，讚賞地閉起眼睛。「我們最好繼續講些有趣的事情。現在回到前面講了一半的，貝蒂永系統沒有提供犯罪行為的實質證據，無法憑空指出哪個人是兇手。但如果我們有一份嫌犯名單的話，這個系統可以協助我們縮小範圍。我們敢打賭，殺害茨威格兄妹的兇手大約一八八公分。這麼一來，即使是紐約市警局有這麼多檔案，我們的候選人名單也可以大幅縮減。這是個很有利的起點。更好的消息是，因為現在採用這套系統的城市很多，所以如果我們想要的話，可以跟全國各地、甚至歐洲的資料庫進行比對。」

「那如果這個人以前沒有犯罪紀錄呢？」克萊斯勒問。

「那麼，就像我剛剛說的，」馬庫斯聳一下肩說，「那就是我們運氣用光了。」克萊斯勒聽了一臉失望，而馬庫斯——我覺得他似乎看著自己的盤子，很好奇現在我們陷入困境，食物是否就會停止供應了——則是清了清嗓子。「我的意思是，以警局正式採用的方法來說，我們是運氣用光了。不過呢，我知道一些其他的技巧，最後有可能證明是有用的。」

盧修斯露出憂心的表情。「馬庫斯，」他喃喃說。「我還是不確定，這個方法還沒被接受——」

馬庫斯迅速地低聲回答：「那是在法庭。但在調查時，這個方法還是很合理的。我們討論過這件事了。」

「兩位？」克萊斯勒說。「能不能分享一下你們的祕密？」

盧修斯緊張地喝了一大口香貝丹紅酒。「這個方法還只是理論上的，醫師，全世界各地都還沒當成合法證據，不過……」他看著馬庫斯，似乎擔心自己的哥哥會害他吃不到甜點。「啊，好吧。你繼續說吧。」

馬庫斯信心十足地開了口。「這個方法，叫做指紋鑑定法（dactyloscopy）。」

「啊，」我說。「你指的是指紋學（fingerprinting）。」

「是的，」馬庫斯回答，「那是口語上的說法。」

「可是——」莎拉插嘴。「我無意冒犯，警佐，但是全世界各地的警方都拒絕指紋學。它的科學基礎還沒被證明，而且從來沒有利用指紋學而破案的實際例子。」

「我沒有被冒犯到，霍華德小姐，」馬庫斯回答。「而且我要說你錯了，希望你不會覺得被冒犯。科學基礎已經被證明了，而且利用這個技術也破了好幾個案子——只是不在你可能會聽到的那些地區而已。」

「摩爾，」克萊斯勒插嘴，聲音有點急躁，「我開始明白你一定常常有的那種感覺了——再說一次，各位先生小姐，我不曉得你們在講什麼。」

莎拉開口想跟克萊斯勒解釋這個主題，但在他剛剛的嘲諷之後，我得跳出來搶著說。指紋鑑定法，或是指紋學（我希望自己的解釋聽起來非常高傲），是一種數十年來頗受爭議的鑑定方法。其科學假設是，人的指紋是一輩子都不會改變的，不過有很多人類學者和醫師還不肯接受這個事實，儘管有壓倒性的支持證據，外加偶爾的實際驗證。比方說，在阿根廷——就像馬庫斯．艾薩克森說的，這個地方很少有美國人或歐洲人會留意——指紋學已經得到第一個實際驗證：布宜諾斯艾利斯一位叫伏切提屈的警察，利用這個方法，破了一宗牽涉到兩名幼童被殘忍以棍棒打死的謀殺案。

「那麼，」克萊斯勒說，此時我們的侍者端著鵝肝醬小肉凍又出現了，「我想一般應該會放棄貝蒂永系統了吧。」

「還沒有，」馬庫斯回答。「現在大家還在持續爭論。即使指紋的可靠程度已經被驗證了，但還是有很大的阻力。」

「而且別忘了一件重要的事，」莎拉補充——看到她現在指導起克萊斯勒，真是大快人心啊！——「指紋可以顯示誰曾出現在某個地點。這個方法對我們來說很理想——」她停住，冷靜下來。「這個方法有很大的潛在可能性。」

「那指紋要怎麼取得呢？」克萊斯勒問。

「有三個基本方法，」馬庫斯回答。「第一，很顯然，就是看得見的指紋——手上沾到顏料、血、墨水，諸如此類的，然後再去碰其他東西。其次是可塑指紋，就是碰到油灰、黏土、溼灰泥等等，之後所遺留下來的。最後，也是最困難的，就是潛伏指紋。如果你拿起面前的玻璃杯，醫師，你的手指就會留下汗水和體油的殘餘物，形成你的指紋印。如果我懷疑你留下了指紋——」馬庫斯從口袋掏出兩個小瓶子，一個裝了灰白色粉末，另一個裝了質地類似的黑色粉末。「——我就會用鋁粉，」他舉起那瓶灰白色粉末，「或是細碳粉刷上去，」然後舉起黑色那瓶。「該選哪個，要看背景物件的顏色。白粉會顯現在黑色物件上，黑粉會顯現在淺色物件上；兩者用於你的玻璃杯都很適合。粉末會被體油跟汗水吸收，留下你指紋的完美痕跡。」

「了不起，」克萊斯勒說。「如果現在科學上證明了每個人的指紋都不可能一樣，那這個方法怎麼會不被法庭接受為合法證據呢？」

「大部分人都不喜歡改變，即使是進步的改變。」馬庫斯把兩個小瓶子放在桌上，露出微笑。「但我相信這點你也發現了，克萊斯勒醫師。」

克萊斯勒承認地點了一下頭，然後推開盤子，再度往後靠坐。「很感激你們說的這些，讓我獲益良多，」他說，「但是我有個感覺，你們這些話還有其他更特定的目的。」

馬庫斯又轉向盧修斯，但他弟弟只是認命地聳聳肩。於是馬庫斯從外套內側的口袋掏出一個扁平的東西。

「如果今天有驗屍官碰巧發現了這個，」他說，「很可能都不會注意到或在乎，更別說三年前了。」他把那張紙——其實是一張照片——扔在我們面前的桌上，我們三個人的腦袋立刻湊上去看。那是某種東西的特寫照片，幾個白色的東西——骨頭，我很快判定，但沒辦法更精確了。

「手指？」莎拉問。

「手指，」克萊斯勒回答。

「更精確一點地說，」馬庫斯說，「是蘇菲亞．茨威格左手的手指。注意拇指頂端的指甲，完整拍到的那部分。」他從口袋掏出一把放大鏡，遞給我們，然後坐回去吃他的鵝肝醬。

「看起來像是，」克萊斯勒沉吟道，同時莎拉拿起放大鏡，「瘀青。至少，有某種變色。」

馬庫斯看著莎拉。「霍華德小姐，你看呢？」

她把放大鏡舉在面前，又把照片拿近一點，雙眼努力對焦，然後因為發現而睜大眼睛。「我看到……」

「看到什麼？」我說，像個四歲小孩似的動來動去。

克萊斯勒湊在莎拉的肩後看，表情變得比她更震驚也更佩服。「老天，你的意思該不會是——」

「什麼，什麼，什麼？」我說，莎拉終於把放大鏡和照片遞給我。我遵照指示，檢視照片裡手指尖端的指甲。沒有放大鏡，那指甲看起來就像克萊斯勒剛剛說的，是變了色的；放大後，才發現上頭明顯有個印記，我知道那是指紋，以某種深色物質印下的。我驚訝得目瞪口呆。

「這個機會很幸運，」馬庫斯說。「雖然是局部的，但是足以拿來鑑定了。不曉得怎麼回事，這個指紋在經過驗屍官和殯葬業者處理過後，還能倖存下來。順帶講一聲，印下的物質是血。大概是那個小女孩自己的血，或是她哥哥的。總之，那個指紋太大了，不可能是兩兄妹的。棺材把血跡保留得非常完整——現在我們有一份永久紀錄了。」

克萊斯勒抬頭，臉上是他最接近笑容滿面的表情了。「我親愛的警佐啊，這實在完全沒想到，而且太令人欽佩了。」

馬庫斯別開目光，露出害羞的微笑，同時盧修斯以同樣憂慮的口氣開口了。「請記住，醫師，這個證據完全沒有法律或法庭上的效力。這是個線索，只能用於調查，沒有別的了。」

「也不需要別的了。只除了，或許——」克萊斯勒拍了兩下手，侍者重新出現，「——甜點吧。兩位完全有資格享用。」侍者撤走我們剩下的碗盤，帶著綜合洋梨回來：先在紅酒中浸泡，然後油炸，撒上糖粉，最後覆蓋上厚厚的杏桃醬。我想盧修斯一看到就會馬上展開攻擊。克萊斯勒雙眼盯著兩兄弟。「你們的工作成果值得讚揚。但是恐怕兩位在進行這件工作時，是在有點……錯誤的假設之下。這一點我要道歉。」

然後我們向艾薩克森兄弟詳細解釋我們的種種行動，同時吃著洋梨和隨後上的一些美味的花色小蛋糕。我們的敘述無一遺漏：喬治歐．桑托瑞里的屍體、與弗林和康納之間的紛擾、我們跟羅斯福的會面、莎拉和桑托瑞里太太的談話，全都鉅細靡遺說了。我們也都沒有試圖美化問題——我們要追捕的人，克萊斯勒說，可能下意識地催促我們去找到他，但他有意識的想法則是專注於暴力，而如果我們太逼近他，那種暴力有可能輕易波及到我們身上。這番警告的確讓馬庫斯和盧修斯稍有遲疑，另外同樣讓他們遲疑的是，想到我們的工作必須祕密進行，而且如果被發現的話，所有紐約市官員都會否認。但這兩兄弟對未來前景的首要反應，就是興奮。任何好警探都會有同樣的感覺，因為這是一生僅有一次的機會：嘗試新技術、在警局官僚種種令人喘不過氣來的壓力之外運作，而且如果事情最後成功了，還可以一舉成名。

而且，我必須坦白招認，在剛吃過那頓晚餐加上佐餐的葡萄酒之後，這樣的結論似乎是不可避免的。無論克萊斯勒、莎拉、我對艾薩克森兄弟的奇特個人行為有什麼懷疑，他們的工作成績都遠遠超過這樣的考慮：才一個白天的時間，他們就大致查出這位兇手的身材和選擇的兇器，還得到一個兇手身體特徵的永恆影像，且最終有可能讓我們逮到他。這一切，再加上莎拉主動去查出來的結果——讓我們初步得知兇手的被害人有什麼共同的特點——讓我在酒醉狀態中覺得，成功似乎是伸手可及的。

然而我也同時覺得，我在這個階段的貢獻似乎太微小了。除了白天護送莎拉跑那一趟之外，我一開始都沒有幫上任何忙。戴蒙尼寇餐廳的時鐘敲過兩點許久後，我們把盧修斯·艾薩克森送上一輛出租馬車。此時我搜尋著模糊的腦袋，想找個辦法彌補這個狀況。但我所想到的也同樣模糊：把莎拉和克萊斯勒送上一輛出租馬車、向他們道過晚安之後（他會順路先送她回格拉梅西公園），我就轉向南邊，打算去派樂思宮。

11

戴蒙尼寇餐廳離庫伯廣場的派樂思宮大約有一哩遠，我知道自己一進入那家店內就得保持警覺，於是決定這段路用走的，利用冷空氣讓我清醒一點。百老匯大道幾乎是空的，只偶爾會有一群穿白色制服的年輕人把雪鏟入大型運貨馬車裡。這是魏林上校的私人部隊，這位街道清掃天才之前把羅德島州首府普羅維登斯打掃得煥然一新後，就進軍紐約，施展同一套魔術。魏林的小夥子們無疑很有效率——自從他們出現後，街道上積雪、馬糞、一般垃圾的份量就大幅減少——但那些制服顯然讓他們以為自己有某種執法資格。有時你會看見一個年約十四歲、穿戴著白色制服和頭盔的男孩，去抓住某個隨意在街上亂丟垃圾的小老百姓，想要進行逮捕。你無法說服這些狂熱份子說他們沒有這種權威，於是這種事情持續發生。有時逮捕以暴力收場，這些小夥子還因而自豪，於是我那一夜經過他們時，就格外小心。但總之，我的步伐一定是洩漏了酒醉狀態，因為我經過幾群揮動著掃把或鏟子的清潔隊員時，他們紛紛懷疑地打量我，表明我最好不要把這個城市給弄髒。

等到我抵達庫伯廣場，感覺自己相當警覺，而且冷極了。經過庫伯聯盟學院那棟龐大的褐色大樓時，我開始想著到了派樂思宮就要點一大杯白蘭地；因此當一輛有著「熱那亞父子鐵工坊——紐約，布魯克林」字樣的運貨馬車搖搖晃晃地繞過庫伯廣場公園北端而來時，我完全沒有防備。拉著那運貨車廂的是一匹氣喘吁吁的灰馬，看起來像是很不情願在這個夜晚跑出來。馬車猛地停下，四個戴著礦工帽的惡漢從車廂後頭跳下來，衝進公園。他們很快就又出現，拖著兩個衣著昂貴的男人。

「骯髒的玻璃！」其中一個惡漢吼道，用一根像是管子的東西狠狠朝第一個男人臉上打了一記。那男人的鼻子和嘴巴立刻湧出鮮血，濺在他的衣服和積雪上。「如果你們想搞，不要在街道上。」

另外兩個來自布魯克林的惡漢抓住第一個看起來比較年長的男人，同時另一個惡漢湊近他的臉。「你喜歡搞小男生，對吧？」

「對不起，但你實在不是我喜歡的型，」那男人回答，那種鎮定讓我覺得他以前一定碰過這類事情。「我喜歡洗過澡的小夥子。」這句話讓他肚子挨了三拳，然後他彎下身子，朝著冰凍的地面嘔吐。

這種時候就是要迅速思考：我可以介入，害自己被打得頭破血流，或者也可以——

「嘿！」我朝那群惡漢喊道，他們冷酷的目光轉過來瞪著我。「你們最好小心一點，有半打警察正要趕過來，他們說布魯克林來的義大利佬，可別想在十五分局的地盤上惹是生非！」

「哦，是嗎，嗯？」一個惡漢說，他似乎是領頭的，同時他走回馬車廂。「他們要從哪個方向來？」

「就在百老匯大道北邊！」我說，一根手指朝身後一指。

「來吧，小子們！」那個惡漢說。「我們去收拾幾個愛爾蘭佬！」其他三個大叫歡呼，爬上車廂往百老匯大道北邊而去，還問我要不要一道，但是沒停下來等我回答。

我來到那兩個受傷男子旁邊，但只說了，「你們需要——」他們就奮力逃走了，那個比較年長的抓著自己的肋骨，跑得很艱難。我想到等那些惡漢沒找到警察，大概就會回來找我算帳。於是趕緊穿過第三大道高架鐵路下方的包厘街，去畢夫．艾里森的店。

接近凌晨三點，派樂思宮的電燈招牌還亮著。這家店名源於一種常在低級酒館裡貼廣告的專利藥，保證可以預防並舒緩更嚴重的花柳病❺。派樂思宮窗子的遮光簾都緊閉著，附近的正直市民都很慶幸這一點。進了忙碌的大門之後——大門周圍站著各式各樣女人氣的男人和男孩，全都設法對著進出的顧客招攬生意——是一道裝著黃銅欄杆的長條形吧檯，另外還有許多圓形木桌和簡單的椅子，就是那種很容易在打架中摔壞掉，又可以輕易換新的。天花板挑高的長形主廳盡頭有一座粗陋的舞台，上頭有幾個男孩和男人穿著各種女式洋裝開心舞動著，伴隨著現場由鋼琴、單簧管、小提琴所演奏出輕快但不和諧的音樂。

派樂思宮的基本目的是撮合顧客和各種在此工作的賣淫者。這些賣淫者有各式各樣，從喬治歐．桑托瑞里這類年輕男孩，到並不偏愛女性服裝的同性戀者，偶爾還有真正的女性逗留於此，希望某個逛進來的恩客能重新發現自己的異性戀傾向，讓她有生意做。大部分在此撮合成功的，都會去附近的廉價旅館裡幽會，不過二樓有大約一打房間，可供艾里森特別喜歡的年輕男孩進行交易。

但派樂思宮除了是紐約市少數這樣的場所之外，更特別的是，這家店幾乎完全沒有這個城市裡同性交易間通常會有的祕密性。艾里森的主顧們來到這裡再也不必小心翼翼了，於是都吵嚷歡鬧，大方花錢，讓派樂思宮生意興隆。但是說到底，無論生意多好或營運方式多麼奇特，這裡本質上都還是像任何低級酒吧一樣：骯髒、煙霧瀰漫，而且令人徹底沮喪。

我進門還不到三十秒，就有一隻強壯的小手臂抱住我的上身，同時一片冰冷的金屬抵在我的脖子上。突來的濃烈紫丁香氣味讓我意識到艾里森就在我身後不遠處；同時我猜想，我感覺到的金屬就是畢夫．艾里森的好友之一「剃刀」萊利的標誌性武器。萊利是瘦小、危險的小混混，出身地獄廚房那一帶，雖然是地鼠幫的人，但偶爾會跟性偏好相同的艾里森來往，幫他做點事情。

「我還以為，我和凱利前兩天已經跟你講得很清楚了，摩爾，」艾里森低沉有力的聲音說，我還是看不到他。「你不能把我扯上桑托瑞里的事情。你這樣跑來這裡，是膽子太大，還是根本就瘋了？」

「兩者都不是，畢夫，」我說，雖然害怕極了，還是盡量講得清楚明確：萊利出了名地喜歡割人。「我只是想讓你知道，我還幫了你一個忙。」

艾里森大笑。「你這個搖筆桿的？有可能幫我什麼？」他說著繞到我面前來，那身可笑的格子西裝和灰色的常禮帽全都散發出濃烈的古龍水味。肥胖的手裡拿著一根長長的細雪茄。

「我跟局長說，你跟桑托瑞里的命案無關。」我喘著氣說。

他湊近我，厚厚的嘴唇張開，透出一股劣質威士忌的臭味。「是嗎？」他說，小眼睛發亮。

「那你說服他了嗎？」

「那當然。」我說。

「哦？怎麼說服的？」

「很簡單。我告訴他，那不是你的風格。」

艾里森不得不暫停下來，用他那個不太聰明的腦袋努力思考這件事情。然後他露出微笑。

「嘖嘖，你說得沒錯，摩爾。那的確不是我的風格！好吧，誰曉得呢——放了他吧，剃刀。」

❺ 派樂思（Paresis）原指輕度癱瘓、局部癱瘓之意。

聽了他這句話，幾個聚集過來想看流血好戲的員工和顧客紛紛失望地散開。我轉身面對著精瘦的「剃刀」萊利，看著他折起他最喜歡的武器，放進口袋，然後撫平一下他上了蠟的小鬍子。他雙手扶著腰側，一副準備要打架的模樣，但我只是扶正我的白領結，整理一下袖口。

「試試看喝牛奶，萊利，」我說。「聽說對骨骼生長有幫助。」

萊利手又伸進口袋，但艾里森大笑著用力抱住他，以阻止他的行動。「啊，沒關係的，剃刀，讓那傢伙講兩句聰明話，你不會少塊肉的。」然後他轉向我，一手攬住我的脖子。「來吧，摩爾，我請你喝杯酒。然後你就可以告訴我，你怎麼突然間變成我的好哥兒們了。」

我們站在吧檯前，我可以從那一大堆劣質酒瓶後方牆壁上的大鏡子，觀察到派樂思宮裡面的所有動靜。我想起自己打交道的是什麼人物，就放棄了喝一杯白蘭地的想法（何況這裡的白蘭地不但糟糕得可怕，裡頭還可能放了包括樟腦、石油醚、古柯鹼碎屑、水合氯醛的各種組合），而是點了杯啤酒。我拿到的那杯飲料可能還真的是啤酒，只是放了很久而已。我喝了一口，大廳另一頭舞台上的一個歌手開始幽怨地唱了起來：

有個名字不再提起，
有個母親傷心難抑，
只不過是又一個杳無音訊的離家少女，如此而已……

艾里森拿了一杯威士忌，然後一個男雛妓拍他臀部一下時，他轉身過來，狠狠捏了那男孩的臉頰一把。

「怎麼樣，摩爾？」他說，看著那男孩塗著厚重化妝品的雙眼。「為什麼忽然對我好起來？別跟我說你想嚐嚐這裡的貨色。」

「今天晚上就不了，畢夫，」我說。「我想的是，因為我幫你在警方面前講了好話，或許你也願意分享一些資訊給我——你知道，在這則新聞裡頭幫我點忙，這類事情。」

他上下打量著我，同時那個男雛妓轉身走進嘈雜的人群中消失了。「至高無上的《紐約時報》從什麼時候開始會登這類報導了？而且總之，你今天晚上去了哪兒？是去參加葬禮嗎？」

「去聽歌劇，」我回答。「另外《紐約時報》不是城裡唯一的報紙。」

「是嗎？」他的口氣不太相信。「唔，這事情我什麼都不曉得，摩爾。葛羅麗亞以前還可以。真的。要命，我還讓他用我樓上的一個房間呢。不過她變得有點難搞。開始要求給我的抽成少一點，還跟其他女孩說他們也應該要求分多一點。所以，幾天前的晚上，我就說，葛羅麗亞，你再這樣搞，我就要你那個漂亮的小屁股滾出去。然後她就跟我演戲，說她以後會乖乖的，不過我再也不相信她了。我當時打算擺脫她——不是永久性的，你知道？——只是把她趕出去，讓她在街上工作兩個星期，看她有什麼感想。然後——就發生這事情了。」他喝了一大口威士忌，吸了口雪茄吐出煙。「那個小浪女是自找的，摩爾。」

我等了一下，想讓他繼續講；但是他的注意力轉移了，正看著兩個穿著長統襪和吊襪帶的年輕男子在舞池裡彼此叫罵威脅，接著兩個人就掏出刀子。艾里森看了低聲笑了起來，然後評估道：

「你們兩個賤貨把對方割傷了，對誰都不會有好處。」

「畢夫？」我終於開了口。「你能告訴我的就這些？」

「沒錯，」他點頭回答。「接下來，趁你還沒惹上麻煩前，趕緊離開如何？」

「為什麼？你在隱瞞什麼嗎？或許在樓上？」

「沒有，我才沒有隱瞞什麼，」他不高興地回答。「我只是不喜歡記者來我這裡。而且我的顧客也不喜歡。有些人是可敬的人士，你知道——有家庭、有社會地位要顧慮。」

「那麼，或許你讓我上樓去看一下喬治歐——我是說葛羅麗亞以前的房間。好讓我相信你說的是實話。」

艾里森嘆氣，往後靠著吧檯。「不要得寸進尺，摩爾。」

「五分鐘就好。」我說。

他想一下，點點頭。「五分鐘。但是別跟任何人說話。你上樓後，左手邊第三道門。」我於是離開。「嘿，」我回頭，他把我的啤酒遞給我。「你可別辜負了我的好意，小子。」

我點頭接過啤酒，擠過人群來到主廳後方的樓梯。幾個男孩和男人走向我，看到我一身禮服，覺得我很有錢，於是用各種想得到的台詞挑逗我，有的還伸手來摸我的胸部和大腿。不過我顧好自己的錢包，堅定地走向樓梯，設法不要在乎那些令人反感的肢體暗示。經過舞台時，那個嗓音單調的歌手——一個臉上搽了厚厚的粉、嘴唇塗了口紅、戴著大禮帽的肥胖中年男人——重複唱著副歌：

有份記憶不曾忘記，
有個父親無情如昔，
還有一張照片翻轉過去，面向牆壁！

樓梯裡頭沒燈，但大廳流瀉過來的亮光還足以讓我看清方向。牆上褪色的老舊油漆剝落得很嚴重，我剛踏上第一級階梯，聽到身後傳來一個咕噥聲。我望著樓梯口外頭的黑暗深處，看到一個少年的輪廓，他的臉往上貼著牆壁，另一個比較年長的男子壓著那少年赤裸的臀部。我打了個寒顫，腳底絆了一下，就趕緊轉身匆忙爬上樓，直到進入毫無裝飾的二樓走廊，才暫停下來喝了一大口啤酒。

我稍微冷靜一點，但開始懷疑自己當初的決定是否明智，然後找到了左邊第三扇門：跟走廊上的其他門一樣，是一扇薄薄的簡單木門。我抓住門鈕，這才想到要敲門，接著很意外地聽到一個男孩的聲音說：

「是誰？」

我緩緩打開門。房間裡只有一張舊床和旁邊的床頭桌。牆上的紅色油漆已經轉為褐色，而且角落開始剝落了。房間裡有一面小窗，開向相鄰大樓的一面空牆，中間隔著一條大約十呎的小巷。

床上坐著一個亞麻色頭髮的小子，或許十五歲，臉上就像喬治歐．桑托瑞里之前那樣化著濃妝。他穿著一件很薄的亞麻襯衫，領子和袖口都有蕾絲，下身是緊身褲。他的眼妝一片模糊，因為他一直在哭。

「我現在不工作，」他說，竭力裝出一種假音的音調。「或許你可以一個小時後再來。」

「沒關係，」我說，「我不是要——」

「我說我現在不工作！」那小子又大叫，假音完全沒了。「啊，老天，出去吧，你看不出來我心情不好嗎？」

他又痛哭起來，雙手掩著臉。我站在門邊，忽然注意到房間裡面非常熱。我看著那男孩一會兒，然後忽然想到：

「你認識葛羅麗亞。」我說。

那男孩抽著鼻子，小心擦著眼睛。「對。我認識她。啊，我的臉——拜託你離開吧。」

「不，你不明白。我想查出誰殺了他——她。」

那男孩抬頭傷心地看著我。「你是警察？」

「不，我是記者。」

「記者？」他的目光又轉回去看著地上，再度擦了擦眼睛，然後毫無幽默意味地低聲笑著。「唔，我有個很棒的故事可以提供給你。」他淒涼地望著窗外。「他們在那個橋上所發現的不管是誰，都不可能是葛羅麗亞。」

「不是葛羅麗亞？」房間裡面愈來愈熱，害我口渴起來，又喝了一大口啤酒。「你為什麼這麼想？」

「因為葛羅麗亞從來沒有離開這個房間。」

「從來沒有——」我忽然想到自己太缺乏睡眠，也喝了太多酒：因為我聽不太懂這個男孩的話。「什麼意思？」

「我就告訴你什麼意思吧。那天晚上，我就在走廊裡，我房間外頭，跟一個顧客在一起。我看到葛羅麗亞獨自進來這個房間。我就在走廊上待了足足一小時，她的門始終沒再打開過。我以為她睡著了。我的顧客請我喝了兩杯酒就離開了——那傢伙不想付錢買莎莉，就是我。莎莉很貴，他沒那麼多錢。於是我又站在那裡半小時，等著看其他有誰會上來。我不想去一樓拉客。然後有個女孩忽然尖叫著跑進來，說有個警察剛剛說她們發現葛羅麗亞死在下城。我立刻跑進這個房間，結果她不在這裡，很確定。可是她從來沒離開過。」

「唔……」我很努力想搞懂。「那麼，就是從窗子離開了。」我走到窗前，有點踉蹌；我真的該睡覺了。我開窗時，窗子發出吱嘎聲，等我把頭探出窗外，感覺那空氣不該那麼暖。

「窗子？」我聽到莎莉說。「怎麼離開？她會飛嗎？窗子外頭就直直降到地面，葛羅麗亞也沒有梯子或繩子之類的。何況，我還找到了一個在巷口工作的女孩，問她有沒有看到葛羅麗亞從巷子出來。她說沒有。」

窗外的確就是垂直降到地面；要從那邊離開似乎不太可能。至於屋頂，往上還有兩層樓，而且是磚牆面，沒有任何明顯可以抓牢或踩踏的地方，也沒有任何防火梯之類的東西。我縮回身子，關上窗戶。「那麼——」我說。「那麼……」

忽然間我垮在床上。莎莉看了輕輕尖叫一聲，然後當她看向門，又發出一聲尖叫。我艱難地循著她的目光，看到艾里森、剃刀萊利，還有兩個他們喜歡的小夥子站在門口。萊利手裡拿著剃刀，正在手掌上來回刮著。儘管我腦袋一片糊塗，但立刻就知道他們在我的啤酒裡面放了水合氯醛，而且放了很多。

「我叫你不要跟任何人講話的，摩爾，」艾里森說。然後對那兩個年輕男妓：「好吧，姑娘們——他長得不錯吧？誰想跟記者玩玩看？」

那兩個化著濃妝的小夥子跳上床來，開始扯著我的衣服。我只勉強雙肘撐著抬起身，萊利就衝過來，朝我下巴揍了一拳。我又倒回去，記得還聽到樓下的歌手起勁地唱起「你害我變成今天這樣，我希望你滿意了」；然後那兩個小夥子爭搶著我的錢包，又撕破我的褲子，同時萊利開始綁起我的雙手。

我很快就失去意識了——但是在此之前，我覺得我瞥見了史蒂威．塔格特像隻小野狼似的跳進房間裡，揮舞著一根長長的木棍，上頭還有生鏽的釘子……

12

接下來藥物引起的夢境裡，充滿了半人半獸的怪異生物，沿著一面高高的石牆或飛或爬或滑下來，而我只能絕望地看著，無法到達地面。中間有一度，那面牆周圍的原始地景因為一場地震而搖晃，似乎還伴隨著克萊斯勒講話的聲音，接著我夢裡的怪物變得更多了，我也更拚命想回到地面。等到我終於恢復意識，卻沒有什麼解脫之感，因為我不曉得自己身在何處。我感覺腦袋非常清楚，所以猜想自己睡了很多個小時；但是我所置身這個通風又奢華的房間全然陌生。裡頭四散著一些辦公桌和精緻的義大利家具，似乎是個荒謬的會議廳，很適合另一個夢境。哥德復興風格的拱形窗環繞著四周，讓整個地方有種修道院的感覺；但寬敞的空間更像是百老匯大道上的一家血汗工坊。我急著想更仔細檢查這個地方，試圖起身，但一陣暈眩又讓我倒回去；既然附近好像沒有人可以幫忙，我就只能平躺在那裡，打量這個奇怪的環境。

我躺在某種臥榻上，我想是十九世紀初的古董。臥榻墊是綠銀兩色，跟附近幾張椅子、一張長沙發、一張雙人沙發是同樣的花色。一張有嵌飾的桃花心木餐桌上放著一個銀色的分枝燭台，還有一架雷明頓打字機。這種不協調也表現在牆上懸掛的東西：從我臥榻看過去那面牆上，是一幅裱框的佛羅倫斯華麗風景油畫，旁邊貼了一張巨大的曼哈頓地圖，上頭插著幾根釘子，釘子上還有小紅旗。對面牆上是一面大黑板，完全沒寫字，黑板下方放了五張結實的辦公桌，沿牆排成一個圓圈。屋頂懸下來幾架大吊扇，地板中央鋪著兩張大大的波斯地毯，墨綠色底上頭有精緻的圖案。

任何精神正常的人都不會有這樣的客廳，而且這裡也絕對不是辦公室。我開始想著這是自己的幻覺，但接下來看著正前方的窗外，我看到了兩個熟悉的影像：有著優雅的雙斜式屋頂和鑄鐵拱形窗的麥克瑞里百貨公司，然後往左，是聖丹尼斯飯店類似的屋頂局部。我知道這兩個地方佔據著百老匯大道西側、第十一街交口的南北兩個角落。

「那麼我一定是在——對面了。」我喃喃說，此時我開始聽到外面傳來的聲音：有韻律的馬蹄輕敲聲，以及有軌電車的金屬輪子輾著軌道的拖曳聲。接著，忽然間，一個響亮的鐘聲響起。我在虛弱的狀態下設法往左方轉頭，另一個拱形窗外望出去是一座尖塔，我知道那是第十街的恩典教堂。那尖塔似乎近得可以觸摸到。

終於，我聽到人聲了，於是竭盡全力在臥榻上坐起身。我有一堆問題要問，但是看到出現的人就問不出來，那是六個工人，沒有一個我認得，他們用小推車搬東西進來，首先是一張非常華麗的雕花撞球桌，然後是一架小型的平台鋼琴。他們邊搬邊彼此咒罵著，中途有一個人注意到我坐起身了。

「嘿！」他說著咧嘴笑了。「你們看看——摩爾先生醒了！你好嗎，摩爾先生？」其他人全都微笑且朝我頂了一下帽子致意，好像並不期待我回應。

講話比我預料的困難，我只講得出：「這是哪裡？你們是誰？」

「我們是笨蛋，」原先開口的那個人說。「搬著那張該死的撞球桌，搭著升降機上來——那是搬來這裡的唯一辦法。太瘋狂了，但是那醫師付錢，我們也只好照做了。」

「克萊斯勒？」我問。

「是啊。」那人回答。

我感到肚子有點難受。「我餓了。」我說。

「應該的，」一個女性的聲音說，從大房間的後方深處傳來。「兩夜一天沒吃東西，的確是會肚子餓，約翰。」接著莎拉從陰影處走出來，穿著式樣簡單的海軍藍連身裙，行動很方便。她端著一個托盤，上頭有一個冒著蒸氣的碗。「吃點熱湯和麵包，你就會有力氣了。」

「莎拉！」我艱難地說，此時她坐在臥榻邊緣，把托盤放在我膝上。「這是哪裡？」我問。

但是她分心了，因為那些工匠看到她坐在我旁邊，開始交頭接耳，然後不懷好意地大笑。莎拉沒看他們，只是低聲說：

「裘納斯先生和他的手下不曉得我們的任務，而且知道我不是僕人，於是好像認為我大概就是幾個人共用的情婦。」她開始餵我喝那鹹而美味的雞湯。「想不到的是，他們全都有老婆了……」

我滿足地喝到一半，勉強停下來問，「可是莎拉——我們人在哪裡？」

「在家裡，約翰。至少，在調查期間，這裡就算是我們的家。」

「在恩典教堂旁邊，而且對街就是麥克瑞里百貨公司——這裡算是家？」

「我們的總部。」她回答，我看得出她講出這個字眼很高興。然後她的模樣變得比較擔心。「說到總部，我得回茂比利街向羅斯福局長報告了。電話線已經安裝好了，這事情他一直很著急。」她轉向房間後方。「賽勒斯！你能不能出來幫一下摩爾先生？」

賽勒斯很快就出現，身上白底藍條紋襯衫的袖子捲起來，寬闊的胸膛上繫著一對吊褲帶。他看著我的表情是擔心勝過同情，顯然不想餵我吃東西。

「沒關係，」我說，從莎拉手上接過碗匙。「我覺得好多了，可以自己吃。不過，莎拉，你還沒告訴——」

「賽勒斯都知道，」她回答，從門邊一個細節繁複的精緻橡木架上抓起一件式樣簡單的大衣。「而且我遲到了。把那雞湯喝完，約翰。裘納斯先生！」她走出門消失了。「我要搭電梯！」

賽勒斯看到我可以自己吃，似乎鬆了一大口氣，然後從那些有著綠銀兩色椅墊套的直背椅裡拖了一把過來。「你氣色好多了，先生。」他說。

「我還活著，」我回答。「而且更萬幸的是，我還在紐約。我本來以為醒來時會在南美洲，或者在一艘海盜船上。告訴我，賽勒斯——我最後的記憶是看到了史蒂威。他是不是……？」

「沒錯，先生，」賽勒斯平靜地回答。「自從看到橋上那具屍體之後，他私底下就有失眠的煩惱。那天夜裡，他跑出去附近遊蕩，剛好看到你沿著百老匯大道往南走。他說你看起來——腳步有點不穩，先生，所以他就跟著你。只是想確定你沒事。後來看到你走進派樂思宮，他決定等在外頭。這也可以理解。不過接著一個警察看到他，指控他做了那個地方尋常會有的活動。史蒂威否認了，跟警察說他在等你。那警察不相信，於是史蒂威就逃進派樂思宮。他不是為了要救你而進去的，只是自己想逃跑——但結果反正就是無意中幫了你。當然了，那警察沒逮捕任何人，不過他確保把你完整給送了出來。」

「原來如此。那麼，我是怎麼會來到——呃，我們到底是在哪裡，賽勒斯？」

「百老匯大道八〇八號，摩爾先生。頂樓，也就是六樓。醫師租下這裡當成調查的指揮基地。離茂比利街夠遠，不會引起注意，但是搭馬車只要幾分鐘就能到。或者，碰到交通繁忙時，也可以搭有軌電車。」

「那這些——家具呢？」

「醫師和霍華德小姐昨天去布魯克林的一家辦公家具商那邊找家具。但是醫師說那些東西他連看上一天都受不了，更別說還要看好一陣子。於是他們只買了桌子，然後去參加第五街的一個拍賣會。義大利路易吉．卡拉諾侯爵的家具正在拍賣。他們就買了好一些回來。」

「想必是。」我說，此時兩名工人搬著一個大鐘、兩只中華瓷瓶，還有一些綠色窗簾布進來。

「等到家具大部分買齊了，醫師就決定把你從他家裡搬到這裡來。」

「那就是地震了。」我說。

「什麼？」

「我做的一個夢。為什麼來這裡？」

「他說我們不能再浪費時間照顧你了。他又給了你一些水合氯醛，好讓你搬動時比較安穩。他希望你醒來時，就準備好可以工作了。」

然後門外又有更多聲音。我聽到克萊斯勒說，「啊，是嗎？太好了！」然後他走進來，後頭跟著史蒂威．塔格特和盧修斯．艾薩克森。「摩爾！」他喊道。「你終於醒了，嗯？」他大步走過來，抓起我的手腕，檢查脈搏。「你覺得怎麼樣？」

「不像我預料的那麼糟。」史蒂威坐在一道窗台上，正把玩著一把頗大的折疊刀。「我想這一點得謝謝你，史蒂威，」我朝他喊。他只是微笑，望向窗外，頭髮落到臉上。「這份恩情我不會忘記的。」那男孩又笑了兩聲；他好像從來不曉得被人感激時該如何反應。

「摩爾，他碰巧跟著你，真是個奇蹟，」克萊斯勒說，翻起我的眼皮檢查眼球。「照理說，你現在應該已經死了。」

「謝了，克萊斯勒。」我說。「這麼說，你應該就不想知道我的發現了吧。」

「你會有什麼發現？」他回答，用某種工具檢查我的嘴裡。「發現桑托瑞里男孩沒被看到離開派樂思宮？發現有人相信他還在他的房間裡，而那個房間沒有別的出口？」

想到我受了這麼大的折磨卻換來一場空，真的太令人沮喪了。「你怎麼知道？」

「我們本來還以為你是神智不清的胡言亂語，」盧修斯．艾薩克森說，走到一張辦公桌前，把一個紙袋裡的東西拿出來。「不過你一直重複講，所以馬庫斯和我就去找你的朋友莎莉確認這個說法。非常有趣——馬庫斯現在正在外頭查，想看看有什麼可能的解釋。」

賽勒斯走過去，遞給盧修斯一個信封。「警佐，羅斯福局長派人送這個過來給你。」

盧修斯趕緊打開信封，拿出裡面的一張紙閱讀。「唔，這是正式命令，」他不太確定地說。「我哥哥和我被『暫時調離刑事組，因為私人原因。』我只希望我母親不會聽說這件事。」

「好極了，」克萊斯勒對他說。「這麼一來，你們有管道可以使用總部的資源，又不必每天去報到——這個解決方式太完美了。或許現在你可以花點時間，教約翰一些比較細膩的偵查技巧。」他笑了一聲，然後壓低聲音檢查我的心臟。「我不是要貶低你的努力，摩爾。你查到的事情很重要。但是請記住，這個案子可不是開玩笑的，尤其是很多我們要查訪的對象。以後碰到這種狀況，找個伴一起去會比較明智。」

「不必你說，我已經有覺悟了。」

克萊斯勒又檢查了我一下，然後退開來。「你的下巴怎麼樣了？」

我還沒想過，不過我伸手摸了嘴巴，發現碰觸時有點痛。「那個侏儒，」我說，「不用剃刀，他就造成不了什麼大傷害了。」

「太好了！」克萊斯勒大笑，輕拍我的背部。「現在趕快喝完你的湯，換好衣服。我們要去表維醫院做個評估，另外我希望裘納斯的人把這個地方整頓好。我們第一次員工會議是五點。」

「評估？」我說著站起來，以為又會暈眩。但那碗雞湯的確讓我元氣大增。「誰？」我問，注意到自己穿了一件長睡衣。

「哈里斯・馬可威茲，住在佛賽斯街七十五號。」盧修斯說著走向我（他走路真像鴨子似的，不過我只能在心裡想），手裡拿著幾張打字的紙。「男子服飾商。前兩天他太太到第十分局，說她丈夫毒死了他們的孫子和孫女——山繆和蘇菲・瑞特，十二歲和十六歲——方法是在他們的牛奶裡加了她所謂的『一種粉末』。」

「下毒？」我說。「但是我們要找的兇手，不是下毒的類型啊。」

「據我們所知是這樣，」克萊斯勒回答。「但他的手法有可能比我們所想的更多樣——雖然我其實不認為這個馬可威茲會與我們的案子有關，就跟亨利・沃夫一樣。」

「不過那兩個小孩，的確符合被害人的明顯模式，」盧修斯得體但意有所指地說。然後對著我：「瑞特姊弟是最近才移民來美國的——他們的父母親在波西米亞，送他們過來投靠瑞特太太的父母，想讓他們找僕人的工作。」

「移民，沒錯，」克萊斯勒接口道。「如果這是三年前，我可能還會很重視。但我們想找的兇手最近似乎對賣淫者太感興趣了，外加毀損屍體，所以我們不能只注意移民這個特點。總之，就算這個馬可威茲跟我們要辦的案子無關，我也還有其他理由去調查這類案子。因為把這類案子排除掉，我們就可以更清楚我們要找的兇手不會做的——可以說就像個負片影像，這樣我們最後就可以印出正片。」

賽勒斯帶了些衣服來給我，我開始穿上。「但是我們替這麼多謀殺小孩的人做精神評估，不會引起別人疑心嗎？」

「這一點，我們就只能指望警察局的人缺乏想像力了。」克萊斯勒回答。「我去做這類工作並沒有什麼不尋常。至於你也在場，摩爾，那當然就是為了跑新聞。等到警局總部有任何人想到這些都跟一連串謀殺有關，我希望屆時我們的工作就已經完成了。」他轉向盧修斯。「那麼，接下來，警佐，就麻煩你把這案子的細節向我們這位冒險犯難的朋友匯報一下吧，來。」

「好的，馬可威茲相當聰明，」盧修斯回答，簡直像是很欣賞這個人。「他用了大量的鴉片，你可能曉得，所有殘留在體內的痕跡，都會在死後幾個小時消失。他把鴉片放在兩杯牛奶裡，讓兩個孫子女在睡前喝掉。等到他們陷入昏睡狀態，馬可威茲就打開他們房裡的瓦斯開關。警方第二天早上到達時，整個地方都是瓦斯臭味，所以負責的警探就推出最明顯的結論。而驗屍官——其實負責這個案子的驗屍官能力相當不錯——檢查過死者的胃，沒發現任何異狀，似乎就確認了負責警探的假設。但是等到馬可威茲太太堅持他真的下了毒，我就忽然想到。我去他們的公寓，找到了兩姊弟用過的被褥。因為有可能至少其中一個在昏睡時或死前的痛苦中嘔吐過。如果床單和毯子還沒洗，上頭就會有嘔吐的痕跡。幸好，我找到了。我們做了標準史塔斯測試和試劑測試，因而在嘔吐物裡找到了鴉片的痕跡。面對這個證據，馬可威茲才招認。」

「他不喝酒嗎？」克萊斯勒問。「也沒有藥物成癮？」

「顯然都沒有，」盧修斯聳了一下肩說。

「他會從兩個小孩的死得到物質利益嗎？」

「不可能。」

「很好！那麼我們有幾個需要的元素了：大量的事前策劃工作，沒有酒醉，也沒有明顯的動機。這些特徵都跟我們要找的兇手一樣。但如果評估後發現馬可威茲其實不是我們要找的人——我猜想也會是這樣——那我們的任務就變成要決定為什麼他不是。」克萊斯勒拿起一枝粉筆，開始輕敲著大黑板，好像想哄那黑板吐露出資訊。「是什麼讓他跟桑托瑞里的兇手不一樣？為什麼他不毀損屍體？只要知道這些答案，我們想像中的圖像就會更清楚一些。然後，等我們一路蒐集更多兇手的種種特徵，就會有愈來愈多候選人可以看一眼就刪掉。不過現在，我們還有一大片土地要探勘。」他戴上手套。「史蒂威！由你駕車。我希望賽勒斯留下來監督鋼琴的安裝。別讓他們亂搞，賽勒斯。警佐，你會去學園嗎？」

盧修斯點頭。「屍體應該中午前會送到。」

「屍體？」

「今年稍早被殺害的兩個男孩，」克萊斯勒回答，朝門走去。「快點，摩爾，我們要遲到了！」

13

克萊斯勒的預測很準確，結果證明哈里斯．馬可威茲完全不符合我們想找的嫌疑犯。除了矮、胖，年齡又六十好幾——因此完全不像艾薩克森兄弟在戴蒙尼寇餐廳裡所描述過的體型——他還顯然瘋了。他宣稱，他殺害孫子和孫女，是為了救他們脫離這個極度邪惡的世界，還以一連串散漫的、極度令人困惑的急促句子描述世間的各種邪惡。我們離開表維醫院時，克萊斯勒告訴我，馬可威茲這種毫無章法的非理性恐懼思想與信念，且顯然對自己的下場毫不擔心，通常就是早發性癡呆的特徵。儘管馬可威茲顯然和我們的案子無關，但跑這麼一趟並不是徒勞，因為就像克萊斯勒事前期望的，這麼一來，我們就可以藉著比較的方式，判定我們目標兇手的種種性格。顯然地，我們要找的兇手之所以謀殺孩童，不是因為關心他們的心靈幸福：他兇殘地毀損死者屍體，就表明了這一點。另一個很明顯的是，對於這類行為會為自己帶來什麼後果，兇手也並非不在乎。但最重要的是，兇手公然展示自己的成果——一如克萊斯勒解釋過的，這種展示是婉轉懇求被逮捕——顯然殺人的確讓他心底感到不安。換句話說，這些屍體所證明的，並不是謀殺者的精神錯亂，反倒是他的神智清醒。

回到百老匯大道八〇八號的一路上，我苦苦思索這個概念，但到了目的地之後，我的注意力就轉向了，因為我頭一次腦袋清醒地仔細觀察這個地方：以莎拉的說法，在可預見的未來，這裡就會是我們的家。這是一棟漂亮的黃磚建築物，克萊斯勒跟我說是小詹姆斯．倫威克設計的，這位知名的建築師也設計了隔壁恩典教堂的哥德式正面，以及對街比較樸素的聖丹尼斯飯店。我們總部的南邊窗子就面對著教堂庭院，籠罩在恩典教堂巨大尖頂投下的陰影中。這一小段的百老匯大道有一種教區的寧靜感，不過其實這裡是全市最繁忙購物區之一的中央地帶：除了麥克瑞里百貨公司之外，從八〇八號走路可及的範圍內，還有各式各樣的商店，販賣的物品從衣服、織品，到靴子和照片。這些商業活動的最大一座建築物，就是教堂隔著第十街對面的鑄鐵大樓，以前是史都華百貨公司，此時是希爾頓暨休斯百貨公司，日後成為沃納梅克百貨公司之後，聲譽才達到頂點。

八〇八號的電梯是個相當新的大鐵籠，載著我們安靜地上到六樓。進門之後，我們發現離開的這段時間，裡頭的狀況已經大有進展。現在屋裡陳設得太井井有條了，看起來的確像是個有人在處理事務的地點，不過到底是什麼事務，也很難說得上來。五點整，我們就坐在五張辦公桌後方，從各自位置都可以清楚看見其他人，並彼此討論。坐定後，我們緊張但愉快地稍微聊一下；接著開始討論各自這幾天所發生的事情時，就開始有一種真正的同志情誼了。當傍晚的太陽輕觸哈德遜河的河面，燦爛的金黃光線灑遍西曼哈頓的屋頂，也照入我們哥德式的前窗，此時我明白，我們已經以驚人的速度，變成了一個工作小組。

我們有敵人，那是當然：盧修斯．艾薩克森說，在他檢查那兩個被謀殺男孩屍體的尾聲時，兩名男子忽然出現在學園，自稱是那兩具屍體所葬墓園派來的代表，要求停止檢查。盧修斯已經蒐集到他所需要的一切資訊，於是決定不要跟他們爭執。但根據他對那兩名男子的外型描述，甚至包括他們臉上的瘀青，都符合之前在桑托瑞里家那兩個追著莎拉和我離開的惡棍。幸好，這兩個前任警察沒認出盧修斯是警探（他們大概在他加入警局之前就被開除了）；但我們還是不知道他們是誰指使的，也不曉得他們的目的是什麼，所以學園顯然已經不再是處理事情的安全地點了。

至於盧修斯的檢查，結果正如我們所期望的：兩具屍體上頭的刀痕，就跟我們在喬治歐・桑托瑞里和茨威格兄妹身上所發現的一樣。確認了這一點後，馬庫斯・艾薩克森拿起兩枚有小紅旗的大頭釘，一枚插在布魯克林大橋，另一枚插在埃利斯島的渡輪站。克萊斯勒把這兩樁殺人案的日期——一月一日和二月二日——寫在那面大黑板的右邊，另外還加上喬治歐死去的三月三日。我們都知道，在這些日期裡頭有個模式，我們得找出來。（克萊斯勒從一開始就相信，這個模式最後將會證明不光是月與日的數字相同而已。）

馬庫斯・艾薩克森報告說，他正努力想找出一個方法，可以讓「葛羅麗亞」離開派樂思宮而不被人看到，但至今還沒有結果。莎拉告訴我們，羅斯福和她一直在設計一個計畫，打算未來若有明顯同一個兇手的謀殺案發生，要讓我們這組人可以搶先抵達現場，免得被其他警探或驗屍官搞亂。這個計畫表示羅斯福又要多承擔一個風險，但他現在已經完全認同克萊斯勒的策略了。輪到我時，我就報告去看哈里斯・馬可威茲的經過。等到大家都報告完了，克萊斯勒站起來，指著大黑板說，我們會在那上頭創造出我們想像的兇手：列出種種外型和心理狀況的線索，彼此對照、修正，然後綜合起來，直到我們的任務完成。接下來，他就把我們到目前為止所發現與假設的種種事實和理論，一一寫在黑板上。

等到他寫完，感覺上那面大黑板上的白色字少得可憐——而且克萊斯勒警告我們，其中至少還有一部分將會被去掉。他說，使用粉筆也是表示，他預料自己和我們其他人一路會犯下多少錯。我們身在一塊未曾探測過的土地上，無論會有什麼挫折和困難，也不管一路上必須熟讀多麼龐大的資料，都不能阻擋我們。我們其他人被這番話搞得有點困惑；但接著克萊斯勒就拿出四堆一模一樣的書籍和論文。

那是由克萊斯勒的好友阿道夫・梅耶醫師和其他精神病學家所撰寫的文章；以及各路哲學家與演化學家的著作，從休謨與洛克到史賓賽和叔本華；還有老佛布思・溫思婁的一些專題文章（克萊斯勒的脈絡背景理論，一開始就是受到他的理論所啟發）；最後是兩大本沉重的專書，我們以前哈佛時代的老教授威廉・詹姆斯的著作《心理學原理》，再加上其他資料，全都一落落放在我們各自的辦公桌上，發出砰砰的響聲。艾薩克森兄弟、莎拉、我擔心地交換眼色，表情和感覺就像是第一天上課而不知所措的學生——顯然地，我們的確就是如此。克萊斯勒詳細解釋了我們為什麼要閱讀這些資料：

從此刻開始，他說，我們必須盡一切努力，擺脫過往我們對人類行為的種種成見。我們必須設法不要用自己的眼睛看這個世界，不要用我們自己的價值觀去判斷，而是站在我們那位兇手的觀點。他的經驗，他的人生背景，才是唯一重要的。他行為中任何讓我們不解的面向，從最瑣碎到最駭人的，我們都必須設法解釋，並假設某些童年事件可能導致這樣的最終結果。這個因果關係的推演過程——我們很快將會得知，這就是所謂的「心理決定論」——對我們來說，可能不見得每個環節都完全符合邏輯，但持續到最後，就會發現都說得通了。

克萊斯勒強調，把這位兇手視為怪物沒有好處，因為這個人確實是一個人；而這個人曾經是個小孩。頭一個、且最重要的，就是我們必須了解這個小孩，了解他的父母、他的手足、他的整個世界。去談邪惡和殘暴和瘋狂是沒有意義的，這些概念都不會引導我們更接近他。但如果我們可以從自己的想像中捕捉到這個人類小孩的模樣——那麼我們就可以實際逮住這個人。

「而如果這樣的報酬還不夠，」克萊斯勒最後說，一一看著我們目瞪口呆的臉，「反正總是有美食。」

接下來幾天我才逐漸發現，克萊斯勒選擇百老匯大道八〇八號這個地點的主要原因，就是美食：曼哈頓幾家最棒的餐廳，都在走一小段路的距離之內。第九街和大學街交口附近，在拉法葉小館和路易．馬丁所經營那家小飯店裡的小餐廳裡，都可以在傳統的巴黎長沙發上吃到出色的法國菜。要是想換口味吃德國料理，我們可以沿著百老匯大道往北走到聯合廣場，進入暗色鑲板裝飾的巨大美食聖殿呂考餐廳。第十街和第二大道交叉口的林蔭大道餐館裡，有豐盛的匈牙利菜；第八街和麥都葛街交口的貢法隆飯店附設餐廳，則供應最棒的義大利美食。另外當然，總是還有戴蒙尼寇餐廳，雖然要稍微多走些路，但是絕對值得。這些絕佳美食的中心後來全都成了我們非正式的會議室，供我們在午餐和晚餐時間交換情報，雖然有時候我們專注於眼前可怕的工作，實在很難分心享受味覺的滿足感。

頭幾天尤其是如此，因為我們愈來愈清楚：我們正在開闢出一條新路。為了建立起一個可行解答的基礎，我們必須花時間研讀，並了解所需的種種心理學與犯罪學元素；同時，我們也在跟時間賽跑。就在我們拱形窗底下的街道上，有幾十、上百個像喬治歐．桑托瑞里的孩童，正在進行本來就很危險的賣淫工作，他們不曉得又有一個新的、特別暴力的危險因子出現了。那是一種奇特的感覺，跟著克萊斯勒去評估罪犯的心理狀態，或者在百老匯大道八〇八號研讀筆記，或者在我祖母家熬夜閱讀到午夜，設法逼自己用一種不習慣的速度吸收資訊，而在做著這一切的同時，我腦袋深處還有個聲音低聲說：「快一點，不然就會又有一個小孩死掉了！」頭幾天我簡直快被逼瘋了——反覆研究各個屍體以及棄屍處的狀況，試圖從中找出模式，同時還要設法搞懂一些陌生的文字，比方赫伯特．史賓賽所寫的這一段：

「知覺中一個分子的震盪，可以跟神經性休克相提並論，且將兩者視為同一嗎？我們再怎麼努力也無法理解。感情單位跟動作單位毫無共同之處，當我們把這兩者並列，其中歧異就愈發分明。」

「把你的德林加手槍給我，莎拉，」我還記得我第一次看到這段時對她說。「我要射殺自己。」剛開始大約有一個星期，我心裡常想：我到底為什麼應該要了解這類事情？因為我真正想知道的是哪裡，我們要找的兇手在哪裡？但經過一段時間後，我逐漸明白這類研讀的意義。就拿上面這段史賓賽的引文為例，我總算能領略，像史賓賽這類人想把腦中的無形活動解釋為人體內有形活動的複雜結果，但這個企圖失敗了。這種失敗，使得諸如克萊斯勒和阿道夫·梅耶這些後輩精神病學家和心理學家更傾向於認為，意識的起源主要是來自童年性格形成期的經驗，而純粹身體機能的影響只是其次。這一點非常重要，因為這讓我們更能了解，我們的目標兇手從出生到日後的殘暴，不是無法追溯的、身體機能的隨機結果，而是種種可想像事件的產物。

我們之所以研讀這些理論，目的也不是為了駁斥或中傷他人：史賓賽對於心理活動起源與發展的嘗試性解釋可能錯得離譜，但無可爭論的是，大部分人認為是理性選擇的行動，他相信其實是個人特有的慣性反應（再一次，是由童年時期的種種經驗所確立的），而且經由重複使用而變得愈發強大，壓倒了其他衝動和反應——換句話說，這些慣性反應贏得了心理的生存之戰。顯然地，我們尋找的兇手已經發展出一套深刻的暴力本能；至於是什麼樣的可怕經驗，加強了他腦子裡這類暴力的手法，成為他面對人生挑戰時最慣有的反應？那就要靠我們去推理了。

沒錯，我們很快就明白，我們必須知道這一切，還有其他更多，才有希望完整描繪出我們想像中的這個兇手。理解這一點之後，我們全都開始更堅決也更迅速地研究與閱讀，每天不分日夜地隨時交換種種想法與念頭。莎拉和我在這個始則摸索、繼而逐漸能掌握更多知識的過程中，常常於凌晨兩點透過充滿雜音的電話線，大聲談論令人頭痛的哲學，搞得我祖母很受不了。我們極度迅速地學習這門學問（在頭十天都只是生吞活剝，未必能完全消化）就已經夠驚人了，但除此之外，我們手上還有實際的工作要做，另外也得留意艾薩克森兄弟所查到的種種實質線索、想出來的種種方法論。只不過一開始並不多，因為我們進入各個犯罪現場的管道有限。（就以威廉斯堡大橋的橋塔為例：等到馬庫斯去檢查，已經不可能得到任何重要的指紋了——那是個戶外的建築工地，隨著每一天過去，都被天氣和工人破壞得更徹底。）我們知道自己需要更多資訊，才能描繪出這個兇手手法的詳盡圖像，因而使得總部裡那種期待的氣氛更加病態。然而埋首工作中的我們都意識到，我們正等待著事情發生。

三月過去了。進入四月後，事情果然發生了。一個星期六的凌晨一點四十五分，我正在自家臥室裡打盹，詹姆斯教授的《心理學原理》第二卷很不舒服地蓋在我臉上。前一天下午，我在百老匯大道八〇八號開始對付最後一章〈必然的真理與經驗的作用〉，但是被史蒂威・塔格特跑來干擾，他拿著一張從《紐約前鋒報》晚版撕下來的紙片，上頭是長島新開設的水道賽馬場次日的賽馬出場名單，他找我打聽這些馬負重狀態的建議。我最近剛雇用史蒂威跑腿，幫我聯繫下注的組頭（當然，是瞞著克萊斯勒），這個小鬼一下子就迷上了賽馬。我勸他在真正搞懂之前，不要自己花錢去賭；但是以他的背景，要搞懂不必太久。無論如何，那天夜裡電話響起時，我正因為苦讀好幾個小時而陷入沉睡中。電話鈴聲震得我猛地起身，那本詹姆斯教授的厚書就直接砸到對面牆上。我穿上睡袍時，電話鈴響了第二聲，接著我踉蹌衝進走廊接起話筒前，又響了第三聲。

「白紙。」我睡意朦朧地喃喃道，認定打來的會是莎拉。

的確是。「你說什麼？」她問。

「我們今天下午在討論的，」我說，揉揉眼睛。「我們剛出生時，心靈是一張白紙，還是我們天生對某些事情就有與生俱來的知識？我賭一張白紙。」

「約翰，你先安靜一會兒。」她的聲音略帶焦慮。「事情發生了。」

我整個人清醒過來。「哪裡？」

「砲台公園裡頭的城堡園。艾薩克森兄弟正在準備他們的相機和其他設備。他們得先趕過去，把第一個到場的警察打發走。羅斯福局長現在已經在現場，以確保事情進行順利。我剛剛打過電話給克萊斯勒醫師了。」

「好。」

「約翰——」

「怎麼了？」

「我從來沒有——我是唯一還沒有看過——狀況會有多糟糕？」

我能說什麼？現在只要考慮實際層面。「你要帶著嗅鹽。不過盡量不要太擔心。我們全都會在場。你搭出租馬車繞過來我家一下，我們一起過去。」

我聽到她深吸一口氣。「好的，約翰。」

第二部　聯想

同樣的外在事物，可能會令人想起以前的某個相關現實——儘管我們人生的外在經驗有種種變遷，但是在各種不同的境遇之下，我們總傾向於看到相同之處。

——威廉·詹姆斯（William James），
《心理學原理》（*The Principles of Psychology*）

凡是我覺得好的，別人卻認為糟糕至極；
凡是我覺得不好的，別人卻偏愛無比。
我置身何處都會碰到仇敵，
我走到哪裡都會惹人厭棄，
但凡我追求幸福，都只會招來痛苦，
於是我不得不稱自己為「痛苦之源」，
我唯一的特質就是痛苦。

——華格納（Wagner），
《女武神》（*Die Walküre*）

14

等到莎拉搭著出租馬車來到我祖母家外頭時，她已經擺脫了大部分的恐懼，代之以堅強的決心。我們的馬車沿著百老匯大道的花崗岩石板路面往前衝，她似乎沒注意到我問的幾個瑣碎問題，只是坐在那裡瞪著正前方，面無表情地專注在——在什麼？她沒開口，我也無法擅自認定。但我懷疑，讓她想得出神的，就是她的遠大目標：想證明女人也可以成為一個能幹、有本事的警察。莎拉很清楚意識到，要是她有一天如願成為警察，那麼眼前這個在深夜奔忙的景象，就會成為她職責上的常態。所以，要她承認自己的膽怯，屈服於一般人對女性的成見，是加倍無法忍受且不可原諒的，因為那不單會讓人懷疑她對殘忍血腥的容忍度，還會招致對她個人能力的種種懷疑。

而這一切，對照著我想藉著閒聊以舒緩憂慮的企圖，恰恰形成鮮明的對比。馬車往南才到王子街，我就已經很厭煩自己緊張的聲音；等我們經過布魯姆街時，我已經放棄跟她溝通的嘗試，改去觀察從歌廳走出來的那些妓女和她們的恩客。在一個街角，我看到一名醉得口水流到制服上的挪威水手，兩個舞女扶著他，同時第三個舞女正無恥地慢慢摸索著他的口袋。這類場面並不稀奇；但是那一夜，卻引發了我的一個想法。

「莎拉，」我說，此時我們正經過堅尼路，朝市政廳駛去。「你去過上海錐普的店嗎？」

「沒有。」她很快回答，呼出的氣在寒冷的空氣中凝結成白霧。這個四月一如往常，為紐約帶來珍貴的些許暖意，緩解了三月的酷寒。

這不太算是對話的開場，但是我抓住機會。「唔，一般在妓院工作的妓女都曉得很多從恩客身上弄錢的辦法，多到我大概都沒辦法列舉——而在類似錐普的店裡、或是派樂思宮那種地方工作的小孩，會比任何成人都精明。要是我們的兇手曾經是個光顧妓院的恩客呢？假設他被坑過一次就受不了，於是現在到處找人報復？很多人猜測『開膛手傑克』的行兇動機就是這樣。」

莎拉把蓋著我們膝上的沉重毯子挪了下位置，還是興趣缺缺。「應該有可能吧，約翰。你怎麼會突然想到這個的？」

我轉向她。「茨威格兄妹和今年一月我們碰到的第一樁謀殺案，中間相隔了三年。我們原先的推理是，兇手在這三年還殺了其他人，只是把屍體藏起來了。但如果這個推理錯了呢？要是他根本沒在紐約殺掉其他人，因為那三年他根本不在這裡呢？」

「不在這裡？」莎拉的口氣變得比較有興趣了。「你的意思是，他出門旅行，離開紐約了？」

「要是他非離開不可呢？比方說，他是水手。錐普的店或艾里森的店裡，有一半的顧客都是水手。這可能說得通。如果他是常客，就不會引起任何疑心——說不定他還認識那些男孩。」

莎拉想了一下，然後點點頭。「這個想法不錯，約翰。這樣他進出都不會被注意到。我們再看看其他人怎麼想，等到……」她講了幾句，然後注意力又回到前方的街道，再度一臉焦慮。「等到我們抵達那邊吧。」

於是馬車裡又恢復沉默。

城堡園座落在砲台公園的中央，要到那裡，就得沿著百老匯大道往南走到底，再繼續前進。這表示我們會迅速經過當時曼哈頓的報刊出版區與金融區，那一帶是各種建築風格的大雜燴。乍看之下，《世界報》大樓這類建築物和十二層樓高的「全國鞋業與皮革銀行」聳立（或至少，在伍爾沃斯大樓和勝家大廈出現之前，這些大樓的確是高高聳立）於舊郵政總局和公平人壽保險公司總部這些低矮、華麗的維多利亞風格建築紀念碑之間，總是有點奇怪。但是在這一帶待得愈久，你就愈能察覺到所有建築物之間有一種共同的富裕特質，壓倒了任何風格上的差異。我的童年時期大半在這一帶度過（我父親經營一家小型的投資商號），於是我從很小開始，就見識到種種賺錢和保住錢的奇妙活動。這類金融活動可能很誘人，也可能很令人厭惡；但是在一八九六年，無可否認，這些活動正是紐約存在的最大理由。

那一夜，即使在凌晨兩點半，整個區域黑暗而沉寂，我仍再度感覺到這股巨大力量的暗流；經過三一教堂前庭的墓園——美國經濟系統之父亞歷山大．漢默頓便埋葬在這裡——之時，我發現自己困惑地微笑，心想：他很大膽，好吧。無論我們要找的兇手是誰，也無論促使他殺人的個人心中騷動是什麼，他的活動都不再局限於紐約比較不體面的區域了。他已經冒險進入這個專屬富裕菁英的保留地，還膽敢把一具屍體留在砲台公園，舉目可及之處，就是這個城市眾多最具影響力的金融大老們辦公的地方。沒錯，如果就像克萊斯勒堅信的，我們要找的人其實神智正常，那麼他這回的行動不光是野蠻，還很大膽，這種特有的方式總是能在紐約人心中製造出恐懼，同時又不得不面對。

我們的馬車夫在滾球綠地外放我們下車，我們穿過綠地，進入砲台公園。克萊斯勒的輕馬車就停在砲台街的路邊，史蒂威．塔格特裹著一條大毯子蜷縮在車上。

「史蒂威，」我說。「你是在這邊把風，好注意分局的警察什麼時候來嗎？」

他點點頭打了個寒顫。「而且也離那個遠一點，」他說，朝著公園裡頭點了個頭。「那太可怕了，摩爾先生。」

進入公園，稀少的幾盞弧光燈指引我們沿著一條直直的小徑，走向城堡園的巨大石牆。這裡最早是一座重度武裝的軍事堡壘，名叫克林頓城堡，當初是建造來要在一八一二年的第二次獨立戰爭中保衛紐約市的，戰後這個城堡就移交給市政府，改建為一座加頂的場館，有好幾年都是歌劇演出場地。一八五五年，這個城堡再度改變用途，成為紐約的移民站；在埃利斯島於一八九二年奪去這個角色之前，曾有至少七百萬移民經過砲台公園這座古老的石造堡壘。市政府這兩年又努力為這個地方尋找新用途，最後決定把紐約水族館設在圓形的石牆之內。現在改建工程正在進行中，我們還沒走到石牆前，大老遠就看到夜空下明顯的施工中標誌了。

在石牆底部，我們發現馬庫斯．艾薩克森和賽勒斯．芒綽斯站在那裡，正低頭看著一名身穿長大衣、雙手緊握著一頂寬沿帽的男子。他的外套上別著一枚徽章，但那一刻他看起來一點都不權威：他坐在一堆木板上，蒼白的臉對著一個桶子，呼吸沉重。馬庫斯正在設法問他問題，但那傢伙顯然處於某種震驚狀態。我們走近時，賽勒斯和馬庫斯都轉過來點了個頭。

「守夜人？」我問。

「是啊，」馬庫斯回答。他的聲音很有精神，但是十分自制。「他大約一點的時候發現屍體，在屋頂。顯然他是每個小時左右會巡邏一圈。」馬庫斯彎腰湊近那男子。「米勒先生？我要回樓上了。你慢慢來，等到準備好了就上來找我們。但是無論如何都不能離開，好嗎？」那男子抬起頭，深色皮膚、鬚髮花白的臉充滿恐懼，他茫然地點頭。然後又迅速朝著桶子彎身，不過沒有吐。馬庫斯轉向賽勒斯。「守著他，別讓他離開好嗎，賽勒斯？我們還有問題要問他。」

「沒問題，警佐。」賽勒斯回答，然後馬庫斯、莎拉、我走進城堡園巨大的黑暗大門。

「那傢伙嚇壞了，」馬庫斯說，朝那個守夜人扭了一下頭。「我唯一問到的，就是一堆充滿咒罵的陳述，說十二點十五分時還沒看到屍體，而且前門都拴好了。後門也用鎖鏈鎖上，我去檢查過了，那些鎖都沒有破壞的痕跡。恐怕這一切都跟派樂思宮的狀況很像。沒有進去或出來的辦法，但是某個人照樣來去自如。」

城堡園內部的整修才半完成。地板上堆著的板條、灰泥、油漆之間，擺著一連串巨大的玻璃水箱，有些還在裝設，有些已經完工但還沒裝水，還有一些已經讓預定的水族動物住進去了：各式各樣的異國魚類，大大的眼睛和彷彿受驚的動作，似乎感受到牠們新家這一晚所發生的事故。那些銀色的身軀和鮮豔的鱗片映著幾盞黯淡的工作燈，更讓人覺得這些魚像是嚇壞了的觀眾，想設法逃出這個死亡之地，回到那些幽深、黑暗的海中，不會受到人類和他們殘酷的手法所波及。

我們爬上堡壘一道沿牆而上的老舊階梯，最後終於來到屋頂上。這個屋頂是舊壁壘上方加蓋的，用來遮住原來露天的中庭。屋頂中央有一座十邊形的塔樓，每一邊有兩扇窗子，居高臨下，可以俯瞰紐約港，以及貝德羅島上由法國雕塑家巴托迪所設計、依然很新的自由女神像。

最靠近水邊的屋頂邊緣，站著羅斯福、克萊斯勒，以及盧修斯・艾薩克森。他們旁邊立著一個木製三腳架，上頭固定著一具四四方方的大相機，而相機前方的地上，沐浴在另一盞工作燈光線中的，就是我們都跑來這裡的原因。即使隔著一段距離，都還看得到那些血。

盧修斯完全專注在那具屍體上，但是克萊斯勒和羅斯福則面對別處，正激動地交談著。克萊斯勒看到我們出了樓梯，就趕緊走過來，羅斯福跟在後面搖著頭。馬庫斯走向照相機，同時克萊斯勒則對著莎拉和我說話。

「根據屍體的狀況，」克萊斯勒說，「似乎沒有什麼疑問。是我們那位兇手的手筆。」

「第一個趕到現場的，是二十七分局派來的一名巡查警官，」羅斯福補充。「他說他記得在黃金律常常看到這個男孩，但是不曉得他的名字。」（黃金律夜總會是西四街一家專營男雛妓的妓院。）

克萊斯勒雙手放在莎拉的肩膀上。「這個景象並不容易對付，莎拉。」

她點點頭。「我也不期望會容易。」

克萊斯勒小心翼翼審視著她的反應。「我希望你去協助警佐進行驗屍——他知道你有當護士的訓練。分局的調查人員很快就會趕到了，在此之前，我們每個人都有很多事情要做。」

莎拉又點頭，深吸一口氣，然後走向盧修斯和那具屍體。克萊斯勒接著面對我正要開口，但我要他暫停一下，跟在莎拉後頭，朝向屋頂一角那個電燈投下的半圓形亮光走了幾步。

那屍體是一個橄欖色皮膚的男孩，有著精緻的閃米族五官，頭部右半邊是濃密的黑髮。左半邊則有一大塊頭皮被扯掉了，露出光滑的頭骨表面。除此之外，屍體的毀損狀況似乎跟喬治歐·桑托瑞里一模一樣（但是這一具屍體並沒有臀部的割傷）：雙眼不見了，生殖器被割下來塞在嘴裡，軀幹上交錯著深深的割痕，雙腕被綁住，右手被切下且顯然沒留在現場。就像克萊斯勒剛剛所說的，下手的是誰似乎沒有疑問。一切都獨特得像是簽了名一樣。我在威廉斯堡大橋錨座塔樓上曾感受到的那種可怕悲愴感——不光是因為被害者的年紀所激起的，也是因為屍體被綁縛、推向地面那種殘忍的方式——又回來了，令我無法呼吸，全身似乎每一塊骨頭都顫動起來。

我沒再走近，仔細觀察著莎拉，準備她不支時就要上前協助，但也不希望她覺得我料定她會受不了。她看著眼前的一切，雙眼睜大，迅速地搖了搖頭。她雙手緊握在一起，又深吸了一口氣，然後站在盧修斯旁邊。

「警佐？」她說。「克萊斯勒醫師要我來協助你。」

盧修斯抬頭，顯然很佩服莎拉的鎮定，然後他用手帕擦了一下自己的額頭。「好的，謝謝你，霍華德小姐。我們先從頭皮的傷口開始……」

我轉身回到克萊斯勒和羅斯福面前。「這位姑娘真勇敢。」我說著搖搖頭，但他們兩個對我的評論都毫無反應。

克萊斯勒把一份報紙拍在我胸口，恨恨地說：「約翰，你的朋友史代芬斯有篇文章登在《紐約郵報》的早版。怎麼、怎麼會有人這麼愚蠢？」

「這真是說不過去，」羅斯福很不高興地說。「我唯一能想到的是，史代芬斯認為這樣報導沒關係，只要不提你參與這個案子就行了，醫師。等我天亮一上班，第一件事情就是把他找來我辦公室，要命，我會跟他把事情講清楚！」

《紐約郵報》頭版的顯眼位置上，刊登著一篇報導，宣稱「警方高層人士」現在相信，茨威格兄妹命案和桑托瑞里謀殺案是同一個兇手所為。這篇文章的重點並非兇手那種顯然很不尋常的特質，而是茨威格兄妹命案顯示這個「殘忍的惡魔」不是只挑雛妓下手：現在顯然「任何兒童都不安全了」，史代芬斯以他最煽動的風格如此宣佈。報導中還有其他聳動的細節：他宣稱桑托瑞里死前曾被攻擊（事實上，克萊斯勒沒發現任何性侵的證據），還說城裡的某些區域裡，謠傳這些謀殺案是某個鬼怪下手的，然而「惡名昭彰的艾里森和他的同夥們」才是「更有可能的嫌疑犯」。

我摺起報紙，拿著緩緩輕敲著大腿。「這樣非常糟糕。」

「糟糕，」克萊斯勒說，按捺著憤怒，「但是都已經做了。我們得設法補救。摩爾，你有辦法說服你的編輯在《紐約時報》登一篇報導，指責這一切都只是揣測嗎？」

「有可能，」我回答。「但這樣他們就會猜到我也參與了這個案子。接著他們大概會找個人更深入追查——茨威格兄妹命案也有關，會讓很多人對這件事的興趣大幅增加。」

「是啊，如果我們想抵消這篇報導的效果，我看到頭來只會搞得更惡化，」羅斯福指出。「我們要叫史代芬斯務必別再聲張，然後期望那篇報導沒人注意。」

「怎麼可能?!」克萊斯勒勃然大怒。「就算這個城市都沒有注意到，也還有一個人會看到這篇報導的——而且我真的很害怕他的反應！」

「你以為我不害怕嗎，醫師？」羅斯福反擊。「我早知道媒體總有一天會插手——這就是為什麼我當初催你要快點。你不能奢望好幾個星期過去，都不會有人提起這件事！」

羅斯福雙手扠腰，克萊斯勒則別開臉，完全無法回嘴。過了一會兒，克萊斯勒又開口，這回比較冷靜了。「你說得沒錯，局長。與其浪費時間爭論，我們更應該好好利用眼前的機會。但是老天在上，羅斯福——如果你非得跟瑞斯和史代芬斯談公事，拜託這件事情就破例別談吧。」

「這方面你不必擔心，醫師，」羅斯福以一種安撫的口吻回答。「史代芬斯的胡亂揣測，不是第一次惹我生氣了——但這會是最後一次。」

克萊斯勒再度厭惡地搖頭，然後聳聳肩。「好吧，接下來該去忙了。」

我們加入艾薩克森兄弟和莎拉。馬庫斯忙著拍攝屍體的局部細節，盧修斯則繼續驗屍，用一連串醫學和解剖學術語說出屍體上的種種損傷，聲音平穩而堅定。很令人佩服的是，這兩兄弟平常那些會引起旁觀者大笑或驚駭的怪癖，這會兒都幾乎全部收起來了：他們的腦袋迅速轉動，在屋頂走動著，就像訓練有素的狗似的，盯緊一些表面上無足輕重的小細節，而且負起責任，好像指揮調查的人是他們，而不是羅斯福或克萊斯勒。他們持續努力的這段時間，我們所有人都盡可能予以協助，連羅斯福也不例外，幫著寫筆記、拿設備或燈具，好讓他們兩個人都不必分心。

完成屍體的拍攝工作之後，馬庫斯就讓盧修斯和莎拉繼續完成他們的檢驗，自己則利用他在戴蒙尼寇餐廳給我們看過的那兩小瓶鋁粉和碳粉，開始在屋頂上刷粉採指紋。同時，羅斯福、克萊斯勒和我則幫忙四處尋找夠光滑且堅硬、足以「留住」指紋的表面：門把、窗子，甚至是十角形塔樓一側、離屍體幾呎處那根顯然是新砌的陶面煙囪。而且就是這根煙囪，讓我們終於有了收穫，馬庫斯告訴我們，主要是因為那位守夜人相當懶惰，幾個小時前就讓樓下的火熄滅了。在陶釉表面一塊特別乾淨的地方，大約就是馬庫斯和盧修斯原先推測兇手那種身高的人，若是扶著煙囪時、手就會撐在那裡，馬庫斯的臉湊近看，變得激動起來。他叫羅斯福和我拿著一塊小油布擋住港口吹來的風，然後他用一根精緻的駱駝毛刷沾了碳粉刷上去，於是就像變魔術似的，一組看似污漬般的指紋出現了。那個位置正好符合之前他們所推測的兇手身高。

馬庫斯從大衣口袋掏出蘇菲亞·茨威格大拇指上的血指紋照片，對著煙囪舉起來。克萊斯勒靠近過來，仔細觀察著整個過程。馬庫斯深色的眼珠睜得很大，研究著那些指紋；然後雙眼發亮地轉向克萊斯勒，用一種顯然很克制的聲音說，「看起來是一樣的。」然後他和克萊斯勒都走向大相機，同時羅斯福和我還繼續拿著那塊油布。馬庫斯對著煙囪上的指紋拍了好幾張特寫，閃光燈照亮了整個屋頂，但是很快就消散在黑夜中。

接下來馬庫斯要我們檢查屋頂邊緣，尋找他所說的「任何被干擾或活動的跡象——即使是磚石結構上最小的碎片、裂縫，或孔洞」。好吧，一座面對紐約港的建築物，其磚石結構上一定會有很多碎片、裂縫，或孔洞；但是我們還是盡責地開始尋找，每回看到某些似乎符合指示的痕跡，羅斯福、克萊斯勒和我就會大喊。馬庫斯自己也去檢查屋頂正面上方一道結實的欄杆，隨時聽到我們大喊就跑過來察看。大部分的發現都是白忙一場，但在屋頂的最後方，整座建築物最黑暗、最隱密的角落裡，羅斯福所發現的某些痕跡，顯然馬庫斯認為可能有重大的意義。

他的下一個要求很奇怪：他拿出一捲繩子，一端綁在腰部，然後把繩子在屋頂正面的幾根欄杆上繞了幾圈，接著遞給羅斯福和我。馬庫斯要我們慢慢放下繩子，讓他沿著堡壘後牆下降。我們問他目的是什麼，馬庫斯只說他有個推理，想找出兇手是用什麼方法進出這些顯然難以進入的地點。這位刑事警佐太專注於自己的工作上了，我們也不想讓他分心，於是就沒再繼續追問。

我們把他從牆上放下去，馬庫斯偶爾會發出有所發現或滿足的聲音，接著叫我們再把他往下放一點，於是羅斯福和我就又吃力地對付著繩子。在這段期間，我趁機告訴克萊斯勒（他因為一隻手臂有毛病，就決定不要協助我們）我搭馬車過來的路上時，想到一些有關這位兇手的職業和習慣。克萊斯勒的反應很體貼，不過似乎拿不定主意：

「你認為他是這些男孩妓院的常客，這或許有點道理，摩爾。至於他只是短暫停留紐約……」克萊斯勒走過去看盧修斯．艾薩克森的工作。「考慮到他所做的——據我們所知道的部分，他已經留下過六具屍體，而且棄屍的地點愈來愈公開。」

「沒錯，」羅斯福說，同時隨著我們放下一段繩子而輕吼一聲，「顯示這個人愈來愈熟悉紐約了。」

「非常熟悉，」盧修斯聽到了我們的交談，也插嘴發表意見。「那些傷痕一點也不匆忙，切口沒有參差不齊或亂撕，所以他大概一點也不急。我的猜想是，在這個案子和其他每一個案子，他都很清楚自己有多少時間完成工作，大概還因此挑選棄屍地點。這就符合我們之前的假設：他很擅長規劃。另外他把眼珠挖出來，再度顯示他的手非常謹慎、非常平穩——而且對解剖學相當有概念。」

克萊斯勒思索了一會兒。「警佐，什麼樣的人會有這種能力？」

盧修斯聳聳肩。「依我看，有幾種可能。首先當然是醫生，或至少受過好一些醫學訓練的。熟練的屠夫也有可能，另外就是非常有經驗的獵人。這種人很習慣把屠體全身完全利用，不光是懂得如何切開主要部位的肉，也很了解怎麼處理其次的可食用部分──眼睛、內臟、雙腳，以及其他等等。」

「但是如果他這麼小心，」羅斯福問，「為什麼要在戶外進行這種殘暴的行為？為什麼不去隱密些的地方？」

「為了展示，」克萊斯勒回答，回頭走向我們。「在一個公眾可以到達的地點，這種想法對他來說似乎很重要。」

我說，「想被抓到的欲望？」

克萊斯勒點點頭。「看起來是這樣。跟脫逃的欲望相抗衡。」他轉身望著港口。「這些棄屍處還有其他的共同點……」

此時馬庫斯大喊著，要我們把他拉上來。隨著羅斯福的指揮，我們費勁地拉了好幾下，把馬庫斯迅速拉回屋頂。克萊斯勒問他發現了什麼，馬庫斯說他不願意妄加揣測，要等到他相當確定自己的推理才行。然後他走到一旁去記了一些筆記，此時盧修斯喊道：

「克萊斯勒醫師？麻煩你過來看一下這個。」

克萊斯勒立刻走向屍體，羅斯福和我則比較遲疑──我們這種沒什麼經驗的眼睛，實在沒辦法承受太多。就連一開始很勇敢的莎拉，現在也盡可能轉開目光。長時間面對著屍體，顯然太考驗我們的情緒承受能力了。

「醫師，你之前檢查喬治歐・桑托瑞里的時候，」盧修斯說，把一小段綁著那死去男孩雙腕的繩子拿掉，「在這個部位，曾發現任何擦傷或劃傷嗎？」他抬起被害者的左手，指著掌根處。

「沒有，」克萊斯勒簡單地回答。「除了右手被切掉之外，沒有其他值得注意的地方。」

「前臂有任何劃傷或瘀青嗎？」盧修斯又問。

「完全沒有。」

「沒錯，那就證實了我原先的假設。」盧修斯放下那隻手臂，然後擦擦眉毛上的汗水。「這繩子相當粗糙，」他繼續說，先指著剛剛拿開的那一小段繩子，然後指著男孩的手腕。「就算只是稍微掙扎一下，都應該會留下明顯的痕跡才對。」

莎拉的目光從繩子移到盧修斯身上。「那麼——他沒有掙扎過？」她說出這句話的方式好哀傷，讓我覺得胸中也迴盪著深沉的哀傷——因為其中的暗示很明顯。盧修斯繼續說：

「我猜想，這個男孩是自願讓兇手綁起來的，就連被勒死時，他也幾乎沒有試圖反抗。他可能不完全明白發生了什麼事。你知道，如果有攻擊、有實際的抵抗，我們就會在前臂發現割傷，或至少瘀青，是這男孩想抵擋攻擊時造成的。但結果都沒有。所以……」盧修斯抬頭看了我們一眼。「我想，這男孩認識兇手。甚至他們以前就曾做過這種綁縛的事情。可能是為了……性交的刺激感。」

羅斯福猛吸一口氣。「老天在上……」

我又看著莎拉的臉，發現她眼角有閃光，她很快眨眨眼，眨掉了盈滿的淚水。

「當然，最後那部分只是個理論而已，」盧修斯補充。「但是我可以很有把握地說，這男孩認識兇手。」

克萊斯勒緩緩點頭，瞇起眼睛，聲音很柔和。「認識他——而且信賴他。」

盧修斯終於站起來，轉身背對著屍體。「是啊。」他說，把工作燈關掉。

燈一關掉，莎拉就趕緊站起來，衝到離我們最遠的屋頂邊緣。我們其他人疑問地面面相覷，然後我跟上去。我緩緩走近，看到她朝外望著自由女神像，我承認自己很驚訝沒看到她嘔吐或啜泣。反之，她的身體很平靜，甚至是僵硬。她沒轉身就說：

「不要再過來了，約翰。」她的口氣一點也不歇斯底里，而是冷淡而平穩。「我不希望有任何男人靠近我，只要一會兒就好。」

我尷尬地站住。「我——對不起，莎拉。我只是想幫忙。你今天晚上見識到太多了。」

她恨恨地輕笑一聲。「是啊，但是你也幫不上忙。」她暫停一下，但是我沒離開。「想想看，」她最後終於說，「我們之前還以為兇手有可能是女人……」

「以為？」我說。「據我所知，我們還沒有排除這個可能啊。」

「或許你們其他人還沒有排除，我也不期望你們會排除。在這方面，你們是吃了點虧。」

我感覺到有人來到我旁邊，轉頭發現克萊斯勒已經悄悄走過來。他示意我保持沉默，同時莎拉繼續說：

「但是我可以告訴你，約翰——那是男人下的手，後頭那裡。如果女人要殺害那個男孩，就絕對不會……」她一時想不出適當的字句。「那些刺傷、綁縛，還有刀子那樣戳……我永遠無法理解。但是絕對不會錯，一旦你有了……有了經驗。」她又冷笑一聲。「這種事似乎總是從信任開始……」接著又是一段非常尷尬的暫停，此時克萊斯勒碰碰我的手臂，頭往後扭一下，示意我回到屋頂的另一邊。「讓我一個人安靜兩分鐘就好，約翰，」莎拉最後終於說。「我沒事的。」

克萊斯勒和我靜靜地離開，等我們走到莎拉聽不到的距離外，克萊斯勒便喃喃地說：「她說得沒錯，當然了。我從來沒見過任何女性的瘋狂——無論是產後憂鬱症或其他的——會像這樣。不過要是沒有她提醒，我大概會花很長一段時間才會想到。我們一定要想辦法好好利用莎拉的觀點，約翰。」他四下匆忙看了一圈。「但是首先，我們得離開這裡。」

於是，正當莎拉獨自留在屋頂邊緣時，我們其他人開始收拾艾薩克森兄弟的設備，抹去我們來過的一切痕跡，主要是那些小面積的鋁粉和碳粉。忙到一半時，馬庫斯開始提起，說現在我們很確定是這位兇手所犯下的六樁謀殺案，其中一半是發生在屋頂：這個事實很值得注意，因為在一八九六年，紐約的屋頂是市區裡次要的慣常行動路線，跟地面的人行道各有不同的功能。尤其是在廉租公寓的貧民窟，有許多人可以工作一整個白天，都不必下樓到街道上——不光是收帳人，還有慈善團體人員和教堂工作者、推銷員、巡迴護士等等。廉租公寓的房租通常是以你要爬多少樓梯而按比例計算，所以最窮慘的房客往往就住在比較高的樓層。若你的職業是要拜訪這些窮人中最窮的人家，就往往不會一再上下那些很陡、且往往頗危險的樓梯，而是從這棟屋頂直接走到另一棟屋頂。沒錯，我們還是不知道我們要找的人是怎麼上到那些屋頂的；但顯然上了屋頂之後，他就有本事來去自如。有可能他曾經從事那些要在屋頂間走動的工作，或者現在還在做，這一點值得我們追查。

「無論他的職業是什麼，」羅斯福宣佈，把剛剛馬庫斯用來降下牆面的繩子捲起來，「他一定非常冷靜，才有辦法精密規劃出這種暴力行動，然後又執行得這麼徹底。而且他也知道，自己被逮捕的可能性並不會太小。」

「沒錯，」克萊斯勒說。「那簡直是有戰士精神了，不是嗎，羅斯福？」

「怎麼說？」羅斯福轉向克萊斯勒，臉上的表情簡直是受傷。「戰士？那不是我的意思，醫師——完全不是！我才不願意說這是軍人的手筆呢。」

克萊斯勒微微一笑，很清楚羅斯福（他在聖胡安山之役建功，將會是兩年後的事情）從小就對軍事專業非常崇敬。「或許吧，」克萊斯勒又更進一步刺激他。「但是一個仔細策劃暴力的冷靜頭腦？那不是我們努力灌輸給軍人的嗎？」羅斯福大聲清了清嗓子，踩著重重的步伐走開，而克萊斯勒的笑容更大了。「記下來，艾薩克森警佐，」他喊道。「兇手一定有某種軍事背景。」

羅斯福再度轉身，瞪大眼睛；但他只有辦法吼出「要命啊！」此時賽勒斯就衝出樓梯上了屋頂，我記憶中從來沒看過他這麼驚慌。

「醫師！」他喊道。「我想我們最好趕快離開！」賽勒斯舉起一隻大大的手臂指向北邊，我們的目光都跟著看過去。

在砲台公園外頭的幾個入口附近，人群逐漸聚集起來：不是這一帶白天尋常出現的那種打扮體面、行為有禮的人群，而是一堆堆茫然亂轉、衣衫襤褸的男男女女，大老遠就看得出來都是窮人。有些人拿著火把，還有的帶著小孩，他們似乎非常享受這個不尋常的凌晨突襲行動。雖然看不出明顯的威脅跡象，但這些人顯然具備了暴民的所有條件。

15

莎拉走過來站在我旁邊。「約翰——這些是什麼人？」

「烏合之眾，」我回答，感覺到一種異樣的憂慮，而且是那一晚截至此時最有生死攸關之感的。「我敢說《紐約郵報》早版已經送上街了。」

「你覺得他們想要什麼？」盧修斯問，儘管天氣很冷，但他頭上的汗水卻是多得空前。

「我覺得，他們是想要一個解釋，」克萊斯勒回答。「但他們怎麼會曉得要來這裡？」

「有個二十七分局的警察也在下頭，」賽勒斯說，還是很焦慮，因為我們現在面對的這批暴民，就很像當初凌虐並殺害他父母的那些。「他跟另外兩個男人解釋了一會兒。然後那兩個男人就走進人群裡開始大聲講，說只有貧窮的外國人小孩才會被殺害。外頭那些人群，看起來大部分都是從東城來的。」

「那個警察，毫無疑問，就是巴克雷巡查警官了。」羅斯福說，他的臉充滿了那種被屬下背叛的憤怒。「稍早趕到這裡的警察就是他。」

「米勒在那裡！」馬庫斯突然說，我聽了趕緊往下看，發現那個守夜人沒戴帽子，正逃向貝德羅島的渡輪站。「幸好他的鑰匙在我這裡，」馬庫斯又說。「他看起來就不像是那種會乖乖待太久的人。」

此時就在我們正前方，隔著公園裡依然光禿的樹枝間可以清晰看到，人數最多的一群人開始鼓譟起來，聲音逐漸加強，中間還夾雜著兩聲惡毒的喊叫。我們聽到一陣馬蹄和車輪的聲音，接著克萊斯勒的輕馬車出現了，沿著公園裡通往城堡的主道路快速前進。史蒂威舉高馬鞭使勁趕著佛瑞吉克，繞過城堡的前方牆外，朝向後方那道大大的雙扇門前進。

「好孩子，史蒂威，」我喃喃道，轉向眾人。「那是我們離開的最佳路線——走後門出去，沿著公園的河邊道路往北！」

「我建議就這麼辦，」馬庫斯說。「他們就要來了。」

隨著一連串叫嚷聲，主入口外的群眾進入公園，然後左右兩邊的人群也開始湧向前。現在情勢變得很明顯，還有更多人從周圍的街道朝這裡匯聚——暴民的人數很快就達到幾百人了。一定是有個很厲害的專家去煽動的。

「混帳！」羅斯福激動地咕噥著。「二十七分局的夜班警察怎麼都沒來？我會好好修理他們！」

「那是明天早上的完美計畫，」克萊斯勒說，朝樓梯走去。「不過眼前呢，我們還是趕緊溜吧。」

「但是這裡是犯罪現場！」羅斯福繼續憤慨地說。「我不會讓任何暴民進來破壞，無論他們有什麼不滿！」他四下看著屋頂，然後撿起一根粗短的木棒。「醫師，你們可不能被人發現在這裡——帶著霍華德小姐離開吧。兩位警佐和我會去大門面對這些人。」

「是嗎？」盧修斯想都沒想就脫口而出。

「堅強起來吧，」羅斯福咧嘴笑著回答，堅定地攬著盧修斯的肩膀，然後用他手上那根木棒對著夜空狠狠砍了幾下。「畢竟，這個堡壘曾保護我們對抗不列顛帝國——它也一定抵擋得了一群下東城的暴民！」像這種時候，你真想給這男人一耳光，即使他那些狠話也不無道理。

為了完全掩蓋我們工作的性質，我們其他人就得把艾薩克森兄弟的設備帶走。他們兩兄弟幫我們搬著東西一路下樓，經過那些水族玻璃櫃，把裝著設備的幾個箱子放上馬車，然後我轉身祝他們好運。馬庫斯似乎在搜尋地面要找什麼，而盧修斯則是不安地檢查著一把警方配置的輪轉手槍。

「你們可能躲不過要打一架，」我對他們說，希望臉上的微笑能給他們打氣。「但是別讓羅斯福逼你們去打。」

盧修斯只是哀嘆一聲，但馬庫斯勇敢地微笑，跟我握手。「我們稍後在八〇八號見了。」說完之後，他們就關上堡壘的後門，重新把鏈子歸位並上鎖。我跳上車，抓著輕馬車的側邊——克萊斯勒和莎拉已經佔據了僅有的兩個乘客座位，賽勒斯則跟史蒂威坐在前面駕車的位置——馬車便開始沿著馬路一路顛簸，來到港口邊緣，然後沿河轉往北。城堡園外頭群眾的聲音持續增大，但當我們經過了可以看到前門那一帶時，那些憤怒的鼓譟聲忽然減弱了。我伸長脖子轉頭，看到羅斯福走出城堡那道沉重的黑色大門，一手冷靜地握著他的棒子，另一手指著公園的邊緣。這個執迷於行動的傻瓜就是沒辦法乖乖待在安全的城堡裡頭。艾薩克森兄弟也站在他身後的門口，準備要隨時重新鎖上門。但現在看起來沒必要了——群眾似乎都乖乖聽著羅斯福講話。

我們接近公園北端時，史蒂威開始加速，差點迎面撞上一隊警察，他們大概有二十個人，正大步走向城堡園。我們在砲台街左轉，好繼續沿著冷清的水邊道路離開，此時我短暫但清楚地瞥見一輛昂貴的四輪馬車，停在一個視野極佳的角落，可以完全看清堡壘的所有動靜。一隻手——指甲修剪完美，小指上有一枚品味高雅的銀戒——出現在馬車的門邊，隨之是一名男子的上半身。即使在弧光燈黯淡的光線下，我還是看到了一枚精緻領巾飾釘閃著光澤，接著是一個黑髮愛爾蘭人英俊的臉：保羅．凱利。我喊著克萊斯勒要他看，但馬車速度太快，他沒看到。總之，等到我敘述自己所看到的這一幕，克萊斯勒的表情顯示他已經得出明顯的推論了。

所以，那些群眾就是凱利的傑作了，大概是要回應史代芬斯在《紐約郵報》上關於畢夫．艾里森的評論。一切都符合——凱利的威脅絕對不是說說而已，而是要煽動起一群長期不滿的百姓對謀殺案的怒火，對這位向來不擇手段的黑幫老大來說，只是小孩子把戲而已。只不過，他這招差點害我們付出慘痛的代價，而且我擔心事情還沒完；於是我繼續緊抓著疾馳馬車的側邊，發誓萬一羅斯福和艾薩克森兄弟出了什麼事，我一定會把帳算在這位五點幫的老大頭上。

一路回家的路上，史蒂威始終沒有讓佛列吉克放慢速度，也沒有人要求他慢下來——我們都因為各自的種種原因，只想盡快遠離城堡園。西城許多粗糙的路面上累積著一灘灘雨水，等到我們回到百老匯八〇八號，我已經濺了滿身泥漿，整個人冰冷得像塊墓碑，而且準備要結束這一晚（或者是這一早，因為就快天亮了）。但是我們還得把那幾箱設備搬到樓上，同時也要趁著記憶猶新、把我們對這宗謀殺的想法記錄下來，於是我們認命地開始搬東西。電梯上到六樓，克萊斯勒發現他忘了帶鑰匙，於是我把自己那把黏著泥巴的鑰匙給他。整體來說，那個星期六的清晨五點十五分，依次進入總部的我們這一小群人渾身汙泥，而且筋疲力盡。

因此，一進門就聞到牛排和煎蛋及濃烈咖啡的香氣，當然是令我格外驚喜了。這層樓後方的小廚房裡有一盞燈亮著，我看得到瑪麗．帕默——沒穿平常的藍色亞麻制服，而是一身漂亮的白色襯衫和格子裙，外頭罩著圍裙——迅速而能幹地忙碌著。我立刻放下那些沉重的箱子。

「上帝派了個天使來給我。」我說，踉蹌走向廚房。看到我一身泥巴從陰影裡冒出來，瑪麗稍微驚跳了一下，但她藍色的眼珠很快就鎮定下來，朝我露出微笑，把長肉叉尾端一小片滋滋作嚮的熱牛排遞給我，接著是一杯熱咖啡。我開口說，「瑪麗，你怎麼……」但很快就停下來，專心對付眼前的美食和咖啡。她準備了很多食物：一大堆煎蛋，還有放在長柄煎鍋裡的一片片牛排，想必是從克萊斯勒家拿來的。我可以在裡頭待上好一陣子，沐浴在那片溫暖和香氣裡；但是一回頭，發現克萊斯勒站在我身後，雙臂交抱在胸前，一臉慍怒。

「唔，」他說。「現在我知道我的鑰匙是怎麼回事了。」

我以為他的訓誡只是開玩笑而已。「克萊斯勒，」我塞了滿嘴牛排說，「我相信我可以恢復精神——」

「摩爾，可以麻煩你離開一下，讓我和瑪麗私下談談嗎？」克萊斯勒說，口氣還是同樣嚴厲；而從瑪麗臉上的表情，我看得出她知道他很認真，即使我並不認真。於是我沒多問，只是拿盤子裝了一些煎蛋，又拿了一小塊牛排，抓著我那杯咖啡出來，走向我的辦公桌。

我一離開廚房，就聽到克萊斯勒開始責備瑪麗，用詞一點都不婉轉。那個可憐的姑娘沒有能力回答，只除了偶爾說個不，還有低聲的啜泣。我覺得完全沒道理：以我看，她只是忠心為主人服務而已，克萊斯勒這麼刻薄實在難以理解。但我的思緒很快就被賽勒斯和史蒂威打斷了，他們飢餓地張著大嘴，湊近我的盤子。

「拜託，拜託，兩位，」我說，雙手護住我的食物。「沒必要跟我搶。廚房裡還有很多。」

他們兩個趕緊朝廚房衝去，碰到克萊斯勒才稍微直起身子。「去吃點東西吧，」克萊斯勒不客氣地說，「吃完了把瑪麗送回十七街。快點。」

史蒂威和賽勒斯都咕噥著答應了，然後開始朝那些牛排和煎蛋進攻。克萊斯勒拉了一把路易吉．卡拉諾侯爵的椅子到莎拉和我的辦公桌之前，疲倦地坐下來。

「你不想吃點東西嗎，莎拉？」克萊斯勒低聲問。

她原先趴在桌上，頭埋在雙臂裡，這會兒只是暫時抬起頭來微笑說，「不了，謝謝，醫師，我吃不下。而且我想瑪麗不會歡迎我去廚房。」克萊斯勒點點頭。

「克萊斯勒，你對瑪麗有點太兇了吧？」我說，儘管塞了滿嘴食物，還是盡量讓自己的口氣顯得堅定。

他嘆了口氣，閉上眼睛。「約翰，這事情我得要求你別插手。看起來我似乎很嚴格沒錯——但是我不希望瑪麗知道有關這個案子的任何事情。」他睜開眼睛，朝著廚房看去。「原因有很多。」

人生中有一些時刻，你會覺得自己好像是在一場表演的中途進錯了戲院。那一刻，我忽然意識到克萊斯勒、瑪麗、莎拉之間有種非常奇怪的互動。也說不上來是什麼；但是當我從辦公桌最底下的抽屜拿出一瓶很棒的法國干邑白蘭地，加進還在冒煙的咖啡中，我更加感受到辦公室裡的氣氛忽然間變得很緊張。後來這種直覺得到證明，是在瑪麗、史蒂威、賽勒斯走出廚房時，克萊斯勒要瑪麗把鑰匙還給他。瑪麗很不情願地交出來，然後我看到她跟著另外兩個人走出門時，憤怒地朝莎拉迅速看了一眼。毫無疑問——這個舉動有弦外之音。

但眼前我們還有更重要的問題要解決，而隨著瑪麗、史蒂威、賽勒斯離開，我們三個人就可以毫無顧忌地交換想法。克萊斯勒走到黑板前，之前他已經大致把黑板分為三部分：**童年時期**在左邊，**中間時期**在中央，**罪行的各種角度**則在右邊。這會兒，克萊斯勒開始在每個相應的區塊內，寫下我們在城堡園屋頂想出來的各種推理，另外還留下一小塊空白，以供艾薩克森兄弟跟我們分手後可能還會有新的領悟。然後克萊斯勒往後站，仔細檢視那份清單；儘管以我的想法，這份清單是我們一夜認真工作的證據，但克萊斯勒似乎覺得還不夠。他手上的那一小截粉筆上下拋擲著，重心從這一腳換到另一腳，最後終於宣佈還有一個重要的因素必須記下：在黑板右上方的**罪行的各種角度**標題下頭，他寫下了「水」。

我很困惑；但是莎拉想了一會兒就指出，從一月以來的每一件謀殺案，都是發生在可以看到大量水的地方——而且茨威格兄妹的屍體就放在水塔裡面。我問這會不會只是巧合，克萊斯勒說，以我們這位兇手如此縝密策劃的人，他覺得不會留下太多巧合的空間。接著克萊斯勒坐到他的辦公桌後頭，從一疊書裡頭抽出一本皮革裝訂的舊書，打開一盞小檯燈。我等著他又要從比方杜林心理學家摩索教授（我最近才得知，這位教授正在從事開創性的研究，衡量情緒狀態改變時，身體上會有什麼樣的變化）這類人的學術著作裡，唸出一大段技術性的引文。但克萊斯勒低沉、疲倦的聲音所唸出來的，卻完全不是那麼回事：

「『誰能知道自己的錯失呢？願你清洗我隱而未現的過錯。』」

克萊斯勒關掉檯燈，往後靠坐。我胡亂猜測，問這句話是否出自聖經？他聽了點點頭，說宗教性作品裡提到清洗的次數之多，總是令他驚奇。他又趕緊補充說，他未必相信我們的兇手有宗教性的狂熱或精神錯亂（雖然以殺害多人的兇手而言，有宗教狂特徵的相當多，幾乎勝過其他形式的精神痛苦）；他之所以引用這段聖經〈詩篇〉裡的話，主要是想表明兇手深受罪孽感的壓迫，而水通常就是隱喻中的解藥。

莎拉難以接受這個意見。她以一種稍帶不耐的煩惱口氣說，她注意到克萊斯勒一直提到這位兇手意識到自己行動的性質，而且渴望被逮捕，但是同時，這個人還繼續出去殺害男童。如果要假設他精神正常，那麼我們就不得不問：這個兇手有可能從屠殺中得到什麼滿足或好處？在回答這個尖銳的問題之前，克萊斯勒暫停一下，審慎考慮自己的措詞。他跟我都知道，這對莎拉來說是漫長而困惑的一夜。我還知道，任何人在看過一具那樣的屍體後，最不想聽到的話，就是對於行兇者心理脈絡背景的描述分析，因為目睹屍體所帶來的哀傷、憤怒、恐怖實在太龐大了。但是這樣的分析非常重要，尤其是在記憶猶新的時刻。我們必須哄莎拉回到眼前的任務，於是克萊斯勒就拐彎抹角地問了幾個溫和、似乎不相干的問題：

想像一下，他說，你進入一個有點破爛的大廳，裡頭迴盪著人們反覆自言自語的聲音。你周圍的這些人都呈拜倒的姿勢，有些人還在哭。這是哪裡？莎拉立刻回答：精神病院。或許吧，克萊斯勒回答，但你也可能是在教堂裡。在一個地方被視為瘋狂的行為，換到另一個地方，不但合理，而且非常得體。克萊斯勒繼續試了其他幾個例子：如果一個女人跟她的子女被一群攻擊者威脅要施加各種暴力，而這母親唯一的武器就是一把剁肉刀，那麼，要是這位母親不得不殺掉這群人，莎拉認為她這樣的行為是瘋狂而野蠻嗎？或者如果一位母親得知她丈夫毆打並性侵他們的子女，於是半夜割斷丈夫的喉嚨，這樣的殘忍行為是無法接受的嗎？莎拉說，儘管她覺得答案是不，但她也認為這兩個例子跟我們眼前要處理的案子大不相同。克萊斯勒立刻回答：唯一的差別，他宣稱，就是莎拉對不同例子的知覺而已。顯然莎拉認為，一個成人為了保護兒童，或者一個兒童為了保護自己而做出可怕的暴力行為，都是正當的脈絡背景；那麼，如果我們的兇手把他的殘殺視為這類保護措施呢？如果這位兇手所犯下的每樁謀殺案，都是因為被害人和其中狀況，引發兇手聯想到許久以前的威脅與暴力經驗（雖然原因我們還不清楚），因而導致他憤而殺人，以保護自己，那麼莎拉有辦法調整她的觀點，去理解這樣的可能嗎？

這一切莎拉不是無法理解，只是不情願；反之，我很驚訝地發現自己的想法完全跟克萊斯勒一致。或許剛剛喝下的白蘭地讓我的腦袋突破了正常的局限；總之，我隨即接腔說，每一具屍體，似乎都是某種鏡子。克萊斯勒滿意地對空舉拳說，一點都沒錯——屍體就是一種鏡像，反映了這位兇手心中一套關鍵的殘酷經驗。無論是採取生物學的方法，去研究詹姆斯教授稱之為「神經傳導路徑」的結構；或是採取哲學的方法，去討論心靈的發展，我們都會得出同一個結論：對這個兇手來說，暴力不光是根深柢固的行為，更開啟了他種種重要的經驗。在他眼中，那些死去的孩童只是他過往所承受痛苦——即使只是肉體上——的代表。當然，當我們看著屍體，我們第一個想法是要為死者報仇、要保護未來的被害人。然而很諷刺的是，我們的兇手也相信自己是在做同樣的事情：為孩童時期的那個自己報仇，保護自己如今被折磨的心靈。

儘管克萊斯勒很小心地跟莎拉解釋這一切，但她的態度還是沒有改變。畢竟，她才剛在城堡園看過屍體，我們不能指望她這麼快就把那些經驗拋開、回到正事上。她在椅子上不安地挪動，搖著頭抗議說，克萊斯勒所講的一切，聽起來都像是荒謬的合理化說詞：他把童年時代的情感和身體經驗，拿來跟最惡劣的成人殺戮欲望相提並論，但其實這兩者之間根本就是不相干的。克萊斯勒則回答說，看起來似乎是這樣，但這只是因為莎拉單憑她的經驗，就判定兩者沒有關聯。憤怒和毀滅並不是她人生中最有影響力的本能——但如果是的話，如果早在她有辦法理性思考之前，就有這兩種本能呢？要做出什麼樣的身體行動，才能滿足這種深植於內心的憤怒？以我們這位兇手的例子，就連殘酷的殺人都不能滿足他；要是可以滿足，他就會繼續悄悄地殺人，把屍體藏起來，永遠不會被人發現了。

莎拉還是不肯妥協，我眼看著這些合理的觀點都沒什麼效果，於是提議大家都回家睡一下。就在這段談話期間，太陽已經悄悄升起，搞得我們這些整夜未眠的人極度昏茫。我相信克萊斯勒也知道，休息可以解決很多事情；但莎拉跟我要離開時，他還是做了最後一次努力，請求她不要被恐懼和憤怒的情緒控制，因而太過偏離我們既定的方向。克萊斯勒指出，這一夜的事實證明，她的角色比我們原來以為的更為重要：我們這位兇手的童年時期有男人也有女人，而無論我們其他人認為女人在兇手的童年經驗中有什麼意義，那些推理都只不過是一連串有重大瑕疵的假設而已。我們要靠莎拉提供不一樣的觀點，替我們創造出一個（或者不止一個）可以培育出這種憤怒的女人。沒有她的觀點，我們就不可能成功。

聽到這個新的責任，莎拉只是疲倦地點點頭。我知道我最好趕緊帶她離開，因為就算睡上一夜好覺，要對付克萊斯勒也還是很辛苦。我打開前門，帶著莎拉出去，搭電梯往下，沿途唯一聽到的，就是黑暗電梯井中迴盪的輕微嗡嗡聲，有種奇怪的撫慰效果。

到了一樓，我們剛好碰到艾薩克森兄弟，他們拖到這麼晚才回來，不是因為城堡園的暴民（我們離開後不久，那些民眾就散去了），而是因為羅斯福。他堅持帶著這兩兄弟到包厘街一家他最喜歡的小餐館，去吃一頓有牛排和啤酒的勝利早餐。兩位警探看起來就跟我和莎拉一樣疲倦，而且他們還沒辦法睡覺，得先上樓報告，所以我們就沒多談。馬庫斯和我匆忙講好這一天下午碰面，一起去黃金律夜總會探險，然後他們進入電梯，我和莎拉則來到頗為空蕩的百老匯大道，要找出租馬車。

在這個寒冷的清晨，路上的出租馬車並不多，不過少數出來的都很好心地聚集在對街的聖丹尼斯飯店門口。我送莎拉上了車，但她先不急著告訴車夫要去哪裡，而是抬頭望著八〇八號六樓那些依然亮著的窗子。

「他好像從不休息，」她低聲說。「簡直就像是——像是這件事跟他個人有重大利害關係。」

「這個嘛，」我打了個大呵欠回答，「這個案子的結果，可以證實他很多專業上的想法。」

「不，」莎拉說，還是很小聲。「還有別的——一些更……」

我也跟著她往上看著我們的總部，然後決定表達自己的憂慮：「我真希望我知道瑪麗是怎麼回事。」

莎拉微笑。「你對愛情方面的事情，感覺向來很鈍，約翰。」

「什麼意思？」我問，真心感到困惑。

「意思是，」莎拉回答，帶著點寬容的意味。「她愛上他了。」我站在那裡目瞪口呆，她拍拍車廂頂。「車夫先生，到格拉梅西公園。再見了，約翰。」

馬車開始沿著百老匯大道往北行時，莎拉還是一臉微笑。其他兩輛馬車問我要不要搭，但聽到莎拉剛剛說的資訊後，我只能茫然地搖頭。我心想，或許走路——或者該說踉蹌而行——回家，可以有助於搞懂這件事；但我真是大錯特錯。莎拉這番話的暗示，還有她說時臉上的微笑，都怪異得害我想了好久都沒法搞懂。加上走路，更是讓我筋疲力盡，等我回到我祖母家，就已經全身無力又心裡太亂，於是直接倒在床上睡著，連一身沾滿泥漿的衣服都沒脫掉。

16

在睡眠的這段時間，我被一股非常不愉快的心情攫住了，於是中午醒來時，發現自己的脾氣壞得一塌糊塗。接著克萊斯勒派來的一名跑腿小弟出現，送了一封他早上寫的信給我，害我心情更是跌到谷底。信裡說，長島的一位愛德華．郝斯太太前一夜因為企圖用切肉刀殺害子女而被逮捕。雖然這個女人已經被釋放，交由她的丈夫監護，但是法庭要求克萊斯勒去評估她的心理狀態，於是他邀請了莎拉同行。克萊斯勒解釋，他不認為郝斯太太和我們的案子有關；不過莎拉的興趣（顯然經過幾個小時的睡眠之後，她又恢復了常態）是要蒐集角色細節，以便按照克萊斯勒之前的要求，去創造出一個想像中的女人，才能進一步了解我們那位想像中的男人。這一切並沒有令我氣惱；我不高興的是克萊斯勒的口吻，好像他和莎拉要去鄉下共度愉快、興奮的一天。我把那封信揉成一團，恨恨地祝他們有愉快的一天，還朝水槽啐了一口。

馬庫斯．艾薩克森打電話來，跟我約了五點在第三大道和第四街交口的高架鐵路站碰面。接著我換衣服，思索著要怎麼打發這個午後，但我的選項不多，而且都很無趣。我出了房間，發現我祖母辦了個午宴；客人包括她一個愚蠢的外甥女、那外甥女同樣愚蠢的丈夫（他是我父親那家投資公司的股東），以及一位我的二等表親。三個客人問了我一堆關於我父親的問題，但我們父子已經很多個月沒聯絡了，所以我沒辦法回答。他們也禮貌地問起我的母親（我倒是知道，她此時跟一個旅伴正在歐洲旅遊），然後很禮貌地不去提我前任未婚妻茱麗亞．普瑞特（他們在社交圈都彼此認識）。整段談話中穿插著並不誠懇的微笑，搞得我心情更加低落。

事實上，我已經很多年沒辦法跟大部分親戚愉快交談了，原因很嚴重，但並不複雜。就在我剛從哈佛畢業時，我弟弟（他青少年時期比我還會闖禍）從一艘波士頓的渡輪跌下船溺死。經過詳細的驗屍之後，揭露了我其實早就知道的結果：我弟弟有酒癮，還有嗎啡癮。（他在世的最後幾年，逐漸成為羅斯福的弟弟艾略特的固定酒伴，數年後，艾略特也因為酒癮而過世。）接下來的那場葬禮充滿了尊重但毫無意義的悼念，一概迴避我弟弟成年後對抗嚴重抑鬱的話題。他的不快樂有很多原因，但我當時和現在都打從心底相信，主要是源於他成長的家庭和社會，都不贊同、甚至遏止他表達感情。不幸的是，我在葬禮上表達了這個意見，結果差點被送進精神病院。之後我和父親的關係就始終難以恢復。親人中唯一對我的行為表示理解、且願意讓我進入家門的，只有向來很疼愛我弟弟的祖母。其他人都認為我至少是精神有毛病，或許還非常危險。

由於這些原因，那天親戚來到我華盛頓廣場的祖母家，有點像是雪上加霜，害我走出前門、進入那個寒冷的午後時，心情跌到了谷底。我完全不知道要去哪裡，於是坐在門前階梯上，又餓又冷，而且忽然意識到自己很嫉妒。這個領悟讓我驚訝得睜大了疲倦的雙眼。不知怎地，自從前一夜知道那些片段的資訊後，我便在無意間得出了幾個不愉快的結論：如果瑪麗．帕默真的愛上了克萊斯勒，而且莎拉也曉得，那麼克萊斯勒不希望瑪麗出現在他身邊，卻願意跟莎拉共度一個悠哉的春日下午——情勢已經很清楚了。莎拉顯然迷上了這位神祕的精神病學家；而打破傳統的克萊斯勒（據我所知，他之前只認真談過一次感情）也顯然傾倒於莎拉的獨立作風。悄悄鑽進我心裡的嫉妒跟愛情無關；我以前考慮跟莎拉談感情只有一次，那是多年前，而且只有酒醉的幾小時而已。不，我受傷主要是覺得被排擠了。在這麼一個上午（或下午）跟朋友到長島出遊，絕對是一件美好的事。

我花了幾分鐘盤算著，自從和茱麗亞．普瑞特的婚約告吹後，我曾和一個女演員共度過許多白天（以及更多夜晚），這會兒我想著是否該去拜訪她；然後，不曉得為什麼，我的思緒轉到瑪麗．帕默身上。連我都感覺這麼壞了，那麼若是莎拉告訴我的那些是真的，瑪麗一定會更不好受。我想著何妨去克萊斯勒家一趟，帶這位姑娘出門透透氣？克萊斯勒可能不會贊成，但他正跟一位可愛的小姐在郊外共度美好的一天，所以他抱怨也沒用。（雖然我的想法不免帶著些惡意。）是了，我經過華盛頓廣場公園北端新建的拱門時，就愈發覺得這個主意很不錯——但是到底要帶瑪麗去哪裡？

我走到百老匯大道，被幾個報童包圍住，只好買了幾份報紙。各報頭版都大幅報導了前一夜城堡園的事情。顯然地，幾個移民社區裡的民眾愈來愈擔心。他們正在籌組委員會，要去市政廳表達眾人對謀殺案的憂慮，更重要的是，表達這些犯罪事件對市民秩序可能造成的影響。不過在那一刻，這一切都對我毫無意義，我很快就翻到娛樂版。那些活動似乎都不太適合，直到我看到二十三街科拜氏劇院的一則介紹。除了有歌唱、體操喜劇表演，以及俄羅斯小丑之外，科拜氏還有一個節目，是播放幾小段投影式的影片，根據那則報導，是紐約有史以來首見。這個似乎很適合，而且劇院離克萊斯勒家很近。於是我趕緊跳上我看到的第一輛出租馬車。

我到達十七街的那棟房子時，屋裡只有瑪麗一個人，而且她的心情就跟我預料的一樣低落。我提議帶她出門，她一開始也非常抗拒，別開眼睛且堅決地搖頭，朝屋子裡指了一圈，意思似乎是家裡的雜務太多，根本沒辦法考慮出門。不過我想到能鼓舞她，便異常熱心地描述科拜氏劇院的節目，還趁她偶爾看我一眼時，說這次出門只不過是答謝她今天凌晨準備的豐盛早餐而已。她顯然放心且興奮起來，於是很快就屈服，去拿她的大衣和一頂黑色小帽子。我們走出大門時，她還是不出聲，但滿臉愉快且感激的笑容。

雖然我原先的動機很可疑，但結果這趟出門玩得很開心。科拜氏是一家很普通的劇院，能容納的觀眾數量只是中等。我們進場坐下時，一個來自倫敦的歌舞喜劇表演剛結束，正好趕上俄羅斯小丑表演，他們的默劇滑稽動作逗得瑪麗很開心。體操喜劇也相當好，那些表演者互相挖苦搞笑，同時還表演了一些很厲害的體操技巧。不過接下來的幾個法國歌手和一個很奇怪的舞蹈表演就不怎麼樣了。觀眾很多，但都很和善，瑪麗享受觀察其他觀眾的樂趣，似乎並不遜於欣賞表演。

後來一面發亮的銀幕在舞台降下，劇院裡陷入全黑狀態，瑪麗就沒再四處張望了。我們後方亮起一道光，接著最前面幾排觀眾幾乎恐慌起來，因為銀幕上一大片高高的藍色海浪似乎朝劇院裡湧來。當然了，我們所有人都對這種投影的影像非常陌生，眼前這種手繪上色的黑白影片更是前所未見。等到大家鎮定下來，第一段短片〈海浪〉放映完畢，接下來我們又看了十一段短片。包括兩段〈滑稽拳賽〉，還有幾段是比較嚴肅的、德國皇帝檢閱軍隊的。坐在那個平凡的劇院裡，你不太可能想到自己正在目睹一種新的傳播與娛樂形式，且日後在諸如大衛．葛瑞菲斯這些現代電影大師的手中，將會大幅改變紐約市和全世界；當時我更關心的是，在那段短短的時間裡，這些閃爍的、手繪上色的影像讓瑪麗．帕默和我更接近，緩解了寂寞之苦——對我只是暫時的，對她則是早已成為常態了。

由於過去幾個星期的辛苦訓練，等到我們離開劇院後，我暫歇的腦袋又開始轉個不停。我看著身邊這位魅力十足的同伴愉快地享受著這個寒冷、晴朗的午後，心中暗自納悶：這位姑娘怎麼可能殺了自己的父親？我知道父親侵犯女兒這種事絕對是罪大惡極；但其他遭受這種侵犯的姑娘並不會把父親用鏈子鎖在床上活活燒死。是什麼促使瑪麗這麼做？我很快就明白，即使事隔多年，要稍微推斷出解釋並不難。當瑪麗觀察著麥迪遜廣場公園裡的狗和鴿子，或者當她藍色的眼珠望向麥迪遜廣場花園的方形尖塔頂、凝視著那座有如發亮珠寶的黛安娜女神金色巨大雕像，她的嘴唇動著，似乎是要表達她的愉快。但緊接著，她就又閉緊嘴巴，臉上的表情顯示出她害怕自己試著講話時，會發出不協調、丟臉的聲音。我想起瑪麗小時候被當成白癡；而大部分小孩對待白癡絕對不會仁慈。此外，她母親認為她只能做家務雜事。於是等到她父親開始侵犯她，瑪麗一定已經困惑又痛苦得快要崩潰了。把她的種種殘缺和不幸經驗拿掉任何一個，可能都會全盤改變她的人生；但加在一起，她的命運就註定了。

或許我們那位兇手的人生也很類似，我心裡想著，和瑪麗一起走進麥迪遜廣場花園，要到屋頂的拱廊餐廳去喝杯茶。此時我已經明白，如果我講個不停，只會害瑪麗更強烈感覺到自己無法參與談話的痛苦，於是我開始透過微笑和手勢跟她溝通，同時暗自推理起來。坐在拱廊裡，瑪麗啜著她的茶，同時伸長脖子看遍這個優越位置所能飽覽的風景，此時我回想起克萊斯勒前一夜所說過的話：對於我們要找的那位兇手來說，暴力是他童年的基礎。這些暴力很可能是成人對他的毆打，因而符合克萊斯勒的理論：對這個人來說，他主要的本能就是自我保護和報復。但幾千幾萬個男孩都遭受過這樣的痛苦。是什麼促使這個男孩像瑪麗一樣，跨過了一道似乎難以界定、但非常真實的線，走向暴力？他小時候也曾有過某種殘缺或畸形，使得他不光是成人嘲笑和鄙視的目標，其他兒童也會欺負他嗎？然後，在他受過這些罪之後，接下來是否又像瑪麗一樣，遭受了某種令人髮指、侮辱性的性攻擊？

像瑪麗·帕默這麼一個可愛的姑娘，竟然會啟發我有如此陰暗的想法，似乎很奇怪；但是不論奇怪與否，總之我覺得有所領悟，於是想趕緊送瑪麗回家，以便準時跟馬庫斯．艾薩克森碰面，跟他談談我的想法。看到瑪麗顯然這麼開心——我們抵達克萊斯勒家門口時，她整個人容光煥發——我有點難過要結束這趟出遊，不過她自己也有工作要做，而且我發現，她一看到克萊斯勒的輕馬車停在屋外的十七街上，心思很快就回到工作上了。

史蒂威正在刷馬，同時克萊斯勒站在二樓落地窗外那個鑄鐵小陽台上抽菸。瑪麗和我走進小小的前院時，都準備好要被克萊斯勒刁難；所以看到克萊斯勒臉上真誠的微笑，我們兩人都很驚訝。他拿出銀懷錶看了一下時間，然後很開心地說：

「你們兩位一定度過了一個愉快的下午。瑪麗，摩爾先生有好好招待你吧？」

瑪麗微笑點頭，然後匆匆走向前門。進屋前她回頭，摘下那頂小小的黑帽子，滿臉微笑說「謝謝」，說時只稍稍有一點困難的痕跡。她進屋去，然後我抬頭看著克萊斯勒。

「我相信春天就要來了，約翰，」他說，揮著手上的香菸指向對面的史岱文森公園。「雖然天氣還很冷，但是樹上已經開始冒出新芽了。」

「我以為你還在長島呢。」我說。

他聳聳肩。「我在那裡沒有什麼收穫。不過另一方面，莎拉似乎對郝斯太太對待子女的態度很感興趣，所以我就讓她自己留在那裡。這個經驗可能對她很有用，而且她晚上可以搭火車回來。」根據我稍早推出來的理論，他這樣似乎有點奇怪；不過克萊斯勒的態度很平常。「你要上來喝杯酒嗎，約翰？」

「我五點要跟馬庫斯碰面——我們要去黃金律探查。有興趣嗎？」

「非常有興趣。」他回答。「不過我最好少出現在這個案子的相關地點。我相信你們兩位會有很多收穫。別忘了——關鍵在於細節。」

「說到細節，」我說，「我有一些新的想法，可能會有用。」

「好極了，那我們就晚餐時討論吧。等你們那邊結束後，打電話到學園給我，我有些事情得過去那邊處理一下。」

我點點頭，轉身要走；但我實在太困惑了，沒辦法就這樣離開。

「拉茲洛？」我不確定地問。「我今天下午帶瑪麗出去，你不生氣嗎？」

他又是聳聳肩。「你有跟她討論我們的案子嗎？」

「沒有。」

「那麼，正好相反，我很感激。瑪麗見到的人太少，接觸的新經驗也不夠多。我相信出去玩一玩，對她的性格會有很好的影響。」

於是就這樣。我再度轉身穿過柵門，暫時擱下我早上自以為搞懂的克萊斯勒感情跡象。我走到十八街，上了第三大道線往下城的高架火車，設法不去想別人的私事，專注在案子上。車子經過庫伯廣場時，我真的做到了；而等到在第四街跟馬庫斯會合，我已經準備好要仔細聽他對於兇手作案手法的最新推理，他講得很詳細，佔去了我們走到西城黃金律夜總會的大部分時間。

17

我們的兇手有爬山和攀岩的豐富經驗，馬庫斯解釋，他之所以這樣猜測，是源自我去派樂思宮回來，轉述了莎莉男孩所說的話。但他先後去威廉斯堡橋塔、派樂思宮尋找證據，卻一無所獲，於是考慮要放棄。儘管如此，他的腦袋一直回到這個念頭上，因為這位兇手迅速通過一些非常棘手的地點，而且沒有任何梯子或是更方便的攀爬設備。以馬庫斯的想法，沒有別的解釋：這個人只可能是利用高超的登山技巧，從窗子進出被害人的房間。馬庫斯會認為兇手必然是很厲害的專家，是因為他離開建築物時，一定是帶著他打算下手的男孩，而這些男孩幾乎可以確定是完全不會專業攀爬技巧。這一切都符合艾薩克森兄弟當初在戴蒙尼寇餐廳裡說過的：兇手是個高大、強壯的男子。考慮過這些因素之後，馬庫斯又仔細研究了一些攀爬技巧，然後再去威廉斯堡橋塔和派樂思宮查看一次。

這一回，馬庫斯經過鍛鍊的眼光比較敏銳，果然在派樂思宮的外牆上發現了一些痕跡，可能是登山者釘鞋，或是岩釘（攀岩者使用的大型鋼釘，以槌子敲進岩石內，以便支撐手腳，或是用來固定繩子）所留下的。這些痕跡都不是確鑿的證據，所以他從來沒在我們面前提過。但是昨天晚上去城堡園，馬庫斯在屋頂後方邊緣發現了一些獨特的繩索纖維：更進一步顯示兇手是攀岩者。那些纖維似乎指向屋頂的前欄杆，正好是非常結實的繩索固定點。這也是當時馬庫斯要我們把他從後牆放下去的用意，他在牆上發現了一些痕跡，符合他在派樂思宮外牆上所發現的那些。

此時，馬庫斯開始推演出城堡園殺人案的可能經過：

兇手揹著他的最新受害人，利用岩釘爬上城堡屋頂。（馬庫斯後來得知，那個守夜人沒注意到敲岩釘的聲音，是因為他值夜時大半都在睡覺，而且馬庫斯相信兇手也知道這一點。）上了屋頂後，兇手就動手殺人，然後用一根繩索繞著前欄杆，垂降回到地面。「垂降」是一種源自歐洲的攀岩技巧，指的是用一根繩子繞住上方一個結實的固定點，從陡峭的山坡下降。兩股繩子都會往下垂，因此攀岩者回到地面後，就可以將整條繩子收回來。而且兇手沿牆降回地面時，也一面可以拔出他稍早釘入的岩釘。

對自己的推理有了把握之後，馬庫斯便想尋找特定的證據，以證實自己的想法。他首先去派樂思宮，因為桑托瑞里謀殺案已經發生許久，不太可能會有警察在那邊。但接著他發現，在派樂思宮，兇手應該是從屋頂下降、而不是從地面往上爬，同時應該是完全沒有使用岩釘（所以馬庫斯原以為是岩釘留下的痕跡，其實是別的狀況所造成，而且大概是跟我們的案子完全無關的狀況）。所以馬庫斯跟我碰面之前，又趕回城堡園，繼續他前一夜才剛開始的地面搜尋——我們匆匆離開前，我曾認為他是在尋找什麼，結果這個想法沒有錯。今天下午還駐守在城堡園的警察沒幾個，而且都離城堡的後門很遠，於是馬庫斯就可以毫無顧忌地搜尋那塊區域了。

說到這裡，馬庫斯伸手到大衣口袋，掏出了一根他在草地上發現的鋼釘。鋼釘的一頭有個環，馬庫斯告訴我，那是用來固定繩索的。他一把鋼釘帶回家，就在上頭刷粉，採到了一套指紋，跟昨天夜裡我們在陶面煙囪上所發現的那些完全吻合。我聽了激賞地朝他背部結實拍了一下：馬庫斯就跟我這幾年跑社會新聞所碰到的警探一樣堅持不懈，而且還聰明許多，難怪刑事組的保守派會排斥他。

剩下來的一路上，馬庫斯繼續解釋他這個發現的一些重大涵義。儘管直到一八九六年，登山始終未能成為北美流行的休閒活動，但是在歐洲，這項運動卻早已普及。過去一個世紀，歐洲的專家登山隊已經征服了阿爾卑斯山脈和高加索山脈的各個高峰，甚至有一支勇敢的德國隊伍遠征東非，登上吉力馬札羅山。馬庫斯告訴我，這些登山隊幾乎都是英格蘭人、瑞士人，或德國人所組成；而在上述的這三個國家，登山和攀岩比較不像是冒險，而是一種很普及的休閒活動。由於我們這位兇手展現出對登山和攀岩很在行，很可能他許久以前就接觸到這項運動，說不定還是在小時候；因此，他的家庭可能是不久之前從上述三個歐洲國家移民到美國來的。這一點眼前可能並不重要；但是我們看得出來，接下來再逐步加上其他重大的因素，將會變得非常有意義。破案的希望就隱藏在這類資訊中。

我們正需要這種高昂的振奮情緒，去拜訪黃金律夜總會。這家店名極其諷刺的地方，是個很不堪的小地穴。派樂思宮至少還是在地面上，而且相當寬敞；黃金律則是在陰溼、侷促的地下室，裡頭用劣質隔板分割成一個個「房間」，任何一個顧客的活動就算看不到，全店裡也都可以聽得清清楚楚。黃金律的經營者是個討人厭的大塊頭女人蘇格蘭・安，裡頭只提供女性化的男孩，一概化著濃妝、用假音說話，而且彼此以女生名字相稱，其他的男妓交易形式，則是留給派樂思宮那類地方。黃金律的惡名傳揚開來，是在一八九二年，當時長老教會的牧師、也是犯罪預防協會的會長查爾斯・帕克斯特展開一系列活動，要揭發紐約市黑社會和各個政府機構（尤其是市警局）的勾結，因而也拜訪了黃金律。帕克斯特牧師是一位容貌高貴的強壯男子，而且比大部分的反罪惡鬥士要像樣多了，他找了一個私家偵探查理・賈德納擔任他這趟罪惡長征的嚮導。查理是我的老朋友，而且立刻就邀請我同行，保證這會是一趟充滿娛樂性的歡樂之旅。

不過在一八九二年，我年輕的衝勁已經逐漸冷卻，開始努力要改過自新。當時我覺得，能有穩定的事業與和樂的家庭或許也不錯，便把注意力都集中在華府政治和茱麗亞．普瑞特上頭，並不打算為了跟查理．賈德納廝混，而危及我在報社或戀愛中的現狀，哪怕是一夜都不行。因此，對於帕克斯特牧師不久後便聲名大噪的那趟歷險，我只貢獻了一份清單，列出我認為他們該拜訪的下等酒館和賭場。後來他們都去了，外加很多其他聲譽敗壞的地方。隨後有關帕克斯特探訪種種罪惡場所——尤其是黃金律——的文字報導，讓上流社會毛骨悚然。

由於帕克斯特揭露了紐約許多地方變得多麼墮落，又有多少市政府成員從這種墮落中獲利，因而促使紐約州參議院成立一個委員會，調查紐約市的官員貪腐問題。這個由克萊倫斯．雷克索領導的委員會最後呼籲「起訴紐約市警局」，許多警局內的保守派也感覺到改革的刺痛。就像我前面說過的，總之，墮落和腐敗並不是紐約生活的短暫現象，而是恆常的特色；而儘管當我們聽到像帕克斯特、雷克索、史壯市長，甚至羅斯福這類人義憤填膺的慷慨陳詞時，總願意想著這些話是大部分市民的心聲，然而踏入黃金律這種地方，絕對會讓你面對冷酷的現實：孕育出這類酒館裡種種欲望——這類欲望在美國的其他任何地方都會被排斥，甚至會被起訴——的追隨者與捍衛者，至少跟「體面社會」的支持者一樣多。

當然，體面社會的捍衛者和墮落敗行的追隨者，往往都是同一群人。在那個星期六的晚上，我們踏入黃金律那扇單調的前門時，馬庫斯就明白了這一點。我們幾乎迎面撞上了一個圓肚皮、身穿昂貴晚禮服的中年男子，他遮著臉走出去，匆匆鑽進路邊那輛等著他的奢華馬車。他身後是一名十五或十六歲的男孩，典型地為了晚間工作而打扮得花枝招展，正滿意地數著錢。那男孩朝男子喊了些什麼，尋常的沙啞假音頗為生澀，因而顯得奇怪又令人不安。然後他經過我們旁邊，打趣地保證說如果我們挑他，他就會好好款待我們一整夜。馬庫斯立刻轉開目光望著天花板，但我回答說我們不是顧客，而是要來找蘇格蘭．安的。

「啊，」那男孩用他的真嗓子懶洋洋地說。「我看又是警察了。安！」他走向地下室更深處的一個大房間，裡頭傳來了刺耳的笑聲。「又有紳士要來問謀殺案的事情了！」

我們跟著男孩走了幾步，停在那個大房間的門口。裡頭有幾件曾經豪華、現在破舊的家具，冰冷發霉的地板上鋪著一塊破爛的波斯地毯。地毯上有個矮胖、三十來歲的半裸男人在爬行，一邊大笑著，周圍幾個穿得更少的男孩紛紛撐在他背部躍過去。

「跳背遊戲，」馬庫斯咕噥著，緊張地看了四下一眼。「帕克斯特來這裡的時候，他們也曾引誘他玩這類遊戲嗎？」

「那是在海蒂．亞當斯的店，里脊肉區的，」我回答。「帕克斯特在黃金律沒待多久——他一發現這裡是做什麼生意的，就嚇跑了。」

蘇格蘭．安從後頭的房間區漫步出來，一臉濃妝，顯然喝醉了，而且早已過了她的巔峰期（如果她真有過巔峰的話）。搽了粉的身軀穿了一件極薄的粉紅色連身裙（胸部高得簡直不像人類），一臉心煩、疲倦的怒容，就是妓院老闆碰到不請自來的警察時慣有的表情。

「兩位，我不知道你們想要什麼，」她說，一副被香菸和酒精毀掉的粗啞嗓子，「不過我已經付給兩個分局的隊長每個月各五百元，好讓我繼續營業。這表示我沒有多餘的錢給便衣了。而且有關那樁謀殺案，我所知道的一切都已經告訴一位警探——」

「正好，」馬庫斯說，亮出他的警徽，然後抓著安的胳膊走向前門。「那你一定記憶猶新。但是不必擔心，我們想要的只有資訊而已。」

既然只要講話、不必花錢，蘇格蘭．安就比較放心了，於是說出了法蒂瑪的故事。法蒂瑪本名阿里・伊本－葛齊，是個十四歲的敘利亞男孩，來到美國才剛滿一年。他們一家抵達紐約後，住在華盛頓市場附近的敘利亞人貧民窟，沒幾個星期，阿里的母親就染上了致命疾病而過世。阿里的父親是個笨拙的勞工，在妻子死後一直找不到工作，於是以乞討維生。他帶著子女一起亮相，以博取路人的同情心，蘇格蘭・安就是在黃金律附近的街角第一次看到跟著父親乞討的阿里。這男孩中東血統的五官很精緻，以安的說法是「天生適合我的店」。她很快和男孩的父親談妥條件，大概是類似學徒契約，甚至是奴隸契約。「法蒂瑪」從此誕生，這種幫年輕男孩另取女性名的慣例，是為了迎合成年男子顧客：他們要不是對自己打交道的對象有無謂的顧慮，就是對荒謬變態的狀況特別感興趣，而我發現自己很快就對這樣的稱呼失去耐心。「她真能賺錢。」蘇格蘭・安告訴我們。我聽了好想揍這個女人，而馬庫斯則是冷靜而專業地繼續問話。不過阿里的其他狀況，安能提供的很少，後來我們要求去看阿里以前工作的房間，還要跟阿里比較熟的男孩談一下，安就變得擔心起來。

「我想他熟悉的男孩不多吧，」馬庫斯不在意地說。「他大概很難搞吧？」

「法蒂瑪？」安說，頭往後縮了一下。「據我所知，他並不會難搞。啊，他會配合客人扮演兇婆娘——你絕對想不到有多少人喜歡這一套——不過他從來不抱怨，其他女孩似乎也很喜歡她。」

馬庫斯和我困惑地迅速互看一眼。這個說法不符合我們預期中被害人的模式。我們跟著安走進後方一條骯髒狹小的走廊，兩旁是隔板的小房間。馬庫斯顯然對這個明顯的不一致感到很困惑，然後點點頭對我咕噥：「如果你被賣身當奴隸，在主人面前一定會注意自己的態度吧？我們先看看其他女孩怎麼說。唔，我是說男孩。」他搖搖頭。「該死，現在我也跟著他們這樣講了。」

然而，其他在黃金律工作的男孩所提供的資訊，大致上都符合他們鴇母的說法。站在那條狹窄的走廊裡，單獨訪問了超過一打剛走出隔間、濃妝豔抹的未成年男孩（同時一直被迫聽著那些隔間裡傳來的悶哼、呻吟，以及各種淫聲穢語），他們所敘述的阿里．伊本－葛齊一致都是不會生氣也不會吵鬧的一個人。這讓我們很困惑，但是也沒有時間再多訪談下去，因為就要天黑了，而我們還得去察看這棟建築物的外部。阿里以前慣常使用的房間面對著夜總會背面的一條小巷，一等到裡頭的人出來（兩個鬼鬼祟祟的男人，外加一個看起來筋疲力盡的男孩），我們就進去，忍受著裡面溫暖、潮溼的空氣與汗臭味，以便確認馬庫斯有關兇手移動方法的理論。

終於，在這裡，我們發現了之前一直在尋找的：一扇可以打開的骯髒窗子，上方四層樓都是一片平坦、毫無阻礙的磚砌外牆，一路直達屋頂。我們得在太陽完全落下之前去看看屋頂，不過離開那個小隔間之前，我還是暫停一下，問旁邊房間一個暫時沒事的男孩，阿里遇害那一夜是幾點離開黃金律的？那男孩聽了皺起眉頭，盯著一面破爛的廉價鏡子思索著。

「要命，真的很奇怪，不是嗎？」他說，那口氣疲憊得不像是出自這麼年輕的孩子口中。「不過你問了我才想到，我不記得看到他離開。」他抬起一隻手，要繼續去忙自己的事情了。「不過我大概是忙得沒注意到。畢竟那天是週末。一定有別的女孩看到他離開才對。」

但是我們走出店門之前，沿途又拿著同樣的問題問了幾個濃妝的男孩，得到的答案都一樣。所以我們幾乎可以確定，阿里是從他房間的窗子離開，然後從後牆爬上屋頂。馬庫斯和我跑出門來到一樓，經過大樓前門和小小的門廳，然後沿著蚊蟲與鼠類肆虐的樓梯，來到一個塗著柏油的漆黑門口，外頭開向屋頂。我們的奔跑不光是因為天快黑了，同時也是因為想到我們從來沒有這麼逼近過兇手的足跡，因而膽寒的同時又很振奮。

這個屋頂就跟紐約的其他屋頂差不多，上頭散佈著煙囪、鳥糞、破爛的工具小屋，還有零星的瓶罐或菸蒂，顯示偶爾有人上來。（因為現在是早春，天氣還很冷，不像夏天常有人進出，會有桌子、椅子吊床等物品。）馬庫斯就像一條獵犬似的，快步走向有點坡度的屋頂後方，完全不管那個高度，就傾身看著下頭的小巷。然後他脫掉大衣鋪在地上，自己趴在上頭，腦袋探出屋頂邊緣。看了一會兒，他臉上露出大大的笑容。

「同樣的痕跡，」他說，沒有回頭。「完全符合。還有這裡——」他雙眼盯著近處一個點，從一塊柏油漬裡拿起一個我看不見的東西。「繩索纖維，」他說。「他一定是把繩子繞著那根煙囪。」我循著馬庫斯的指頭看過去。「這條繩子很長，再加上其他設備。他得用一個袋子裝著才行。我們應該四處去問問看。」

我一邊打量著這個街區裡其他棟類似的空蕩屋頂，一邊開了口，「他大概不是從這棟大樓的樓梯上來的——他沒那麼笨。」

「而且他很習慣在屋頂活動，」馬庫斯回答，一邊爬起身，把一些繩索纖維放進口袋，然後拿起大衣。「我想現在我們應該可以很確定，他花了很多時間在各個屋頂之間走動，大概是因為職業所需。」

我點點頭。「所以評估街區裡每棟建築物的狀況，找出最冷清的一棟，從那邊的樓梯進出，對他來說並不困難。」

「或者他根本就不走樓梯了，」馬庫斯說。「別忘了，那是深夜——他可以爬牆上來，不會有任何人看到他。」

我看向西邊，望著哈德遜河倒映的水面迅速從亮紅轉為黑色。我在接近全黑的暮色中轉了整整兩圈，用全新的眼光看著整個區域。

「控制得真好，」我喃喃說。

馬庫斯聽到了，「沒錯，」他說。「這是他的世界，就在上頭這裡。無論克萊斯勒從那些屍體看出了什麼樣的內心騷動，這裡是很不一樣的。在這些屋頂上頭，他的每個行動都充滿了全然的自信。」

河上吹來一陣微風，我嘆著氣搖頭。「那是魔鬼的自信。」我說，很驚訝聽到了有人回答：

「不是魔鬼，先生，」一個小小的、害怕的聲音從通往樓梯的門邊傳來。「是聖人。」

18

「是誰？」馬庫斯厲聲說，小心地走向那個聲音。「出來，不然我就要用妨礙警察公務的罪名逮捕你！」

「不要，拜託！」那聲音回答，然後一個黃金律的濃妝男孩從門後走出來，我不記得在樓下看過他。他臉上的妝糊得亂七八糟，身上裹著一條毯子。「我只是想幫忙。」他用一種可憐的聲音說，棕色的雙眼緊張地眨著。我的心往下一沉，這才發現他不可能超過十歲。

我抓住馬庫斯的手臂往後拉，好鼓勵那男孩走過來。「沒關係，我們知道你想幫忙，」我說。「走到空地上這裡吧。」即使在逐漸黯淡的屋頂上，我還是看得清那男孩的臉和他裹在身上的毯子，全都沾上了煤灰和柏油。「你一整夜都待在這裡嗎？」我猜著問。

他點點頭。「自從他們告訴我們消息之後。」他哭了起來。「這事情不該發生的！」

「什麼？」我趕緊追問。「什麼事不該發生？謀殺？」

聽到這個字眼，那男孩兩隻小手摀住耳朵，不斷搖著頭。「他本來應該會好好的，法蒂瑪說的，一切都會好轉的！」

我走過去，一手攬著那男孩，帶著他來到這棟大樓和隔壁棟之間的矮牆下。「沒事了，」我說。「沒事了，不會再有什麼發生了。」

「但是他可能會回來！」那男孩說。

「誰？」

「他——法蒂瑪的聖人，那個說好要帶他走的！」

馬庫斯和我迅速交換一個眼色：他。「聽我說，」我輕聲哄著那男孩，「你先告訴我你的名字吧。」

「唔，」那男孩吸著鼻子，「在樓下，他們喊我——」

「暫時別管他們在樓下是怎麼喊你的，」我手臂攬著他肩膀輕輕搖了一下。「說你原本的名字就好。」

那男孩暫停下來，大大的眼睛謹慎地打量著我們。我不得不承認，我自己也不知所措；當時我唯一想到能做的，就是掏出手帕來，開始擦掉那男孩臉上的妝。

結果這個動作奏效了。「喬瑟夫。」那男孩喃喃說。

「好吧，喬瑟夫，」我很友善地說。「我姓摩爾。這一位是艾薩克森刑事警佐。接下來，你可以仔細談一談你的這位聖人了。」

「啊，他不是我的，」喬瑟夫很快回答。「他是法蒂瑪的。」

「你指的是阿里．伊本－葛齊？」

他趕緊點頭。「法蒂瑪一直在說，大概有兩星期了吧，說她找到了一位聖人。不是教堂裡的主保聖人那種，只是一個好心人，要帶她離開蘇格蘭．安，去跟他一起住。」

「原來如此。那麼，你和阿里很熟了？」

又是點頭。「他是我在店裡最要好的朋友。當然，所有女孩都跟他一樣，但我們是特別的朋友。」

我已經把喬瑟夫的臉擦得很乾淨了，結果他是個相當俊美、有吸引力的少年。「阿里好像跟大家都相處得很好，」我說。「跟顧客也處得很好吧，我猜想。」

「你是從哪裡聽說的？」喬瑟夫回答，講得愈來愈快。「法蒂瑪痛恨在這裡工作。他總是在蘇格蘭．安面前假裝他很喜歡，因為他不想回他父親那邊。但是他痛恨這個工作，而且單獨跟客人在一起的時候，他——他有時候會很生氣。不過有些客人——」那男孩別開眼睛，顯然猶豫著。

「說出來吧，喬瑟夫，」馬庫斯說。「沒關係的。」

「唔……」喬瑟夫看看馬庫斯，又看看我。「有些客人，他們特別喜歡看到你不喜歡做。」他的目光往下，看著自己的雙腳。「有的甚至還肯為了這樣而多花錢。蘇格蘭．安總以為法蒂瑪是假裝的，為了多賺錢。但他其實真的很痛恨。」

我腹中生出一股噁心和深深的同情，馬庫斯的臉也露出了同樣的反應；不過我們稍早的問題還沒有得到答案。

「果然，」馬庫斯跟我咬耳朵。「他隱瞞著，但其實很怨恨，很抗拒。」然後他對喬瑟夫說：「有客人被法蒂瑪激怒過嗎？」

「一兩次吧，」那男孩說。「不過大部分都像我剛剛說的，他們很喜歡這樣。」

我們暫時沉默下來，接著第三大道上一列高架列車的嘈雜聲讓我回過神來。「那麼，他的這位聖人，」我說。「這件事非常重要，喬瑟夫——你見過他嗎？」

「沒有，先生。」

「法蒂瑪曾經跟一個男人在屋頂上碰面嗎？」馬庫斯問。「或者你有沒有看過有人帶著一個大袋子？」

「沒有，先生。」喬瑟夫說，有點困惑。然後他的臉一亮，想取悅我們：「但是法蒂瑪認識那個人之後，他又來過不止一次。這個我知道。不過他叫她絕對不能說出他是誰。」

馬庫斯微微一笑。「那就是顧客了。」

「你完全猜不出是哪一個嗎？」我問。

「是的，先生，」喬瑟夫回答。「法蒂瑪說，如果我幫她保密，而且乖乖的，那麼或許有一天，那個人也會帶我離開。」

我再度伸手緊緊攬住他肩膀，望著前方一片屋頂。「你一定希望這件事從來沒發生過，喬瑟夫。」我說，然後他的褐色雙眼又開始冒出眼淚。

此後，我們這個傍晚在黃金律就沒再有其他重大收穫了，後來我們又去詢問了大樓裡和那個街區的其他居民，也沒打聽到什麼有用的資訊。不過離開前，我覺得應該問問喬瑟夫是否想離開蘇格蘭．安這裡，即使以這些妓院的標準，他年紀也實在太小了。而且我覺得應該可以說服克萊斯勒的學園收容他，當成做善事。但是喬瑟夫從三歲成為孤兒以來，就已經受夠了各種收容所、孤兒院、寄養家庭（更別說各種小巷和空火車廂），我再怎麼勸他說克萊斯勒那裡「不一樣」，也打動不了他。黃金律是他所知道唯一吃得飽、不會挨打的地方，蘇格蘭．安這個人儘管令人厭惡，但她會盡量讓旗下的男孩們保持健康、沒有傷疤。這個事實對喬瑟夫來說最重要，就算我再怎麼說這個地方邪惡又危險，他還是不為所動。此外，因為阿里．伊本－葛齊和他那位「聖人」的前例，也讓喬瑟夫格外提防，對於承諾要帶他離開去過好日子的男人充滿疑心。

儘管我很難過，但喬瑟夫的決定沒有辦法推翻：在一八九六年，我還沒有辦法違反他的意願，說服某個政府單位（比方近年剛成立的那些社會福利機構）強制把他帶離黃金律。當時的美國社會普遍不認為（現在很多地方也依然如此）兒童可能無法完全為自己的行動和決定負責任：在大部分美國人眼中，並不認為兒童期是成長過程中一個特殊的階段、跟成人期完全不同、應有另一套不同的規則和法律。大致而言，無論當時和現在，兒童都被視為縮小版的成人，而根據一八九六年的法律，如果他們要墮落賣淫，那也不關別人的事，他們只能自求多福。所以，我也沒辦法多做什麼，只能向那個害怕的十歲男孩道別，同時擔心他會不會遇上那個兇手正在黃金律這種下流地方徘徊。然後，正當我要離開時，忽然想到一個辦法，覺得或許能讓喬瑟夫保命，同時又能協助我們的調查。

「喬瑟夫，」我說，在夜總會門口單膝跪下問他，「你有很多朋友在其他這類夜店裡工作嗎？」

「很多？」他說，一根手指放在嘴唇上思索著。「我想想——我認識一些。怎麼了？」

「接下來我要跟你說的話，我希望你去轉告他們。那個殺了法蒂瑪的兇手，也殺了其他幾個做這類工作的小孩——大部分是男生，不過或許也有女生。要記住的重點是：我們還不曉得原因是什麼，總之他下手的對象全都是你們這類店裡的小孩。所以我希望你去告訴你的朋友們，從現在開始，他們對客人一定要非常、非常提防。」

聽完我這番話，喬瑟夫的反應是後退一點，恐懼地朝馬路前後看了一下。但他沒跑掉。「為什麼專挑這類地方？」他問。

「就像我剛剛說的，我們還不知道。但是他大概還會回來，所以告訴你認識的每個人，要睜大眼睛。留意某種會生氣的客人，尤其是在你們——」我刻意又強調，「很難搞的時候。」

「你指的是不順從？」喬瑟夫問。「蘇格蘭．安都是這樣講的——不順從。」

「對。他可能就是因此挑上法蒂瑪的。別問我為什麼，因為我也不知道。但是要小心。另外，最重要的是——不要單獨去任何地方。絕對不要離開店裡，無論那個客人多親切，或者說要給你多少錢。你也要交代你的朋友。好嗎？」

「唔——好的，摩爾先生。」喬瑟夫慢吞吞地回答。「但是或許——或許你和艾薩克森警佐有空可以回來察看我們一下。其他的警察，比方今天早上來過的那些，他們好像不太關心，只是叫我們大家不准提起法蒂瑪。」

「我們會找時間再過來的，」我說，從大衣口袋裡掏出紙筆。「另外，如果你想到什麼事情，任何你覺得重要的，白天就直接到這個地址來，晚上則是下頭這個。」我不光是給了她我們總部的地址，還把我祖母家的也給了他，一時間我還有點好奇，如果喬瑟夫真跑去了，我祖母不曉得會怎麼想。「不要去找其他警察——有事先來找我們。還有，別跟其他警察說我們來過。」

「別擔心，」那男孩很快回答。「我從來不跟警察講話，你們是頭兩個。」

「那大概是因為我不是警察。」我說著露出微笑。

他也咧嘴笑了，我猛然一驚，發現喬瑟夫的臉很像另外一個人。「你看起來也不太像，」他說。然後他皺起眉又問：「那你為什麼要追查誰殺了法蒂瑪？」

我伸出一隻手，放在那男孩頭上。「因為我們想阻止他。」此時蘇格蘭·安沙啞的嗓音從黃金律的前廳傳來，我朝那個方向點了個頭。「你最好回去了。別忘了我說的話。」

喬瑟夫迅速回到店裡，我站起來，發現馬庫斯正朝我微笑。

「你處理得很好，」他說。「常跟小孩子在一起嗎？」

「還好。」我回答，沒多說什麼。我不想透露喬瑟夫的雙眼和微笑，跟我弟弟小時候有多麼像。

回程的路上，馬庫斯和我討論了新的情勢。現在很確定，我們要找的人很熟悉黃金律和派樂思宮這類地方，所以我們要列出除了顧客外，還有哪些人常常會跑去這類店裡。一開始，我們想到像傑可布．里斯這類記者或時事評論者——一個想去揭露這個城市種種敗德真相的人，或許會因為看到不堪的罪惡，而被逼到瘋狂的極限——有可能，但我們很快就想到，至今還沒有什麼人認真報導過雛妓問題，更不會去寫同性交易的男雛妓。接下來我們想到的，就是傳教士和其他的教會工作者，這一類似乎比較有可能：因為克萊斯勒提到過宗教狂和謀殺多人之間的關係，我想著這位兇手會不會真的下定決心，要成為盛怒之神在人間的劊子手。克萊斯勒說過他不認為會是宗教的刺激，但他有可能判斷錯誤——畢竟眾所皆知，傳教士和教會工作者去拜訪廉價租屋時，常常會在屋頂上走動的。不過最後，因為喬瑟夫所說的話，馬庫斯和我放棄了這個假設。殺害阿里．伊本－葛齊的人常常會去黃金律，而且都沒人注意到他。任何稱職的教會改革戰士，應該都會努力成為大眾關注的焦點才對。

「無論他是誰、是什麼身分，」馬庫斯說，此時我們快走到百老匯大道八〇八號了。「有件事我們很確定——他有辦法來去都沒人注意。他看起來完全就像是那些妓院的一份子。」

「沒錯，」我說。「這讓我們又回到顧客身上，所以幾乎任何人都有可能。」

「你那個有關某個客人吃了虧而生氣的推理，說不定還是有用的。就算他不是偶爾才來一次，也有可能被騙一次就懷恨在心。」

「我沒那麼確定。我看過不少男人被妓女偷搶的。他們可能會把妓女揍得半死，但是像我們看過的那種毀損屍體？他一定是瘋了。」

「那或許我們要回到另一個開膛手理論，」馬庫斯說。「或許他的腦子因為疾病而惡化——是他在派樂思宮或黃金律這類地方染上的疾病。」

「不，」我回答，兩手攤平在前方，設法把心裡的一切想得更清楚。「我們始終可以確定的，就是他沒有發瘋。不能現在又回去質疑這一點。」

馬庫斯暫停一下，然後小心翼翼地說：「約翰——我想你也一直在問自己，如果克萊斯勒的假設中，有些部份錯了呢？」

我疲倦地深吸一口氣。「沒錯，我一直在問自己。」

「那你的答案呢？」

「如果那些假設錯了，那我們就會失敗。」

「這樣你甘心嗎？」

此時我們已經走到十一街和百老匯大道交口的西南角，有軌電車和馬車載著各式各樣的週末狂歡人士南北來去。面對著這片場景，馬庫斯的問題懸在空中，讓我覺得自己脫離了城市生活的正常節奏，卻又對短期內的未來深感不安。如果我們的基本假設錯了，那麼我們辛苦查到的這一切算什麼呢？

「這是一條黑暗的路，馬庫斯，」最後我終於低聲說。「但我們也只有這條路可以走了。」

19

前一夜下了幾陣小雪，於是復活節的早晨，整個城市罩上了一層亮白的粉妝。上午九點，溫度計上的數字還沒超過五度（稍後會超過，但也只超過一點點，而且只維持了幾分鐘），搞得我實在很想窩在家裡的床上。但是盧修斯・艾薩克森打電話來，說有重要的消息要跟我們所有人宣佈；於是，隨著恩典教堂的鐘聲響起，大批戴著帽子的群眾紛紛走進教堂，我也吃力地走向六個小時前才離開的總部。

盧修斯前一晚去訪問了阿里・伊本－葛齊的父親，結果幾乎一無所獲。老葛齊本來就堅決不肯多說，在盧修斯亮出警徽後更是如此。盧修斯原本以為，他不合作的態度只是一般貧民窟居民對付警察的常態；但後來盧修斯離開時，葛齊的房東告訴盧修斯，那天下午有幾個男人來拜訪老葛齊，其中包括兩個教士。而且房東對這幾名男子的描述，也大致符合桑托瑞里太太所說過的；不過這位房東還注意到，其中一名教士戴著聖公會的圖章戒指。這就表示，儘管看似極不可能，但天主教徒和新教徒這回為了共同的目標而攜手合作。至於是什麼目標，那房東沒辦法幫我們，因為他不曉得那兩位教士跟葛齊說了什麼；但那些人離開後，葛齊就繳清了之前拖欠的一大筆房租，而且都是大額鈔票。這事情盧修斯本來前一夜就要告訴我們的，但他離開敘利亞人聚居的貧民窟後，又跑了停屍處一趟，以為短暫停留一下就好。他想去看阿里的屍體是否已經驗屍完畢，如果是，就要查看正式的驗屍報告寫了些什麼，結果盧修斯在那邊空等了將近三小時。最後終於有人告訴他，阿里的屍體已經發還家屬埋葬；停屍處的夜間職員向盧修斯保證，唯一的一份驗屍報告非常簡短，而且已經送到史壯市長的辦公室了。

我們無法斷定參與這些事情的兩位教士、驗屍官、市長，或是其他任何人到底有什麼目的；但看起來至少是刻意在淡化且隱瞞事實。我們開始感覺到自己面對著一個比抓到兇手更大的挑戰——這種感覺在喬治歐．桑托瑞里謀殺案發生後便播下種子，現在更逐漸生長茁壯，惹惱了我們每一個人。

受到這種凶險之感的刺激，我們的團隊在接下來一個星期更是加快腳步。艾薩克森兄弟一再回到各個謀殺現場和妓院，動輒花上好幾個小時想找出新的線索，同時也努力查訪，希望或許有人看到或聽到什麼重要的事情，能補充新的資訊。但之前讓阿里．伊本－葛齊的父親噤聲的那股干涉力量，總是一再讓他們兩兄弟碰壁。比方說，阿里死亡的那一夜，馬庫斯沒能好好詢問城堡園的那位守夜人，於是想回去跟他仔細訪談，但是等到他回去找，卻得知那個守夜人已經辭職，離開紐約市，也沒說要去哪裡。我們一致同意，那個守夜人不管去了哪裡，身上一定都帶著兩位教士給的大把鈔票。

同時，克萊斯勒、莎拉和我則設法趕工，參考其他因類似罪行被逮捕的人，以便把我們想像中的兇手描繪得更詳盡。很不幸，這類罪犯一點也不缺，而且隨著天氣逐漸變暖，人數更是增多。奇怪的是，至少有一個案子的確是因為天氣造成的：克萊斯勒和我調查了一位威廉．史卡利，他因為企圖以一把手斧殺害他八歲大的女兒，而在家中遭到逮捕。當時一名巡邏警察獲報趕往現場，也被史卡利揮著手斧威脅，同時史卡利瘋狂的胡言亂語把三十二街和麥迪遜大道那一帶的街坊鄰居全都吵醒了，好幾個小時不得安寧。那個女兒和巡警都只受了輕傷，而且史卡利被捕後，唯一的解釋就是：他是被當天夜裡席捲全市的大雷雨給逼瘋了。讓我很意外的是，克萊斯勒對他這個說法沒有提出什麼質疑。史卡利其實很疼愛女兒，以往也向來很守法。雖然克萊斯勒傾向於把這樁犯罪行為視為史卡利心智發展中某個深埋許久的因子，但也可能是響亮的雷聲導致他暫時精神失常。無論如何，這個例子無疑只是短暫的暴力發作，因此對我們沒有什麼用。

次日，克萊斯勒找莎拉一起去調查尼可洛．葛若羅的案子，葛若羅是住在公園道的移民，他因為三歲大的姪女宣稱他要「傷害」她，而把姪女和嫂嫂刺成重傷。對克萊斯勒而言，這個案子裡的「傷害」顯然指的是性攻擊，而所有牽涉在內的人都是移民，也勾起克萊斯勒的好奇。結果調查之後發現，雖然葛若羅的嫂嫂提供了莎拉一些有趣的材料，可以用來構築她想像中的女人，不過這種親人間的施暴，畢竟跟我們的任務關係不大。

除了這些之外，我們還要看報，一天兩次，以蒐集各種有用的資訊。不過這個方法的收穫相當有限，因為城堡園事件之後那幾天，紐約各報就陸續停止報導男雛妓謀殺案了。此外，原先聲稱要組織起來、到市政廳討個說法的公民團體，結果根本沒有成立。總而言之，阿里．伊本－葛齊謀殺案所導致外界對移民貧民窟的短暫興趣，已經很有效率地被消滅了，報上只剩下全國各地的其他殺人案。不過我們還是耐心地研究這些報導，希望能夠在我們推理時派上用場。

這種工作並不令人振奮，因為儘管紐約可能是全美國暴力犯罪的首要中心，尤其是各式各樣針對兒童的犯罪；但其他各地的案件也不少。比方說，印第安納州的一名流浪漢（曾經被關入精神病院，但最近被視為精神正常而出院）被一個女人雇去做雜工，結果殺害了她的子女；或是華府有一名十三歲女孩被發現割喉後棄屍在岩溪公園，沒有人查得出是什麼原因；還有鹽湖城的一名牧師謀殺了七個女孩，並將遺體放入火爐中焚燒。我們研究了這一切案例，還有更多——的確，每一天我們都至少會發現一個案例或罪犯，可以用來跟我們正在描繪的圖像對照。毫無疑問，這些案例大部分都牽涉到突然發作的行為：有可能是酒精或藥物引發的憤怒，等到清醒後就會消退；或者某些暫時性的腦子失常（比方某些少見的癲癇發作），也會自行平息。但偶爾，我們就會碰到一個仔細預謀的案子，而等到精神醫師的評估發表，或是審判的報導見報，或許就可以提供少許真正的洞見。

就連克萊斯勒的僕人也都努力貢獻，不是本人現身說法、就是直接參與。我之前已經提到過我對瑪麗．帕默、以及她和我們這個案例相似處的種種推測。那些想法都被謹慎考慮過，其中要點也都寫在總部的大黑板上，不過我們從來沒問過瑪麗本人，因為克萊斯勒堅持這個案子讓她知道得愈少愈好。相反地，賽勒斯就設法弄到克萊斯勒指派給我們的那些閱讀資料，而且讀得很起勁。開會時除非被詢問到，否則他從不說話，但少數被問起的時候，他往往都證明自己有深刻的見解。比方說，有天半夜開會時，我們正在推測我們這位兇手剛犯案後的身心狀況，這才發現我們都沒有取人性命的經驗。當然，我們知道，房間裡還有一個人有這種經驗，但沒人願意去問賽勒斯，只有克萊斯勒除外，他毫無困難就簡單、直接地提出問題。賽勒斯的回答也同樣簡單、直接，證實他殺人後就身心氣力放盡，再也無法精心規劃或多做什麼體力活動；不過讓我們所有人都很驚訝的是，他敘述中還穿插了一些有趣的想法，談切薩雷．龍布羅梭的理論——這位義大利學者應該算是現代犯罪學之父。

龍布羅梭認為，有一種「罪犯型」的人類存在（基本上是退化到遠古時期的野蠻人），但賽勒斯說，以他最近所閱讀到廣泛的犯罪動機和行為、以及他自身的經驗，他覺得這種理論很不可信。有趣的是，謀殺多人、目前正在費城等著被吊死的H．H．賀姆斯醫師也曾在他的審判期間表示，他相信自己代表了龍布羅梭的罪犯型人類。賀姆斯宣稱，他的謀殺行動是因為心理、道德、身體的退化，因此當然應該減低他的法律責任。但這番論辯在法庭上並沒有為他爭取到任何好處；而我們討論過他和其他人的案子之後，判定我們這位兇手的行為和賀姆斯一樣，都不能視為演化上的倒退。因為這兩個人的智力顯然都高人一等。

然後有一天，史蒂威．塔格特載我到布魯克林大橋下跟艾薩克森兄弟會合。史蒂威還是定期幫我跑腿辦些「雜事」，而且因為都瞞著克萊斯勒，讓我們兩個人形成一種特殊的關係，可以彼此坦率溝通。總之，那天上午我們聽說有兩個小女孩在通往布魯克林大橋的羅斯街拱道下玩，意外發現了一輛被棄置的運貨馬車，車廂裡有一個人類頭骨、一截手臂、一隻手。儘管這樁犯罪的風格跟我們的兇手不像，但把馬車棄置在橋下這一點，倒是符合兇手對水和水邊建築物的癖好，於是我們認為值得去看一下。但結果發現，那些屍體的局部是屬於成人的，而且完全無法辨認。此外，由於馬庫斯在馬車上沒找到符合我們那位兇手的指紋，他和盧修斯就決定把屍體局部交給驗屍官。為了避免引起不必要的問題，在驗屍處的馬車到達之前，我就搭上史蒂威的馬車離開。

正當我們回頭往上城方向前進時，史蒂威問了我一個問題。

「摩爾先生，有關你們在找的那個人。前幾天我聽克萊斯勒醫師說，那些死去的男孩，沒有一個被——唔，你知道，先生，被『攻擊』。是真的嗎？」

「沒錯，到目前為止是這樣。怎麼了？」

「我只是很好奇，先生。這表示他不是玻璃嗎？」

我聽了這個坦率的問題，不禁坐直身子——有時候你得努力提醒自己，史蒂威才十二歲而已。「不，史蒂威，這不表示他不是，呃，玻璃。另外，他的被害人都做那類工作，也不表示他就是玻璃。」

「那你想，或許他就只是痛恨玻璃？」

「或許有點關係吧。」

我們在人車擁擠的郝士頓街奮戰向前，史蒂威似乎對包圍在我們四周的娼妓、藥物成癮者、叫賣的小販、乞丐渾然不覺，一心只想著該怎麼把自己的想法表達清楚。「摩爾先生，我在想的是，或許他是玻璃，而且或許他也恨玻璃。有點像是以前蘭德爾島上找我麻煩的那個警衛。」

「恐怕我不懂你的意思。」我說。

「唔，你知道，我因為打破那個傢伙的腦袋而出庭受審時，他們想把我講成瘋子，說那傢伙有老婆、有小孩什麼的，所以他怎麼可能是玻璃？而且在收容所裡，要是他抓到兩個男孩像玻璃那樣彼此相好，要命，他就會狠狠揍他們。但是沒差別，我可不是他第一個想攻擊的男孩。所以我猜想，或許這就是為什麼他的性格那麼兇殘——在他內心深處，從來就不明白自己是個什麼樣的人。你懂我的意思嗎，摩爾先生？」

意外的是，我完全懂他的意思。我們曾在總部花很多時間討論這位兇手的性傾向，而且往後也還會花很多時間；然而史蒂威光憑這番話，就把我們所有的結論都幾乎講清楚了。

在調查這個案子的期間，我們每個人都設法想出各種主意和理論，腦力都處於透支狀態；不過可想而知，沒有人比克萊斯勒工作得更努力。事實上，他持續工作的時間愈來愈長，有時實在太過度了，因而我開始擔心他的身體和神經系統的健康。有回他連續工作二十四小時後，還坐在書桌前，桌上有一疊年鑑和一張寫著最近四樁謀殺案日期（一月一日、二月二日、三月三日，以及四月三日）的紙，想解開兇手如何選擇殺人日期的謎團，我看到他的臉那麼蒼白又憔悴，因而命令賽勒斯趕緊把他送回家休息。我想起莎拉說過，克萊斯勒調查這個案子似乎有一些個人的因素在內；雖然我想過要找她問個清楚，卻也擔心這樣的對話會讓我又去揣測他們之間的感情，那種事我沒資格過問，而且對我們的工作也沒有助益。

不過有天早上，這番對話變得無可避免了。當天克萊斯勒才在學園度過漫長的一夜，解決一個新學生和她父母惹出的麻煩，緊接著又馬不停蹄要去幫一名在自製祭壇上肢解了妻子的男人做心理能力評估。那陣子克萊斯勒一直在蒐集種種證據，想證明我們在追查的這幾件謀殺，都像是在執行怪異的儀式：我們的兇手殺人時，很像是伊斯蘭教跳著旋轉舞蹈的托缽僧，會採取極端但相當固定的身體行動，以帶來心靈的解脫感。克萊斯勒的這個想法，是根據以下幾個事實：兇手會先勒死被害的男孩，因而得以完全控制現場；接下來，兇手毀損屍體時，會遵循非常一貫的模式，以挖除眼睛為中心；最後，每樁謀殺都是發生在靠近水邊的高聳建築物上。有的兇手會把自己殘忍的謀殺行為視為個人的儀式，而克萊斯勒相信，只要他訪談過夠多這類兇手，他就逐漸能學會如何解讀這些毀損行為背後的意義。這類訪談對神經是很辛苦的考驗，即使是克萊斯勒這樣有經驗的精神病學家；再加上他工作過度的疲倦程度，就讓人擔心他會出事。

那天早上，莎拉和我正要走進百老匯大道八〇八號，就碰到克萊斯勒出來——於是我們看到他正要爬上輕馬車時他差點昏倒。他趕緊掏出嗅鹽聞了一下，又笑了一聲，總算又打起精神，但賽勒斯告訴我們，這回他已經四十八個小時沒睡了。

「他如果不放慢腳步，會害死自己的，」莎拉說，看著輕馬車離開，然後我們進入電梯。「現在因為我們缺乏線索和事實，他就想用努力來彌補。好像這樣就可以逼出一個答案似的。」

「他一直就是那個作風，」我搖著頭回答。「就連我們年紀還小時，他也老是在努力做某件事，而且老是認真得要命。不過那時候看，還會覺得有點好笑。」

「唔，他現在已經不是小孩了，也該學著照顧自己才對。」那是莎拉強悍的一面；接下來她換了口氣，似乎漫不經心地提出問題，而且沒看我，「約翰，他生活裡從來沒有任何女人嗎？」

「有他妹妹啊，」我回答，明知道她指的不是這個。「他們以前很親的，不過現在她結婚了。嫁給一個英格蘭的準男爵之類的。」

莎拉似乎努力保持無動於衷。「我的意思是，沒有談感情的女人嗎？」

「啊。有的，有個法蘭西絲．布雷克。是在哈佛認識的，交往了兩年，看起來好像是論及婚嫁。但是我從來不看好，以我來看，她實在是個悍婦。不過他覺得她很有魅力就是了。」

莎拉露出頑皮的笑容，上唇微微翹起。「或許她讓他想起某個人。」

「她讓我想到悍婦。聽我說，莎拉，你之前說克萊斯勒的態度，好像這事情跟他個人有重大的利害關係，那是什麼意思？」

「我也不太確定，」她說，此時我們走進總部，發現艾薩克森兄弟正在為了某些證物的細節大吵。「但我可以說的是——」莎拉壓低聲音，表明她不想在其他人面前多談。「那不光是為了榮耀，不光是為了科學上的好奇。那是一種古老的、深沉的東西。你的老友克萊斯勒醫師，他是個很深沉的人。」

說完之後，莎拉就走進廚房去給自己泡茶，我則是被捲入艾薩克森兄弟的爭執中。

就這樣，我們度過了四月的大部分時間，隨著天氣逐漸變暖，各種瑣碎的資訊緩慢但持續地理出頭緒，我們私底下對彼此的疑問也愈來愈廣泛。以後會有時間去搞清楚的，我一直告訴自己，眼前唯一重要的，就是我們手上的任務，不曉得有多少條人命都決定於此。關鍵在於專注，還有做好準備，隨時待命以面對那位兇手所策劃出的一切。我信心十足地抱定這個態度，心想，在看過兩具被害人的屍體之後，再不會有更糟糕的了。

但那個月底所發生的一件事，帶給我們團隊所有人一種新的震驚。這回不是源自流血，而是源自文字——那些文字以其特有的方式，其恐怖程度絲毫不遜於我們親眼所看到的任何實際場面。

20

一個非常宜人的星期四晚上，我正坐在書桌前閱讀《紐約時報》上關於伊利諾州岩島城一位亨利．B．巴斯全的報導，他幾天前殺了在他農場工作的三個男孩，還把他們的屍體切碎，拿去餵豬。（那個小城的居民都想不出他為什麼會犯下這麼殘忍的罪行；而且當地警察去圍捕巴斯全時，他就自殺了，於是世人永遠也無法查出他的動機或予以研究。）莎拉愈來愈少去茂比利街的警察總局了，這個下午剛好難得去了一趟，馬庫斯．艾薩克森也在那裡。他常常下班後才去總局，以便不受打擾地翻閱人體測量學的檔案：馬庫斯還是懷著一絲希望，覺得我們的兇手之前可能有過犯罪紀錄。同時，盧修斯和克萊斯勒剛結束了在沃茲島精神病院一個漫長的下午，研究了少見的雙重人格和腦半球失常病例，以判斷我們的兇手是否可以歸為其中一種。

克萊斯勒覺得這個可能性非常小，主要是因為有雙重人格的病患（由心理或身體的創傷所造成）通常不會像我們這位兇手有詳盡策劃的能力。但他決心要盡量查明各種理論，連最不可能的都不放過。此外，他也真心喜歡這類外出有盧修斯同行，讓他可以講述自己獨特的醫學知識，跟對方交換有關犯罪科學的寶貴課程。因此當克萊斯勒在六點左右打電話來說他們結束調查時，我很意外地聽到他的聲音比過去這幾天都要有活力；然後他建議我們在聯合廣場的布呂巴赫餐廳碰面，彼此交換這一天活動的筆記，我也同樣起勁地同意了。

我又花了半個小時看過晚報，接著寫了張字條給莎拉和馬庫斯，叫他們去布呂巴赫餐廳會合。然後我把字條釘在前門上，從卡拉諾公爵精緻的瓷筒裡拿了我的手杖出門。經過一個沉浸在鮮血、毀損屍體、謀殺的白天之後，我走入這個溫暖的傍晚，心情自然非常愉快。

百老匯大道上一片節慶的氣氛，很多商店還開著，以迎接星期四晚上的購物客。天色猶亮，但麥克瑞里百貨顯然還在冬季點燈的期間：燈光明亮的櫥窗似乎提供了過往行人某種程度的顧客滿足感。恩典教堂的晚禱儀式已經結束了，但還有一些信眾聚集在教堂外，淺色的衣裙彷彿要證明等待已久的春天終於到來。我的手杖一路輕敲著地面，轉彎朝北走去，準備花至少幾分鐘重新回到活人的世界，並前往另一個絕佳的塵世地點。

布呂巴赫老爹是個真誠好客的餐館老闆，總是樂意看到常客上門，他的餐館所蒐羅的葡萄酒和啤酒是全紐約餐廳界最佳陣容之一。餐館外的露台用餐區面對著聯合廣場的東側，是夕照時分觀賞公園裡漫步人群的絕佳所在。不過，這並不是我這類喜歡賭博的紳士們常常光顧這家店的主要原因。當年有軌電車剛在百老匯大道出現之時，某個不知名的電車司機認為，經過聯合廣場周圍那些彎曲的軌道時必須全速前進，否則車子上方的電線就會鬆脫。其他行駛這個路線的司機相信了這個未經驗證的理論，很快地，沿著聯合廣場側邊的這段百老匯大道就得到了「死亡彎道」的綽號，因為常常有毫無戒備的行人或馬車夫被猛衝過來的電車奪去性命或變成殘廢。布呂巴赫餐廳的露台為這個場景提供了絕佳視野；在溫暖的下午和晚上，每當有軌電車逐漸接近，餐廳的顧客們就慣常會下注，賭會不會有車禍發生。這些打賭有時候賭得很大，而贏家因為車禍所產生的罪惡感，也從來沒能使這種賭博絕跡。的確，車禍的頻繁度和賭博的數量之多，讓布呂巴赫餐廳得到了「紀念碑屋」的別名，也成了外地賭客們來紐約的必訪之地。

當我穿過十四街，來到聯合廣場東邊那一小片矗立著亨利．科克．布朗所做的華盛頓將軍騎馬雕像的安全島，此時我開始聽到尋常的喊叫聲——「二十元賭那位老太太躲不過！」「那傢伙只有一條腿，他不可能闖過去的！」——從布呂巴赫老爹的餐廳裡傳來。賭客的吆喝聲促使我加快腳步來到店門外，跳過環繞著露台外爬滿常春藤的鐵欄杆，跟兩個老友坐在一起。我點了一大杯一公升裝的烏茲堡黑啤酒，上頭的泡沫綿密得像鮮奶油，接著我匆匆站起來跟老布呂巴赫擁抱一下，就開始忙著下注。

等到七點剛過，克萊斯勒和盧修斯．艾薩克森出現，我和朋友們已經目睹了兩次保姆推著嬰兒車差點被撞上，然後是電車輕擦過一輛非常名貴的蘭道式四輪馬車。後者發生後，大家隨即激烈辯論這到底算不算是碰撞事故，因此我也樂得退開，到露台上比較偏遠的角落去找盧修斯和克萊斯勒，他們點了一瓶戴德斯海姆的白葡萄酒。結果，我發現他們兩個在爭辯有關腦部的不同部分和功能，內容也並不比較有趣。一輛有軌電車接近的聲音終於讓大家開始新一輪的下注，我才剛拿出皮夾裡所有的錢，打算押在一個靈活的水果小販身上，抬頭就發現眼前站著馬庫斯和莎拉。

我正想叫他們一起看馬路上的動靜，因為那個水果小販的推車載得特別重，撞車與否看起來是刺激的五五波；但是我才稍微暫停下來，看到他們各自的表情和態度——馬庫斯激動地瞪大了眼睛，莎拉震驚得一臉蒼白——我就明白有大事發生了，於是把錢收起來。

「你們兩個出了什麼事？」我說，把我的大啤酒杯放在桌上。「莎拉，你還好吧？」

她虛弱地點點頭，然後馬庫斯開始急切地掃視著露台，同時無法控制地揮著兩手。「電話，」他說。「約翰，哪裡有電話？」

「就在剛進門的地方，那裡。跟布呂巴赫說你是我朋友，他會讓你——」

但是馬庫斯已經轉身迅速朝餐廳內走去，同時克萊斯勒和盧修斯也停止交談，站起來困惑地看著我們。

「警佐，」克萊斯勒說，看著馬庫斯經過。「有什麼——」

「抱歉，醫師，」馬庫斯說。「我得去——莎拉那邊有個東西，你應該看看。」馬庫斯踏入露台通往餐廳的門，抓住電話，把圓錐形的聽筒湊到耳朵上，迅速按著切換鈕。布呂巴赫驚訝地站在旁邊，但是看到我點了個頭，就沒打擾馬庫斯了。「接線生？喂，接線生？」馬庫斯開始用力跺著右腳。「接線生！我要接一通到多倫多的電話。是的，沒錯，加拿大。」

「加拿大？」盧修斯說，也瞪大了眼睛。「啊，老天——亞歷山大．麥克勞德！那麼就表示——」盧修斯看了莎拉一眼，似乎突然明白她經歷了什麼事，然後走向電話去找他哥哥。我帶著莎拉來到克萊斯勒那桌，就離電話不遠。然後她慢吞吞地從手袋裡拿出一個信封。

「這是昨天寄到桑托瑞里家的，」她說，聲音乾啞而痛苦。「桑托瑞里太太今天上午拿到警察總局去。她看不懂英文，想找人幫忙。結果沒人理她，但是她不肯離開。後來我發現她坐在門口的階梯上，就翻譯給她聽了。至少，翻譯了大部分。」她把裡頭的那張紙塞到克萊斯勒手裡，然後垂下頭。「她不想留著這封信，而既然總局裡頭沒有人能多做什麼，羅斯福局長就要我把信帶來，看你要怎麼處理，醫師。」

盧修斯回來加入我們，和我一起緊張地看著克萊斯勒打開信封。克萊斯勒抽出裡面的信紙看了一下，小聲地猛吸了口氣，然後點點頭。「那麼，」他說，口氣似乎表示他一直在期待這樣的東西。然後我們全都坐下來，克萊斯勒沒有任何說明，就直接低聲唸出以下的內容（我保留了作者的原始錯字）：

我親愛的桑托瑞里太太，

我不知道報上那些卑劣的**謊言**是你提供的，或是警方和記者合作在背後草縱的，但我想可以藉著這個基會，直街跟你把事情說清楚：

在這個世界的某些地方，比方你這種骯髒移民的家鄉，吃人肉是很常見的事情，因為其他食物太稀少，不吃人肉就會餓死。我自己讀到過這樣的事情，知道真有其事。當然了，通常吃的都是兒童，因為他們的肉最嫩、最好吃，尤其是小孩子的屁股。

然後這些吃人肉的人來到美國這裡，小孩到處拉屎髒死了，比紅蕃還髒。

二月十八日我看到你兒子到處招搖，臉上塗著灰燼和顏料。我決定等著，看過他幾次之後，有天夜裡我帶他離開**那個地方**。騷男孩，我早知道自己一定要吃他的肉。所以我們直接到橋上，我綁住他，很快把他給做了。我拿走他的眼睛和屁股，吃了一星期，跟洋蔥和胡蘿蔔一起烤來吃。

但是我從來沒操他，雖然我可以，他也會願意的。他死時沒有被我弄髒，那些報紙應該要據實報導。

「沒有結語，也沒有簽名，」克萊斯勒唸完了說，聲音小得近乎耳語。「這也可以理解。」他往後靠坐，瞪著桌上的那張信紙。

「耶穌啊。」我喘了口氣，後退幾步，然後跌坐在椅子上。

「是他寫的，沒錯，」盧修斯說，拿起那張信紙瀏覽。「有關那個——那個臀部的事情，任何報紙上都從來沒有報導過。」他把信紙放下，又轉頭看著旁邊不遠處的門內，馬庫斯還在朝電話裡吼著亞歷山大．麥克勞德的名字。

莎拉眼神空茫，克萊斯勒抓了把椅子挪到她後方，她感覺到了，緩緩往後坐下。「我沒辦法把全文翻譯給那個可憐的女人聽，」莎拉說，聲音還是低得幾乎聽不見。「但是我把要點說給她聽了。」

「你做得很好，莎拉，」克萊斯勒安慰地說，蹲在她旁邊，壓低聲音免得被露台上的其他人聽見。「如果兇手知道她，那麼她最好也知道他，以及他的想法。但她不太需要知道所有細節。」克萊斯勒坐回原來的位置，一根手指輕敲著信紙。「好吧，看起來機會之神把一個珍貴的寶藏交到我們手裡。我建議我們好好利用它。」

「好好利用它？」我說，依然處於震驚中。「拉茲洛，你怎麼可以——」

克萊斯勒沒理我，轉向盧修斯。「警佐，我可以請問你哥哥打電話是想聯絡誰嗎？」

「亞歷山大．麥克勞德，」盧修斯回答。「北美最優秀的筆跡專家。馬庫斯跟著他學習過。」

「好極了，」克萊斯勒說。「這是最理想的起點。從這樣的分析著手，接著我們就可以有更廣泛的討論。」

「慢著，」我站起來，壓低嗓門的同時，又要壓抑著自己從那封信所感覺到的驚駭與厭惡；然而，我對他們的態度多少有點驚訝。「我們才剛發現這個——這個人不光是殺了那個男孩，還吃了他，或至少吃了他的一部分。現在你們打算從哪個天殺的筆跡專家那邊查到什麼？」

莎拉抬頭看，硬逼著自己鎮定下來。「不。他們是對的，約翰。我知道這件事很可怕，但你先冷靜思考一下。」

「是啊，摩爾，」克萊斯勒附和。「我們的夢魘可能更加深了，但是想像一下，對我們的兇手更是如此。這封信顯示他絕望的狀態達到了一個新的高度。事實上，他可能進入了自我毀滅情緒的末期——」

「什麼？對不起，克萊斯勒，可是你說什麼？」我的心跳還是好快，竭力壓低的嗓音顫抖著。「你還是堅持他沒有發瘋，堅持他希望我們抓到他嗎？老天在上，他吃了他的被害人耶！」

「這點我們並不知道。」馬庫斯探出露台門口說，小聲但堅定，同時用兩根手指頭掩著話筒。

「一點也沒錯，」克萊斯勒宣佈道，站起來走到我旁邊，同時馬庫斯又開始回去講電話了。「約翰，他可能吃了他被害人的肉，也可能沒吃。但很確定的是，他**告訴**我們他吃了，知道這個說法會嚇到我們，讓我們更努力想找到他。這是個清醒的行動。別忘了我們原先就曉得的：如果他瘋了，他就會殺人、煮來吃掉，天曉得還會做其他什麼，但不會告訴任何人——至少，不會告訴一個他明知道會把這些資訊拿去直接找當局的人。」克萊斯勒用力握著我的手臂。「想想他給了我們什麼——不光是筆跡，還有大量的資訊，等著我們解譯。」

此時馬庫斯又大喊著「亞歷山大！」但這回口氣比較滿意了。他露出微笑繼續說。「是的，我是馬庫斯．艾薩克森，在紐約。我有件事很急，只需要跟你弄清一兩個細節……」此時馬庫斯降低音量，縮到門旁的一個角落，盧修斯陪在他身邊，竭力聽著電話裡傳來的聲音。

馬庫斯這通電話又講了十五分鐘。同時那張信紙攤在桌上，恐怖又難以接近，簡直就像那個兇手留在曼哈頓各地的屍體一樣。的確，以某個角度來看，那封信甚至更可怕：先撇開兇手那些兇殘的殺人手法，對我們來說，在此之前，兇手只不過是由各種特徵組成的想像拼圖。但是看到他親筆寫下的文字，忽然間改變了一切。他再也不是隨便任何一個人，他就是他，唯一可以計畫這些行動的人，唯一有辦法說出這些話的人。我看著周圍露台上那些喊叫的賭客，然後往外看著街上的過往行人，忽然覺得如果我現在看到他，認出他的機會就大幅增加了。那是一種縈繞心頭的新感覺，讓我一時難以接受；但即使在我努力理解之時，也已經感覺到克萊斯勒是對的。無論主宰這位兇手的想法有多麼可怕又多麼苦惱，這封信都不能僅僅視之為一篇瘋狂的胡言亂語而已——無可否認，信寫得頗有條理，但是到底多麼有條理，我能理解的還很少。

等到馬庫斯打完電話回來，他就拿起那封信，坐在桌旁，仔細研究了大概有五分鐘。接著他開始發出肯定的小小哼唱聲，於是我們全都期待地圍著他。克萊斯勒拿出筆記簿和一枝筆，準備要寫下任何該記的事情。賭客們每隔幾分鐘就爆出喊叫聲，我朝他們吼，要他們小聲點。這個要求通常會引來憤怒和嘲弄的叫嚷；但我的聲音一定是透露出某種急迫性，因為那些賭友們都乖乖降低聲量了。然後，在那個宜人春日傍晚的暮色中，馬庫斯開始迅速但清晰地講解。

「筆跡研究大致上分為兩個領域，」他說，聲音帶著興奮。「第一個，是傳統上被法庭接受的文件檢查，指的是以嚴格的科學分析方式去比較筆跡，以確立作者身分；第二個領域，則是一些比較——唔，推測性的技術。大部分人並不認為這些技術是科學方法，而且在法庭上也沒有份量。不過我們覺得這套方法在幾個調查案中非常有用。」馬庫斯看了盧修斯一眼，盧修斯沒說話，只是點點頭。「那麼——我們就先從基本概念開始談吧。」

馬庫斯暫停一下，點了一大杯皮爾森啤酒好潤潤喉，然後繼續說：

「寫這封信的男人——這些筆畫的力道，無疑是男性——至少受過幾年的學校教育，也意味著一定要學習書寫。這種學校教育在美國是最近十五年的事情。」我不禁露出迷糊的表情，馬庫斯於是解釋說，「有一些明顯的跡象，顯示他學習過帕瑪書寫法，而且受過嚴格而規律的訓練。

帕瑪書寫法是在一八八〇年推出的，很快就被全國各地的學校採用。這個書寫法保持獨霸的地位，直到去年，在東部以及某些美西大城，才被善納－布羅瑟書寫法取代。假設我們這位兇手是在十五歲之前完成初等教育，那麼他現在就不可能超過三十一歲。」

這番話聽起來似乎很合理，克萊斯勒邊聽邊把要點記在他的本子，以備稍後再抄在百老匯大道八〇八號的那面大黑板上。

「好吧，那麼，」馬庫斯接著說。「假設我們這位兇手現在大約三十歲，而且他至少在十五歲之前結束學校教育，那麼接下來十五年，他的筆跡和人格都有可能逐漸演變。這十五年看起來似乎不是很愉快。首先，就像我們之前已經猜到的，他改不掉撒謊和策劃的毛病——他其實知道正確的文法和拼字，卻故意寫錯，想讓我們以為他不懂。你們看這裡，就在這封信的一開頭，他寫了『草縱』、『基會』、『直街』這些錯字。他是想著或許這麼寫，可以讓我們以為他沒受過教育，不過他還是疏忽了——在下頭這裡，他寫到他抓走喬治歐之後，就帶著他『直接到橋上』，這個地方可就沒寫錯了。」

「我們只能假設，」克萊斯勒沉吟道，「這封信寫到最後，他有興趣的是要表達他的觀點，而不是耍手段。」

「一點也沒錯，醫師，」馬庫斯說。「所以末尾的部分就寫得非常自然。從他的筆跡，也看得出那些錯字是故意的，因為這部分的筆畫就明顯猶豫得多，沒那麼堅定。這些段落的t，上頭的那一撇就不像其他段落那麼用力而明確。他的文法也顯示出同樣的狀況：在某些地方，他想模仿沒受教育的農場工人，所以動詞的時態會故意寫錯。但是接下來，他寫得出像是『他死時沒有被我弄髒，那些報紙應該要據實報導』這樣的句子。整封信前後非常不一致——就算他寫完之後回頭檢查過，也沒看出這些不一致。這顯示他雖然有策劃的能力，但可能高估了自己的聰明程度。」

馬庫斯又喝了口皮爾森啤酒，然後點了根香菸，講話的速度總算稍微放慢了些，「到目前為止，我們這些論點都相當靠得住，全都是很有說服力的科學，在法庭上也站得住腳：兇手大約三十歲、受過幾年良好的學校教育、刻意欺騙——任何法官都不會駁斥的。不過接下來要談的，就不那麼明確了。這封信裡透露出任何兇手想隱瞞的特徵嗎？很多筆跡分析專家相信，不光是罪犯，所有人在寫字時，無論寫的內容是什麼，他們的實際動作都會顯示出自己的基本態度。麥克勞德在這方面做了很多研究，我覺得他的種種原則對我們來說或許有用。」

露台另一邊忽然有人喊道：「耶穌基督啊，我這輩子從來沒看過行動這麼靈活的胖子！」我正要再度叫他們安靜點，結果看到我的賭友們已經幫我開口了。接著馬庫斯就可以繼續往下說。

「首先，那種用力的筆觸，以及很多字母都寫得稜角分明，顯示這個人飽受折磨：他心中充滿了巨大的壓力，只能用憤怒來發洩。事實上，那種猛戳、猛劃的手部動作——就在這裡，看到沒？——太明顯了，所以我們應該可以假設，寫字的人有肢體暴力的傾向，或許甚至有施虐狂。不過其實要更複雜，因為這些筆跡還有其他相反的元素。在這些字跡的上半部，你可以看到有這些多餘的小筆畫。這通常表示寫字的人很有想像力。另一方面，在字跡的下半部，則是有不少混亂的狀況，最明顯的就是像g和f這類要畫圈的字母，時常會出現左右倒反的情形。不是每次都寫錯，但持續老是出錯，就值得注意了。因為他受過書寫訓練，而且其他時候都非常謹慎、非常算計的。」

「好極了，」克萊斯勒說，不過我注意到他這會兒沒寫筆記了。「可是我很好奇，警佐，你最後這幾個從信中所推斷出來的元素恐怕太過牽強，不像你一開始所講的那些筆跡分析那麼有科學根據吧？」

馬庫斯微笑著點點頭。「大概吧。這也證明了為什麼所謂的『由字跡辨識人格』這門技藝還沒有被承認是一門科學。不過我認為，不妨把這些納入我們的觀察，因為這些元素顯示出信裡的內容至少和筆跡頗為一致，兩者之間沒有明顯的矛盾之處。如果這封信是偽造的，那麼幾乎可以確定，你就會發現兩者間有重大的落差。」克萊斯勒點了個頭接受了，不過還是沒寫下任何字句。「好吧，有關筆跡大概就是這樣了，」馬庫斯最後說，然後掏出他裝著碳粉的小瓶子。「現在我要在信紙邊緣刷粉，好確認有符合的指紋。」

他忙著開始進行時，一直在審視信封的盧修斯開口了：「郵戳沒有什麼不尋常的地方。這封信的寄出郵戳是市政廳旁的舊郵局，但是我們的兇手大概是刻意跑去那裡寄的。他很謹慎，應該猜得到郵戳會被檢查。但他也可能就住在市政廳那一帶。」

馬庫斯從口袋裡掏出一批指紋照片，拿起來對照著信封上的指紋印。

「唔──」他說。「結果符合。」隨著他這麼說，這封信是偽造的渺小可能性也被排除了。

「接下來我們要做的重大任務，」克萊斯勒說，「就是解譯信中的內容。」他掏出懷錶看了一下時間，快九點了。「如果我們精神很好，那可能會比較理想，但是……」

「沒錯，」莎拉說，她總算恢復正常了。「但是──」

我們全都知道這個「但是」是什麼意思──我們這位兇手可不會把追捕者的休息時間列入他的時間表裡頭。懷著這個迫切的想法，我們站起來打算回到百老匯大道八〇八號煮咖啡熬夜。無論我們哪個人原先蠢到還打算去別的地方，現在都一定要取消了。

我們離開露台時，克萊斯勒碰碰我的胳臂，示意他想私下跟我說幾句話。「我本來一直希望我猜錯了，約翰，」他說，看著其他人走在前面。「現在我也還不確定，但是——我從一開始就懷疑，我們這位兇手一直在觀察我們。如果我猜得沒錯，他大概還跟蹤桑托瑞里太太走到茂比利街的警察總局，留意她跟誰說了話。莎拉說她是在總局大門外的階梯附近，把信翻譯給桑托瑞里太太聽的——如果兇手就在那裡觀察，一定會看到他們交談。他可能還跟著莎拉來這裡，說不定這會兒就在監視我們。」我急忙轉身望著聯合廣場和周圍的街區，但克萊斯勒猛地把我拉回來。「不要——他不會讓你瞧見的，而且我不希望其他任何人懷疑到這一點。尤其是莎拉。要是她知道了，可能會影響工作。但是你和我應該要提高警覺。」

「可是——監視我們？為什麼？」

「或許是虛榮吧，」克萊斯勒回答。「也是情急而不顧一切了。」

我目瞪口呆。「你的意思是，你一直都在懷疑？」

克萊斯勒點點頭，和我一起開始追上其他人。「自從第一天，我們在輕馬車裡發現那塊染了血的破布開始。破布裡面包著的那張紙是——」

「是你的一篇文章，」我很快接口。「我是這麼猜想的。」

「沒錯，」克萊斯勒回答。「前一天夜裡我被找去現場時，兇手一定一直在觀察橋塔。我懷疑那張紙就是他跟我打招呼的某種方式。另外也是嘲弄我。」

「但是你怎麼能確定那一定是兇手留下的？」我問，想迴避那個恐怖的結論：我們一直被一個謀殺兇手仔細觀察著，或至少是斷續的。

「那塊破布，」克萊斯勒解釋。「雖然沾了血和泥巴，但布料很像喬治歐・桑托瑞里身上的女式睡衣——如果你還記得的話，那件睡衣缺了一隻袖子。」

在我們前方，莎拉開始好奇地回頭，催著我們加快腳步。「記住，摩爾，」他說。「跟其他人一個字都不許提。」

克萊斯勒快步走向莎拉，留下我在後頭，又很緊張地偷偷看了一眼隔著第四大道對面那一大片黑暗的聯合廣場公園。

就像那句老話，賭注愈來愈高了。

21

「首先，」克萊斯勒宣佈，那天晚上我們進入總部，開始在各自的辦公桌後頭安頓下來，「我想，我們終於可以擺脫一個殘留的不確定因素了。」在黑板右上方**罪行的各種角度**這個標題的下頭，原先寫著「獨自犯案？」，現在克萊斯勒把問號擦掉了。我們已經相當確定這位兇手沒有共犯：如果是兩人組或更多人，我們推論，都不可能進行這麼多年，而沒有任何一個人對外透露。在我們調查初期，這個推理的唯一疑問就是：一個人怎麼可能單憑自己，就成功地進出各個妓院和謀殺現場；而馬庫斯現在已經解決了這個問題。因此，儘管那封兇手的信裡頭提到「我」而非「我們」，並不是決定性的，但再加上其他事實，似乎可以讓我們斷定，犯案的只有一個男人。

我們全都點頭贊成這番推理，然後克萊斯勒繼續說：「接下來，這封信一開頭的稱呼，為什麼要寫『我親愛的桑托瑞里太太』？」

「可能只是習慣而已，」馬庫斯回答。「符合他所受過的教育。」

「『我親愛的？』」莎拉問，「學校裡面不是只會教你寫『親愛的』而已嗎？」

「莎拉說得有道理，」盧修斯說。「這封信的寫法太過親暱，也太不正式了。他明知道他的信會讓桑托瑞里太太痛不欲生，但他樂在其中。他是在玩弄她，享受施虐的快感。」

「我同意，」克萊斯勒說，在黑板右手邊已經寫下的**施虐狂**底下畫線。

「另外我想指出，醫師，」盧修斯堅定地補充，「這也更證明了他獵殺的本質。」（盧修斯最近愈來愈相信，我們的兇手顯然有解剖學方面的知識，是因為他是個熟練的獵人，也因為他的許多活動都有追蹤的性質。）「我們已經討論過嗜血的層面了——但他這個玩弄的方式，又確認了其他事情，不光是嗜血的獵殺而已。那是一種獵人的心態。」

克萊斯勒斟酌著。「你的推斷很合理，警佐，」他說。在：**童年時期**和**中間時期**兩區之間寫下**獵人**。「可是以獵人的先決條件和牽涉到的暗示，」他在後頭加了個問號，「我還需要多一點讓我信服的證據。」

如果兇手是個獵人，簡單來說，先決條件就是他小時候有夠多的休閒時間可以從事打獵，而且他打獵不光是為了取得食物，也是為了娛樂。因此，這就暗示了他出身都市上流階級（在那個時代，保護兒童的勞動法令還沒出現，城市裡唯一的有閒階級就是上流階級，當時就連中產階級的父母都傾向於讓子女長時間工作），或者是在鄉下長大的。每個假設都會大幅縮小我們的調查範圍，而克萊斯勒在接受任何一個推理之前，都必須完全確定才行。

「至於他的開場白，」克萊斯勒繼續說。「除了刻意強調『謊言』——」

「而且這個詞重複描了好幾次，」馬庫斯插嘴。「這背後隱含了很強烈的感情。」

「所以謊言對他來說並不稀奇，」莎拉推斷。「你會覺得，他對不誠實和偽善太司空見慣了。」

「但他還是會被這類事情激怒，」克萊斯勒說。「有什麼推理嗎？」

「這也跟那些男雛妓有關，」我說。「首先，他們打扮得像女生——這是某種欺騙。此外，他們是娼妓，所以本來就應該順從——但是我們知道，他殺害的那幾個都可能是比較難搞的。」

「很好，」克萊斯勒點著頭說。「所以他不喜歡歪曲事實。但是他自己也撒謊——這一點我們需要一個解釋。」

「他學乖了，」莎拉說。「他曾受騙過，說不定還曾置身於種種謊言之中，所以他的確很痛恨謊言——但他學會了撒謊，當成一種求生的手段。」

「而且這種事只要吃過一次虧，就能學會了。」我補充。「跟暴力一樣：你看到了，你不喜歡，但是你就學會了。就像詹姆斯教授所說的習慣與利益法則，我們的腦子都是以自利為基礎在運作，那是生物的求生本能。而我們追求自利的慣有方式，是決定於童年和青少年時期。」

盧修斯已經拿起詹姆斯教授的《心理學原理》第一卷，翻到了其中一頁：「『性格就會像石膏般固定下來，』」他豎起一根手指引述道，「『再也不會變軟了。』」

「即使是……？」克萊斯勒說，引導盧修斯繼續說下去。

「即使是，」盧修斯很快接口說，翻了一頁，用手指掃掠過，「這些習慣在成年時代會產生反效果。這裡：『習慣使得我們所有人註定要根據自己的教養或早期的選擇，在人生中奮戰，同時盡力處理自己的種種不贊同，因為我們已經無法適應其他的狀況，而且要重新開始也已經太晚了。』」

「唸得很好，警佐，」克萊斯勒說，「但是我們需要例子。原先我們已經假設，這位兇手小時候遭受過暴力，或許還是性方面的——」克萊斯勒指著黑板上**童年時期**那一區的副標**形塑暴力與／或猥褻**和下方的一小塊空白，「——我們覺得，暴力形成了他這類行為的認知與實踐基礎。但是他對不誠實的種種強烈情緒是怎麼回事？也能照樣推演嗎？」

我聳聳肩。「顯然地，他可能小時候就被指控過不誠實，說不定還很頻繁。這些指控很可能並不公平。」

「有道理。」克萊斯勒說，把**不誠實**寫在黑板的左邊，底下又加上**被指為愛撒謊**。

「另外還要考慮家庭狀況，」莎拉補充。「家庭裡有很多謊言存在。我們會想到的第一個就是婚外情，但是——」

「但是婚外情並不見得有暴力，」克萊斯勒接口說。「而我認為兇手的家庭裡一定有暴力。不誠實有可能是指暴力事件被刻意隱瞞，而且家庭裡和家庭外都沒人承認嗎？」

「當然有可能，」盧修斯說。「而且如果這個家庭的形象跟實際狀況非常不同，那就只會更糟。」

克萊斯勒露出滿意的微笑。「一點也沒錯。所以，如果這個父親對外的形象是個非常受尊敬的人，但是在家裡至少會打他的妻子和兒女……」

盧修斯的臉皺了一下。「我的意思不見得是指父親。有可能是家裡的任何人。」

克萊斯勒揮揮手打發他。「父親會是最大的背叛。」

「母親就不是？」莎拉小心翼翼地說，這個問題不光是針對我們正在談的主題：那一刻，她似乎不光是在試圖解讀兇手，也在試圖解讀克萊斯勒。

「文獻中沒有這樣的例子，」克萊斯勒回答。「布羅伊爾和佛洛伊德近年的研究發現，幾乎每個歇斯底里症病人，在青春期前都曾被父親性侵害。」

「恕我直言，克萊斯勒醫師，」莎拉反駁，「布羅伊爾和佛洛伊德對於這些發現的涵義似乎很困惑。佛洛伊德一開始假設性侵害造成了歇斯底里，但是近年來，他似乎改變了這個看法，判定性侵害的幻想可能才是真正的原因。」

「沒錯，」克萊斯勒承認。「他們的著作中還有很多不確定的地方。我自己就無法接受他們只強調性——連暴力都一概排除在外。但是從實證的觀點去看吧，莎拉，就你所知，有多少家庭是由專斷、暴力的母親所控制的？」

莎拉聳聳肩。「暴力的形式不止一種，醫師。不過等我們討論到信的末尾，我應該會再詳細談這一點。」

克萊斯勒已經在黑板的左邊寫上**暴力、但對外很受尊敬的父親**，而且已經準備好、甚至是渴望要談下一個話題。「整個第一段，」他說，拍著那張信紙。「儘管故意寫錯好幾個字，但是基調非常一致。」

「一看就曉得，」馬庫斯說。「他心裡已經認定有很多人在追查他。」

「我想我明白你的意思，醫師，」盧修斯說，又去翻他桌上那堆書和論文。「你給過我們一篇文章，就是你自己翻譯的那篇……啊！」他抽出一疊紙。「這裡，心理學家克拉夫特－埃賓寫的。他討論了『智力性單狂』，以及德國人所謂的*primäre Verrücktheit*，他認為這兩個辭彙都該改用『偏執狂』取代。」

克萊斯勒點點頭，在黑板的**間隔期**那一區寫下**偏執狂**。「在某種創傷的感情經驗之後，就會開始產生被壓迫的感覺、甚至是錯覺，但並不是源於精神錯亂——克拉夫特－埃賓簡明的定義很了不起，也的確相當貼切。到目前為止，我不太相信我們的兇手是在錯覺的狀態中，不過無論如何，他的行為大概相當反社會。這並不表示我們要找的是一個憤世嫉俗的人——沒那麼簡單。」

「謀殺行為本身，不就能滿足反社會的欲望嗎？」莎拉問。「讓他在別的時候對外表現得很正常，而且——唔，跟社會有互動、看起來很稱職？」

「或許甚至是太過稱職了，」克萊斯勒同意道。「這個人在鄰居的眼中，絕對不可能會殺害兒童，或甚至吃了死者的肉。」克萊斯勒把這些想法匆忙記下來，然後又面對著我們。「接下來——我們要看第二段，這段更不尋常。」

「有件事我們立刻就曉得，」馬庫斯說。「他出國經驗不多。我不曉得他閱讀了什麼資料，但是歐洲近年並沒有普遍的吃人肉現象。那裡的人幾乎什麼都吃，就是不吃人。雖然德國人很難說……」馬庫斯講到一半停下來，看了克萊斯勒一眼。「啊，我不是故意冒犯你的，醫師。」他說。

盧修斯一手拍向額頭，但克萊斯勒只是苦笑。艾薩克森兄弟的怪癖再也不會讓他不知所措了。「我沒有被冒犯，警佐——德國人的確很難講。但如果我們假設他從來沒出國，那你原先認為他的登山技巧顯示有歐洲淵源，又該怎麼說呢？」

馬庫斯聳聳肩。「他父母是歐洲移民過來的，他是在美國出生的第一代。」

莎拉猛地吸了口氣。「『骯髒移民』！」

克萊斯勒又是一臉滿意。「沒錯，」他說，在黑板左邊寫下**移民父母**。「信中這個字眼聽起來充滿嫌惡，不是嗎？這類恨意通常都有特定的根源，只是不明顯而已。就眼前這個案例，他大概小時候跟父母之一、或是兩人的關係不太好，到頭來變得對父母相關的一切都非常鄙視，包括他們的出身。」

「不過那也是他自己的出身啊，」我說。「這大概可以稍微解釋他對兒童的殘暴行為。那是自我憎恨，像是想洗掉自己身上的泥巴。」

「這個說法真有趣，約翰，」克萊斯勒說。「我們晚一點應該會再回來討論。不過現在還有一個實際的問題要解答。原先我們確定他擅長打獵和登山，現在又推斷他不曾出國，那麼我們可以猜出他的地理背景嗎？」

「跟之前講過的一樣，」盧修斯回答。「不是城市的富家子弟，就是鄉下人。」

「警佐？」克萊斯勒對馬庫斯說。「以他受過這樣的登山訓練，會是出身任何特定的地區嗎？」

馬庫斯搖搖頭。「只要有還算不錯的岩層，在哪裡都可以學——美國有太多這樣的地方了。」

「嗯，」克萊斯勒有點失望地回答。「那就沒辦法了。我們先放在一邊，回到第二段吧。語言本身似乎支持你有關字跡『上半部裝飾曲線』的理論，馬庫斯。這的確是想像力的表現。」

「好可怕的想像力。」我說。

「沒錯，約翰，」克萊斯勒回答。「毫無疑問，過度又病態的想像力。」

盧修斯彈了下手指。「慢著，」他說，再度回去找他桌上的書。「我想起一件事——」

「抱歉，盧修斯，」莎拉喊道，露出她翹著嘴唇的小小微笑。「這回我搶贏了。」她拿起一本打開的醫學期刊。「這跟我們之前討論過的不誠實很符合，醫師，」她繼續說。「在梅耶的文章〈心理異常兒童研究日誌〉裡，他列出一些警示跡象，以預測未來的危險行為——過度豐富的想像力就是其中一個。」她唸出那篇刊載在一八九五年二月號《伊利諾兒童研究學會手冊》的文章片段：「『通常兒童可能會刻意在心裡重複製造一些心理圖像。當這類心理圖像變成一種執迷，也就是無法抑制，那就不正常了。尤其是會引發恐懼和不愉快感覺的圖像，都往往會變得過分強烈。』」莎拉特別強調最後一句引文：「『想像力太過豐富，可能會導致編造謊言，而且忍不住要拿去騙別人。』」

「謝謝，莎拉，」克萊斯勒說。於是在黑板的**童年時期**和**罪行的各種角度**兩個區域內都加上了**病態的想像力**，我看了很困惑，要求克萊斯勒解釋，他回答，「約翰，雖然他是在成年期寫出這封信，但這麼獨特的想像力不會是在成年後出現的，而是一直跟著他——梅耶醫師這段話也恰恰支持這個說法，因為這個孩子的確變得危險了。」

馬庫斯若有所思地拿著一根鉛筆輕敲著手。「這個吃人肉的事情，有可能會是童年的夢魘嗎？他說他讀到過。有可能是小時候讀到的嗎？那效果就會更強了。」

「不妨問你自己一個問題吧，」克萊斯勒說。「想像力背後最大的驅動力是什麼？不光是一般的想像力，也更是病態的想像力。」

莎拉毫無困難就回答：「恐懼。」

「恐懼是源自於你所看見的，」克萊斯勒進一步追問，「或是你所聽說的？」

「都有，」莎拉回答。「但主要是你所聽說的——『現實中根本沒那麼可怕。』」

「閱讀不就是聽說的一種形式？」馬庫斯問。

「是的，但即使是家境富裕的兒童，也要好幾歲才有辦法識字閱讀，」克萊斯勒回答。「我提出這個只是純推理，但假設吃人肉的故事在當時只是用來嚇人的，就像現在一樣。只不過現在，我們要找的兇手已經不是被嚇的對象，而是反過來講故事嚇人的。這麼一來，他應該會覺得很滿足，甚至有趣吧？」

「但吃人肉的故事，會是誰告訴他的？」盧修斯問。

克萊斯勒聳聳肩。「通常講故事嚇小孩的會是什麼人？」

「想藉此讓小孩乖一點的大人，」我很快回答。「我父親就說過日本天皇刑求室的故事，害我好幾次都整夜睡不著，想像各種細節——」

「好極了，摩爾！這就是我的意思。」

「可是——」盧修斯有點結巴起來。「可是——對不起，恐怕在淑女面前，我還是不曉得該怎麼討論某些事情。」

「那就假裝沒有淑女在場吧。」莎拉說，有點不耐煩。

「好吧，」盧修斯繼續說，還是很不安。「那有關——有關臀部的事情呢？」

「啊，是的，」克萊斯勒回答。「這是原始故事的一部分，還是兇手創造出來的花樣？」

「呃——」我喃喃思索著，但就像盧修斯一樣，我也不確定在女人面前該如何措詞。「那個，呃——提到那個，不光是髒污，還有——排泄物——」

「他用的字眼是『屎』，」莎拉坦然說，房間裡每個人，包括克萊斯勒，似乎都驚跳起來一兩秒鐘。「老實說，各位，」莎拉帶著幾分鄙夷說。「要是早知道你們都這麼古板，我繼續當秘書就好了。」

「誰古板了？」我問，但講得不是很理直氣壯。

莎拉朝我皺眉。「你，約翰．司凱勒．摩爾。我碰巧知道你偶爾會付錢給女性，跟你共度私密時光——我想她們也對這類辭彙很陌生吧？」

「不，」我反駁道，感覺到自己的臉燙紅起來。「可是她們不是——不是——」

「不是什麼？」莎拉嚴厲地問。

「不是——唔，淑女！」

莎拉聽了站起來，一手扠腰，另一手從洋裝裡掏出她的德林加手槍。「現在我要警告各位，」她堅定地說，「下一個在這種狀況下、當著我的面講『淑女』這個字眼的男人，就會從他肚子上一個新開的洞裡拉出屎來了。」然後她收起那把槍，又坐下來。

有足足半分鐘，房間裡死寂得像個墳墓，然後克萊斯勒輕聲說：「我相信你剛剛討論到信裡提到的屎吧，摩爾？」

我受傷又憤慨地看了莎拉一眼——但她完全不理會，真可惡——然後重拾思緒：「他一再提到有關糞便的事情，而且念念不忘解剖學上——」我感覺到莎拉的目光在我腦袋側邊燒出了一個洞。「而且念念不忘屁股，這兩者似乎是有關的。」我說了出口，盡可能擺出勇敢的模樣。

「的確，」克萊斯勒說。「比喻上相關，實質上也是相關的。這點讓人很不解——而且這類主題的研究文獻並不多。梅耶醫師曾推測夜間尿失禁的可能原因與涵義，而且任何研究兒童的人，偶爾都會碰到對糞便有不正常著迷的小孩。然而大部分精神病學家和心理學家都認為這是某種潔癖——對於髒污和弄髒的病態恐懼，我們的兇手顯然就是這樣。」克萊斯勒把**潔癖**寫在黑板中央，然後又往後站開，一臉不滿意。「不過，事情似乎不光是如此……」

「醫師，」莎拉說，「在這個案例上，我要提醒你擴大你對母親和父親的概念。我知道你對某個年齡以上的兒童有豐富的經驗，但是你有照顧嬰兒的經驗嗎？」

「只幫嬰兒看過病，」克萊斯勒回答。「而且很少。怎麼了，莎拉？」

「男人向來很少參與嬰兒期的照顧。你們哪個人有認識什麼男人，會花很多時間照顧三、四歲以下的子女嗎？」我們全都搖頭。我懷疑，就算我們其中一個真知道有這樣一個男人，也不會承認的，免得莎拉又掏出手槍來。莎拉再度轉回去看著克萊斯勒。「你碰到過對糞便有不正常著迷的小孩，醫師，那通常是什麼樣的狀況？」

「通常這些小孩不是過分想要，就是病態地不情願。」

「想要或不情願做什麼？」

「去上廁所。」

「那他們是怎麼學會上廁所的？」莎拉繼續追問。

「有人教他們的。」

「通常是男人教的嗎？」

克萊斯勒不得不暫停一下。這些問題的脈絡一開始似乎很模糊，但現在我們全都看清了莎拉的目的：如果我們的兇手對糞便、臀部，以及一般泛稱的「髒污」（畢竟，信裡只提到了這些）的過分執迷，是在童年扎下的根，那麼很可能在童年的這個過程中，就牽涉到一個或多個女人：母親、護士、家庭女教師等等。

「我懂了，」克萊斯勒終於說。「那麼，想必你曾親眼觀察到這種過程了，莎拉？」

「偶爾，」她回答。「而且我聽說過不少故事。女生都會聽說的。因為大家總是假設你有一天會需要這些知識。整個學習上廁所的過程，有可能困難得讓你想不到——尷尬、挫敗，有時甚至很暴力。要不是信裡一直提到，我也不會講這件事的。這不就暗示了兇手這方面有某些不正常嗎？」

克萊斯勒昂起頭。「或許吧。不過我恐怕沒辦法把這類意見視為決定性的因素。」

「你能不能至少考慮，有可能一個女人——或許是母親，但也未必一定是——扮演的角色，比你所認為的更加陰暗？」

「我希望自己沒有拒絕接受任何可能性，」克萊斯勒說，轉向了黑板，但是什麼都沒寫。「但是恐怕我們已經離題太遠，只是在討論一些可能性很小的狀況而已。」

莎拉往後靠坐，她想讓克萊斯勒看到這個兇手過往的另一個可能範圍，但又再度失望了。而且我必須承認，當時我自己也有點困惑；畢竟，一開始是克萊斯勒要求莎拉提出這類理論的，因為我們其他男人都做不到。但克萊斯勒現在卻把她的想法置之不理，似乎太專橫了。尤其是以我這樣受過一些訓練的人聽來，莎拉的那些想法就跟克萊斯勒的假設同樣有道理。

「第三段裡面，一再提到對移民的憎恨，」克萊斯勒繼續說。「然後又提到了『紅蕃』。除了想讓我們認為他很無知之外，我們還可以從這些話推出什麼？」

「這句用詞似乎很重要，」盧修斯回答。「『比紅蕃還髒』。他似乎是想找個最難聽的形容詞，於是想到了這句。」

馬庫斯推敲著這個問題：「如果我們假設，這種對移民的憎恨是源自於他的家庭，那麼他自己就不會是印第安人。但他一定跟印第安人有所接觸。」

「為什麼？」克萊斯勒問。「你未必要熟悉某個種族，才會對他們產生恨意。」

「沒錯，但熟悉和憎恨通常相伴而來，」馬庫斯堅持。「看看這句話——講得很輕鬆，好像印第安人很自然就會讓他聯想到污穢，而且他認為其他人也會這樣想。」

我點點頭，明白他的意思了。「那就是西部了。東部不常會聽到這種說法的——倒不是我們比較開明，而是因為很少人明白其中涵義，你講了會讓人聽不懂。我的意思是，如果他說『比黑鬼還髒』，那你可能就會覺得他是南方人吧？」

「或者總局的人。」盧修斯輕聲說。

「沒錯，」我說。「我想這種態度並不受地域限制。畢竟，他有可能是讀了太多蠻荒西部的故事——」

「或是想像力太豐富。」莎拉補充。

「不過，」我繼續說，「有可能他的確就是西部人。」

「唔，這樣就太明顯了，」克萊斯勒嘆了口氣，讓我有點不高興。「但是有人說過，我們絕對不能忽略明顯的線索。怎麼樣，馬庫斯，你認為這個出身西部邊境的說法值得討論嗎？」

馬庫斯想了一會兒。「的確是有點意思。首先，這解釋了行兇的刀，那是西部邊境常用的武器。另外，如果他是出身西部，那麼打獵就不見得是富家子弟的娛樂。而且儘管西部有很多可供登山的地帶，不過還是縮小了範圍，這樣對我們可能有幫助。另外，西部也有很多德裔和瑞士裔移民的社區。」

「那麼我們應該把這個可能性標示出來，」克萊斯勒說，在黑板上寫了下來。「不過眼前暫時沒法推得更遠了。所以我們就來討論下一段吧。在這一段，我們的兇手終於提到了一些特定的事項。」克萊斯勒又拿起那張信紙，然後開始緩緩按摩自己的頸背。「二月十八日，他看到桑托瑞里男孩。我在各種月曆和年曆上花了很多時間查閱，所以可以很肯定地告訴各位，二月十八日是今年的聖灰星期三。」

「他提到過臉上的灰燼，」盧修斯說。「指的應該就是那男孩去了教堂。」

「桑托瑞里一家是天主教徒，」馬庫斯也接腔說。「派樂思宮附近的教堂不多，無論是天主教或其他教派的，但是我們可以擴大查找的範圍。說不定有個人會記得看到過喬治歐。他應該相當醒目，尤其是在教堂附近。」

「而且很可能兇手是在教堂附近第一次看到他。」我說。「甚至是在教堂裡。要是我們運氣好，說不定能找到一個曾目睹他們接觸的人。」

「你們兩位好像完全規劃好這個週末要怎麼度過了，」克萊斯勒說，於是馬庫斯和我才發現自己根本是自投羅網，這個週末得去跑很多地方了，不禁皺眉相視。「不過呢，」克萊斯勒繼續說，「他用了『招搖』這個字眼，讓我不太相信他們認識的地方會靠近宗教場所──尤其是喬治歐才剛剛去參加過儀式的。」

「這的確暗示了那男孩正在拉客。」我說。

「這暗示了很多事情。」克萊斯勒思索了一會兒，推敲著那個字眼。「『招搖』……摩爾，這可能符合你提出過的理論，說那個人有某種殘障或畸形。他的話裡有一絲羨慕，好像他自己跟這樣的行為絕緣。」

「我倒是看不出來，」莎拉說。「對我來說，這句話看起來比較像是──鄙視。當然，這有可能是因為喬治歐的職業，但我不認為是如此。信裡頭的口氣沒有同情或憐憫，只有刻薄。還有某種熟悉，加上謊言。」

「沒錯，」我說。「那是一個學校老師跟你說教的口吻，他知道你打算做什麼，因為他自己小時候也這樣過。」

「所以你的意思是，他瞧不起這種性慾的公開展示，不是因為他自己沒辦法做這種事情，反而恰恰是因為他以前做過？」克萊斯勒昂起頭，一臉困惑。「或許吧，但是他身邊的成人不會阻止這類古怪的舉止嗎？而且這不就讓我們又回到了那個羨慕的暗示，即使他沒有身體上的畸形？」

「但是大人一定很嚴重地修理過他，至少一次，」莎拉說。「為了要禁止他再有這類行為。」

克萊斯勒暫停一下，然後點點頭。「是的。沒錯，你說得有道理，莎拉。」聽了這句話，莎拉臉上露出了一個滿意的小小微笑。「於是，無論他是聽從或違抗這個禁令，都種下了未來困境的種子。很好。」克萊斯勒迅速把這一點寫在黑板的左手邊。「接下來，我們來討論灰燼和顏料。」

「他輕易就把這兩個放在一起，」盧修斯說，「只不過，對一般人來說，這兩者顯然是有矛盾的——我敢說進行儀式的教士就會這麼覺得。」

「那就像是其中一個並不比另一個好，」馬庫斯補充。「口氣還是很不以為然。」

「而且這就衍生了一個問題，」克萊斯勒走到他的書桌旁，拿起一本月曆，封面上有個十字架。「二月十八日他第一次見到喬治歐．桑托瑞里，我不太相信這是巧遇。他寫得這麼明確，顯示他那天是特地出門尋找這一類的男孩。因此，我們必須假設，他挑聖灰星期三這一天是有重要意義的。此外，灰燼加上彩妝，似乎讓他更為憤怒。這可能表示他痛恨男雛妓去參加耶穌信仰的儀式——但是就如同剛剛兩位警佐指出的，在他的信中，對宗教儀式並沒有敬畏的意思，而是恰恰相反。到目前為止，我並不相信這個人是宗教狂。因為他並沒有顯露出這類病徵常見的熱中傳教、或以救世主自居的傾向，就連這封信裡也完全沒有。雖然他殺人的日期符合耶穌信仰的節日，因此削弱了我的觀點，但種種跡象還是彼此有矛盾。」克萊斯勒認真研究著那本月曆。「真希望喬治歐遇害那天有某些重要涵義……」

我們知道他指的是什麼。克萊斯勒最近研究了這些謀殺案的時間，發現除了一個之外，其他都是耶穌信仰的節日：一月一日是耶穌割禮和中世紀的傻人節；二月二日是聖母將嬰兒耶穌獻於聖殿的獻主節，或稱聖燭節；阿里．伊本－葛齊死於四月三日的耶穌受難日。當然了，某些節日並沒有謀殺案發生——比方一月六日的主顯節，以及二月二十日的五聖傷節。但桑托瑞里被殺害的三月三日並不是耶穌信仰上的任何節日，否則我們就可以相當確定，兇手殺人的時間選擇，有一些宗教元素牽涉在內。

「那麼，或許我們要回到原來月亮週期的理論了，」馬庫斯說，提起了我們已經花很多時間爭論的古老民間智慧：某些人的行為，包括我們這位兇手，都不知怎地跟月亮的盈虧有關。

「我還是不喜歡這個說法。」克萊斯勒搖頭說，雙眼依然盯著他的月曆。

「月亮一直就跟身體與行為的改變有關，」莎拉說。「比方說，你會發現很多女人相信，是月亮盈虧控制了她們的月經。」

「而且我們這位兇手的衝動，似乎就是根據某種週期而運作的。」盧修斯贊成。

「的確是這樣，」克萊斯勒回答。「但是這種無法證實的占星學對心理生物學的影響，似乎不符合這些謀殺案的儀式性特質。我承認，兇手信中宣稱的吃人肉行為，是這些儀式中一個新的、明顯的獨特元素。但是兇手的殘暴程度一直在升級，我們幾乎可以預料，接下來我們會碰到愈來愈不堪的謀殺現場——不過阿里·伊本–葛齊的謀殺案沒有這種升級的特徵，顯示兇手可能冒險進入了一個他其實並不喜歡的領域，無論他信中如何宣稱。」

我們的談話暫停了一會兒，此時我忽然有了個想法。「克萊斯勒，」我說，小心斟酌著用詞。「姑且假設，我們推測出來的這一切都是正確的。你自己也說過，這樣似乎更顯示，這些謀殺案有宗教因素。」

克萊斯勒轉向我，雙眼開始顯露出疲倦。「可以這麼說。」他說。

「唔，那麼，那兩個教士呢？我們已經談過，他們的行為應該是想要保護某個人。那如果要保護的就是他們的其中一份子呢？」

「啊，」盧修斯輕聲說。「你指的是像鹽湖城的那個牧師嗎，約翰？」

「一點也沒錯，」我回答。「一個出了大毛病的聖職人員，過著另一種祕密生活。假設他的上級人員聽說了他的所作所為，但出於某些原因無法找到他——或許他躲起來了。這很有可能釀成醜聞。而以天主教和聖公會在紐約市的重要地位，這兩個教會的領導人不但可以輕易找到市長幫忙，還能說服全市最有錢的人幫忙隱瞞。我的意思是，讓他們私下處理。」我往後坐，很得意自己的推理，但是還等著看克萊斯勒的反應。他接下來的沉默似乎不是個好跡象；於是我又有點不安地補充，「這只是個想法。」

「是個天殺的好想法。」馬庫斯說，熱心地用鉛筆敲著辦公桌。

「這樣就可以把很多事情串連起來了。」莎拉也同意。

克萊斯勒終於開始有反應：先是緩緩點了個頭。「是啊，有可能，」他說，緩緩把**不知名教士？**寫在黑板中央。「我們所描述過的背景和角色特徵，都可以適用於任何人，神職人員也不例外——而且兇手是神職人員的話，會比宗教狂更有說服力。對他來說，按照宗教月曆而發生的種種個人矛盾狀況，是很自然、甚至很方便的。只要對那兩位教士進行更深入的調查，就一定可以得到更多相關資訊。」克萊斯勒轉過身來。「而這個任務——」

「我知道，我知道，」我說，舉起一手。「就由我和兩位警佐負責了。」

「太好了，我要講的話完全被你料中了。」克萊斯勒低笑一聲說。

馬庫斯和我簡短討論一下後續幾天要進行的調查工作，盧修斯又看了那張信紙一眼。「接下來一句。」他宣佈道，「好像又回到施虐狂上頭了。他決定等待，看了那男孩幾次之後，才動手謀殺——再一次，他玩弄他，而且從頭到尾都知道自己會殺掉他。這是打獵，施虐狂獵人。」

「沒錯，這句話恐怕沒有什麼新資訊——除了句子最末尾。」克萊斯勒手裡的粉筆敲著黑板。「『那個地方』——這是全信中除了『謊言』之外，唯一使用大寫字母的。」

「又是表示憎恨，」莎拉說。「是特別針對派樂思宮，或者是針對這類店裡慣常出現的行為？」

「或許兩者都有，」馬庫斯說。「畢竟，派樂思宮是特別迎合一批口味很特定的男性顧客——他們希望男雛妓打扮得像女人。」

克萊斯勒手上的粉筆持續輕敲著**形塑暴力與／或猥褻**那個副標。「我們又回到了整件事的核心。這個兇手不是恨所有兒童，也不是恨所有同性戀者，同時，他也並不恨所有打扮得像女人的男雛妓。這個人的憎恨，有非常特定的目標。」

「但你還是認為，他有可能是同性戀者吧，醫師？」莎拉問。

「是的，但就像倫敦的開膛手傑克有可能是異性戀者一樣，」克萊斯勒回答。「只因為他的被害人碰巧是女人。我們的兇手是不是同性戀者，其實根本不重要——這封信證明了這一點。他可能是同性戀者，也可能是戀童癖，但施虐狂才是他最重要的特色，而且在他的親密接觸行為中，暴力特徵似乎遠遠勝過了性與情慾。他可能甚至無法區別暴力與性，任何感官刺激似乎都可以迅速轉變為暴力。而且我很確定，這種模式是在他童年形塑經驗的時期所建立的。而在他童年這類經歷中的對手，無疑是男性——後來他選擇自己的被害人時，這一點遠遠比任何性傾向都重要。」

「那麼，童年時代迫害過他的，就是男人了？」盧修斯問。「或者是另一個男孩？」

克萊斯勒聳聳肩。「這個問題很難回答。但是我們知道這一點——某種男孩激發了兇手的怒氣，那股怒氣深埋在心中，因而他的整個人生就是為了表達這股怒氣而存在。什麼樣的男孩？就像摩爾剛剛指出的，是欺瞞的、傲慢無禮的男孩——無論是那些男孩實際如此，或只是兇手這麼認為而已。」

莎拉朝那張信紙點了個頭。「騷男孩。」

「沒錯，」克萊斯勒回答。「我們這方面的假設是正確的，也進一步推測到他選擇用暴力來表達憤怒，是因為他在某種家庭環境中早已學會了這麼做，很可能他有一個暴力的父親，而且外界都不知道這些暴力行為，也因此沒有受到懲罰。以我們這名兇手現在的看法，這種童年暴力的原因是什麼？我們還要持續探討才行。」

「慢著，」莎拉恍然大悟地說。她抬頭看著克萊斯勒。「我們兜了一圈，又回到了原點，對吧？」

「沒錯，」克萊斯勒回答，從黑板左邊畫了一條線到右邊：從兇手的特徵到被害人的特徵。「無論我們的兇手是小時候愛撒謊、性早熟，或只是太不乖而老是挨揍，基本上，他都跟他現在殺害的男孩非常相似。」

這只是個想法，他們說。如果我們的兇手犯下這些謀殺案，不光是要摧毀這個世界上讓他受不了的部分，而且更根本來說，也是要摧毀他受不了自己的那些部分，那麼克萊斯勒說的可能沒錯，他的確是進入了一個顯然更加自毀的新階段；的確，照這個狀況來看，幾乎可以確定他會走向自我毀滅。但我問克萊斯勒，為什麼這個人對自己的這些部分這麼無法忍受？而且為什麼不改掉就好？

「你自己也說過，摩爾，」克萊斯勒回答。「這種事情我們只會學習一次。或者，套句威廉．詹姆斯教授的話，這個兇手盡力處理自己的種種不贊同，因為我們已經無法適應其他的狀況，而且要重新開始也已經太晚了。在第四段剩下來的部分，他用一種非常專橫的口吻描述他擄走那個男孩。他提到過渴望嗎？沒有——他只說他『一定要』，因為這些就是他內心世界的法則，儘管可能不贊同，但始終發揮作用。他已經變成詹姆斯教授所謂的『只不過是一團會走動的習慣』，而要拋棄這些習慣，恐怕就意味著要拋棄自己了。你還記得我們有回說過喬治歐．桑托瑞里的話：他心目中逐漸認為，害他被父親毒打的賣淫行為，就是他生存所不可或缺的力量？我們這位兇手其實也差不多。他對於自己的謀殺行動，就像喬治歐對賣淫工作那樣，並不樂在其中。但對他們兩個人來說，這些行動都是生存不可或缺的，儘管會引起他們強烈的自我厭惡——而這一點，你已經從這封信裡面看出來了，摩爾。」

如今回顧起來，我承認當時我並不清楚自己那天晚上提出了多少深刻的說法；但克萊斯勒說到這裡，我毫無困難就能了解他闡述的觀點。「這封信接近末尾時，他回到了這個狀態，」我說。「就是有關喬治歐沒有被他『弄髒』——他厭惡的髒污，其實是自己身上的，是他的一部份。」

「而且會透過性行為傳播的，」馬庫斯補充。「所以你說得沒錯，醫師——他重視或享受的並不是性行為，暴力才是他的目標。」

「有沒有可能，他根本就沒辦法從事性行為？」莎拉問。「我是說，以我們所推估出來他的出身背景？醫師，你給我們的那些論文中，有一篇討論到性愉悅和焦慮反應——」

「蘇黎世大學的裴耶爾博士，」克萊斯勒說。「那篇論文的觀點，是根據他對性交中斷法所做的大型研究。」

「沒錯，」莎拉繼續說。「這篇論文似乎暗示，對於家庭生活痛苦的人來說，最可能產生這種狀況。持續的焦慮有可能壓抑性慾，導致性無能。」

「對於這個話題，我們這名兇手講得還真溫和呢，」馬庫斯說，拿起信紙唸著上頭的字句。「『我從來沒操他，雖然我可以。』」

「沒錯，」克萊斯勒說，毫不猶豫就在黑板中央那一區寫下**性無能**。「這樣只會更加強他的挫折和憤怒，更想大開殺戒。而這種殺人行徑，現在就成了我們最難解開的謎。如果這些毀損屍體的狀況確實是個人的儀式，而且除了日期、也跟任何宗教主題絕對無關，那麼無論他是教士還是水管工，總之，了解種種細節就更重要了，因為這些細節將會是他所特有的。」克萊斯勒又看了一下信紙。「這封信，恐怕在細節方面的幫助並不大。」克萊斯勒揉揉雙眼，同時看了一下銀懷錶。「而且時間也很晚了，我建議我們就到此為止吧。」

「在結束之前，醫師，」莎拉平靜而堅定地說，「我想再回去討論一下，談兇手童年時代的大人們。」

克萊斯勒沒什麼熱情地點點頭。「有女人的影響。」

「是的。」莎拉起身走到黑板前，指著各個區域。「我們已經推出理論，認為這個男人小時候被騷擾、為難、責怪，而且被揍過。你認為揍他的是男人，我無法質疑。但有太多其他方面的親密性質，讓我強烈覺得他身邊有一個非常冷酷陰險的女人。看看這封信裡貫穿的口氣，畢竟，他是特別寫給桑托瑞里太太的——裡頭辯解、糾纏，甚至不時還抱怨，而且執迷於糞便和解剖學的細節。那個口吻就是個慣常被仔細察看、羞辱的男孩，他被塑造成覺得自己很骯髒，從來沒有體驗過有什麼地方或什麼人可以庇護他。如果他的性格真的是在童年時期形成，克萊斯勒醫師，那麼我必須再次提出，母親會是最有可能造成這種性格的元兇。」

克萊斯勒臉上露出不耐的表情。「如果是這樣，莎拉，那麼他不是會對女人產生莫大的恨意嗎？而且他的被害人不就應該是女人，跟開膛手傑克一樣嗎？」

「我不是要跟你爭論被害人的推測，」莎拉回答。「而是要求更深入了解另一個方向。」

「你似乎認為，」克萊斯勒有點暴躁地說，「我的目光太狹隘了。我要提醒你，我對這些事情是有一些經驗的。」

莎拉審視了他一會兒，然後靜靜地問，「對於兇手童年裡有個女性積極參與的想法，你為什麼這麼抗拒？」

克萊斯勒忽然站起來，一手朝辦公桌重重一拍，大吼道，「因為她的角色不可能發揮作用，該死！」

馬庫斯、盧修斯、我一時都僵住了，然後不安地交換眼色。這個令人震驚的暴怒實在沒什麼根據，甚至連克萊斯勒的專業意見也完全說不通。可是他繼續說：「要是這個兇手的人生裡，無論任何時間，曾經有個女人積極參與，那麼我們不會有今天——那些犯罪就絕對不會發生！」克萊斯勒試圖冷靜下來，但是只成功了一半。「這整個想法太荒謬了，文獻中根本就沒有這樣的說法！所以我真的必須堅持，莎拉——我們應該假設在這段個性形塑的過程中，有個女性被動參與，然後討論屍體毀損的問題！明天再談！」

此時我們已經很清楚，莎拉·霍華德可不會接受男人這樣跟她說話，即使是個她欣賞、且或許（至少，以我的意見）還有更深感情的男人。聽到克萊斯勒的最後一句話，她的雙眼瞇起，聲音變得冷冰冰：

「醫師，既然這一點你早就決定了，那麼要我研究這個主題好像也沒有意義。」我有點擔心她會掏出手槍，但她只是拿了她的大衣。「或許你認為讓我瞎忙很有趣，」她氣沖沖地說。「但是我現在告訴你，我可不覺得有趣。而且我才不需要你們任何人來哄我，或是寵愛我！」

然後她走出門。艾薩克森兄弟和我又繼續擔憂地交換眼色，但是什麼都不必說了。我們都知道莎拉是對的，克萊斯勒則是難以理解地、頑固地錯了。當克萊斯勒嘆口氣跌坐回椅子上，一時之間，他似乎也明白了這點；但他什麼都沒做，只是要求我們離開，說他累了，然後雙眼盯著眼前的那封信。我們其他人拿了自己的東西往外走，並向克萊斯勒道別，但是他毫無反應。

要是這個事件沒有任何影響，那麼我大概就不會在此提起。沒錯，這是我們在百老匯大道八〇八號第一次嚴重的意見分歧，但這種事情在所難免，而且我們一定很快就會度過。但這回克萊斯勒和莎拉的尖銳對話的確有了影響：這些影響不光是揭露了克萊斯勒許多不為人知的過往（連我都不知道），也同時指引我們往前走，和美國近代史上最令人不安的罪犯之一正面相逢。

22

接下來一個星期左右，我們很少見到克萊斯勒，後來我才知道，這段時間他幾乎都在市立監獄和各式各樣住宅區裡，訪談一些曾因為家庭暴力而遭到逮捕的男人，或是曾被施暴的妻子與小孩。他只來過總部一兩次，而且幾乎都沒說話，只是來拿筆記和資料，帶著一種強大的、簡直是不顧一切的決心。他始終無法向莎拉道歉；但即使兩人交談的少數幾個字眼都尷尬而生硬，莎拉心中其實已經原諒他那些刻薄的話，將之歸因於克萊斯勒對於這個案子投入愈來愈多情感，以及隨著四月結束、我們所有人都開始感受到的緊張。無論我們的兇手用的是哪種月曆，如果他按照自己既有的模式，那麼他很快就會再度出擊。在當時，這種預期兇案又將發生的心態，似乎就足以解釋克萊斯勒的反常行為；但後來我們發現，那只是部份原因而已。

至於我的部分，在五月的頭幾天，馬庫斯和我決定分派一下任務，分頭各自進行。馬庫斯去查訪下東城和附近的各個天主教堂，看能否找到任何曾經注意到喬治歐·桑托瑞里的人；同時我則負責查出更多有關那兩個教士的資訊。那個週末，我拜訪了阿里·伊本－葛齊的父親曾住過那棟房子的房東，又去找桑托瑞里太太和那棟出租屋的其他房客訪談（又是請莎拉幫忙翻譯），於是更確定那兩位教士又到處撒錢，好讓大家封口。我因此只好把查訪的焦點轉向牽涉在內的兩個教會。我們猜想，我身為《紐約時報》記者的身分會比較容易、比較快得到拜訪的管道，而且我決定一開始從最頂端下手：去拜訪紐約的羅馬天主教總主教麥可·柯瑞根，以及紐約聖公會主教亨利·寇曼·波特。這兩個人都住在靠近麥迪遜大道的五十幾街上，住處都是非常舒適的連棟透天排屋，我估計應該花一天就可以拜訪完兩個人。

我先去找波特。雖然當時紐約的聖公會教徒只有幾萬人，但這幾萬人裡頭包括了全紐約最富有的幾個家族；因而聖公會在紐約不但建造了奢華的教堂和禮拜堂、擁有大量房地產，而且積極參與市內事務。波特主教（常被稱為紐約的「第一公民」）個人偏愛他位於紐約州北部教區那些古雅的小村和教堂，勝過忙亂、吵雜、骯髒的曼哈頓；但是他知道教會的金主集中在哪裡，於是也盡責在紐約市拓展會眾範圍。這一切都證明波特心裡有很多大事要考慮；而儘管我在他非常奢華的客廳等了許久，超過了他在彌撒上講道的所需時間，但當他終於出現時，卻說只能給我十分鐘。

我問他是否知道有個穿著教士服裝、戴著聖公會圖章戒指（一個大的紅色十字加上幾個小的白色十字）的男子，最近四處拜訪幾樁兒童謀殺案的相關知情人士，付了大筆金錢要他們封口。波特的表情看不出絲毫震驚的痕跡，只是冷靜地告訴我，這個男人一定是冒充教士或神經病，說不定兩者皆是。他說聖公會教會沒興趣干擾任何警察事務，尤其是謀殺案。然後我問起這樣的圖章戒指是否很容易弄到。他聳聳肩往後舒適地靠坐，脖子垂肉遮著硬挺的黑白兩色衣領，說他不曉得要弄到這種戒指有多容易。他想任何有能力的珠寶商都可以打造出來。顯然地，我從這個人身上是打聽不到任何消息的；但純粹為了好玩，我決定問他是否知道保羅・凱利為了這幾件謀殺案的問題，威脅說要鼓動移民社區起來抗議，而且已經實現了一部分。波特說他對凱利先生根本沒印象，更別說他講過的什麼威脅了；因為聖公會的信徒很少屬於波特所謂「近年抵達這個城市的市民」，所以他自己或他的下屬很少注意這類事情。波特最後建議我去拜訪柯瑞根總主教，說他跟這類市民和街坊區域比較有接觸。我跟他說我下一站就要去柯瑞根的住宅，於是就告辭離開。

我承認，在見到波特之前，我本來就抱著疑心，但他那種非常不像教士的、缺乏興趣的態度，讓我見過他之後更加疑心了。為什麼他沒有絲毫對被害人的關懷之意？為什麼沒有保證只要我開口要求，任何事他都會盡力幫忙？為什麼臨別時沒有搖著頭希望殘忍的兇手能被捕、同時熱切地跟我握手？

這一切，我很快就發現，要到柯瑞根總主教的住宅裡才能找到。他的住宅就在新建的聖派屈克教堂後方，當時即將完工，位於第五十街和五十一街之間的第五大道上。這棟壯麗的教堂無疑證明了建築師小詹姆斯・倫威克當初設計恩典教堂只是暖身而已。聖派屈克教堂巨大的尖塔、拱門、彩繪玻璃窗、黃銅門都是頂尖之作，並以紐約前所未聞的速度執行。而且，不像聖公會教堂是由教會裡少數愚鈍的企業冒險家出資，聖派屈克教堂遵照天主教的優良傳統，所有的工程款項都是來自忠實信徒捐款——包括一波接一波的愛爾蘭人、義大利人，還有其他地區的天主教移民，他們的數量龐大，讓天主教這個美國建國初期少有信眾的宗教，在近年來迅速擴大勢力。

柯瑞根總主教遠比波特要熱情且有魅力；我見到他時，心想他是靠信徒的捐款維生，所以也非得如此不可。他帶著我迅速巡視了大教堂一圈，大略介紹了還沒完工的部分：十字架之路尚待安置，聖母禮拜堂還沒動工，樂鐘還要付錢，尖塔也還得再加上塔頂。我開始想著他會跟我募款；但很快我就發現，這一切只是前奏而已，他真正的目標是要帶我前往天主教孤兒院參觀，讓我看看教堂的另一面。孤兒院位於教堂對面，中間隔著五十一街，是一棟四層樓高的建築物，有個宜人的前院，眾多守秩序的兒童在裡頭走動。柯瑞根說，他帶我來這裡，是希望我了解他們教會有多麼堅定投入，照顧紐約市迷失和被拋棄的兒童；對他來說，這些小孩就跟孤兒院對面的大教堂一樣重要。

這一切都很好——只不過我忽然想到自己還沒問他任何問題。這個非常愉快、熱誠、深情的男子早就知道我來訪的目的，尤其是我開始把剛剛問過波特的那些問題拿來向他提出。柯瑞根的回答像是仔細排練過的：啊，是的，那些被殺害的男孩真是太遺憾了；真可怕；他無法想像一個天主的教士為什麼會介入（雖然他聽說後似乎不是很驚訝）；當然了，他會到處打聽一下，但是他可以跟我保證……等等等等。後來我說自己還有個約要趕去，免得他還得繼續講下去，然後在第五大道招了輛出租馬車，朝下城方向駛去。

現在我很確定，自己這幾天沒得到克拉夫特－埃賓所說的「偏執狂」：我們面對的是某種共謀，教會的人很謹慎地想隱藏這些謀殺案的種種事實。有什麼理由能讓這些高貴紳士們這樣？我愈想愈興奮，覺得他們一定是要保護自己免於醜聞——兇手被揭露是他們的其中一員，那就真的是個大醜聞了。

馬庫斯贊成我的想法：兇手是個墮落的教士；接下來兩天，我們開始故意朝反方向努力，想找出這個推理中的任何瑕疵。但無論如何，都還是沒辦法推翻核心假設。比方說，一個教士似乎不太會是熟練的登山者，但也不是完全不可能；至於兇手提到了「紅蕃」，有可能是源自他在西部傳教的經驗。打獵技巧似乎是個問題，因為盧修斯原先認為這個人從小到大都習於打獵——但教士也有可能是在童年時期培養出熟練的打獵技巧。畢竟，教士也不是打從出生就是教士。他們跟其他人一樣都有父母，有家人，有過去。而這一點，就表示克萊斯勒所有關於心理方面的推測，也可以適用於馬庫斯和我的教士假設。

這個星期接下來的時間，馬庫斯和我又尋找更多細節以支持我們的推理。我們認為，一個教士若要像我們的兇手這麼熟悉屋頂，那幾乎可以確定就是負責傳教方面的工作，因此我們應該去調查天主教和聖公會負責向貧民傳教的部門。在這方面，我們碰到了很多阻撓，也沒蒐集到什麼牢靠的資訊。不過我們並沒有喪氣，事實上，到了星期五，我們對自己的推理信心十足，因而決定講給莎拉和盧修斯聽。他們對我們的努力表達了讚賞之意，但也堅持指出馬庫斯和我不重視的一些矛盾之處。那說不定兇手有軍事背景呢？盧修斯問，這可以解釋為什麼我們的兇手可以在危機環伺之下，仍然有能力仔細策劃暴力行動並冷靜執行。一個教士怎麼可能培養出這種能力？我們回答，說不定兇手曾在西部軍團的某個地區擔任過隨軍牧師。這樣不但可以解釋兇手的軍事經驗，也可以解釋印第安人和邊境的關聯。盧修斯說，他還不曉得隨軍牧師會有戰鬥的訓練；莎拉則說，總之，如果我們的兇手曾在邊境軍團待過幾年，而且我們已經知道他年紀不會超過三十一歲，那麼他怎麼還有時間把紐約市摸得如此熟悉？我們回答，因為他童年在紐約市長大。莎拉則追問，如果是這樣，那我們就得接受他是出身富裕家庭，才能解釋他為何精通登山和打獵。好吧，我們說，所以他是有錢人。接下來，就是天主教和新教正在聯手合作的事實：如果其中一個教會出了個謀殺兇手，另一個不是會很高興嗎？我們實在想不出任何有力的解答，於是說莎拉和盧修斯只是嫉妒我們而已。他們聽了有點火大，宣稱他們只是按照慣有程序，提出一些反對和不一致之處，好確保我們的推理方向正確，他們這樣做並沒有錯。

大約五點時，克萊斯勒出現了，但沒有參與我們的辯論，而是急忙把我拉到一旁，要我立刻陪他去大中央總站。我已經好幾天都跟克萊斯勒沒什麼接觸，但還是很擔心他，而他突然神祕兮兮地要我跟他去搭火車，讓我一點也不放心。我問他是不是該收拾行李，但他說不必，又說我們只是要搭哈德遜河線進行一趟短途旅程，去紐約州北部不遠處的一個機構做個訪談。他之前已經排好要晚上過去，他說，因為屆時那個機構的大部分資深人員都下班了，我們去訪比較不會受到注意。他願意提供的細節就是這些，當時我覺得很神祕；但現在回想起來，他的做法完全合理，因為要是他老實告訴我要去哪裡、要見什麼人，我幾乎可以確定，我會拒絕陪他去的。

花不到一個小時車程，我們就從曼哈頓市區來到哈德遜河畔的這個小鎮，鎮名是早年一名荷蘭商人根據一位中國知名官員秦興而命名，日後通稱新新。對於訪客和囚犯來說，來到這裡的路程通常脫離現實，好像是你所能想像最短、但又同時最長的旅程。緊臨水邊、居高臨下俯瞰著河對面塔潘澤絕壁的新新監獄（舊名「宜人峰」）於一八二七年開始收容犯人，當時號稱具體實踐了最先進的監獄管理學概念。也的確，那時的監獄其實都只是小工廠，犯人們在裡頭製造各式各樣的東西，從梳子到家具到石磚。就許多方面而言，當時的囚犯處境比七十年後要好一些（或至少比較有事做）。沒錯，在十九世紀初期的那幾十年，囚犯會被毒打、被折磨，但以前向來如此，至今依然；而且大部分人都會告訴你，工作比「懺悔」要好。因為所謂的懺悔，大部分時間就是閒著沒事做，只能沉思默想著害自己入獄的罪行，然後計畫要對那些相關人士報復。但後來勞工組織出現，無法容忍工資被便宜的罪犯工人壓低，於是監獄工廠便因此消失。主要也因為這個原因，到了一八九六年，新新監獄便退化為一個恐怖且毫無目標的地方，囚犯們還是穿著條紋制服，還是要遵守沉默的規則，而且也還是要齊步走，只不過他們以前齊步走去做的工作，現在都沒了。

想到要去拜訪這麼一個殘忍、沒有希望的地方，就已經讓人生畏了，但完全比不上克萊斯勒終於說出我們要去見誰之時，我所體會到那種深深的憂懼。

「我真是太笨了，之前竟然都沒想到，」克萊斯勒說，此時我們的火車轟隆沿著哈德遜河往北行，車窗外西邊翠綠的山丘之外，是一片美好的日落景致。「當然了，事情已經過了二十年。但以前我從沒想到，自己有一天可能會忘了這個人。我一看到那些屍體，就早該聯想到的。」

「拉茲洛，」我堅定地說，雖然很樂見他終於多話起來。「現在你已經說服我加入這個淒慘的任務，那麼或許就省掉那些神祕兮兮的暗示，直接告訴我，我們到底要去看誰？」

「更讓我驚訝的是，你居然也沒想到，摩爾，」他回答，顯然對我的不安有點幸災樂禍。「畢竟，他向來是你最喜歡的人物之一啊。」

「到底是誰？」

他的黑色眼珠緊盯著我。「傑西．潘墨洛伊。」

我們兩個都不安地沉默下來，好像光是講到這個名字，就足以把恐懼和混亂帶入我們這個接近全空的火車廂；等到我們又開始談話討論案子，也還是壓低聲音。因為在我們有生之年，雖然也出現過殺了更多人的兇手，但是沒有一個像傑西．潘墨洛伊這麼令人不安。傑西住在紐約市郊一個小村，一八七二年，他一連誘拐了好幾個幼童，到他家附近的偏僻地點，然後將他們剝光衣服綁起來，用刀子和鞭子予以凌虐。他最後被捕入獄，但監禁期間的行為表現實在太好了，因而當他母親（很早就被丈夫拋棄）在傑西服刑十六個月後充滿感情地提出假釋請求時，就獲准了。但傑西出獄後，他家附近幾乎立刻就又發生了一樁更可怕的罪案：一個四歲男孩被發現死在一片沙灘上，喉嚨被割開，身體其他部分也被毀損得很嚴重。傑西成了嫌疑犯，但缺乏證據；幾個星期後，一個十歲失蹤女孩的屍體被發現藏在傑西家的地下室。那女孩身上也有被凌虐和毀損的痕跡。傑西被逮捕了，接下來幾個星期，附近地區失蹤兒童的懸案全都重起調查。雖然沒有一件能直接連到傑西身上，但他家地下室那個小女孩的命案則是鐵證如山。傑西的律師以心神喪失為抗辯理由。雖然很合理，但這個嘗試從一開始就註定沒希望。傑西原先被判處絞刑，但後來被減刑到終身單獨監禁，因為他的年齡：

傑西．潘墨洛伊在開始他的恐怖犯罪生涯時，年僅十二歲；而等到他被永遠關進單人牢房的時候。也才十四歲而已。直到我寫下這些字句時，他還一直待在那裡。

一八七四年夏天，傑西的律師以心神喪失為理由提出無罪抗辯，之後沒多久，克萊斯勒便認識了這個媒體所稱的「男童惡魔」。當時跟現在一樣，這類抗辯的判斷依據，就是「姆納頓規則」，姆納頓是一個不幸的英格蘭人，他在一八四三年因為精神錯亂，誤以為首相羅伯．皮爾想殺害他，於是就決定自己先動手殺掉皮爾。雖然他沒達成目標，但是誤殺了首相的秘書。總之，後來他被宣告無罪，因為他的律師成功地提出理由，證明他並不明白自己行為的性質，也不知道這樣做是錯的。此後世界各地許多案子都以心神喪失為抗辯理由；而三十年後，傑西．潘墨洛伊的律師也找來一批精神病專家評估他的當事人，希望他們能宣佈他就跟姆納頓一樣發瘋了。其中一名專家，就是當時還很年輕的拉茲洛．克萊斯勒醫師，他跟其他幾名精神病學家評估之後，認為傑西神智正常得很。最後這個案子的法官同意這些專家的看法，不過他特別指出，他發現克萊斯勒醫師對於這名男童惡魔行為的解釋特別神祕難解，而且相當駭人聽聞。

這樣的說法也不足為奇，因為克萊斯勒的解釋中特別強調傑西的家庭生活。但是當我們的火車更接近新新監獄時，我忽然明白，克萊斯勒二十年前的調查中，有另外一部分對我們眼前的目的特別重要：傑西天生有兔唇，而且嬰兒期曾因為一場熱病而留下滿臉痘疤，更慘的是，還害他一眼潰爛且失明。即使在當時，傑西特別愛毀損被害人的雙眼就似乎不是巧合；但是在審判期間，他總是拒絕討論自己這方面的行為，因而專家們也無法得出任何可靠的結論。

「我不明白，克萊斯勒，」我說，此時我們的火車在新新站停下。「你說你原先沒把傑西和我們的案子聯想在一起，那為什麼我們現在又要跑來？」

「你可以謝謝阿道夫．梅耶醫師，」克萊斯勒回答，此時我們來到火車站月台，有個戴著蟲蛀破帽的老人走向我們，為他的出租馬車拉生意。「我今天跟他講了好幾個小時的電話。」

「梅耶醫師？」我問。「你告訴他多少？」

「全都說了。」克萊斯勒只回答。「我對梅耶完全信賴。雖然在某些事情上頭，他認為我走錯方向了。比方說，他很贊成莎拉的意見，認為我們的兇手在童年人格形塑時期，有一個女人的角色發揮作用。事實上，就是這一點，還有眼睛的事情，讓他想到傑西．潘墨洛伊。」

「一個女人的角色？」我們上了那名老人的出租馬車，離開車站，駛向監獄。「克萊斯勒，這話是什麼意思？」

「別管了，約翰，」他回答，往外看著遠方的監獄外牆，此時我們周遭的天光開始迅速黯淡下來。「很快你就會曉得了，而且我們進去之前，有幾件事你得先知道。第一，典獄長同意這次會面，是因為我提出要付給他一大筆賄賂，而且我們到的時候，他不會親自出來接我們。只有另外一個叫雷斯基的警衛知道我們是誰，以及我們去訪的目的。他會收下錢，帶我們進去和出來，希望不會有人注意到我們。所以你盡可能不要跟傑西說話，甚至完全不要開口。」

「為什麼？他又不是監獄的人員。」

「沒錯，」克萊斯勒回答，此時新新監獄主樓（裡頭有上千個牢房）的單調正面出現在我們前方。「不過儘管我認為在毀損屍體方面的問題，傑西可以給予我們協助，但是他實在太變態了，要是他知道我們的目的，可能就不肯幫我們。所以，為了種種原因，千萬不要提起你的名字，或是我們的任務。我應該不必提醒你——」克萊斯勒壓低聲音，此時我們來到了監獄的前門，「這個地方有多麼危險。」

23

新新監獄的長方形主樓和哈德遜河平行，而其他幾座附屬建築物、工坊，以及一座包括兩百個牢房的女子監獄，則和主樓的一端呈直角相接、往河邊的方向延伸。高高的煙囪從各棟建築內聳立而起，使得整座監獄看起來像是一家極其無趣的工廠，只不過到當時為止，裡頭主要的產品，都只是人類的悲慘而已。原先設計的單人牢房，現在都擠了好幾個人，而且長年缺乏維修，使得整座監獄非常破敗：腐爛的景象和氣味處處可見。還沒進入大門，克萊斯勒和我就能聽到院子裡傳來行進的腳步聲。儘管其中不再夾雜著鞭打聲（鞭打在一八四七年已經被宣佈為不合法），但警衛們身上帶的木棍，已經表明這個地方維持紀律的主要手段是什麼了。

雷斯基警衛是個大塊頭，滿臉沒刮乾淨的鬍碴，還有相稱的暴躁脾氣。他終於出現後，就帶著我們穿過石板小徑和院子四周零星的草皮，進入監獄主樓內。在靠近門邊的一個角落裡，有幾個囚犯雙手套在鐵和木頭打造而成的枷鎖裡，一群警衛正在生氣地痛罵他們，那幾個警衛的深色制服看起來沒比雷斯基整齊，脾氣似乎也沒有比較好，甚至還更糟。我們走到一半，忽然聽到一聲痛苦的喊叫：一間四乘八呎的小牢房中，幾名警衛正在對一個囚犯使用「蜂鳥」——那是一種電擊裝置，會引起犯人極大的痛苦。儘管克萊斯勒和我以前都見識過這些，但每次看到卻都還是難以接受。我們繼續往前走，我看了克萊斯勒一眼，發現他臉上跟我有同樣的情緒：有這種刑罰系統，也就難怪犯人出獄後的再犯率很高了。

傑西．潘墨洛伊被關在主樓的另一頭，於是我們必須經過幾十間牢房，看到各種情緒的臉，從極度痛苦和憂傷到最陰沉的憤怒都有。由於監獄裡二十四小時都規定犯人不准說話，所以我們沒聽到清楚的人聲，只偶爾有些悄聲的氣音。我們的腳步聲迴盪在整棟主樓內，加上囚犯們持續不斷的打量眼神，很快就搞得人簡直要發狂。抵達建築的盡頭後，我們進入一條潮溼的小走道，通往一個小房間，那房間裡頭沒有真正的窗子，但是靠近天花板的牆上有幾道小縫隙。傑西・潘墨洛伊就坐在這個房間裡一個奇怪的木棚內。那木棚頂端有水管伸出來，但據我所能看到的，棚子內部是一片乾燥。我困惑了幾秒鐘後，才明白那棚子是什麼：惡名昭彰的「冰水浴」，以前獄方會把特別不守規矩的囚犯硬是浸在冰水裡。這種懲罰方式造成了很多人休克死亡，因而幾十年前就被禁止了。不過顯然地，獄方也沒費事拆掉這個裝置，無疑是因為警衛覺得還是有嚇阻作用。

傑西手腕上鎖著沉重的手銬，肩膀上還頂著一個鐵製的「領圈罩」，環繞著頭部。領圈罩這種怪誕的懲罰工具，通常用在特別難管的囚犯身上，這是一種兩呎的鐵柵籠，重量跟囚犯的腦袋一樣，會讓戴上的人非常不舒服，且逼到快發瘋的狀態。然而儘管有沉重的手銬和領圈罩，傑西還是一手拿著書，正在靜靜閱讀。他抬頭看到我們時，我仔細觀察著他臉上的痘疤、上唇醜陋的缺陷（被一道稀疏的小鬍子勉強遮住了），以及他渾濁又可憎的左眼。我們跑這一趟的原因非常明顯了。

「哎呀！」他輕聲說著站起來。即使傑西此時三十幾歲了，腦袋周圍還套著一個高高的籠子，但他個子夠矮，在那個舊棚子裡仍能站直身子。他醜陋的嘴露出微笑，笑裡融合了疑心、驚訝、滿足，那是囚犯碰到預期之外的訪客所慣有的反應。「克萊斯勒醫師，希望我沒記錯。」

克萊斯勒也露出微笑，看起來似乎很真誠。「傑西。好久不見了，沒想到你還記得我。」

「啊，我記得你的，」傑西回答，男孩氣的口吻中仍帶著幾分威脅。「你們每一個我都記得。」他又審視了克萊斯勒片刻，然後忽然轉向我。「不過我從沒見過你。」

「沒錯，」克萊斯勒搶在我前頭說。「你沒見過他。」然後克萊斯勒轉向我們的警衛，他正臭著一張臉。「好吧，拉斯基。你可以在外頭等。」接著遞給他一大疊鈔票。

拉斯基的臉露出喜色，不過他只是說，「是的，先生，」然後就轉向傑西。「你可要小心了，傑西。今天你已經受了不少罪，但是還有可能更糟的。」

傑西好像沒聽到似的，只是繼續望著克萊斯勒，等著雷斯基離去。「在這裡，想受點教育還真的很困難。」傑西等到門關上後才開口。「不過我正在努力。我猜想，或許以前我就是這上頭出了錯——沒受教育。我正在自學西班牙文，你知道。」他講話的口吻還是很像二十年前的那個少年。

克萊斯勒點點頭。「了不起。我看到你戴著領圈罩了。」

傑西大笑。「啊——他們說我趁一個傢伙睡著時，用香菸燒他的臉。他們說我整夜沒睡，用鐵絲做了根桿子綁著菸屁股，才能伸出欄杆搆著他。可是我請問你們——」他轉向我，渾濁的眼珠漫無目的地轉動著。「我像是會做這種事的人嗎？」他輕笑一聲，欣喜而頑皮——又是像個少年。

「那麼，我想你是活剝老鼠皮剝煩了吧，」克萊斯勒說。「幾年前我來這裡的時候，聽說你會拜託其他囚犯幫你抓老鼠。」

又是一聲低笑，這回幾乎是有點害羞的意味。「老鼠。很會扭動又吱吱叫。如果你不當心，就會被狠狠咬一口。」他秀出雙手上幾個很深的小疤痕。

克萊斯勒點點頭。「你還是跟二十年前一樣憤怒，嗯，傑西？」

「我二十年前並不憤怒，」傑西回答，依然咧嘴笑著。「當時我是發瘋了。只是你們這些人太笨，沒辦法搞懂。不過總之，你今天跑來這裡想做什麼，醫師？」

「算是重新評估吧，」克萊斯勒謹慎地說。「我有時候會順便拜訪一下以前的評估對象，看看他們的進展如何。今天我碰巧有事要來這個監獄──」

傑西的聲音頭一回變得極其嚴肅。「別跟我耍花招，醫師。即使戴著這手銬，我還是可以在雷斯基衝進來之前，把你的眼珠給挖出來。」

聽了這些話，克萊斯勒的臉亮了一下，但是聲音還是保持冷靜。「你大概以為，這些話可以證明你心神喪失了？」

傑西低笑。「你認為呢？」

「我二十年前就不這麼認為，」克萊斯勒聳聳肩說。「你殺害那兩個小孩，把他們的眼珠都挖出來了，另外你凌虐過的幾個也是。不過我沒看出任何瘋狂──其實，還相當可以理解。」

「哦？」傑西的口氣又變得頑皮起來。「怎麼說？」

克萊斯勒暫停一會兒，然後身體前傾。「傑西。我從沒見過有人只因為羨慕，就被逼瘋的。」

傑西一臉茫然，然後一手猛然朝臉拍去，撞上了領圈罩的鐵柵。他雙手握拳，似乎整個人就要跳起來了，我也準備好要應付棘手狀況；但接下來，他只是一笑置之。「我告訴你一件事吧，醫師，如果你以前花錢受教育，學到的是那個，那你就是被坑了。你以為只因為我瞎了一隻眼睛，就到處跑去亂挖那些有好眼睛的人？才不呢。看看我吧，我可是造物之神種種錯誤的大全集！我為什麼沒去割開任何人的嘴巴，或是割爛別人的臉？」然後傑西身體湊近克萊斯勒。「而且如果只是因為羨慕，醫師，那你為什麼沒去砍斷別人的手臂？」

我趕緊看了克萊斯勒一眼，看得出這句話令他猝不及防。但他早就學會在評估對象面前控制好自己的反應，所以他只是眨了一兩下眼睛，還是盯著傑西。不過傑西把那些眨眼看在眼裡，於是身體後退，露出滿足的笑容。

「是啊，你很聰明，沒問題。」他低笑著說。

「那麼，你毀損那些眼睛，並沒有任何意義，」克萊斯勒說；後來回顧起來，我明白他是很小心地在操弄對方。「只是隨機的暴力行為而已。」

「我可沒說，別把那些話硬塞到我嘴裡，醫師。」傑西的聲音再度顯露出警告意味。「這些問題你很久以前就已經問過我了。我現在只是告訴你，我那樣做，並沒有理性的原因。」

克萊斯勒審慎地昂起頭。「或許吧。不過，既然你不願意說出你的原因，那我們繼續爭辯也沒有意義了。」他站起來。「而且，我還得趕火車回紐約。」

「坐下。」這句話中的暴力意味實在太明確了；但克萊斯勒還是刻意表現得無動於衷。傑西因而更焦慮了。「這個話我只會告訴你一次，」傑西繼續急切地說。「我當時瘋了，不過我現在再也不瘋了——這表示，我現在回想起來，一切都可以看得很清楚。我當時對那些小孩做的事情，沒有任何理性的原因。我只是——我只是再也受不了了，如此而已，我必須阻止它。」

克萊斯勒知道自己接近答案了。為了進一步誘出真相，他往後坐下，然後輕聲說。「必須阻止什麼，傑西？」

傑西抬頭看著空白石牆頂部的小縫隙，現在可以看到外頭天空的幾顆星星了。「凝視，」他喃喃道，以一種全新的、不帶感情的聲音說。「觀看。一直看個不停。一直在看。一定得停下來。」他再度轉向我們，我覺得他完好的那隻眼睛裡似乎有淚；但他的嘴唇彎起，再度露出微笑。「你知道，我以前常去動物園——城裡的那個。當時我年紀還很小，而且我老是想著那些動物不管在做什麼，都有人在看著牠們。就那樣瞪著看，一臉愚蠢、茫然，睜大眼睛，張著嘴巴——尤其是小孩，因為他們蠢得什麼都不懂。而那些該死的動物也會回看著他們，你看得出牠們很生氣，該死，應該說是兇猛才對。牠們只想把那些人撕爛，只想讓那些人別再看了。牠們走來走去，走來走去，想著如果牠們可以出去，只要一分鐘，牠們就會讓那些人嚐到這樣看個不停的下場。唔，雖然當時我沒被關在籠子裡，醫師，但是從我有記憶以來，那些該死的呆滯眼睛照樣到處都是，走到哪裡都不放過我。瞪著我，瞧著我，隨時隨地，無處不在。你告訴我，醫師，你告訴我這樣怎麼會不把人逼瘋。於是等到我年紀夠大了，我看到那些愚蠢的小混蛋站在那裡，舔著棒棒糖，瞪著大眼睛——唔，醫師，我當時可沒被關在籠子裡，所以就沒有什麼能阻止我去做必須做的事。」

傑西講完後沒動作，只是呆坐在那裡，等著克萊斯勒的反應。

「你說以前一直都是那樣，傑西，」克萊斯勒說。「就你有記憶以來？所有你認識的人都是這樣？」

「每個人，除了我爸。」傑西回答，還伴隨著一個毫無幽默意味、幾乎是可憐的笑聲。「他一定是看我看得太煩了，才會跑掉。其實我也不知道，我根本完全不記得他。不過根據我媽慣常的行為，我猜想就是這樣。」

再一次，克萊斯勒臉上閃現出期待，雖然只是極短的片刻。「那是什麼狀況？」

「那就像——這樣！」傑西猛地站起來往前，套在籠子裡的頭離克萊斯勒的臉只有兩呎。我趕忙起身，但傑西沒再往前。「醫師，叫你的保鏢可以坐下了。」傑西說，那隻好的眼睛盯著克萊斯勒。「我只是要示範給你看。以我的感覺，就是向來都像是這樣。每一分鐘都盯著我看，原因我也不知道。她總是說，那是為了我好，但她的樣子不像。」那領圈罩在傑西伸出的脖子上非常沉重，他最後終於退開。「是啊，她一定對我這張老臉很有興趣。」又是一聲死沉沉的笑聲。「不過她從來不想吻這張臉，我可以這麼告訴你！」他好像被什麼觸動了，暫停下來，再度抬頭看著牆上的那道縫隙。「我抓來的第一個男孩，我逼他吻這張臉。他不想，不過在我對付過他之後。他吻了。」

克萊斯勒又等了幾秒鐘才問：「那你今天用菸蒂燙傷臉的那個男人呢？」

隔著領圈罩的鐵柵，傑西啐了一口到地上。「那個白癡——又是同樣的事情！就是沒辦法轉開他的眼睛，我還得跟他講二十次，叫他——」傑西忍住了，忽然轉向克萊斯勒，臉上出現了真實的恐懼；然後那恐懼很快就消失，致命的微笑又回來了。「糟糕，看起來我不小心說溜嘴了，對吧？算你厲害，醫師。」

克萊斯勒站起身。「我可沒做什麼，傑西。」

「是喔，」潘墨洛伊大笑。「或許你說得沒錯。只要我活著一天，就永遠搞不懂你是怎麼讓我說出那些話的。如果我有頂帽子，現在我就會向你脫帽致敬了。不過，既然我沒有——」

傑西一個迅速的動作，就彎身從靴子裡掏出一個發亮的東西，威脅地朝我們伸過來。他踮起腳趾，全身繃緊，準備要往前撲。我出自本能地後退靠著牆，克萊斯勒也一樣，只不過動作比較慢。傑西哈哈大笑起來，我仔細打量他手裡的武器，發現是一片長長的厚玻璃，一端包著沾了血的破布。

24

傑西的動作比大部分沒戴鐐銬的人都還要靈巧，他把自己剛剛坐的那把椅子踢到牢房另一頭，卡在門鈕下方，不讓外頭的人進來。

「別擔心，」他說，還是咧嘴笑著。「我一點也不想割你們兩位——我只是想逗逗外頭那個白癡大塊頭！」然後他轉身再度大笑，朝外頭喊著：「嘿，雷斯基！你準備好要砸掉飯碗了嗎？等典獄長看到我對這兩位所做的，他就再也不會讓你在這個糞坑當警衛了！」

雷斯基詛咒著，開始猛撞著門。傑西手拿著那片破玻璃，大致朝著我們喉嚨的方向，但是沒有更進一步的威脅動作，只是笑得愈來愈厲害，搞得那警衛愈發火大。沒過多久，門的鉸鏈就被撞鬆了，很快地，門鈕下的那張板凳翻倒。隨著一個響亮的破裂聲，雷斯基衝進牢房裡，同時門垮在地上。他掙扎著爬起身，首先看到克萊斯勒和我都沒事，接著看到傑西手裡拿著武器。雷斯基抓了倒下的板凳衝向傑西，傑西不太認真地抵抗了一下。

從頭到尾，克萊斯勒似乎都不太擔心我們的安全，只是一直緩緩搖著頭，好像他完全知道接下來會發生什麼。雷斯基很快就搶走傑西手裡那片破玻璃，然後兩個大拳頭毫不留情地毆打傑西。卻也沒辦法碰到傑西的臉，似乎只因此更加憤怒，下手也更狠。然而即使傑西痛得叫喊，同時仍是不停地大笑——那是一種狂亂而放縱的笑聲，恐怖的是，還帶著欣喜。我完全被搞糊塗了，整個人僵在那裡動不了；但克萊斯勒看了幾分鐘後，就走上前抓住雷斯基的肩膀要往後拉開。

「住手！」他大吼道。「雷斯基，老天在上，住手，你這笨蛋！」他不斷又拉又扯，但身形巨大的雷斯基不為所動。「雷斯基！住手，你還看不出來嗎？他就是希望你這樣！他享受得很！」

那警衛繼續揮拳痛揍，最後克萊斯勒似乎也急得不顧一切，用全身的力量把雷斯基硬推開。雷斯基驚訝又憤怒，朝克萊斯勒的腦袋狠狠揮出一拳，但克萊斯勒輕易就躲過。看到那警衛還想繼續，克萊斯勒也握起拳頭，右手迅速給了雷斯基幾拳，讓人想起他將近二十年前和羅斯福那場了不起的對決。雷斯基踉蹌後退倒地時，克萊斯勒就喘著氣站在他上方。

「不能再打下去了，雷斯基！」他說，那聲音激動得讓我衝過去，擋在他和那個趴地的警衛之間，免得我這位朋友繼續攻擊。傑西倒在地上痛苦地扭動，銬住的雙手想去摸肋骨，同時還在怪誕地大笑著。克萊斯勒轉向他，呼吸急促，輕聲又說了一次：

「不能再打下去了。」

雷斯基恢復理智後，雙眼瞪著克萊斯勒。「你狗娘養的！」他想爬起來，但是不太容易。「救命，」他喘著氣說，朝地上啐了一口血。「救命！警衛出事了！」他的聲音在走廊間迴盪。「在舊浴室！救我，該死！」

我聽到奔跑的腳步聲朝我們接近，似乎是從主樓的另一端傳來。「拉茲洛，我們得離開了，」我趕緊說，知道我們現在麻煩大了：雷斯基看起來不像是會放棄報仇的人，尤其是有同事助陣。克萊斯勒依然看著傑西，於是我只好把他拉出牢房。「拉茲洛，要命！」我說。「你這樣會把我們給害死的，快點跑吧！」

我們離開牢房時，雷斯基還昏昏沉沉地朝著我們撲來，但只是又摔到地上而已。我們在走廊上碰到四名警衛，我趕緊告訴他們雷斯基和傑西兩人起了衝突，雷斯基受傷了。那些警衛看到克萊斯勒和我都沒受傷，於是繼續往前，同時我催著克萊斯勒趕緊跑，經過前門幾個正圍在一起商量的警衛。沒多久，裡頭的警衛就了解真正的情況，緊接著就吼著追出來。幸好，我們原先雇的那輛出租馬車還守在大門口，等到那些追逐的警衛出現時，我們已經離那個地方有幾百碼，正趕往火車站，同時一邊祈禱著——至少是我——不必等太久就有車。

第一列出現的火車是區域慢車，中間要停十二站才會抵達紐約大中央總站；不過以我們當時的困境，也只能接受了。我們上了車，發現裡頭坐滿了小鎮乘客，他們顯然被我們的模樣嚇住了。我不得不承認，如果連我都感覺自己看起來頗像逃犯，那麼眼前這些人的判斷也是理所當然的。為了減低他們的焦慮，克萊斯勒和我就走到最後一節車廂，出了後門，站在車尾的瞭望平台上。看著新新監獄的高牆和煙囪，隨著火車疾馳，監獄景觀也逐漸融入哈德遜河谷的黑色森林中。我拿出一個裝著威士忌的小扁瓶，兩人各喝了一大口。等到終於再也看不到監獄的任何一部分，我們的呼吸也開始順暢起來。

「你可有很多事情要好好跟我解釋了，」我對克萊斯勒說，此時我們站在車頭引擎吹來的暖風中。我鬆了口大氣，忍不住微笑起來，不過我是很認真想知道怎麼回事。「你不妨先告訴我，我們為什麼要來這裡。」

克萊斯勒又喝了一大口威士忌，然後審視著小扁瓶。「這個牌子的酒特別生猛啊，摩爾，」他說，迴避我的問題。「我有點被嚇到了。」

我站直身子。「克萊斯勒……」

「好的，好的，我知道，約翰，」他回答，揮手示意我別再說了。「你有資格得到一些答案。但是該從何說起呢？」他嘆了口氣，又喝了一口酒。「就像我之前跟你說過的，我今天稍早跟梅耶醫師談過。我把我們到目前為止的大致工作狀況都跟他說了。然後我告訴他有關——有關我和莎拉的爭執。」他慚愧地咕噥一聲，踢了一下欄杆。「我一定要跟她道歉才行。」

「是啊，」我回答。「一定要。梅耶說了什麼？」

「關於莎拉提出兇手童年有個女性角色，他覺得很有道理，」克萊斯勒回答，還是有點懊悔之色。「我不知不覺就跟他辯論起來，就像當初跟莎拉爭執一樣。」他又喝了一口酒，再度咕噥了一聲，然後喃喃道，「謬誤，真該死……」

「什麼？」我被搞糊塗了。

「沒什麼，」克萊斯勒回答，搖了一下頭。「我自己思考上的一個反常狀況，害我浪費好幾天寶貴的時間。但現在不重要了。真正重要的是，我今天下午想過整個問題，發現梅耶和莎拉是對的——我們有許多證據顯示，有個女人在我們這名兇手的人格形成期扮演不祥的角色。他執迷於祕密行動，特別喜歡施虐，這種種因素都指向了莎拉所提出過的結論。我剛剛也說過了，我試著跟梅耶辯論，像我之前跟莎拉的爭執那樣，但接著他提起傑西．潘墨洛伊，而且用我二十年前的說法來反駁我現在的話。畢竟，傑西根本就不認識自己的父親，據我所知，他小時候也沒有遭受過度的身體懲罰。但他的人格，在很多方面都很類似我們要找的這名兇手。你也知道，傑西被捕時，都堅持不肯討論他毀損屍體的行為。我只能期望時間和單獨監禁能軟化他的決心，所以就跑來試試看。剛剛我們很幸運。」

我點點頭，回想起傑西在牢房裡說的話。「他說起他母親，以及其他小孩，還有他老是被仔細觀察——你認為這真的是關鍵嗎？」

「是的，我是這麼認為，」克萊斯勒回答，他講話的速度開始變快起來。「還有他特別強調自己周圍的人都不願意碰觸他，說連他的母親都不肯親吻他的臉，你還記得吧？很可能他小時候唯一跟他人有過的身體接觸經驗，就是被嘲笑或折磨的時候。這也直接影響到他的暴力行為。」

「怎麼說？」

「唔，摩爾，我要引用詹姆斯教授的另一段話。這是他以前在課堂上常常提到的概念，而且我第一次在《心理學原理》上讀到時，感覺像是被閃電擊中，非常震撼。」克萊斯勒抬頭望向天空，努力回憶那些字句。「『如果所有冷的東西都是溼的、且所有溼的東西都是冷的；如果所有硬的東西都會刺痛我們的皮膚，而沒有其他東西能如此；那麼我們有辦法區別冷和溼，以及堅硬和刺痛的不同嗎？』一如詹姆斯慣常的作風，在行為的動態領域裡，他不會去推出邏輯上的結論。他只是討論味覺和觸覺這類功能——但我所看到的一切，都顯示這些東西的運作也是動態的。想像一下，摩爾，想像你因為外貌的缺陷，或是某些不幸，所以你向來以為所有的人類碰觸都是嚴厲的、甚至殘酷的，從不曉得還有別種。那你會有什麼感覺？」

我聳聳肩，點了一根香菸。「很差吧，我猜想。」

「或許。但很可能你根本不覺得那有什麼異常。這麼說吧，如果我跟你說『母親』這個字眼，你腦海中立刻會不自覺地浮現出一套基於經驗的熟悉聯想。換了我也是這樣。而我們的這些聯想都無疑混合了好的和壞的，幾乎每個人都是如此。但有多少人對母親的聯想，會像傑西．潘墨洛伊這樣，一律都是負面的呢？沒錯，以傑西的案例來說，我們還可以從母親的概念往外擴展，推到一般的人性概念。比方對他說出『人們』這個字眼，他腦海裡就只會浮現出羞辱和痛苦的畫面，就好像我跟你說出『火車』，你的回答就是『移動』。」

「你之前跟雷斯基說傑西很享受挨打，就是這個意思嗎？」

「沒錯。你可能注意到了，傑西是故意安排自己挨打的。原因並不難猜。他的整個童年，身邊所有人都會折磨他，而過去二十年來，他所接觸的人又全都是像雷斯基這種。他在監獄外和監獄內的經驗，都使得他相信自己和其他人的互動，都只會是對抗而暴力的——他甚至對關在動物園裡的動物產生移情作用，把自己比喻成那樣。這就是他的現實。以他目前的狀況來說，他知道自己會被毒打、斥責；而他唯一能做的，就是設法設定這類凌虐的條件，操弄參與者採取行動，就像他以前也操弄那些被他凌虐、殺害的兒童一樣。他唯一曉得的力量和滿足感就是這種；只有這個方法，才能確保他心理上可以熬過去，所以他很自然就會採用了。」

我邊抽菸邊努力想搞懂這個觀念，開始在瞭望平台上踱步。「但是他心裡，或者任何人心裡，難道不會抗拒這樣的狀況嗎？我的意思是，他難道不會覺得難過或絕望，連對自己的母親都不會？或至少渴望被愛？不是每個小孩天生都——」

「小心了，摩爾，」克萊斯勒警告，自己也點了一根香菸。「你是打算要說，我們天生就有需要和渴望的概念——這個想法或許可以理解，但是沒有任何支持的證據。生物的天生欲望就是存活。而且沒錯，對我們很多人來說，這個欲望跟母親緊密連結。但如果我們的經驗完全是另一種——如果母親這個概念暗示著困惑和通向危險，而不是餵食和營養——求生本能就會讓我們建構出截然不同的觀點。傑西．潘墨洛伊就體驗到這樣的狀況。我現在相信，我們要找的兇手也是如此。」克萊斯勒用力吸了一口菸。「我因此應該謝謝傑西，還有梅耶。不過最重要的，我一定要謝謝莎拉。」

克萊斯勒說到做到。在中途一個小站，他問車站服務員能不能拍一封電報去紐約，還保證說事情很緊急。那位服務員答應了，克萊斯勒就寫下訊息，要求莎拉十一點到戴蒙尼寇餐廳跟我們會合。克萊斯勒和我很晚才到紐約，沒時間再回家換上正式服裝，但查理．戴蒙尼寇見過我們更糟糕的樣子，等我們到達餐廳時，他照樣熱情歡迎我們。

莎拉正在主餐室的一張桌旁等待，那張桌子位於窗邊，外頭隔著第五大道可以看到麥迪遜廣場公園，而且離餐廳裡的其他顧客最遠。她一臉擔心我們安危的表情——那封電報害她很緊張——然後一看到我們沒事，她就開始對我們的這趟旅行好奇起來。她對克萊斯勒的態度（即使他都還沒開口道歉）非常和善，因此讓我覺得很怪：我不認為莎拉是那種特別會記恨的人，但一旦受到傷害，她通常就會對傷害她的人非常提防。不過我努力不要在意他們之間那種奇怪的互動，而是把注意力放在眼前的事情。

莎拉說，以我們去拜訪傑西的收穫，現在我們可以很放心地假設，我們要找的兇手就像傑西一樣，對於自己的外貌非常敏感。這種敏感，她說，就很能解釋兇手對兒童深深的憤怒：小時候不斷被嘲笑和排斥，顯然令他產生了一種狂怒，只靠時間都未必能消解。克萊斯勒也愈加贊同我們的兇手有某種身體缺陷的推理。我是幾個星期前就提出這個觀點的人，但現在我警告他們不要輕易接受。我們已經知道我們要找的人身高超過一八五公分，可以利用繩子就爬上或爬下建築物的側面，同時身上還扛著一個青春期的少年，所以如果他有身體缺陷，那就不會是雙臂或雙腿，其實只可能是在臉上。這就大幅縮小了我們尋找的範圍了。克萊斯勒說，除此之外，他打算要把範圍更加縮小，推斷畸形狀況就發生在兇手的眼睛。因為兇手對被害人眼睛的專注程度，比傑西以往更加嚴重，也更加一致，克萊斯勒認為這個事實不但很重要，而且是決定性的。

這頓飯從頭到尾，克萊斯勒都鼓勵莎拉詳盡解釋，問她認為在我們兇手的人生中，會是什麼女人扮演那樣惡意的角色。莎拉立刻迫不及待地說，在這個案子裡，她相信只有母親才可能有那麼明顯的深刻影響。愛虐待人的家庭女教師或女性親戚可能會令一個小孩感到痛苦，但如果這個小孩可以向自己的母親尋求保護或安慰，痛苦程度就會大幅減輕。莎拉認為，顯然我們這位兇手從來無法從母親處得到這些。這種處境可能有很多種解釋；但莎拉覺得比較可能的，就是這個女人一開始根本不想生這個小孩。莎拉推測，她是不小心懷孕了，或者當時的社會讓她只能嫁人生子。最後的結果，就是這個女人痛恨她所生的小孩，而且因此，莎拉認為很有可能兇手是家中唯一的小孩，或者手足很少：這個母親不會想一再重複生小孩的經驗。而且生下的小孩若有任何身體缺陷，當然就會更加強這個母親既有的負面感覺，但莎拉相信，這種母子關係的原因不光是身體缺陷而已，還會有別的。這一點克萊斯勒贊同莎拉，說雖然傑西．潘墨洛伊把他和母親的相處困境歸咎於自己的外表，但一定還有其他更深層的因素才對。

從這一切討論中，有個結論愈來愈清楚：兇手不可能是富裕人家出身的。首先，富有的父母如果覺得小孩很難帶或討人厭，通常也不必自己帶小孩。其次，一八六〇年代（我們推測兇手出生的時間）的年輕女性不見得非得要嫁人生子，但是無可否認地，這樣的女性要去追求其他的人生，會比三十年後引來更多批評和非議。當然，任何女人都可能意外懷孕，無論是窮人或富人；但我們的兇手所表現出來對性和糞便相關的執迷，讓莎拉覺得他童年受到嚴密的審視和頻繁的羞辱，因此就表示他住在狹小的空間裡——窮人的居住環境。克萊斯勒轉述他稍早和梅耶醫師的談話，莎拉很高興聽到梅耶醫師跟她有同樣的想法。然後更高興的是，我們餐後喝最後的波特酒時，克萊斯勒很善意地向她的努力致謝。

然而，這個放鬆的滿足時刻過得很快。克萊斯勒拿出他的小筆記本，提醒我們離耶穌升天日只剩五天了，這是基督教曆下一個重大節日。他說，現在我們的調查應該要拋開純研究和分析的態度，進入戰鬥狀態。我們已經對兇手的外貌很有概念，也知道他如何、何時、何地會出擊。現在我們終於準備好，要試著預測並防止他的下一次行動。聽了這番話，我吃得飽飽的肚子裡忽然湧起一股焦慮，莎拉的反應看起來也跟我一樣。但我們都知道，這個發展是無可避免的，而且也是我們一開始的目標。於是我們離開餐廳時都更加下定決心，完全不談自己的擔憂。

一走出餐廳，我就感覺到莎拉刻意拉了一下我的手臂。我轉頭發現她沒看著我，但顯然意思是她私下有話要談。克萊斯勒提議搭出租馬車要先送她回家，她婉拒了，等到他一離開，她就帶著我走進麥迪遜廣場公園，來到一盞煤氣燈下。

「怎麼了？」我說，注意到她的表情變得有點激動。「你最好有重要的事情，莎拉。我今天累壞了，而且——」

「是很重要沒錯，」莎拉很快回答，從袋子裡拿出一張摺起來的紙。「我認為很重要。」她的眉毛皺在一起，似乎把那張紙給我看之前，她要先斟酌一下。「約翰，你對克萊斯勒醫師的過去有多了解？我的意思是，他的家庭。」

我對這個話題很驚訝。「他的家庭？我想，跟任何人一樣了解吧。我小時候去過他們家不少次。」

「他們——他們，唔，幸福嗎？」

我聳聳肩。「似乎一直很幸福啊。而且也理所當然。他父母大概是全紐約社交圈最受歡迎的夫婦了。當然，現在看不出來。拉茲洛的父親兩年前中風了，從此就不太出門。他們的房子在第五大道和十四街的交叉口那邊。」

「是的，」莎拉很快說，再度讓我感到意外。「我知道。」

「唔，在我小時候，」我繼續說，「他們常常舉行大型宴會，把歐洲各地的傑出人物介紹給紐約社交圈認識。那個場面真的令人大開眼界，我們都很喜歡去參加。不過你為什麼問這些，莎拉？到底怎麼回事？」

她頓了一下，嘆口氣，然後把那張紙遞給我。「我整個星期一直想搞懂，他為什麼這麼堅持我們的兇手有個暴力的父親和順從的母親。我想出一個理論，然後去查十五分局的資料想證實。這個就是我找到的。」

那張紙是一份報案紀錄，由一位歐班能巡查警官所填寫，他在一八六二年九月的一個晚上——當時拉茲洛才六歲而已——去克萊斯勒家調查一樁家庭糾紛。那張發黃的報告上只有少許細節：據說拉茲洛的父親顯然醉了，被警方以攻擊的罪名在分局裡拘留了一夜（後來這個罪名被撤銷了），另外還有一位當地的外科醫師被找去克萊斯勒家，好治療一個小男孩左手臂的粉碎性骨折。

結論並不難推斷；但是我和拉茲洛從小就認識，加上對他家一貫的印象，因此我很抗拒這些結論。「可是，」我說，心不在焉地把那張紙又摺起來，「可是他跟我們說他是跌倒的……」

莎拉吐出一口長氣。「顯然並不是。」

然後我們沉默良久，我看看公園四下，有點驚訝得說不出話來。熟悉的想法很難抹去，搞得人茫然無措；有好一會兒，麥迪遜廣場上的樹和建築物看起來變得好陌生。然後我腦海中忽然浮現出拉茲洛小時候的模樣，隨之是他高大、外向、愛社交的父親，和他活潑的母親。當我看著他們的臉和形影，同時想起了傑西・潘墨洛伊在新新監獄裡曾提到砍斷別人的手臂；然後我腦海裡的畫面跳到克萊斯勒在火車上講的一段話，看似毫無意義。

「『謬誤，真該死……』」我低聲說。

「你說什麼，約翰？」莎拉靜靜地問。

我用力搖搖頭，設法理清思緒。「克萊斯勒晚上說過的一句話。有關我們過去幾天浪費了多少時間。他說到『謬誤』，我當時沒搞懂他指的是什麼。不過現在……」

莎拉稍微吸了一口氣，也明白答案了。「心理學家的謬誤，」她說。「詹姆斯的《心理學原理》裡頭提到過的。」

我點點頭。「心理學家把自己的觀點和研究對象的觀點混在一起，讓他的想法受限制。」我們又沉默了一會兒，然後我低頭看著那份報告，忽然感覺到一種很確實的急迫感，因而簡直無法完全理解這份文件所牽連的所有意義。「莎拉，」我說。「這件事你跟其他人討論過嗎？」她緩緩搖頭。「那總局的人知道你拿走了這份報告嗎？」她又搖頭。「但是你知道這報告暗示的意義？」這回她點點頭，我也點頭；然後，我謹慎而緩慢地把那份報告撕成碎片，放在一小塊草地上。

我從口袋裡掏出一盒火柴，劃亮一根，湊到那些碎紙片上，堅定地說，「不會有人知道這件事。你的好奇心已經得到滿足了，而如果他又出現異常的奇怪行為，我們就曉得為什麼了。但除此之外，如果這件事傳出去，不會有任何好處的。你贊成嗎？」

莎拉蹲在我旁邊，再度點頭。「我本來就決定要做同樣的事情。」

我們看著那些紙焚為一片片冒煙的灰燼，兩人都希望這是我們最後一次談起這件事，希望克萊斯勒的行為再也不會讓人有必要查探他的過去。但結果，這個不愉快的插曲，儘管證據已經燒成灰，但後來在我們調查的期間，又會再度浮現出來，引發了一場非常嚴重、且幾乎是致命的危機。

25

一開始是盧修斯．艾薩克森建議，要在我們認為兇手可能會出手的日子，密切監視紐約幾個主要經營男雛妓生意的店家。無可否認，這個任務必須小心處理。要是被監視的消息傳了出去，這些酒吧或妓院一定會損失大批顧客，因此要店主合作是不太可能的。也所以，我們的監視不但要避免被兇手發現，也不能引起店主的注意。盧修斯很快就承認他沒有規劃這類行動的經驗，所以我們找來我們公認可以提供專家經驗的成員：史蒂威．塔格特。史蒂威的犯罪生涯有很大一部分是去各個民宅和公寓偷竊，對於暗中監視這類事情很內行。那個星期天下午他走進我們總部時，一開始似乎以為自己惹上了什麼麻煩，結果發現我們其他人圍成半圓形坐著，熱切地盯著他看。而由於克萊斯勒常常告訴史蒂威，說他應該忘掉以前的種種犯罪技巧，因此要說服這個多疑的男孩談這類事情就格外困難。不過等到史蒂威相信我們真需要他的協助時，他就欣然談了起來。

我們原先打算在兇手最可能拜訪的每家店外派一個人監視：派樂思宮、黃金律、里脊肉區的上海錐普、布利克街的司萊德酒吧，還有法蘭克．史蒂芬森開的「黑與褐」，同樣是在布利克街的地下酒吧，供應白種女人和雛妓給黑人和東方人。但史蒂威一面大聲嚼著一根粗粗的甘草棒，一面向我們保證這個計畫有很大的問題。首先，我們知道兇手常在屋頂間行走，所以如果我們試圖在屋頂攔截他，應該成功的機率比較大，也比較不會引起疑心。其次，我們監視時有可能會遭到這些妓院或酒吧經營者的攻擊，就算撇開這部分不談，我們要抓的兇手是個孔武有力的大塊頭，又對市區的屋頂地帶很熟悉，所以他可以輕易扭轉局勢，反過來對我們不利。史蒂威建議，每個監視點要派兩個人，這表示我們不但得再找三個人（最後我們加上了賽勒斯、羅斯福，以及史蒂威），同時還得刪去一個地點。根據史蒂威的說法，最後這個問題很容易解決：他發現我們的兇手很不可能冒險進入里脊肉區，因為那裡吵鬧、擁擠、燈光明亮，會讓他有太多被看到且被逮捕的機會。史蒂威若無其事地從我桌上的盒子裡拿了一根香菸點著了，說因此他會刪掉上海錐普的店；然後他吐出幾個小煙圈，建議我們找理由進入附近建築物的屋頂。這樣兇手出現時，我們也完全不會顯得可疑。克萊斯勒贊成地點點頭，然後把史蒂威嘴裡的香菸抽出來，扔到地上踩熄。史蒂威只好失望地回去嚼甘草棒。

下一個討論的問題，是監視的起訖時間。兇手會在耶穌升天日前夕去那些妓院，然後在剛過午夜的凌晨時分動手殺人嗎？或者他會等到次日晚上？他的模式顯示是後者，克萊斯勒解釋，大概是因為他所感覺到的憤怒（無論原因是什麼）會在這種節日的白天逐漸累積，或許是因為他看到人們進出教堂參加節日儀式。無論觸發他的原因是什麼，天黑會讓他抑制不住地爆發。這番推理我們都無法反駁，於是就決定我們要在星期四晚上開始就位監視。

策劃完了之後，我抓起外套走向門。馬庫斯問我要去哪裡，我說要去黃金律找喬瑟夫男孩，告訴他那個兇手的外貌和手法細節。

「這樣做聰明嗎？」盧修斯擔心地說，一邊整理桌上的一些紙張。「再過五天就要行動了。我們可不希望這些地方改變他們的慣例，把事情搞得很複雜。」

莎拉一臉困惑。「給那些男孩機會避開危險，並沒有什麼錯啊。」

「那當然，」盧修斯很快回答。「我不是建議要讓他們置身於不必要的危險中。只不過——

唔，這個陷阱我們得小心佈置。」

「警佐說得很有道理，」克萊斯勒說，抓著我的手臂，跟我一起走出去。「小心不要告訴你的年輕小朋友太多，摩爾。」

「我唯一要求的，」盧修斯接口道，「就是不要透露他下一次攻擊的可能日期。我們甚至不確定攻擊會不會發生——但如果發生了，如果那些男孩有了戒心，幾乎可以確定兇手會感覺到不對勁。除了日期不能說之外，你就自己看狀況，說其他任何事情都沒關係。」

「這樣很合理，」克萊斯勒判定，朝盧修斯揮手。然後，當我進入電梯時，克萊斯勒壓低聲音。「另外請記住，約翰，雖然你警告那男孩是想幫忙，但如果被人看到你們在一起，很有可能你也會害他陷入莫大的危險中。務必盡可能避免。」

走進黃金律後，我跟喬瑟夫約在角落的一個撞球間碰面。他出現時，我注意到他的臉因為剛擦掉彩妝而發紅，於是有點感動。我還記得和他第一次見面時，我也曾擦乾淨喬瑟夫的臉。這回顯然他也不希望我看到他滿臉濃妝。的確，在我面前，他的整個舉止似乎不像男雛妓，而是像個很需要年長男性朋友的少年；又或許是我被詹姆斯教授著名的謬誤所左右，由於喬瑟夫神似我弟弟，而影響了我對這男孩行為的判斷？

喬瑟夫點了一小杯啤酒，那種熟練的姿態顯示他已經點過許多回了（也讓我打消了要告誡他酒精危害的念頭）。我們開始輕鬆地打起撞球，同時我告訴喬瑟夫，說關於殺害阿里．伊本－葛齊的那個兇手，我有些新的資訊，請他務必注意聽，好把這些消息轉告他的朋友。然後我就開始描述那位兇手的外貌特徵：

這個男人是高個子，我說，大約一八八公分，非常強壯。他可以毫無困難地扛起像喬瑟夫這種個子的男孩，甚至更大的。不過雖然塊頭大又強壯，這個人身上有點不對勁，而且他非常介意。大概是在他的臉上，或許是眼睛。可能有傷疤，或是某種畸形。無論是什麼毛病，他不喜歡別人提起或注視。喬瑟夫說他沒注意過有這麼一個人，但是很多來黃金律的顧客會刻意隱藏自己的臉。我叫他往後要多注意，然後繼續說起這個男人可能的衣著。一點都不時髦花俏，我說，因為他不希望吸引別人對他的注意。同時，他大概也沒有什麼錢，這表示他負擔不起昂貴的衣服。另外，很可能像上回我們來訪時馬庫斯所說過的，他會帶著一個大袋子；袋子裡面是他用來爬牆的工具，好悄悄進出他打算下手那個男孩的房間，不被人察覺。

接下來是困難的部分：我告訴喬瑟夫，那個人特別留意不要被人看見，因為他以前去過所有像黃金律這樣的地方，某些男孩（甚至很多男孩）可能輕易就能認出他。他甚至可能是某個他們認識且信賴的人，幫過他們的忙，或是曾經教他們如何脫離眼前、展開新生活。或許他是福利團體或慈善團體的工作人員——甚至有可能是教士。重點是，他看起來、聽起來都不像個殘忍的兇手。

喬瑟夫仔細聽著這些細節，一邊用手指核算著要點，等到我講完了，他點點頭說，「好，好，我明白了。但是你介意我問一些問題嗎，摩爾先生？」

「你問吧。」我回答。

「唔，那麼——總之，你怎麼會曉得兇手的這些事情？」

「有時候，」我輕笑一聲說，「我自己也有點困惑。你為什麼問這個？」

喬瑟夫微笑，但也開始緊張地踢著雙腿。「只是因為——唔，我很多朋友，我把上回你講的告訴他們，他們並不相信我。他們不明白怎麼有人會曉得這些，覺得或許是我編出來的。然後，還有很多人到處說做這些的根本就不是人。而是某種——鬼魂，或什麼的。有些人就是這麼說。」

「是啊，我也聽說了。不過為了你自己好，別去理會這些話。兇手是一個男人沒錯。這點我可以跟你保證，喬瑟夫。」我雙手搓了搓。「那麼，接下來，好好打球吧？」

多年來，我不斷聽人說撞球（三顆星、落袋，或隨便什麼）只不過是年輕人墮落的一種快速方式。但以我這樣一個職業賭徒——紐約市許多父母的夢魘——來看，卻是眼前這個男孩往上爬的一步；於是接下來大約一個小時，我把我所知道的大部分技巧都教給了他：這是一段愉快的時光，偶爾稍有不快，是因為想到我們分開後、喬瑟夫又要回到哪裡去。但我也沒辦法多做什麼：這些男孩有他們自己的主見。

等到我回到百老匯大道的總部，已經快天黑了，總部裡還是很熱鬧。莎拉正在跟羅斯福講電話，試圖解釋星期四晚上的監視行動還缺一個人，而且我們找不到其他信得過的同伴，所以羅斯福一定得參加。通常狀況下，我們根本不必勸羅斯福；但最近他在總警局的麻煩暴增。紐約市警局裡跟他同樣是委員的其中兩位，加上總警監，已經決定支持「老大」普拉特，加入反改革的陣營。這些敵人更加嚴密地監督羅斯福，期望他不慎犯下錯誤，就可以理直氣壯把他趕下台了。最後羅斯福總算同意加入監視行動的行列，但他的確有一些顧慮。

同時，克萊斯勒和艾薩克森兄弟正在起勁討論著我們這位兇手所挑選的時間。盧修斯認為他殺人時間唯一的矛盾處（在三月三日殺害喬治歐．桑托瑞里），原因有可能是給桑托瑞里太太信裡那句看似平淡的「我決定等著」。盧修斯指出，被害者的模樣和選擇可能很關鍵，為兇手所帶來精神上的滿足感不遜於殺人行動本身。克萊斯勒相當贊成這個推理，又補充說，只要他預定的目標（他挑中要謀殺的男孩）沒有被干擾，這樣的延後可能為他帶來更多施虐的快感。這表示桑托瑞里的命案原先有可能符合整體的時間模式，因為關鍵的心理事件是發生在聖灰星期三。

接下來我們討論這名兇手只挑選在某些節日犯案，是否因為他只會被某些宗教故事和事件激怒？在這個問題上頭，克萊斯勒和艾薩克森兄弟的意見就不同了。克萊斯勒不喜歡這個想法，因為這又回到兇手是個宗教狂的推理，顯示他執迷地、瘋狂地陷入了基督信仰的奧祕中。克萊斯勒還是不排除這個人以前或現在曾是教士的可能；但為何某些日期殺人比較有道理？他想不出任何理由。比方說，東方三賢士的故事為何無法提供令人滿意的殺人理由，而聖母將嬰兒耶穌獻於聖殿的故事顯然就可以？馬庫斯和盧修斯都反駁說，某些節日被選擇一定是有些意義的，克萊斯勒也同意，但是他說，他就是想不出如何解釋這個部分的疑團。

我們無法保證耶穌升天日的監視計畫能有任何收穫，因此在此之前的幾天，我們仍各自進行別的調查。馬庫斯和我繼續針對我們的教士推理而努力，而克萊斯勒、盧修斯、莎拉則投入另一個頗有希望的新活動：以打電報或親自拜訪的方式，訪查紐約和全國各地的精神病院，看是否有任何一家曾收容過符合我們所描述的病患。儘管克萊斯勒堅信我們的兇手神智正常，但他希望這個人的種種癖好曾導致他以往住進過精神病院。或許他的嗜血祕密首度出現時，他曾做出一些輕率的舉動，讓一般人（更別說一般的精神病院院長）認為那是某種精神錯亂的症狀。無論確切的狀況是什麼，精神病院依法都必須保留詳盡的資料，所以花時間和力氣去探查這些地方，似乎是明智之舉。

到了耶穌升天日前夕，我們分派了次日晚上的任務：馬庫斯和莎拉（把她的兩把手槍都帶著）負責在黃金律的屋頂監視；克萊斯勒和羅斯福負責派樂思宮，要是出現了什麼麻煩，羅斯福的權威可以鎮住畢夫・艾里森；盧修斯和賽勒斯則負責「黑與褐」酒吧，萬一有人覺得他們的出現很可疑，賽勒斯的膚色可以提供很方便的解釋；史蒂威和我也會在布利克街，駐守在司萊德酒吧的屋頂。另外，在每家妓院外頭，我們都安排了幾個史蒂威認識的遊民（但是沒告訴他們任何行動的細節），這樣如果某個地點真的發生了什麼事，他們就可以跑腿幫忙把其他地點的人叫來。羅斯福認為這個任務讓警方執行可能會比較好，但克萊斯勒強烈反對。私底下克萊斯勒告訴我，他懷疑警方一旦碰到兇手，就會盡快殺了他，儘管羅斯福下了禁令也沒用。我們已經一路碰到過太多神祕的介入，知道現在有好幾股比羅斯福職位更強大的力量在運作，其目標無疑就是要完全壓下這個案子。而要做到這一點，最好就是趕緊殺掉被逮捕的嫌犯，這樣就沒有必要舉行審判、讓所有相關狀況曝光。克萊斯勒決心要防止這樣的結果，不光因為殺了兇手是很嚴重的罪行，也是因為這樣就完全不可能檢查兇手、得知他的行兇動機。

結果，我們對耶穌升天日的任何焦慮期待都是白忙一場，因為那一夜毫無動靜。我們在各自的監視地點等到清晨六點，一路最大的敵人就是無聊。於是接下來幾天，我們又徒勞無益地爭辯兇手為什麼會選擇在耶穌受難日殺人、但耶穌升天日則否。莎拉首先提出，這些節日會發生謀殺可能只是巧合而已，其他也有人愈來愈覺得是如此；但馬庫斯和我還是堅持認為兇手的殺人時機和耶穌信仰有關，因為這樣就更證明了我們的假說：兇手是個走上歪路或被免職的教士。我們建議把下次監視訂在下一個重要節日——五旬節，就在耶穌升天日後的第十一天——而且在此之前要盡可能利用時間。不過很可惜，馬庫斯和我在尋訪這位教士的工作上踢到鐵板；看起來我們的整個理論很可能只是浪費時間而已。

另一方面，我們的隊友在五旬節前的那個星期有了一些進展：莎拉、盧修斯、克萊斯勒之前發函或打電報給全國幾乎每個聲譽良好的精神病院，此時也陸續得到了回應。大部分的回覆都是否定的，但少數幾個提供了希望，說過去十五年期間，曾有一個或更多外型符合克萊斯勒的描述、且至少具備某些他所提出之心理症狀的男子，曾經住進他們的醫院。少數機構甚至寄來了病例檔案副本；而儘管這些檔案最後都證明沒什麼用處，但有天下午，一封蓋著華盛頓特區郵戳的短信的確掀起了一陣騷動。

那天我正好看到盧修斯在總部裡晃蕩，手裡拿著一疊精神病院的信件和檔案。他看到一個什麼，然後忽然轉身，放下那疊東西，盯著克萊斯勒的辦公桌。他的雙眼瞪大好一會兒，前額幾乎立刻開始冒出汗；但是當他掏出手帕開始擦汗時，他的聲音仍保持平穩。

「醫師——」他對著正站在門邊跟莎拉交談的克萊斯勒說。「這封聖伊麗莎白醫院的院長寄來的信，你看過了嗎？」

「只看過一次，」克萊斯勒回答，走到盧修斯旁邊。「裡頭似乎沒提供什麼資訊。」

「是的，我原先也是這麼想。」盧修斯拿起那封信。「他的描述非常模糊——比方說，『一種臉部抽搐』，這個涵蓋的範圍太大了。」

克萊斯勒注視著盧修斯。「可是呢？」

「可是——」盧修斯努力思索著。「唔，是因為那個郵戳，醫師，在華府。聖伊麗莎白是聯邦政府收容精神病患的首要精神病院，對吧？」

克萊斯勒暫停片刻，然後黑色眼珠發出亮光。「沒錯，」他說，聲音不大卻很急切。「但是因為他們都沒提到這個人的背景，我就沒有——」他一手握拳敲敲自己的前額。「真蠢！」

克萊斯勒衝到電話旁，盧修斯也跟著。「以首都的法律規定來看，」盧修斯說，「這類異常案例不太可能只有一個。」

「你講得還真保守啊，刑事警佐，」克萊斯勒說。「在首都，每年都有好幾個這樣的案例。」

「郵戳，」盧修斯又說，拍拍那封信。「有關精神失常和非自願住院的病患，華府的法律有一個很麻煩的附加條款。如果病患不是在華盛頓特區被判定精神失常，但是被送進了華府的精神病院，那麼他可以申請人身保護令——而且百分之百可以出院。」

「為什麼這個條款很麻煩？」我問。

「因為，」盧修斯說，同時克萊斯勒試著打電話去華府。「那個城市的很多精神病患，尤其是聖伊麗莎白醫院，都是從全國其他地方送去的。」

「哦？」現在馬庫斯也慢慢朝他們走。「為什麼？」

盧修斯深吸一口氣，也愈來愈興奮。「因為陸軍和海軍裡被判斷不適合服役的軍人，都會送到聖伊麗莎白醫院。不適合服役——是因為有心理疾病。」

我和莎拉、馬庫斯加快腳步圍過去。「我們一開始沒想到，」盧修斯解釋，對我們的逼近有點畏避。「因為信裡沒提到這個人的背景。只描述他的外型和症狀——被迫害的妄想狀況，以及經常性虐待動物。但如果他真的去看了軍醫，被送到聖伊麗莎白醫院——唔，那麼雖然可能性很小，但還是有可能——」盧修斯暫停一下，似乎害怕說出以下的字句：「就是他。」

這個想法似乎很合理，但我們的滿懷希望卻被克萊斯勒打的電話給一頭澆熄了。他在線上等了好一會兒，最後終於找到聖伊麗莎白醫院的院長，但那個人對於克萊斯勒所要求的進一步資訊卻完全不理會。顯然地，他對克萊斯勒醫師的惡名早有風聞，看法也跟其他精神病院的院長一樣。克萊斯勒問院長能不能找醫院的其他人員幫忙查一下資料，那院長回答說院裡的同仁都已經工作過於繁重，而且之前對於這件事情已經破例幫了大忙了。如果克萊斯勒想查閱該院的紀錄，那麼他大可以去華府自己查。

問題是克萊斯勒不可能就這樣丟下一切，趕去華府——我們沒有一個人走得開，因為離五旬節只剩兩天了。於是也只能把華府之行列為下一次守夜後的優先待辦事項，然後按捺住我們的興奮，專注在眼前要完成的工作。然而，由於之前耶穌升天節的徒勞，我忍不住覺得要專注實在太難了。

無論如何，五旬節週日（慶祝聖靈降臨在使徒面前的節慶）到來時，我們都重返各自位於屋頂的崗位，等待兇手出現。不曉得其他三組人的心情如何；但是對史蒂威和我來說，在司萊德酒吧的屋頂上，我們很快就覺得無聊了。那個星期天夜晚，布利克街上並不吵雜，只偶爾有附近第六大道高架鐵路線傳來的單調車聲。沒多久，我就只能勉強撐著不要睡著而已。

大約十二點三十分，我看到史蒂威靜靜在面前塗了柏油的地面上，把一整疊撲克牌分成十三堆。「接龍？」我低聲問。

「猶太法羅。」他回答，這是一種特別可疑又特別複雜的牌戲，我從來就沒辦法搞清楚。看到有機會可以多學一種賭博方式，我就悄悄走過去坐在史蒂威旁邊，他也低聲跟我解釋了半個多小時。但是我完全沒搞懂，最後沮喪又無聊地站起來，朝外看著四周。

「真是浪費時間，」我低聲說。「他永遠不會出現了。」我轉身看著科尼里亞街對面。「不曉得其他人怎麼樣了。」

賽勒斯和盧修斯監視的「黑與褐」酒吧就在那邊，位於那棟屋頂的飛簷內，我可以看到盧修斯漸禿的後腦勺在月光下發亮。我輕笑一聲，叫史蒂威過來看。

「他應該戴頂帽子的，」史蒂威也笑了。「如果我們都能看到他的禿腦袋，別人也看得到的。」

「沒錯，」我說，然後，那個漸禿的頭走向屋頂的另一處，最後終於消失了，我困惑地皺起臉。「盧修斯長高了嗎？」

「他一定是站在分隔牆上。」史蒂威回答，又回去玩牌了。

這段無害的話卻是大災難的預兆。又過了十五分鐘，一連串急迫的喊叫從科尼里亞街對面傳來，我認出那是盧修斯的聲音；等到我看過去，盧修斯臉上的著急和害怕就足以讓我立刻抓住史蒂威走向樓梯。即使我的腦子疲倦又無聊，但我還是明白，我們跟兇手有了第一次接觸了。

26

一來到人行道，史蒂威和我就派街上幾個待命的遊民去找克萊斯勒、羅斯福、莎拉、馬庫斯過來，然後我們穿過科尼里亞街到「黑與褐」酒吧。我們直奔那棟樓房的正門，於是和法蘭克・史蒂芬森正面相逢，他也聽到了盧修斯求助的大喊，正要走出來看看。就像大部分妓院老闆，史蒂芬森雇了很多打手，其中幾個跟他一起站在門口，擋住了我們的去路。不過我沒心情跟他們玩平常那套威脅和反威脅的遊戲：我只是告訴他們，我們正在協助警察辦案，有個警察在屋頂上，而且市警局的局長很快就會趕到了。這一連串話已經足以讓史蒂芬森和他的手下讓開，一分鐘之內，史蒂威和我就來到這棟樓房的屋頂。

我們發現盧修斯蹲在那邊，往下看著頭骨挨了一記重擊的賽勒斯。一小灘鮮血在賽勒斯腦袋底下的柏油屋頂上發亮，同時他半睜的眼睛往後翻白，嘴巴發出急促的喘氣聲。向來謹慎的盧修斯隨身帶了紗布繃帶，現在正仔細地繞在賽勒斯的頭頂上，想設法讓狀況穩定下來，看起來賽勒斯至少是有嚴重的腦震盪。

「都是我的錯，」我跟史蒂威都還沒來得及問任何問題，盧修斯就搶先說了。他專注地包著紗布，聲音裡有深切的自責。「我太睏了，於是就去找咖啡喝。我忘了今天是星期天——花的時間比預期的更久。我一定是離開了至少有十五分鐘。」

「十五分鐘？」我說，跑向屋頂後方。「這樣的時間夠嗎？」我往下看著樓房背面的小巷，沒看到任何動靜。

「不曉得，」盧修斯回答。「只能等馬庫斯來解答了。」

幾分鐘後，馬庫斯和莎拉趕到了，克萊斯勒和羅斯福也隨即出現。馬庫斯只暫停下來看一下賽勒斯的狀況，就拿出放大鏡和一盞小提燈，迅速開始檢查屋頂的各個區域。他解釋，十五分鐘的確夠一個厲害的攀岩人爬上並爬下建築側邊，同時他繼續四處尋找，最後終於發現了一些繩索纖維，有可能是我們這名兇手出現過的證據。唯一能確定的方法，就是請法蘭克・史蒂文森查清他的「服務生」是否有哪個不見了。羅斯福陪著馬庫斯一起下樓，我們其他人則站在盧修斯和克萊斯勒周圍，看他們兩個照顧賽勒斯的傷勢。克萊斯勒派史蒂威去街上，叫那些待命的遊民去附近的聖文森醫院叫輛救護馬車過來，不過以賽勒斯的狀況，我們還不確定移動他是否安全。克萊斯勒用嗅鹽讓賽勒斯醒過來，確定賽勒斯的四肢都還有感覺、可以動，於是才確定去第七大道那家醫院的顛簸車程雖然不舒服，但應該不會造成更進一步的損害。

克萊斯勒很擔心賽勒斯的安全，不過在賽勒斯再度陷入半昏迷之前，克萊斯勒又把嗅鹽放在他的鼻子底下，問他有沒有看到是誰打了他。賽勒斯只是搖搖頭，很可憐地呻吟了一聲，盧修斯說問也沒用：賽勒斯腦袋上的傷口顯示他是從後頭遭受攻擊的，因此大概根本就不曉得發生了什麼事。

又等了半個小時，聖文森的救護馬車才來到。在等待的這段時間裡，我們也得知，「黑與褐」酒吧裡有個十四歲的男孩沒在他被分配的房間裡。其中細節現在聽起來已經很熟悉了：失蹤的少年是個最近才來到紐約的德國移民，名叫恩司特・婁曼，沒人看到他離開這棟樓房，他所工作的小房間裡有一扇窗開向後巷。根據史蒂文森的說法，今天那個男孩特別指定要那個房間：所以很可能兇手已經事先計畫好要帶走他這名不聰明的受害人，不過到底是多久以前計畫的（幾個小時前？或是幾天前？），就無法判斷了。馬庫斯下樓去店裡之前，我告訴他，就一般所知，「黑與褐」並非專門提供女性化打扮的男妓，於是他也針對這一點問了史蒂文森。結果我們猜得沒錯，這家妓院裡面唯一打扮成女性的男妓，就是恩司特．婁曼。

最後，兩個穿著制服的聖文森醫院救護人員出現了，帶著一具折疊擔架來到屋頂。他們小心翼翼地將賽勒斯搬下樓，放在一輛暗黑色的救護馬車上，由一匹同樣令人望而生畏的、雙眼充血的馬拉著。我忽然意識到，可怕的臨終守護現在開始了：不是針對賽勒斯，他雖然受傷嚴重，但幾乎確定可以完全復元，而是針對少年恩司特．婁曼。救護車載著賽勒斯和陪伴的克萊斯勒、莎拉離開後，羅斯福轉向我，我看得出他也得出了相同的結論。

「約翰，我不管克萊斯勒怎麼說，」羅斯福宣佈，咬牙握著拳頭。「現在我們正在跟時間賽跑，我要動用我手下的警力。」他衝上第六大道去找出租馬車，我也跟上去。「最接近的是第九分局。我會在那邊調度指揮。」他看到了一輛空車，走上前去。「我們知道基本的模式——他會跑到水邊。我會派人去搜索每一呎——」

「羅斯福，等一下，」我設法抓住他的手臂，把正要上車的他拽得停下來。「你的感覺我明白，但是老天在上，別跟你的手下透露任何細節。」

「不透露——老天，約翰！」他開始大聲起來，眼鏡後頭的眼珠閃著憤怒。「你明白發生了什麼事嗎？為什麼，就在這個節骨眼——」

「我知道，羅斯福。但是讓全警局的人捲入也沒有幫助。你就只要說有個人被擄走了，說你有理由懷疑罪犯想搭船或過橋離開曼哈頓。這是最好的處理方式，請你相信我。」

羅斯福深深吸了一大口氣，然後點了個頭。「或許你是對的。」他拳頭朝另一手掌心重重一擊。「該死，這個要命的干預。但是我會照你說的去做，約翰。只要你讓開路，讓我上車。」

羅斯福那輛出租馬車的車夫揮動馬鞭，朝第六大道迅速駛去，同時我回到「黑與褐」的大門前。此時已經有一小群暴躁的群眾圍在店外，聽法蘭克・史蒂芬森告訴他們這一晚的種種細節。嚴格來說，「黑與褐」是在哈德遜粉人幫的地盤上，史蒂芬森並不效忠於保羅・凱利；但這兩個人彼此認得，而史蒂芬森鼓動他店外這些群眾的舉動讓我疑心，凱利可能預料到史蒂芬森旗下會有個男孩被抓走並殺害，於是給了他一大筆錢，好讓他盡量把事情鬧大。史蒂芬森憤怒地講了一大堆話，說警方當時在現場，卻沒有警告他們，也沒有認真留意。被害人太窮了，他說，而且才剛從其他國家搬來，根本無法引起警方的興趣；如果住在這種地帶的人民想防止這類事情，就得自己動手處理。馬庫斯之前已經跟史蒂芬森表明他是警察，而眼看著群眾的情緒愈來愈不滿，且愈來愈多人朝我們惡狠狠瞪著看，艾薩克森兄弟、史蒂威和我就決定撤退，回到我們的總部，再試著透過電話聯繫，掌握事件的發展狀況。

結果比我們想像中困難得多。我們沒辦法打電話給誰——在其他警察面前，羅斯福不可能接我們的電話——而且其他人好像也都不可能打電話到總部來。到了四點左右，我們接到了克萊斯勒打來的電話，說他和莎拉已經安排賽勒斯住進聖文森醫院一間舒適的私人病房，很快就會回到總部來。除此之外，我們也只能沉默等待。盧修斯聽了克萊斯勒的來電後雖然鬆了一大口氣，但還是對發生的一切很愧疚，於是在屋裡不停地踱來踱去。要不是馬庫斯，我們坐在那邊無事可做，大概全都會逐漸瘋掉。但馬庫斯決定，如果我們的身體不能去參與搜索，那麼至少可以利用我們的腦子，然後他指著牆上那張大大的曼哈頓地圖，建議我們試著預測兇手這回會去哪裡執行他殘忍的儀式。

然而，就算不去想我們對事情的發展無能為力，我也不認為我們這樣能推得多遠。沒錯，我們有兩個相當結實的起點：首先，我們假設兇手憎恨移民，因而之前曾棄屍於城堡園和埃利斯島渡輪上；第二，我們相信他一心想著水的淨化力量，使得他選擇兩座橋和一處水塔當成其他謀殺的棄屍地點。但是我們要如何從上述的兩點，推測出他下一個殺人地點呢？有人提議他會去另一座橋，又如果假設他不會重複，那麼就剩下曼哈頓北端跨越東河那座古老的高橋（也是把水引入克羅頓蓄水池的輸水道），或是高橋附近幾年前才剛通車的華盛頓大橋。但馬庫斯認為，兇手大概已經知道他的追捕者逼近他。比方他攻擊賽勒斯的時間，似乎可以確定稍早其實是他在監視我們，而不是反過來。一個像他這麼留意對手行動的人，可能猜到我們正在預測他會回到他喜愛的場所，因而故意挑別的地方。依馬庫斯的意見，最有可能透露下一個謀殺地點的憑據，就是兇手對移民的憎恨，而循著這個思路，馬庫斯認為兇手應該會去找個類似輪船碼頭的地方，因為這些輪船上載著大量渴望新生活的外國人，來到美國。

當我們終於得到這個致命難題的答案時，結果明顯得讓我們所有人都覺得很難為情。在大約四點半，克萊斯勒剛走進我們的總部時，莎拉已經回到茂比利街的總警局，在那邊查明了事情的進度，然後打電話來。

「他們接到貝德羅島傳來的消息，」我一接起電話，就聽到她說。「是自由女神像那邊的一個夜間警衛——他發現了一具屍體。」我的心往下沉，什麼都沒說。「喂？」莎拉說。「約翰，你還在嗎？」

「是的，莎拉，我在。」

「那就仔細聽，我不能講太久。已經有幾名資深警官準備要趕過去那裡。局長會跟他們一起去，但是他交代我，說我們絕對不能露面。他說他唯一能做的，就是避免讓任何驗屍官檢查屍體，直接先送到停屍處。他會設法讓我們去停屍處看屍體的。」

「可是犯罪現場，莎拉——」

「約翰，拜託別傻了。現在任何人都無能為力了。我們今天晚上有過機會，結果搞砸了。現在我們只能等著時機，去停屍處，接受我們能得到的。同時——」我忽然聽到電話另一頭背景裡傳來的響亮聲音：我認出其中一個是羅斯福，另一個無疑是林肯．史代芬斯，還有其他幾個人的聲音我聽不出是誰。「我得掛電話了，約翰。等我得到貝德羅島那邊的消息，就會趕過去停屍處。」隨著一個喀噠聲，她掛了電話。

我把通話的詳細內容告訴其他人，之後我們又花了幾分鐘，努力接受眼前的現實：儘管經過了好幾個星期的研究，又花了好幾天準備，我們還是無法預防另一樁謀殺發生。當然，最難以接受的是盧修斯，現在他相信自己不但對一個朋友被打破頭骨有責任，也對一個男孩的死有責任。馬庫斯和我設法體諒，但無論說什麼都安慰不了他。反之，克萊斯勒則採取一個非常冷靜的路線，他告訴盧修斯，因為兇手一直在觀察我們，所以可以相當確定的是，他早晚會找到方法，發動一次成功的攻擊，即使不是發生在這一夜，那也會發生在別夜。我們很幸運，克萊斯勒說，我們唯一的傷亡狀況就是賽勒斯的腦震盪——躺在屋頂上的也可能是盧修斯，而且可能不光是腦袋被狠狠打了一記而已。現在沒有時間自責了，克萊斯勒最後說；我們非常需要盧修斯敏銳的腦袋和專業知識，他不能被內疚所影響。這一番話似乎對盧修斯意義重大，不光是內容，也是因為說的人是克萊斯勒，於是他很快就恢復冷靜，開始跟我們一起努力，列出這天晚上我們所得知的事項。

兇手的每個舉動，都證實了我們對於他個性和手法的種種推理——但是根據克萊斯勒的看法，兇手行為中最重要的一點，就是他對我們行動的關切，還有對賽勒斯的攻擊。他明知道我們在監視，為什麼還要擄走恩司特．婁曼？而且，一旦他決定採取這麼危險的行動之後，為什麼只打昏賽勒斯，而不是殺了他？畢竟，兇手如果被抓到的話，很確定最後會送上絞刑架，多殺一個人也沒差。為什麼要冒險讓賽勒斯有可能反擊，還外加有可能看到兇手的長相，事後告訴我們？克萊斯勒一點都不確定我們能回答這些問題；但至少有一點很清楚，那就是兇手很享受這一晚提高風險的感覺。而既然他知道我們正在逼近他，或許讓賽勒斯活著，就是他催促我們的方式：這是向我們挑戰，同時又是一個絕望的懇求。

儘管這件事很重要，但克萊斯勒講的時候，我的注意力老是分散，想著貝德羅島上那一夜發生了什麼事。在巴托迪所設計那座巨大的自由女神像之下——對很多人來說都象徵著自由，但此刻在我心中，卻諷刺地代表了這名兇手被謀殺的執迷所奴役——又一個男孩的人生走到恐怖且冤枉的盡頭。我設法抑制腦袋裡那個模糊卻有力的畫面，一個我未曾謀面的少年，被綁起來跪在自由女神像底下，完全信賴一個即將勒死他的男人，然後他忽然感覺到一陣強烈的恐懼，因為恍然大悟自己信賴錯了人，而且就要為這個錯誤付出最慘痛的代價。然後，我腦海中接連閃過幾個連續畫面：首先是刀，那把工具原先的設計，是要用在跟紐約非常不同的環境裡；接著是刀子割過肉那漫長、緩慢、小心的動作，以及俐落、兇狠地切掉手腳；再也沒有心臟推動的濃稠血液，緩緩漫流到草地和石板地上；然後是鋒利的鋼刀抵著眼眶骨那種令人想吐的摩擦和嘎吱聲……其中沒有任何公義或人性可言。無論恩司特．婁曼的謀生方法是什麼，也無論他信任陌生人有什麼錯，這個懲罰都太嚴厲，代價也太高了。

等到我的注意力回到眼前，我聽到克萊斯勒正挫折又迫切地說著：

「努力回想一下，我們今天晚上一定有些新的收穫，一定有的。」

馬庫斯、盧修斯和我都沒說話；但是史蒂威猶豫地看了我們每一個人，似乎有話要說，最後終於開了口：「唔，有件事，醫師。」克萊斯勒期待地轉向他。「他頭髮掉得很厲害。」

然後我想起我們原以為是盧修斯的那個腦袋，但那人身高又高出許多。「沒錯，」我說。「我們看到他了——耶穌啊，史蒂威，那一刻我們正看著他！」

「好，然後呢？」克萊斯勒問。「你們一定還注意到別的。」

我看著史蒂威，他只是聳聳肩。我努力搜尋自己那一刻的記憶，尋找被遺忘的細節，被忽略的片刻……但是什麼都沒有。我只看到一個禿頂的後腦。

克萊斯勒很失望地嘆氣。「開始禿頭了，嗯？」他說，同時把那個詞寫在黑板上。「我想，至少我們比昨天多知道一點了吧。」

「這樣似乎不多，」盧修斯說，「比起一個男孩的性命。」

幾分鐘後，莎拉終於又打電話來。恩司特．婁曼的屍體正要運到表維醫院停屍處。發現屍體的警衛當然完全沒看到殺人過程，但是在發現那男孩的屍體前，他曾聽到一個聲音，可能是渡輪駛離貝德羅島的汽笛聲。羅斯福跟莎拉說，他得花點時間才能擺脫身邊那些警察：他說如果我們六點半到表維醫院跟他會合，他可以確保讓我們不受干擾地檢查屍體。所以我們只剩一個多小時，我決定回家洗個澡、換衣服，再趕去停屍處。

我回到家，很慶幸也很驚訝我祖母還在睡。哈麗葉已經起來忙了，也說要去幫我放洗澡水。她匆忙走上樓梯時，我說我祖母難得睡得這麼晚。

「是啊，先生，」哈麗葉說，「自從看到那個新聞後，她心情就輕鬆多了。」

「新聞？」我問，疲倦又困惑。

「你一定聽說了吧，先生？有關那個可怕的賀姆斯醫師——昨天所有報紙都登了。我相信《紐約時報》還放在玻璃小室裡，我可以去——」

「不，不用了，」我說，阻止她又下樓來。「我自己去拿。只要你願意幫我放洗澡水，哈麗葉，我一輩子都會當你的僕人。」

「不需要了，約翰少爺。」她回答，又轉頭上樓了。

我在玻璃小室裡找到了前一夜的《紐約時報》，就放在我祖母最喜歡的椅子旁。頭版印著醒目的標題：**賀姆斯終於伏法**。惡名昭彰的「酷刑醫師」在費城的絞刑架上被絞死，行刑前對於他謀殺二十七個人（大部分是他約會過或搶奪過財物的女人）沒有表達任何悔恨。絞刑於上午十點十二分執行，二十分鐘後獄方宣佈他死亡。為了更加謹慎起見——報上沒說為什麼——賀姆斯放進棺材後，裡面又倒滿了水泥，然後，棺材放入一個十呎深、外頭沒有標示名字的墓穴中，接著又在洞內倒了一噸重的水泥。

我再度離家要去表維醫院時，我祖母還在睡；事實上，我後來才聽哈麗葉說，她那天睡到了十點以後。

27

結果，我們星期一清晨到停屍處的這趟行程，最大的困難不是因為跟任何停屍處員工發生衝突。那些員工都剛來這邊工作不久（取代前陣子因為以每具一百五十元販賣屍體給解剖學者而被開除的老員工），對於自己的職權還沒有什麼把握，也不敢去對抗羅斯福。不，我們的問題純粹出在進不去那棟建築物，因為我們到的時候，又碰到一群憤怒的下東城居民集結，要求解釋為什麼他們的小孩還繼續被屠殺，而警方居然連一個嫌疑犯都沒抓到。這些群眾的大致氣氛不但比城堡園那些更生氣，也更忿忿不平。由於這些群眾不知道恩司特．婁曼的職業或生活方式（結果我們查不出他有任何家人）；於是就把他想像成一個被拋棄的無辜少年，警察局、市政府、上層階級的人都不在乎他如何生活，也不在乎他死了誰該負責。婁曼困苦處境中這些系統性、政治性的狀況，或許也是群眾中有許多德國移民的原因；但我疑心更是因為保羅．凱利持續的影響力，雖然當我們穿過停屍處外的那些群眾時，附近完全沒看到他或他那輛四輪馬車。

最後我們終於經過後方一道黑色鐵門，進入那棟陰沉的紅磚建築物，莎拉、艾薩克森兄弟和我一路包圍著克萊斯勒，免得任何人看見他的臉。羅斯福在進門處迎接我們，接著打發掉兩名上來問我們身分的停屍處助理後，他就帶著我們直奔檢驗室。在這個令人作嘔的小房間裡，甲醛和腐爛的臭氣好濃，濃得簡直像是能把牆上發黃的油漆都扯下來。幾張放著蓋布屍體的檢驗台被推到各個角落，老舊缺角的樣本瓶內裝著各式各樣人體標本，陰森地放在一連串下彎的架子上。一盞大電燈懸吊在天花板中央，底下是一張有凹痕且生鏽的手術台，在很久很久以前，這張手術台的外觀想必就像克萊斯勒放在他學園一樓開刀房裡的那些一樣。在這張手術台上頭放著一具屍體，用一條骯髒、潮溼的床單罩住。

盧修斯和克萊斯勒立刻走向手術台，盧修斯把床單揭開——以我來看，他似乎想盡快看到這個男孩，因為他認為自己要為這男孩的死負很大的責任。馬庫斯跟在他後頭，但莎拉和我則待在門邊，想盡量避免接近屍體。克萊斯勒拿出他的小筆記本，然後慣常的過程開始了，盧修斯逐一敘述這個男孩身上的傷，聲音雖然單調而沒有起伏，卻又很矛盾地充滿熱情：

「生殖器從基部整個割掉……右手從腕關節上方切下——尺骨和橈骨都俐落割斷……腹腔有幾道橫向割傷，小腸也有連帶損傷……胸腔內的整個動脈系統都嚴重損傷，心臟顯然被移除……左眼被移除，左顴骨和左眶上脊也有連帶損傷……罩著枕骨和頂骨外的頭皮被移除……」

好吧，這份清單很可怕，我也試著不要聽進去；但是後來其中一個抓住了我的注意力。「對不起，盧修斯，」我打岔，「但是你剛剛是不是說左眼被移除了？」

「是的，」他很快回答。

「只有左眼嗎？」

「是的，」克萊斯勒回答。「右眼還是完好無損。」

馬庫斯的表情很興奮。「他一定是被打斷了。」

「看起來這是最可能的解釋，」克萊斯勒回答。「或許他發現警衛接近了。」接著克萊斯勒指著屍體中央。「心臟的這部分是新的，警佐。」

馬庫斯衝到門邊。「羅斯福局長，」他說，「你能不能多給我們四十五分鐘？」

羅斯福看了一下錶。「有點勉強。新的停屍處院長和他的員工通常是八點會來上班。怎麼了，艾薩克森？」

「我需要一些設備——要做個實驗。」

「實驗？什麼樣的實驗？」羅斯福是個出色的博物學家，對他來說，「實驗」這個字眼的魔力之大，幾乎就跟「行動」一樣。

「有些專家認為，」馬庫斯解釋，「人死的時候，眼睛會永遠記錄下看到的最後一個影像。據說這個影像可以拍成照片，利用眼睛當成某種鏡頭。我想試試看。」

羅斯福考慮了一會兒。「你認為這個小孩死前可能看著殺他的兇手？」

「有可能。」

「接下來的驗屍官看不出你拍過照？」

「是的，長官。」

「嗯。這個主意不錯。好吧。」羅斯福終於點了個頭。「去拿你的設備吧。不過我警告你，警佐——我們得在七點四十五分之前離開這裡。」

馬庫斯衝出這棟建築物的後門。他離開後，盧修斯和克萊斯勒繼續檢查屍體，而我則是疲倦又灰心得兩腳再也支撐不了，最後坐在地板上。我往上看著莎拉，希望能從她臉上找到一些同情，但結果只看到她瞪著檢查台的末端。

「醫師，」最後她終於低聲說，「他那隻腳是怎麼回事？」

克萊斯勒轉頭過來看了莎拉一眼，然後循著她的視線看向死去男孩的屍體尾端，右腳懸空伸出了檢查台邊緣。那腳看起來腫腫的，跟腿部相接的角度很奇怪；但是比起屍體其他部分的損傷，這點怪異就不算什麼了，也難怪盧修斯之前會漏掉。

克萊斯勒握住那隻腳，仔細檢查著。「先天內翻足，」他最後宣佈。「這個男孩是先天畸形足。」

這引起了我的興趣。「先天畸形足？」

「是的。」克萊斯勒回答，又放下了那隻腳。

我猜想，這顯示我們的心思這幾個星期來被訓練得多麼縝密，儘管已經筋疲力盡，但是從這名最新被害人身上一個看似尋常的身體畸形狀況，我們還是有辦法推斷出一套重要的涵義。然後我們開始頗為詳盡地討論這些涵義，等到馬庫斯帶著拍照設備回來，準備拍他的實驗性照片時，我們也仍在繼續討論。值得一提的是，後來我們去找了「黑與褐」酒吧裡認識婁曼男孩的人訪談，證實了我們的推測。

莎拉提出，兇手一開始受婁曼吸引，可能是因為對這男孩的身體殘障很有共鳴。但如果婁曼痛恨別人提起他的畸形——這個年紀、這個職業的男孩，很有可能如此——他對這類同情的善意就會有負面的反應。而接下來，這種反應就會引起兇手對難搞男孩慣有的憤怒。克萊斯勒贊成這個說法，還進一步解釋說，婁曼執拗地拒絕同情，會引發兇手一股更深的憤怒。這很可能就是男孩心臟不見了的原因：兇手顯然想把毀損屍體做得更過分，但是被警衛打斷了。我們都曉得這意味著麻煩——以兇手的性格來說，個人的私密時刻（無論有多麼令人作嘔）被縮短了，他一定不會有好反應的。

討論到此時，馬庫斯宣佈，他準備好要開始他的實驗了，克萊斯勒於是從手術台邊退開幾步，好讓馬庫斯可以把帶來的幾件設備挪到屍體旁邊。馬庫斯要求把頭頂的電燈關掉，然後要他弟弟將恩司特．婁曼殘存的眼睛慢慢往上擠出眼眶。盧修斯照做時，馬庫斯就拿出一個很小的白熾燈，放在那隻眼睛後方，然後把相機對好焦。拍了兩張照片之後，他拿出兩條小電線，電線末端是裸露的。他把這些電線連在眼睛的神經上頭，通上電，又拍了幾張照片。最後一個步驟，則是關掉白熾燈，拍了兩張沒有燈光、但依然在通電中的眼睛。整件事情似乎很怪異（的確，我後來才知道，法國小說家儒勒．凡爾納曾在他一篇奇特的短篇小說中寫過這個過程）；但是馬庫斯抱著頗大的希望，最後他把頭頂的大燈打開，說他要立刻回到他的暗房去沖洗照片。

我們把馬庫斯的設備都收好，正準備要離開時，我忽然看到克萊斯勒凝視著婁曼男孩的臉，表情比他檢查屍體時要冷漠得多。我避免去看那被割得亂七八糟的屍體，站在克萊斯勒旁邊不發一語，只是一隻手放在他肩膀上。

「鏡像，」克萊斯勒喃喃說。一開始我以為他指的是馬庫斯的拍攝；但接著我想起我們幾星期前的對話，當時我們說，被害人屍體的狀況，其實反映了這名兇手長年遭受到的心靈蹂躪。

羅斯福走到我旁邊，雙眼也盯著屍體。「放在這個地方，看起來更糟糕，」他低聲說。「臨床的。完全失去人性……」

「但是為什麼是這個？」克萊斯勒問，沒有特別針對誰。「為什麼偏偏就是要這樣？」他伸出一隻手指著屍體，我知道他指的是毀損屍體。

「只有惡魔本人才曉得，」羅斯福回答。「我從來沒見過這樣的狀況，除了一個印第安紅人。」

克萊斯勒和我都僵住了，然後默默轉身看著他。我們的目光一定是很熱切，因為羅斯福的表情一時之間有些不安。「你們兩位怎麼了？」他問，有點不服氣。「我可以問一聲嗎？」

「羅斯福，」克萊斯勒平靜地說，往前走了一步。「你剛剛講的話，可以再說一遍嗎？」

「我講話曾被很多人批評，」羅斯福回答，「不過從來沒有人說我口齒不清。我相信我剛剛講得很清楚了。」

「是的，沒錯。」艾薩克森和莎拉也圍了過來，從克萊斯勒原先沮喪的臉上所出現的新熱情，他們知道有大事發生了。「但你的意思到底是什麼？」

「我只是想道，」羅斯福解釋，還是有點防備心態，「這麼暴力的狀況，我之前只見過一次。那是我在達科塔的惡地經營牧場的時候，曾看過幾具被印第安人殺害的白人屍體，用來警告其他的拓荒者。那些屍體被切割得很嚴重，就很像眼前這個——我想，目的是要嚇阻我們其他人。」

「是啊，」克萊斯勒說，是在對羅斯福說，但也是在對自己說。「會這麼想是很自然的。但目的真的是這樣嗎？」克萊斯勒開始繞著手術台踱步，緩緩揉著左手臂，一邊點頭。「範本，他需要一個範本……太一致，太深思熟慮，也太——有條理了。他是在照某個東西模仿……」克萊斯勒看了一下銀懷錶，轉向羅斯福。「你會不會剛好知道，自然歷史博物館是幾點開門？」

「我當然應該要知道，」羅斯福得意地回答，「因為我父親就是創辦人之一，而我自己也參與許多——」

「幾點，羅斯福？」

「九點。」

克萊斯勒點點頭。「好極了，摩爾。你跟我一起去。至於你們其他人——馬庫斯，回你的暗房沖洗照片，讓我們看看這個實驗是否能有任何收穫。莎拉，你和盧修斯回八〇八號，跟華府的戰爭部聯絡。查查看他們是否有任何因為心理疾病而退役的軍人檔案。跟他們說我們只對曾在西部軍團服役過的有興趣。如果電話聯絡不上，就打電報。」

「我認識戰爭部的幾個人，」羅斯福說。「或許可以幫上忙。」

「那太好了，」克萊斯勒回答。「莎拉，記下名字。去吧，快點，趕緊動身！」莎拉和艾薩克森兄弟帶著馬庫斯的設備離開後，克萊斯勒又回頭看著我和羅斯福。「摩爾，你知道我們在找什麼吧？」

「知道，」我說。「不過為什麼要去博物館？」

「我的一個老朋友，法蘭茲．鮑亞士。如果這類屍體毀損在印第安部落裡確實有某種文化上的涵義，那麼他就有辦法告訴我們。而要是真能得到證明，羅斯福，那都要大大感謝你。」克萊斯勒把那條髒兮兮的床單又蓋回恩司特．妻曼的屍體上。「可惜，我讓史蒂威把馬車開回家了，這表示我們得搭出租馬車過去了。要不要我們送你一程，羅斯福？」

「不用了，」羅斯福回答。「我最好留下來掩蓋我們動手過的痕跡。外頭有那些抗議群眾，你們出去可能會引起不少質疑。不過祝你們一路順風，兩位！」

就在我們檢查妻曼男孩遺體的這段期間，停屍處外的不滿群眾人數又增加了。莎拉和艾薩克森兄弟顯然平安通過了人群，因為我們完全看不到他們的影子。然而克萊斯勒和我就沒那麼幸運了。通往醫院大門的那段路，我們只走到一半，群眾們疑心地審視著我們的每一步，然後一個手持舊斧柄的矮壯方臉男子站在眼前，擋住了我們的去路。那人冷冷地瞪著克萊斯勒，顯然認出他來，我轉頭看，發現克萊斯勒似乎也認得他。

「啊，」那男人喊道，那聲音發自他圓滾滾的腹部深處。「他們請來了鼎鼎大名的克萊斯勒醫師了！」他的口音顯示他是下層階級的德國人。

「赫普納先生，」克萊斯勒回答，口氣堅定而謹慎，顯示他擔心此人會用手上的斧柄攻擊我們。「我和這位同伴在別的地方還有急事，麻煩您讓一下路。」

「那妻曼男孩的事情呢，醫師？」赫普納站定不動。「你跟這事情有關係嗎？」周圍其他幾個人也附和著質問我們。

「我不曉得你在講什麼，赫普納，」克萊斯勒冷冷地回答。「請你讓開。」

「不曉得，嗯？」赫普納開始用斧柄敲著另一手的掌心。「我不相信。各位，你們認識這位好醫生嗎？」他對著人群說。「他就是那位著名的精神病學家，摧毀了很多家庭──偷走了別人家的小孩！」四面八方傳來驚訝的聲音。「我要知道這案子你參與了哪些部分，醫生！你把妻曼男孩從他父母手裡搶走了嗎？就像你從我手中搶走我女兒那樣？」

「我跟你說過了，」克萊斯勒說，開始咬著牙。「我根本沒聽過什麼妻曼男孩。至於你的女兒，赫普納先生，是她要求離開你家的，因為你老是拿棍子打她──跟你現在拿的這根沒什麼不同。」

周圍的人群一致猛吸一口氣，赫普納的雙眼瞪大。「一個男人在他自己家裡做什麼，不關別人的事情！」他反駁道。

「你女兒的看法不一樣，」克萊斯勒說。「現在，我再說最後一次──給我讓開！」

最後一句話是德語，通常是對僕人或下屬講的。赫普納一臉像是被吐了口水的表情，舉起斧柄朝克萊斯勒接近，但忽然間停了下來，因為克萊斯勒和我後方傳來一陣大騷動。我轉身看著人群，可以看到一個馬頭和一輛馬車的車廂頂正朝我們接近。馬車上還有一張熟面孔：「通殺」傑克·麥馬納斯。他坐在車廂側邊，揮著巨大的右臂，那隻右臂曾讓他在拳擊界橫行將近十年，然後他退休擔任夜總會保鏢——替保羅・凱利效命。

凱利那輛精緻的黑色四輪馬車，車廂兩側掛著發亮的黃銅燈籠，緩緩駛到我們面前。駕駛座上那個肌肉發達的小個子男人揮了一下鞭子警告，群眾們知道馬車裡是誰，默默讓開路。車輪一停止轉動，傑克・麥馬納斯便跳下車來，威嚇地看著人群，扶正自己的礦工帽。最後他打開了馬車的車門。

「兩位紳士，我建議你們趕緊上車吧，」車廂裡傳來一個愉快的聲音。凱利俊美的臉隨即出現在門邊。「你們知道暴民什麼事都做得出來的。」

28

「哈！看看他們！」凱利幸災樂禍地回頭看著人群，同時我們的馬車顛簸著駛出表維醫院。「那些豬難得一次站起來了！這一幕應該會嚇得豪宅區那邊好幾夜睡不著覺吧，嗯，摩爾？」我坐在馬車廂裡的前半部，旁邊是克萊斯勒，對面是凱利。凱利轉過頭來面對著我們時，他金色頂部的手杖敲敲地板，又笑了起來。「當然，這個狀況不會持久的——婁曼男孩都還沒下葬，他們就又會把自己的小孩送進血汗工廠，去賺一星期一元的工錢。光是又一個男雛妓死掉，還不足以讓他們堅持下去。不過眼前，這事情的確是製造了好一場騷動！」凱利朝克萊斯勒伸出戴著沉重戒指的右手。「你好嗎，醫師？很榮幸能認識你。」

克萊斯勒很猶豫地握住他的手。「凱利先生。難得有人會覺得這個狀況很有趣。」

「啊，我真的覺得這樣很有趣啊，醫師。所以我才會安排！」克萊斯勒和我都沒反應。「啊，拜託，兩位，你們難道以為，沒有人慫恿的話，這些人會為了自己站出來？另外看準地方撒一點錢也沒有壞處。還有，我必須說，我從來沒想到會在這樣的狀況下，碰到了不起的克萊斯勒醫師！」他的驚訝顯然是裝的。「兩位要去哪裡？我可以送你們過去。」

我轉向克萊斯勒。「這樣我們就省下出租馬車錢了，」我說，克萊斯勒聽了點點頭。然後我對凱利說：「自然史博物館。七十七街和——」

「我知道在哪裡，摩爾。」凱利手杖朝車廂頂敲了一下，然後一副權威的嚴厲口吻說：「傑克！叫哈利載我們去七十七街和中央公園西路交叉口。快點！」然後他那種陰險的魅力又回來了。「我也有點驚訝在這裡碰到你，摩爾。我以為在你和畢夫的小衝突之後，你就對這些謀殺案失去興趣了。」

「要讓我失去興趣，光是畢夫・艾里森還不夠呢。」我說，很心虛，只希望自己的聲音聽起來夠勇敢。

「啊，我可以給你更多，」凱利回敬，朝傑克・麥馬納斯的方向點了個頭。我心底感覺到的深深恐懼一定是表現在臉上了，因為凱利大笑起來。「別擔心。我說過，只要你的報導不提我的名字，你就不會受到傷害，而你做到了。我真希望你的朋友史代芬斯能像你這麼明理。說到這裡，摩爾，你最近好像什麼都沒寫嘛，對吧？」凱利露出狡詐的笑容。

「我正在蒐集資料。」我說。

「當然了。而你的這位醫師朋友只是出來一下活動筋骨，對吧？」

克萊斯勒在座位上不安地挪動了一下，冷靜地開了口。「凱利先生，很謝謝你及時讓我們搭這趟便車，我可以問你一個問題嗎？」

「當然可以，醫師。你可能不相信，但是我對你很尊敬——我還讀過你寫的一篇專題文章。」凱利又笑。「至少大部分看過了。」

「很感激你，」克萊斯勒回答。「不過請你告訴我，雖然我對你提到的這些謀殺案所知不多，不過我很好奇，你為什麼會想煽動這些不相干的人，說不定還會害他們陷入危險？」

「我害他們陷入危險了嗎，醫師？」

「你一定明白，你這樣的行為，只可能造成更大的人民騷動和暴力。很多無辜的人可能會受到傷害，還有些人會去坐牢。」

控的。」

「沒錯，凱利，」我也附和。「像這樣的城市，一旦你煽動起人們的情緒，很快就可能會失

凱利思索了一會兒，臉上還是保持微笑。「摩爾，我問你一件事：每天都有賽馬，但一般人只對他押注的馬有興趣，為什麼？」

「為什麼？」我說，有點困惑。「唔，因為如果你沒有利害關係——」

「那就是了，」凱利打斷我，若有所思地低笑著。「你們兩位紳士坐在這裡，談論這個城市和人民騷動和諸如此類的——但是我在裡頭有什麼利害關係？就算紐約全都燒光了，我有什麼好在乎的？等到燒完之後，還活著的人就會想要喝酒，想找個人一起度過寂寞時光，我就可以供應這些東西了。」

「如果是這樣，」克萊斯勒說，「那你為什麼對這事情感興趣呢？」

「因為我被激怒了。」凱利的臉第一次變得嚴肅。「沒錯，醫師，我被激怒了。後頭的那些豬才剛下船來，就碰到第五大道的有錢人拿剩菜餵他們，結果他們怎麼辦？一個個都拚了命吃光光。這是個傻瓜賭局，是騙子的遊戲，而我就是想看到事情暫時往另一個方向發展。」他忽然又露出親切的笑容。「也或許我的態度有更深的原因，醫師。或許你可以在我人生的——脈絡背景中，發現一些事情，足以解釋我的態度，只要你有管道去取得這些資訊。」這番話讓我非常驚訝，我看得出來克萊斯勒也沒想到。凱利那種飽經世故的機智和靈活，在某方面非常嚇人：讓你覺得這個人可以製造出各式各樣的威脅。「但是無論原因是什麼，」凱利繼續歡快地說，看了馬車外一眼，「我都非常享受這整件事。」

「就算把事情搞得更複雜，更難找到解答，也在所不惜嗎？」克萊斯勒又問。

「醫師！」凱利假裝很震驚。「我有點覺得你是在侮辱我喔。」凱利掀開手杖頭頂端的蓋子，裡頭一個小空間裡裝滿了細細的結晶粉末。「兩位請用吧？」他說，朝我們示意。克萊斯勒和我都謝絕了。「一大清早的，這玩意兒可以讓我整個人清醒一點。」凱利把一些古柯鹼放在手腕上，然後用力吸入鼻子裡。「我不想一副染上毒癮的模樣，不過早晨時間是例外。總之，醫師——」他用一條細緻的絲手帕擦擦鼻子，蓋上了手杖頭的蓋子。「——我還不曉得有人真的想解開這個案子呢。」他坦然盯著克萊斯勒。「你知道些什麼，是我不知道的嗎？」

克萊斯勒和我都沒回答這個問題，於是凱利繼續長篇大論，諷刺官方完全沒有認真努力要破解這些謀殺案的企圖。終於，馬車搖晃著在中央公園西路停下。克萊斯勒和我下了車，來到七十七街的交叉口，希望凱利的談話到此為止；但是當我們上了人行道，凱利又在我們後方探出頭來。

「這是我的榮幸，克萊斯勒先生，」他喊道。「還有你，搖筆桿的。最後一個問題：你不會真以為那些大人物們會讓你們完成這個小小調查吧？」

我完全措手不及而啞口無言；但克萊斯勒顯然迅速調整自己，回答說：「你這個問題，我只能用另一個問題回答，凱利：你打算讓我們完成嗎？」

凱利昂起頭看著早晨的天空。「老實告訴你，我沒想過這個問題。我不認為有必要去想。就像前面說過的，這些謀殺案其實對我很有用。如果你們真的危害到這種有用的狀況……啊，但是我在瞎說什麼呢？以眼前的阻力，最後你沒去坐牢就已經很幸運了。」他舉起手杖。「再見了，兩位。哈利！回新布萊登！」

我們看著馬車離開，「通殺」傑克·麥馬納斯還是坐在車廂側邊，像某種長得太大的、惡毒的猴子，然後我們轉身，走進自然史博物館那早期文藝復興風格的高牆和塔樓內。

雖然創立至今還不到三十年，這個博物館已經匯集了一流的專家，以及各式各樣骨頭、化石、動物標本、昆蟲標本等龐大的收藏。但在該館各個聲譽卓著的部門中，最有名、也最破除因襲的，莫過於人類學部門；而最主要的貢獻者，後來我才知道，就是我們這天正要去拜訪的人：法蘭茲．鮑亞士。

他跟克萊斯勒年紀相當，不過他是在德國出生，原先攻讀實驗心理學，然後才轉而研究民族學。因此，雖然鮑亞士和克萊斯勒會認識，表面看來似乎是因為鮑亞士從德國移民來到美國，但兩人友誼最重要的原因，就是專業的想法非常相似。克萊斯勒把自己的聲譽押在他的脈絡背景理論上，這個理論的概念是：要真正了解任何成人的人格，都要先了解這個人的過往經驗。而鮑亞士的人類學成就，在很多方面，就是以更大的規模應用這個理論：應用在整個文化上。鮑亞士針對美國西北部印第安部落做出了開創性的研究，也同時得到了結論：一如他先前的一貫假設，塑造文化的主要力量是歷史，而非種族或地理環境。換句話說，不同的族群之所以會有某種行為，不是因為生物學或氣候所造成的（有太多族群的例子牴觸這樣的理論，因此讓鮑亞士也無法接受），而是因為他們從小就被教導要有這樣的行為。以這個觀點來看，所有的文化都是平等的，而很多批評他的人說某些文化顯然比其他的文化進步，因此可視為比較優越，鮑亞士的回答是：「進步」完全是個相對性的概念。

自從鮑亞士於一八九五年來到自然史博物館的人類學部門，就以他的種種新觀念帶來活力；當你漫步在這個部門的各個展覽間時（就像我們這個早上所做的），會感覺到全身充滿一種智力上的活力和興奮。當然，會有這樣的反應，可能也是因為沿牆那十幾根巨大圖騰柱上所雕刻的兇惡面孔；或是主展廳中央那艘坐滿了印第安人塑像（以真人塑模而製成）的巨大划艇，正要通過某片想像中的險惡水域；或是一個個展覽櫃中的武器、祭祀面具、傳統服裝，以及佔據其他展覽空間的手工藝品。無論原因是什麼，走進這些展覽空間，你會覺得自己彷彿走出了時髦的曼哈頓，進入這個星球某個被無知之輩視為野蠻的角落。

克萊斯勒和我在一間凌亂的辦公室裡找到了鮑亞士，此處位於塔樓，往下俯瞰著七十七街。他是個小個子男子，有只渾圓的大鼻子，嘴唇上方蓄著濃密的鬍髭，頭髮有點稀疏。他的褐色眼珠中有那種改革鬥士的火焰，就跟克萊斯勒的眼神一樣；這兩人熱誠而起勁地握了手，那是只有真正同類的靈魂才會有的握手。鮑亞士正好陷入有點煩惱的狀態：他正準備要帶領一支大型探險隊到太平洋西北地區，由金融家墨里斯・傑瑟普出資；因此他的時間有限，克萊斯勒和我得迅速說明狀況。我有點驚訝克萊斯勒完全坦率地講出了我們的工作；鮑亞士聽了應該也頗為震驚，因為他站起來，一臉凝重地看著我們兩個，然後關上了他辦公室的門。

「克萊斯勒，」他說，口音跟克萊斯勒一樣，只是稍微沒那麼重。「你知道自己面對的是什麼嗎？萬一這事情傳出去了，而且萬一你失敗了——這個風險太可怕了！」鮑亞士雙臂往上一舉，然後去拿一根小雪茄。

「是的，是的，我知道，法蘭茲，」克萊斯勒回答，「但是你要我怎麼辦？這些被害者無論怎麼被排斥、怎麼不幸，畢竟都還是兒童，而且這些殺戮會繼續下去。此外，我們有很大的可能不會失敗。」

「我可以想像一個記者參與這種事，」鮑亞士繼續責備，朝我點了個頭，同時點燃他的雪茄。「但是克萊斯勒，你的專業工作很重要。你的同業和一般大眾本來就很不信賴你了。萬一這事情沒有好結果，你就會被他們徹底嘲笑和唾棄！」

「你又是老樣子，沒好好聽我講的話，」克萊斯勒寬容地說。「你可以假設，這事情我已經認真想過很多次了。而且事實上，摩爾先生和我有點在趕時間，跟你一樣。所以，我得坦白地問你了：你到底能不能幫我？」

鮑亞士吹出一口煙，然後仔細審視著我們兩個人，搖搖頭。「你想知道平原印第安人的資訊？」克萊斯勒點頭。「好吧。不過有件事是絕對禁止的——」鮑亞士一根指頭指著克萊斯勒。「你們絕對不能說，因為這些部族的習俗，才會造成紐約某個謀殺兇手的行為。」

克萊斯勒嘆氣。「法蘭茲，拜託——」

「啊，我不擔心你。不過你共事的那些人，我是一無所知。」鮑亞士又看了我一眼，眼神充滿懷疑。「我們為了改變一般大眾對印第安人的偏見，已經夠辛苦了。所以這點你一定得跟我保證，拉茲洛。」

「我幫我的同仁還有我自己保證。」

鮑亞士輕蔑地哼了一聲。「同仁。當然了。」他開始煩躁地翻著桌上的紙張。「我對這些部族的知識不夠充分。不過我剛雇了個年輕人可以幫你們。」鮑亞士站起來迅速走到門邊，拉開門朝一個秘書喊道：「詹肯斯小姐！請問威斯勒博士在哪裡？」

「樓下，鮑亞士博士，」對方回答。「他們正在為黑腳部族的展覽做佈置工作。」

「啊。」鮑亞士回到辦公桌前。「很好。那個展覽的進度已經落後了。你們得下去找他談。別被他的年輕給唬了，克萊斯勒。他這短短幾年間進步很多，也見識很多。」鮑亞士繞過辦公桌來到克萊斯勒面前，再度伸出手，此時的口氣柔和下來。「很像其他幾位我認識的出色專家。」

他們兩人朝對方露出微笑，但接下來鮑亞士跟我握手時，他的表情又恢復原先的多疑，然後送我們離開辦公室。

我們很快下樓，又經過了展示著那艘大划艇的大廳，然後跟一名警衛問路。他指著另一個展覽室，門鎖住了。克萊斯勒敲了幾下，但是沒回應。我們聽得到裡面的敲打聲和人聲，接著是一連串很可怕的呼嘯和叫喊，似乎就是在西部邊境會聽到的那種。

「老天，」我說。「他們該不會展出印第安活人吧？」

「別傻了，摩爾。」克萊斯勒又再度用力敲著門，這回終於有人來開門了。

面對著我們的，是一個年約二十五歲的捲髮年輕人，一張天使臉，唇上留著小鬍子，還有兩顆靈動的藍色眼珠。他穿了背心，打了領帶，一根考究的菸斗從嘴裡伸出來；但他頭上戴著一個巨大且頗為嚇人的戰功頭飾，我想是鷹的羽毛編成的。

「什麼事？」那年輕人說，咧嘴露出很迷人的笑容。「我能效勞什麼嗎？」

「威斯勒博士嗎？」克萊斯勒問。

「我是克拉克．威斯勒沒錯。」那人忽然意識到自己戴著那戰功頭飾。「喔，對不起，」他說，把頭飾摘下來。「我們正在佈置一個展覽，這件展品我特別擔心。你們是——」

「我名叫拉茲洛．克萊斯勒，這位是——」

「真是太高興了，真的是！」威斯勒伸出手，起勁地握住克萊斯勒的。「這是我的榮幸！我相信我閱讀過你寫的所有東西，醫師——不過你真應該多寫一點。心理學需要更多像你這樣的作品！」

我們進入那個大房間，裡頭簡直是一片凌亂，威斯勒繼續表達他對克萊斯勒的崇拜，只有跟我握手時暫停了一下。聽起來，他原先也是讀心理學的，然後才轉攻人類學；他現在的主要研究領域，是以心理學觀點研究不同文化的價值系統，這些價值系統表現在神話、藝術作品、社會結構等等。我們很幸運碰到這個狀況，因為我們離開一群工人，來到大房間內一個空蕩的角落裡，向威斯勒透露了我們工作的祕密，他比鮑亞士更擔心潛在的後果，因為有人會把我們這名兇手令人髮指的行動，跟任何印第安文化連結在一起。不過克萊斯勒一再保證，就像對鮑亞士說過的那樣，而由於威斯勒對克萊斯勒極端崇拜，也就滋生出信賴。他聽我們詳盡描述幾樁謀殺案中的毀損屍體狀況，然後提出迅速而犀利的分析，那是我很少從這麼年輕的人口中聽到的。

「是的，我明白為什麼你們會來找我們，」他說。還是拿著那個戰功頭飾，他四下看了一圈，想找地方放，但只看到滿地整修的瓦礫。「對不起，兩位，但是——」他把頭飾又戴回頭上。「在展覽之前，我真的必須讓這個保持乾淨。那麼——你們所描述的毀損狀況，或至少其中一些，的確是類似北美大平原地區各個部落會對仇敵屍體所做的行動——尤其是達科塔族，或蘇族。不過還是有很大的不同。」

「我們晚一點再來談不同的地方，」克萊斯勒說。「但是先來談相似處——為什麼會做這樣的事情？而且只對屍體做嗎？」

「通常來說，」威斯勒回答。「且不管我們可能讀到過的說法，蘇族並沒有明顯的凌虐習性。當然，他們有一些毀傷的儀式，是針對活人——比方說，一個男人若是能證明他的妻子不貞，就可以割掉她的鼻子，表明她是個淫婦——但這類行為有非常嚴格的規範。不，大部分恐怖的事情，都是發生在敵對部落裡已經死掉的人身上。」

「為什麼挑這些死屍呢？」

威斯勒重新點燃他的菸斗，小心地讓火柴遠離頭上的鷹羽。「關於死人和靈界，蘇族有一套非常複雜的神話。我們還在蒐集資料和案例，設法理解他們信仰的整個結構。不過基本上，每個人的幽靈，不光是受到死去方式的重大影響，剛死時屍體所發生的事情，也會有很大的影響。你們要知道，幽靈在展開邁向靈界的漫長旅程之前，會逗留在屍體附近一陣子，為這趟旅程做準備。幽靈可以取走他生前所擁有的任何工具，以協助自己度過這段旅程，或是增進自己的死後生活。但幽靈也會呈現出屍體死時的形態。好，如果一個戰士殺了一個他欣賞的敵人，他就未必會毀損對方的屍體，因為根據神話的另一部分，死掉的敵人日後在靈界必須侍奉這個戰士，那誰想要一個傷殘的僕人呢？但如果這個戰士真的很恨他的敵人，也不希望讓對方享受靈界的種種愉悅，那麼他可能就會做一些毀損屍體的事情。比方說去勢——因為在蘇族神話的死後生活中，男性幽靈跟女性幽靈交媾，不會讓女性幽靈懷孕。切掉死去男性的生殖器，顯然就表示他沒有辦法在靈界享受這個吸引人的優點。另外靈界還有打獵和體力競賽，一個幽靈沒有手，或沒有重要器官，就沒辦法在這類競賽中有良好表現。我們在戰場上看過許多這類毀損屍體的的例子。」

「那眼睛呢？」我問。「也是同樣的道理嗎？」

「眼睛稍微有點不同。每個幽靈在前往靈界的旅程中，都要經過一個非常危險的考驗：必須站在一根非常窄的原木柱上，橫渡一條神話中的大河。如果哪個幽靈害怕這個考驗，或是失敗了，他就得回到我們活人的世界，成為被遺棄的無主孤魂，永遠遊蕩。當然，一個幽靈如果沒有眼睛，就不可能完成這趟旅程，也就註定了他的命運。蘇族不會輕易割掉敵人的眼睛。死後在這個世界成為無主孤魂，是令他們非常害怕的事情。」

克萊斯勒把這一切記載他的小記事本裡，最後這部分寫完後，他開始點點頭。「那麼蘇族的毀損屍體行為，和我們所描述的有什麼不同呢？」

「這個嘛……」威斯勒吸著菸斗努力思索著。「在你們告訴我的這些案例中，有一些比較大的重點，還有一些細節，都不符合蘇族的習俗。最重要的是臀部的損傷，還有吃人肉的說法。蘇族就跟大部分印第安部族一樣，都對吃人肉非常反感：這是他們最鄙視白人的一點。」

「白人？」我說。「但是我們沒有——好吧，公平一點，我們白人是不會吃人肉的。」

「通常不會，」威斯勒回答。「但是有少數著名的例外，印第安人也聽說了。還記得一八四七年前往西部的唐納拓荒團嗎？他們困在一處大雪冰封的山隘裡，好幾個月都沒有食物，其中一些就吃了其他人的肉。這在西部的印第安部落間是流傳很廣的故事。」

「但是——」我覺得必須進一步辯護，「——該死，你不可以憑著少數人的行為，就判斷整個文化啊。」

「當然可以，摩爾，」克萊斯勒說。「還記得我們為這名兇手建立的原則：因為他過去的經驗，他童年所遇到少數人的遭遇，使得他逐漸會用一種獨特的方式看整個世界。我們可以說這是錯誤的方式，但是他有過那樣的童年，就不可能用別的方式了。同樣的原則在這裡也適用。」

「西部的部族沒接觸過白人社會很討人喜歡的一面，摩爾。」威斯勒贊同地說。「另外還有那些錯誤傳播的初步印象。比方說幾年前，蘇族酋長坐牛跟一些白人共進晚餐，有一道菜是豬肉——他從來沒看過這種肉，但因為聽說了唐納拓荒團的故事，立刻就認定那是白人的肉。這就是不同文化間不幸的誤解。」

「那還有其他什麼不同？」克萊斯勒問。

「唔，把生殖器塞進嘴裡——這沒有道理，對蘇族來說完全說不通。你已經把這個男人的幽靈去勢了。還把生殖器塞進他嘴裡，不會有任何實際的效果。但最重要的不同，就是這些被害人是小孩，是兒童。」

「好，先等一下，」我說。「印第安部族曾經屠殺兒童，這個我們都知道的。」

「沒錯，」威斯勒承認。「但他們不會對兒童做這類儀式性的毀損動作。至少，任何有自尊心的蘇族人都不會這麼做。這些傷殘都是用在敵人身上，好讓他們無法抵達靈界，或者就算抵達了，也無法享受那裡的生活。但對一個小孩做這種事——唔，那就是承認他們把小孩當成威脅，當成平等的。那是一種懦弱的表示，而蘇族對於懦弱是非常在意的。」

「那我這樣問吧，威斯勒博士，」克萊斯勒說，看了一下他的筆記。「我們跟你描述的那些行為，有沒有可能，是因為這個人曾目睹印第安人毀損屍體，但對於他們的文化涵義太無知，所以就以為純粹是野蠻而已？而且這個人模仿印第安人的行為，可能認為如果他做得更野蠻，看起來就更像是印第安人？」

威斯勒想了一下，點點頭，敲出菸斗中燒過的菸草。「是的，沒錯。我想也大概是這樣，克萊斯勒醫師。」

然後克萊斯勒眼中出現了那種神色，表明他得離開，爬上馬車，回到我們的總部。雖然威斯勒看起來很想再多談，但克萊斯勒說他還有急事，還保證很快就會再來拜訪。然後他就衝向門，留下我為突然離去而認真道了歉，不過並不意外地是，威斯勒似乎一點也不介意。科學家的思緒可能像發情的蟾蜍般跳來跳去，但他們似乎都能接受彼此的這類行為。

等到我在外頭馬路追上克萊斯勒，他已經攔了一輛出租馬車爬上去。我覺得如果我不快一點，他很有可能丟下我不管，於是就衝到人行道邊緣跳上馬車，然後關上門。

「車夫先生，百老匯大道八〇八號！」克萊斯勒大喊，然後他開始揮著拳頭。「你看到了嗎，摩爾？你看到了嗎？他曾在那裡，我們的兇手，他目睹過！他把這類行為定義為恐怖而骯髒的——『像紅蕃一樣髒』——但是他也認為自己是充滿污穢的。他以憤怒和暴力跟這些感覺搏鬥。但是當他殺人時，他只是陷入更低落的狀況，低到他更厭惡自己，低到最低點，於是做出他所能想像最野蠻的行為：仿效印第安人，但是在他心目中，要比印第安人更印第安人。」

「那麼，他待過西部邊境了。」我說。

「一定的。」克萊斯勒回答。「不是小時候，就是當兵的時候。希望我們在華府的查詢可以釐清這一點。我告訴你，約翰，我們昨天晚上雖然犯了大錯，但是今天，我們更接近他了！」

29

雖然可能更接近，但不幸地，沒有克萊斯勒期望的那麼接近。回到總部後，我們得知，儘管有羅斯福的熟人，但莎拉和盧修斯聯繫戰爭部並沒有任何收穫。所有因心理問題而住院或除役的軍人資料都是機密，不能在電話中討論。跑華府一趟看起來就加倍重要了；的確，眼前來看，所有線索似乎都引導我們離開紐約，因為如果我們的兇手是在西部邊境長大、或是曾在那一帶的軍團服役過，那麼就得有個人去一趟，看看是否能查到什麼證據痕跡。

這個上午剩下來的時間，我們就研究可能的時間點和地點，以開始尋找這樣的痕跡。最後我們列出兩大範圍：兇手小時候要不是在一八七六年造成卡司特將軍陣亡的小大角戰役的前後，曾目睹過美軍征伐蘇族人的那些殘酷戰役，就是曾以軍人的身分，參與過美軍針對不滿蘇族部落的血腥鎮壓行動，其中最高潮就是一八九〇年的傷膝澗之役。無論是哪個，克萊斯勒都希望趕緊有個人去西部跑一趟。他說，因為他現在懷疑，茨威格兄妹的命案並不是兇手第一次嚐到血腥滋味。而如果這個人曾在西部犯下謀殺——無論是在加入軍隊之前，或是服役期間——就一定會有紀錄留下。沒錯，我們幾乎可以確定，這樣的罪行多年來還在未破案狀態，而且很可能會被認為是印第安部族劫掠時所犯下的。但總之，會有相關文件留下，無論是在華府，或是在某個西部的行政辦公室。即使沒有這樣的命案發生過，我們也還是得派個人過去待命，以備我們在華府若是查到任何線索，可以有人在西部追蹤。只有實際跑一趟相關地點，我們才能查出兇手以前到底出了什麼事，也才能精準預測他往後的行動。

克萊斯勒計畫自己去華府，我告訴他，我在那邊有不少認識的記者和政府官員——包括一個交情特別好的，目前就在內政部的印第安事務局服務——他認為我也應該一起去。於是剩下了莎拉和艾薩克森兄弟，他們都很想去西部跑一趟。不過我們還是得有個人留守在紐約，替其他人做協調工作。討論許久之後，我們決定莎拉是最合理的人選，因為她偶爾還是得回茂比利街的總警局露個面。雖然莎拉很失望沒辦法去西部，但她顧全大局，很有風度地接受了自己的任務。

同時，羅斯福顯然是幫艾薩克森聯繫西部各州嚮導的人選，我們打電話跟他說明計畫時，他變得非常熱心，還提出要親自陪兩位警佐一起去。不過我們指出，他走到哪裡都有媒體跟著，尤其是跑去西部的話。有關他打獵之旅的故事和他穿著穗邊鹿皮裝的照片，保證能讓報紙或雜誌銷路增加，而且記者們很自然就會問起跟他同行的是誰、為什麼。我們可沒辦法承擔這樣的曝光。此外，總警局的權力鬥爭已經進入了一個新的、或許還是決定性的階段，羅斯福是市警局改革行動的主角，實在不能就這樣跑去荒野地帶，消失好幾天。

所以，艾薩克森兄弟就自己去了；而且我們解釋說，如果他們立刻動身，那麼等到我和克萊斯勒在華府挖出什麼有用的資訊，他們就已經人在西部，可以接收我們打過去的電報了。因此，當馬庫斯沖洗出他的眼球照片（結果是徹底失敗，儒勒．凡爾納寫的並非事實），來到百老匯大道八〇八號時，他相當震驚地得知自己次日早晨就要出發去南達科塔州的死木鎮。接著他們會南下到松嶺蘇族印第安保留區，在那裡開始調查過去十到十五年任何未偵破的、有毀損屍體狀況的謀殺案。同時，我會在華府利用我在印第安事務局的熟人，追查同樣的狀況。至於克萊斯勒，則會去戰爭部和聖伊麗莎白醫院，尋找因為心理問題而除役的西部士兵相關資料，同時進一步打聽聖伊麗莎白醫院曾來信提到的那個人。

等到我們終於討論完，下午已經過了一半，前一夜沒睡的重擔開始沉甸甸地壓在我們所有人身上。此外，還有家裡的事情要安排，而且當然也還得收拾行李。於是我們決定今天到此為止。大家互相道別，但疲倦淡化了這一刻的重要性——的確，我不認為艾薩克森兄弟真正理解到他們明天一早要起床，搭火車橫越半個國家。而克萊斯勒也好不到哪裡去：莎拉離開時，宣佈說她打算明天一早叫一輛出租馬車去接我們兩個人，然後送我們去車站，因為我們兩個死沉沉的表情讓她覺得我們根本爬不起來，更別說去趕火車了。

克萊斯勒和我正要走出百老匯大道八〇八號時，史蒂威出現了。他因為補眠了幾小時而恢復精力，這會兒是要來提醒我們，賽勒斯獨自在醫院待了一整天。史蒂威說他駕了輕馬車過來，準備好要載我們去聖文森醫院探病。儘管我們很累，但無論克萊斯勒或我都沒辦法拒絕這個提議；此外，我們想到一般紐約醫院裡的伙食很難吃，於是就決定打電話給查理．戴蒙尼寇，請他準備一份最棒的餐點，好讓我們帶去聖文森。

大約六點三十分，我們來到病房，發現賽勒斯全身包了厚厚的繃帶，快要睡著了。他看到餐點很高興，什麼都沒抱怨，甚至沒抱怨醫院裡的護士拒絕照顧黑人。克萊斯勒跟兩個醫院主管提了這件事，但除此之外，我們在賽勒斯的病房裡度過非常愉快的一小時，窗外的視野很好，可以看到第七大道、傑克森廣場，還有更遠處的日落。

快天黑時，我們走出醫院，回到第十街。我跟史蒂威說我們可以幫他看著輕馬車，讓他上樓幾分鐘去跟賽勒斯打個招呼。史蒂威一聽就很開心地跑進醫院。克萊斯勒正打算爬進馬車廂，在柔軟的皮椅上休息一下，此時一輛救護馬車迅速駛來，在我們旁邊停下。要是我沒那麼累，可能就會注意到那車夫的臉我並不完全陌生；總之，我只是看到那馬車的門打開，第二個人出來。我認出這個人是誰——他一點也不像醫院的救護人員——立刻擔心得心跳加速。

「搞什麼鬼？」我喃喃說，同時那男子瞪著我，咧嘴笑了。

「康納！」克萊斯勒震驚地說。

康納刑事警佐咧嘴笑得更開心了，然後他威嚇地往前走了幾步。「所以你們認得我了？那更好。」他從有點破爛的外套裡頭掏出一把輪轉手槍。「進去救護車裡頭，兩個都是。」

「這太荒謬了。」克萊斯勒兇巴巴地說，沒理會那把槍。

我比克萊斯勒了解我們要對付的是什麼樣的人，於是換了個方式。「康納，把槍收起來。這太瘋狂了，你不能就這樣——」

「瘋狂，嗯？」康納憤怒地回答。「才不呢。我只是在執行我的新工作。你可能還記得，我失去我的舊工作了。總之呢，我被交代要來接你們兩位——不過呢，我也很樂意就讓你們兩個死在人行道上。所以快上車吧。」

真奇怪，恐懼可以治癒疲倦。我忽然間感覺到一股新的精力，雙腿充滿力量。不過我不能逃掉——我知道康納說他樂意朝我們開槍，可不是開玩笑的。於是我拉著克萊斯勒（他一路掙扎抗議）來到救護車後頭。進入車廂時，我抬頭看到那車夫，發現他就是曾在桑托瑞里家想攔截我和莎拉的其中一人。原先不清楚的小事開始拼湊起來了。

康納從外頭鎖上車廂門，然後跟另一個人爬到車頂。車子搖搖晃晃往前行駛，跟來時的速度一樣快，只不過從車廂後門上的小窗子，也看不出我們要到哪裡去。

「感覺上是朝上城的方向。」我說，此時我們在黑暗的車廂裡被搖晃得撞來撞去。

「綁架？」克萊斯勒說，維持他在危險時刻那種不耐而冷漠的口吻。「這是誰在惡作劇嗎？」

「這不是玩笑，」我說，試著開門，但發現關得很牢。「總之，大部分警察只差三步就會成為罪犯。我敢說，康納走完那三步了。」

克萊斯勒完全目瞪口呆。「這種狀況，實在不曉得該說什麼才好。你有什麼特別的事情要做臨終告解嗎，摩爾？當然，我不是神職人員，不過……」

「克萊斯勒，你聽到我剛剛說的嗎？這不是玩笑！」此時車子轉彎，我們兩個都被甩得撞上車廂一側。

「嗯——」克萊斯勒說，爬起身來檢查自己身上有無大礙。「我開始明白你的意思了。」

又過了十五分鐘，我們的狂野車程終於結束。雖然不曉得這是哪一帶，但是周圍一片安靜，只偶爾有我們車夫的悶哼和詛咒。康納終於開門讓我們下了車，我認出這裡是麥迪遜大道，位於穆瑞丘內。旁邊一根燈柱上有個路牌標示著「三十六街」，而且眼前矗立著一棟巨大但頗有品味的褐石建築，前門兩側各有一根柱子，大大的凸窗面對著街道。

克萊斯勒和我面面相覷，立刻恍然大悟。「哎呀，不得了。」克萊斯勒好奇地說，或許甚至還有點驚嘆。

我恰恰相反，簡直是垂頭喪氣。「搞什麼鬼？」我輕聲說。「為什麼——」

「快走。」康納說，指著前門，但自己還待在車上。

克萊斯勒又看了我一眼，聳聳肩，然後開始爬上前門階梯。「我建議我們就進去吧，摩爾。他可不習慣等別人。」

一個非常英格蘭作風的管家開門讓我們進入麥迪遜大道二一九號，內部裝潢反映了跟這棟褐石建築外貌同樣的罕見組合：極度富裕以及非常精緻的品味。腳下是大理石地板，一道簡單但寬敞的白色石階彎向上方的樓層。然而我們的目的地就在前方。我們經過華麗的歐洲油畫、雕像、瓷器——全都高雅而陳設簡潔，完全沒有凡德比爾特那類家族所熱愛的繁複效果——繼續往建築的後方走去。那管家打開一道鑲板門，裡頭是一個燈光昏暗的巨大房間。克萊斯勒和我走進去。

房間裡面高高的牆壁上是聖多明哥桃花心木鑲板，顏色深得接近黑色；的確，對於這個屋子的僕役而言，或是在紐約的傳說中，這個房間就是「黑色圖書室」。地上鋪著精緻的地毯，一面牆上有個巨大的壁爐。其他牆面上幾個裝飾豐富的金色畫框內是歐洲油畫。高高的書架上塞滿了華麗的皮面珍本書，是幾十次的歐洲之旅所蒐羅而來。紐約歷史上、甚至全美國歷史上幾次最重要的會議，就是在這個房間裡舉行；而儘管克萊斯勒和我更加好奇找我們來這裡要做什麼，但看到房間裡面看著我們的那些面孔，事情就明朗化了。

坐在壁爐一側長沙發上的是亨利·波特主教，壁爐另一側長沙發上的則是麥可·柯瑞根總主教。他們背後分別站著一名教士：波特的那位高而瘦，戴著眼鏡，柯瑞根那位則矮而胖，鬢邊蓄著大大的白色鬍子。站在壁爐前的那名男子我認得，就是惡名昭彰的美國郵件審查官安瑟尼·孔斯塔克。二十多年來，孔斯塔克都利用國會制定的權力（但是否合乎憲法則頗成問題），積極迫害任何涉及避孕用品、墮胎、猥褻文學與照片，或是其他符合他頗為廣闊定義中的「淫穢」人士。毫不意外，孔斯塔克有一張嚴厲、刻薄的臉，但真正讓我們不安的，是站在他旁邊那個人。紐約市警局前任督察湯瑪斯·伯恩司雙眉高而濃密，下頭那雙銳利的眼睛彷彿能看穿一切；而同時，他下垂的巨大鬍髭又讓人很難精確判斷他的心情和思緒。我們更深入這個房間，伯恩司轉向我們，雙眉揚起；然後他歪了一下頭，望向房間中央一張巨大的胡桃木書桌。我的雙眼也循著他的目光看過去。

坐在那張書桌後正在檢查幾張紙、偶爾寫下一些字的男子，是全世界有史以來最有權力的金融家，本來相當俊美的容貌，被那個罹患了酒糟性皮膚炎而破裂、腫大、變形的鼻子給破壞了。不過你一定要非常小心，不能公然瞪著那個鼻子看——否則為了自己的好奇心，你會付出無法想像的慘痛代價。

「啊，」約翰·皮爾龐特·摩根的目光從那些紙張中抬起，然後站起身。「進來吧，兩位，我們趕緊把這件事情解決掉。」

第三部　意志

因此，所有現實的根源，無論是來自絕對的觀點，或是實際的觀點，都是主觀的，是我們自己的。身為講求邏輯的純粹思考者，沒有情緒反應，我們會將現實賦予任何我們想到的目標，因為他們是真正的現象，或至少是我們一時想到的目標。但是，身為有情緒反應的思考者，我們認為自己似乎是更高等的現實，任何我們選擇、強調、針對的事物，我們都似乎會賦予一種更高程度的現實性。

——威廉・詹姆斯（William James），

《心理學原理》（*The Principles of Psychology*）

喬凡尼先生，你邀請我共進晚餐：我來了。

——達・彭特（Da Ponte），

出自莫札特歌劇《唐・喬凡尼》（Mozart's *Don Giovanni*）

30

我驚恐不安地走向兩張裝了軟墊的奢華安樂椅，就在靠近摩根的書桌之處，跟壁爐隔了一段距離。不過克萊斯勒還是站著不動，回瞪著摩根的嚴厲目光。

「在我坐下來之前，摩根先生，」克萊斯勒說，「我想請教一下，你平常的習慣，就是用槍強迫別人過來見你嗎？」

摩根的大腦袋猛地轉過去，狠狠瞪著伯恩司，但伯恩司只是滿不在乎地聳聳肩。這位前任督察的灰色眼珠稍微閃了一下，彷彿是在說：近朱者赤，摩根先生……

摩根開始有點厭惡地緩緩搖著頭。「這不是我的習慣，也不是我的指示，克萊斯勒醫師。」他說，朝兩張安樂椅伸出手臂。「希望你接受我的道歉。對這些知情的人來說，這件事似乎都引出了他們強烈的情緒。」

克萊斯勒低聲咕噥了一下，並不完全滿意，然後我們兩個都坐下。摩根回到他書桌後的座位，簡短地介紹了一下在場的人（只有兩名站在沙發後面的教士除外，他們的名字我始終不知道）。然後摩根朝安瑟尼．孔斯塔克微微一點頭，孔斯塔克就走到房間中央。從他那個小小身軀裡發出來的嗓音，就跟他那張臉一樣討厭透頂。

「醫師，摩爾先生。我們就敞開來說吧。我們知道你們調查的事情，而且出於種種原因，我們希望這個調查能停止。如果你們不同意，那麼有幾個罪名就會落在你們頭上。」

「什麼？」我說，對這名郵件審查官的厭惡給了我勇氣。「這又不是什麼道德案子，孔斯塔克先生。」

「攻擊，」伯恩司督察平靜地接口說，看著塞得滿滿的書架，「是刑事罪名，摩爾。新新監獄有一位警衛掉了兩顆牙。然後還有跟知名黑幫老大廝混——」

「拜託，伯恩司，」我趕緊說。我在《紐約時報》跑新聞的這幾年，曾經跟這位督察有過不少爭執，而儘管他讓我很緊張，但我知道絕對不能顯露出來。「只不過一起搭了趟馬車，怎麼算是『廝混』呢？」

伯恩司沒理我。「最後，」他繼續說，「還有你們濫用市警局的員工和資源……」

「我們進行的並不是官方的正式調查。」克萊斯勒冷靜地說。

伯恩司的小鬍子底下似乎露出微笑。「真機靈啊，醫師。但是我們完全知道你和羅斯福局長的安排。」

克萊斯勒還是不動聲色。「你有證據嗎，督察？」

伯恩司從書架上抽出一本薄薄的書。「很快就會有了。」

「好了，好了，各位，」柯瑞根總主教一貫和藹可親地說。「沒有必要立刻就站到敵對的位置。」

「是啊，」波特主教也附和道，只是沒什麼熱情。「相信我們可以找出一個大家都能接受的解決辦法，只要我們都能了解彼此的——觀點？」

摩根沒吭聲。

「我所了解的是，」克萊斯勒宣佈，主要是對著我們沉默的主人，「我們被拿槍綁架來這裡，還被威脅要以刑事罪名起訴，只因為我們試圖破解一樁警方解決不了的可怕謀殺案。」克萊斯勒掏出他的香菸盒，拿出一根香菸，開始憤怒又響亮地在椅子扶手上敲實菸草。「但或許，這場鬧劇還有些更微妙的原因，只是我看不出來而已。」

「你的確是視而不見啊，醫師，」安瑟尼．孔斯塔克說，用那種狂熱份子的刺耳聲音。「但是這件事情沒有什麼微妙的。多年來，我都試圖要查禁像你這種人所寫的東西。但我們所謂的公僕對憲法第一修正案的詮釋太過寬容了，害我的努力難以達成目標。但如果你以為我會袖手旁觀、坐視你積極介入城市事務——」

摩根的臉上掠過一絲惱怒，我看得出波特主教也發現了。於是他就像個盡職的僕人——因為摩根是聖公會的一大金主——趕緊出面打斷孔斯塔克：

「孔斯塔克先生有正義之士的活力和直率，克萊斯勒醫師。不過你的工作恐怕的確擾亂了本市許多公民心靈上的平靜，也危害到我們社會結構的力量。畢竟，家庭的神聖和健全，以及個人應為自己的行為在上帝和法律面前負責，是我們文明的兩大支柱。」

「我很難過我們的市民失去了平靜，」克萊斯勒簡短地說，點燃他的香菸。「但據我們所知，有七個孩童被殘忍謀殺了，說不定還有更多。」

「但是，當然了，那是警察的責任，」柯瑞根總主教說。「你為什麼要介入這樣可疑的工作呢？」

「因為警察沒辦法破案。」我插嘴，克萊斯勒都還沒來得及回答。這些都是克萊斯勒工作上很常碰到的批評，但是我聽了還是有點火大。「不過，利用克萊斯勒的種種想法，我們就可以破案。」

伯恩司發出一聲幾乎聽不見的輕笑，而孔斯塔克則是滿臉發紅開了口：「我不相信這是你真正的動機，醫師。我相信你是想藉助保羅・凱利先生，以及任何你能找到的無神論社會主義者，去破壞美國家庭與社會的價值觀，引發騷動！」

對於這名怪誕小個子男人的荒謬言論，克萊斯勒和我沒有大笑，也沒有站起來要揍他，表面上這似乎很奇怪，但是別忘了，安瑟尼・孔斯塔克的頭銜「郵件審查官」儘管聽起來很無害，但其實他手中掌握了很大的政治與監管權力。在他四十年的事業生涯結束前，他會自誇曾逼得至少一打敵人自殺；還有更多人的生活和名譽都毀於他的迫害執迷上頭。克萊斯勒和我都知道，儘管我們是這些人當前的攻擊目標，但我們都還不是孔斯塔克長期迫害的對象；要是我們現在引起他的過度關注，那麼有一天我們去上班時，可能就會發現自己已經因為違反公共道德的誣陷罪名而被起訴。因為這些原因，我對他的指控沒有回嘴，而克萊斯勒只是疲倦地抽著菸。

「請問一下，」克萊斯勒終於開了口。「我為什麼會想要引發這些騷動？」

「因為虛榮！」孔斯塔克惡狠狠地回答。「為了發展你那些不道德的理論，也為了要讓那些沒受過什麼教育、極度困惑的民眾關注你！」

「孔斯塔克先生，」摩根平靜而堅定地說，「以我來看，克萊斯勒醫師從一般大眾所得到的關注，已經超過了他願意的程度。」我們其他人對這番話根本沒試著表達我們的贊成或不贊成。摩根一隻大手撐著臉，對著克萊斯勒說：「但這些都是很嚴重的指控，醫師。要不是這樣，我也不會要求找你來參加這次會面。我想，你沒有跟凱利先生勾結吧？」

「凱利先生有幾個想法不無道理，」克萊斯勒回答，知道這些話又會激怒在場這些人。「但他基本上是個罪犯，我對他來說沒有用處。」

「很高興聽到你這麼說。」摩根似乎真心滿意這個回答。「那麼其他的問題，有關你工作的社會影響呢？我得承認，我不太熟悉這類事情。不過你可能知道，我是聖喬治教堂的堂長，就在你家對面的史岱文森公園旁。」摩根炭黑色的眉毛揚起一邊。「我從來沒在會眾中看到你，醫師。」

「我的宗教觀是私事，摩根先生。」克萊斯勒回答。

「但是想必你明白，克萊斯勒醫師，」柯瑞根總主教謹慎地插話，「我們城市的各個教會組織，對於維持公共秩序是不可或缺的？」

柯瑞根說出這些話時，我不自覺地瞥了兩名教士一眼，他們還是有如雕像般站在各自的主教身後——我突然有點明白，為什麼我們會來到這個圖書室，跟眼前這些人談話。這個理解的種子在我腦子萌芽後，就開始茁壯，但我什麼都沒說，因為把說法講出來，只會引發更多的爭論。不，我只是往後靠坐，讓思緒繼續發展，同時也比較安心了，因為我發現克萊斯勒和我的處境，並不像我原先想的那麼危險。

「秩序，」克萊斯勒回答柯瑞根的疑問，「是一個很容易被任意詮釋的字眼，總主教。至於你的擔心，摩根先生——如果你想聽我介紹自己的工作，我相信可以建議你一個比綁架更輕鬆的方法。」

「當然了，」摩根不安地回答。「但是既然我們都在這裡，醫師，或許你願意給我一個答案。這些人來請求我的協助，希望能結束你的調查。在決定採取行動之前，我想聽聽雙方的說法。」

克萊斯勒重重嘆了口氣，但是繼續說下去：「我所研究開發的個人心理背景脈絡理論——」

「階級決定論！」孔斯塔克忍不住大聲說。「說每個人的行為都決定於嬰兒期和少年期——

這個說法否定了自由，否定了責任！沒錯，我認為這太不美國了！」

摩根又是不耐地看了一眼，波特主教一手安撫地放在孔斯塔克胳膊上，於是那名郵件審查官又不高興地沉默下來。

「我從來不反對，」克萊斯勒說，「每個人在法律面前，都要為自己的行動負責，只有某些真正心理有疾病的案例除外。而如果你去請教我的同行，摩根先生，我相信你會發現，我對心理疾病的定義比大部分同行都保守許多。至於孔斯塔克先生所提到的自由，在政治或法律的概念上我沒意見。然而，心理學界所爭論的自由意志概念，就要複雜得多了。」

「那你對家庭制度的觀點呢，醫師？」摩根問，口氣堅定，但沒有任何譴責的意思。「我聽說在場和其他很多善良人士提到你這方面的想法，他們都非常擔憂。」

克萊斯勒聳聳肩，捻熄了香菸。「我對於家庭制度沒有太多觀點，摩根先生。我研究的焦點，是在於有大量的罪行往往可能被家庭結構隱瞞。我一直嘗試揭露這些罪行，而且處理這些罪行對兒童的影響。這點我是不會道歉的。」

「但是為什麼要特別挑出這個社會的家庭呢？」孔斯塔克哀嘆。「世界上有些地方還有更糟糕許多的犯罪——」

摩根忽然站起來。「謝謝，各位，」他對著孔斯塔克和幾名教士說，口氣嚴厲而不容爭辯。「伯恩司督察會送你們出去。」

孔斯塔克的表情有點不知所措，但波特和柯瑞根顯然已經見識過這樣的逐客令，於是他們全都以驚人的速度離開圖書室。跟摩根單獨在一起，我覺得輕鬆多了，克萊斯勒似乎也是如此。因為儘管這個男人擁有神祕且巨大的權力（畢竟，僅僅一年前，他就獨力安排援救行動，讓美國政府免於財政崩潰的災難），但他那種明顯的教養和廣闊的視野，頗令人感到安心。

「孔斯塔克先生是個虔誠的人，」摩根坐下時說，「但是他聽不進別人的話。至於你，醫師……雖然我不太懂你剛剛說的那些，但是我覺得你是個可以商量的人。」他撫平了身上的長禮服大衣，按了按他的小鬍子，然後往後靠坐。「兩位，眼前紐約市的氣氛很不穩定。恐怕比你們所了解的更不穩定。」

我判定時機到了，於是把我剛剛領悟到的說出來。「這就是為什麼兩位主教會來這裡，」我宣佈。「貧民窟出現了很多麻煩，比以前多出許多。所以他們擔心他們的錢。」

「他們的錢？」克萊斯勒困惑地說。

我轉向他。「他們不是要掩護那些謀殺案。他們從來不擔心兇手。嚇壞他們的，是移民社區的反應。柯瑞根擔心這些移民憤怒起來，會聽從凱利和他社會主義者朋友們的煽動——憤怒到星期天不再上教堂，也不再捐獻。基本上，他就是擔心自己無法完成那棟該死的主教堂，以及其他已經規劃好的教會小型計畫。」

「可是，那波特呢？」克萊斯勒問。「你自己也告訴過我，聖公會在這些移民社區裡的信徒並不多。」

「沒錯，」我說著微微一笑。「的確沒有。但他們還有其他更有利可圖的，而我之前居然都沒想起來。或許摩根先生會願意告訴你。」我轉向那張胡桃木大書桌，發現摩根很不自在地瞪著我。「誰是全紐約最大的貧民區房東？」

克萊斯勒猛吸一口氣。「我懂了。是聖公會。」

「這些教會的運作方式，沒有任何不合法的地方。」摩根趕緊說。

「的確，」我回答。「但如果這些廉價租屋的房客團結起來抗議，要求更好的住宿環境，那教會就會陷入困境了，對不對，摩根先生？」摩根聽了只是別開目光，沒有吭聲。

「可是我還是不明白，」克萊斯勒困惑地說。「如果柯瑞根和波特這麼害怕這些犯罪所造成的後果，那為什麼要妨礙我們破案呢？」

「因為有人告訴他們，這些案子是破不了的。」摩根說。

「但是為什麼要阻撓我們嘗試呢？」克萊斯勒又追問。

「因為，兩位，」我們身後傳來一個小小的聲音，「只要這些案子被認為是破不了，就不會有人被怪罪了。」

又是伯恩司，他已經悄悄回到了房間裡，我們都沒聽到。這個人真的害人很緊張。「一般廣大的下層人民，」他繼續說，從摩根書桌上的一個盒子取出一根雪茄，「會慢慢明白，這種事情是難免的。不是誰的錯。有的男孩從事犯罪行為，有的男孩死了。誰殺了他們？為什麼？不可能查明的，而且也沒有必要查明。你只要讓一般大眾的注意力放在更基本的教訓上頭——」伯恩司劃亮了一根火柴，點著他的雪茄，火柴末端的火焰竄高。「那就是：如果遵守法律的話，這一切就不會發生了。」

「可是該死，伯恩司，」我說，「我們可以破案的，只要你別妨礙我們。為什麼，昨天夜裡我才——」

克萊斯勒緊握住我的手腕，阻止我說下去。伯恩司緩緩走向我的椅子，彎下身來，朝我吹了一大口煙霧。「昨天夜裡你怎麼樣，摩爾？」

在這種時刻，你不可能忘記你眼前在對付的這個人，曾親手把幾十個嫌疑犯和罪犯毆打到失去意識，他這套嚴刑逼供偵訊手法在全紐約和全國各地都很有名。不過，我還是想反抗。「別想用你那種暴力招數對付我，伯恩司。你現在已經沒有權威了。你甚至沒有手下幫你撐腰。」

我看到他小鬍子後頭閃出牙齒。「你要我叫康納進來嗎？」我沒說話，然後伯恩司低聲笑了。「你向來有張大嘴巴，摩爾。記者作風。不過我們就照你的玩法吧。告訴摩根先生，你要怎麼破這個案子，說說你的偵查原則。解釋一下。」

我轉向摩根。「我們的方法對伯恩司督察這種人來說可能不合理，對你來說也可能是這樣，但是——我們採用的手法，或許可以稱之為反向調查程序。」

伯恩司大笑起來。「該說是屁股向後吧。」

我意識到自己犯了錯，於是改用另一個說法：「也就是說，我們從命案本身的顯著特色，以及被害人的性格特徵著手，判定兇手可能會是什麼樣的人。然後，我們就可以利用一些看似無意義的證據，開始逼近我們的目標。」

我知道自己講得沒什麼說服力，所以聽到克萊斯勒此時接口，就鬆了一口大氣。

「這種手法是有一些前例的，摩根先生。八年前，倫敦偵辦開膛手傑克的案子時，就採用過類似的、但是更初步的方式。另外法國警方現在也正在尋找他們自己的開膛手——他們利用的一些技巧，跟我們現在用的沒什麼兩樣。」克萊斯勒說。

「倫敦開膛手，」伯恩司大聲說，「我可沒聽說抓到了，對吧，醫師？」

克萊斯勒皺眉說，「是的。」

「另外法國警方利用他們的人類學大雜燴手法——查案有任何進展嗎？」

克萊斯勒的臉色更陰沉了。「很少。」

伯恩司終於正眼看著我們。「這兩個例子還真有說服力啊，兩位。」

接下來有片刻的沉默，讓我覺得我們的立場似乎更站不住腳。於是我又重新堅定地說，「實際情況是——」

「實際情況是，」伯恩司搶白道，又走向我們，但其實是對著摩根說話，「這只是個智力練習而已，根本沒有破案的可能。你們唯一做的，就是到處訪談，讓每個訪談對象覺得有破案的希望。就像我剛剛說的，這不光是沒有用而已，還很危險。我們唯一該告訴移民的，就是他們和他們的子女最好遵守這個城市的法律。如果他們不守法，出了什麼事就是他們自己的責任。或許他們會覺得這個觀點很難接受。但是要不了多久，這個白癡史壯市長和他那位牛仔警察局長就會下台了。然後我們就可以重新實施以往的鐵腕政策。很快的。」

摩根緩緩點頭，目光從伯恩司轉到克萊斯勒身上。「督察，你已經表明你的立場了。接下來可以請你迴避嗎？」

跟孔斯塔克和那些教士的反應相反，伯恩司簡直像是被摩根唐突的逐客令逗樂了：他離開圖書室時，還開始低聲吹起口哨。等到鑲板門再度關上，摩根站起來看著窗外。感覺上，好像是要確定伯恩司離開了他的房子。

「兩位要喝杯酒嗎？」摩根最後終於說。克萊斯勒和我都謝絕之後，我們的主人從他書桌上的雪茄盒取出一根點燃了，然後開始緩緩在鋪著厚地毯的房間裡踱步。「我同意跟剛剛離開的那些人見面，」他說，「是出於對波特主教的尊重，也是因為我不想看到最近爆發的市民騷動繼續下去。」

「請問一句，摩根先生，」我說，對他的口氣有點驚訝。「但是你、或者剛剛在場那些紳士，有哪個人跟史壯市長討論過這件事嗎？」

摩根舉起一手迅速在眼前搖了一下。「伯恩司督察對史壯上校的看法相當合理。我沒興趣跟一個權力受到選舉限制的人打交道。此外，史壯根本沒有腦袋處理這種性質的事情。」摩根繼續沉重而謹慎地踱步，克萊斯勒和我則保持沉默。圖書室裡逐漸充滿了濃厚的雪茄煙霧，等到摩根終於站定了再度開口，隔著那些褐色的煙霧，我只能勉強看出他的形影。

「兩位，以我來看，現在只有兩個真正可行的方案，一個是你們的，另一個是伯恩司的。我們需要秩序，尤其是現在。」

「為什麼是現在？」克萊斯勒問。

「你大概不知道，醫師，」摩根謹慎地回答，「我們現在正站在十字路口，無論是紐約或這個國家整體都是。這個城市正在改變，而且很劇烈。我指的不光是湧入的移民改變了人口狀況而已。我指的是城市本身。二十年前，紐約主要還只是個港口——港口就是我們主要的生意來源。今天，隨著其他港口挑戰我們的地位，貨物運輸已經被製造業和金融業蓋過了。而你們也知道，製造業需要工人，由其他比較不幸的國家提供。勞工團體的領袖宣稱這些工人在紐約受到不公平對待。但不管公平與否，他們都還是繼續跑來，因為這裡就是比他們的家鄉好。我從你剛剛的談話中，聽得出你也是外國裔，醫師。你在歐洲待過很多時間嗎？」

「夠多了，」克萊斯勒回答，「足以明白你的意思。」

「對於每個來到這個國家的人，我們沒有義務要提供他們美好生活，」摩根繼續。「我們的義務是提供他們一個機會，只要有紀律、肯努力工作，他們就能得到美好生活。這樣的機會是他們在別處得不到的，也是為什麼移民會一直跑來。」

「確實是這樣。」克萊斯勒回答，口氣開始有點不耐了。

「萬一我們國內的經濟發展——目前正處於深陷危機的狀態——被源自歐洲貧民窟那些愚蠢的政治想法所阻礙，那我們可能就沒辦法再提供這樣的機會了。」摩根把他的雪茄放在菸灰缸裡，走到餐具櫃，倒了三杯頂級威士忌。他沒再問克萊斯勒和我要不要，就把其中兩杯遞給我們。「任何可能被濫用、以促成那些政治想法的事件，都一定要壓制。這就是為什麼孔斯塔克先生會來這裡。他相信你的想法就跟那些想法一樣，都可能遭到濫用。要是你的調查成功了，孔斯塔克先生相信，你的想法可能會獲得更大的認可。所以你就曉得——」摩根又拿起他的雪茄，吸了一大口。「你可真是得罪了各式各樣有權勢的敵人啊。」

克萊斯勒緩緩站起來。「我們有必要把你也列入這些敵人中嗎，摩根先生？」

接下來的暫停彷彿漫長得沒有盡頭，因為我們成功的希望，就取決於摩根的回答。要是他決定波特、柯瑞根、孔斯塔克、伯恩司是對的，認為我們的調查代表了對紐約市現狀的種種威脅，那麼我們還不如默默放棄算了。摩根可以安排購買或賣出紐約的任何人或任何東西，若是他決定要反對我們，那我們以前所碰到的干擾比起來根本不算什麼。相反地，要是他示意紐約其他有錢有勢的人至少容忍我們的調查（不必積極鼓勵），那我們就可望繼續下去。我們對手的干擾或許還會持續，但至少不會更嚴重了。

摩根終於吐出一口長氣。「沒必要，先生。」他說，捻熄雪茄。「就像我剛剛說的，我並不完全了解兩位跟我解釋的，有關心理學或犯罪調查方法那些。但我看人很在行。而你們兩位，我都不認為是對社會懷有惡意的人。」克萊斯勒和我都冷靜地點了下頭，掩飾著我們全身血管裡流動的那種巨大解脫之感。「你們還是會碰到很多阻礙，」摩根繼續說，用一種比較輕鬆的語氣。

「剛剛在這裡的那兩位主教，我相信我可以說服他們不要管這件事，但伯恩司會繼續騷擾你們，因為他想保護他多年來建立起來的方法和組織。而且孔斯塔克會支持他。」

「到目前為止，我們對付他們都佔了上風，」克萊斯勒說。「我相信我們可以繼續下去。」

「當然了，我沒辦法公開支持你們，」摩根補充，示意圖書室的門，陪我們走過去。「那樣會搞得整個太——複雜了。」這意思是，儘管摩根聰明敏銳又博學，但骨子裡，他其實是個華爾街的偽君子，公開場合談論上帝和家庭價值，但私底下遊艇裡滿載著情婦，而且備受其他奉行同樣生活準則的人尊重。如果他被認為跟克萊斯勒站在同一陣線，就勢必會失去一些這類尊重。「總之，」他繼續說，陪著我們走到了前門，「因為這件事早點解決，會最符合每個人的最佳利益，所以如果你們需要任何資源——」

「謝謝，但是不用了，」克萊斯勒說，跟我一起走出去。「你最好跟我們連金錢關係都不要有，摩根先生。你得考慮到你的地位。」

對於這番話中的尖酸，摩根有點不高興，於是很快地低聲說了「晚安」，沒跟我們握手就關上大門。

「你不覺得那樣有點沒必要嗎，拉茲洛？」我說著跟他走下門前階梯。「他只是想幫忙而已。」

「別那麼容易上當，摩爾，」克萊斯勒兇巴巴地說。「像那樣的人，只會做他們覺得對自己最有利的事情。摩根是賭我們比伯恩司那些人更可能查出真兇，而且他認為，這樣就能無限期壓下眾多移民的憤怒。他想得沒錯。告訴你，約翰，光是為了看看後果對這些人所造成的影響，我簡直覺得我們失敗了也值得。」

我累得沒力氣聽他的長篇大論，只是很快前後看了一下麥迪遜大道，沒看到附近有出租馬車。「我們可以去華道夫飯店叫車。」我判定。

我們離開穆瑞丘時，麥迪遜大道上沒什麼活動，克萊斯勒也終於停止他對剛剛那群人的責難。我們繼續往前走，愈發沉默且疲倦，感覺上，在黑色圖書室的那場會面就像是一場夢。

「我想我這輩子從來沒這麼累過，」走到三十四街時，我打了個呵欠。「你知道嗎，克萊斯勒，我們剛見到摩根時，有那麼一刻，我以為他搞不好是兇手。」

克萊斯勒笑出聲。「我也是！臉上的畸形，摩爾——那個鼻子，那個鼻子！我們從來沒討論過畸形的可能是鼻子！」

「想想看，要是真的是他，那可不得了。原先事情就已經夠危險了。」我們在精緻優美的華道夫飯店前找到一輛出租馬車，當時這家飯店的姊妹店阿斯托里亞才剛蓋好。「而且往後會更危險。摩根說得沒錯，伯恩司是個可怕的敵人，至於孔斯塔克，我覺得他根本就是瘋了。」我說。

「他們可以盡量威脅，」克萊斯勒爬上馬車時開心地說，「我們現在知道背後操縱的人是誰了，要提防起來會比較容易。此外，他們的攻擊會愈來愈困難。因為接下來幾天，我們的對手們就會發現我們神祕地——」他雙手往上一舉。「——不見了。」

31

次日早晨九點三十分，莎拉來到我祖母家接我，儘管我已經睡了超過十小時，但還是覺得昏茫且疲倦不堪。莎拉夾在腋下的一份《紐約時報》提醒我今天是五月二十六日，我出門爬上莎拉的馬車時，明亮的陽光照在我身上，表明春天的腳步已經繼續邁向夏天；但我覺得自己就像住在火星上（我半清醒地從報上的頭版看到，波士頓一群傑出天文學家組成的新團體表示，火星正是他們研究的對象，他們相信這顆象徵戰神的紅色星球，上頭「有人類居住」）。在馬車駛向克萊斯勒家的那段路上，莎拉被我有點荒謬的疲倦狀態逗得幾度大笑；但是等我提到克萊斯勒和我前一天被強押到摩根家的事情，她就變得十分正經了。

我們發現克萊斯勒坐在十七街他家門口的輕馬車上，史蒂威坐在駕駛座。我把我的小行李袋從出租馬車上拿下來，放進輕馬車的車廂，然後跟莎拉一起爬上車。馬車正要離開時，我抬頭看到瑪麗．帕默站在克萊斯勒家客廳外的小陽台上，正憂慮地望著我們，而且隔著這段距離看過去，她臉頰上似乎有淚痕。我轉向克萊斯勒，看到了他也回頭望著瑪麗；等到他頭又轉向前，臉上露出微笑。對照著瑪麗的悲傷，他這樣的反應也實在太奇怪了。我想或許這一切跟莎拉有關，但是我瞥了一眼，發現莎拉正刻意看著街道對面的史岱文森公園。這些朋友間私人感情的錯綜複雜新線索搞得我很煩，那一刻我又完全搞不懂，於是就只是往後一靠，讓春日太陽曬著我的臉，同時馬車繼續往東行。

然而，我們要前往大中央總站的這段車程，其實一點也不輕鬆。到了十八街和厄文街交叉口，史蒂威把車停在一家酒館前，克萊斯勒拿著他和我的袋子，叫莎拉和我跟他進去。我們照做了，我還抱怨了兩句。沒多久，我們就進入那個黑暗而煙霧瀰漫的酒館，我往外看，看到了兩個男人和一個女人，臉被壓低的帽子遮住了，他們爬上輕馬車，史蒂威載著他們離開。他們離開視線後，克萊斯勒就又趕緊回到街上，招了一輛出租馬車，然後催我和莎拉上車。車子往上城方向駛去時，克萊斯勒跟我們解釋，這個小把戲是設計來騙過跟蹤我們的那兩個人，他相信那是伯恩司督察派來的手下。這個安排當然很聰明，不過我很不耐煩，只希望上火車後可以趕緊補眠。

但是在我進入甜蜜夢鄉之前，又碰到了一個神祕難解的事件。馬車到了大中央總站後，莎拉陪著我們進去，然後來到月台上，往華府的火車已經冒著蒸汽要開動了。克萊斯勒在最後一刻跟莎拉交代了一大堆有關聯絡等等的事項，還有我們不在時該如何管好史蒂威、賽勒斯出院後要怎麼安排。然後火車引擎發出尖嘯，一名列車長也吹了哨子，示意我們趕緊上車。我別過頭不看，以為他們會有些令人尷尬的臨別舉動。但結果，克萊斯勒和莎拉就只是像同事般握手道別，然後克萊斯勒率先上了火車。我站在那裡一會兒，下巴張開，惹得莎拉低聲笑起來。

「可憐的約翰，」她說，給我一個溫暖的擁抱。「還在試著想搞懂狀況。別擔心——有一天這一切都會水落石出的。另外，可別為了你的教士理論錯了而太難過。你很快就會想出其他點子的。」

然後她把我推上火車，此時火車開始又喘又哼地開動了。

克萊斯勒買了一等座的包廂，我們安頓好之後，我立刻在座位上伸展四肢，臉轉向小窗子，決心要按捺下我對朋友們行為的好奇心，好好睡上一覺。克萊斯勒則是拿出一本盧修斯．艾薩克森借他的威爾基．柯林斯小說《月光石》，開始滿足地讀了起來。我覺得更煩了，於是翻了個身，拉下帽子遮住臉，還沒睡著就開始故意發出鼾聲。

我昏睡了兩個多小時，醒來後看到綠意豐饒的紐澤西牧草地掠過窗外。我伸了個懶腰，發現自己上午的惡劣心情終於消失：我餓了，但除此之外，我覺得心情相當愉快。我對面的座位上有一張克萊斯勒留的字條，上頭說他去餐車廂吃中飯了，於是我很快整理一下儀容，去餐車找他，準備狠狠大吃一頓。

剩下來的這趟車程棒極了。東北部的農田在五月下旬正是最美的季節，在這個背景下，我吃了一頓相當不錯的火車餐。克萊斯勒的精神還是很好，難得一次願意跟我討論案子之外的事情。我們聊了即將舉行的政黨代表大會（共和黨於六月在聖路易舉行，民主黨則是稍後在芝加哥舉行），然後談起《紐約時報》的一篇報導：我們母校的棒球隊在比賽中擊敗普林斯頓大學之後，哈佛廣場上發生了暴動。吃甜點時，克萊斯勒看到一篇報導，差點嗆死，那報導說大都會歌劇院的經理亨利·艾比和默里斯·葛勞宣佈他們的公司倒閉，目前欠債約四十萬元。緊接著他又看到另一則新聞，才稍微恢復鎮定，報導裡說一群「私人贊助者」（無疑是由我們前一晚的主人為首）正在籌組，要讓這個公司恢復穩定狀態。而這個過程的第一步，就是六月二十一日舉行的一場高票價的《唐·喬凡尼》募款演出。克萊斯勒和我都決定，無論屆時調查進行得如何，這場歌劇我們一定要去看。

那天傍晚，我們抵達華府漂亮的聯合車站。到了晚餐時間，我們就來到賓州大道和十四街交口那座有著宏偉維多利亞式正面的威拉德飯店，在兩個非常舒服的房間裡安頓下來。從我們位於四樓的窗子望出去，四周都是政府辦公大樓。只要幾分鐘，我就可以走到白宮，問問格羅弗·克里夫蘭總統這輩子要兩度放棄這個住所是什麼滋味。自從我的政治記者生涯以及跟茱麗亞·普瑞特的婚約同時告終之後，我就沒再來過華府；而直到我站在威拉德飯店的房間裡，看著外頭美麗的春日傍晚景色，我才完全明白自己離過往在這個城市的生活有多麼遙遠。那種領悟太感傷了，我並不喜歡；為了抵消那種感覺，我趕緊找到電話，打給賀伯特．魏弗，他是我以前的老酒伴，現在是印第安事務局裡面的高官。結果他還在辦公室，我們就講好晚上在飯店裡附設的餐廳碰面。

克萊斯勒也加入我們的晚餐。賀伯特是個腦袋糊塗、戴著眼鏡的發福男子，最喜歡的莫過於免費食物和酒。於是我大量提供這兩樣東西，以確保他對我和克萊斯勒打算做的事不會太謹慎提防，也不會太好奇。他告訴我們，各種確知或推測是印第安人所犯下的謀殺案，印第安事務局都保存了檔案紀錄。我們跟他說，我們只對沒破的案子有興趣。不過他問起哪個地區時，克萊斯勒只能回答，「過去十五年間的邊境地區。」這個範圍太廣了，賀伯特跟我們保證，要過濾很多檔案，而且我們得偷偷進行：賀伯特的上司是內政部長麥可．霍克．史密斯，他跟克里夫蘭總統一樣不喜歡記者，尤其是去打探消息的記者。但賀伯特持續吃了更多肉、喝了更多葡萄酒後，就愈發相信我們可以辦到（雖然他對我們的目的還是完全不在意）；而為了要加強他的決心，晚餐後我就帶他到城裡東南區我認識的一家酒吧，那裡的娛樂應該會被視為有傷風化的種類。

次日是星期三，克萊斯勒和我一起共進早餐。我們希望艾薩克森兄弟經過辛苦的轉車後，能夠在星期四晚上之前抵達南達科塔州的死木鎮。我們已經交代他們一到當地後，就要去西聯電報局查一下我們發過去的電報，於是吃過早餐後，克萊斯勒就去發了第一份電報。在這封電報裡，克萊斯勒告訴他們，兇手是教士的可能性已經刪除，原因以後會再解釋。等我們有新的想法，會隨時再通知他們。然後克萊斯勒出發去聖伊麗莎白醫院，我則開心地沿著F街走到專利局大廈，內政部大部分的員工都在這裡上班，大部分檔案也都存放在這裡。

專利局這座希臘復興式的巨大建築物是在一八六七年落成，其基本格局後來迅速成為華府各個政府辦公大樓的通則：四方形，中間有院落，內部非常單調。第七街和第九街之間的兩個街區就被這棟大樓所佔據，而且我一進去，就發現要找到賀伯特的辦公室很費事。但整棟建築如此龐大，後來證明也是好事，因為我的出現不會有人注意：在四座翼樓的走廊上走動的聯邦雇員有幾百個，大部分人都不會知道其他人的身分和職務。賀伯特完全不受前一夜活動的影響，已經在一個地下資料室的角落裡幫我安排好一張小辦公桌，同時還找來了第一批讓我查閱的檔案：一八八一年起各個邊境要塞和行政中心的報告，都是有關拓荒者和各個蘇族部落間的暴力事件。

接下來兩天，我沒什麼機會看到外頭的華府景色，成天就窩在那個滿是灰塵的資料室角落裡。長時間待在沒有窗戶的地方研讀資料，我很快就開始失去了現實感，資料中那些有關大屠殺、謀殺、報復的恐怖敘述因而變得極其鮮活，要是換了個地方閱讀，比方這個城市的某個公園，就不會有那種效果了。無可避免地，我分心去看了一些明知道對我們沒用的故事——有的謀殺案早已破案，有的則是其中特色完全不像我們的案子——但這些故事有種病態的吸引力，我非得知道結局不可。其中有一些雖然可怕、但其實頗為老套的敘述，是有關男人、女人、兒童來到邊境荒野過著刻苦而孤寂的生活，卻被這片土地的原始居住者冷血謀殺。這些命案通常是因為要報復白人破壞協定或違約之類，但當初商議協定或合約的白人根本和被殺害的拓荒者沒有關係。幸好這類故事並不多。大部分命案都是當地的蘇族部落所為，他們的報復雖然嚴厲，但比起他們所對抗的白人軍隊、印第安事務官（在出了名腐敗的內政部裡，印第安事務局更是最腐敗的單位）、軍火和威士忌商人那些惡劣的背叛，蘇族部落的行動至少可以理解。閱讀這些故事，讓我想到法蘭茲．鮑亞士和克拉克．威斯勒之前對我們調查的擔心：美國的一般白人非常不信任印第安部落，對於我正在探查的這類資料也完全無知，因此根本不了解白人和印第安人事務的真正狀況。像我們那名兇手殺人的兇殘手法，只要暗示是跟印第安部落有關，大部分人就會相信，因為那證實了他們無知的偏見。

星期三晚上，我在內政部地下室漫長的一天結束後，就去克萊斯勒的旅館房間跟他會合，交換我們這一天的收穫。結果聖伊麗莎白醫院的院長跟電話中一樣難纏，於是克萊斯勒只好仰賴羅斯福幫忙（然後羅斯福找了個司法部的朋友打電話給那位院長），才有辦法查閱醫院裡的紀錄。這個過程耗掉克萊斯勒大半天，雖然他還是查到幾個曾在西部軍團服役、後來因為精神不穩定而被送去聖伊麗莎白醫院的軍人，但我們碰面時，他大致上處於非常失望的情緒中：因為我們一開始收到聖伊麗莎白醫院寄來那封信中所提到的人，雖然的確曾服役，但他顯然是在東部出生、長大，服役期間也從來沒派駐到芝加哥以西。

「芝加哥現在已經沒有四處掠奪的印第安部落了吧？」我問，此時克萊斯勒瞪著一張紙，上頭列出那個人的背景和服役的詳細要點。

「是啊，」克萊斯勒低聲回答。「真可惜。這傢伙的其他很多細節，都符合我們要找的對象。」

「最好不要老想著這個事情，」我說。「我們還有其他很多人選。到目前為止，賀伯特和我挑出了四個在達科塔和懷俄明的謀殺案，都有毀損屍體的狀況——附近也都有蘇族部落和派駐的軍隊。」

克萊斯勒狠下心來，把手上那張紙放在一邊，抬起頭。「其中有包括殺害兒童的嗎？」

「其中兩個有。」我回答。「第一個是兩名女孩跟她們的父母被殺害，第二個是父母早已過世的一名男孩和一名女孩，跟著祖父生活，祖孫三人都被殺害了。問題出在，兩宗案子裡，被毀損屍體的都只有成年男性。」

「你有任何推理嗎？」

「兩個案子都被認為是印第安人作戰小組的報復性突襲。但關於那個祖父的案子，還有個有趣的小細節。那是發生在一八八九年深秋的齊歐要塞附近，在那段期間，最後一個蘇族大保留區被分割。附近有很多不滿的蘇族人，大部分是追隨坐牛和另一個叫做——」我一根手指迅速掃過我的筆記，「紅雲。總之，有一小支騎兵分隊無意間碰上被謀殺的這一家人，帶隊的中尉指揮官本來以為這個案子是紅雲一些比較好戰的手下犯的。但有個年紀比較大的士兵說，紅雲那幫人那陣子沒有發動過任何謀殺突襲，而且那名死掉的祖父曾跟另一個要塞的印第安事務官及軍人爭吵過——我想是羅賓遜要塞。顯然那祖父指控過羅賓遜要塞的一名騎兵隊中士想性侵他孫女。後來查出來，那家人遇害時，那名中士的單位就駐紮在齊歐要塞地區。」

克萊斯勒之前一直沒認真聽我講，直到最後這段話，才吸引了他的注意力。「知道那個士兵的名字嗎？」

「檔案裡沒有。賀伯特明天會去戰爭部幫忙查查看。」

「很好。但是明天早上務必發電報，把我們目前為止查到的資訊通知兩位警佐。細節可以晚些再說。」

然後我們討論我挑出的案子，不過因為各種原因，我們最後全都排除了。接著，我們討論克萊斯勒在聖伊麗莎白醫院蒐集到的名字，然後花幾個小時把大部分都刪去。就這樣忙到凌晨一點多，我才回到自己房間，倒了一大杯威士忌加蘇打水，但只喝了一半，就和衣睡著了。

星期四早上，我又回到內政部地下室的辦公桌前，迷失在邊境地帶的故事和死亡懸案中。中午之前，賀伯特從戰爭部回來，說他查到了一個令人失望的事實：那個涉嫌殺害祖父的騎兵隊中士，在事件發生時已經四十五歲了。所以到了一八九六年，他就是五十二歲：太老了，不符合我們對那名兇手原先的推估。不過我覺得還是該記下那個人的名字和最後所知行蹤（他退役後，在辛辛那提開了一家衣物織品店），以防萬一我們對兇手年紀的假設是錯的。

「抱歉沒能給你好消息，」賀伯特說，看著我寫下要點。「有興趣一起吃午餐嗎？」

「很有興趣，」我回答。「一個小時後來找我，到時候我應該可以看完一八九二年的案子了。」

「好。」他正要離開，然後又摸摸外套口袋，忽然想起什麼。「啊，約翰。我是想問你——你這個搜尋絕對只限於邊境地帶，對吧？」他從口袋掏出一張摺起來的紙。

「沒錯。怎麼了？」

「沒事。只是一個奇怪的故事。我昨天晚上在你離開之後查到的。」他把那張紙扔到我桌上。「但是沒有用——是發生在紐約州的。豬排？」

我拿起那張紙開始閱讀。「什麼？」

「午餐啊，吃豬排？國會山莊有一家很棒的新餐廳。那裡的啤酒也很棒。」

「好啊。」

賀伯特趕緊離開，去追剛剛經過我桌前一個年輕漂亮的檔案保管員了。從附近一座樓梯傳來了那女人的尖聲嚷叫，然後是拍打聲，還有賀伯特小小的痛喊聲。我低聲笑了，這傢伙真是沒希望，然後我往後靠坐，仔細研究他留給我的那張文件。

那張紙上頭提到的奇怪故事，是有關一個名叫維克多．杜瑞的牧師和他的太太，一八八〇年，有人發現他們在紐約州紐普茲鎮外非常簡樸的家裡被謀殺了。文件中說屍體「很殘忍且野蠻地被撕成碎片」。杜瑞牧師以前曾在南達科塔傳教，顯然跟印第安部落結了仇，事實上，紐普茲的警方判定，這樁謀殺案是南達科塔州那邊幾個懷恨的印第安人來報仇的，還認為他們是由酋長特別派來的。這點「探案」成績，是因為現場找到了一張兇手留下的字條如此宣稱，字條上還說，這對夫婦十來歲的兒子已經被他們帶回部落生活，將會成為他們的一份子。這是個淒慘的小故事，要是發生在西部，可能對我們就會有用了。我把那張紙放在一邊，但是過了幾分鐘又拿起來，想著我們會不會搞錯了那名兇手的地理背景？最後我決定跟克萊斯勒討論這件事，於是把那張紙揣進口袋裡。

這天剩下來的時間，我只又找到兩個案子有點希望。第一個是一群兒童和他們的老師，在一座孤立的校舍裡被屠殺；第二個則又是在大草原地帶，在一次政府違反協定之後，有一家人慘遭屠殺。漫長的一天工作只找到這兩個案子，我知道成果實在太微薄了，只能把希望寄託在威拉德飯店，期待克萊斯勒第二天的搜尋能運氣好一點。但結果，克萊斯勒只又查出幾個名字，都是曾在過去十五年間服役於西部兵團、然後因為暴力和行為不穩定而送來華府住院，而且臉上有某種缺陷的。這少數幾個人之中，只有一個年紀符合我們要尋找的（大約三十歲）。我們在飯店附設的餐廳裡坐下來後，克萊斯勒把這個人的檔案夾遞給我，我也把杜瑞夫婦謀殺案的那張文件交給他。

「在俄亥俄州出生、成長，」我看了克萊斯勒給我的那份資料後說。「那他出院後一定要在紐約花很多時間，熟悉環境。」

「沒錯，」克萊斯勒說，打開我給他的那張紙，然後開始心不在焉地吃著一碗蟹肉濃湯。「這就又形成了一個問題：他是到一八九一年春天，才離開聖伊麗莎白醫院的。」

「那他很快就摸熟紐約了，」我點了個頭。「也不是不可能。」

「我對他臉上的缺陷也並不樂觀——是劃過右臉頰和嘴唇的一道長疤。」

「那又怎麼樣？聽起來是很惹人反感沒錯啊。」

「但是這種傷應該是打仗留下來的，摩爾，於是就排除了童年引起的痛苦——」

克萊斯勒忽然雙眼睜得很大，同時緩緩放下湯匙，讀完我給他的那張文件。他的目光從紙上慢慢轉到我身上，然後用一種壓抑著興奮的聲音開了口。「你是從哪裡弄到這個的？」

「賀伯特，」我只簡單回答，把那份俄亥俄州出身士兵的檔案放在一旁。「他昨天晚上找到的。怎麼了？」

克萊斯勒雙手迅速摸索著外套內裡的口袋，掏出了幾張摺起來的紙。他趕緊把那些紙攤平在桌面上，然後把那疊紙推向我。「你注意到什麼了嗎？」

我花了一、兩秒鐘，但是看到了。第一張紙是聖伊麗莎白醫院的一張表格，頂端有個空格的標題是「出生地」。

後方的空間手寫著「紐約州，紐普茲」。

32

「這個人，就是他們原先寫信告訴我們的那個？」我問。

克萊斯勒起勁地點頭。「我一直把檔案隨身帶著。通常我不喜歡直覺，但這個人就是讓我沒辦法放棄。有太多特徵符合了——出身極度虔誠的貧窮家庭，而且他有一個手足，是哥哥。還記得莎拉說過他是出身小家庭，因為母親不願意生小孩嗎？」

「克萊斯勒……」我說，想讓他冷靜下來。

「還有那個讓人念念不忘的『一種臉部抽搐』，就連他在醫院裡的紀錄，都沒有太詳細的解釋，只說是『眼睛和臉部肌肉呈一種斷續的強烈收縮』，也沒解釋是為什麼。」

「克萊斯勒——」

「而且主診精神病醫師的報告中，又特別強調他的施虐狂，還有致使他住院那樁事件的詳細狀況——」

「克萊斯勒！你能不能閉嘴，讓我好好看一下這個？」

他忽然站起來，興奮極了。「好的，好的，當然沒問題。趁你在看的時候，我去電報室看看有沒有兩位警佐發來的消息。」他把我原先給他的那張文件放下。「我對這個有種強烈的感覺，摩爾！」

克萊斯勒衝出餐廳後，我開始仔細閱讀那份醫院檔案的第一頁：

約翰．畢全姆下士，一八八六年五月住進聖伊麗莎白醫院，當時宣稱他生於紐普茲（哈德遜河西邊的一個小鎮，位於紐約市北邊大約一百公里遠），也就是杜瑞夫婦謀殺案的所在地。出生日期記載著一八六五年十一月十九日。他的父母資料只登記著「已亡故」，另外他有一個年長八歲的哥哥。

我伸手去拿那張記載了牧師夫婦謀殺案的內政部文件。犯案時間是一八八〇年，上頭寫著被害人有個十來歲的兒子被印第安人擄走。另一個較為年長的兒子名叫亞當．杜瑞，謀殺當時顯然住在麻州牛頓鎮外自己的家裡。

我又抓起另外一張醫院檔案，看著約翰．畢全姆的主診精神病醫師所寫的病歷，想找出這名下士住院的確切原因。儘管那名醫師的字跡很潦草，但我很快就找到了：

「病患所屬的部隊接獲伊利諾州州長要求，前往鎮壓動亂，那是芝加哥地區五月一日開始的罷工行動所引發的（乾草市場暴動等等）。五月五日軍方部隊在北芝加哥面對罷工人士時，被下令開火；病患隨後被發現用刀子在戳刺一具罷工者的屍體。M中尉當場看到病患的這個行為，但病患宣稱M中尉老是『跟他過不去』等等，還老是『監視』他。M中尉命令病患立刻暫時解職，軍團醫師也宣佈他不適合服役。」

接下來是有關病患的施虐狂和被迫害妄想，這些克萊斯勒都已經跟我說過了。檔案的其餘部分，是畢全姆在聖伊麗莎白醫院住院四個月期間，其他精神病醫師所寫的診斷報告，我瀏覽了一下，想尋找有關他父母的部分。結果裡頭完全沒提到他的母親，也很少提到童年；但畢全姆出院前的最後幾次評估，其中一次包含以下這段：

「病患申請了人身保護令，接著宣稱他的行為沒有毛病，也沒有犯罪；還說社會必須有法律和執法者；病患的父親顯然非常虔誠，向來強調規則的重要性，而且會懲罰違反規則的人。建議增加水合氯醛劑量。」

此時克萊斯勒快步回到桌邊，搖著頭。「沒有。他們一定是路上耽誤了。」他指著我手上拿著的幾張紙。「怎麼樣，摩爾，你有什麼想法？」

「時間符合，」我緩緩回答。「地點也符合。」

克萊斯勒一拍手坐下來。「我從來不敢夢想有這樣的可能性。誰想得到呢？被印第安人擄走？簡直是荒謬。」

「的確很荒謬，」我回答，「我過去兩天看了那麼多資料，印象中印第安人不常擄走男性兒童，更當然不會是十六歲這麼大的了。」

「這點你確定？」

「不。但是克拉克．威斯勒大概可以確定。我明天上午會打電話聯絡他。」

「務必，」克萊斯勒說著點了個頭，又把那張內政部的資料拿去，再度研究著。「我們還需要更多詳情。」

「我也是這麼想。我可以打電話給莎拉，讓她去找我《紐約時報》的一個朋友，他可以帶她去停屍間。」

「停屍間？」

「存放過期報紙的地方。她可以找到那個命案的新聞，紐約的報紙一定會報導這樁命案的。」

「是的，沒錯，應該有的。」

「同時，賀伯特和我會想辦法，看能否查出這個『M中尉』是誰，是否還在軍隊裡服役。他有可能提供我們更多細節。」

「我會回聖伊麗莎白醫院，去找任何知道約翰．畢全姆私人狀況的人談。」克萊斯勒微笑舉起他的葡萄酒杯。「唔，摩爾——敬新希望！」

預期和好奇讓我們那天夜裡都沒睡好，但是早晨帶來了我們期盼的消息，艾薩克森兄弟終於抵達死木鎮。克萊斯勒打電報要他們留在當地等待，說我們下午或晚上會有進一步指示，同時我去大廳打電話回紐約。接線生花了不少力氣才接通了自然史博物館，要找到克拉克．威斯勒則更麻煩；等到他的聲音終於從電話另一頭傳來，他不光是願意幫忙，而且相當熱心——我想主要是因為他可以很有信心地說，內政部那份文件上所描述的故事幾乎可以確定是編造的。一個印第安酋長派出幾名殺手大老遠跑去紐普茲——而且一路順利抵達目的地——的說法就已經夠古怪了；但這些殺手殺了人之後，還留下解釋的字條，擄走被害人青春期的兒子而不是殺了他，接著又大老遠穿過大半片國土帶回去而沒人注意，這整個太牽強了，根本就不可能。威斯勒很確定，一定有個人耍了個不太聰明的小手段，唬過了紐普茲那些顯然頗為愚蠢的警方。我衷心謝謝他的幫忙，然後掛上電話，接著打去百老匯大道八〇八號。

莎拉接了電話，聲音很煩躁不安：顯然過去四十八小時以來，有各路來意不善的人士對我們的總部很感興趣。莎拉很確定自己一直被跟蹤；雖然她出門都一定會帶槍，但這麼密切的監視還是害她神經緊張。而無聊也使得狀況更加惡化：因為自從我們離開後，莎拉就沒什麼事可做，於是心思無處可用，就全都集中在那些陰魂不散的跟蹤者身上。也因為這樣，現在能有別的事情可做，即使只是去《紐約時報》找資料，都讓她振奮不已，於是她津津有味地聽我敘述我們最新推理的種種細節。然後我問她覺得賽勒斯還要多久才能陪她出門，她回答說儘管那大傢伙已經出院了，但他還是虛弱得只能成天躺在克萊斯勒房子裡的床上。

「我不會有事的，約翰。」她堅持道，不過聲音不像平常那麼有信心。

「當然了，」我回答。「我懷疑紐約有一半的罪犯也會帶著槍出門，或者其實警察也會。儘管如此，你還是找史蒂威同行吧。他雖然個子小，但是打起架來相當管用的。」

「好的，」莎拉回答，帶著安撫的笑聲。「他已經很幫忙了——每天晚上送我回家。我們一起抽菸，不過你不必告訴克萊斯勒醫師這件事。」我一直很好奇她為什麼堅持要稱他為「克萊斯勒醫師」，不過眼前我還有更迫切的事情要忙。

「我得掛電話了，莎拉。你要是查到什麼結果，隨時就立刻打電話來。」

「好的。你自己也要小心，約翰。」

我掛了電話，去找克萊斯勒。

他還在電報室，正在為打給羅斯福的電報寫最後幾個字。他的措詞很模糊（而且最後沒有署名），要求羅斯福首先去聯絡紐普茲鎮長，查明是否有姓畢全姆的一家人或一個人，曾在過去二十年間住在那個鎮上；其次則是請他聯繫麻州牛頓鎮的當局，看是否有個亞當．杜瑞還住在那裡。雖然我們急著想得到這些問題的回覆，但也知道這種事查清楚需要花時間，而且我們在聖伊麗莎白醫院和內政部都還有一大堆工作要做。於是我們有點不太情願地離開電報室，走出飯店，進入另一個美好的春日早晨。

雖然這一天還有很多瑣事要處理，但我就是不可能不回去想環繞著約翰・畢全姆和維克多・杜瑞的那些謎團，而且我確定克萊斯勒也歷經了同樣的過程。幾個問題尤其揮之不去：如果那個印第安殺手的故事其實是假的，那是誰編造的？謀殺案的真兇到底是誰？杜瑞家那個年輕的次子發生了什麼事？為什麼約翰・畢全姆在醫院裡的紀錄絕少提到他的童年，也完全沒提到過他的母親？此外，這個顯然有精神問題的人，現在在哪裡？

我這一天的工作沒能找到這些問題的答案：無論是杜瑞夫婦謀殺案，或是約翰・畢全姆住進聖伊麗莎白醫院之前的生活，內政部和戰爭部都無法提供進一步的詳情。克萊斯勒在醫院的進展也沒有比較好，當天晚上他告訴我，只要是因為申請人身保護令而出院的病患，院方不需要、也無權過問他們的下落。此外，畢全姆住院期間曾在該院服務的少數幾名非醫療人員，沒有一個記得任何有關他的事情，只除了他有臉部抽搐之外。顯然他外在的舉止非常平凡，雖然讓我們眼前查不出他的進一步詳情，但這的確很符合我們之前對兇手的推論：除了行兇時的暴力舉動之外，他平常不會吸引任何人的注意。

那個星期五唯一有用的資訊，是傍晚由賀伯特・魏弗帶來的。根據戰爭部的資料，一八八六年將約翰・畢全姆暫時解職的那名M中尉，名叫佛列德瑞克・米勒，後來他晉升為上尉，現在服役於北達科塔州的葉慈堡。克萊斯勒和我知道，去找這個人訪談一下，很可能會有寶貴的收穫；但是若要艾薩克森兄弟去葉慈堡，那是在他們原來目的地松嶺保留區的反方向。然而，這是我們截至目前為止能找到最可靠的線索，而且整體而言，似乎值得繞這麼一趟路。於是，那天傍晚六點，克萊斯勒和我就拍了一封電報去死木鎮，請他們兩兄弟立刻轉往北邊，去葉慈堡跑一趟。

至於收到的訊息，電報辦公室有一封羅斯福寄來的電報，說的確有個亞當．杜瑞住在麻州的牛頓鎮。至於紐普茲是否有姓畢全姆的一個人或一家人，則還沒接到回覆，不過羅斯福說他會持續追蹤。克萊斯勒和我也沒法多做什麼，只能耐心等待，同時希望這天晚上稍後還能聽到羅斯福或莎拉傳來的消息。然後克萊斯勒和我告訴櫃檯職員，說我們會在旁邊的酒吧裡等，兩人便走進那個有著鑲板牆面的酒吧，在黃銅欄杆盡頭找到一個隱密的位置，點了兩杯調酒。

「趁著我們在等的這段時間，摩爾，」克萊斯勒說，啜著他的雪利酒加苦精調酒，「你可以幫我上點課，告訴我導致約翰．畢全姆住進精神病院的這個勞工動亂是怎麼回事。我只有一點模糊的記憶而已。」

我聳聳肩。「沒什麼好解釋的。一八八六年，勞工騎士團籌劃五月一日要在全國各大城同時舉行罷工。芝加哥的狀況很快就失控了——罷工者和破壞罷工的代班工人吵架，警察和罷工者衝突，那些代班工人又去攻擊警察——一團混亂。到了第四天，一大群罷工人士聚集在乾草市場廣場，警方也派出大批人馬維持秩序。有個人——沒人曉得是誰——朝警察丟了一顆炸彈。幾名警察被炸死了。有可能是罷工者丟的，也有可能是想要製造麻煩的無政府主義者，或甚至可能是某個工廠老闆派去的人，想破壞罷工者的名聲。重點是，伊利諾州的州長就有藉口召來民兵團和聯邦軍隊。炸彈爆炸的次日，罷工人士在芝加哥北邊郊區的一家工廠集會。軍隊抵達現場，指揮官後來宣稱他曾命令罷工者解散，但罷工領袖說他們從來沒聽到這種命令。無論如何，總之軍隊就對著人群開火，死傷很慘重。」

克萊斯勒點點頭，想了一會兒。「芝加哥……那個城市有很多移民，對吧？」

「那當然。德國人、北歐人、波蘭人——你能想到的都有。」

「那罷工人群裡，應該有不少移民吧？」

我舉起一隻手。「我知道你要推到哪裡，克萊斯勒，但這未必有任何意義。當時全國各地的罷工活動裡，都一定會有移民的。」

克萊斯勒微微皺起眉頭。「是啊，應該是這樣吧。不過——」

就在這個時候，一個身穿紅色制服、上頭裝飾著黃銅鈕釦的年輕行李員進入酒吧，喊著我的名字。我跳起來走向那個小夥子，他說櫃檯職員要找我。克萊斯勒跟著我急忙趕到櫃檯去，那職員把手上的電話遞給我，我一湊到耳朵上，就聽到莎拉很興奮的聲音：

「約翰？你在嗎？」

「是的，莎拉。說吧。」

「你先坐下來，我們可能查出點眉目了。」

「我不想坐下。什麼事？」

「我在《紐約時報》上找到杜瑞夫婦謀殺案的報導了。大約有一星期都刊載了專題特稿，接下來也有比較短的新聞稿。所有你想知道有關那一家人的任何事情，大概裡頭全有了。」

「等一下，」我說。「你跟克萊斯勒說，好讓他記下來。」

克萊斯勒把他的小記事本放在登記櫃檯上（害那個職員不太高興），然後拿起電話聽筒。以下就是他聽到的狀況，我是後來從他的手抄筆記裡看到的：

維克多．杜瑞牧師的父親是法國的預格諾派信徒，在十九世紀初為了躲避宗教迫害而離開法國（預格諾派是新教徒，而法國大部分人都是天主教徒），跑去瑞士，但這家人在那裡沒有交上好運。他的長子維克多是新教的牧師，於是決定去美國碰運氣，於十九世紀中葉抵達美國。杜瑞一路來到紐約州的紐普茲，這是個由荷蘭新教徒所建立的小鎮，後來成為許多法國預格諾派移民的家。在這裡，由鎮民資助，杜瑞展開了一場小型的福音傳教運動。一年內，他就跟妻子和年幼的兒子搬到明尼蘇達州，打算把新教的信仰傳播給那邊的蘇族（當時印第安人尚未被迫遷到西邊的達科塔）。杜瑞的傳教工作不太成功：他嚴厲又傲慢，而且他鮮活描述上帝怒火會降臨在不信者或罪人身上，無法讓蘇族人領略基督徒生活的優點。一八六二年，就在資助他的紐普茲鎮民團體即將把他召回之時，大蘇族起義——那是有史以來印第安人和白人之間最慘烈的衝突之一——爆發了。

在這個事件期間，可怕的厄運降臨在明尼蘇達許多白人身上，杜瑞一家只是勉強逃過。但這個經驗給了杜瑞牧師一個想法，他認為可以用來繼續支持他的傳教活動。他學會用銀板照相法的相機，開始到處拍攝被屠殺的白人照片；等到他一八六四年回到紐普茲後，他把這些照片拿給鎮上很多富裕的鎮民看，於是變得很有名（其實是惡名）。他的本意顯然是想嚇得那些古板、肥胖的金主拿出更多資金來，結果卻造成反效果：各種被屠殺和毀損屍體的照片太令人驚駭了，而且杜瑞在展示介紹時的行為也太狂熱了，讓大家開始質疑他的神智是否正常。他被眾人排斥，再也找不到傳教的工作。最後，他淪落到在一個荷蘭歸正會的教會裡當工友。一八六五年，預期之外的次子出生，使得這家人的財務狀況更加惡化，最後不得不搬進鎮外的一棟小屋裡。

紐普茲的大部分鎮民都很清楚杜瑞坎坷的過往和異常行為，同時對於印第安人的習性並不比美國東部一般白人社區更熟悉，於是一八八〇年杜瑞夫婦被謀殺後，鎮民們都相信他是因為將近二十年前住在明尼蘇達期間和蘇族結了怨，才導致殺身之禍，從來不曾質疑這個說法。儘管如此，還是有一些流言（起源當然不得而知），提到杜瑞夫婦跟他們的長子亞當關係很差，只不過在命案發生之前很多年，亞當就搬走了，後來在麻州務農。有關亞當可能偷偷溜回紐約州，殺了他的父母——確切原因沒人敢說——的謠言開始傳開來，但警方都只當成是八卦而已；同時，杜瑞家的次子傑菲士從此毫無蹤跡。他被擄走而成為印第安勇士的說法，也完全符合紐普茲鎮民對那些西部邊境野蠻人的印象。

杜瑞一家的故事就是這樣；不過莎拉的搜尋並不限於這個報導而已。她想到自己年輕時認識幾個住在紐普茲的人（即使這個小鎮是位於她所謂「哈德遜河比較窮的那一邊」），於是離開《紐約時報》後，她就打了幾個電話給那些人，看是否有人知道那樁謀殺案的相關事情。她找到的那個熟人說不曉得，但莎拉又繼續問了一些紐普茲日常生活的問題，於是無意間發現一個頗為令人振奮的事實：紐普茲位於夏文岡山的山腳下，而夏文岡山素以其巨大、險峻的岩層而聞名。莎拉簡直是害怕自己即將得到的答案，接下來就問是否有鎮民的娛樂活動是攀爬這些岩層。啊，是的，對方告訴她，這是很普遍的運動——尤其是那些剛從歐洲搬來的居民。

最後這件事讓克萊斯勒和我都大吃一驚，需要一點時間消化這個和故事的其他部分。克萊斯勒告訴莎拉我們稍後會再打電話給她，然後掛斷。接著我們就回到飯店的酒吧，去把這些事情仔細釐清一下。

「怎麼樣？」克萊斯勒說，口氣有點畏怯，同時我們又點了兩杯冰調酒。「你怎麼想？」

我深吸一口氣。「先從事實談起吧。杜瑞家的長子在還沒完全懂事前，就目睹過一些最可怕的戰爭殘暴行為。」

「沒錯。而且他父親是教士，或至少是個牧師——基督教曆，摩爾。他們家一定是照著基督教曆過日子。」

「而且這個父親似乎是個非常嚴厲的人，更別說很奇特了。不過對外很受尊敬，至少一開始是這樣。」

克萊斯勒思索著，同時一根手指在吧檯上描畫。「所以……我們可以假設有個家庭暴力的模式，很早就開始，而且持續多年。這在兒子心中播下了復仇的種子，日後持續壯大。」

「沒錯，」我同意。「我們不缺動機。但亞當的年紀比我們原先的假設要大。」

克萊斯勒點點頭。「但是他弟弟傑菲士，年紀應該就跟畢全姆一樣。好，如果他謀殺了父母，然後寫了那張字條，從此失蹤，換了另一個名字——」

「但是他沒有目睹過大屠殺或毀損屍體啊，」我說。「當時他根本還沒出生。」

克萊斯勒用拳頭輕敲吧檯。「沒錯。他沒有住在邊境的經驗。」

我腦袋裡把種種事實用各種不同的方式重新組合多次，試了又試，但就是想不出一個新的解釋。過了幾分鐘後，我唯一能說的就是：「我們對那個母親還是一無所知。」

「的確。」克萊斯勒的指節持續輕敲著吧檯。「但是他們家很窮，住在狹小的空間裡。在明尼蘇達那段時間應該會特別覺得侷促，那也正是長子人生中記憶最鮮明的時期。」

「是啊。要是他再年輕幾歲就好了……」

克萊斯勒嘆口氣搖頭。「一大堆問題——而要找到答案，我懷疑，就只能去麻州的牛頓鎮了。」

「那麼——我們應該北上去查清楚嗎？」

「誰曉得？」克萊斯勒緊張地喝了一口調酒。「我承認我有種迷失的感覺，摩爾。我們不是專業偵探。現在該怎麼做？留在這裡，試著查出更多有關畢全姆的資訊，同時試著查出任何可能的新線索？或者去牛頓鎮？我們怎麼曉得什麼時候該停止尋找所有可能性，開始著手去追查一條線索？」

這個問題我想了一會兒。「我們沒辦法知道。」我終於判定。「我們沒有那種經驗。但是——」我站起來，朝電報室走去。

「摩爾？」克萊斯勒在我後頭喊。「你到底要去哪裡？」

我花了五分鐘，才把莎拉所查到的關鍵方向濃縮成一封電報，然後發到北達科塔州的葉慈堡。訊息末尾加了個很簡單的問題：請建議行動方向。

這個夜晚剩下來的時間，克萊斯勒和我就待在威拉德飯店的附屬餐廳裡，直到工作人員告訴我們要打烊了。此時我們仍毫無睡意，於是出去在白宮周圍走了一圈，一邊抽著菸，把我們那天晚上聽到的各種轉折加進去，同時想找出一個方式，把這件事和約翰・畢全姆下士連起來。去追查亞當・杜瑞的線索會花時間，這點非常明顯；而儘管沒人說出來，但我們兩個都知道，萬一這段時間浪費掉了，我們可能就會發現自己不像五旬節那樣有所準備，也就來不及阻止兇手的再次出擊。兩個行動方向，兩個都充滿風險，等著我們做決定。漫無目的地在華府的夜晚遊蕩，克萊斯勒和我都完全不知道接下來該怎麼做。

幸好，回到威拉德飯店時，櫃檯職員已經收到一封給我們的電報。電報是來自葉慈堡，而且一定是艾薩克森兄弟剛抵達不久就發出的。雖然簡短，但口氣毫不遲疑：線索可靠，循線追查下去。

33

曙光初露時，我們坐在返回紐約的火車上，打算去百老匯大道八〇八號稍微察看一下，然後就要繼續上路去麻州的牛頓鎮。一旦我們決定去追查杜瑞的線索，待在華府就做不了任何有助益的事情，連睡覺也沒辦法；相反地，火車往北行駛，至少能滿足我們行動的渴望，也就能放鬆入睡幾個小時。至少，我們上車時是抱著這個希望；結果在我們黑暗的小包廂裡，我沒能盹著多久，就被一種深深的不安之感驚醒。我劃亮一根火柴，想確定我的恐懼是否有任何合理的根據，結果看到克萊斯勒坐在我對面，正看著包廂窗外黑暗的景色飛逝而過。

「拉茲洛，」我輕聲說，藉著火柴的橘色光線審視他睜著的眼睛。「怎麼了？發生了什麼事？」

他左手食指的指節摩擦著嘴唇。「病態的想像力。」他喃喃道。

火柴燒到我的指頭，我猛吸口氣發出嘶聲，讓火柴掉到地上熄滅，四周又陷入黑暗。我喃喃道。「什麼想像力？你在說什麼？」

「『我自己讀到過這樣的事情，知道真有其事，』」他說，引用我們那名兇手信上的句子。「吃人肉的事情。我們原先假設的解釋，是一種病態、易受影響的想像力。」

「然後呢？」

「那些照片，約翰，」克萊斯勒回答，儘管我看不到他的臉（其實包廂裡什麼都看不見），但聽得出他的聲音很緊繃。「屠殺白人拓荒者的照片。我們一直假設，這名兇手在人生的某個時間曾住在邊境地帶，只有親身經驗，才能為他現在痛恨的事物提供範本。」

「你的意思是，維克多・杜瑞拍的那些照片，也可能成為範本？」

「不是對任何人都行。但對這個人，他童年的暴力和恐懼使得他非常容易受到影響。別忘了我們談過吃人肉的事情——大概是他小時候讀到過，或是聽過一個可怕的故事，留下了難忘的印象。照片不是會造成更極端的效果嗎？尤其是這個人有這麼執迷且病態的想像力？」

「有可能吧。你在想那個失蹤的弟弟？」

「是的。傑菲士・杜瑞。」

「但是為什麼要把這種照片給小孩看？」

克萊斯勒回答的口氣心不在焉：「『比紅蕃還髒……』」

「你說什麼？」

「我不確定，約翰。或許他是不小心看到那些照片的。也或許大人用那些照片嚇唬他，好讓他守規矩。希望我們在牛頓鎮能找到更多答案。」

我想了一會兒，然後覺得自己的腦袋一直往後晃。「好吧，」最後我說，向瞌睡蟲投降，「如果你不休息一下，明天你就不會有精神跟任何人談了，不管是在牛頓鎮或是其他地方。」

「我知道，」克萊斯勒回答。然後我聽到他在座位上挪動。「但是那個念頭我一直……」

我知道的下一件事情，就是火車抵達紐約市的大中央總站，包廂門轟然甩上和行李袋撞擊包廂隔間牆的聲音把我們給吵醒。經過前一個多事之夜，克萊斯勒和我的氣色都沒有好轉，我們兩人跌跌撞撞下了車，出了車站，進入一個多雲而陰沉的早晨。時間這麼早，莎拉應該還沒到我們的總部，於是我們決定各自回家休息梳洗一下，等到感覺上稍微比較像個人（而且希望看起來也比較有點人樣），再去八〇八號會合。我回家睡了兩小時，又舒服地泡了個澡，然後跟我祖母一起吃早餐。席間我注意到，她原先隨著賀姆斯醫師被處決而逐漸放鬆的心情，又逐漸消失了：她緊張地瀏覽《紐約時報》後頭幾個版，想尋找下一個致命威脅，好讓自己夜裡憂心得不能成眠。我冒失地指出她這樣是徒勞無益的，結果她只是相當不客氣地告訴我，她可不打算聽我這種人的勸告：她說我已經註定被社交圈裡的所有人排斥，因為我被人看見公然跟「那個克萊斯勒醫師」同行，而且不是一個城市而已，而是兩個。

哈麗葉幫我重新收拾了一個過夜包，九點時，我已經進入百老匯大道八〇八號的電梯，全身充滿了咖啡和鬥志。現在回到總部，感覺上我好像離開了不止四天而已，而且我滿懷熱情，期望能再度見到莎拉。到了六樓，我發現她正在跟克萊斯勒密切地交談，但是我現在已經決心完全不管他們兩個之間是怎麼回事，立刻衝過去，把她抱起來旋轉。

「約翰，你這混蛋！」她笑著說。「我才不管現在是不是春天——你知道上回你這麼放肆的下場！」

「啊，不要，」我說，趕緊把她放下。「被丟到河裡那種事，這輩子碰上一次就夠了。怎麼樣？拉茲洛把最新情況都告訴你了吧？」

「是啊，」莎拉回答，把腦後的髮髻攏緊，綠色眼珠閃出昂然的神色。「好玩的事情都被你們兩個搶走了，我剛剛才告訴克萊斯勒醫師，如果你們以為我會在這裡繼續多坐一分鐘，看著你們又跑去進行另一趟探險，那你們就大錯特錯了。」

我有點高興起來。「你也要一起去牛頓？」

「我說我想去探險，」她用一張紙敲了我的鼻子。「跟你們兩個關在火車的車廂裡，恐怕算不上探險。不，克萊斯勒說，我們得派一個人去紐普茲。」

「幾分鐘前，羅斯福打了電話來，」克萊斯勒對我說。「顯然畢全姆這個姓曾出現在紐普茲那個小鎮的各種紀錄中。」

「啊，」我說。「那麼看起來，傑菲士·杜瑞後來並沒有變成約翰·畢全姆了。」

克萊斯勒聳聳肩。「我們只能確定，這使得情況更複雜，而且需要更進一步調查。你和我還是得盡快趕到牛頓鎮，而兩位刑事警佐還沒回來，所以就只剩莎拉了。不過那裡畢竟是她的地盤——她是在那附近長大的，而且她一定曉得怎麼巴結當地的官員。」

「啊，那當然。」我說。「可是誰要在這邊負責協調呢？」

「協調工作沒那麼重要，甚至根本不需要。」莎拉回答。「在賽勒斯能下床之前，就讓史蒂威頂上吧。何況，我應該頂多去一天而已。」

我不懷好意地看了莎拉一眼。「對於這個安排，我的支持有多麼重要啊？」

莎拉別過身子去。「約翰，你真的是隻豬。克萊斯勒醫師已經答應了。」

而這麼一來，史蒂威·塔格特就可以徹底搜查我們的總部，尋找香菸。那天中午，我們把史蒂威留在那裡負責看守，從我們離開時他臉上的表情，我覺得如果他找不到香菸，大概會連椅墊都拆下來抽。史蒂威很認真聽著克萊斯勒交代有關如何聯繫我們的種種事項，但是等到交代完畢，克萊斯勒開始警告他尼古丁成癮的種種禍害時，他就好像耳朵忽然聾了。克萊斯勒、莎拉和我剛進入電梯，才開始往下降時，就聽到上方傳來抽屜和櫥門打開又關上的聲音。克萊斯勒只是嘆了口氣，知道眼前我們還有更重要的事情得處理；但是我知道，等到我們的案子結束後，在克萊斯勒位於十七街的房子裡，一定會有很多談乾淨生活的長篇大論。

我們三個人先去格拉梅西公園暫停一下，好讓莎拉回家拿點東西（以防萬一她的紐普茲之旅會比預期的要長），接著我們又把去華府之前那趟花招重演一遍，克萊斯勒同樣雇了三個人來冒充我們。然後我們再次來到大中央總站，莎拉要去買哈德遜線的車票，克萊斯勒和我則得去新港線的售票窗口。這回的道別跟星期一同樣簡短，莎拉和克萊斯勒之間也沒有表現出任何深情。我開始覺得自己根本想錯了，就像我當初以為兇手是個走上歪路的教士一樣。前往波士頓的列車準時出發，沒多久，我們就穿過紐約州威徹斯特郡的東部，進入康乃狄克州。

這趟星期六前往波士頓的旅程，跟前幾天到華府那趟的主要差異，就在於車窗外的風景，還有這兩地的居民。在星期六，車窗外沒了紐澤西州與馬里蘭州青翠起伏的田野；四周換成了康乃狄克州和麻薩諸塞州凹凸不平的鄉村，地勢笨拙地往下延伸到長島灣和更遠的海面，讓人想到這裡的嚴酷生活，造就出一堆刻薄、愛爭論的人民。這個地區的生活如何，不需要什麼間接的象徵；我們周圍就坐著人類的例證。克萊斯勒沒買一等座，而當火車開始全速前進時，我們就完全明白買錯票有多麼嚴重。因為此時周圍乘客紛紛抬高他們刺耳、帶著抱怨拖腔的嗓門，好壓過吵鬧的列車行駛聲。有好幾個小時，克萊斯勒和我就只好忍受他們大聲交談著有關捕魚、當地警察、美國糟糕的經濟情況等話題。不過雖然很吵，我們還是設法想出了一個對付亞當．杜瑞的計畫——如果我們找得到他的話。

我們在波士頓的後灣車站下了車，外頭聚集了一群車夫和出租馬車。我們走過去時，其中一個高大憔悴、生著一對兇惡小眼睛的男子迎了上來。

「去牛頓鎮？」克萊斯勒跟他說。

那男子昂起頭，下唇往前突。「至少十六公里呢，」他估計。「我要到午夜之後才回得來。」

「那就把你的價錢加倍。」克萊斯勒乾脆地回答，把行李袋放上那輛頗為破舊的雙排座馬車前座。雖然那車夫看起來對於失去講價機會有點失望，但他欣然接受克萊斯勒的出價，跳上馬車，抓起他的馬鞭，我也趕緊爬上車。車子駛離車站時，我們一路聽到周圍的車夫們議論，他們紛紛抱怨竟然有外地來的笨蛋要出兩倍車資去牛頓。之後，四下沉默了好一會兒。

昏暗的晚霞籠罩著東麻州，彷彿預告著大雨即將降臨，我們駛出波士頓市區，進入一大片多岩石的單調農田。天黑許久之後，我們才抵達牛頓鎮，然後車夫提議載我們去一家客棧，說是鎮上最好的。克萊斯勒和我都知道，這大概表示那客棧是他某個親戚開的，但是我們又累又餓，而且人生地不熟：除了接受也沒有什麼辦法。馬車駛過牛頓鎮那些不可思議的古雅街道，即使在新英格蘭，這個小鎮都還是精緻如畫得令人目瞪口呆。此時我開始有一種熟悉的不安，重溫了讀哈佛時代常有的那種焦慮，覺得自己像是困在狹窄的小巷和狹窄的心靈間。「牛頓鎮最佳客棧」也無法紓解這種不安：果然，這是一棟護牆板鬆垮的建築物，裡頭有稀少的家具和一份菜色簡單的菜單。唯一令人歡快的時刻是發生在晚餐時，客棧主人（我們車夫的二等表親）說他可以告訴我們怎麼去亞當·杜瑞的農場；然後，聽到克萊斯勒和我明天早上需要馬車過去那裡，帶我們來旅館的車夫就主動表示可以在這裡過夜，明天駕車送我們過去。這些瑣事處理完之後，我們就回到我們低矮、黑暗的房間，睡在小小的硬床上，讓我們的胃努力消化晚餐的煮羊肉和馬鈴薯。

次日一早起床，克萊斯勒和我設法想躲掉客棧主人的早餐，但是失敗了，只好接受那些又厚又硬的煎餅和咖啡。天空一片清朗，顯然不會下雨，客棧外停著那輛舊馬車，我們的車夫已經坐在上頭，準備要出發了。馬車往北行駛，將近半個小時都沒看到任何人類活動的跡象；然後一群乳牛映入眼簾，正在一片遍佈著凹洞和石頭的牧草地上吃草，更遠些是矗立在一片櫟樹林間的幾棟建築物。馬車駛近這些建築物——一棟農舍和兩座穀倉——之後，我看到了一個男人站在穀倉前空地上腳踝高的糞肥裡，設法要幫一匹疲倦的老馬套上馬蹄鐵。

我很快就注意到，那個人頭髮稀疏，頭皮在早晨的太陽下發亮。

34

從穀倉、籬笆、馬車的破爛狀態，加上沒有任何助手，更尤其是看起來並不特別健康的牲畜，我判斷亞當・杜瑞這個小小的乳牛農場經營得不太成功。很少人能比貧窮的農夫更逼近人生的淒涼現實，而且這類地方的氣氛也無可避免地使人清醒過來：看到他的狀況，克萊斯勒和我歷經長途跋涉、終於能親眼看到這個人的興奮立刻就被沖淡了，下了馬車後，我們交代車夫要等我們，就緩慢而小心翼翼地走向亞當・杜瑞。

「打擾一下——請問是杜瑞先生嗎？」我說，此時那男子仍在跟那匹老馬的左腿奮戰。那匹褐色的馬飽受蒼蠅騷擾，頸部應該是套著馬軛的地方有幾塊毛皮禿了，這畜生顯然完全沒興趣讓主人的工作更順利一點。

「是的。」那男子兇巴巴答道，還是只讓我們看到他漸禿的後腦勺。

「亞當・杜瑞先生？」我又問，想促使他轉身。

「如果你們是來找我的，那一定知道我就是。」杜瑞回答，終於悶哼一聲放下馬腿。他站起來，個子超過一八五公分不少，然後他拍拍那馬的頸子，半是生氣、半是深情。「這傢伙以為牠無論如何會死在我前頭，」他喃喃說，還是面對著那匹馬，「所以牠幹嘛配合我呢？不過我們都還得再活上好些年啊，你這老馬……」杜瑞終於轉身，露出一張皮包骨的臉，看起來比肉色頭骨多不了多少。一口大大的黃牙，杏仁狀的雙眼是一種沒有生氣的藍色調。他的手臂肌肉發達，雙手在舊工裝褲上擦了擦，手指似乎出奇地長而粗。他瞇著眼睛打量我們，不友善也不敵意。「好吧，我能為兩位紳士效勞什麼嗎？」

我立刻直接——而且自認很得體地——說了克萊斯勒和我在波士頓火車上想好的藉口。「這位是拉茲洛．克萊斯勒醫師，」我說，「我叫約翰．司凱勒．摩爾。我是《紐約時報》的記者。」我掏出皮夾，把工作證給他看。「我是跑社會線的。我的編輯派我來調查一些比較——唔，就是最近幾十年一些比較重要的懸案。」

杜瑞點點頭，有點懷疑。「你們是想問關於我父母的事情。」

「是的，」我回答。「你一定聽說了，杜瑞先生，紐約市警察局最近在調查這方面的案子。」

杜瑞的雙眼瞇得更緊了。「這個案子不歸他們管的。」

「沒錯。但我的編輯關心的是，整個紐約州還有很多從來沒繼續追查或解決的案子。我們決定要回顧其中幾個，看案發至今有什麼進展。不曉得你能不能跟我們談一下你父母命案的一些基本狀況？」

杜瑞臉上的五官像波浪般起伏不定，然後又恢復平靜；彷彿一陣痛苦的顫抖迅速掠過他。他再度開口時，聲音中那種不信任的口氣消失了，只剩下認命和悲傷。「都超過十五年了，現在誰還會感興趣呢？」

我試著表達同情，以及道德上的憤慨。「因為時間過了很久，所以就可以不破案嗎，杜瑞先生？而且別忘了，你並不孤單——其他人也看到了謀殺案一直沒有解答、行兇者沒有受到懲罰，他們想知道為什麼。」

杜瑞又考慮了一會兒，然後搖搖頭。「那是他們的事情。我沒興趣談。」

他轉身要離開；不過我很了解新英格蘭地區的人，早就料到了這個反應。「當然了，」我冷靜地宣佈，「我們會付一筆費用。」

這句話對他奏效了：他暫停，轉身，再度看著我。「費用？」

我朝他露出友善的微笑。「諮詢費，」我說。「提醒你一聲，不會太多——一百元？」

我知道對於他這樣經濟窘迫的人來說，這個金額非同小可，因此我毫不意外地看到杜瑞的杏仁眼一亮。「一百元？」他不敢相信地說。「只要講話就好？」

「沒錯，先生。」我回答，從皮夾裡拿出一百元。

杜瑞稍微又想了一下，終於收下錢。然後他轉向他的馬，用力拍一下馬的臀部，讓那馬離開去吃靠近院子邊緣的幾小片草。「我們去穀倉談吧，」他說。「我還得幹活兒，可不能丟了不管，只為了——」他轉身，腳步沉重地踩過那些糞肥，「講一堆鬼故事。」

克萊斯勒和我跟著他，因為賄賂顯然奏效而放了心。不過走到穀倉門前，杜瑞又擔心地轉過身來。

「稍等一下，」他說。「你說這位先生是醫師？那他來做什麼？」

「我正在研究犯罪行為，杜瑞先生，」克萊斯勒流暢地回答，「以及警方辦案方法。摩爾先生找我來，是希望我為他的報導提供專家意見。」

杜瑞接受了這個說法，不過他似乎不太喜歡克萊斯勒的口音。「你是德國人，」他說。「也或許是瑞士人。」

「我父親是德國人，」克萊斯勒回答。「不過我是在這個國家長大的。」

杜瑞對克萊斯勒的解釋似乎不滿意，只是沉默地走進穀倉。

在那個老朽的穀倉裡，糞肥味更重了，不過我們看到上方廄樓裡儲存了大批乾草，發出的甜香沖淡了糞臭味。光裸的木板牆以前刷過白漆，但大部分漆都脫落了，露出了凹凸不平的木頭紋理。隔著一道四呎的門，可以看到裡頭是雞舍，雞隻發出的咕咕和咯咯聲傳過來。馬具、長柄大鐮刀、鏟子、十字鎬、大木槌、桶子到處都是，從牆上和矮屋頂垂掛下來，或是放在泥土地上。杜瑞逕直走向一台非常舊的施肥機，上頭的車軸撐靠在一堆石頭上。他拿了一把大頭槌，用力敲著面對著我們的那個輪子，最後終於讓輪子脫落。然後杜瑞厭惡地發出嘶聲，開始修理車軸的末端。

「好吧，」他說著抓了一桶潤滑油，始終沒朝我們看。「有什麼問題就問吧。」

克萊斯勒朝我點了個頭，示意最好由我主導。「我們看過當時報紙上的報導，」我說。「不曉得你是不是能告訴我們——」

「報紙上的報導！」杜瑞咕噥著。「那麼，我想你大概也看到了，那些笨蛋一度還懷疑我。」

「我們知道當時有一些流言，」我回答。「但警方說他們從來不曾——」

「不曾相信？是喔，沒那麼相信。只不過他們派了兩個人跑來這裡，騷擾我和我太太整整三天！」

「你結婚了，杜瑞先生？」克萊斯勒低聲問。

有一兩秒鐘，杜瑞瞪著克萊斯勒，再度憤恨起來。「沒錯。十九年了。不過這不關你的事。」

「有小孩嗎？」克萊斯勒問，口氣還是很謹慎。

「沒有，」杜瑞回答。「我們——我是說，我太太——我——不。我們沒有小孩。」

「不過據我所知，」我說。「你太太可以證實，那個可怕的事件發生時，你人在這裡？」

「這對那些白癡來說不代表什麼，」杜瑞回答。「太太的證詞在法庭上根本不管用。我還得拜託一個住在將近十六公里外的鄰居過來，他證實我父母親被謀殺的那天，我們一起清除了一根樹樁殘幹。」

「你知道警方為什麼不肯相信你的清白嗎？」克萊斯勒問。

杜瑞把那大木槌砸在地上。「我相信你也讀到報導了，醫師。那不是祕密。我和我父母之間多年來一直處不好。」

我朝克萊斯勒舉起一隻手。「是的，我們看到報導上提到過，」我說，設法想哄杜瑞說出更多詳情。「但是警方的說法非常模糊又混亂，很難從裡頭得到任何定論。這點很奇怪，因為這個問題對調查來說是很重要的。或許你可以幫忙說得更清楚一點？」

杜瑞把施肥機的輪子放到一張工作檯上，又開始敲打。「我父母很嚴厲，摩爾先生。非嚴厲不可，因為他們大老遠來到這個國家，要在他們選擇的生活裡設法生存下去。儘管我現在有辦法這麼說，但小時候我不可能懂這些——」看起來他好像要說一些激動的話，但顯然又努力按捺住了。「小孩子只會聽到他們冷漠的聲音，只會感覺到他們用皮帶抽你。」

「那麼，他們會打你了，」我說，回想起克萊斯勒和我在華府首度得知杜瑞夫婦謀殺案時，所做的一些假設。

「我指的不是我自己，摩爾先生，」杜瑞回答。「不過天曉得，碰到我不乖的時候，我父親或我母親懲罰起我來可不會手軟的。不過那不是我們疏遠的原因。」他望著一扇骯髒的小窗一會兒，然後又再度敲著輪子。「我有個弟弟，傑菲士。」

克萊斯勒點點頭，同時我說，「是的，我們看到過關於他的報導。真悲慘，我們很同情。」

「同情？我想是吧。但我告訴你，摩爾先生，無論那些野蠻人對他做了什麼，都不會比我父母對待他的方式更悲慘了。」

「他們虐待他了？」

杜瑞聳聳肩。「有些人可能不會這麼認為，不過我會，而且到今天還是。啊，在某些方面，他是個奇怪的小孩，而我父母親對他行為的反應可能——外人可能會覺得很自然吧。但不是那樣的，不，先生，其中有一種邪惡……」杜瑞出神了一會兒，然後又搖搖頭。「對不起，你想知道有關那個案子的事情。」

接下來半個小時，我詢問杜瑞有關一八八〇年那天所發生的事，都是一些明顯的問題，要求他釐清某些我們其實並不覺得困惑的細節，藉以隱藏我們真正感興趣的焦點。然後我問他為什麼印第安人會想殺了他的父母，引導他詳細敘述他們一家在明尼蘇達州那幾年的生活。接下來，就不難讓他說出家中私下的狀況了。杜瑞敘述的時候，克萊斯勒悄悄掏出他的小記事本，開始默默地記下來：

雖然是一八五六年在紐普茲出生，但亞當．杜瑞最早的記憶是始自四歲，此時他們一家已經搬到了明尼蘇達州的瑞哲利堡，那是位於下蘇族管理區的一個軍事基地。杜瑞一家住在瑞哲利堡外一哩處，小小的原木屋裡只有一個房間，因此年幼的亞當有絕佳的機會觀察父母與兩人之間的關係。他的父親一如克萊斯勒和我已經知道的，是個非常虔誠的人，對於好奇前來聽他講道的蘇族人，他從來不會甜言蜜語。但克萊斯勒和我都很驚訝地得知，儘管工作上一絲不苟，但維克多．杜瑞牧師對長子並不特別殘酷或暴力；相反地，亞當說他對父親最早的記憶，就是他是個快樂的人。沒錯，必要時牧師也會嚴厲懲罰他，但通常都是順應杜瑞太太的要求。

談到母親，亞當．杜瑞的表情陰沉下來，聲音也變得更猶豫，彷彿光是有關母親的記憶，都對他有極大的威脅力量。杜瑞太太冷漠而嚴厲，在兒子小時候顯然沒提供太多安慰或支持；聽著他敘述那個女人，我不禁回想起傑西．潘墨洛伊。

「她總是躲著我，讓我非常痛苦，」杜瑞說，試著把修好的輪子裝回施肥機上。「但是我相信，她那種疏遠的態度傷我父親更深——因為她對他來說，根本就不是真正的妻子。啊，她會做所有份內的家事，儘管我們很貧困，但家裡非常整潔。但是當你們全家人都住在同一個小房間裡，兩位，你就一定會知道——你父母婚姻比較私密的部分，或者缺乏私密的部分。」

「你的意思是，他們並不親近？」我問。

「我的意思是，我不懂她為什麼要嫁給他，」杜瑞口氣生硬地回答，把自己的哀傷和怒氣都發洩在眼前的車軸和輪子上。「她連他稍微碰一下都受不了，更別說——他想要生小孩的嘗試。我父親想要很多小孩，他有一些想法，唔，其實是夢想：他要把自己的眾多兒子和女兒送到西部荒野傳教，繼承他的衣缽。但是我母親……生小孩的嘗試，每一次對她都是莫大的煎熬。有時候她會熬過去，有時候她——她會反抗。我真不懂她為什麼要結婚。只除了，唔，當他佈道時……我父親的口才很好，他主持的每個儀式，她幾乎都會參加。她好像真的很享受他生活的這個部分，怪得很。」

「那你們從明尼蘇達搬回來之後呢？」

杜瑞傷心地搖搖頭。「我們從明尼蘇達搬回來之後，事情更是完全惡化了。我父親失去了教會的職位，也就失去了他跟我母親唯一的情感互動。之後有好幾年，他們都很少講話，而且我記憶中，他們從來不會互相碰觸。」他抬頭看著那扇髒兮兮的窗子。「只除了一次……」

他暫停了幾秒鐘，為了催促他，我低聲說：「傑菲士？」

杜瑞點頭，緩緩從他憂傷的追憶中清醒過來。「天氣夠暖的時候，我父親就會帶我到戶外過夜。靠近夏文岡山那邊。我父親小時候在瑞士跟他自己的父親學會了登山技巧，夏文岡山是個理想地點，讓他不會荒廢，同時也把種種相關技術傳給我。不過這方面我從來不是很擅長，我會跟他一起去，因為那種時候我們比較快樂——遠離那棟房子，還有那個女人。」

這些話帶給克萊斯勒和我的衝擊，不遜於炸藥。克萊斯勒忽然伸出虛弱的左手臂，驚訝地抓住我的肩膀。杜瑞沒看到，也沒意識到他那些話對我們造成的效果，只是繼續說：

「但是在最冷的那幾個月，我們就不能躲到戶外去，除非我想凍死。我還記得二月的一個夜裡，我父親……他可能喝了酒，其實他很少喝。不過不管清醒與否，他終於開始反擊我母親那種不近人情的行為。他說起妻子的責任，以及丈夫的需要，然後開始去抓她。然後……當然了，我母親反抗地尖叫，說他這樣就像明尼蘇達那些野蠻人一樣。但我父親那天夜裡不肯停手，而儘管天氣很冷，我還是從窗子爬出去，睡在附近一個鄰居的舊穀倉裡。即使隔得那麼遠，我還是聽得到我母親的叫聲和哭聲。」再一次，杜瑞似乎完全處於出神狀態，用一種遙遠、幾乎沒有生氣的聲音說：「我真希望我可以說那些聲音嚇壞了我。但是沒有。事實上，我清楚記得自己還暗自幫我父親加油……」他又回到現實，然後有點不好意思地拿起他的槌子，再度開始敲打輪子。「想必我嚇著你們了，兩位。如果是這樣，那我道歉。」

「不，不，」我趕緊回答。「你只是想讓我們更了解當時的背景，我們明白的。」

杜瑞又懷疑地朝克萊斯勒看去。「那你呢，醫師？你也明白嗎？你都沒說什麼話。」

在杜瑞的審視下，克萊斯勒還是保持冷靜。我知道他這種常常進出精神病院的老手，不太可能被眼前這個農夫嚇住的。「我聽得太入神了，」克萊斯勒說。「如果容許我這麼說，杜瑞先生，你的談吐非常文雅。」

杜瑞笑了一聲，但是毫無幽默意味。「你的意思是，以一個農夫來說？沒錯，那是我母親的功勞。她每天晚上都會逼我們做功課好幾個小時。我五歲之前就學會閱讀和寫字了。」

克萊斯勒讚賞地昂起頭來。「了不起。」

「我的指節可不這麼想，」杜瑞回答。「她老是用棍子打我的指節——但是我又離題了。你想知道我弟弟變得怎麼樣。」

「是的，」我回答。「但是在此之前，我想先問問，他小時候是什麼樣？你剛剛說他很奇怪——怎麼個奇怪法？」

「傑菲士？」把輪子裝回施肥機的車軸後，杜瑞站起來，抓住一根大木棒。「他哪個地方不奇怪？……也難怪，他是在父母的憤怒和嫌棄下生出來的。對我母親來說，他象徵了我父親的野蠻和性慾；而對我父親——對我父親來說，儘管他希望有更多子女，但傑菲士始終就代表了他的墮落，代表了那個可怕的夜晚，慾望逼出了他的獸性。」他用那根長木棒把施肥機車軸底下堆疊的石頭推出來，施肥機落到地面上，朝前滾了幾吋。杜瑞對自己的工作成果很滿意，然後拿起一把鏟子繼續說。「對於一個沒人理會的男孩來說，這個世界充滿了種種陷阱。我曾試著盡可能幫傑菲士，但是在他年紀夠大、可以跟我成為真正的朋友之前，我就已經被送到附近一家農場工作，很少看到他。我知道他在那棟房子裡受盡了種種我受過的苦，甚至更多。我真希望自己當初能多幫上忙。」

「他告訴過你嗎？」我問，「他受了什麼苦？」

「沒有。但是我看得出一些來，」杜瑞說著，開始去幾個畜欄裡，把地上的糞肥鏟起來，放到施肥機上。「星期六我會想辦法陪著他，讓他看看無論家裡發生什麼事，生活裡還是有很多美好的地方。我教他怎麼爬山，我們會整天整夜待在山上。但到頭來……到頭來，我不相信任何人可以抵消我母親的影響。」

「她——暴力嗎？」

杜瑞搖頭，用一種似乎很明理而誠實的口吻說：「我不認為傑菲士所受過的暴力比我多。偶爾被我爸用皮帶打屁股，如此而已。不，我當時相信，直到現在也相信，我母親的方式要更——迂迴。」杜瑞把鏟子放在一邊，坐在原先撐起肥料機的其中一塊大石頭上，拿出菸斗和一包菸草。「就某種意義上來說，我想我比傑菲士幸運吧，只因為我母親對我是完全漠不關心的。但是傑菲士——她好像剝奪了對他的愛還不夠。她對他的任何行為、任何舉止都看不順眼，再小的事情都不例外。即使他還在嬰兒期的時候，根本沒意識到自己的行動，也沒辦法控制——他所做的一切，她都要碎碎唸。」

克萊斯勒身體前傾，劃亮了火柴遞上去，杜瑞勉強接受了。「你說『一切』是什麼意思，杜瑞先生？」克萊斯勒問。

「你是醫師，你告訴我啊，」杜瑞回答。「我想你猜得到的。」吸了幾秒鐘，菸斗裡的菸草順利燃燒起來，杜瑞這才搖搖頭，憤怒地咕噥道：「那個狠心的賤人！這樣講自己過世的母親很無情，我知道。但是如果你們有機會看到她，兩位，她老是挑他的毛病。而且碰到他因此抱怨，或哭了，或發脾氣的時候，她就會講一堆難聽得令人無法想像的話。」杜瑞站起來繼續鏟糞肥。「說他不是她兒子，說他是紅蕃的孩子——骯髒、會吃人的野蠻人把嬰兒留在我們家門口。那個可憐的小傢伙還半相信了。」

隨著過去的每一分鐘，拼圖的碎片逐漸放入正確的位置；我就愈來愈難以控制心中湧起一股龐大的發現與勝利之感。我簡直希望杜瑞不要再說了，好讓我跑出去對著天空大叫，說我們克服了所有阻撓，克萊斯勒和我就要抓到這個兇手了。但我知道現在自我控制是前所未有地重要，於是也盡量效法克萊斯勒的鎮定。

「然後等你弟弟大了些，」克萊斯勒問，「發生了什麼事？我的意思是，大得足以——」

亞當．杜瑞突然難以理解地放聲大叫，把手上的鏟子朝穀倉後牆甩過去。旁邊雞舍的雞隻們驚嚇得一陣飛撲亂叫，然後杜瑞把菸斗從嘴裡抽出來，試圖恢復冷靜。克萊斯勒和我都沒動，雖然我知道自己的眼睛因為驚嚇而睜得好大。

「我想，」杜瑞激動地道，「兩位，我們最好對彼此都誠實一點吧。」

克萊斯勒什麼都沒說，我自己則是聲音顫抖得好厲害，「誠實，杜瑞先生？但是我跟你保證——」

「該死！」杜瑞大吼跺著腳。然後他等了幾秒鐘，直到又有辦法比較冷靜地開口。「你以為當時沒人講閒話嗎？你以為只因為我是個農夫，所以我是白癡嗎？我知道你們來這裡是想查出什麼！」

我正想進一步否認，克萊斯勒就碰碰我的手臂。「杜瑞先生對我們很坦白，摩爾。我相信我們也該以同樣的坦白回報他才對。」杜瑞點點頭，他的呼吸變得比較規律了，同時克萊斯勒繼續說：「是的，杜瑞先生。我們相信你弟弟有可能殺了你父母。」

杜瑞發出一個半哭半喘的可憐聲音。「而且他還活著？」他說，他聲音裡所有的憤怒都消失了。

克萊斯勒緩緩點頭，杜瑞無助地舉起雙臂。「但是現在有什麼差別？事情都過去那麼久了——都結束了，完畢了。如果我弟弟還活著，他也從來沒有跟我聯絡過。為什麼你們要來查這事情？」

「所以你也曾經懷疑過了？」克萊斯勒說，迴避對方的問題，同時拿出一個裝了威士忌的小扁瓶，遞給杜瑞。

杜瑞再度點頭，喝了一口酒，對克萊斯勒再也沒有之前的那種憤恨。我之前以為他的那種態度是因為克萊斯勒的口音，但現在我明白，那是源自杜瑞對這趟拜訪的疑心——他一定覺得這個醫師很奇怪，也猜到這趟拜訪可能會發展到眼前這個狀況。

「是的，」杜瑞終於說。「不要忘了，醫師，我小時候住在蘇族保留區附近，在他們的村子裡還交了幾個朋友。而且我親眼目睹過一八六二年的起義。警方所接受我父母死去的那個解釋，我幾乎完全確定是謊言。不只如此，我了解——我弟弟。」

「你了解你弟弟有能力做出這樣的事情，」克萊斯勒輕聲說。現在他很小心地引導著，就像他之前引導傑西．潘墨洛伊那樣。他的聲音還是很冷靜，但問題變得愈來愈直接。「杜瑞先生，你是怎麼會知道的？」

一滴淚出現在杜瑞的臉頰上，我心中湧起一股強烈的同情。「傑菲士九歲，或十歲的時候吧，」他又喝了一大口酒後，輕聲繼續說，「我們到夏文岡山去待了幾天。打獵或設陷阱抓小動物，松鼠、負鼠、浣熊之類的。我教過他射擊，但是他不太擅長。設陷阱方面，傑菲士就很有天分了。他會花一整天尋找動物的巢穴，然後獨自在黑暗中等上好幾個小時，啟動他的陷阱。那是一種天賦。但是有一天我們分開打獵，我循著自己看到的山獅腳印追蹤，回到營地時，聽到一種奇怪的、恐怖的尖叫聲。一種哀號。音調高而微弱，但是很可怕。我進入營地，看到了傑菲士。他設陷阱抓到了一隻負鼠，而且正在——正在把那負鼠活活切成碎片。我跑過去，朝那可憐的負鼠腦袋開了一槍，然後拉開我弟弟。他眼睛裡有一種邪惡的光，不過我朝他吼了一陣子之後，他哭了起來，好像真心感到抱歉。我以為那只是孤立事件——不懂事的小男孩有可能會做這種事，等到有人教過他，他就不會再做了。」說到這裡，杜瑞開始掏著他熄滅的菸斗。

克萊斯勒又劃了根火柴遞上去。「但結果他沒有停止。」他說。

「是啊，」杜瑞回答。「接下來幾年又發生了幾次——那還是我曉得的。他從來不會去找大型動物，比方我們附近農場裡的牛或馬。好像總是——總是小動物，會引出他心中的那種衝動。我一直試著想讓他停止這樣做，然後……」

杜瑞的聲音逐漸變小，坐下來瞪著地上，好像不願意繼續講下去。但克萊斯勒還是溫柔地催促他：「然後更糟糕的事情發生了？」

杜瑞抽著菸斗，點點頭。「但是我不認為那件事是他的責任，醫師。我想這一點你也會同意的。」他忽然握起拳頭，捶向自己的大腿。「但是我母親，該死，她只是把這事情當成傑菲士惡魔行為的另一個例子。說他是自找的，活該！」

「恐怕你得跟我們解釋一下才行，杜瑞先生。」我說。

他很快點了個頭，然後又喝了一口威士忌，把扁瓶遞還給克萊斯勒。「好的，好的。對不起，我想一下——這事情發生在夏天，應該是——要命，應該就在我搬走之前，一定是一八七五年夏天了。傑菲士當時十一歲。我工作的那個農場雇了一個新手，比我大沒幾歲。他整個人看起來非常有魅力，好像對小孩特別有辦法。我們很快交上朋友，後來我就邀請他一起去打獵。他對傑菲士非常有興趣，我弟弟也真的很喜歡他——喜歡到那傢伙後來又跟我們去山上打獵了幾次。傑菲士和他會一起出去設陷阱，同時我自己去捕獵大型獵物。我跟這個——這個我以為是人的禽獸解釋過，要他阻止傑菲士去凌虐他們抓到的小動物。那傢伙似乎完全理解那個狀況。我信賴他，你知道，把我弟弟交給他照顧。」一個沉默的撞擊聲從穀倉外牆傳來。「然後他辜負了我的信賴，」杜瑞說著站起來。「而且是以最糟糕的方式。」他打開那扇骯髒的窗子，伸出頭去喊道：「嘿，你！快點離開，我告訴你——快點！」他頭縮回來，搔搔稀疏的頭髮。「笨馬。跑去咬穀倉後頭那一小叢苜蓿，身上沾了芒刺，我好像沒辦法……對不起，兩位，總而言之，有天晚上我回到營地，發現傑菲士半裸著在哭，那個地方在流血。原先跟他在一起的那個惡魔不見了。從此我們沒再看過他。」

穀倉外又傳來同樣那個悶悶的撞擊聲，逼得杜瑞抓起一根長長的鞭子，走向穀倉門。「麻煩你們稍等一下，兩位。」

「杜瑞先生？」克萊斯勒喊道。杜瑞在門口停下腳步，轉過頭來。「這個傢伙，農場雇的工人——你還記得他的名字嗎？」

「記得，醫師，」杜瑞回答。「罪惡感把那名字刻在我記憶裡了。畢全姆——喬治．畢全姆。失陪一下。」

這個名字讓我震驚不已，效果比之前所有得知的資訊都要強大，也把我大半的興奮激動之感都轉為困惑。「喬治．畢全姆？」我低聲說。「可是，克萊斯勒，如果傑菲士．杜瑞真的是——」

克萊斯勒趕緊豎起一根手指，示意我噤聲。「先別問了，摩爾，另外記住一件事，只要可以避免，就別讓這個人知道我們真正的目的吧。我們非得知道的一切，現在幾乎全都知道了。接下來——編個藉口，然後就趕緊離開。」

「我們非得知道的一切——唔，或許你都知道了，但是我可還有一千個問題！而且為什麼我們要瞞著他，他有權利——」

「這對他能有什麼好處？」克萊斯勒厲聲用氣音說。「他為了這件事已經痛苦了那麼多年。告訴他我們相信他弟弟不但謀殺了他父母，還殺了半打兒童，對他能有什麼好處？或者對我們能有什麼好處？」

這讓我暫停下來思考；如果傑菲士．杜瑞的確還活著，但從來沒有試著聯絡他哥哥亞當，那麼這個飽受折磨的農民就沒辦法進一步協助我們的調查了。而把我們懷疑、但尚未證實的事情告訴他，看起來的確是非常殘酷的事情。因為這些原因，等到杜瑞教訓完他的馬回來，我就遵照克萊斯勒的囑咐，利用我記者生涯中為了脫身而講過一千次的那些老藉口，說要趕一班回紐約的火車，還說有截稿時間的壓力等等。

「但是你們離開前，一定要老實告訴我一件事，」杜瑞陪我們走回馬車時說。「你之前說，你要寫一篇有關未破懸案的報導——這個話有任何真實的成分嗎？或者你們打算重啟這個案子的調查，利用我剛剛說過的那些資訊，調查我弟弟涉案的狀況？」

「我可以跟你保證，杜瑞先生，」我回答，因為說的是實話，讓我講得非常有說服力。「我不會去寫有關你弟弟的報導。你所告訴我們的事情，只是讓我們看清了警方調查方向如何出了錯誤，如此而已。你講的那些資訊，會像你告訴我們的態度一樣——絕對保密。」

杜瑞堅定地跟我握了手。「謝了，先生。」

「你弟弟受了很多苦，」克萊斯勒說，也跟杜瑞握手。「而且我猜想，你父母被殺害後這些年來，他還繼續在受苦——如果他還活著的話。我們沒有資格批判他，或是從他的不幸中獲利。」杜瑞竭力壓抑著強烈的情緒，臉上緊繃的皮膚變得更緊了。「我還有一個或兩個問題要請教，」克萊斯勒繼續說，「如果你不介意的話。」

「要是我知道答案，一定會告訴你的，醫師。」杜瑞說。

克萊斯勒感激地點了一下頭。「你父親。很多新教的牧師都不太重視教會節日——但是我有個感覺，他不是這樣？」

「沒錯，」杜瑞回答。「假日是我們家少數開心的時間之一。當然了，我母親很反對。她會拿出聖經，解釋為什麼這類慶祝就跟天主教徒一樣，還說慶祝這些節日的人會得到什麼懲罰。但是我父親很堅持——事實上，他好一些最精采的講道，就是在節日時出現的。但是我不明白這有什麼——」

克萊斯勒黑色的眼珠發亮，舉起一手。「這只是小事，我知道，但是我很好奇而已。」他爬上馬車，像是又想到什麼。「喔，還有另外一件小事。」杜瑞期待地抬起頭，此時我也爬上馬車。「你的弟弟，傑菲士，」克萊斯勒說。「他臉上的那個——那個毛病，是什麼時候開始的？」

「他的抽搐？」杜瑞回答，再度被問題搞得很困惑。「就我所記得的，他向來就有的啊。或許他嬰兒期的時候沒有吧，但嬰兒期之後就開始有了，跟著他一輩子——唔，總之是據我所知道的部分。」

「那種抽搐是一直持續的嗎？」

「是的，」杜瑞說著，努力回想。然後他露出微笑。「只除了，當然，在山上的時候。他設陷阱時，那對眼睛平靜得就像池塘。」

聽了這麼多揭露的真相，我不確定自己還能憋多久而不會爆發，但克萊斯勒始終保持從容。「這男孩真令人悲傷，但在很多方面，他又非常了不起。」他宣佈道。「我想，你不會有他的照片吧？」

「他向來不肯拍照，醫師——可以理解。」

「是的。沒錯，我想也是。唔，那再見了，杜瑞先生。」

我們終於離開那個小農場。我回頭看著亞當．杜瑞步履沉重地走回穀倉，長而有力的雙腿和穿著靴子的大腳依然深陷在穀倉周圍的污泥和糞肥中。然後，就在他走進穀倉之前，忽然停下來，猛地回頭朝馬路看過來。

「克萊斯勒，」我說。「莎拉是否提到過，有關這家人的報導裡，曾寫過傑菲士．杜瑞的臉部抽搐？」

「我不記得有，」克萊斯勒回答，沒轉頭看我。「你為什麼問這個？」

「因為根據亞當．杜瑞現在的表情，我敢說這事情報上沒有提到過——而且他剛剛才想到。接下來他一定會難受一陣子，想不透我們怎麼會知道。」雖然我愈來愈興奮，但還是設法控制住，轉過頭來宣佈，「老天！告訴我，克萊斯勒——告訴我，我們逮到他了！那個人說的很多事情讓我困惑得要命，不過拜託，拜託告訴我，我們找到解答了！」

克萊斯勒露出微笑，激動地舉起右手握拳。「我們湊出大部分拼圖了，約翰——這一點我很確定。或許還不是全部的，也或許並不完全契合——不過沒錯，我們有大部分了！車夫！麻煩直接載我們到後灣車站！我記得有一班六點零五分往紐約的火車——我們一定要趕上。」

接下來有好幾哩的路，我們都充滿了難得一致的勝利和輕鬆表情；要是我早知道這種感覺會是那麼短暫，我可能會更好好品嚐那一刻。但如此一兩個小時、過了半途之後，遠處傳來一個樹枝斷掉的短促、響亮聲音，顯示所有的狂喜告終。我清楚記得那個斷裂聲之後，緊接著就是一個非常短促的嗖嗖聲；然後有個什麼擊中了拉著我們馬車的那匹馬，馬頸上湧出一道鮮血，牠立刻倒地死亡。車夫、克萊斯勒和我都還來不及反應，就又有另一個響亮的斷裂聲和嗖嗖聲，然後克萊斯勒的右上臂被劃出了一道大約一吋的口子。

35

隨著一聲短促的叫喊和一長串詛咒，克萊斯勒翻倒在馬車裡的地板上。我知道我們依然處於嚴重暴露的狀態，就逼著他跳出馬車，爬到車廂下頭，兩個人貼地趴著。相反地，我們的車夫下車走到毫無掩蔽處，顯然是為了檢查他死去的馬。我催那傢伙壓低身子，但未來收益的明顯損失讓他無視於眼前的安危，還繼續讓自己成為一個誘人的靶子——直到另一個爆炸聲響發出，同時一顆子彈擊中了他腳邊的土地。那車夫抬頭看，這才忽然意識到自己身處險境，於是趕緊逃，衝向我們後方五十碼外的一片濃密樹林裡；而我們的攻擊者，似乎就躲在馬路對面的幾棵樹後頭。

克萊斯勒繼續氣呼呼地詛咒著，一邊設法脫掉外套，然後指示我如何照料他的傷口。傷口外表一塌糊塗，但其實沒有看起來那麼嚴重——子彈只是把他上臂的肌肉刮出一道缺口——最重要的是止血。我把皮帶解下來當成止血帶，束在流血的傷口上方拉緊。接著我撕開克萊斯勒的衣袖，當成繃帶，很快地，鮮紅色的血流就減緩了。但總之，等到又有一顆子彈射中馬車的車輪，擊碎了一根粗粗的車輻，提醒我隨時可能就會有別的傷口出現了。

「他在哪裡？」克萊斯勒說，掃視著我們前方的那幾棵樹。

「我看到一些煙，就在那棵白樺樹的左邊，」我回答，指給他看。「我想知道的是，他是誰？」

「恐怕可能性太多了，」克萊斯勒回答，又稍微拉緊了他的繃帶，同時發出呻吟。「最有可能的就是我們紐約的敵人。孔斯塔克的權威和影響力是全國性的。」

「不過大老遠派個殺手跑來，似乎不是孔斯塔克的作風。說起來，也不像伯恩司。杜瑞呢？」

「杜瑞？」

「或許有關那個臉部抽搐的恍然大悟，改變了他的態度——他可能以為我們背叛了他。」

「但是他雖然講了不少狠話，」克萊斯勒說，彎起手肘，用另一手輕握著。「他像是會殺人的人嗎？何況，他已經表明他的槍法很好——不像這傢伙。」

這讓我想到了。「那麼……他呢？我們的兇手？他有可能從紐約跟蹤我們到這裡。而如果真是傑菲士·杜瑞，別忘了亞當說他射擊始終不在行。」

克萊斯勒思索了一會兒，同時掃視著樹林，然後搖搖頭。「你想像力太豐富了，摩爾。他幹嘛跟蹤我們來這裡？」

「因為他曉得我們要去哪裡。他知道他哥哥住的地方，而我們跟亞當的談話，有可能協助我們找到他。」

克萊斯勒還是繼續搖頭。「太異想天開了。是孔斯塔克，我告訴你——」

又一聲槍響忽然劃破空氣，然後一顆子彈射中了車廂側面，大塊木片爆出來。

「我明白重點了，」我說，回應著那顆子彈。「我們可以稍後再來討論這件事。」我轉頭審視著後方的樹林。「看起來車夫跑去那片樹林沒問題。你覺得你手臂那樣，還有辦法跑嗎？」

克萊斯勒大大呻吟一聲。「該死，容易得就像我能趴在這裡！」

我抓起他的外套。「你跑到空曠處的時候，」我說，「盡量不要跑一直線。」我們轉頭從車廂另一側爬出來。「盡量讓你的行動沒有規律。去吧，萬一你有麻煩，我會跟上去的。」

「我有種很不安的感覺。」克萊斯勒說，看著那五十碼沒有遮蔽的空間，「覺得在這個案子裡，這樣的麻煩可能永遠不會停止。」這個念頭似乎讓他深有所感。正要起步時，他忽然又停下來，掏出銀懷錶遞給我。「聽我說，約翰——只是以防萬一——唔，我希望你把這個交給——」

我微笑著把懷錶推還給他。「你還真是多愁善感啊，我一直就疑心你是這樣。去吧，你可以自己交給她——快跑！」

當你是為了生死存亡而奔跑時，要通過東北部地區一段五十碼沒有遮蔽的空間，似乎比你想像中要困難許多。介於馬車廂和那片樹林之間的每一個小地鼠洞、小溝渠、小水窪、樹根、石頭，都變成了某種幾乎難以克服的障礙，我狂跳的心臟害雙腿和雙腳失去了平常的靈巧。我猜想克萊斯勒和我都花了不到一分鐘就跑完那五十碼；而且儘管威脅我們的只有一名射手，而且他的準頭也完全不像個專家，但感覺上我們還是處於全面作戰狀態。這段奔跑的路程，其實槍手應該只朝我們開了三槍或四槍，但我感覺腦袋周圍的空氣好像都充滿了子彈。跑完之後，我朝樹林深處的黑暗一再推進，樹枝狠狠甩過我的臉，我覺得自己就快要失禁了。

我發現克萊斯勒靠在一棵巨大的冷杉上，原先綁好的繃帶和止血帶鬆了，一道鮮血又沿著手臂流下。我重新幫他包紮後，替他披上外套，因為他看起來似乎全身發冷，臉上也沒了血色。

「我們繼續走，盡量跟馬路平行，」我低聲說，「直到我們看到有馬車之類的經過。這裡離布魯克林不遠，我們可以從那邊找到車去車站。」

我扶著克萊斯勒站起來，幫忙他開始穿過濃密的樹林，同時一邊留意著馬路，免得我們走遠了迷路。等到我們看到前面布魯克林的建築物，我猜想離開樹林應該安全了，於是趕緊走出來。之後沒多久，一輛路過的載冰馬車停下，車夫跳下來問我們發生了什麼事。我編了個故事，說馬車出了點意外，於是那人就主動願意載我們到後灣車站。後來證明這件事是雙重幸運，因為車夫提供的大冰塊，也緩解了克萊斯勒手臂的疼痛。

等到後灣站出現在視野中，已經快要五點半了，午後的陽光開始出現一種琥珀般的朦朧色調。在車站外兩百碼之處的一叢光禿松樹旁，我要求車夫放我們下車。然後我們謝謝車夫的幫忙，還有他的冰塊（那些冰塊讓克萊斯勒的手臂幾乎完全停止流血），然後我催著克萊斯勒躲到深綠樹枝下的陰影處。

「我跟你一樣喜好大自然，摩爾，」克萊斯勒困惑地說。「但眼前實在不是時候。為什麼我們不直接搭到火車站呢？」

「如果剛剛那個槍手是孔斯塔克或伯恩司派來的，」我回答，在松枝間找到一個空隙，可以看清火車站，「他大概會猜到這裡是我們的下一站，還搞不好正在裡頭等我們。」

「啊，」克萊斯勒說。「我明白了。」他蹲在樹下，然後開始整理他的繃帶。「所以我們在這裡等到火車來了，再偷偷溜上車。」

「沒錯。」我回答。

克萊斯勒掏出他的銀懷錶。「再過將近半個小時。」

我刻意看了他一眼，露出微笑。「剛好足夠讓你解釋一下，剛剛你拿著銀懷錶的那個小學生舉動是怎麼回事。」

克萊斯勒立刻別開眼睛，我很驚訝自己說的話居然會讓他那麼尷尬。「看起來，」他說，忍不住也朝我微笑，「我是不可能讓你忘了那件事吧？」

「毫無可能。」

他點點頭。「我想也是。」

我在他旁邊坐下來。「怎麼樣？」我說。「你打算跟那位姑娘結婚嗎？」

克萊斯勒聳聳肩。「我——我一直在考慮。」

我輕笑著低下頭。「老天……婚姻。你有沒有——嗯，你知道——問過她？」克萊斯勒搖頭。「你或許該等到這個調查結束，」我說。「到時候她比較可能會答應。」

克萊斯勒困惑地看著我。「為什麼？」

「這個嘛，」我簡單地回答。「到時候她就可以證明自己的觀點，如果你明白我的意思。而且會比較願意定下來。」

「觀點？」克萊斯勒問。「什麼觀點？」

「拉茲洛，」我回答，有點訓誡的意味。「或許你還沒注意到，這整件事情對莎拉來說非常重要。」

「莎拉？」他不知所措地問——從他講出這個名字的態度，我這才明白自己從一開始就大錯特錯。

「啊，不，」我嘆氣。「不是莎拉。」

克萊斯勒又瞪著我幾秒鐘，然後往後靠，張開嘴巴，發出深沉的笑聲，我從來沒聽過他笑得這麼厲害；深沉，而且久得煩人。

「克萊斯勒，」我聽他笑了整整一分鐘，終於恨恨地說：「拜託，我希望你——」他還是繼續笑，我的口氣也開始不耐煩起來。「克萊斯勒。克萊斯勒！好吧，我搞得自己很蠢。現在你能不能好心一點，別再笑了？」

可是他還是繼續笑。又過了半分鐘，他的笑聲總算開始變小，但只是因為大笑害他右臂開始發痛。他抱著受傷的手臂，持續低聲笑著，笑得眼淚都流出來。「對不起，摩爾。」最後他終於說。「但你一定是以為——」然後又是一輪痛苦的笑聲。

「好吧，不然我應該怎麼想？」我問。「你跟她有很多單獨相處的時間。而且你自己也說過——」

「可是莎拉對婚姻沒興趣，」克萊斯勒說，終於控制住自己。「她對男人本來就沒什麼興趣。她的整個生活，完全就是環繞著『女人可以獨立生存、可以實踐個人抱負』的這個想法。這一點你應該知道的啊。」

「唔，我的確想過，」我撒謊，設法想挽救一點殘餘的自尊。「但是你們互動的方式，感覺上好像——好吧，我不曉得像什麼！」

「我和她最早的談話之一就是這個，」克萊斯勒進一步解釋。「她說，我們之間不會有別的，一切都會嚴守在專業範圍。」克萊斯勒打量著一臉不高興的我。「這段期間，你一定非常難受。」他說，又開始低聲笑起來。

「的確是。」我賭氣地說。

「你問一聲不就得了？」

「嗯，莎拉可不是唯一想要保持專業態度的！」我說，跺了一下腳。「不過現在我明白，我根本不該費事——」我忽然停下，聲音又變小了。「慢著，讓我想一下。如果不是莎拉，那到底是——」我緩緩轉向克萊斯勒，然後他也同樣緩慢地低下頭，臉上的表情太清楚了。「啊，老天，」我猛吸一口氣。「是瑪麗，對吧？」

克萊斯勒望著火車站，然後望向更遠處火車將會開來的方向，好像希望車子出現能解救他，但結果沒有。「這個狀況很複雜，約翰。」他終於說。「我得拜託你了解並尊重這一點。」

我震驚得什麼都沒說，只是靜靜坐在那邊，聽著克萊斯勒解釋這個『複雜的狀況』。顯然這件事有些部分讓他深感困擾：畢竟，瑪麗原來是他的病人，而且她對他的感情，總有可能其實是某種感激，或只是尊敬而已。因此，克萊斯勒小心翼翼地跟我解釋，將近一年前，瑪麗表達了自己的感情之後，他很努力不要鼓勵她，也不讓自己有任何相同的回應。同時，他也很焦慮地解釋，我應該要了解，他和瑪麗從一開始就互有好感，在許多方面其實是再自然不過了。

當初克萊斯勒開始評估不識字、而且應該是不能理解事物的瑪麗時，他很快就發現，他必須建立彼此的互信，才有辦法跟她溝通。而他建立這種互信的方式，就是向她坦承他這會兒含糊其詞的『個人歷史』。克萊斯勒不知道我現在所知道他的個人歷史，已經不只是他告訴過我的那些，也所以他並不曉得我有多懂他的話。我推測，瑪麗是第一個聽到克萊斯勒說出他和父親暴力關係的人，而這樣艱難的表白的確會產生信賴感，以及其他：雖然克萊斯勒說出自己故事的本意，只是想藉此鼓勵瑪麗說出她自己的，但其實，他已經播下了一種獨特親密感的種子。這種親密感持續到瑪麗來替他工作的時期，她讓十七街的生活變得比以往有趣許多，但也更令人困惑。最後克萊斯勒再也無法否認：第一，瑪麗對他的感情不光是感激而已；第二，他對她也感覺到一種類似的吸引力。接下來，他進入很長一段自我檢查的時期，設法想搞清楚他所感覺到的，本質上是不是他對自己所收容的這個不幸、孤單女孩的憐憫。直到我們突然開始展開調查的前幾天，他才完全確定並不是。這個案子迫使他延後解決自己的個人困境；但也有助於他想清楚該採用什麼方式解決。因為後來事情變得很清楚，有人身危險的不光是我們調查團隊的成員，還有他的僕人，克萊斯勒想保護瑪麗的欲望，遠遠超過了尋常雇主的責任感。當時他決定，這個案子應該讓她知道得愈少愈好，而且完全不讓她參與：因為他知道，敵人可能會透過他所關心的人來對付他，所以他希望能保護瑪麗，要確保萬一有局外人找到方法跟她溝通，她也沒有任何有用的資訊可以洩漏。直到我們要前往華府的那個早晨，克萊斯勒才決定，或許這是他和瑪麗的關係——他相當尷尬地措詞——「演進」的時候了。他立刻告訴她這個決定；而她雙眼含淚看著他離去，擔心他出門在外會遭遇什麼不測，阻礙了他們由主僕關係更往前一步。

克萊斯勒講完他的故事時，我聽到前往紐約的火車在東邊遠處發出第一聲汽笛。我雖然仍處於震驚狀態，但已經開始在心中複習最近幾個星期的事件，設法想判定我是從什麼時候開始搞錯的。

「都是莎拉，」我最後終於說。「從一開始，她就表現得像是——好吧，我不曉得她表現得像是什麼，反正就是很詭異。她知道嗎？」

「我相信她知道，」克萊斯勒回答，「不過我沒跟她說過。莎拉似乎把身邊每件事都當成一個考驗的案子，可以用來磨練她偵查的技巧。我相信這個小謎題對她非常有娛樂性。」

「娛樂性，」我咕噥著說。「我還以為那是愛情呢。我敢說她明知道我想錯了。她就是愛做這種事，故意讓我誤以為——好，等到我們回去，我要讓她看看跟約翰．司凱勒．摩爾玩這種遊戲，會有什麼下場——」

我停下來，看著那列紐約的火車出現在我們左邊鐵軌的一哩之處，仍然以高速駛向火車站。

「我們可以上車再繼續談，」我說，幫著克萊斯勒站起來。「而且非談不可！」

等到那列火車完全停下之後，克萊斯勒和我開始快步穿過另一片充滿石頭和溝渠的空地，走向火車的最後一節車廂。我們爬上車尾的瞭望平台，悄悄走進車廂內，然後我讓克萊斯勒舒服地坐在一個靠車尾的座位上。我們沒看到列車長的蹤影，於是利用開車前的幾分鐘整理一下克萊斯勒的繃帶，也整理一下我們各自的儀容。我每隔幾秒鐘就朝外頭的月台看一眼，想看看或許有誰的舉止像是殺手，但唯一要上車的，就是一個撐著手杖的富有老婦人，旁邊跟著她高大、苦惱的護士。

「看起來我們或許可以鬆口氣了，」我說，站在走道上。「我去前面看一下就好——」

我雙眼轉向車廂後門，講到一半僵住了。兩個高大的人影彷彿憑空變出來似的，出現在車尾的瞭望平台上；儘管他們的注意力沒在車內——他們正在跟一名車站的職員爭執——但我可以把他們的外貌看得夠清楚，認出那就是曾追著莎拉和我衝出桑托瑞里租屋處的那兩個惡漢。

「怎麼了，摩爾？」克萊斯勒盯著我問。「發生了什麼事？」

我知道以克萊斯勒現在的狀況，碰到任何的衝突場面都幫不上什麼忙，於是設法擠出微笑，同時搖搖頭。「沒事。」我很快說。「一點事都沒有。別這麼緊張兮兮的，克萊斯勒。」

聽到那個老婦人和她的護士走進車廂前門的聲音，我們都轉過頭去看。雖然我滿肚子驚惶，但腦袋還是很可靠地轉個不停。「我馬上回來。」我告訴克萊斯勒，然後走向那兩個剛進來的女人。

「打擾一下，」我說，努力亮出迷人的微笑。「我可以效勞一下，協助你安頓下來嗎，夫人？」

「可以，」那位老婦人回答，那口氣顯示她是被人伺候慣了。「我這個護士太不行了，完全沒有用！」

「啊，我相信不會的。」我回答，看著那老婦人撐著的手杖：有個精緻而沉重的銀色杖頭，塑成了天鵝的模樣。我抓住老婦人的一隻手臂，引導她進入座位。「不過即使是最好的護士，」我說，很驚訝那老婦那麼沉重又笨拙，「能力也是有極限的。」那護士聽了朝我露出微笑，我藉機握住老婦人的手杖。「先讓我拿著這個，夫人，我想我們可以——好了！」隨著座椅發出一聲重重的呻吟，那老婦人坐下來，吐出一口氣。

「啊，」那婦人喊道。「啊，這樣好多了。謝謝你，先生。你真是個紳士。」

我再度微笑。「這是我的榮幸。」我說，然後離開了。

我經過克萊斯勒旁邊時，他驚呆地看著我。「摩爾，你到底——」

我示意他安靜，然後走向車廂後門，腦袋始終轉向一旁，免得被外頭的人看見我的臉。那兩名惡漢還在跟月台上的車站人員爭吵，看不出來吵什麼；但是我目光往下，看到他們其中一個提著步槍匣。「第一個得先對付他。」我喃喃自語；但是我要先等列車開始駛離車站，才能採取行動。

等到車子終於開動時，我聽到外頭那兩名惡漢朝車站人員吼著一些頗為下流的罵人話；再過幾秒，他們就會轉身走進車廂了。我深吸一口氣，然後迅速而安靜地打開後門。

過往多年我是紐約棒球巨人隊的球迷，曾一路見識他們的種種考驗與磨難，結果並不是白費的。在中央公園旁球場看球的那些下午，我自己也發展出某種扎實的揮棒技巧，現在我就用那位老婦人的手杖來執行，朝著那個提著步槍匣的惡漢，揮向他的脖子和腦袋。那人大叫，但還來不及伸手摀住傷口，我就一手朝他背後中央一推，推得他翻出瞭望平台的欄杆。雖然列車的行駛速度還是相當緩慢，但那人不可能再回到車上了——不過我還要面對第二名惡漢，他大喊著：「搞什麼鬼！」同時轉向我。

我懷疑他的第一本能就是要攻擊我的脖子，於是蹲低身子，手杖的銀天鵝杖頭朝他胯下揮過去。那人彎下腰片刻，再直起身時似乎沒怎麼受傷，只是被嚴重激怒了。他一拳朝我腦袋揮來，我身子探出欄杆外躲開，拳頭只稍微擦過我腦袋側邊。我短暫朝下方軌道看了一眼，確定火車正在加速。那惡漢身手笨拙，一拳揮空後更是腳下不穩，趁著他還沒恢復平衡時，我以手杖頭擊中他的臉頰，不過空間受限而力道不大，無法防止他再度衝向我。我雙手舉高手杖，而對手為了防止我再揮擊，就舉起兩隻粗壯的手臂護住腦袋兩側。然後他惡意地咧嘴笑了，往前逼近我。

「你這個混帳，」他咕噥著，然後忽然往前撲。我只剩一個地方可以攻擊：對準他的喉嚨，我用杖尾狠狠戳他的喉結，他忽然發出一聲哽住的哀號，一時動不了。我趕緊丟下手杖，抓住平台屋頂，吊起身子，雙腳朝那惡漢全力踢過去。於是他也被我踢得翻過欄杆，掉到軌道旁的路基上，翻滾著停下來，雙手還是抓著喉嚨。

我垮坐在平台上，猛吸了好幾口氣，然後抬頭看到克萊斯勒開門出來。

「摩爾！」他說，在我旁邊蹲下來。「你還好吧？」我點點頭，還是喘得厲害，同時克萊斯勒望著車後的遠方。「你的狀況顯然比那兩個要好多了。總之呢，如果你有辦法走路，我建議你進去吧——那個老婦人進入歇斯底里狀態了。她認為你偷了她的手杖，還威脅到了下一站要去報警。」

隨著我的脈搏終於稍微緩下來，我拉平了身上的衣服，拾起那根手杖，走進車廂裡。我有點踉蹌地沿著走道，來到那老婦人的座位旁。

「還給你了，夫人，」我誠懇地說，雖然還是有點喘不過氣來。她害怕地往後縮著身子。

「我只是想在陽光下欣賞一下而已。」

那婦人一言不發收下手杖；但是等到我走回座位時，聽到她尖叫著說：「不——拿走！上頭有血，我告訴你！」

我呻吟著垮坐回位子上，克萊斯勒也加入，把裝著威士忌的扁瓶遞給我。「我只能假設，那兩個人不是來跟你討賭債的。」他說。

我搖搖頭，喝了口酒。「是啊，」我說。「那是康納的手下。其他的我就不曉得了。」

「你覺得，他們是真的想殺掉我們嗎？」克萊斯勒納悶地問。「或者只是想嚇嚇我們而已？」

我聳聳肩。「我們搞不好永遠不會知道。而且老實說，我寧可先不要談這個。此外，就在他們打斷前，我們正在進行一個非常重要的討論……」

沒多久，列車長出現了，我們跟他買了兩張到紐約的車票，然後我開始盤問克萊斯勒有關瑪麗．帕默的整件事，不是因為我難以相信——只要見過這個女孩的人，都一定會相信的——而是因為，一方面，這件事舒緩了我的神經；另一方面，也能讓克萊斯勒徹底解除武裝，恢復精神。隨著克萊斯勒輕聲說出他對未來的個人期望，那天我們所面對的所有危險，甚至是我們調查中所碰到的一切糟糕狀況，似乎都大幅縮小了。那對他是一種不熟悉的談話，而且在許多方面來說都很艱難；但在那趟火車旅程裡，我從來沒看過或聽過他這麼完全像個凡人。

而且，以後也不會再看到了。

36

我們搭的火車是區間慢車，耗時很久，於是當我們拖著腳步走出紐約市的大中央總站時，東方的天空已經露出了第一絲曙光。克萊斯勒和我一致同意，整理亞當·杜瑞談話資訊的漫長工作可以等到下午再做，然後我們就各自上了一輛出租馬車，打算回家稍微睡一下。我回到華盛頓廣場我祖母家時，屋裡的一切似乎都好安靜，我只希望在其他人起床之前，能夠溜到床上大睡。而且我差點辦到了；然而就在我成功地悄悄爬上樓、回到房間正要脫衣服時，有人輕敲著我的臥室門。我還沒來得及回應，哈麗葉就探頭進來。

「啊，約翰少爺，」她說，顯然非常慌張。「謝天謝地。」她整個人走進房間，拉緊了身上的睡袍。「少爺，是霍華德小姐——她昨天傍晚一直打電話，還有晚上也是。」

「莎拉？」我說，注意到哈麗葉臉上慣有的歡快表情不見了。「她人在哪裡？」

「在克萊斯勒醫師家——她要你去那裡找她。說有一些——唔，我不知道，少爺，她沒多解釋，不過有很嚴重的事情發生了，我從她的口氣裡聽得出來。」

我又匆忙把雙腳塞回鞋子裡。「克萊斯勒醫師家？」我說，心跳開始加速。「她跑去那裡做什麼？」

哈麗葉激動地扭絞著雙手。「就像我剛剛說的，少爺，她沒告訴我——但是拜託快點，她打過十幾次電話來了！」

我趕緊衝出門來到街上。知道這個時間要到第六大道才可能找到出租馬車，於是我全力朝西奔跑，一路不停，直到我在高架鐵路的軌道下找到一輛停著的出租馬車，趕緊跳上去。我給了車夫克萊斯勒家的地址，說我有急事，他聽了就開始揮動馬鞭趕路。朝上城方向疾馳時——我正處於一種恐懼的茫然中，疲倦又困惑得想不通哈麗葉那些話是什麼意思——我開始感覺到偶爾有水珠濺在我臉上，於是把頭探出車廂看看天空，發現滿天滾滾的烏雲籠罩著這個城市，遮掉了黎明的曙光，把清晨的街道淋得一片溼漉漉。

在前往史岱文森廣場的一路上，我的車夫始終不曾減慢速度，於是在極短的時間內，我就來到了克萊斯勒家門外的人行道上。我給了車夫一大筆錢，也沒要求找零，於是車夫宣佈說他會在路邊等我，懷疑我可能很快又會需要搭車，不想在清晨如此冷門的時段失去賺到豐厚車資的機會。我謹慎但迅速地來到前門，開門的是莎拉。

她看起來沒有受傷，我慶幸地給了她一個大大的擁抱。「感謝老天，」我說。「從哈麗葉的口氣，我還擔心——」我看到莎拉身後站著一個男人，連忙放開她，那是一個白髮的高雅男士，穿著長外衣，手上提著一個格萊斯頓包。我又看了莎拉一眼，這才注意到她的臉充滿了一種疲倦的憂傷。

「約翰，這位是奧斯本醫師，」莎拉低聲說。「他是克萊斯勒的朋友，就住在附近。」

「你好，」奧斯本醫師對我說，沒等我回答。「那麼，霍華德小姐，我希望我已經講清楚了——那個男孩絕對不能移動或打擾。接下來二十四小時會是關鍵。」

莎拉疲倦地點頭。「是的，醫師。謝謝你這麼幫忙。要不是你來這裡——」

「我只希望自己能做得更多。」奧斯本低聲回答。然後戴上他的高頂禮帽，朝我點了個頭，就離開了。莎拉把我拉進門。

「到底發生了什麼事?」我說,跟著她爬上樓梯。「克萊斯勒人呢?另外他說的男孩是怎麼回事?史蒂威受傷了嗎?」

「噓,約翰,」莎拉低聲但急切地回答。「屋裡要保持安靜。」她又繼續上樓,來到客廳。「克萊斯勒醫師——離開了。」

「離開了?」我問。「去哪裡?」

我們走進黑暗的客廳,莎拉走向一盞燈,但又揮了一下手決定不開燈了。她垮坐在一張沙發上,從旁邊茶几的菸盒裡拿出一根香菸。

「坐吧,約翰。」她說;那短短幾個字裡充滿了種種情緒——認命、憂傷、憤怒——讓我立刻坐下來。我劃亮火柴幫她點燃香菸,等著她繼續說下去。「克萊斯勒在停屍處。」她最後說,吐出了一口煙霧。

我猛吸一口氣。「停屍處?莎拉,怎麼了,發生了什麼事?史蒂威還好嗎?」

她點點頭。「他會好起來的。他在樓上,賽勒斯也是。我們現在有兩個被打破的腦袋要照顧了。」

「打破的腦袋?」我又重複了一遍。「怎麼——」我胃裡忽然冒出一股想嘔吐的衝動,看著客廳四周和鄰接的走廊。「慢著。你為什麼在這裡?為什麼是你來應門?瑪麗人呢?」

莎拉一開始沒回答,只是緩緩揉著眼睛,又抽了幾口菸。最後終於開口時,她的聲音出奇地微弱。「康納來過這裡。星期六夜裡,帶著兩個手下。」我胃裡抽動得更厲害了。「顯然他們跟蹤你和克萊斯勒醫師跟丟了——而且根據他們的舉動,他們一定是被上司臭罵了一頓。」莎拉緩緩站起身,走到落地窗前,打開一條縫。「他們硬闖進屋裡來,把瑪麗關在廚房。賽勒斯還躺在床上，所以就剩下史蒂威了。他們逼問他你和克萊斯勒醫生人在哪裡，但是——唉，你也了解史蒂威的。他不肯說。」

我點點頭，輕聲咕噥說：「『你一邊涼快去吧。』」

「是啊，」莎拉回答。「所以，他們就開始對付他。除了腦袋之外，他還斷了幾根肋骨，而且他的臉一塌糊塗。但真正嚴重的是腦袋——好吧，他會活下去，但是我們還不曉得他會以什麼樣子活下去。明天情勢應該會比較明朗了。賽勒斯設法下床去幫忙，結果在樓上走廊昏倒了，又撞到了腦袋。」

雖然害怕問，我還是開口了：「那瑪麗呢？」

莎拉放棄地舉起雙臂。「她一定是聽到史蒂威的慘叫。我想不出能有其他什麼情況讓她那麼——那麼鹵莽行動。她拿了一把刀，設法離開廚房。我不曉得她打算做什麼，但是……那把刀後來插入康納的身子側邊。瑪麗最後摔到樓梯底端。她的脖子……」莎拉的聲音愈來愈小。

「斷了，」我幫她講完，用一種震驚的氣音說。「她死了？」

莎拉點頭，然後清了清嗓子又開口。「史蒂威掙扎到電話邊，打給奧斯本醫師。我昨天夜裡從紐普茲回來，順道過來一趟，結果一切都——唔，處理好了。史蒂威設法說了，那是個意外，說康納不是故意的。但是瑪麗刺中他的時候，他轉身過來，然後……」

有好一會兒，我的視線褪淡，周圍一切都融成一片模糊的灰；然後我聽到一個聲音，上回聽到是喬治歐．桑托瑞里被殺害那一夜，在威廉斯堡橋的錨座上：那是我自己血液奮力湧動的聲音。我開始搖頭，然後等到我舉起雙手把腦袋固定住，這才發現自己的雙頰早已一片濡溼。通常伴隨著這類悲劇消息而來的種種回憶——迅速、沒有順序、有些地方還很愚蠢——閃過心頭，等到我再度聽到自己的聲音，我其實不曉得那個聲音是從何而來。

「不可能的，」我說。「不可能的。太巧了，太不——莎拉，拉茲洛才剛告訴我——」

「是的，」她說。「他也告訴我了。」

我站起來，覺得頭重腳輕，然後走到窗邊和莎拉並肩站在一起。烏雲持續遮蔽天空，讓黎明始終無法真正降臨這個城市。「那些狗娘養的，」我低聲說。「那些混帳狗娘養的……他們抓到康納了嗎？」

莎拉把菸蒂扔出窗子，搖搖頭。「羅斯福局長現在出去外頭找了，帶著幾名警探。他們正在搜查各個醫院，還有所有康納常去的地方。不過照我猜想，他們不會找到他的。康納的手下怎麼會發現你在波士頓，都還是個謎。不過大概是去問了大中央總站的售票員。」莎拉碰了一下我的肩膀，同時繼續看著窗外。「你知道，」她低聲說，「從我第一次踏入這棟屋子，瑪麗就害怕會有什麼事情發生，把他從她身邊奪走。我設法幫她了解，那不會是我。但是她那種害怕，好像從來不曾消失。」她轉身走到房間另一頭坐下。「或許她比我們其他人都要聰明。」

我一手放在額頭上。「不可能……」我又再度輕聲說；但是在內心深處，我知道，以我們在對付的那些人來看，其實這種事情有可能輕易發生，也知道我最好開始調整自己，面對這個夢魘的現實。「克萊斯勒，」我說，設法在自己的聲音裡加入一些力量。「克萊斯勒在停屍處嗎？」

「是的，」莎拉回答，又拿了一根香菸。「我沒辦法告訴他發生了什麼事——是奧斯本醫師告訴他的。他說他有經驗。」

我咬牙忍住了又一波悔恨，握緊拳頭，然後朝樓梯走去。「我得趕去那裡。」

莎拉抓住我的手臂。「約翰，要小心啊。」

我迅速點點頭。「我會的。」

「不，我是說真的要很小心。跟他在一起。如果我沒猜錯，這件事的種種效應，會比你預期的糟糕很多。對他寬容一點。」

我擠出微笑，一手放在她手上；然後我繼續下樓，開門出去。

剛剛載我來的馬車夫還在路邊等，等到我出現了，他又俐落地爬上車。我請他趕緊送我到表維醫院，他又同樣迅速地疾馳上路。雨勢開始變大了，溫暖而強勁的西風吹起，等到我們顛簸著上了第五大道，我摘下帽子，用來設法擋住車頂濺到臉上的雨水。那趟車程中，我不記得自己思索了什麼，只是有更多瑪麗．帕默的片段畫面掠過腦海，那個安靜、美麗的女孩，有著迷人的藍眼珠，才幾個小時內，她在我心中就從女僕變成一個好友的未來妻子，接著就再也不存在了。發生的這一切實在沒道理，一點道理都沒有，我根本無法理解。我只是坐在那裡，讓一幕幕影像飛逝而過。

到達停屍處時，我發現克萊斯勒站在大樓背面那扇大鐵門外，就是之前我們去檢查恩司特．妻曼屍體時走的那道後門。他背靠著大樓，睜大的雙眼一片空茫，黑得就像我們的兇手在被害者臉上留下的兩個大洞。雨水從上方屋頂角落的一道簷溝有如瀑布般流下來，把他淋得全身溼透。我試著要拉開他。但他的身子僵硬，拉不動。

「拉茲洛，」我低聲說。「拜託，上車吧。」我又拉了他幾次，但是半點效果都沒有。然後他終於開口了，是一種沙啞、沒有高低起伏的音調：

「我不會離開她的。」

我點點頭。「好吧。那麼我們站過來門口這裡，你全身都溼透了。」

他全身依然不動，只有眼睛轉一下看了自己的衣服；然後點一下頭，踉蹌跟著我走到有些微遮蔽的門口。我們站在那裡好一會兒，最後，他終於用同樣沒有生氣的聲音開口了：

「你知道——我父親——」

我看著他，他臉上那種痛苦的表情讓我簡直要心碎，然後我點點頭。「是的，我認識他，克萊斯勒。」

「不知道。什麼？」

克萊斯勒僵硬地扭著頭一搖。「不，你知道我小時候，我父親老是跟我說什麼嗎？」

「他說——」聲音還是沙啞得厲害，好像光是說出來都很費力，但他愈說愈快：「說我懂的不如我自己想的那麼多。說我自以為知道人類該有什麼樣的行為，說我自以為是個比他更好的人。但有一天——有一天，他說，我會知道並不是。在此之前，我只不過是個——冒牌貨……」

再一度，我想不出該怎麼跟他說我了解他的意思，由於莎拉的發現，他所說的我完全明白；所以我只是一手放在他沒受傷的那邊肩膀，看著他開始心不在焉地拉好衣服。「我已經——做好安排了。葬儀社的人很快就會到這裡。然後我得回家。史蒂威和賽勒斯……」

「莎拉在照顧他們。」

他的聲音忽然變得強而有力，甚至帶著暴力意味。「我有責任照顧他們，約翰！」他揮著拳頭。「是我的責任。我把這些人帶進我家，我對他們的安全有責任。看看他們現在——你看！兩個快死了，還有一個——一個……」他猛吸一口氣，看著鐵門，好像可以看穿那道門，看到裡面那張生鏽的金屬台，上頭現在躺著的那個女孩，原本代表了他新生活的希望。

我握緊了他的肩膀說，「羅斯福已經出去找——」

「我再也沒有興趣管警察局長在做什麼了，」克萊斯勒迅速又嚴厲地回答。「也沒興趣管他們警察局其他人在做什麼。」他暫停一下，皺著臉伸出受傷的右手臂，拿開我握住他肩膀的手，然後別開眼睛。「結束了，約翰。這個痛苦、血腥的事情，這個……調查。結束了。」

我聽了有點不知所措。他似乎非常認真。「克萊斯勒，」我終於開口，「先給你自己兩天時間，然後——」

「然後怎樣？」他很快回答。「然後又害死你們其中之一？」

「那不能怪你——」

「別告訴我不能怪我！」他發火了。「如果不怪我，那要怪誰？都是因為我自己的虛榮，就像孔斯塔克說的那樣。我原先在盲目的狂怒下，想證明自己寶貴的觀點，無視於可能引起的任何危險。結果他們想要什麼？孔斯塔克？康納？伯恩司？火車上的那兩個人？他們就是想阻止我。但是我以為自己做的事情太重要了，根本沒去注意——我以為我很清楚！我們一直在追獵一個兇手，約翰！但真正危險的根本不是那個兇手——而是我！」他忽然咬牙發出嘶聲。「好吧，我看夠了。如果真正危險的是我，那麼我就該把自己拿掉。就讓這個兇手繼續去殺人吧。那就是他們希望的。他是他們秩序中的一部分，他們寶貴的社會秩序——沒有這種人，他們自己的惡劣殘忍行為，就沒有代罪羔羊了！我憑什麼去介入？」

「克萊斯勒，」我說，更加擔心了，因為毫無疑問，他現在說的這些都是真心話。「你聽聽你自己講的這些話，你要反對的這一切——」

「不！」他回答。「我還沒說完！我要回到我的學園，還有我死寂、空蕩的房子裡，忘掉這個案子。我要確保史蒂威和賽勒斯痊癒，再也不要因為我的虛榮計畫，而去面對不知名的攻擊。

那些人為自己建立的這個血腥社會，可以繼續照他們的計畫走，徹底爛掉算了！」

我後退兩步，心底某部分知道跟他爭辯是沒有用的，但還是被他的態度刺痛。「好吧。如果自艾自憐就是你的解答——」

他左臂狠狠朝我揮過來，但是完全沒擊中。「你該死，摩爾！」他咬牙道，呼吸急促。「你該死，他們也該死！」他抓住那扇鐵門拉開來，然後暫停一下，讓呼吸恢復控制。他再度驚恐地睜大雙眼，凝視著眼前黑暗、悲慘的走道。「而且，我也該死。」他低聲說。他胸膛的起伏終於開始平息。「我要去裡面等了。如果你離開的話，我會很感激的。我會安排把我的東西從八〇八號搬走。我——我很抱歉，約翰。」他走進停屍處，鐵門晃回來轟然關上。

我站在那裡一會兒，溼透的衣服現在開始黏在身上很難受。我往前看著院子，那些毫無感情的磚造建築圍繞著我，然後我看著天空。西風吹來更多烏雲，愈來愈快。忽然間我彎下身，從地上抓起一把青草和泥土，丟向那扇黑色的門。

「你們全都去死吧！」我大吼道，舉起我沾了污泥的拳頭；但這聲叫喊沒有帶來紓解。我緩緩垂下手，然後擦掉臉上的雨水，踉蹌地回到我的出租馬車上。

37

離開停屍處後，我不想看到任何人，也不想跟誰講話。我吩咐車夫載我去百老匯大道八〇八號。整棟大樓都沒什麼人，等到我跌跌撞撞地走進我們的總部時，唯一能聽到的聲音就是陣陣雨水撲打著周圍的哥德式窗子。我倒在卡拉諾侯爵的臥榻上，瞪著那面寫滿字的大黑板，心情更為低落。幸好，我的疲倦最後終於壓倒了傷心和絕望感，我睡掉了大半個黑暗、陰沉的白天。大約五點時，我被前門響亮的敲門聲驚醒，於是匆忙過去開了門，發現外頭是一個身上滴著水的西聯電報公司小夥子，手裡拿著一只淋溼的信封。我接過信封打開來，嘴唇很白癡地顫動著，閱讀裡面的電報內容：

葉慈堡的米勒上尉已確認約翰．畢全姆下士有臉部抽搐。用類似的刀。據知休假時會爬山。請建議下一步。

我看完了第三次，才意識到那個送電報的小夥子在講話，我茫然抬起頭來。「你說什麼？」

「回覆，先生，」那小夥子不耐地說。「你要寫回覆的電報嗎？」

「啊。」我想了一會兒，設法判斷在今天上午的種種發展之後，最佳方案會是什麼。「啊……要的。」

「你得找一張乾的紙寫，」那小夥子說。「我的表格都溼了。」

我走到我的辦公桌前，拿了一張紙，開始寫一則短信：**趕最快的火車回來。儘早**。那小夥子看了一下，告訴我價錢，我從皮夾掏出一些錢，沒數過就遞給他。那小夥子的態度立刻大有改善，所以我猜想我給了他很多小費，然後他就回到電梯離開了。

如果我們的調查就要突然告終，那麼讓艾薩克森兄弟繼續待在北達科塔州也沒什麼意義。沒錯，如果克萊斯勒真的要退出，我們任何人繼續做任何事也沒意義了，只能收拾各自的東西，回到我們原來的生活軌道。無論莎拉、艾薩克森兄弟和我對我們的兇手有什麼了解，都是因為有克萊斯勒的指導，我望著窗外下方大雨中的百老匯大道，看到幾個狼狽的購物者正在盡力避開疾馳的客運馬車和送貨馬車，同時還要躲雨。我無法想像，要是沒有克萊斯勒的持續領導，我們還能有成功的機會。

我才剛說服自己接受這個結論，就聽到前門有鑰匙轉動的聲音。莎拉匆忙走進來，一手拿著雨傘和幾包雜貨，動作和神態都跟上午截然不同。她的腳步和說話速度都很快，甚至是輕快，好像什麼事都沒有發生過。

「都淹水了，約翰！」她宣佈道，甩了一下雨傘，放在瓷筒裡。然後她脫下披肩，把雜貨拿到後頭的小廚房。「要走路穿過十四街簡直不可能，而且想找輛出租馬車都得拚命。」

我又回去看著窗外。「不過把路上洗乾淨了。」我說。

「你要吃點東西嗎？」莎拉喊。「我已經在煮咖啡了，另外也帶了食物來——恐怕只能做三明治了。」

「三明治？」我回答，不是很熱中。「我們不能出去吃嗎？」

「出去？」莎拉說著走出廚房，來到我旁邊。「我們不能出去，我們得——」她看到艾薩克森兄弟發來的電報，講到一半停下來，然後小心翼翼地拿起電報。「這是什麼？」

「馬庫斯和盧修斯，」我回答。「他們確認約翰．畢全姆的事情了。」

「這太好了，約翰！」莎拉急忙說。「那麼我們——」

「我已經發了回覆的電報，」我打斷她，被她的態度搞得很困惑。「請他們盡快趕回來。」

「那就更好了，」莎拉說。「我想那邊應該也沒什麼好再查的了，而且我們這裡需要他們。」

「需要他們？」

「我們還有工作要做啊。」莎拉回答得很簡單。

我雙肩垮下，因為發現我對她態度的擔心完全是有道理的。「莎拉，克萊斯勒今天上午告訴我——」

「我知道，」她回答。「他也告訴我了。那又怎樣？」

「那又怎樣？結束了，就這樣。沒有了他，我們要怎麼進行下去？」

「就像有他的時候那樣進行。聽我說，約翰，」莎拉抓住我的雙肩，帶著我回到我的辦公桌旁，讓我坐下來。「我知道你是怎麼想的——但是你錯了。我們現在已經夠厲害了。就算沒有他，我們也可以完成這件事的。」

她還沒講完，我的頭就開始搖。「莎拉，不要開玩笑——我們沒有那個訓練，我們沒有那種背景——」

「以我們既有的能力，也不需要更多了，約翰，」她堅定地說。「記住克萊斯勒教過我們的——脈絡背景。我們不必知道心理學、或是精神病學、或是類似案例的所有歷史，也照樣可以完成這個工作。我們唯一需要知道的，就是這個人，這個特定的案例——而且現在我們確實知道了。事實上，等到我們把過去一個星期蒐集到的資料湊在一起，我敢說我們對他了解的程度，就跟他自己一樣——說不定比他自己還了解。克萊斯勒醫師很重要，但現在他退出了，而我們也不需要他。你不能放棄，絕對不行。」

她話中有一些無可否認的真理，我花了一分鐘消化；但接著我又開始搖頭。「聽我說，我知道這個機會對你的意義有多麼重大。我知道這個案子可以協助你說服局裡——」

她右拳狠狠擊中我的肩膀，我講到一半立刻停了。「該死，約翰，別侮辱我！你真以為我做這件事只是為了自己的機會？我做是因為我希望有一天自己還能安穩入睡——或者你沿岸南下又北上的那些旅程，搞得你忘記了？」她衝到馬庫斯的辦公桌，抓起一些照片，回到我面前。「還記得這些嗎，約翰？」我低頭看了一眼，知道她拿的是什麼：各個犯罪現場的照片。「你真以為你現在放棄了，接下來就會很輕鬆嗎？等到下一個男孩被殺了怎麼辦？到時候你會作何感想？」

「莎拉，」我拉高了嗓門，跟她一樣大聲。「我現在談的不是我喜歡怎麼樣！而是怎麼樣才務實！」

「就這樣撒手不管，有多務實？」她吼回來。「克萊斯勒退出，是因為不得不——他很傷心，傷心到任何人所能承受的極限，而他能找到的唯一回應方式，就是退出。但那是他，約翰。我們可以繼續！而且也必須繼續！」

莎拉雙手垂下，深吸了幾口氣，然後撫平身上的連身裙，走到房間另一頭，指著黑板的右半邊。「以我來看，」她平靜地說，「我們還有三個星期可以準備。一分鐘都不能浪費。」

「三個星期？」我說。「為什麼？」

她走到克萊斯勒的辦公桌，拿起那本封面有個十字架的薄書。「基督教曆，」她說，把那書舉高了。「我想，他為什麼會遵循這個，你們已經查出來了？」

我聳聳肩。「唔，可能吧。維克多．杜瑞是一位牧師。所以——所以——」我設法想找個表達方式，最後只能選擇一種克萊斯勒可能會用的說法：「杜瑞家中的節奏，他們家庭生活的週期，很自然就是遵循著基督教曆。」

莎拉露出微笑。「看到沒，約翰？你之前認為這個案子牽涉到一個教士，其實也不完全是錯的。」

「還有別的，」我說，回想起我們要離開亞當．杜瑞的農場前，克萊斯勒問他的最後兩個問題。「牧師很喜歡基督教節日，顯然還曾在這些節日發表很精采的佈道詞。但是他太太……」我一根手指緩緩輕敲著桌面，思索著那個念頭；然後意識到其中的重要性，我抬起頭來。「根據他哥哥的說法，主要折磨傑菲士的人，是牧師的太太，而且碰到節日，她對兩個兒子就更加惡毒，百般折磨。」

莎拉的表情很滿意。「還記得我們說過，這名兇手痛恨不誠實和虛偽嗎？唔，如果他父親在佈道時講的是一回事，但同時，在家裡……」

「是的，」我咕噥著說，「我看出來了。」

莎拉緩緩走到黑板前，然後做了一件讓我詫異的事情：她拿起一根粉筆，把我剛剛說的資訊寫在黑板左邊，毫不猶豫。她的字跡不像克萊斯勒那麼工整而熟練，但看起來也同樣屬於那個黑板，一點都不突兀。「基督教曆等於是他出生以來就存在的一種情緒危機週期，所以他現在才會對這些節日有反應。」莎拉充滿信心地說，放下粉筆。「有時那些危機嚴重到他會去殺人——而三個星期後的那個假日，可能會是最糟糕的一個。」

「你一直這麼說，」我回答。「但是我不記得六月下旬有什麼重要的節日。」

「不是對每個人都很重要，」莎拉說，打開了教曆。「但是對他……」

她把那本教曆遞給我看，指著特定的一頁。我低頭看到六月二十一日，星期天：施洗者聖約翰誕生日。我眼睛猛地睜大了。

「現在大部分教會都不太把這個節日當回事了，」莎拉平靜地說。「但是——」

「施洗者聖約翰，」我低聲說。「水！」

莎拉點點頭。「水。」

「畢全姆，」我低聲說，做出了連結，雖然或許是瞎猜，但我還是覺得很明顯。「約翰·畢全姆……」

「你的意思是什麼？」莎拉問。「我在紐普茲所找到唯一的一個畢全姆，名叫喬治啊。」

現在輪到我走到黑板前拿起粉筆。在標示著**形塑暴力與／或猥褻**的那一格裡寫字，我速度很快地解釋：「傑菲士·杜瑞十一歲時，曾被一個男人攻擊——被強暴了——那是他哥哥的一個同事。這人一開始跟他成為朋友，獲得他的信任。那個男人的名字就是喬治·畢全姆。」莎拉發出一個小而迫切的輕喊，一手摀住嘴巴。「現在，如果傑菲士·杜瑞在殺害了父母之後，真的改名為畢全姆，展開他的新人生——」

「當然了，」莎拉說。「他變成了施虐者！」

我起勁地點頭。「那為什麼用約翰這個名？」

「施洗者，」莎拉回答。「有淨化的作用。」

我笑了一聲，然後把這些想法寫在黑板上適當的地方。「這只是推測，但是——」

「約翰，」莎拉說，很和善地提醒我。「這整個黑板都只是推測。但是有用。」我放下粉筆，轉身過來，發現莎拉笑容滿面。「你現在明白了，對吧？」她說。「我們得繼續，約翰——我們一定要進行下去！」

那當然了。

接下來這二十天，是我這輩子最不尋常、也最艱難的日子。我們知道艾薩克森兄弟最快也要到星期三夜裡才會回來，於是莎拉和我就開始分享、詮釋、記錄下我們過去一個星期所蒐集到的種種資訊，這樣等到兩位刑事警佐回來，就可以很快掌握狀況。接下來兩天，我們大部分都待在八〇八號，仔細研究資料之餘，也不太明顯、非正式地改造這個總部的氣氛和感覺，以確保克萊斯勒的缺席不會造成嚴重損害。所有關於克萊斯勒的明顯痕跡全都悄悄收起來或搬走，他的辦公桌被推到一個角落，再把其他四張桌子重新排列成一個比較小（或者我願意看成是比較緊密）的環狀。莎拉和我都並不喜歡這樣做，但我們也試著不要難過或感傷。一如往常，關鍵在於專注：只要我們持續專注在防止下一樁謀殺發生，以及抓到兇手這兩個目標上頭，我們發現自己就可以度過這個轉變期中最痛苦、最茫然的時刻。

我們並沒有從心裡抹去克萊斯勒；正好相反，莎拉和我其實好幾度談起他，想完全理解他在瑪麗死去後，心裡有過什麼樣的改變和轉折。很自然地，在這些談話中，我們也會討論到他的過去；而當我和莎拉交談時，一邊也思索著克萊斯勒成長過程中的不幸現實，於是驅走了我對他退出調查的最後一絲憤怒。因而到了星期二上午，我沒告訴莎拉，就跑去克萊斯勒家。

我跑這一趟，一部分是想探望史蒂威和賽勒斯的狀況，但主要還是想撫平我和克萊斯勒在表維醫院不歡而散的疙瘩和裂痕。幸好，我發現克萊斯勒也有同樣的想法，不過他還是堅決不重新加入我們的調查。他平靜地談起瑪麗的死，讓我比較能理解他的心靈被這件事狠狠傷害了。但除此之外，我覺得讓他沒有辦法再回來追獵兇手的主要原因，是他的信心粉碎了。就我的記憶，這是他這輩子第二次如此（第一次是發生在前一個星期，我們去探訪傑西．潘墨洛伊之時），克萊斯勒似乎真的對自己的判斷力產生了很大的懷疑。雖然我並不贊同他的自責，但我也當然不能怪他。每個人都必須找到自己的方式，去處理這種失去摯愛的傷痛，一個真正夠格朋友的唯一任務，就是無論他選擇什麼方法，都要盡力協助。於是我終於和克萊斯勒握手，接受了他退出的決定，即使我心裡很難過。我們互道再見，然後我心中再度想著，沒有了他，我們怎麼有辦法進行下去；但還沒走出他家前院，我的思緒就又回到案子上了。

艾薩克森兄弟回來之前那三天，我也得知了莎拉的紐普茲之旅，確認了很多我們之前關於兇手童年的假設。莎拉設法找到了幾個傑菲士．杜瑞的同輩人，他們頗為悔恨地承認，傑菲士小時候因為劇烈的臉部抽搐，遭受了許多嘲笑。上學的那幾年（而且一如馬庫斯預料過的，紐普茲的學校當時教的是帕瑪書寫法），還有偶爾他陪著父母到鎮上的時候，傑菲士都常常會被成群的小孩攻擊，那些小孩會競相模仿他的臉部抽搐，比賽看誰模仿得最像。如今已經是成人的那些紐普茲同輩人向莎拉保證，傑菲士臉上不是普通的抽搐，而是一種劇烈的痙攣，嚴重到傑菲士的雙眼和嘴巴都幾乎要扯到臉側了，好像他遭受到非常可怕的疼痛，就要大哭出來。顯然地——而且很奇怪地——在遭受到紐普茲的兒童攻擊時，傑菲士從來不曾反擊過，對於任何嘲笑也從不惡言回嘴；反之，他總是安靜地做自己的事情，所以過了幾年，鎮上那些折磨他的小孩就膩了。但總之，短短的那幾年，顯然已經足以毒害傑菲士的心靈。而除此之外，打從他出生以來，就有個人始終不懈地煩擾他：他自己的母親。

對於老早就神準地預測到這個母親的角色，莎拉並沒有太自鳴得意，但天曉得她完全有資格這麼做。她在紐普茲的訪談，對杜瑞太太只得到一個大略的描述，但是能得出這些大致的概況，已經讓她深受鼓舞。鎮上的人都還清楚記得傑菲士的母親，一部分是因為她積極支持丈夫的傳教工作，但更重要的是因為她嚴厲、冷酷的舉止。紐普茲的其他已婚婦女們普遍認為，傑菲士・杜瑞的臉部抽搐就是他母親不斷煩擾他所造成的結果（因此證明了民間智慧有時也能得到心理學上的洞見）。雖然查出這些讓莎拉很開心，但亞當・杜瑞的說法所帶來的滿足感更是多倍。幾乎莎拉之前的每個假設——從我們這名兇手的母親不情願結婚，到她不想生小孩，以及訓練兒子上廁所的騷擾——全都在杜瑞的穀倉訪談裡得到證實；亞當甚至告訴我們，她母親常跟傑菲士說他是個骯髒的印第安紅蕃；在我們這名兇手的人生中，的確有個女人扮演了「邪惡角色」；而且在杜瑞的家裡，真正動手揍小孩的雖然是牧師，但杜瑞太太的行為對兩個小孩是另一種懲罰，而且同樣有力量。的確，莎拉和我可以很有信心地說，如果傑菲士的父母中，有其中之一是激起他殺意的「主要」或「預定」的被害人，那幾乎可以確定，就是他的母親。

總而言之，現在幾乎可以確定，這名兇手對他人生最有影響力女人的痛恨，導致他迴避與任何女人為伍。接下來的問題就是，為什麼他要選擇殺害那些打扮和舉止像女人的男孩，而不是真正的女人呢？要解開這個謎，莎拉和我就得回到我們更早的一個推理，那就是所有被害人都具有兇手的某些特徵。我們推斷，傑菲士・杜瑞與母親之間的憎恨關係，一定是嚴重到讓他也同時產生自我憎恨——因為任何一個被母親嫌惡的男孩，怎麼可能不質疑自己的價值？因此傑菲士的憤怒跨過了性別的界限，變成某種混種；唯一釋放的方式，就是摧毀那些行為上也同樣性別模糊的男孩。

莎拉和我一路整理最近所蒐集到的線索，最後一個步驟，就是推演出我們的兇手為什麼從傑菲士・杜瑞轉變為約翰・畢全姆。莎拉在紐普茲沒查到太多關於喬治・畢全姆的資料，因為他在那裡只住了一年，當地紀錄上會有他的名字，純粹是因為他曾在一八七四年的國會選舉時投票。但是我們相當確定兇手為什麼選擇用畢全姆這個姓。從調查初期，我們所有成員就很清楚，這個兇手有施虐狂性格，他的每個行動都透露出他有種執迷的欲望，想改變自己在人生中的角色，從被害人轉為施虐者。這是一種很怪異的邏輯，為了展開並象徵這個轉變，他就必須把自己的姓改成那個曾背叛他、侵犯他的男子的姓；而且用同樣的邏輯，他也會繼續用這個姓，去謀殺那些顯然信任他、就像當年他信任喬治・畢全姆那樣的兒童。顯然地，兇手無疑是很小心培養出這種信任，但他也因為被害人愚蠢得付出信任而鄙視他們。再一次，這些被害人有如鏡像，反映出小時候的他，而他希望藉著消滅這些鏡像兒童，也消滅自己性格中一個難以忍受的元素。

於是傑菲士・杜瑞變成了約翰・畢全姆，根據聖伊麗莎白醫院那些醫師的評估，他對於任何形式的檢查都非常排斥，而且對於被迫害至少有很強烈的感覺（甚至可能是徹底的被迫害妄想）。在他一八八六年晚夏離開聖伊麗莎白醫院之後，這些人格特質不可能有太多改善，因為那次出院違背醫師的指示，是利用法律的技術性細節辦到的；而如果約翰・畢全姆就是我們要找的兇手，那麼，其實他的猜疑、敵意、暴力在這些年只會愈來愈惡化。莎拉和我判定，畢全姆從聖伊麗莎白醫院出院後，一定很快就來到紐約，才有辦法對紐約市這麼熟悉。這個推測給了我們希望，因為在這十年間，他大概接觸了不少人，而且在某些街坊地帶或階層裡，應該都成了一個熟悉的人物。當然，我們不知道他的長相到底是什麼樣；不過從我們很早開始就推斷出的種種身體特徵，再利用亞當・杜瑞當成範本去修正細部，我們相信可以列出一個大致的外型敘述，再加上約翰・畢全姆這個名字，要確認這個人就會相當容易了。當然，我們不能確定他還會使用約翰・畢全姆這個名字；但莎拉和我都相信，以這個名字對他的意義，他應該會繼續用下去，直到被迫停止。

在等待艾薩克森兄弟回來的期間，我們所能做的假設大概就是這樣了。總之，到了星期三晚上，我們還是沒有兩位警佐的任何消息，莎拉和我就決定去處理另一個不太愉快的任務：說服羅斯福在克萊斯勒退出的狀況下，讓我們其他人繼續調查。我們都猜想這個任務不會容易。當初一開始，就是因為羅斯福對克萊斯勒的重大敬意（加上他對非正統解決方式的偏愛），才願意考慮成立這麼一個非官方調查小組。但這個星期的一開始，他就去忙著追捕康納，外加要應付總警局內改革派和貪腐派之間的鬥爭，直到星期三晚上，羅斯福還不曉得我們調查中的種種新發展；但我們知道他早晚會從克萊斯勒或艾薩克森兄弟那邊得知，於是就決定主動面對現實，自己去告訴他。

為了避免引發總警局那些記者和警探們又一波的猜測，我們選擇去羅斯福家拜訪他。他和他太太伊迪絲最近租下了麥迪遜大道六八九號的一棟連棟透天排屋，那是他姊姊貝咪的房子。這個家雖然舒適、佈置得宜，但還是無法容納羅斯福五個子女的種種古怪行動。（不過千萬別忘了，不久之後就證明白宮也同樣無法勝任。）我們知道羅斯福通常都會趕回家裡和子女共進晚餐，於是就在大約六點時，搭了出租馬車來到麥迪遜大道和六十三街交口，在日落時分爬上了六八九號門前的階梯。

我還沒敲門，就聽到裡頭傳來兒童的騷動聲。來開前門的是羅斯福六歲的次子柯密特。他身上穿著傳統的白襯衫、燈籠褲，頭髮就是當時小男孩那種稍長的長度：不過他的右手很不祥地握著一個東西，我想是個非洲犀牛角，鑲在一個沉重的座架上。他一臉挑釁地看著我們。

「哈囉，柯密特，」我咧嘴笑著說。「你父親在家嗎？」

「誰都不許過去！」那男孩板起臉大吼，瞪大一隻眼睛。

我收起笑容。「你說什麼？」

「誰都不許過去！」他重複道。「我，賀拉提斯，會守住這座橋！」原來他在扮演古羅馬護城守橋、抵抗外侮的獨眼英雄戰士賀拉提斯。

莎拉冒出一聲輕笑，我意會地點頭。「啊。是的，橋上的賀拉提斯。那麼，賀拉提斯，如果你不介意的話……」

我朝屋裡走了一兩步，柯密特見狀舉起犀牛角，以令人驚訝的力量砸向我的右腳腳趾。我痛得大叫一聲，逗得莎拉笑得更厲害，同時柯密特再度宣佈：「誰都不許過去！」

此時伊迪絲．羅斯福愉快但堅定的聲音從屋裡後方傳來：「柯密特！你那邊是怎麼回事？」

柯密特忽然憂慮地瞪大眼睛，然後轉身走向附近的樓梯，一邊喊著：「撤退！撤退！」我腳趾的疼痛開始消退，同時看到一個年約四歲、表情頗為嚴肅的小女孩走過來：那是羅斯福的次女艾瑟兒。她手裡拿著一本充滿鮮活動物圖像的大圖畫書，堅決地往前走；但當她先看到莎拉、再看到我，接著又看到柯密特跑上樓梯消失，於是她暫停下來，豎起大拇指朝向她哥哥的方向。

「賀拉提斯在橋上。」她說，翻了個白眼，搖搖頭。然後她又低頭回去看書，同時繼續沿著走廊往前走。

忽然間，我們右方一扇門猛地打開，出現了一名穿著制服的矮胖女僕，顯然嚇壞了。（羅斯福家裡的僕人很少：他的父親是個了不起的慈善家，把大部分的家產都捐了出去，所以西奧多．

羅斯福主要是靠寫作和他微薄的薪水養家。）那女僕似乎對莎拉和我的出現渾然不覺，只是衝到打開的門後躲起來。

「不！」她朝某個我看不到的人尖叫。「不，泰德少爺，我不會做的！」

那扇門內隨即走出一個八歲大的男孩，穿著莊重的灰色西裝，戴的眼鏡很像西奧多的那副。這是長子泰德，他身為這個家族後裔的身分，不是顯現於他的外貌，而是歇在他肩膀上一隻年輕威猛的橫斑林梟，以及他戴著手套的手裡，從尾巴提著一隻死老鼠。

「佩琪，你真的太誇張了，」泰德對那女僕說。「如果我們不教牠什麼是自然的獵物，就永遠沒辦法把牠送回野外。你只要抓著這老鼠，放在牠鳥喙上方就好——」泰德停下來，終於意識到還有兩個來訪者站在門口。「啊，」他說，眼鏡後頭的雙眼發亮。「晚安，摩爾先生。」

「晚安，泰德。」我回答，避開那隻貓頭鷹。

那男孩轉向莎拉。「你是霍華德小姐，是嗎？我在我父親的辦公室見過你。」

「好極了，羅斯福少爺，」莎拉說。「看起來你對細節的記憶力很好——科學家需要這樣的記憶力。」

泰德聽了露出羞澀的微笑，然後想起那老鼠還提在他手上。「摩爾先生，」他趕緊說，帶著重新燃起的熱情。「你可以幫我拿著這隻老鼠——來，提著尾巴——然後舉到龐培的鳥喙上方一吋處嗎？牠不習慣獵物的樣子，所以有時候會嚇到——牠之前都是吃我們餵的生牛排。我得空出一隻手來，確保牠不會飛走。」

換了一個比較不熟悉羅斯福家中生活的人，可能會對這個要求退避三舍；不過我已經見識過這種場面很多次，便只是嘆了口氣，抓著那隻老鼠的尾巴提起來，放在泰德要求的位置。那貓頭鷹的頭相當詭異地轉過來一兩次，然後顯然很困惑地揚起翅膀拍了兩下。但是泰德戴著手套的手已經牢牢抓住牠的腳爪，又發出一些貓頭鷹的尖嘯聲，似乎安撫了那隻鳥。最後龐培轉動牠異常靈活的脖子，鳥喙對準天花板，然後牠抓住那隻老鼠的頭，接著吞了那玩意兒，連頭帶尾，六大口就吞下了。

泰德咧嘴笑了。「好孩子，龐培！這比無聊的老牛排好多了，不是嗎？現在你唯一要做的，就是學會自己去抓，然後你就可以離開，去跟你的朋友在一起了！」泰德轉向我。「我們是在中央公園一棵中空的樹裡發現牠的——牠母親被人射殺，那一窩的其他幼鳥都死了。不過牠一直長得很好。」

「小心了，下面的！」樓梯頂端有人喊，泰德聽了忽然一臉緊張，帶著他的貓頭鷹趕緊離開走廊。那個女僕想跟上去，但是被沿著樓梯欄杆射下來那一大團白東西嚇得動彈不得。她無法決定要朝哪個方向跑，最後就倒在地板上，尖叫著護住自己的頭，勉強避開了一場淒慘的碰撞。那一大團白色是十二歲的愛麗思．羅斯福小姐。她從欄杆上熟練地落到地毯上，大笑一聲，然後跳起來撫平了亂糟糟的白洋裝，朝那女僕嘲弄地舉起一根手指。

「佩琪，你這呆頭鵝！」她大笑。「早跟你說過了，絕對不要站著不動，你一定要挑個方向趕快跑！」然後那張精緻、漂亮的臉轉過來（幾年之後，那張臉將會風靡華府，讓大部分適婚年齡的單身漢都拜倒），愛麗思面對著莎拉和我，微笑著行了一個屈膝禮。「你好，摩爾先生，」她說，那是一個很清楚自己魅力有多大的女孩（即使她只有十二歲）所展現出來的自信。「這位真的是霍華德小姐嗎？」她說，更加興奮且真誠了。「在總警局工作的其中一位女性？」

「是的，沒有錯，」我回答。「莎拉，這位是愛麗思．李．羅斯福。」

「你好嗎，愛麗思？」莎拉說，伸出一隻手。

愛麗思充滿信任地握住莎拉的手回答：「我知道很多人認為女人在總警局工作很丟臉，霍華德小姐，但是我覺得那是欺負人！」她舉起一個小布包，袋口的束帶繞在她的手腕上。「你要看看我的蛇嗎？」她問，有點嚇住的莎拉還沒來得及回答，愛麗思就拿出一條扭動的、兩呎長的襪帶蛇。

「愛麗思！」又是伊迪絲的聲音，這回我回頭，看到她優雅地沿著走廊朝我們走來。「愛麗思，」她又說，用一種小心但權威的語氣，對著這個家裡唯一不是她親生的小孩說。「我真的認為，親愛的，我們最好讓剛進門的客人先脫下大衣和帽子，坐下來，再介紹他們認識爬蟲類。你好，霍華德小姐。約翰。」伊迪絲輕撫一下愛麗思的額頭。「你知道，我最指望能表現出好教養的，就是你了。」

愛麗思抬頭朝伊迪絲微笑，然後又轉向莎拉，把那條蛇收回袋子裡。「對不起，霍華德小姐。請過去客廳坐下吧？我有好多問題想請教你！」

「我很樂意改天回答，」莎拉親切地說。「不過恐怕我們得先跟令尊談一些事情——」

「真無法想像為什麼，莎拉，」西奧多．羅斯福低沉的嗓音響起，同時走出書房，進入走廊。「你會發現小孩才是這棟房子裡真正的權威。你最好去跟他們談。」

聽到父親的聲音，我們剛剛見過的那些小孩全都冒出來圍攻他，每個都喊著自己今天發生的事情，努力要博取他的建議或讚賞。莎拉和我陪伊迪絲看著這一幕，伊迪絲只是搖頭嘆氣，不太能明白（任何熟悉這一家的人也不能明白）她丈夫跟子女之間這種神奇的情感。

「好吧，」最後伊迪絲終於輕聲對著我們說，眼睛還看著其他家人。「要是你們想打斷這場遊說行動，那就最好有重要的急事。」然後她轉向我們，閃閃發亮、頗具異國風情的雙眼裡充滿理解。「雖然我知道，這陣子你們的所有事情都很急。」我點了一下頭，然後伊迪絲大聲拍了手。「好了，孩子們！現在你們大概把午睡的亞契給吵醒了，現在趕緊去梳洗一下，準備吃晚餐了吧？」（亞契當時兩歲，還是個嬰兒；而後來在一九一八年死亡、對羅斯福造成情感和健康上重大打擊的么子昆廷，在一八九六年的當時還未出生。）「而且今天的晚餐桌上不准有非人類的客人，」伊迪絲繼續說。「我是說真的，泰德。龐培會很樂意待在廚房的。」

泰德咧嘴笑了。「但是佩琪可就不樂意了。」

那些孩子不情願、但也沒有大聲抗議地散開了，同時莎拉和我則跟著羅斯福進入他藏書眾多的書房。在這個寬敞的房間裡，幾張書桌和小几上放滿了進行中的工作，另外還有大量攤開的參考書和大地圖。羅斯福從他靠窗那張特別大、特別凌亂的書桌旁清出兩張椅子，然後我們全都坐下來。現在沒有小孩在場，羅斯福似乎就變得悶悶不樂，鑑於這幾天總警局裡發生了一些事，讓我覺得特別奇怪：史壯市長要求市警局委員會裡面一個羅斯福的主要敵人辭職，那個人雖然鬧了一場才肯離開，但一般普遍認為，羅斯福在這場鬥爭裡佔了上風。我為這件事恭喜他，但他只是朝我揮一下手，然後握拳撐在腰側。

「我一點也不確定這件事會帶來什麼後果，約翰，」他神色凝重地說。「有時候我覺得，我們做的這些工作，其實不是紐約市政府層級能解決的。這個城市的腐敗就像神話裡的怪獸，只不過你每砍掉一顆頭之後，冒出來的不是七個頭，而是一千個頭。我不曉得這個政府是不是有能力真正做出有意義的改變。」不過像這類心情，羅斯福是不可能忍受太久的。他拿起一本書，摔在桌子上，然後隔著夾鼻眼鏡充滿興趣地看著我們。「總而言之，這些不關你們的事。告訴我——

有什麼新消息嗎？」

結果證明，要說出我們的消息並不是那麼容易；而一旦莎拉和我終於講出來，羅斯福緩緩沉坐在他的椅子裡往後靠，彷彿正式確認了他鬱悶的心情。

「我一直擔心克萊斯勒對這個暴行會有什麼反應，」他平靜地說。「但是我承認，我真沒想到他會放棄這個調查。」

此時我決定把克萊斯勒和瑪麗．帕默相戀的事情全都告訴羅斯福，希望能讓他明白瑪麗的死對克萊斯勒的打擊有多大。因為羅斯福也經歷過失去摯愛（第一任妻子）的悲劇，所以我期望他能多體諒克萊斯勒。結果沒錯，他的確能體諒，但是他前額上那道懷疑的皺紋還是沒消失。

「你們現在是希望，即使沒有他，你們還能繼續進行調查？」他問。「你相信你們可以查出結果？」

「我們已經查出夠多線索了，」莎拉很快回答。「我的意思是，在兇手再度下手之前，我們將會查出夠多線索的。」

羅斯福一臉驚訝。「再度下手？那會是什麼時候？」

「還有十八天，」莎拉回答。「六月二十一日。」

羅斯福雙手交疊在腦後，開始輕輕前後搖晃，同時審視著莎拉。然後他轉向我。「他之所以退出，不光是因為悲傷而已，對吧？」

我點點頭。「沒錯。他對自己的判斷和能力充滿了懷疑。我之前從來沒真正理解他被那種——那種自我懷疑折磨得有多慘。大部分時候他都隱藏得很好，但是現在又冒出來了……」

「是啊，」羅斯福說，點著頭繼續搖晃著。「他父親。」莎拉和我趕緊彼此互看一眼，兩個人都輕輕一搖頭，表明我們沒洩漏那個故事。羅斯福微微一笑。「你還記得我跟克萊斯勒在賀門威體育館的那場拳擊賽嗎，摩爾？還有賽後的那一夜？那天晚上，我們又在爭辯自由意志的問題——提醒你一聲，我們談得很投機——然後他問我什麼時候開始學習拳擊的。我告訴他，小時候我父親幫我佈置了一個小健身房，教我拳擊，因為這種強有力的運動是我克服疾病和氣喘的最佳機會。克萊斯勒又提出一個假設性的問題，問我有沒有辦法逼自己過一種靜態的生活？我回答說，我從小所學習、所珍惜的一切，都促使我必須成為一個行動的人。當時我並不明白，但總之，我的回答就證明了他的觀點。然後，出於好奇，我也問了有關他父親的事情，因為之前我在紐約也常聽說他父親的大名。結果他一聽到我問起，表情就變了——徹底變了。那一幕我永遠忘不了。他別開目光，頭一次好像不敢正眼看我，然後他抓著他那隻壞掉的胳膊。看得出來，光是提起他父親的名字，他本能的反應就是這樣，於是我開始對背後的真相疑心起來。不用說，想到他小時候的生活其實會是怎麼樣，我完全嚇呆了。不過我也同時被強烈地吸引——很想知道那種和我截然不同的生活。我常常不自覺地想著，像這樣一個被父親敵視的少年，他眼中的世界會是什麼樣？」

對於這個問題，莎拉和我都無法提供任何答案。有好幾分鐘，我們三個人只是靜靜坐在那裡；然後，從外頭，我們聽到愛麗思斷然吼道：

「我才不在乎牠是*Strix varia varia*❻，泰德．羅斯福二世！牠不准吃我的蛇！」

這話讓我們書房裡的三個人全都大笑起來，也讓我們回到眼前的事情。

❻ 橫斑林梟的拉丁文學名。

「那麼，這個調查。」羅斯福說，又把另一本書砰地扔在書桌上。「告訴我，現在我們有了個名字，也有了大概的外型敘述，那為什麼不按照一般的狀況，讓我們警方的人全面追捕他？」

「那等你們找到他了，要怎麼辦？」莎拉回答。「逮捕他嗎？有什麼證據？」

「他沒那麼笨，」我附和。「我們沒有目擊證人，也沒有法庭上可以接受的證據。只有猜測、指紋、一封沒簽名的信——」

「裡頭還有好幾個地方，顯示他故意改變自己的筆跡。」莎拉補充。

「而且如果抓到他之後又放掉，天曉得他會做出什麼事來，」我繼續說。「不行，艾薩克森兄弟從一開始就說，這個案子必須當場拿獲——我們必須抓到他正在犯案才行。」

羅斯福緩緩點了點頭，接受了這一切。「好吧，」最後他說。「恐怕這給我們帶來了一套新的挑戰。你們可能會很驚訝地發現，即使克萊斯勒退出調查，也不會讓我更輕鬆。史壯市長已經知道我嚴密追查康納下落的事情，也知道為什麼。他覺得這個搜查顯示市警局可能跟克萊斯勒有瓜葛，於是要求我不能因為和克萊斯勒的私交而反應過度，否則我的職位就會不保。他也聽到流言說艾薩克森兄弟正在獨立調查那些男雛妓謀殺案，就命令我說如果流言屬實，我不光是要阻止他們，而且處理這個案子一定要非常謹慎。你們大概還沒聽說昨天夜裡出的事情。」

「昨天夜裡？」我問。

羅斯福點點頭。「十一選區有群眾聚集，要抗議這些謀殺案的處理。組織民眾的是一群德國人，他們宣稱這是政治集會——但是顯然現場的威士忌多到可以浮起一條小船了。」

「凱利？」莎拉問。

「或許吧，」羅斯福回答。「可以確定的是，他們散會之前已經快要失控了。隨著每一天過去，這個案子的政治影響力就愈來愈嚴重——而且恐怕史壯市長已經到了一種悲慘的狀態：他太擔心種種後果，因而不敢採取任何行動。在這件事情上頭，他不希望我們踏錯任何一步。」羅斯福暫停下來，朝莎拉半認真地稍微皺了一下眉。「他也聽到流言，莎拉，說你在跟艾薩克森兄弟合作——而你也知道，如果他們發現有個女人積極參與一樁謀殺案的調查，就會引來很多激烈抗議的。」

「那我就要加倍努力隱瞞，」莎拉不好意思地微笑說，「不讓人知道我有參與。」

「嗯，是啊，」羅斯福不太相信地說。他又審視了我們幾秒鐘，然後點點頭。「我能提供給你們的是這樣：好好利用接下來的十八天，盡量查出你們能查的。但是到了六月二十一日，我要你們把自己知道的一切都告訴我，這樣我就可以展開部署，派我信任的警察守在每個可能發生謀殺的地點和可能脫逃的路線。」羅斯福厚實的拳頭朝另一手掌心猛擊。「這種殘殺的案件，我絕不允許再發生了。」

我轉向莎拉，看到她很快思索一下，就肯定地點點頭。

「我們可以留著兩位警佐嗎？」我問。

「當然了。」羅斯福回答。

「那就這麼說定了。」我伸出一隻手，羅斯福跟我握了，然後摘下他的夾鼻眼鏡。

「我只希望你們能查到夠多，」羅斯福說，轉身跟莎拉握手。「我可不希望自己離開這個職位時，還留下這個案子沒有解決。」

「你打算要辭職，羅斯福？」我挖苦他。「普拉特那些反改革的力量，終於逼得你受不了了？」

「不是那一類的原因，」他粗聲道。然後輪到他露出不好意思的笑容。「不過兩黨的全國代表大會就要舉行了，摩爾，然後就是總統大選。要是我沒判斷錯，我們共和黨會提名麥金萊，同時民主黨看起來真的會笨到去提名布萊恩——今年秋天的大選，勝利將會屬於我們了。」

我點點頭。「所以你要去助選了？」

羅斯福謹慎地聳聳肩。「我接到的訊息是，他們可能需要我——在紐約和西部各州。」

「那如果麥金萊日後要感激你的協助——」

「好了，約翰，」莎拉諷刺地責備我。「你明知道局長對這類推測有什麼看法的。」

羅斯福瞪大眼睛。「你，小姐，你最近待在總局的時間太少了——怎麼這麼冒失！」然後他輕鬆下來，揮揮手要我們離開。「好了，出去吧。我今天晚上還有一大堆公文要處理——因為好像有人偷走了我的秘書。」

莎拉和我又回到麥迪遜大道時，已經快八點了；因為剛獲准繼續調查的興奮，加上清朗春夜的溫暖，我們兩個都不太想回家。但是我們也不想關在總部裡，枯等艾薩克森兄弟出現，儘管莎拉和我都很希望等他們一回來，就立刻能跟他們談。正當我們開始朝下城漫步時，忽然想到一個兩全其美的方案：我們可以在百老匯大道八〇八號的對面、聖丹尼斯飯店門口的戶外用餐區吃晚飯。這麼一來，兩位警佐回來時，我們一定會看到。莎拉完全贊成這個主意；接著我們繼續沿著麥迪遜大道往下城走，她變得非常高興，我從來沒見過她這麼開心。她平常的緊張舉止還是沒有完全擺脫，但她的心思非常專注，思緒始終很清楚而切題。後來吃晚餐時我才想到，她這樣的原因並不特別複雜：儘管羅斯福提到官方和一般公眾對她參與這樁調查的可能反應，但這一刻，莎拉是完全自主的，是個專業警探——就算名義上不是，但實際上就是。在接下來的這段期間，我們將會遭遇到很多考驗和挫折，而我也將會有更多理由慶幸莎拉高昂的興致——因為她將會成為我們往後工作上最大的驅動力。

那天晚上我葡萄酒喝太多了，因而到了晚餐結束時，連隔開我們餐桌和人行道之間的樹籬，都不足以阻止我急切地盯著路過可愛的女人猛看——她們渾然未覺，被依然亮著燈的麥克瑞里百貨公司櫥窗吸引過來。後來莎拉對於我的行為變得很不耐，正要丟下我不管之時，就剛好看到對街的動靜。我循著她的指點，轉頭看到一輛出租馬車停在八〇八號門口，車上下來的是頗有倦色的馬庫斯和盧修斯。或許是因為葡萄酒的關係，也或許是最近幾天的種種事件，或甚至是因為天氣：總之我一看到他們就樂壞了，於是跳過樹籬，衝過百老匯大道，跑過去給他們最熱誠的歡迎。莎拉以比較理性的步伐也跟上來。盧修斯和馬庫斯這趟逗留在西部高原地帶的期間，顯然都曬了很多太陽，因為他們的皮膚黑了許多，讓他們看起來溫暖而健康。他們好像也很高興回到紐約，但我不確定他們知道克萊斯勒退出之後，是否還能這麼高興。

「那邊的鄉下真是太令人驚嘆了，」馬庫斯說，把馬車上的行李袋搬下來。「我可以告訴你們，跟這個城市的生活完全不同。」他嗅嗅空氣。「那邊的空氣聞起來也好得多。」

「我們在一趟火車上被人開槍了，」盧修斯補充。「一顆子彈就穿過我的帽子！」他伸出一根手指戳著帽子上的那個洞。「馬庫斯說那不是印第安人——」

「本來就不是！」馬庫斯說。

「他說那不是印第安人，但是我沒那麼確定，葉慈堡的米勒上尉說——」

「米勒上尉只是客氣而已。」馬庫斯又打斷他。

「唔，他說有可能是印第安人，」盧修斯說。「不過他的確提到——」

「他說了什麼關於畢全姆的事情？」莎拉問。

「——他的確提到了，雖然大部分比較大的印第安戰士團都被擊敗了——」

莎拉抓住他。「盧修斯，他說了什麼關於畢全姆的事情？」

「關於畢全姆？」盧修斯說。「喔，唔。其實呢，說了很多。」

「雖然很多，但歸結到最後就是同一個重點，」馬庫斯說，看著莎拉。他暫停一下，大大的褐色眼珠裡充滿意義和決心。「他就是我們要找的兇手，絕對錯不了。」

38

我們帶艾薩克森兄弟到聖丹尼斯飯店吃東西時，他們開始講述著此行的收穫。雖然我已經頗有醉意，但他們帶回來的消息立刻就讓我清醒過來：

佛列德瑞克．米勒上尉現在已經四十出頭了，但顯然地，他在一八七〇年代晚期被派到芝加哥的西部軍團總部時，是一名前途看好的年輕中尉。但總之，幕僚工作的種種無聊束縛讓他受不了，於是他請調到更西邊，希望能有上戰場的機會。米勒的請調獲准了，被派到達科塔，他在那裡兩度受傷，第二次還失去了一邊胳膊。他回到芝加哥，但婉拒回去做幕僚工作，而是選擇指揮一支當地應付民間緊急狀況的預備役軍隊。就在他擔任這個職位期間，一八八一年，他初次碰到一個名叫約翰．畢全姆的年輕騎兵。

畢全姆在紐約加入軍隊時，跟負責召募的軍官說他十八歲，不過米勒不太相信——即使這名依然生嫩的騎兵在六個月後抵達芝加哥，看起來也還是不滿十八歲。總之，很多年輕男孩都會為了從軍而謊報年齡，所以米勒也沒多想，因為畢全姆證明自己是個好軍人：有紀律，注意細節，做事相當有效率，因而兩年內就升任下士。沒錯，他不斷要求被派到更西邊去參與印第安戰爭，讓畢全姆在芝加哥的上級很煩，因為他不太想把自己比較優秀的士官派去前線；但整體而言，米勒中尉對這名年輕下士的表現十分滿意，直到一八八五年。

那一年，芝加哥幾個最貧窮的區域發生了一連串事件，暴露了畢全姆人格中令人不安的一面。向來朋友不多的畢全姆開始養成習慣，會在休假時間去移民的街坊地帶，替一些收容兒童

（尤其是孤兒）的慈善組織當義工。一開始，能有軍人如此利用閒暇時間似乎很值得敬佩——比一般跟當地居民喝酒、鬥毆要好得太多——於是米勒中尉也沒有多留意。不過幾個月後，他注意到畢全姆的情緒有了變化，明顯變得更悶悶不樂。米勒問起時，沒有得到滿意的解釋；但之後沒多久，其中一家慈善機構的負責人來到軍營外頭，要求跟軍官談。米勒出面應付，那男人便要求不准再讓畢全姆下士靠近他的孤兒院；然後米勒問他為什麼，那男人不肯多說，只說畢全姆惹得幾個小孩「不舒服」。事後米勒立刻找畢全姆來問，畢全姆一聽就勃然大怒，憤慨地宣稱那個孤兒院的負責人只是嫉妒，因為小孩們都喜歡並信任畢全姆勝過他。總之，米勒中尉看得出還有更多隱情，於是更進一步逼問；最後畢全姆變得非常激動，說發生的一切都要怪米勒和其他上級。（米勒始終沒查出那些事件到底是什麼性質的。）畢全姆說，要是那些軍官老早接受他的請求，把他派去西部，這類麻煩本來是可以避免的。這次談話中，畢全姆的舉止讓米勒有所警覺，於是有正當理由讓他休了一次長假。畢全姆就趁著這次長假，跑去田納西、肯塔基、西維吉尼亞等地爬山。

等到一八八六年初回到部隊，畢全姆似乎好轉許多。他又是米勒初識時那個服從、有效率的士兵了。但後來證明這只是假象；而且在五月第一個星期、乾草市場暴動後芝加哥地區的暴力狀態中粉碎了。莎拉和我已經知道，在五月五日芝加哥北邊郊區的混亂群眾中，米勒發現了畢全姆在「戳刺」一個死亡罷工者的屍體；現在從艾薩克森兄弟的敘述，我們才得知這個「戳刺」其實是類似傑菲士．杜瑞的父母、以及紐約那些遇害兒童所遭遇的恐怖毀損狀況。看到渾身是血的畢全姆站在那兒瞪著一具開膛剖腹的、眼睛被刀子挖掉的屍體，讓米勒驚駭又噁心，於是毫不猶豫地解除了這位下士的職務。雖然米勒中尉在西部看過有人被逼得做出嗜血的行動，但可想而知，那類行為一概都是因為多年來跟印第安部落殘暴交戰所致。但畢全姆並沒有這樣的經歷，因此他的行動也沒有合理的解釋。後來軍醫檢查畢全姆，很快就宣佈他不適合服役，於是米勒把自己的相同意見寫在報告中，立刻派畢全姆去華府。

艾薩克森兄弟從達科塔帶回來的故事就是這樣。之前他們一口氣講完，沒有辦法吃東西，於是現在開始狼吞虎嚥，同時莎拉和我開始敘述他們缺席時、我們所查到的事情。最後就是要講克萊斯勒和瑪麗．帕默的壞消息了。幸好，此時馬庫斯和盧修斯都已經吃得差不多了——這個壞消息會毀掉他們殘存的食慾。兩個人對於克萊斯勒退出後、我們其他人仍要繼續調查的事情顯然都很擔心；但莎拉拿出了比說服我時更有力的說詞，二十分鐘內就讓兩位刑事警佐相信我們只能繼續查下去，沒有別的選擇。他們帶回來的資訊讓莎拉更有信心，因為現在我們心裡都相當確定，我們知道這名兇手的身分和過往歷史了。問題在於，我們有辦法想出一個找到他的方法，並予以執行嗎？

等到我們離開那個小餐廳時，已經接近凌晨三點了，此時我們也已經設法說服自己：我們想得出辦法的。然而這個任務還是很令人卻步，而且得先等我們補充睡眠才能開始進行。我們各自回到自己家裡，很高興可以好好睡上一覺；不過星期四早上十點前，我們就回到了百老匯大道八〇八號，準備好要規劃出一個行動方案。看到總部裡圍成環狀的辦公桌從五張縮減為四張，還有黑板上新的字跡，馬庫斯和盧修斯一開始似乎都有點不知所措；不過他們畢竟還是經驗老到的警探，等到他們把注意力轉到案子上，所有外在的問題就再也不重要了。

「對於從哪裡開始，如果其他人沒有特別想法的話，」盧修斯宣佈，重新熟悉著他辦公桌上的東西，「我想提出一個著手的起點。」我們其他人都同意，然後盧修斯指著黑板的右手邊，尤其是**屋頂**這個詞。「約翰，你還記得你和馬庫斯第一次去黃金律之後，針對兇手說了什麼嗎？」

我努力回憶著。「控制。」我說，想起那天晚上我們站在黃金律的屋頂時，我心裡清晰浮現的字眼。

「沒錯，」馬庫斯接口說。「在那個屋頂上，他始終展現了完全的自信。」

「是的，」盧修斯說，站起來走到黑板前。「唔，我的想法是這樣：我們已經花很多時間了解這個人的夢魘——他過去的真正夢魘，以及現在糾纏他不放的心靈夢魘。但當他策劃與執行這些謀殺時，他表現得不像個飽受折磨的、恐懼的人。他很積極、從容不迫。他是在**行動**，而不是**回應**——而且就像我們在他信裡看到的，他對自己的聰明非常得意。他是怎麼得到這個的？」

「得到哪個？」我問，有點搞不懂。

「那種信心，」盧修斯回答。「啊，我們可以解釋聰明的部分——事實上，我們已經解釋過了。」

「欺瞞，」莎拉說。「被騷擾的小孩往往會養成這種習慣。」

「一點也沒錯，」盧修斯說，迅速點著頭。然後他掏出手帕，開始擦著汗溼的腦袋和眉毛——我很高興再度看到他這個緊張的小動作了。「但是信心呢？以他那樣的童年，他是從哪裡得到信心的？」

「唔，在軍隊裡會培養出一些。」馬庫斯回答。

「是的，一些，」盧修斯判斷，更起勁地扮演著老師的新角色。「不過我覺得，似乎要往回追得更遠。約翰，亞當．杜瑞不是告訴過你，說他弟弟唯一會停止臉部抽搐，就是當他在山上打獵時嗎？」我說是。「爬山和打獵，」盧修斯說。「好像只有透過這兩種活動，才能釋放他的痛苦。而現在，他是在屋頂上做這件事。」

馬庫斯瞪著盧修斯搖頭。「你要不要乾脆把你的意思講明白？跟克萊斯勒醫師玩貓捉老鼠是一回事，但是——」

「拜託你們先忍耐一下，非常謝謝，」盧修斯說，豎起一根手指。「我的意思是，想查出他現在的下落，就要去追蹤讓他覺得有安全感的事物，而不是去追蹤他的夢魘。他是在屋頂打獵和殺人，他的被害者是兒童——這一切都顯示，他生活中最重要的事情，就是掌握狀況。我們知道他對兒童執迷的原因。我們知道他喜歡打獵和設陷阱。但是屋頂呢？他一八八六年出院之前，從來沒在大都市待過多少時間——但是現在他卻完全能熟悉掌握，甚至可以對我們設陷阱。這種熟悉度是要花時間培養出來的。」

「慢著，」莎拉說，緩緩點著頭。「我開始明白你的意思了，盧修斯。他離開聖伊麗莎白醫院之後，想去找一個比較能隱姓埋名的地方——紐約是個不錯的選擇。但是他來到這裡之後，發現自己完全不熟悉街道上的生活——那麼擁擠，那麼多噪音，還有那種焦慮不安。一切都太陌生了，甚至有點嚇人。然後他發現了屋頂。上頭是完全不同的世界——比較安靜、比較緩慢、人比較少。比較接近他習慣的環境。而且他發現有些工作必須花很多時間在屋頂上——他幾乎根本不需要回到底下的街道。」

「除了夜晚，」盧修斯趕緊補充，再度豎起一根手指，「那個時間，紐約比較沒那麼擁擠，他可以按照自己的步調，慢慢熟悉這個城市。別忘了，他從來沒有在白天殺人過。他完全了解夜晚的節奏，但是白天——我敢打賭，他白天幾乎全都待在屋頂上。」盧修斯的前額不斷冒出汗水之際，他又趕緊回到自己辦公桌前，抓了些筆記。「之前阿里・伊本－葛齊案發生後，我們談過他可能會找個可以一直待在屋頂上的工作，但是沒仔細多討論。我一直回去研究一切資料，感覺上，從這一點追查他，就是最好的方式。」

我哀嘆起來。「啊，老天，盧修斯，你知道你在建議什麼嗎？我們得查訪每個慈善團體和傳教組織，每個雇用推銷員的公司，每家報社，或是醫療單位。一定要想辦法縮小範圍才行。」

「有辦法的，」馬庫斯說，他的口氣只比我熱心那麼一點點。「不過還是要跑非常多地方。」他站起來，走到那張曼哈頓大地圖前，指著上頭標示著擄走被害人或謀殺地點的圖釘。「他的活動從來不曾發生在十四街以北，這顯示他最熟悉下東城和格林威治村。他大概就是在這兩個區域居住、工作——這也符合我們原先的推斷：他沒有什麼錢，所以在這兩個比較貧窮的區域生活是很合理的。這麼一來，我們的搜尋範圍就可以縮小到這兩個地方了。」

「是啊，」盧修斯說，再度指著黑板。「而且不要忘了之前的工作成果。如果我們的推斷沒有錯——如果兇手就是傑菲士．杜瑞，後來改名為約翰．畢全姆——那麼他會找的工作型態，範圍就沒那麼大。以他的個性和背景來看，有些工作對他就是比較沒吸引力。比方說，約翰，你剛剛提到一些雇用推銷員的公司；可是你認為我們這名兇手會去找這種工作、甚至可以做得很好嗎？」

我正想說任何事都有可能，但接著一想，盧修斯說得有道理。我們已經花了大約三個月，為這名形象模糊的兇手加上了種種個性和行為細節，而任何事是絕對不可能的。我忽然有一種恐懼又興奮的奇怪感覺，意識到我現在夠了解這個人，有辦法斷言：他不會去找那種必須巴結移民租屋客的工作，也不會去找那種替人推銷劣質商品的工作，因為他一定認為那些工廠主或經理不如自己聰明。

「好吧，」我對盧修斯說，「不過即使如此，範圍也還是很大——教堂工作者、慈善和福利團體的人、記者、醫療單位……」

「你也可以幫忙縮小範圍啊，約翰，」盧修斯說，「只要你肯認真思考。比方負責去跑廉價租屋區域的記者——你自己就認識大部分這類記者。你真認為畢全姆會是他們的其中一員嗎？至於醫療單位，以畢全姆的背景有可能嗎？他什麼時候受過這方面的訓練？」

我想了一下，然後聳聳肩。「唔，好吧。所以比較可能的是，他會做傳教或慈善團體方面的工作。」

「這類工作對他來說會很容易，」莎拉說。「他從父母親那邊學到了各種基礎和術語——畢竟，他父親是個很厲害的演說者。」

「好吧，」我說。「但即使我們把範圍縮到這麼小，要在六月二十一日前全部清查過，也還是很困難——馬庫斯和我曾經花了一星期，結果只清查了一小部分而已。這個辦法完全不切實際！」

雖然不實際，但也找不出別的辦法了。這一天剩下來的時間，我們就列出一份清單，包括所有在下東城和格林威治村活動的慈善和宗教團體，然後把清單分成四部分。次日的星期五，就各自開始分頭去訪查。現在兩人一組已經不務實了，除非我們不想把清單上的幾打組織全部訪查完。我訪查的頭幾個地方，都得到不太溫暖的對待；而且儘管我並不奢望，但那種經驗還是讓我對接下來幾天、甚至幾星期充滿擔心。我一再提醒自己，偵探這一行本來就是要做冗長的訪查工作，但也沒什麼用：我在調查早期已經做過這樣的訪查工作了（這回去的地方，有的上一回就跑過了，只不過目的不同），而再度走上那些擁擠的人行道，只是讓我頗為悲觀地注意到時間分秒流逝——離施洗者聖約翰誕生日只剩十六天了。

不過這回的訪查，有一點的確給了我樂觀的理由：看起來我沒被人跟蹤。那天結束後，我回到總部，發現其他人也注意到沒有可疑人士在尾隨他們。當然，我們無法確定，但合理的解釋似乎就是：沒了克萊斯勒之後，我們的敵人就是不相信我們能成功。接下來一整個週末，我都沒看到康納或他的同黨，也沒看到任何貌似替伯恩司或孔斯塔克工作的人。如果非得做這種冗長無趣、但又令人神經緊張的工作，那當然寧可做的時候不必一直回頭提防；雖然我不認為我們任何人有真的停下腳步回頭看。

我們所抱的期望是，約翰．畢全姆過去十年曾在我們清單上的某個慈善團體工作過，但我們並不認為他曾為了工作而去過命案相關的那些妓院。以我們的想法，他更可能是以顧客的身分熟悉那些妓院的。因此，雖然我被分派的是西城郝士頓街和十四街之間貧窮而治安差的區域，但我都沒去拜訪這一帶做男雛妓生意的妓院。不過我還是抽空去了黃金律一下，把我們所蒐集到關於兇手的新資訊告訴我的年輕朋友喬瑟夫。我剛到時，有一刻非常尷尬，因為我之前從來沒真正看過喬瑟夫在店內招攬客人，所以他一看到我，就趕緊鑽進一個空房間不見了，有好一會兒，我還以為他可能不會再出來了。但最後他又出現，原來是躲進去把他臉上的濃妝擦掉。他開心微笑著朝我揮手，然後聚精會神聽我講了新消息，以及我要他轉告朋友的要求。我講完之後，急著要繼續去附近查訪那一天預定的好幾個地方，於是跟他說了再見就轉身離開。不過喬瑟夫在門邊追上我，說或許下回我們可以找時間再一起打撞球。我熱誠地贊成這個主意：於是我們之間那道脆弱的連結更稍微鞏固一些了，那男孩回頭走進黃金律，讓我又再度為他的職業覺得遺憾。但是我很快就離開了，心知自己還有很多工作要做，實在沒有時間做這些無益的沉思。

在紐約，但凡你想得到的罪惡，似乎都會有一個致力於防治這種罪惡的協會。有的協會是綜合性的，比方防治犯罪協會，或是天主教、長老會、浸信會等等各式各樣的傳教組織。有些比方像徹夜傳教會，會利用遊走在貧民窟的宣教員藉著演講和發傳單，把重點放在宣揚他們教會晚上也開放；有些比方包厘傳教會，則只是對包厘街一帶的區域傳教。還有少數，例如馬類救援協會和防止虐待動物協會，關注的焦點根本不在人類。（我看到這些組織的名字時，忍不住會回想起傑菲士．杜瑞對動物的凌虐和毀損：感覺上這類團體會提供親密接觸那些無助動物的機會，雖然探視動物不會去屋頂，但對我們這名有施虐性格的兇手來說，說不定還是很有吸引力。不過我去拜訪了這些協會的員工，還是一無所獲。）然後還有似乎是數量無限、各式各樣的孤兒院，全都會雇用眼神機警的熱心員工，四處尋找棄兒。每個機構都得小心地查訪過，因為約翰．畢全姆以前在芝加哥顯然對這類地方特別偏愛。

這類查訪很快就會耗掉幾小時、然後是幾天，卻沒有任何重大滿足感，也不能保證我們已經盡了一切可能去阻止另一宗命案發生。莎拉、艾薩克森兄弟和我訪談過多少道貌岸然的狡猾聖職人員，更別說民間團體人員，又花了多少冗長乏味的小時數？實在說不上來，而就算我知道數字，說出來也沒意義——因為我們什麼都沒查到。接下來那個星期，我們每個人都一再逼著自己去進行類似的過程：到某個慈善團體的辦公室或總部，光是想問是否曾有個約翰．畢全姆（或任何類似外型與舉止的人）在那邊工作過，這麼個簡單的問題，得到的回答就會是有關該組織了不起員工和目標的一大段虔誠說詞。之後，他們才會查檔案，然後肯定地跟我們說沒有，此時我們才有辦法趕緊逃離。

如果我對這段時期的回憶似乎顯得敵意或尖酸刻薄，或許是因為六月第二個星期的尾聲時，我領悟到：這個城市裡，唯一沒有幾個名稱高尚的私人社團致力於照顧與改正的一群罪惡人口，似乎就是眼前正遭遇重大危險的一群——雛妓。當這種缺乏對我來說愈來愈明顯之時，我不禁回想起在紐約慈善圈被捧為名人的傑可布．里斯，和他盲目地拒絕承認或報導喬治歐．桑托瑞里謀殺案的事實。里斯刻意假裝看不見的態度，就跟我訪談過的每一個社團主管一樣，讓我每碰到一次就愈加惱怒。等到那個星期一的傍晚，我拖著身軀回到百老匯大道八〇八號，已經對紐約慈善圈那些愚昧的偽善厭惡到極點，於是一進門就罵了一大串詛咒話。我還以為總部裡沒人，罵完了聽到莎拉的聲音，才震驚地轉身看。

「那些話真是優雅啊，約翰。不過我必須說，那些話也的確很能形容我現在的心情。」她正在抽菸，一邊輪流注視著曼哈頓地圖和大黑板。「我們走錯路了。」她厭惡地判定，把菸蒂扔出窗外。

我哀嘆一聲倒在臥榻上。「你是想當警探的人，」我說。「你應該早曉得我們有可能這樣做上好幾個月，才會有所突破的。」

「我們沒有好幾個月，」莎拉回答。「我們只剩星期天以前的這幾天了。」她繼續輪流瞪著地圖和黑板。「而且我會有這種感覺，不光是因為單調而已。」她昂起頭，設法想確認閃過她心中的念頭到底是什麼。「約翰，你有沒有想過，這些組織好像沒有一個真正了解他們要協助的對象？」

我一邊手肘撐起身子。「什麼意思？」

「我不確定，」莎拉回答。「他們似乎就是……很無知。不符合。」

「不符合什麼？」

「他。畢全姆。看看他一貫的作風。他會設法融入這些男孩的生活，說服他們信賴他——而且提醒你一聲，這些男孩都是相當多疑、猜忌的。」

我立刻想到喬瑟夫。「外表或許是這樣，」我說。「但在內心，他們其實很渴望有真正的朋友。」

「好吧，」莎拉勉強承認我的觀點。「畢全姆採取種種所需的行動，建立了這種友誼，彷彿他知道他們需要什麼。但是這些慈善團體的人，沒有一個有這種特質。我告訴你，我們走錯路了。」

「莎拉，實際一點吧，」我說，站起來走到她旁邊。「什麼樣的逐戶拜訪組織會雇用大批人手，花時間去查出這類個人資訊——」

然後我僵住了。真正僵住了。在那麻木的瞬間，我忽然發現了一個簡單的事實：的確有一個組織，是會花時間查出莎拉所描述的這類個人資訊。這個組織的總部是過去一星期我每天都會經過的，卻完全沒有聯想到——而且這個組織的幾百個雇員，是出了名地會在街坊的屋頂上走動的。

「真是見鬼了。」我喃喃說。

「什麼？」莎拉急切地問，看出我明白什麼了。「約翰，你想到了什麼？」

我雙眼望著黑板的右邊，看著**班傑明與蘇菲．茨威格**的字樣。「當然了……」我低聲說。「一八九二年可能有點晚——但他可能是在一八九〇年認識他們的。或者他在修訂時又回去過，當時整件事正在笨拙地修補——」

「約翰，該死，你到底在講什麼？」

我抓住莎拉的手。「現在幾點？」

「快六點了。為什麼問？」

我沒解釋，就拉著莎拉往門口走。她一直吼著問題和抗議，但我完全拒絕解釋，帶著她乘電梯下樓到街上，然後沿著百老匯大道衝向第八街，左轉，來到一三五號。我們眼前的那扇門內是一道樓梯，通往二樓和三樓，我看到門還開著，放鬆地吐出一口氣，然後轉向莎拉，發現她正微笑注視著門旁用螺絲栓在牆上的一面黃銅小牌子：

美國人口普查局

主任，查爾斯・墨瑞

39

我們進入了一個檔案的世界。

人口普查局所佔據的兩層樓裡，從地板到天花板都排列著木製檔案櫃，每面牆的每一扇窗都封住了。四個房間裡沿牆的地面上都鋪設了軌道，上頭有移動式登高梯，而且每個房間正中央都有一張辦公桌。加了金屬罩的刺目電燈從天花板懸垂下來，強光照在木地板上。這是個沒有任何感情或個性的地方——簡單來說，剛好適合存放這些最基本的、無人性的統計數字。

莎拉和我在三樓找到第一張有人坐的辦公桌。桌後坐著一個相當年輕的男子，戴著室內遮光舌帽，身穿一套不昂貴但熨燙整齊的西裝，西裝外套搭在樸素的直背椅靠背上。漿過的白襯衫，下半截手臂戴著保護的袖套，末端伸出灰黃色的瘦削雙手，正翻著一個放滿表格的檔案夾。

「打擾一下？」我說，緩緩走向那張桌子。

那男子抬起頭沒好氣地說：「上班時間結束了。」

「當然了，」我趕緊回答，認出了那種無可救藥的官僚氣息。「如果是公事，我就會在上班時間來了。」

那男子雙眼上下打量著我，然後又看了莎拉一眼。「什麼事？」

「我們是媒體的人，」我回答。「其實呢，是《紐約時報》。敝姓摩爾，這位是霍華德小姐。請問墨瑞先生還在嗎？」

「墨瑞先生從來不會在六點半之前下班的。」

「啊，那麼他還在了。」

「他可能不會想見你們，」那年輕男子說。「上次有媒體的人來，可沒有幫上什麼忙。」

我思索了一下他的話，然後問，「你是指一八九〇年？」

「那當然，」那男子回答，好像全世界每個組織都是以十年為單位運作的。「就連《紐約時報》都登了荒謬的指控。畢竟，他們沒辦法一一回應每一個賄賂或篡改報告的指控，不是嗎？」

「是啊，」我說。「墨瑞先生會——」

「掌管全國事務的波特總監還不得不在一八九三年辭職，」那男子繼續說，還用一種受傷、控訴的目光瞪著我。「你知道嗎？」

「其實呢，」我回答，「我是跑社會線的記者。」

那男子脫掉他的袖套。「我提到這件事，」他繼續說，遮光舌帽陰影下的那對雙眼燃著怒火。「是要表明主要的問題出在華府，不是這裡。當時這個辦公室沒有人應該辭職，摩爾先生。」

「對不起，」我說，愈來愈難以容忍了，「不過我們這事情有點急，所以可否麻煩你告訴我墨瑞先生——」

「我就是查爾斯．墨瑞。」那男子冷冷地說。

莎拉和我很快地交換了一個眼神，然後我或許不太聰明地嘆了口氣，明白我們跟這個傢伙陷入僵局了。「原來如此。唔，墨瑞先生，我們想找一個人，不曉得你能不能幫忙查一下你們的職員檔案。」

墨瑞的雙眼從遮光舌帽底下看著我。「你有證件嗎？」我遞過去，他舉在離臉幾吋處看著，好像在檢查一張偽造的鈔票。「嗯，」他說，「我想這個應該沒問題吧。不過小心一點總是沒錯。任何人都可能跑進來，宣稱他們是報社的人。」他把證件遞還給我，然後轉向莎拉。「霍華德小姐？」

莎拉一臉茫然地想著該怎麼回答。「恐怕我沒有服務的證件，墨瑞先生。我是秘書。」

墨瑞聽了似乎不太滿意，但還是點了個頭，轉頭朝我看。「好吧，有什麼事？」

「我們要找的人，」我說，「名叫約翰．畢全姆。」聽到這個名字，墨瑞冷漠的表情毫無變化。「他身高大約一八五，頭髮稀疏，還有一點臉部抽搐。」

「一點？」墨瑞音調毫無起伏地說。「摩爾先生，如果他的臉部抽搐算是一點，那我可真不想看完全的了。」

我又有了在亞當．杜瑞的穀倉裡體驗過的那種感覺：那種血液奔騰、狂喜的熱流，伴隨著兩個領悟，一是我們走對路了，二是獵物剛走過的痕跡還很新。我迅速瞥了莎拉一眼，注意到她第一次體會到這種經驗時，就跟我以前一樣難以控制。

「那麼，你認識畢全姆了？」我問，聲音有點顫抖。

墨瑞點了一下頭。「或者應該說，我以前認識他。」

一時之間，冰冷的失望澆在我熱燙的勝利感上。「他沒幫你工作？」

「以前有，」墨瑞回答。「我解雇他了。去年十二月。」

我心中再度湧起希望。「啊。那麼他在這邊工作了多久？」

「他是惹上什麼麻煩了嗎？」墨瑞問。

「不，不，」我趕緊說，這才想到我急著跑來，根本沒想到要先為我的種種問題編出一個可信的掩護故事。「是他的哥哥，可能涉入了一個——一個——土地投機醜聞。我以為畢全姆先生或許可以幫我們找到他哥哥，或至少願意給個說法。」

「哥哥？」墨瑞問。「他從來沒提到他有個哥哥。」我正要繼續編謊回答，但墨瑞又繼續說：「不過這也不表示什麼。他不太愛講話，約翰．畢全姆。我從來對他了解不多——也當然不會曉得他的私事。他向來就是個非常守規矩、非常可敬的人。這就是為什麼我覺得很不尋常……」墨瑞的聲音愈來愈小，然後一根瘦長的手指又在椅子上敲了幾秒鐘，同時再度審視著我，然後是莎拉。最後他終於站起來，走到一架移動式登高梯旁，猛地沿軌道一推，推到房間另一頭。「我是在一八九〇年春天雇用他的，」墨瑞大聲說，同時走到那架登高梯旁，爬了上去。他打開一個靠近天花板的木抽屜，翻找著檔案。「畢全姆當時是申請成為計數員。」

「什麼？」

「計數員，」墨瑞回答，一手拿著一只大信封下了梯子。「為人口普查進行計數和訪查的人員。我在一八九〇年六月和七月雇用了九百個計數員。工作兩星期，週薪二十五元。每個人都得填一份申請表。」墨瑞打開信封，拿出一張摺起來的紙遞給我。「這是畢全姆的申請書。」他說。

我設法隱藏自己的渴望，瀏覽著那份文件，同時墨瑞摘要敘述著：「他相當稱職——正就是我要找的那種人。受過大學教育，未婚，很好的推薦信——全都是極力推薦。」

那當然了，我審視著那些文件，心中暗想著，因為那些全都是假的。我眼前的資訊列出了各式各樣謊言和偽造資料；因為全美國不可能同時有兩個長年臉部抽搐的約翰．畢全姆。（我一時還想著阿豐思．貝蒂永的人體測量學系統裡頭，這種機率會有多高。）莎拉站在我身後也伸長脖子看著那份申請書，等到我轉向她，她點了個頭，表示她也得到了同樣的明顯結論：在一八九〇年，就像之前和之後，畢全姆的欺瞞技巧一直逐步精進。

「表格最上方有他的地址，」墨瑞繼續說。「我解雇他的時候，他還住在那裡。」

寫在那張紙最上方的筆跡我認得，就跟我幾個星期前研究過的那封信一樣，「銀行街二十三號」——靠近格林威治村中心。「是的，」我緩緩說。「是的，我明白了。謝謝。」

眼看著莎拉和我都對那份申請書那麼感興趣，墨瑞似乎有點擔心，於是從我手中抽回那張紙，放回大信封內。「還有別的事情嗎？」他問。

「別的？」我回答。「喔，沒有了，我想這樣就夠了。你幫了大忙，墨瑞先生。」

「那就再見了。」他說，又坐回原位，戴上他的袖套。

莎拉和我走到門邊。「啊，」我說，盡力裝出忽然才想到的樣子。「墨瑞先生，你剛剛說你解雇了畢全姆。我可以問一下為什麼嗎，但如果他這麼稱職的話？」

「我不講八卦的，摩爾先生，」墨瑞冷冷地回答。「何況，你要查的事情是跟他哥哥有關，不是嗎？」

我又換了一招試試看：「我相信他在第十三選區工作時，沒做過任何不適當的事情吧？」

墨瑞哼了一聲。「如果有的話，我就不太可能把他從計數員擢升為辦公室職員，還讓他繼續做了五年——」墨瑞停了下來，猛地抬起頭。「慢著。你怎麼知道他是被派去第十三選區的？」

我微笑。「那不重要。謝謝了，墨瑞先生，再見。」

我抓住莎拉的手腕，趕緊下了樓。我可以聽到墨瑞的椅子往後推，然後他出現在樓梯上方。

「摩爾先生！」他憤怒地喊著。「等一下，先生！我要知道你怎麼會曉得那項資訊！摩爾先生，你是不是聽說——」

但是我們已經出了門。我繼續緊抓著莎拉的手腕往西走，雖然我沒必要拉著她，因為她正邁著迅速而充滿活力的步伐。等我們走到第五大道，她已經開始大笑起來。我們暫停一下，等著路上的車子少一點要過馬路，莎拉忽然雙臂環住我的脖子。

「約翰！」她上氣不接下氣地說。「他是真的，他是真的——老天，我們知道他住在哪裡了！」

我也擁住她，不過聲音比較謹慎。「我們知道他以前住在哪裡——現在是六月了，他是去年十二月被解雇的。六個月沒工作，可能會改變很多事情。比方說，住在那個不錯的地帶，他可能就付不出房租了。」

「但是他可以再找一份工作啊。」莎拉說，她的歡樂稍微消退一點了。

「希望如此，」我回答，馬路上的車子少了些。「來吧。」

「但是怎麼會？」莎拉大聲問，跟我一起穿過第五大道。「你是怎麼想到的？還有第十三選區的事情，又是怎麼回事？」

我們繼續往西走向銀行街時，我跟莎拉解釋我的推理過程。一八九〇年的全國人口普查，我記得聽報社裡負責報導的好友說過，是在那年夏天和秋天進行的，後來釀成紐約一大醜聞（同時也是全國性的醜聞）。這個醜聞的主因，並不意外地，就是紐約的幾位政治大老，因為他們的權力會受到這次普查結果的影響，於是就設法操弄普查過程的每個階段。一八九〇年七月去查爾斯．墨瑞位於第八街辦公室申請擔任計數員的那九百個人中，有很多其實是民主黨的坦慕尼協會或共和黨的「老大」普拉特派去的，而且這些計數員被交代要修改自己的普查結果，以確保對自己政黨有利的國會選區不會重新劃定，免得造成他們在州選舉或全國選舉失利。這就表示要在某個既定區域灌水，製造出大量不存在的選民，以及其關鍵統計資料和背景。對於計數員而言，顯然地，他們遠遠不只是計數而已：他們的工作包括仔細訪查自己被分配到的對象，目的不光是要計算全國人口數，也要知道他們過著什麼樣的生活。這些訪談中包括了一些題目，就如同我在《紐約時報》一個同事的報導中所說的，是「在其他狀況下可能會相當不禮貌的」私人問題。民主黨和共和黨的臥底計數員所製造的大量假資訊，最後交到了墨瑞主任的辦公室，這些假資訊必然很有想像力，而且往往跟真實的結果無法區別。這樣的狀況當然不限於紐約，不過一如往常，在紐約的情勢發展到幾乎是荒謬的最極端。最後，華府彙整結果的進度嚴重拖延。這項計畫的全國最高主管（墨瑞提到過的波特總監）在一八九三年辭職，而整個人口普查是由接任的C．D．萊特所完成——但即使完成了，也實在無從判斷最後的結果到底有多可靠。

計數員被指派的區域，是按照國會選區分配的，在紐約又根據市議會選區而細分。我告訴莎拉，我之前跟墨瑞問起畢全姆以及第十三選區，其實是猜的：我知道班傑明和蘇菲亞．茨威格住在那個選區，於是推論畢全姆是在那個區域工作時認識他們的，說不定甚至是在人口普查拜訪他們家的時候。幸好我猜對了；不過我們還是不曉得墨瑞為什麼會解雇畢全姆。

「看起來，不太可能是因為畢全姆參與了偽造結果，」莎拉說，此時我們匆忙沿著格林威治大道走向銀行街。「他不太像是會涉入政治的那種人——而且他被解雇時，普查早都完成了。但如果不是那個原因，那會是什麼？」

「我們可以請艾薩克森兄弟明天去查清楚，」我回答。「墨瑞看起來像是那種會回應警方詢問的人。不過如果你要我現在下注，我會賭一賠十是跟兒童有關。或許有個人終於提出指控——不見得是有關暴力的，而是某種不堪的，那也一樣。」

「似乎很有可能，」莎拉說。「墨瑞剛剛不是說，畢全姆似乎是個很可敬的人嗎？還說所以他覺得某件事『很不尋常』?」

「一點也沒錯,」我回答。「這背後有個不太愉快的小故事。」

我們左轉進入銀行街。一連串典型的格林威治村街區在我們面前展開,三層或四層的樓房一路綿延,直到接近哈德遜河,才被運貨馬車站和倉庫所取代。連棟排屋一致的門廊和簷口有如一幅古色古香的圖畫,而且走過每一棟住宅時,都可以看到位置比較低的客廳,裡頭是居住在這一代那些舒適的中產階級家庭。銀行街二十三號離格林威治大道只有一個半街區,莎拉和我走過去時,心中的希望一路上升得好高。不過到了那棟樓房前,卻被失望狠狠地壓垮了。

客廳窗子的一角有一面小小的、很有品味的牌子:**房間招租**。莎拉和我冷靜地互看一眼,然後爬上門前階梯,來到狹窄的前門。門框右邊有個小小的黃銅拉鈴,我拉了。然後和莎拉靜靜等了幾分鐘,這才終於聽到裡面傳來拖拉的腳步,還有一個老婦人的聲音:

「不,不,不。走開——快點,走開。」

實在很難判斷這些話是不是講給我們聽的,但接著幾個打開門閂的聲音傳來,我開始覺得那些話不是針對我們。門終於打開來,我們面前是一個小個子、白髮的乾癟老婦人,穿著一件褪色的藍色連身裙,式樣已經是二十年前的了。她缺了幾顆牙齒,鋼絲般的白髮從耳後垂下,雙眼靈活有神,不過那也不見得表示她神智很清楚。她正要跟我們開口時,一隻橘色小貓就出現在她腳邊。她輕輕把牠踢回屋裡。

「不行,我跟你說!」那老婦人斥責道。「這些人不是來找你們的!」此時我才留意到屋裡傳來頗響亮的貓叫聲,據我估計,至少有半打。那老婦人開朗地抬頭看著我。「你們要來問租房間的事情嗎?」

這問題讓我一時之間愣住了；幸好莎拉趕緊開口，先介紹了她自己，然後是我。「那個房間，夫人？」莎拉接著說。「不完全是，我們其實是要問之前的房客。畢全姆先生，他搬走了嗎？」

「啊，是的，」老婦人回答，此時又一隻貓出現在門口。這隻是灰斑貓，設法闖到了階梯頂。「過來！」那老婦人說。「彼得！啊，拜託抓住他好嗎，摩爾先生？」我彎腰，抓起那隻貓，然後輕輕搔了一下他的下巴，把他交還給那老婦人。「貓啊！」她說。「你都想不到，他們會那麼急著要消失！」

莎拉清了清嗓子。「是的，沒錯，請問你是……？」

「皮耶蒙太太，」那老婦人回答。「而且我只讓八隻進屋，其他十五隻得待在院子裡，不然我會被他們煩死。」

「那當然了，皮耶蒙太太，」莎拉說。「只有八隻——完全合理的數字。」皮耶蒙太太滿意地點頭，莎拉又問，「那麼畢全姆先生……？」

「畢全姆先生？」老婦人答道。「是的，非常有禮貌，非常準時。而且從來不喝酒。當然了，他不那麼喜歡貓——男人通常都不太喜歡動物的，可是——」

「他有沒有留下聯絡地址？」莎拉插嘴。

「他沒辦法，」皮耶蒙太太回答。「他不曉得會去哪裡，他覺得可能是墨西哥，或是南美洲。他說對於有進取心的男人來說，那裡有很多機會。」老婦人停下，然後把門稍微打開一點。「對不起，」她說。「請務必原諒我。請進。」

我暗自翻了個白眼，跟著莎拉走進門，心知我們能從這位迷人的皮耶蒙太太所探聽到的每一小片確實資訊，都會伴隨著五分鐘或十分鐘無用的嘮叨。等到她帶著我們進入裝潢合宜、但非常老舊又灰塵遍佈的客廳，我的熱情就更是被澆熄了。客廳裡的每樣東西，從椅子到長沙發到一大批維多利亞風格的小擺飾，似乎都快要悄悄地分解成塵埃了。此外，整間屋子裡還瀰漫著貓尿和貓糞味。

「貓啊，」皮耶蒙太太開心說著，在一張高扶手椅裡坐下。「很好的同伴，但是他們會跑掉。靜靜地消失，一聲都不吭！」

「皮耶蒙太太，」莎拉遷就地說，「我們真的很急著要找到畢全姆先生。我們是——是他的老朋友，你知道——」

「啊，但是不可能啊，」皮耶蒙太太說，表情略微嚴肅了起來。「畢全姆先生沒有朋友，他自己說過的。他總是這麼說。『我輕裝旅行，獨自上路，皮耶蒙太太。』他常常早上碰到我這麼說，然後就去運輸公司上班了。」

「運輸公司？」我說。「可是他當然——」

莎拉悄悄碰了一下我的手，然後露出微笑，此時幾隻貓從門廊逛進客廳來。「當然了，」她說。「運輸公司。他是一個非常上進的人。」

「沒錯，」皮耶蒙太太說。「啊，萊桑德出現了，」她繼續說，指著一隻正在猛叫個不停的貓。「我從星期六就沒看到過她了。貓啊，他們都會消失的……」

「皮耶蒙太太，」莎拉說，還是耐心十足，「畢全姆先生住在你這裡多久了？」

「多久？」老婦人開始啃起指甲思索著。「總共三年吧。從來不抱怨，付房租總是很準時。」她皺眉。「不過他是個很嚴肅的人。而且從不吃東西！我的意思是，我沒看過他吃東西。總是在工作，白天和晚上都是——不過我想他總得吃東西，對吧？」

莎拉又露出微笑，點點頭。「那你知道他為什麼搬走嗎？」

「唔，」皮耶蒙太太只說。「因為倒閉。」

「倒閉？」我說，完全摸不著頭緒。

「他的航線，」皮耶蒙太太回答。「中國海那邊發生了大風暴。啊，那些可憐的水手。畢全姆把自己所有的錢都給了他們的家屬，你知道。」她一隻瘦巴巴的手很信任地舉起來。「要是你看到一隻小小的斑點母貓經過，霍華德小姐，麻煩務必告訴我。她都不下來吃早餐，而且他們都會消失的。」

明知道自己這樣想很惡毒，但我實在恨不得擰斷皮耶蒙太太的脖子，還有她那些可惡的貓；不過莎拉依然堅持到底，友善地繼續問。「那麼，是你要求畢全姆先生搬走了？」

「我可沒有，」皮耶蒙太太說。「是他自願離開的。他說他沒有錢付房租了，也不想住在他負擔不起的地方。我提議要讓他緩幾個星期，但是他不肯。那一天我還記得很清楚——聖誕節前一星期。小吉布大概就是那時候不見的。」

我暗自哀嘆一聲，莎拉問道，「吉布？是貓嗎？」

「是的，」皮耶蒙太太做夢似地說。「就這樣——消失了，一聲也不吭。這些貓啊，他們有自己的事情要忙。」

我的目光轉到地上，注意到又有幾隻貓悄悄進入客廳，其中一隻正在一處陰暗的角落裡忙自己的。我手肘碰了一下莎拉，不耐地示意著樓上。

「我們可以去看看那個房間嗎？」莎拉問。

皮耶蒙太太從她的白日夢中醒過來，露出微笑看著我們，好像我們才剛走進來。「所以你們對那房間有興趣了？」

「有可能。」

皮耶蒙太太又開始絮絮叨叨個不停，帶著我們走出客廳、爬上樓梯，沿途牆上的綠色舊壁紙都剝落或破掉了。畢全姆租的房間在三樓，而以皮耶蒙太太爬樓梯的速度，好像永遠爬不完。等到我們終於上了三樓，屋裡的八隻貓已經都聚集在門邊，都在起勁地叫個不停。皮耶蒙太太打開房門鎖，然後我們走進去。

我第一個注意到的，就是那些貓沒跟著我們進去。門一打開，喵嗚聲就立刻停止，然後那些貓坐在門邊憂心地觀望了片刻，便紛紛衝下樓梯。隨著牠們的離去，我轉身打量著這個小房間，很快嗅到空氣裡的線索：腐爛的氣味。那一點也不像貓糞，也完全不像客廳裡那種陳年舊物的熟悉氣息。一隻死老鼠之類的吧，我最後判定，接著看到莎拉皺起鼻子，知道她也聞到了，然後我就暫時沒再多想，轉而把注意力放在這個房間。

其實沒什麼好察看的。這是個簡陋、空蕩的房間，一扇窗子面對著銀行街。家具很少，只有一張舊式的四柱床、一個同樣老舊的衣櫥，還有一座樸素的抽屜櫃。抽屜櫃上鋪了一塊大大的墊布，上頭放著一個洗臉盆，以及一只成套的水壺；除此之外，整個房間就沒有其他的了。

「他離開時，就跟來的時候一樣，」皮耶蒙太太說。「他就是那個樣子，畢全姆先生。」

莎拉和我假裝在考慮要不要租這個房子，然後察看了一下衣櫥和抽屜櫃，裡頭完全沒有人類活動的痕跡。在這個十呎乘二十呎大的空間裡，實在就是讓你無法相信此處曾經住著一個人，更別說是一個涉嫌以古怪而殘忍的手法殺害至少半打兒童的兇手。空氣中繚繞不去的腐爛氣味只更加強了這個結論。最後莎拉和我告訴皮耶蒙太太，說雖然這是個很不錯的房間，但對我們來說還是太小了，然後我們轉身要下樓。

我們的女主人又開始喋喋不休說起她的貓，莎拉和她已經開始下樓了，我忽然看到畢全姆房間裡有個什麼：淺色條紋壁紙上幾個小小的污漬，褐色調的，排列的圖案看起來是某種物質（有可能是血）猛力噴濺到牆上。我循著那些污漬的痕跡來到床邊，然後，看到皮耶蒙太太已經離開視線，我就把床墊抬起來看一眼。

一股臭味突然狠狠撲面而來。就跟我剛進房間時察覺到的氣味一樣，只不過更濃重，逼得我當場閉上眼睛，遮住嘴巴，還很想乾嘔。我正要放下床墊時，雙眼睜開片刻，剛好足以看到一具小小的骸骨。骨頭外面撐著毛皮，不過有些地方的毛皮已經爛掉了，露出了乾掉的內臟。老舊發爛的繩子綁住那具骸骨的四條腿，後腿旁有幾截關節相連的骨頭，簡直像一根小小的脊椎骨，然後我才明白，是尾巴，切成了好幾段。頭骨放在離其他骸骨大約八吋外，上頭勉強罩著幾片小小的皮膚和毛皮。骸骨下方的床墊和彈簧都有大塊的污漬，顏色和牆上的污點一樣。

我終於放下床墊，趕緊衝到走廊上，掏出手帕擦臉。我忍住又一波想嘔吐的衝動，然後深吸幾口氣，站在樓梯頂端，想確定我是不是腳步夠穩，可以下得了樓梯。

「約翰？」我聽到莎拉在樓下喊。「你要下來了嗎？」

第一段樓梯有點困難，但下到第二段，我就好多了。最後來到屋子前門時，我看到皮耶蒙太太正握住莎拉的手，腳邊圍著一群貓，此時我甚至還能擠出微笑。我很快謝了皮耶蒙太太，然後走入外頭清朗無雲的夜色中，經過剛剛屋內的狀況後，外頭的空氣似乎特別清新。

莎拉跟著我出了門，一路還在跟皮耶蒙太太說話，然後同樣那隻灰斑貓又溜到門廊上。「彼得！」皮耶蒙太太喊道。「霍華德小姐，能不能麻煩你……？」莎拉已經抱起那隻貓，微笑著遞給皮耶蒙太太。「這些貓啊！」皮耶蒙太太又說了一次，然後她說了再見，把門關上。

莎拉走下台階來到我身邊，她一看到我的臉色，笑容立刻消失了。「約翰？」她問。「你臉色好蒼白，怎麼了？」她站定了，抓住我的手臂。「你在上頭那裡發現什麼了？」

「吉布。」我回答，又用手帕擦臉。

莎拉皺起臉。「吉布？那隻貓？你到底在說什麼啊？」

「這麼說吧，」我說，挽著她的手臂，開始朝百老匯大道的方向走去。「別管皮耶蒙太太怎麼說了，貓是不會憑空消失的。」

40

莎拉和我回到百老匯大道八〇八號之後，沒過幾分鐘，艾薩克森兄弟也回來了。他們進門時的心情並不比我們幾個小時前好多少。我們趕緊把這個傍晚的冒險告訴兩位刑事警佐，同時莎拉也把兩趟拜訪的細節寫在黑板上。看到我們至少能追蹤到約翰·畢全姆的一些行動，盧修斯和馬庫斯都大受鼓舞，即使以我來看，去人口普查局和皮耶蒙太太家的這兩趟拜訪，其實都沒有實際的收穫：因為我們還是不知道畢全姆現在住在哪裡，也不曉得他現在做什麼工作。

「沒錯，約翰，」盧修斯說，「不過我們現在更了解他沒有做的工作了。我們原先認為，他應該會利用他從牧師父親那邊得來的知識找工作，結果看起來是錯了——這其中大概有個原因。」

「也許他的恨意太強烈了，」馬庫斯說，思索著這個問題。「或許他就是恨到沒辦法說出他父親信仰的那些東西，即使是為了找工作。」

「因為他們家的偽善？」莎拉問，還在黑板上繼續寫。

「沒錯，」馬庫斯回答道。「整個教會和傳教工作的想法，可能就會引出他本能上很暴力的反應——他不能做這類工作，因為他沒把握自己能裝得若無其事。」

「很好，」盧修斯說，猛點著頭。「所以他找了人口普查局的工作，這樣他就不會有暴露真面目的危險，無論是意外或什麼的。畢竟，很多計數員都會在他們找工作的申請書上撒謊，但結果都沒人發現。」

「這份工作也滿足了他的一大渴望，」我補充。「他可以進入人們的房子，親近他們的小孩，而且不動聲色地得知很多這些小孩的事情——結果也造成了他的一大問題。」

馬庫斯接著說：「因為過了一陣子，他就開始有難以控制的強烈衝動。但那些男孩呢？他不是在他們家裡認識那些男孩的——他們沒跟家人住在一起，而且他後來已經被解雇了。」

「沒錯，」我說。「這個問題還沒有答案。但無論他離開人口普查局之後做什麼，他都希望能持續有接觸他人私生活的管道，同時持續去別人家裡拜訪，以便從中尋找被害人下手。這麼一來，就算那些男孩住在妓院裡，他也可以理解並同情他們的特殊處境，因而輕易贏得他們的信賴。」

「我們之前拜訪過的那些慈善團體工作人員，也正是缺乏這種元素。」莎拉說，從黑板前退開。

「一點也沒錯。」我說著打開窗子，讓夜風吹進我們有點悶的總部。

「但是我還是不確定，」馬庫斯說，「這要怎麼幫我們查出他現在的下落？各位，我不想害你們緊張，但是離他下一次攻擊只剩六天了。」

我們於是沉默了、兩三分鐘，所有的眼睛都不自覺望向馬庫斯桌上的那堆照片。我們都很清楚，如果我們失敗了，那堆照片就會增加。最後，盧修斯終於開了口，聲音裡有一種堅定的決心：

「我們得堅守讓我們走到這裡的——循著他自信、積極的那一面追查。他在人口普查局和面對皮耶蒙太太時，都沒有露出恐懼或緊張。他精心編出一堆謊言，而且在這些謊言中生活了好幾年，都沒有失去控制。我們不知道他是這幾年都持續在殺人，或者是因為被解雇才引發出新一波暴力行動。但我敢說他的信心還沒用完，即使他心底的某一部分的確希望被抓到。總之，我們先假設這一點。我們要假設他有辦法找到另一份工作，能提供他想要的——利用屋頂，而且可以在廉價租屋之間走動，不會引起那些居民的注意。有什麼想法嗎？」

眼睜睜看著一連串創意十足的思緒和好運就這樣死滅，真的很難受，但那一刻就是這樣了。或許我們都需要從問題中暫時跳開來幾小時，也或許我們想到離名副其實的「死亡期限」只剩不到一星期，就緊張過頭。無論是哪個，我們的心思和嘴巴都停頓下來。沒錯，我們在人口普查局那邊還有一張牌可以打：馬庫斯和盧修斯次日上午會去那裡拜訪查爾斯．墨瑞，設法查明畢全姆去年十二月被解雇的原因。但除此之外，我們都難以決定接下來的步驟；處於這種極端不確定的心情下，到了大約晚上十點之時，我們終於讓漫長的這一天告終。

次日星期二，艾薩克森兄弟傍晚回到百老匯大道八〇八號後，報告說他們去找墨瑞訪談，查出畢全姆確實是因為對一個小孩過於關注而被解雇：一個名叫愛莉．雷希卡的小女孩，住在果園街的一處廉價租屋，南邊就是堅尼路。那個地址就在第十三選區，而且離茨威格兄妹以前住的地方不遠；但無論如何，事實就是：據我們所知，這樣跟蹤一個不是雛妓的小女孩（如果畢全姆真的是對愛莉．雷希卡做了這樣的事情），是他打從殺害蘇菲亞．茨威格之後的頭一回。馬庫斯和盧修斯原都希望能去探訪小愛莉和她的父母，以便查出更多相關資訊，但很不巧，這一家人最近搬離紐約了，而且偏偏就是搬去芝加哥。

根據墨瑞的說法，雷希卡夫婦去投訴有關畢全姆的事情時，從來沒提到任何有關暴力的。顯然畢全姆從來沒有脅迫愛莉——事實上，他對她很和氣。但那小女孩最近剛滿十二歲，可想而知，她父母對於女兒花這麼多時間跟一個來路不明、獨來獨往、年約三十的男子在一起，當然會很擔心。查爾斯．墨瑞告訴艾薩克森兄弟，他其實沒有必要開除畢全姆，只不過畢全姆當初能去雷希卡家，是聲稱他在進行人口普查的公務；但實際上，當時他們家並不在排定訪談的名單上。而以墨瑞的經驗，他決心要避免任何醜聞的可能性，於是就解雇了畢全姆。

莎拉注意到，愛莉．雷希卡除了有好女孩的聲譽之外，還有另一個不太尋常的特點：她是和畢全姆交往的兒童中，唯一沒有遇害的。照這個情況來看，莎拉覺得畢全姆很可能從來不打算殺她。或許這證明了畢全姆真心想試著和另一個人建立感情；若是如此，就我們所知，那就是他成年之後的頭一回（除了他在芝加哥孤兒院的可疑行為之外）。也或許，雷希卡夫婦堅持不讓他接近女兒，加上這一家人搬離紐約，觸發了畢全姆的怒火；畢竟，最近這一波殺害男雛妓的命案，就是在十二月之後不久才開始的。

總之，我們從人口普查局能榨出的資訊和推測就是這些了。在傍晚接近五點半時，我們完成這個過程，然後莎拉和我也把白天的工作成果告訴艾薩克森兄弟：我們擬出了一份短短的清單，列出畢全姆被解雇後可能會從事的工作。莎拉和我把所有認為可靠的因素列入考慮——畢全姆痛恨移民，他顯然無法靠近其他人（或至少是成人），他需要待在屋頂，以及他對任何宗教組織的敵意——於是將原先的可能性縮小到兩個基本領域：催討債務，以及訴訟書狀送達。這兩種非宗教的工作，不但能讓畢全姆繼續待在屋頂上（一般建築物的大門通常會阻止這兩種不受歡迎的人進入），也提供了他某種權力感，以及控制感。同時，這類工作可以讓他跟以前一樣，有接觸大量個人資訊的管道，還有理由去這些人的家裡。最後，那天傍晚時，莎拉想起了一件事，進一步確認了我們的推測：畢全姆住進聖伊麗莎白醫院時，曾提到社會需要法律，也需要執法者。欠債者和涉入違法行動的人（即使只是稍微沾上邊的）一定都會引起他的鄙視，而能夠騷擾這些人，大概都很能吸引他。

馬庫斯和盧修斯贊成我們的推理，雖然他們跟我們一樣明白，這表示要展開新一輪的跑腿查訪工作。不過這回，我們有樂觀的理由：雇用這種員工的政府單位和討債機構，要比我們之前那份慈善組織的清單要少得多。我們知道，像莎拉這樣的警局秘書和我這樣的記者，絕對沒辦法從紐約法警單位或任何政府單位得到資訊，於是艾薩克森兄弟負責去找那些官方機構。而莎拉和我則把民間的討債機構清單分成兩半，焦點還是集中在下東城和格林威治村一帶，尤其是第十三選區。星期三一早，我們就又各自上路了。

如果查訪紐約市慈善團體是一份令人道德上極為氣憤的任務，那麼去面對討債機構的老闆，就是一份身體上飽受威脅的任務。這類機構的辦公室通常位於狹小、骯髒的上方樓層，大部分的經營者都是在某些相關領域有過不愉快經驗的人物——當過警察或法律工作的、設局詐騙者，甚至還有一個當過賞金獵人。他們可不是那種會輕易交出資訊的人，要讓他們開口透露，就得保證有酬勞。當然，這類「酬勞」往往還得先付，而他們報答我們的資訊，不是明顯的假消息，就是對我們的工作根本毫無用處。

再一次，這些冗長單調的苦工耗掉了許多個小時（到了星期四早上，看起來會耗掉至少兩天了），卻沒有任何結果。艾薩克森兄弟查到，官方對於雇用來傳達訴訟書狀的人，的確是保留了詳盡的紀錄，但在頭二十四個小時內，他們所查閱過的檔案裡都沒有約翰．畢全姆這個名字出現。莎拉去查訪討債機構的第一天半，除了碰上了一些下流的調情，也毫無所得。至於我，星期四下午我查完了自己被分派的討債機構後，回到百老匯大道八〇八號的總部，不曉得接下來該怎麼辦。我獨自站在窗前，望向哈德遜河，心中再度充滿了那種熟悉的恐懼：害怕我們在期限內無法準備好。星期天晚上就要到了，而畢全姆現在知道我們大概會監視那些做男雛妓生意的妓院，他會從一個新場所挑選一名被害人，帶去不曉得哪裡，再度執行他可怕的儀式。我不斷反覆想著，我們唯一需要的，就是一個地址、一份工作，能讓我們鎖定他的確切下落，這樣到了關鍵時刻，我們就可以介入，終止他的暴行和悲慘，也終止逼著他殺人的那種持續的強烈痛苦。很奇怪，在我看過了那麼多、經歷過這麼多之後，我還會想到他的痛苦；更奇怪的是，我發現自己對這個人竟然有某種微微的同情。但就是會，那是因為了解他人生的背景脈絡後，才會產生的同情：在克萊斯勒調查之初所列出的眾多目標中，我們終於達到了這個了……

電話鈴聲響起，猛然把我拉回現實。我拿起話筒，聽到莎拉的聲音。

「約翰？你現在在做什麼？」

「沒事，我剛查完我的清單，什麼都沒查到。」

「那就到百老匯大道九六七號來。二樓。快一點。」

「九六七號——那是在二十街以北了。」

「很好。其實是在二十二街和二十三街之間。」

「可是那是在你被分配的區域之外啊。」

「是啊，我有時候晚上睡前也不會祈禱的。」她嘆了口氣。「我們之前太笨了——事情應該很明顯的。總之，你快點過來！」

我還沒來得及回答，她就掛斷了。我找到外套穿上，寫了張字條給艾薩克森兄弟，以防萬一他們比我們早回來。我正要走出門，電話又響了。我抓起來，聽到喬瑟夫的聲音：

「摩爾先生？是你嗎？」

「喬瑟夫？」我說。「出了什麼事？」

「喔，唔，沒事，只不過——」他的口氣相當困惑。「有關你跟我講過的那些事，你確定嗎？我的意思是，就是你在找的那個男人。」

「在這件事情上頭，我非常確定。怎麼了？」

「唔，我昨天晚上碰到一個朋友——他是在街上拉客的，沒在任何店裡工作——他說了一些事情，讓我想到你講的話。」

儘管我急著要出門，但還是花時間坐下來，抓了紙筆。「繼續說，喬瑟夫。」

「他說有個男人跟他保證——唔，就像你說過的，會帶他離開等等。說他會住在一個大——我不曉得——城堡或什麼的，說在那裡可以看到整個城市，可以嘲笑每個曾對他不好的人。所以我就想到你說過的，然後我問他那個人的臉是不是有什麼不對勁。但是他說沒有。你確定那個臉上的事情嗎？」

「是的，」我回答。「這一點我很——」

「啊，慘了，」喬瑟夫打斷我。「蘇格蘭．安在叫我了，看起來我有個客人。我得掛電話了。」

「等一下，喬瑟夫。只要告訴我——」

「抱歉，不能多講了。我們可以碰面嗎？或許晚一點？」

我想逼他再多說一點資訊，但也知道他的狀況，於是算了。「好吧。老地方，十點？」

「好的。」他的口氣很開心。「到時候見了。」

我把聽筒掛回原處，衝出總部。

離開八〇八號後，我搭上了一輛百老匯大道的有軌電車。過了幾分鐘就抵達二十三街。跳下車來到鐵軌旁的鵝卵石人行道後，我看著對街那塊三角形地帶的建築群，上頭有各式各樣巨大的廣告牌，從無痛牙科到眼鏡到汽船票。夾在其中、漆在九六七號二樓窗子上的，是兩排頗有品味（也因此特別突出）的金色字母：**米契爾．哈波，帳務結清**。我等到車子少的空隙，趕緊過了馬路，走進那棟建築物。

我發現莎拉跟哈波先生正在他的小辦公室裡面單獨談話。那個男人和這個辦公室，都完全不像窗子上那些悅目的金色字母。哈波先生的辦公室看起來似乎從來沒有打掃過，裡頭少數幾件家具上都罩著煤灰。他穿著簡樸，手裡拿著一根大雪茄，滿臉鬍碴，頭髮剪得亂七八糟。莎拉幫我們介紹了，但哈波先生沒有握手的意思。

「我讀過很多醫學的資料，摩爾先生，」他嗓音沙啞地解釋，兩根大拇指插在髒兮兮的背心裡。「細菌，先生！細菌會害人生病，而且是透過碰觸而傳播的！」

一時之間，我考慮要跟他說洗個澡就可以去除細菌了；但我只是點點頭，轉向莎拉，臉上的表情擺明了要問她：到底為什麼逼我來這個地方。

「我們一開始就該想到的，」她跟我咬耳朵，然後又大聲說：「今年二月的時候，華盛頓街的蘭佛．史騰先生來找哈波先生，要他幫忙處理一些沒繳清的債務。」莎拉知道我完全想不起來，於是又小聲跟我補充，「史騰先生擁有華盛頓市場那一帶的幾棟房子。葛齊先生就是他的房客。」

「啊，」我說。「啊，當然了。你怎麼不早說呢——」

莎拉碰了我一下，阻止我繼續說下去，顯然不希望哈波先生知道我們真正的目的。「我今天早上去找過史騰先生，」她刻意說，我這才終於明白，我們在這個調查階段的一開始，就該想到要去找史騰先生的：阿里．伊本－葛齊被殺害時，老葛齊已經積欠了好幾個月的房租。「我告訴他，」莎拉繼續說，「有關我們急著要找的那個人──我們相信他是個收帳員，他哥哥過世了，留下了一大筆錢要給他。」

我點頭微笑，知道莎拉正在發揮她即興編謊的本事。「啊，是的。」我趕緊說。

「史騰先生跟我說，他已經把所有欠繳房租的帳務，都轉給哈波先生了，」莎拉說。「然後──」

「然後我已經告訴霍華德小姐了，」哈波插嘴說，「如果有什麼遺產，我得先知道我可以分到多少，才能透露資訊。」

我點點頭，轉身面對著那個人──這太簡單了，根本是小孩子把戲。「哈波先生，」我說，姿態非常誇張。「我很有把握，如果能提供我們畢全姆先生的下落，你就可以收到很慷慨的比例。這是中間人佣金。比方說，百分之五？」

哈波浸了口水的雪茄差點從嘴裡掉出來。「百分之五──為什麼，這太慷慨了，先生。慷慨，沒錯！百分之五！」

「那就百分之五了。」我說。「我跟你保證。但是告訴我──你真的知道畢全姆先生的下落嗎？」

哈波看起來似乎暫時失去了自信。「唔──我應該說，我知道大概的下落，摩爾先生。總之，我知道他可能在哪裡──至少他口渴的時候。」我惡狠狠瞪著他。「我可以帶你去那裡，親自去，我跟上帝發誓。那是家桶陳啤酒小店，就在桑樹彎，我就是在那裡認識他的。我本來可以叫你們在這裡等他的，但是——其實呢，大約兩個星期前，我不得不請他離開。」

「請他離開？」我問。「為什麼？」

「我是個值得尊敬的人，」哈波回答。「這是個值得尊敬的行業。但是——唔，先生，事實上，你偶爾得用上一點蠻力，做點說服的工作。如果不做點說服工作的話，誰會乖乖付帳單呢？我一開始會雇用畢全姆，是因為他塊頭很大，而且很壯。他說他打架很在行。所以他做了什麼？去跟那些人談話。聊天而已，這就是他做的。好吧，狗屎，先生——啊，對不起，霍華德小姐。但是只靠講話，你是不可能跟任何人討到任何錢的。尤其是那些移民。要命，要是給他們機會，他們會講得你煩死！那個葛齊就是個好例子——我派畢全姆去他那裡三次，結果一毛錢都沒討回來。」

哈波還想告訴我們更多，但我們不必聽了。我們請他寫下那家桶陳啤酒小店的地址，然後說我們晚上就會去查這個線索，要是真能找到畢全姆，那麼很快就會把錢付給他。諷刺的是，這個貪婪的小個子男人給了我們兩天來第一個免費的資訊——而且也會是唯一有點價值的線索。

41

一走出哈波先生那棟樓，我們就碰到艾薩克森兄弟，原來他們回到總部，看到了我留下的字條。我們立刻走路去布呂巴赫葡萄酒花園，四個人仔細討論那個收債人所說的話，然後為這個晚上訂出一個計畫。這個計畫相當簡單：要是找到了畢全姆，我們不會直接面對他，而是會打電話給羅斯福，請他派幾個畢全姆不會認得的警探過來，開始跟蹤他。或者，如果我們查出了畢全姆的住處，但出於某些原因他不在家，那麼我們會迅速搜索一下，看能否找到可以立刻逮捕他的證據。計畫訂出來之後，我們就把自己的酒喝掉。大約八點三十分時，我們搭上了一輛有軌電車，開始去五點區探險。

這個知名區域的威力，向來很難跟不知情的人解釋。即使在一個宜人的春日夜晚，比方我們這個星期四，這個地方還是散發出一種強烈的致命威脅感；不過這種威脅未必是以有聲或具侵略性的方式表現出來。相反地，紐約市其他某些比較可疑的區域，比方里脊肉區，就普遍瀰漫著一種挑釁的狂歡作樂氣息。你慣常會碰到喝醉的粗漢為了證明自己的神勇而打架，但這類事情通常都只是吵嚷的虛張聲勢而已，謀殺案在里脊區還是頗為罕見的事件。五點區就完全不同了。啊，路上可以聽到大喊與尖叫，沒錯；但這些叫喊都是從屋內傳來的，或者，如果真是在戶外發出，也會迅速被遏止。其實，我覺得桑樹彎周圍這個區域（多虧傑可布·里斯不懈的鼓吹，桑樹彎本身的短短幾個街區當時正在拆除中）最令人不安的一點，就是表面上沒什麼動靜。這一帶的居民大半時間都是擠在悲慘的簡陋小屋和街道兩旁的廉價租屋內，或者更常見的，就是湧入了大量骯髒建築物的地下室和一樓所開設的下等酒吧。在桑樹彎，死亡和絕望悄悄進行著，而且進行了很多：光是走在那些荒涼、破舊的街道上，就足以讓最開朗的人懷疑人類生命的終極價值。

我看得出盧修斯現在就是這樣，此時我們抵達哈波告訴我們的巴士特街一一九號。這棟建築物大門旁有幾級被塵土和尿覆蓋的石階，往下通到一扇門。從門內傳出來的笑聲和嘆息，可以判斷這裡就是據說畢全姆常來的那家下等酒吧。我轉向盧修斯，發現他焦慮地猛看著周圍的黑暗街道。

「盧修斯，你和莎拉待在這裡，」我說。「負責幫忙警戒。」

他點了一下頭，掏出手怕擦著額頭。「不錯，」他說。「我是說，沒問題。」

「如果碰上任何麻煩的話，不要拿出你的警徽，」我說。「在這裡，拿出警徽只會害你送命。」我和馬庫斯正要走向石階時，我又看了盧修斯一眼，然後在莎拉耳邊說，「照顧他一下，好嗎？」她聽了露出微笑，儘管我看得出她也很擔心，但我知道她開槍瞄準的手會很穩的。然後馬庫斯和我進了那家酒吧。

我不太清楚史前人類所居住的洞穴到底是什麼樣，但五點區的一般下等酒吧看起來都不會有太大的進步——我們這一夜進來的這家尤其是如此。天花板離泥土地面只有八呎左右，因為這個地方原本的設計是要用來當樓上店面的地窖。裡頭沒有窗子：唯一的光線來源，就是兩排共四張低矮長桌上懸吊下來的骯髒煤油燈。這些桌子旁的顧客或坐或睡，年齡、性別、服裝的差異，都被他們共同的酒醉癡呆模樣給蓋過了。這天晚上店裡共有大約二十個人，不過其中只有三個——兩男一女，那個女人對著兩個男人嘆息又聒噪著一些難以理解的話——有生命的跡象。我們進去時，他們憎恨的呆滯雙眼打量我們一下，馬庫斯的腦袋朝我湊過來。

「我猜想，」他低聲說，「這裡的祕訣就是要慢慢走。」

我點頭，然後我們緩緩朝後走向「吧檯」——就在地下室另一頭，用一塊長條木板放在兩個白蠟木酒桶上。兩個裝滿桶陳啤酒的玻璃杯立刻放在我們面前。桶陳啤酒是一種令人厭惡的剩酒混合物，從聲譽稍微比較好的酒吧所供應的幾十個酒桶裡蒐集而來——我付了酒錢，但沒去碰我那杯，馬庫斯也把他那一杯推到一旁。

我們面前那名酒保大約一六八公分，一頭黃褐色頭髮，同色小鬍子，臉上有那種典型略帶瘋狂與憎恨的神色。

「喝點酒吧？」他問。

我搖搖頭。「我想要資訊，有關一個顧客的。」

「幹，」那酒保哼了一聲。「出去。」

我又掏出錢。「我只問一兩個問題。」

那人緊張地四下看了一圈，發現那三個比較清醒的顧客沒在看我們，於是拿了錢放進口袋。「問吧。」

我把畢全姆的名字告訴酒保，他沒反應；但接著我敘述他是個高個子，臉部會抽搐，從酒保發亮的眼睛中，我看得出之前米契爾．哈波的確跟我們說了實話。

「往前走一個街區，」酒保低聲說。「一五五號。頂樓，後側房間。」

馬庫斯懷疑地看著我，那酒保發現了。「我親眼看到的！」他堅持。「你們是那個女孩的爸媽派來的？」

「女孩？」我說。

那酒保點點頭。「那女孩當時也在上頭。她媽媽認為她被強暴了。其實他沒傷害她——倒是差點殺了一個在這邊提起這件事的人。」

我斟酌著。「他喝酒喝得兇嗎？」

「通常不會。他剛來的時候，我一直搞不懂他來這裡幹嘛。不過最近喝得比較多了。」

我看著馬庫斯，他朝我點了個頭。我們又給了酒保一點錢，然後轉身要走。但那酒保抓住我的手臂。「你可沒從我這裡聽到什麼，」他急忙說。「我惹不起那個人。」他露出幾顆灰色和黃色的牙齒。「他身上那把刀很嚇人的。」

馬庫斯和我終於離開之前，看到那酒保把原先給我們的那兩杯桶陳啤酒倒掉。我們再度小心翼翼走過桌旁那些簡直像死人的身體，雖然快到門邊時，一旁有個男人轉身開始迷迷糊糊地朝地上撒尿，但似乎並不是針對我們的。

馬庫斯跨過那一小灘尿，朝我低聲咕噥，「所以畢全姆喝酒。」

「是啊，」我回答，打開前門。「我記得克萊斯勒有回說過，我們這名兇手可能進入了自我毀滅的最後階段。任何跑來這種地方喝酒的常客，一定是打算自我毀滅了。」

我們回到外頭，發現莎拉和盧修斯跟之前一樣神色焦慮。「走吧，」我說，帶頭往北邊走。「我們問到一個地址了。」

巴士特街一五五號是一棟不起眼的紐約廉價出租公寓，不過在其他區域的春日夜晚，那些逗留在窗邊的女人和小孩會大笑或唱歌，或至少彼此大吼。但在這裡，他們只是頭埋進雙手裡靜靜坐著，其中年紀最小的看起來就跟最老的一樣世故又疲倦，而且沒有一個表現出對街上的動靜有興趣。公寓門廊上坐著一個我估計大約三十歲的男人，手上甩動的那根警棍看起來跟警察用的一樣。只要看一眼那男人被毆打得變了形的五官和不友善的笑容，不難猜出他是怎麼得到那根警棍的。我走上門廊，那根警棍的末端就戳著我的胸部，力道大得足以阻止我再往前走。

「有什麼事？」那個歪臉男說，氣息裡透出一股加了樟腦的烈酒味。

「我們要來找一名住在這裡的房客。」我回答。

那男人大笑。「別跟我裝蒜了，闊少爺。什麼事？」

我頓了一下才回答。「請問你是誰？」

他不笑了。「我是幫房東看守這棟大樓的傻瓜。所以別跟我裝蒜了，小子，除非你想嚐嚐這根棒子的滋味。」他講的是紐約市黑幫長年慣講的包厘街俚語，這種語言老是讓人很難當真；不過我可不喜歡那根警棍的模樣，於是再度伸手掏出皮夾。

「頂樓，」我說，拿了點錢出來。「後側那戶公寓。有人在家嗎？」

那男人又露出笑容。「啊！」他說，接過現金。「你指的是老——」他突然開始眨眼，然後右半邊的下巴、臉頰、眼睛都擠在一起。他顯然不滿意自己的模仿，於是兩手還拉著自己的臉以加強表演效果。然後他滿意了，開始大笑。「不，他不在。」他終於說。「他晚上從來都不在。白天有時候會在，但是晚上不會。你可以去看看屋頂，或許他會在上頭。他喜歡跑去屋頂，那鳥廝。」

「那他的房間呢？」我說。「或許我們想去那裡等他。」

「或許鎖上了，」那傢伙又咧嘴笑了。我又遞出鈔票。「那麼或許沒鎖。」那人開始往屋裡走。「你們不是警察吧？」

「我付錢不是要你問問題的。」我回答。

那人思索了一下，然後點點頭。「好吧。跟我來——不過別出聲，好嗎？」

我們全都點頭，跟著那個人進屋。樓裡長而黑暗的樓梯有慣常的腐爛垃圾和人類屎尿的臭味，在樓梯底部，我暫停一下，讓莎拉走在我前頭。

「跟皮耶蒙太太的屋子真是天差地別。」她經過時跟我咬耳朵。

我們順利爬完六段樓梯，來到一個小平台，然後那看門人敲了四扇門中的一扇。等了一下沒人應門，他就豎起一根手指。「在這裡等一下，」他說，然後大步爬完最後一段樓梯，出去屋頂。不到一分鐘後他又回來，看起來鬆了一口氣。「都安全了，」他宣佈，從他臀部的口袋掏出一個大鑰匙圈，開了他剛剛敲過的那扇門。「我得先確定他不在。他很敏感的。這位——」他沒講出名字，而是又開始扭曲他的臉，然後自己大笑。最後，我們終於走進那戶公寓。

門邊的一個架子上放著一盞煤油燈，我點著了，這才逐漸能看出整個空間的模樣。基本上，這裡是一條狹窄的走廊，全長大約三十呎，中間有一道隔板牆，開了個門洞，上方有一條門楣。整戶公寓和外頭唯一的聯繫，就是側牆上兩道最近才切開的縫隙，提供有限的、黯淡的視野，可以看到通風井外附近公寓牆上有同樣的縫隙。靠著隔板牆有一具小爐子，不過除了一個生鏽的桶子之外，顯然沒有其他衛生設施。從門口只看得到很少的幾件家具：隔板牆這頭有一張樸素的舊書桌和一張椅子，另一頭看得到一張床的尾端。堆疊得很厚的廉價漆從牆上破損、剝落，露出裡面的塗層，看起來就像是你會在便桶底部看到的那種褐色污漬。

住在這裡的人，曾經是傑菲士．杜瑞，現在是謀殺兇手約翰．畢全姆；而且在這個簡樸的小房間裡，一定有一些線索，即使可能很難找到。我沒說話，朝艾薩克森兄弟示意隔板牆的另一邊；他們兩個都點了頭，然後穿過隔板牆，進入後方的區域。莎拉和我試探地朝那舊書桌走了幾步，同時看門人則警戒地守在前門邊。

我們的整個搜索總共不可能超過五分鐘，因為這個房間就是這麼小、家具就是這麼少。舊書桌有三個抽屜，莎拉開始在幾乎全暗中檢查，雙手探進去裡面摸索，好確定沒有漏掉任何東西。在書桌上方，有一張像是地圖的紙釘在剝落的牆上。我湊近了要檢查，注意到按著桌面的手指底下有種奇怪的感覺：我拿開手，才發現桌面上刻著單調的、沒有裝飾的深溝紋。我雙手又回到書桌上按著，再度檢視那張地圖：看得出大致上是曼哈頓的形狀，但上頭畫的痕跡對我來說很陌生：一連串交叉的直線，上頭有各式各樣的小點，寫著神祕的數字和符號。我正要湊近一點看，忽然聽到莎拉說：

「約翰，你看。」

我低頭，看到她從底層抽屜拿出一個小木盒。她很小心地把木盒放在刻了溝紋的桌面上，然後站開來。

黏在那盒蓋上的，是一塊老舊的銀版照相法相片，風格和構圖很類似著名攝影家馬修．布瑞迪所拍攝的南北戰爭系列照片。根據那張照片破舊的程度，我判斷應該跟布瑞迪作品是同一個時代的。照片裡是一具白人屍體：被剝去頭皮、挖掉內臟，而且去勢了，雙臂和雙腳釘著箭鏃，雙眼不見了。照片上沒有任何可識別的記號，但顯然就是維克多．杜瑞牧師的作品之一。

那個木盒關得很緊，但似乎有一股氣味透出來——就跟畢全姆以前在皮耶蒙太太家那個房間的氣味是同一類：動物的腐肉味。我握住那盒子，心直往下沉，但還沒打開來，就聽到馬庫斯的聲音：

「啊，不。老天，怎麼會……」

然後有一陣腳步聲，馬庫斯踉蹌走過我和莎拉旁邊。即使在黯淡的燈光下，我也看得出他一臉慘白——真是沒想到，因為我看過他在大部分人都會反胃的犯罪現場裡頭，依然冷靜地拍照。幾秒之後，盧修斯也跟出來了，兩隻手臂抱著一樣東西。

「約翰！」盧修斯小聲但急切地喊。「約翰，這個是——是證據！老天，我想這件事現在轉為正式的謀殺案調查了！」

「啊，狗屎，」那看門人在門邊說。「所以你們是警察了？」

我沒回答，只是劃亮一根火柴，朝盧修斯舉高了，莎拉輕喊一聲，然後一手摀住嘴巴，轉身退開。

盧修斯手裡抱著一個玻璃大罐。保存在一種液體（想必是甲醛）中的，是人類的眼睛。有些後頭還連著視覺神經，有些則是渾圓的；有些很新鮮，有些則是渾濁且頗有年代；有些是藍色，有些是褐色，還有些是淡褐色、灰色，以及綠色。但現在我明白，讓馬庫斯震驚的不是發現這些眼睛，或是這些眼睛的狀況——而是數量。因為罐內不是五個被謀殺男孩的十顆眼珠，甚至也不是加上茨威格兄妹的十四顆；而是超過二十個被害人的好幾打眼珠。而且那些眼珠隔著弧形的玻璃，彷彿正在沉默地控訴、可憐地哀求著，問我們為什麼耗了這麼久才發現它們……

我的雙眼回到莎拉發現的那個小盒子上，然後慢吞吞打開蓋子。裡頭飄出來的腐臭味不像我預料的那麼濃，於是我可以毫無困難地檢視裡頭的東西。但是我搞不懂這是什麼：一個小小的、紅黑色的東西，看起來像是乾燥的橡皮。

「盧修斯？」我輕聲說，把盒子遞過去。

盧修斯把大罐放在書桌上，拿著盒子到前門旁，放在煤油燈下觀察。那個看門人也隔著他的肩膀看著裡頭的東西。

「大便？」那人說。「聞起來很像大便。」

「不，」盧修斯平靜地回答，雙眼還是盯著那個盒子。「我相信，這是防腐處理過的人類心臟。」

這番話已經足以嚇住一個五點區的惡漢，那個看門人一臉驚恐，轉身進了走廊。「你們到底是什麼人？」他喘著氣說。

我雙眼仍注視著盧修斯。「心臟？是妻曼男孩的嗎？」

他搖搖頭。「太舊了。這個一定放在這裡非常久了。看起來甚至可能外頭塗上了東西，可能是某種亮光漆。」

我轉向莎拉，她正雙臂抱著腹部，站在那裡深呼吸。我碰碰她的肩膀說，「你還好吧？」

她迅速點了一下頭。「是的，我沒事。」

然後我目光轉向馬庫斯。「你呢？」

「我想我沒事。總之，很快就會沒事了。」

「盧修斯——」我揮手要他過來。「得有個人去檢查那個爐子。你有辦法嗎？」

盧修斯肯定地點頭：雖然他剛剛在街上一直很擔心，但眼前的狀況他完全冷靜面對。「麻煩火柴借我。」我掏出口袋裡的那盒火柴給他。

我們其他三個人聽著他走到隔板牆前那個滿是污垢的黑色鐵爐前。爐旁的箱子裡有幾根柴火，一個油膩的烤盤放在爐上。顯然有人常在這邊做飯。盧修斯劃亮一根火柴，冷靜吸了口氣，然後打開烤爐門。他把火柴伸進去時，我閉上眼睛；過了十五秒鐘，我聽到爐門砰地一聲關上。

「什麼都沒有，」盧修斯宣佈道。「油脂，一塊烤成炭的馬鈴薯，其他什麼都沒有。」

我吐出一口長氣，然後拍拍馬庫斯的肩膀。「你覺得這個是怎麼回事？」我說，指著牆上那張曼哈頓地圖。

馬庫斯仔細地審視。「曼哈頓，」他很快就說。然後，又過了幾秒鐘。「看起來是某種土地測量地圖。」他摸索著地圖釘在牆上的地方，接著摳下圖釘。「後頭的牆面還沒變色。我敢說這地圖是最近才釘上去的。」

盧修斯也走過來，然後我們四個人在放著大罐和木盒的書桌旁圍成一個小圈。

「後頭沒有別的了？」我問他們兩兄弟。

「對，」馬庫斯說。「沒有衣服，什麼都沒有。要是你問我，我認為他走了。」

「走了？」莎拉問。

馬庫斯失望地點頭。「有可能他知道我們逼近了。但看起來他絕對是不打算再回來了。」

「但是他要離開，」莎拉問。「為什麼沒帶著這一切——證據？」

馬庫斯搖搖頭。「或許他不認為這些是證據。或許他太匆忙了。也或許——」

「或許，」我說出了我們都在想的事情，「他希望讓我們發現證據。」

我們站在那裡思索著這個想法時，我發現那個看門人拉長脖子想看桌上的那個罐子，於是挪了個位置，用身體擋住他的視線。然後盧修斯開口了：「也許真的是這樣，但我們還是得監視這個地方，以防萬一他會回來。我們應該請局長派其他人過來——因為就像我剛剛說過的，我們可以把這個視為正式的謀殺案調查了。」

「你認為有足夠的證據讓罪名成立嗎？」莎拉輕聲問。「我知道這話聽起來很可怕，但那些眼睛不見得就是我們那些被害人的。」

「沒錯，」盧修斯回答。「但是除非他可以解釋那些眼睛是誰的，我想這個城市的任何陪審團都會認為他有罪——尤其如果補上我們已經知道的那些背景。」

「那麼，好吧，」我說。「莎拉和我會到茂比利街的總警局，請羅斯福派人過來二十四小時監視這棟樓房。盧修斯，你和馬庫斯得暫時待在這裡，等到支援的人過來。你們有什麼武器？」馬庫斯只是搖搖頭，但盧修斯拿出一把手槍，就是阿里・伊本-葛齊被謀殺後，我在城堡園看過他帶著的那把配槍。「很好，」我說。「趁著你們在這裡等的時候，馬庫斯，看你能不能從那張地圖看出什麼來。另外記住一件事——」我壓低聲音到只剩氣音。「在支援警力到達之前，不要暴露你們的警察身分。沒多久之前，警察根本都不敢到這一帶來，因為要活著離開的機會太小了。」

艾薩克森兄弟都點點頭，然後莎拉和我走出房間，在走廊上被那個拿著警棍的守門人擋下了。「現在你們應該告訴我，你們講的這些調查是怎麼回事了？你們到底是不是警察？」

「這是——私事，」我回答。「我這兩位朋友會留下，等房客回來。」我想都沒想就掏出皮夾，拿出十元。「你可以假裝你從來沒見過他們。」

「為了十元？」那人點了個頭。「為了十元，我連我老媽的臉都可以忘記了。」他大笑一聲。「不過我本來就不記得。」

莎拉和我趕緊離開那棟樓房，開始靜靜地朝北走，然後轉向西，希望能順利搭上百老匯大道上的有軌電車。這是我們這趟旅程中最棘手的一部分，不過我不想告訴她：現在只有我們兩個人，其中之一還是女人。要是在一八八〇或七〇年代，我們從巴士特街走出來不到一個街區，就會被五點區的幫派份子盯上，先是擺平我，然後把莎拉弄到手。我只能祈禱，隨著近年這個區域的主要休閒活動從暴力轉為縱慾，我們也能悄悄設法通過這段路。

令人讚嘆的是，我們真的通過了。到了九點四十五分，我們已經來到百老匯大道，又過了幾分鐘，我們的有軌電車就駛過郝士頓街，然後我們跳下車。莎拉和我一抵達總警局，就趕緊衝進去，再也不管是不是有人看到我們一起出現。然後我們一路直闖羅斯福的辦公室，結果裡頭沒人。一個警探告訴我們，說局長回家吃晚飯了，不過很快就會回來。之後半個小時的等待，簡直要把我們逼瘋了。等到羅斯福終於回來，一看到我們有點緊張，但後來聽到我們帶來的消息，他就整個人活力十足，開始朝二樓的走廊吼著命令。此時我忽然想到，朝莎拉比了個手勢，示意著階梯。

「那封信，」我解釋，跟她一起下樓梯來到大門口。「寄給桑托瑞里太太的那封信──如果我們可以拿著信當面質問畢全姆，或許有助於攻破他的心防。」

莎拉覺得這個想法不錯，一出了警局，我們就叫了一輛出租馬車，直奔百老匯大道八〇八號。當馬車朝北奔馳之時，我們的心情並非興高采烈，但想到種種真實的可能，讓我們默默地振奮起來，因而覺得這段路程彷彿久得地老天荒。

我們進入八〇八號時，我衝得好快，因而沒注意腳下，差點絆倒，原來有一個相當大的粗麻布袋放在門廳。我蹲下來，看到綁住的袋口有個籤條：百老匯大道八〇八號六樓。我抬頭看了莎拉一眼，發現她也在注視著那個布袋和籤條。

「你沒訂什麼農產品吧，約翰？」她有點挖苦地問。

「少可笑了，」我回答。「一定是寄給馬庫斯和盧修斯的。」

我又打量了那個麻布袋幾秒鐘，然後聳聳肩，準備解開袋口綁住的繩子。那繩子綁得很複雜，於是我掏出一把小摺刀，從上到下劃開麻布袋。

彷彿一大團肉滾出來倒在地上的，是喬瑟夫。他身上沒有什麼明顯的痕跡，但看到那一身蒼白的皮膚，我當場就明白他死了。

42

表維醫院停屍處的驗屍官花了六個多小時，才查明喬瑟夫的死因：有人用一把很薄的刀（比方匕首，或是一根大針），從他顱骨底的下方插進去，直抵腦部。抽了一整夜的香菸，在停屍處的走廊間踱步，也無助於我解釋這個資訊的能力，最後我終於有辦法開始想：我短暫想到畢夫·艾里森，想到他會用類似武器安靜、有效率地做這種事；然而即使在震驚的悲傷中，我還是無法想像這是艾里森幹的。喬瑟夫不是他旗下的男孩，而即使畢夫對於我們的調查有某些新的個人打算，我幾乎可以確定，這樣的謀殺行動事先會有明確的警告。所以除非伯恩司和康納逼著畢夫幫他們（這個可能性小得根本就不可能），我想不出任何解釋或任何行兇者，只有一個除外：畢全姆。不知怎地，儘管我發出了種種警告，但他還是找到接近這個男孩的辦法。

我的警告。當喬瑟夫小小的身軀被推出一間解剖室時，我想了一千遍的念頭又浮現腦海：都是因為認識我，才害這個男孩有這麼淒慘的下場。我曾試著讓他準備好應付各種可能的危險——但我怎麼料得到，其中最大的危險就是一開始來跟我講話？而現在我在停屍處，跟驗屍官說我已經安排好下葬，一切事宜都會妥善處理，但其實這個男孩的屍體要葬在一片體面的布魯克林土地中，或是丟進東河的潮水被帶到大海裡，都沒有差別了。虛榮、傲慢、不負責任——一整夜，我不斷回想起克萊斯勒在瑪麗·帕默被謀殺後說過的話：就在我們拚命想擊敗罪惡之際，卻給了惡人更大的空間去施展身手。

我想著克萊斯勒的這些話，失神地走出停屍處，進入黎明；或許就是因為這樣，當我看到這位老友坐在他沒拉上頂篷的輕馬車上，並不是那麼驚訝。賽勒斯．芒綽斯坐在車夫的座位上，看到我時，朝我同情地微微點了個頭。克萊斯勒微笑下車，看著我腳步不穩地走過來。

「喬瑟夫……」我說，聲音因為抽多了菸且一夜沉默未眠而沙啞。

「我知道，」克萊斯勒說。「莎拉打電話給我了。我想你可能需要吃點早餐。」

我虛弱地點點頭，跟他一起上了馬車。賽勒斯舌頭輕彈，催著馬兒福瑞吉克往前走，沒多久，我們就沿著二十六街往西行，雖然清晨的人車很少，但我們的馬車走得很慢。

過了幾分鐘後，我往後靠，腦袋歇在輕馬車後摺的車篷上，重重嘆了口氣，凝視著半亮起來的多雲天空。「一定是畢全姆。」我喃喃說。

「是啊。」克萊斯勒輕聲回答。

我腦袋轉向他，沒抬起來。「但是沒有毀損屍體。我甚至看不出他是怎麼被殺害的，流的血好少。除了顱骨底的一個小洞，其他什麼都沒有。」

克萊斯勒瞇起眼睛。「迅速又俐落，」他說。「這不是他的儀式。這是務實。他殺這個男孩是要保護自己——而且送出一個訊息。」

「給我？」我問。

克萊斯勒點頭。「他現在被逼急了，不會好對付的。」

我開始緩緩搖頭。「但是怎麼會——怎麼會？我告訴過喬瑟夫，把我們推論出的每件事都告訴他。他知道怎麼認出畢全姆的。要命，他昨天下午還打了電話給我，要跟我再確認一些細節。」

克萊斯勒揚起右眉。「是嗎？為什麼？」

「不曉得，」我厭煩地說，又拿出一根香菸。「他說有個男人去找他的一個朋友，說想帶他離開。到一個——可以俯瞰城市的城堡上，他說。諸如此類的。聽起來的確可能是畢全姆，但那個人沒有臉部抽搐。」

克萊斯勒別開臉，小心翼翼地說：「啊，那麼你不記得了？」

「記得什麼？」

「亞當．杜瑞。他告訴過我們，傑菲士打獵時，他的抽搐就消失了。我懷疑當他追蹤這些男孩時——」看到自己這些話對我造成的效果，克萊斯勒就沒繼續多解釋了。「我很遺憾，約翰。」

我把沒點燃的香菸丟到街上，雙手掩著臉。他說的當然沒錯。打獵、追蹤、設陷阱、殺戮，這些都能讓畢全姆的心靈平靜下來，而這種平靜就反映在他的臉上。無論那個男孩是誰——喬瑟夫提到過他是在街上拉客的——他都可能被我們的兇手找上了。喬瑟夫自己就一定是。都是因為我忘了一個細節……

克萊斯勒一手放在我肩膀上，馬車繼續往前行駛。等到我下一次抬頭，發現我們在戴蒙尼寇門口停了下來。我知道這家餐廳的營業時間還要過一兩個小時才開始，但我也知道，如果有哪個人可以安排一頓營業時間外的早餐，那就是克萊斯勒了。賽勒斯下了車夫座，過來協助我下馬車，輕聲說，「慢慢來，摩爾先生。去吃點東西吧。」我逐漸穩住腳步，跟著克萊斯勒走進前門，開門的是查理．戴蒙尼寇。從他大眼睛裡的神情，想必他知道一切細節了。

「早安，醫師，」他說，那種聲音和口氣，大概是我在那一刻唯一能忍受的。「摩爾先生，」他繼續說，迎著我們進門。「希望兩位盡量放輕鬆。如果有什麼我能做的……」

「謝謝，查理。」克萊斯勒回答。

我碰碰查理的手肘，設法低聲說：「謝謝，查理。」然後走進用餐室。

克萊斯勒以他一貫可靠的心理洞察力，挑選了全紐約我唯一可能有辦法鎮定下來、吃點東西的餐廳。單獨置身於主用餐室裡，窗子透進來的晨光很柔和，讓我疲勞至極的神經可以開始痊癒，我還真的吃了幾口小黃瓜片、克里奧爾蛋，以及烤乳鴿。但更重要的是，我發現我有辦法講話了。

「你知道嗎？」我喃喃說，此時我們才剛坐下來不久，「我還真的在想——那是昨天嗎？——儘管那名兇手做了那些事，但我還是覺得很同情他。因為他人生的那些脈絡背景。我覺得自己終於了解他了。」

克萊斯勒搖搖頭。「你沒辦法的，約翰。不可能那麼了解。你或許可以接近，接近到預測他，但到頭來，你或我或任何人，都無法用他那樣的眼光看那些小孩，也沒辦法確切地體會到讓他拿起刀子的那種情緒。唯一了解這種事情的辦法，就是……」克萊斯勒一臉出神的表情轉向窗子。「就是問他本人。」

我輕輕點頭。「我們找到他住的公寓了。」

「莎拉告訴我了，」克萊斯勒說，輕輕顫抖一下。「你們做得很出色，約翰。你們每個人都是。」

我聽了嗤之以鼻。「出色……馬庫斯不認為畢全姆會回去那個地方。我不得不承認，現在我也這麼認為了。那個兇殘的混蛋始終領先我們一步。」

克萊斯勒聳聳肩。「或許吧。」

「莎拉告訴你那張地圖的事情了嗎？」

「是的，」克萊斯勒說。此時一名侍者端上來兩杯新鮮番茄汁。「馬庫斯也查出來了——那是紐約市供水系統圖。顯然過去十年，整個供水網路一直在整修更新。畢全姆大概是從公共檔案處偷來那張地圖的。」

我喝了口番茄汁。「供水系統？那表示什麼？」

「莎拉和馬庫斯有一些想法，」克萊斯勒回答，從一個小平盤裡拿了些炒馬鈴薯加洋薊心佐松露。「我相信他們會告訴你的。」

我盯著他那對黑眼珠。「所以你不回來了？」

克萊斯勒很快別開眼睛，迴避著我。「那是不可能的，約翰。現在還不行。」侍者端上克里奧爾蛋時，他試圖開朗起來。「你們已經為星期天訂出了計畫——施洗者聖約翰誕生日。」

「是的。」

「那對他會是重要的一夜。」

「我想是吧。」

「他留下他的——他的戰利品沒帶走，顯示他處於某種危機狀態。順帶說一聲，盒子裡的那顆心臟？我想是他母親的。」我只是聳聳肩。「當然了，你也知道。」克萊斯勒又繼續說，「星期天晚上，大都會歌劇院要替艾比和葛勞舉行募款演出？」

我張開嘴，雙眼不敢置信地瞪大了。「什麼？」

「募款演出，」克萊斯勒說，幾乎是興高采烈。「這回的破產也把艾比的身體搞壞了，可憐。光是為了這個，我們也一定要去。」

「我們？」我尖起嗓子。「克萊斯勒，我們要去追獵一個謀殺兇手啊，老天在上！」

「是的，是的，」克萊斯勒回答，「但是等晚一些吧。到目前為止，畢全姆從來不在午夜十二點之前動手的。我們沒有理由認為他星期天會改變作風。所以何妨讓這段等待時間盡可能愉快點，同時還能幫一下艾比和葛勞？」

我放下叉子。「我知道——我瘋了。你其實沒說這些，你不可能——」

「摩瑞爾會飾演喬凡尼，」克萊斯勒誘惑地說，一邊吃了些乳鴿和蛋。「愛德華多．德．瑞茲克飾演利波雷洛，另外我簡直不敢告訴你誰要演澤麗娜……」

我氣呼呼地忍了一下，然後問，「法蘭西絲．薩維爾？」

「美腿姑娘，」克萊斯勒點了個頭回答。「安東．塞德爾指揮。喔，還有麗蓮．諾迪卡會演安娜小姐。」

毫無疑問，他剛剛描述的是一場真正難忘的歌劇之夜，我一時間被這個美好前景搞得分心。但緊接著，我腦袋裡浮現出喬瑟夫的身影，心裡像是挨了一刀，抹去了所有關於愉快夜晚的幻想。「克萊斯勒，」我冷冷地說，「我不曉得你怎麼能坐在這裡，這麼輕鬆地談著那齣歌劇，好像我們兩個都認得的人沒有——」

「我談的事情一點都不輕鬆，摩爾。」他黑色的眼珠黯淡下來，一股冷靜但兇猛的決心讓他的聲音變得嚴厲。「我要跟你做個交易——跟我一起去看《唐．喬凡尼》，我就會重新加入調查。我們會結束這件事的。」

「你會重新加入？」我驚訝地說。「可是什麼時候？」

「歌劇之前不行，」克萊斯勒回答。我正要抗議，但他堅定地舉起一隻手。「我沒辦法講得更精確，約翰，所以不要再問了。只要告訴我，你接受嗎？」

唔，我當然接受了——不然還能怎麼辦？儘管艾薩克森、莎拉和我這幾個星期做到了那麼多事，但喬瑟夫的遇害讓我深深懷疑自己洞悉整樁調查的能力。想到克萊斯勒會回來，是讓我繼續往前的一大誘因，還讓我可以吃掉一整份乳鴿。然後我們終於離開戴蒙尼寇餐廳，馬車朝下城方向行駛。克萊斯勒神祕兮兮的，沒錯，但他對這類事情並不會反覆無常，而且我敢打賭，他掩飾自己的打算，一定是有好理由的。於是我答應把看歌劇的衣服準備好，然後跟他握手談定交易。不過接著我說，我恨不得馬上回到百老匯大道八〇八號，告訴其他人這個安排，克萊斯勒就要求我不要提起。尤其不能向羅斯福透露。

「我這個要求不是出於惡意，」克萊斯勒解釋，此時他的輕馬車在聯合廣場北端放我下車。「羅斯福最近一直很寬容、很諒解，而且一直努力在找康納。」

「不過始終沒有查出任何蛛絲馬跡。」我說，羅斯福是這麼告訴我的。

克萊斯勒望著遠方，似乎出奇地不帶感情。「他會出現的，我相信。但是在此同時——」他關上車廂的小門——「我們還有其他事情要處理。好了，賽勒斯。」

輕馬車離開了，然後我自己繼續朝下城走。

到了我們的總部，我發現我辦公桌上有一張莎拉和艾薩克森兄弟留下的字條，說他們會回家睡幾個小時，之後他們打算加入羅斯福派去監視畢全姆那棟樓房的警隊行列。我利用他們不在的機會，躺在長沙發上，設法得到一些我自己也很需要的休息，只是我一直睡得不穩。不過到了中午，我覺得好多了，於是回到華盛頓廣場我祖母家洗澡，換衣服。然後我打電話給莎拉，她告訴我，他們預定日落時到巴士特街一五五號會合，羅斯福本人也打算加入監視幾小時。她說她會叫出租馬車順便過來接我，然後我們又都設法再去休息一下。

結果，馬庫斯的判斷相當正確：到了星期六凌晨三點，還是沒有畢全姆的蹤影，而且我們所有人都開始明白，幾乎可以確定他不會再回到這戶公寓來了。我告訴其他人，克萊斯勒提到了畢全姆的「戰利品」——如果他留下來沒帶走，就表示他謀殺生涯的某種高潮很快就要到來——這個想法讓我們更加體會到，務必要為星期天夜裡設計出一個滴水不漏的計畫。依照幾個星期前的協議，羅斯福也要參與討論。於是星期六下午，我們就在八〇八號集合開會。

羅斯福從來沒到過我們的總部，看著他注視著這裡種種格局上和裝潢上的奇特之處，讓我想起我當初被畢夫．艾里森下藥後，第一次在這裡醒來的那個早晨。一如羅斯福慣常的作風，他的好奇心很快就壓過了困惑，並開始針對各式各樣事物，問起諸多細節問題——從那塊大黑板到我們的小廚房爐子——因而他抵達後花了將近一個小時，我們才真正開始開會。這個會議就像之前的幾十次會議那樣：我們任意提出各式各樣的想法，斟酌之後大半都予以捨棄，同時從各種空想和推測中，試著蒐集少數可靠的假說。不過這回，我發現自己透過羅斯福始則迷惑、繼而入迷的雙眼觀察這個過程，因而用一個很新鮮的角度去觀察。等到後來，每回我們對於某些推理的可靠性覺得滿意時，羅斯福就握起拳頭，敲著卡拉諾侯爵的椅子扶手，同時興奮地發出同意的讚嘆，我也對我們這個團隊以往與現在的工作有了新的評價。

有一個基本要點我們都同意：畢全姆那張紐約市供水系統地圖，不光是跟他過去的殺人有關，也跟即將發生的這次殺人有關。我們剛發現畢全姆那戶公寓的當天晚上，馬庫斯趁著等待羅斯福派警探過來時，就證實了他原先的推理：那張地圖是最近才釘在牆上的。他的方法是比較分析那個房間裡牆上不同區塊的灰泥。把氣溫、溼度、煤灰等元素列入考慮，於是馬庫斯完全確信，那張地圖在牆上非但是最近貼上去的，而且不會是恩司特．婁曼被謀殺的那一夜之前。

「太好了！」羅斯福說，朝馬庫斯致敬。「這就是我當初讓你們加入警力的原因——現代方法！」

馬庫斯的結論又更進一步得到其他幾個因素的佐證。首先，我們很難看出貝德羅島、自由女神像，或任何迄今的謀殺現場，跟紐約市的供水系統可能有什麼關係。其次，這個供水系統的整體概念，其主要目的之一就是要讓洗澡更方便，因此可能讓畢全姆聯想到施洗者聖約翰的隱喻。此外，畢全姆似乎藉著留下這張地圖，對我們既嘲笑又懇求，所以我們可以很有信心地說，無論如何，這張地圖在概念上都絕對跟下一樁命案有關。這些相關的細節，盧修斯也都寫到黑板上了。

「了不起，」羅斯福說，看著盧修斯在黑板上寫著。「了不起！這就是我喜歡的——科學的手段！」

我們沒人有心情告訴他，我們查案手段的這一部分，其實遠遠不像表面看起來那麼科學；我們只是拿出所有能找到、有關曼哈頓公共工程和建築的書，然後開始仔細研究曼哈頓的供水系統。

畢全姆一八九六年所犯下的謀殺案，每一樁都發生在河岸上，我們已經由此推斷出，在他的謀殺儀式中，大片水域的景觀是不可或缺的情感要件。因此，重點就是要把我們的注意力放在位於水岸的供水系統。這麼一來，我們就沒有太多選擇了。事實上，我們感覺只剩一個選擇：高橋輸水道暨水塔，從一八四〇年代以來，這條橋就以十呎寬的輸水管將紐約州北部乾淨的水越過東河、輸入曼哈頓。沒錯，如果畢全姆選擇高橋，那就會是他在郝士頓街以北的第一宗謀殺案；但他以前把屠殺行動局限在曼哈頓下城，並不見得表示他對曼哈頓北邊完全不熟悉。而且總是有一個可能：畢全姆其實是打算去這張地圖上某個比較不那麼重要的地方，比方水道的主要交會口之類的，所以他希望我們會迫不及待地認定他會去比較明顯、比較戲劇化的高橋。

「但是那個男孩的說法呢？」羅斯福問，對於自己無法更深入參與這個推測過程而深感挫折。「就是『俯瞰城市的城堡』等等的？這不就確認你們的假設了嗎？」

莎拉指出，雖然那個男孩的說法確認了我們的假設（當初建造高橋水塔的目的，是為了讓曼哈頓各地蓄水池的水壓相同，但水塔的外型的確很像一個高高的城堡塔樓），但畢全姆也不見得真的打算帶他的被害人去那裡。我們對付的這個兇手是特別變態、特別不誠實的，莎拉向羅斯福解釋，兇手很清楚我們的行動，而且他會盡力引導我們走錯路，以從中得到莫大的快感。儘管如此，畢全姆未必知道我們已經明白他需要靠近水——說不定他自己都沒意識到，因此，高橋水塔的確是最有希望的地點。

羅斯福興致勃勃地吸收著這項資訊，點著頭又撫摸他的下巴垂肉，最後終於兩手大聲一拍。「做得好，莎拉！」他說。「我不曉得你的家人如果聽到你這番話會怎麼說，但是老天，我真是以你為榮！」羅斯福那些話中充滿了真摯的感情和讚賞，因而莎拉也諒解了其中微微的施恩意味，轉身露出滿足的笑容。

等到要計畫星期天夜裡的警力實際部署時，羅斯福就更深入地參與導論了。他希望親自挑選出監視高橋水塔的人手，他說，知道這個任務需要非常老練的好手——我們都知道，要是有任何警方活動的跡象，畢全姆就可能會跑掉。除了高橋的監視之外，羅斯福還打算嚴密監視所有橋樑和渡輪站，另外加派人手定時巡邏東城和西城的岸邊地區。最後，他還會派出各警探小組去我們在婁曼男孩遇害那一夜所監視的各家妓院，即使我們有充分的理由相信，畢全姆這回會從另一個地方擄走他的被害人。

最後剩下的，就是要決定莎拉、艾薩克森兄弟和我在這齣大戲裡扮演的角色。最明顯的選項，就是我們要加入高橋水塔的監視團隊，此時我也必須宣佈我要到晚一點才能趕過去，因為我打算跟克萊斯勒去看歌劇。其他隊友立刻一臉不敢置信的表情；但因為我已經答應克萊斯勒不透露協議的具體內容，所以也無法為自己的行為提出可信的解釋。幸好，莎拉和艾薩克森兄弟都還沒來得及開口質問，我就得到了意想不到的幫手：羅斯福，因為他也計畫要去看這場慈善表演。羅斯福解釋說，史壯市長不太可能准許他為了那幾件男雛妓謀殺案，而出動大量警力忙上一夜。但如果羅斯福出現在一場眾所矚目的社交場合中，同時市長和市警局委員會的其中一兩名委員也會參加，就有助於確保警方的夜間活動不會成為注意焦點。羅斯福也贊成我去看歌劇，說這樣只會讓市長等人更加被誤導；此外，他也提起了克萊斯勒曾說過的一點：畢全姆從來不曾在午夜十二點之前動手，我們沒有理由認為他會改變。羅斯福和我可以在歌劇表演結束後，再加入這場獵捕行動。

警局最高指揮官都表示這樣的態度了，艾薩克森兄弟也只好不太情願地接受。另一方面，莎拉則疑心地看著我，等到其他人開始討論警方部署的進一步細節時，她就把我拉到一旁。

「他在計畫些什麼嗎，約翰？」她問，那口氣表明，到了這個階段，她不會容忍任何人亂搞。

「誰，克萊斯勒？」我說，希望口氣聽起來不像我心裡感覺的那麼心虛。「沒有啊，我不認為。我們好一陣子前就講好要去看這場表演的。」然後我靈機一動：「如果你真的覺得這樣不好，莎拉，我可以告訴他——」

「不，」她很快回答，但表情還是沒有被說服。「羅斯福局長剛剛說的有道理。而且總之，我們全都會在水塔那邊，我想不出為什麼還需要你。」我聽了有點不太高興，但是決定不要表現出來。「不過，」莎拉繼續說，「克萊斯勒三個星期都不聞不問，忽然就挑在明天晚上重新出現，這樣好像很奇怪。」她的目光在房間裡漫遊，同時思索著種種可能性。「總之，如果他看起來有什麼計畫，通知我們一聲就是了。」

「那當然。」她又懷疑地審視著我，我睜大眼睛。「莎拉，我為什麼會不告訴你們？」她回答不了，我自己也回答不了。知道完整理由的人只有一個，而他還不打算透露。

我們知道今天該好好休息，準備星期天的任務，但我覺得更有必要的是：在星期六晚上回到街頭，至少努力一下，去找找看喬瑟夫提過的那個在街上拉客的年輕朋友。無可否認，我們沒有名字、也沒有外型描述，要找到這麼一個男孩的機率相當低；而隨著時間愈來愈晚，機率就更低了。除了徹底找過下東城、格林威治村、里脊肉區各個有這類路邊雛妓出沒的地帶之外，我們還又去拜訪了各家做男雛妓生意的妓院。但在每一個地方，我們都碰到同樣驚呆且通常還很鄙視的回應。我們說，我們在找一個男孩；他在街上工作，可能打算很快要退出這一行（雖然我們知道，要是畢全姆遵循自己向來的模式，就會叫那個男孩對自己打算離開之事保密）；而且他是黃金律那個叫喬瑟夫的朋友——是的，就是被謀殺的那個男孩。無論我們原先查出任何線索的機會有多麼小，通常就會被最後這句話毀掉：我們訪談的每一個人都認為，我們是在尋找殺害喬瑟夫的兇手，沒有人想被牽扯進去。到了午夜，我們不得不接受：如果我們要找到這個男孩，那就得先找到畢全姆，而且希望是在他動手殺人之前。

這個想法就足以讓我們冷靜下來，各自回家休息。現在看起來很明顯，這回即將面對畢全姆的狀況非常不同，而且不光是因為我們知道了他的名字以及一大堆他過去的歷史：而是那種無可避免的感覺，這場即將來臨的對峙——而且大部分是由畢全姆自己安排的，儘管他自己可能沒有意識到——可能會比我們預料的要危險許多。沒錯，我們從一開始就假設，畢全姆的行為顯示出他想被阻止的強烈渴望；但我們現在明白，那種渴望有一種大災難、甚至末日的性質，而「阻止」可能必須動用極大的暴力。是的，我們會帶著武器，再加上警方，我們的人數會是他的幾十倍，甚至幾百倍；但是從很多方面來說，這個人在惡夢般的生涯中面對過更不利的機率，卻都戰勝了劣勢，倖存下來。而且這場比賽的勝負，不光是決定於統計數字而已；還要把無形的教養和訓練也納入考慮。如果把這些因素列入，未來的前景就會大幅改變，即使我們有壓倒性的人數和戰備優勢，但經過計算之後，我一點也不確定種種機率對畢全姆不利。

43

當你置身於擁擠的人群，周圍盡是有錢也有膽自稱是「紐約社會」的紳士淑女們，這個時候，你就不難理解那些手持炸彈的無政府主義者在想什麼了。傳說中紐約市的四百戶頂尖家庭穿著西裝、晚禮服，一身珠寶、香水，加上他們各路親戚和跟班，放縱地推擠、抨擊、說八卦、大吃，有興致的旁觀者可能覺得這種場面很有趣，但不幸的闖入者只會覺得糟糕無比。六月二十一日星期天晚上，我就是這麼一個闖入者。克萊斯勒曾要求我（即使當時我都覺得很奇怪）不要去他家，而是在表演節目開始之前，直接到大都會歌劇院他的包廂裡會合，於是我就得搭出租馬車到「黃色啤酒廠」，然後獨自在歌劇院狹窄的樓梯上奮戰。絕對沒有其他事物能像募款晚會這樣，激起你對紐約社交圈上層階級的殺手本能；而當我又擠又推地穿過門廳，設法哄著那些禮服和身體比例只適合站著不動的貴婦們移動一下，此時我偶爾會碰到小時候認識的一些人，都是我父母的朋友，他們現在目光一對上我就趕緊別開眼睛，或者只是極其輕微地躬身，清楚表明：「拜託，就省去我非得跟你講話的尷尬吧。」就我而言，這一切都無所謂，只不過他們通常還不肯挪到一旁讓我過。等到我終於來到歌劇院的二樓，整個人的神經和衣服都已經搞得一團混亂，同時耳邊迴盪著幾千句超級愚蠢的對話。總之，眼前的補救辦法就是：我直奔樓梯下方的一個小吧檯，迅速喝下一杯香檳，又抓了兩杯，然後堅定地朝克萊斯勒的包廂走去。

我發現克萊斯勒已經到了，正坐在後排的一個座位上閱讀晚上的節目單。「老天！」我說，在他旁邊的座位坐下，一滴香檳都沒灑出來。「自從沃德．麥克艾里斯特死掉以後，我就沒見過這種場面了！你想他該不會從墳墓裡復活了吧？」（在此向比較年輕的讀者解釋一下，沃德・麥克艾里斯特曾是紐約社交圈核心人物阿斯特夫人的幕後軍師，四百人名單其實就是他設計出來的，因為這位夫人的跳舞廳裡可以舒適容納的人數，就是四百人。）

「希望不會，」克萊斯勒回答，一臉歡迎的笑容轉向我，我也欣然接受。「雖然像麥克艾里斯特這種人會做出什麼事，你永遠無法確定。好了，摩爾！」他把節目單放在一旁，兩手一拍，整個人的模樣比我們過去幾次碰面都要開心又健康。他看著我手裡的香檳。「看起來，你已經準備好要在狼群中度過一個晚上了。」

「是啊，狼群今天晚上全員出動了，不是嗎？」我說，瀏覽著鑽石馬蹄。我起身想換到前面的位子，但克萊斯勒拉住我。

「如果你不介意，摩爾，我希望今天晚上我們就坐在後頭。」看到我疑問的神色，他回答，「我今天晚上不想讓別人觀察我。」

我聳聳肩，重新在他旁邊的位置坐下，然後繼續打量著觀眾，目光很快就轉到三十五號包廂。「啊，我看到摩根帶著他太太。看來某個可憐的女演員今晚沒機會展示她的鑽石手鍊了。」我低頭看著下方一大片攢動的人頭。「還在外頭的那一大堆人要怎麼辦——正廳前座幾乎全都坐滿了。」

「如果我們還能聽得到表演的聲音，那就是奇蹟了，」克萊斯勒說，臉上的微笑讓我摸不著頭腦——這種事情通常不會讓他高興的。「阿斯特家的包廂擠了太多人，看起來好像要垮掉了。還有路瑟佛家的那幾個小夥子，都醉得快站不起來了！」

我拿出我的折疊式望遠鏡，開始仔細觀察鑽石馬蹄的另一邊。「克盧家包廂的那群姑娘還真吵，」我說。「她們不太像是要來聽歌劇。以我看呢，她們是來找結婚對象的。」

「這些就是社會秩序的守護者啊，」克萊斯勒朝歌劇院裡舉起右手，嘆了口氣。「正在展示中，看看有多麼壯觀！」

我困惑地看了克萊斯勒一眼，「你的心情很奇怪——沒喝醉吧？」

「清醒得就像個法官，」克萊斯勒回答。「不過今天來到這裡的法官可不見得都很清醒。另外，看你的表情非常擔心，那我再補充一下吧，摩爾，我也沒有發瘋。啊，羅斯福來了。」克萊斯勒舉起手揮動，臉皺了一下。

「你手臂還是會痛？」我問。

「只是偶爾，」他回答。「那一槍根本不算射中，我應該去跟那個人——」克萊斯勒看到我的臉色，似乎忍住了，然後又刻意拿出開朗的樣子。「改天吧。好，告訴我，約翰——我們團隊的其他成員，現在人在哪裡？」

我可以感覺到「非常擔心」的表情還在我臉上，但總算聳聳肩不多想，開口回答了他最後一個問題。「他們跟其他警探去高橋了，」我說。「提早去就定位。」

「高橋？」克萊斯勒熱切地問。「所以他們預料會是在高橋水塔了？」

我點頭。「我們是這麼推測的。」

克萊斯勒一聽，雙眼立刻興奮得發亮。「是啊，」他喃喃說。「是啊，當然了。那是另一個明智的選擇。」

「另一個？」我說。

他迅速搖搖頭，「不重要，你沒把我們的安排告訴他們吧？」

「我跟他們說我要來這裡聽歌劇，」我回答，有點防備地說。「不過我沒說出真正的原因。」

「好極了。」克萊斯勒往後靠坐，看起來很滿意。「那麼羅斯福就不可能知道……」

「知道什麼？」我問，開始有那種舊日的熟悉感覺，好像自己是在一場表演的中途進錯了戲院。

「嗯？」克萊斯勒只是咕噥了一聲，好像幾乎沒意識到我在場。「喔，我晚一點會解釋的。」他忽然指著樂隊席。「太好了——塞德爾出現了。」

走向指揮台的，是側影高貴、長髮的安東・塞德爾，他曾擔任作曲家理察・華格納的私人秘書，現在是紐約最優秀的管絃樂團指揮。他的羅馬鼻上戴了一副更顯高貴的夾鼻眼鏡，而且不知怎地，雖然他的指揮風格向來動作誇張，但那副眼鏡總是能安然棲息在他的鼻子上。樂隊席立刻安靜下來，然後塞德爾嚴峻的眼神轉向觀眾，許多講個不停的人也閉上嘴巴，擔心了幾秒鐘。但是歌劇院的燈光逐漸暗下來，塞德爾揮動手臂，《唐・喬凡尼》磅礴有力的序曲響起，包廂裡的噪音又開始變大了。很快地，就吵得讓人受不了；但是克萊斯勒還是繼續一臉平靜地坐在那裡。

的確，有將近一幕半的時間，克萊斯勒都始終平靜得令人困惑，一路忍受著那些粗魯的觀眾無視於舞台上正在發生的音樂奇蹟。摩瑞爾的歌唱和表演一如往常出色，而他的配角群——尤其是飾演利波雷洛的愛德華多・德・瑞茲克——也非常精采；但觀眾對他們的答謝，卻是很偶爾才有一輪掌聲，以及歌劇院裡愈來愈令人分心的談話和喧鬧。法蘭西絲・薩維爾飾演的澤麗娜令人賞心悅目，不過她的歌唱才華仍無法阻止酒醉的路瑟佛家小夥子們朝她喝采：那種喝采的方式，顯示她在他們的心目中就跟一般包厘街歌廳的舞女沒有兩樣。幕間休息時，觀眾們的表現大致上就跟表演開始前一樣——像是一大群閃閃發亮的叢林野獸一般——然後到了扮演死去騎士長的維托里歐．阿里蒙第開始敲著唐．喬凡尼的門，我對整體的氣氛完全倒胃口，也完全搞不懂克萊斯勒當初為什麼要找我來。

沒多久，我就開始有了答案。正當阿里蒙第出現在舞台上，一根雕像般的手指指向摩瑞爾之時，塞德爾激動地指揮著樂團奏出一段漸強段落，那種精采程度我很少聽到，即使是在大都會歌劇院，此時克萊斯勒冷靜地站起來，滿足地深吸一口氣，然後碰了我的肩膀。

「好吧，摩爾，」他低聲說。「我們走吧？」

「走？」我說，站起來跟著他走出包廂最黑暗的角落。「走去哪裡？我講好表演完畢後要跟羅斯福會合的。」

克萊斯勒沒回答，只是冷靜地打開通往交誼廳的門，同時賽勒斯．芒綽斯和史蒂威．塔格特走過來。他們穿的衣服很像克萊斯勒和我的。我很驚訝也很開心見到他們兩個，尤其是史蒂威。之前挨過康納痛毆的史蒂威看起來已經大致復元，不過他顯然對身上的衣服很不習慣，也不太高興來觀賞歌劇。

「別緊張，史蒂威，」我說，拍了一下他的肩膀。「歌劇殺不死人的。」

史蒂威一根手指塞進領子裡拉了幾下，想把領口扯鬆。「我真正想要的是一根香菸，」他很小聲地咕噥說。「摩爾先生，你不會剛好有吧？」

「喂，喂，史蒂威，」克萊斯勒嚴厲地說，穿上他的披風。「這個我們討論過了。」他轉向賽勒斯。「你知道該做什麼吧？」

「是的，先生，」賽勒斯平靜地回答。「表演結束後，羅斯福先生會來問你們去了哪裡。我會告訴他我不知道。然後我們會駕著馬車到你指定的那個地方。」

「要走——」克萊斯勒引導地問。

「要走迂迴的路線，以防萬一被跟蹤。」

克萊斯勒點點頭。「很好。走吧，摩爾。」

克萊斯勒走進交誼廳，我回頭看著歌劇院內，這才明白沒有其他觀眾看得到剛剛的這番談話——這顯然就是克萊斯勒堅持坐在包廂後排的原因。然後我回頭看了依然被一身禮服束縛得很不自在的史蒂威，又明白了另一件事：這兩個人遠遠看起來和我們輪廓相似，是要讓別人覺得克萊斯勒和我還在歌劇院裡。但目的是什麼？克萊斯勒忙著要去哪裡？我腦袋裡的問題愈來愈多，但知道答案的那個人已經一路往外走；於是，隨著唐・喬凡尼降入地獄時的驚駭大叫，我跟著克萊斯勒朝百老匯大道上的大門走去。

等到我追上他時，他的心情興奮而堅定。「我們走路就好。」他朝外頭的看門人說，然後那人揮手打發掉一群急著載客的出租馬車夫。

「克萊斯勒，該死，」我火大地說，跟著他走到百老匯大道的轉角。「你至少該告訴我，我們現在要到哪裡去！」

「我還以為你應該已經猜到了，」他回答，打著手勢要我繼續走。「我們要去找畢全姆。」

這些話讓我大吃一驚，因而克萊斯勒還得抓著我的翻領，拉著我繼續往前。我跟著他踉蹌走到人行道邊緣，等著交通空隙以穿過馬路，此時克萊斯勒低笑一聲。「別擔心，約翰，」他說，「沒幾個街區，但是應該給了我足夠的時間，可以回答你所有的問題。」

「沒幾個街區？」我說，設法想甩掉我的茫然，同時躲過地上的馬糞和左右駛來的馬車，最後終於穿過百老匯大道。「要去高橋水塔？離這裡好幾哩呢！」

「今天晚上，恐怕畢全姆不會在高橋水塔，」克萊斯勒回答。「我們的朋友們註定要歷經一場沮喪的守夜了。」

我們沿著三十九街往第六大道走，百老匯大道的喧囂聲逐漸拋在後頭，我們的聲音開始在兩旁黑暗的連棟排屋間迴盪。「那他到底會去哪裡？」

「你自己可以判斷，」克萊斯勒回答，他加快了腳步。「想想他在他的公寓裡留下了什麼！」

「拉茲洛，」我生氣地抓住他的手臂。「我不是來這裡跟你玩遊戲的！你害我丟下了並肩工作幾個月的朋友，更別說完全把羅斯福棄之不顧——所以別再走了，停下來好好告訴我到底是怎麼回事！」

一時之間，他的熱心轉為同情。「對於其他人我很抱歉，約翰——真的。如果我想得出其他辦法……但真的就是沒有。請你諒解，如果警方介入這件事，那畢全姆就一定會死掉——這一點我再確定不過了。啊，我的意思不是羅斯福會參與，而是在等待執行死刑的途中，或是在牢裡時，就會發生某種意外。一個警探，或是一個獄警，或是其他囚犯——大概就會宣稱自衛——一定會殺了我們費盡苦心查出來的約翰．畢全姆。」

「可是莎拉，」我說。「還有艾薩克森兄弟。他們當然有資格——」

「我不能冒這個險！」克萊斯勒說，繼續邁著堅定的腳步往東走。「他們是羅斯福的下屬，必須聽從他的命令。我不能冒險假設他們不會把我計畫的事情告訴他。我甚至不能告訴你全部，因為我知道你答應過羅斯福，要把自己所知道的一切都告訴他——而你不是那種不守承諾的人。」

我承認，這番話讓我消了點氣；但是我忙著跟上他時，又繼續逼問他細節。「但是你到底在計畫什麼？又計畫多久了？」

「從瑪麗遇害的那個早晨開始，」他回答，聲音裡只有一點點憤恨的痕跡。我們在第六大道角落又停下來，克萊斯勒轉向我，黑色的眼珠依然晶亮。「我原先會退出調查，純粹是一時的情緒反應，事後我大概會再重新考慮的。但那天早上，我明白了一件事：既然我已經成了那些對手們主要的注意焦點，我的退出，就可能會給你們其他人自主權，不會再受到那些干擾。」

我思索了幾秒鐘。「的確是，」我判斷。「我們後來再也沒看過伯恩司的手下了。」

「但是我看到了。」克萊斯勒回答。「而且一直都有。我花了好些時間，故意引著他們在紐約到處亂轉。其實很荒謬，但我還是繼續這樣，同時我相信你們其他人——以你們自己的能力，加上之前我們一起調查時所學到的——會找出一些線索，準確預測出畢全姆的下一個行動。」我們開始穿過第六大道的車陣時，克萊斯勒舉起右手數著：「關於六月二十一日的施洗者聖約翰誕生日，我已經得出了跟你們同樣的假設。所以你們要決定的，就剩下被害人和地點了。我本來抱著很大的希望，以為你的年輕朋友喬瑟夫可以給我們初步的線索——」

「他差點做到了，」我說，那種至今已經很熟悉的強烈罪惡感和痛苦撕扯著我的心。「看起來，他讓我們知道被害人不會是誰：我們知道他不在妓院工作，而是在街頭拉客的。」

「是的，」克萊斯勒說，此時我們過了馬路，來到第六大道的東側。「那個男孩幫了很大的忙，他的死是個悲劇。」他深深自責地吸了口氣。「這整個案子裡，有時候你會覺得，只要跟約翰．畢全姆的人生有所接觸的任何人或任何事，好像就註定會悲劇告終……」他忽然又果決起來。「無論如何，喬瑟夫所提到的『城堡』，說被害人可以從那裡看到整座城市，絕對是一大幫助，我是說，加上你們在畢全姆那戶公寓裡的發現。順帶講一聲，你們能做到真是太了不起了——我是指你們找到那個地方。」

我只是點點頭，露出感激的微笑，此時已經放棄再去追問克萊斯勒早已為今天晚上所策劃出來的行動方案。這麼快就放他一馬似乎很奇怪，但不要忘了，這幾個星期來，我都在沒有克萊斯勒的友誼和指引之下工作，也常常深感失落。能夠再度跟他一起胸有成竹地並肩往前走，聽到他以一種審慎而自信的態度仔細分析這個案子，而且最重要地，知道在他退出這段期間，其實一直想著莎拉、艾薩克森和我，以及整個案子，都帶給我莫大的歡欣和寬慰。我知道他現在跟我們其他人的目的有些不一樣；而且可以輕易看出他睜大眼睛的熱情中，有一種不可預測且或許無法控制的元素；但是當我們沿著三十九街往前走時，這些考慮似乎都不重要了。我們走在正確的道路上，這點我很確定，而我的興奮很快就輕易擊敗了心底那個小小的、謹慎的聲音：那聲音說我們只有兩個人，正要去執行一項原來應該有二十個人的任務。

我心照不宣地看了克萊斯勒一眼。「等到羅斯福發現我們離開了歌劇院，」我說，「他會為了找我們，把整個紐約市給翻過來。」

克萊斯勒聳聳肩。「他最好用腦袋想一想。他有足夠的線索，可以判定我們的下落。」

「線索？你指的是畢全姆公寓裡的那些東西？」我又覺得一頭霧水了。「但我們就是因為在那裡的發現，還有關於城堡的說法，才決定去高橋水塔的。」

「不，約翰，」克萊斯勒回答，雙手又搖了起來。「引導你們做出這個結論的，是你們在畢全姆公寓裡所找到的部分東西。你再想一想，他留下了什麼？」

我在腦袋裡複習了一遍。「那些眼睛……那張地圖……還有那個上頭有銀版照相法相片的盒子。」

「沒錯。現在你想想，是哪些有意識或無意識的考慮，讓他只留下那些東西。那些眼睛很清楚無誤地告訴你們，你們找對人了。那張地圖給了你們一個大致的概念，曉得下一個目標的範圍。而那個盒子——」

「那個盒子告訴我們同一件事，」我很快打斷他。「那張銀版照相法的相片讓我們知道，我們找到了傑菲士・杜瑞了。」

「沒錯，」克萊斯勒強調地說，「但是盒子裡面呢？」

我不懂他的意思。「那顆心臟？」我困惑地咕噥著。「那是個舊的、乾掉的心臟——你認為那是他母親的。」

「是的。現在，把那個照片和盒子裡裝的東西加在一起看。」

「紐約市供水系統……和心臟……」

「接著，再把喬瑟夫說過的話加進去。」

「一個城堡或堡壘，」我回答，還是不明白。「在上頭，可以看到整座城市。」

「然後……？」克萊斯勒催促我繼續說下去。

正當我們左轉、開始沿著第五大道往北走時，答案忽然就像一車磚頭撞上了我。佔據南北兩個街區、東西一個街區，牆壁跟周圍的建築物一樣高，而且龐大得就像傳說中的特洛伊城的，就是克羅頓蓄水池。這座仿照古埃及陵墓建築風格的蓄水池，的確就像個城堡般的堡壘，紐約人常常在蓄水池周圍的高牆上散步，享受著這個城市一覽無遺的壯觀視野（還有牆內的人工湖）。此外，克羅頓還是全紐約的配水中心；簡單來說，它就是這個城市供水系統的心臟，所有輸水道將乾淨的水運送到此，然後再供應給所有對外的配送管線。我震驚地轉向克萊斯勒。

「是的，約翰，」他說，微笑著跟我走向蓄水池。「這裡。」他把我拉近，來到蓄水池的高牆之下。在這麼晚的時間，四周一片空蕩，然後克萊斯勒壓低聲音。「你們其他人一定討論過，畢全姆應該知道我們首先就會去監視濱水地帶——你們把焦點集中在那些區域，沒想到還有另一個合適的地點。」克萊斯勒抬起頭，這一夜第一次露出些許憂慮之色。「如果我沒猜錯，他現在就在上頭。」

「這麼早？」我問。「你不是說過——」

「今天晚上非常不一樣，」克萊斯勒很快回答。「今天他很早就佈置好餐桌，好讓自己有更充足的準備去迎接客人。」他伸手到披風內側，拿出一把柯爾特輪轉手槍。「這個你拿著好嗎，摩爾？但是不要用，除非有絕對的必要。我有很多問題要問這個人。」

克萊斯勒開始走向蓄水池的龐然大門和階梯，看起來很像古埃及陵墓的入口。以我們這天晚上的目的來看，這種相似度讓我全身發冷，不禁打了個寒噤。靠近門口時，我拉住了克萊斯勒。

「有件事，」我低聲說。「你說伯恩司的人馬一直在跟蹤你——那你怎麼知道他們現在沒在監視我們？」

他望著我的茫然表情讓我深感不安：彷彿他已經明白了自己註定的命運，不打算掙扎了。

「啊，我並不知道他們不會監視我們，」他低聲地簡單回答。「事實上，我預料他們會監視的。」

說完了，克萊斯勒走進入口，爬上那條寬闊而黑暗的階梯。這道階梯會穿過巨大的外牆，往上通往散步道。聽到他這些令人困惑的話，我無奈地聳聳肩，正要跟上去，此時隔著第五大道，對面一道模糊的黃銅色閃光忽然抓住我的視線。我暫停下來，想看清楚是什麼。

在四十一街上，一棵枝葉繁茂的大樹下——濃密的樹葉提供了有效的保護，擋掉了第五大道上弧光街燈的光線——停著一輛優雅的黑色四輪馬車，上頭的兩盞燈籠閃出微弱的光。拉車的那匹馬和駕車的車夫看起來都睡著了。一時之間，我正要登上樓梯的那種害怕感覺忽然暴增：但接著我擺脫那種憂慮，開始往上跟著克萊斯勒，告訴自己：全紐約一定有很多人擁有這種優雅的黑色四輪馬車，不光是保羅．凱利而已。

44

一爬到蓄水池的圍牆上，我就明白自己讓克萊斯勒說服、只有兩個人就跑來這裡，有可能釀成大禍。圍牆頂部離地大約六層樓高，散步道寬度八呎，左右兩旁都圍著四呎高的鐵欄杆，我往下看著街道，那個角度立刻令我想起最近幾個月跑了好多屋頂。這個回憶本身就已經夠不愉快了。而當我視線移得更遠也更廣，看到了環繞著蓄水池四周那些屋頂柏油塗層和眾多建築物的煙囪，於是更清楚意識到：儘管我們所站的地方並不是屋頂，但依然是回到了約翰．畢全姆可以熟悉掌握的高聳領域。我們再度回到他的世界，只不過這回我們是接到一個邪惡的邀請而來；而當我們悄悄走向沿著四十街那一側的圍牆時，右方一大片蓄水池的水面上倒映出忽然出現的月亮，且月亮持續在清朗的夜空中爬升。此時我明顯感覺到，我們身為獵人的狀態受到了嚴重的威脅：我們就要變成獵物了。

許多熟悉但令人不安的影像在我腦海裡紛紛閃過，像是我和瑪麗．帕默在科拜氏劇院看過的那些影片：每一個死去的男孩，被綁縛且切得支離破碎；切開屍體的可怕長刀；皮耶蒙太太那隻被宰殺的貓；畢全姆在五點區那戶黯淡的公寓，還有他宣稱曾烹煮過喬治歐．桑托瑞里的「嫩屁股」的那個爐子；喬瑟夫死去的身軀；最後是兇手本人的影像，由我們調查中所蒐集到的種種線索和推理所形成，然而儘管我們努力做了那麼多，那影像卻還是只有模糊的輪廓。蓄水池上方的無垠黑色天空和無數星星，無法為這些可怕的影像提供撫慰或庇護，而當我再度往下瞥了一眼城市的街道，感覺文明世界似乎遙遠得不得了。我們小心翼翼的每一步，都清楚表明我們來到一個沒有法律的死亡世界，在這裡，我手上抓著的這把槍很可能根本保護不了我；在這裡，我們耗費過去十幾個星期所解開的事情根本不算什麼，一些更大謎團的解答，都將隨著殘酷的終局而顯現。但儘管有這些焦慮的思緒，我卻從來不考慮回頭。克萊斯勒堅信我們這一夜在蓄水池的圍牆上將會結束這件事，或許那種信念是會傳染的；無論原因是什麼，我始終跟在他旁邊，即使我很確定，我們很可能再也回不到下頭的街道上了。

我們還沒看到那男孩，就先聽到他的啜泣聲。散步道上沒有燈，只有月光照路，我們轉上靠四十街那一側的散步道，看到遠處的圍牆上有一棟岩石蓋成的、一層樓高的控制機房，有如幽靈般忽然出現。那啜泣聲——高音調、絕望，但有點被蒙住了——似乎是從機房附近傳來的。等到我們離機房大約四十呎處，我看到一個模糊的影子，是人類皮膚在月光下發出的亮光。我們又走近幾步，可以清楚看到一個裸身的男孩跪在地上。他的雙手被綁在背後，於是頭往前靠在散步道的岩石表面上，他的雙腳也被綁住了。另外他嘴巴上有一條布巾，繞著他的腦袋綁起來，把他塗了口紅的嘴巴撐開形成一個痛苦的角度。他臉上的淚水發出閃光；但他還活著，而且同樣令人意想不到的是，只有他一個人。

我出自本能地要趕緊上前去協助那個不幸的男孩，但才走了一步，克萊斯勒就抓住我的手臂往後拽，急忙在我耳邊說，「不，約翰！他就是希望你這樣做。」

「什麼？」我也低聲問。「但你怎麼知道他——」

克萊斯勒點了個頭，眼睛示意著機房的頂部。

就在機房的屋頂上，映照著柔和月光的，就是在賽勒斯遭受攻擊那一夜、我曾在「黑與褐」屋頂上看到的同一個漸禿的腦袋。我覺得心臟狂跳，但很快就深吸一口氣，設法保持冷靜。

「他看到我們了嗎？」我跟克萊斯勒咬耳朵。

克萊斯勒只是瞇起雙眼，沒有表現出其他反應。「一定看到了。問題是，他知道我們看到他了嗎？」

答案立刻出現了：那個頭消失了，就像荒野裡一隻動物的反應：完全不見蹤影，快得令人驚異。此時那個被綁住的男孩看到我們了，他悶住的啜泣變成更有力的字句，雖然聽不出在講什麼，但顯然是懇求幫助。我腦中又出現喬瑟夫的影像，於是想搶救下一個被害人的衝動更加倍了。但克萊斯勒還是緊握住我的手臂不放。

「等一下，約翰。」他低聲說。「等一下。」散步道上有一個通往控制機房的入口，此時克萊斯勒指著那裡。「我今天早上來過這裡。要離開那個機房只有兩條路——回到散步道，或是爬樓梯下到底下的街道。如果他沒出現……」

整整一分鐘過去了，那個入口或控制機房屋頂都沒有人影的跡象。克萊斯勒一臉困惑。「他有可能逃走了嗎？」

「或許實際被抓到的風險，讓他難以承受吧。」我回答。

克萊斯勒考慮了一下，審視著那個還在懇求的男孩。「好吧，」最後他決定。「我們走過去，但是要慢慢來。另外那把手槍要隨時準備好。」

我們走的前幾步僵硬而艱難，好像身體知道有危險，不肯接受腦子的決定。但是走了大約十呎，一直沒看到對手的蹤跡後，我們就開始走得比較順暢了，我也更加相信畢全姆其實比他原來預料中更害怕被逮到，於是溜到街上去了。想到我們真的就要阻止一樁殺人事件，我心頭忽然湧上一股強烈的歡喜，於是露出微笑——

太傲慢了。正當我因為自鳴得意而稍稍放鬆了手中所握的手槍時，一個黑影從鐵欄杆外側（或是街上）跳進來，狠狠一拳揮過我的下頷。我聽到一個響亮的嘎吱聲，後來才知道那是頭部猛往旁邊一轉時、頸部骨頭摩擦所發出的聲音，但當時我只是眼前一黑，接著便不省人事。

我應該沒有昏迷太久，因為醒來時，月亮照下來的黑影並沒有改變太多；然而，我覺得腦袋比睡上好幾天還要昏沉無力。等到視野清晰後，我感覺到身上好幾個地方在痛，有的劇痛，有的隱隱作痛，但全都在痛。當然了，是我的下巴，還有脖子。我的手腕灼痛，肩膀也痛得不得了；但最不舒服的一個位置，是來自舌頭下方。我呻吟著想移出嘴裡的一個東西，吐到地上，結果吐出一顆犬齒，以及一大灘鮮血和口水。我的腦袋感覺上像是匹茲堡煉出來的一大塊鋼，只能勉強抬起兩三吋。最後我才明白，那不光是因為我挨的那一拳：我的手腕被拉到身後、綁在散步道內側的鐵欄杆頂端，腳踝則以類似手法綁在欄杆底端，使得我的腦袋和上半身痛苦地懸在散步道的岩石路面上方。我之前拿著的那把柯爾特輪轉手槍，則躺在我面前的地上。

我又呻吟，同時試著抬起頭來，最後終於勉強可以轉頭，看到克萊斯勒。他也被以類似的方式綁著，不過好像神智清醒且沒受傷。他朝我露出微笑。

「你清醒了，約翰？」他說。

「呃——」是我唯一能發出的聲音。「他在……」

克萊斯勒設法朝控制機房點了個頭。

那個被綁住的男孩還趴在原處，不過現在他迫切的叫聲已經恢復為恐懼的啜泣。他面前站著一個巨大的身影，穿著不起眼的黑衣，背對著克萊斯勒和我。那個人緩緩脫掉衣服，整齊放在散步道的一側。幾分鐘內，他就全身赤裸，露出一身強壯的肌肉。他走向那男孩——從他臉上和身體才開始出現的少許鬍鬚和體毛判斷，他一定不會超過十二歲——抓著頭髮拉起他化著濃妝的臉。

「哭？」那男子說，用一種沒有感情的低沉聲音說。「一個像你這樣的男孩應該要哭……」

那男子放開男孩的頭，轉過身來面對克萊斯勒和我。他正面的肌肉組織就跟他背面一樣發達——肩膀以下簡直就是個令人驚嘆的身體樣本。我拉長脖子看著他的臉，不禁皺起眉頭。我不曉得自己到底期望什麼，但我很確定不會是眼前這張平庸的臉。有些地方很像亞當．杜瑞，比方頭骨上繃緊的皮膚，以及稀疏的頭髮。那對眼睛也跟他哥哥一樣，在骨骼發達的大腦袋上頭嫌太小了。臉的右半邊有點下垂，不過這一刻還沒抽搐，大大的下巴堅定不動；但從各個方面來說，那是一張很普通的臉，看不出那個大腦袋深處有可怕騷動在不停煎熬的痕跡。他臉上的表情顯示，面對著自己一手佈置出來的駭人場景，好像就跟在做人口普查沒有兩樣。

我忽然發現，這個事實是約翰．畢全姆到目前為止最令我害怕的一點。他用一種完全公事公辦的態度，彎腰從衣服裡拿起那把大大的刀子，然後走到克萊斯勒和我被綁住的地方。他輪廓分明的身體沒有什麼體毛，反射出明亮的月光。他兩腳張開，彎腰先看克萊斯勒，然後看著我的臉。

「只有兩個，」他說，搖搖頭。「真愚蠢——太愚蠢了。」他舉起刀，看起來很像盧修斯在戴蒙尼寇餐廳給我們看過的那把，然後他刀刃抵著克萊斯勒的右頰，沿著那臉上的皺紋慢吞吞輕劃著。

克萊斯勒看著畢全姆的手移動，然後謹慎地說，「傑菲士——」

畢全姆狂吼一聲，左手背狠狠打過克萊斯勒的臉。「不准講那個名字！」他怒氣沖沖地說。

那刀子又回到克萊斯勒的臉頰，用力一壓，克萊斯勒的臉上流出一滴血。「不准講那個名字……」畢全姆站直身子，深吸一口氣，好像覺得自己剛剛的發脾氣很不體面。

「你們一直在找我，」他說，然後頭一次微笑了，露出發黃的大牙齒。「你們一直想看到我，但我一直在監視你們。」那微笑迅速消失，就像出現時一樣快。「你們想看？」他用刀指著那男孩。「那就看吧。他會先死，死得很乾淨俐落。但是你們就不了。你們愚蠢又沒用，連阻止我都辦不到。愚蠢、沒用的畜生，我會活活把你們開膛剖腹。」

他走回那男孩身邊時，我朝克萊斯勒低聲說，「他打算做什麼？」

克萊斯勒還在努力擺脫剛剛臉上挨的那一記所造成的效果。「我相信，」他回答，「他打算殺了那個男孩。然後我相信，他打算讓我們看著。之後……」

我看到一道血流下克萊斯勒的臉頰和下巴。「你還好嗎？」我問。

「啊，」克萊斯勒說，對我們即將面臨的厄運顯得太不在意了。「傷我最深的是愚蠢的行為，我們追捕一個登山專家，居然沒料到他會攀上一道牆，從我們背後跳出來……」

畢全姆此時蹲下看著那被綁住的男孩。「他為什麼要脫掉衣服？」我問。

克萊斯勒審視了畢全姆一會兒。「因為血，」他最後終於說，「他不想沾到衣服上。」

畢全姆把刀子暫時放在一邊，雙手開始在眼前那男孩扭動的身軀上遊走。

「但那真的會是唯一的原因嗎？」克萊斯勒繼續說，聲音裡有一絲驚訝。

畢全姆的臉還是沒有露出憤怒或淫慾，或任何其他感情。他像個解剖老師那般，探索著那男孩的軀幹和四肢，只有摸到那男孩的生殖器時才稍微暫停。他就這樣撫摸了幾分鐘後，起身站在那男孩後方，一手摸著那男孩上翹的臀部，另一手摸著自己的那話兒。

我想到接下來一定會發生什麼事，不禁反胃起來。「可是我以為——」我低聲的咕噥簡直像是抗議。「我以為他沒強暴他們的。」

克萊斯勒繼續觀察。「那並不表示他沒試過，」他判斷。「這是個複雜的時刻，約翰。他在信中宣稱他沒有『弄髒』那些男孩。但是他試過沒有？」

我又抬起頭，看著畢全姆還在撫摸那男孩和自己，但無法讓自己勃起。「唔，」我厭惡地說。「如果他想要這麼做，又為什麼——」

「因為他其實不想做，」克萊斯勒回答，已經拉長的脖子又竭力點了一下頭，看起來他開始明白眼前的狀況了。「他覺得有一股勢不可擋的力量逼他去做這件事，逼他去殺人——但那不是欲望。而儘管他可以逼自己殺人，卻沒有辦法逼自己強暴別人。」

彷彿要回應克萊斯勒對這一幕的分析，畢全姆忽然深感挫折地嚎叫起來，粗壯的手臂舉向天空，全身抖動。然後他又低頭看，很快繞到男孩前方，手指長長的雙手環繞住男孩的脖子。

「不！」克萊斯勒忽然喊道。「不，傑菲士，老天在上，這不是你想要的——」

「不准講那個名字！」畢全姆又吼道，此時那男孩被他掐得尖叫又瘋狂扭動。「我會殺了你，你這骯髒的——」

忽然間，從我的左邊，一個有點熟悉的聲音從黑暗中傳來：

「你別想殺任何人了，可悲的混蛋。」

儘管脖子很痠，我還是趕緊扭頭，看到了康納手裡拿著一把韋伯利點四四五輪轉手槍，正沿著散步道走過來。他後頭跟著的那兩個人，現在對我們來說是老面孔了：曾在桑托瑞里的租屋裡追著我們跑出來的那兩個惡漢，之後他們又一路跟蹤我們去亞當．杜瑞家，然後被我在波士頓開往紐約的火車上狠狠打下車。

康納走向畢全姆時，賊溜溜的眼睛瞇起來。「你聽到沒？放開那個孩子！」

畢全姆非常緩慢地鬆開勒住那男孩的手。他的臉變得完全茫然，然後又劇烈改變：首度出現了情緒，睜大的雙眼中有深深的恐懼。正當那對眼睛似乎睜得不能再大時，忽然就開始眨了起來，急速且失控地眨著。

「康納！」我說，終於克服了我的震驚。然後我轉向克萊斯勒想尋求解釋，看到他望著康納，臉上的表情同時兼有痛恨與滿足。

「是的，」克萊斯勒平靜地說。「康納……」

「把那兩個放下來，」康納對一名手下說，同時彎腰撿起克萊斯勒的柯爾特手槍。他手上那把韋伯利始終瞄準畢全姆，同時他右邊那個手下有點不太情願地走過來，先幫克萊斯勒解開繩子，然後是我。「還有你，」康納對著畏縮的畢全姆說。「他媽的把衣服穿上，該死的雞姦者。」

但畢全姆沒照做。他的表情變得更害怕了，朝牆壁蜷縮得更厲害——然後臉上開始抽搐。一開始很緩慢，只是眨著眼睛、扯著右嘴角；但沒多久，他的整個右臉就猛烈抽縮，然後很快地，那種可悲的效果讓我不得不承認，要是換在別的狀況下，會是好笑透頂。

我們看著這個轉變發生時，康納那張蓄著絡腮鬍的臉上出現了一種露骨的厭惡。「老天，」他說。「你這噁心、可悲的混蛋……」他轉向左邊的手下。「麥克——幫他遮起來，老天在上。」

那人走過去，撿起畢全姆的衣服，朝他丟去。畢全姆抓住衣服緊抱著，但沒有試著要穿。

克萊斯勒和我站直身子後，兩人都先花了幾秒鐘放鬆一下僵硬發痛的手臂和肩膀，同時康納的那兩名手下則走回去，再度站在主子的身後。

「你不幫那個男孩鬆綁嗎？」克萊斯勒說，他的聲音還是嚴厲又憤怒。

康納搖搖頭。「我們先把幾件事講清楚，第一，醫師，」他說，好像儘管手上握著那把槍，他還是擔心克萊斯勒可能會怎麼樣。「我們來這裡是處理這傢伙的事情——」他指著畢全姆，「——而且我們只跟他打交道。你們趕快離開，沒你們的事了。整件事今天晚上就會結束。」

「的確，」克萊斯勒回答。「但恐怕不是以你們預期的方式。」

「什麼意思？」康納問。

「意思是我們不可能離開，」克萊斯勒回答。「這都要怪你，因為當初你跑去弄髒我家，還殺了人。」

康納很快搖頭。「啊，先慢著，醫師——那些事我根本不希望發生的！我只是在盡我的責任，遵照上面給我的指示，但是那個小婊子——」克萊斯勒一臉毫不隱瞞的憤怒，往前踏了半步。康納手裡的槍握得更緊了。「別這麼做，醫師——別給我理由。就像我剛剛說的，我們來這裡只是要對付這個人，但是你很清楚，我也很樂意把你們三個全都解決掉。我的老闆可能會不太高興——但如果你給我理由，那我就只好朝你開槍了。」

頭一次，畢全姆好像把注意力放在周圍發生的事情。他的臉還在抽搐，轉頭看著康納和那兩名手下；然後他忽然猛地朝克萊斯勒腳邊竄過去。

「他們——」他顫聲說。「他們要——要殺了我。」

康納粗聲笑了一下。「是啊，該死的蠢屠夫，你只能死著離開這道圍牆。惹了這麼多麻煩，結果你這算什麼？根本不像個男人，只會哭哭啼啼，爬來爬去。」康納開始在他同夥面前大搖大擺地走。「真是難以相信，不是嗎，各位？原來這一切都是為了那個。只因為他認為好玩的事情，就是操小男孩，然後把他們分屍。」

「胡說！」畢全姆忽然咆哮，雙手握拳，但還是保持蹲伏的姿勢。「你這骯髒的騙子！」

康納和他的同夥聽了開始大笑，讓畢全姆的情緒波動更為惡化。他們繼續嘲弄地大笑著，我不曉得為什麼，就走過去站在畢全姆旁邊，然後沉下臉狠狠瞪著眼前三個大笑的傻瓜，但毫無效果。我轉向克萊斯勒，希望能得到一些指引，結果發現他望著散步道前方，掠過康納和他的手下，一臉期待的表情。他的嘴巴張開，忽然毫無理由地大叫：

「上！」

然後一切都亂掉了。

一個猿形人懷著多年專業訓練才能培養出的速度和精準度，從散步道內側的欄杆外起身跳進來，用一段粗粗的鉛管痛擊康納握著槍的手。另外兩個暴徒還沒來得及反應，那人兩個龐大的拳頭便轟出幾個閃電般的快拳，把那兩個都打昏在散步道上。嚎叫的康納很快也落得同樣下場。然後，為了更確保戰果，那個新加入的男人——他的臉藏在一頂礦工帽之下——又彎腰，用那根鉛管朝每個人腦袋響亮地連敲幾下。那個令人望而生畏的過程，簡直是一堂暴力講習班——但是當那個人站直身子，終於露出臉來，我對這場攻擊的歡喜之情就消退大半了。

那是「通殺」傑克．麥馬納斯，退休拳擊手、現在是保羅．凱利開的新布萊登跳舞廳裡維持秩序的主管。他把那根鉛管插進褲子裡，撿起柯爾特和韋伯利那兩把手槍，然後走向我。我堅強起來，推測克萊斯勒和我會是他拳擊技巧下的兩個受害者；沒想到傑克只是拉好他破舊的夾克，狠狠朝蓄水池裡啐了一口，然後將兩把槍遞給我。我把柯爾特手槍瞄準畢全姆，同時看著傑克慢慢走向克萊斯勒，舉起一隻手尊敬地碰了一下帽簷致意。

「幹得好，傑克，」克萊斯勒說。我聽了差點倒地昏死過去。「麻煩一下，把他們綁起來，另外把那兩個大塊頭的嘴巴塞住。中間那個，等他醒過來，我想跟他談談。」克萊斯勒審視著康納的身體，顯然對傑克的工作成果很佩服。「或者我應該說，如果他能醒過來的話……」

傑克又碰了一下帽簷，然後走到我面前，拿出幾條繩子和兩條手帕，開始像一頭耐心的耕牛，開始做克萊斯勒剛剛吩咐的事。同時，克萊斯勒很快走到那個被綁住的男孩旁，開始替他的嘴巴、雙手、雙腳鬆綁。

「沒事了，」克萊斯勒安撫著說，同時那男孩仍無法控制地繼續啜泣又嗚咽。「沒事了，你現在很安全了。」

那男孩抬頭看著克萊斯勒，睜大的雙眼充滿恐懼。「他本來要……」

「他本來要做什麼，現在都不重要了。」克萊斯勒回答，露出微笑，拿出一條手帕擦著那男孩的臉。「真正重要的是，你安全了。來吧——」克萊斯勒從散步道上撿回他有點毀損的歌劇披風，裹住那個顫抖的男孩。

隨著一切都在我們的控制中（至少眼前如此），我也就滿足一下自己的好奇心，走到散步道靠街道的那一側，很快往外看一下。下頭沒幾呎處，掛著一條粗壯的繩子，是在我們到達之前就已經用幾根岩釘（很像馬庫斯在花園城堡發現的那些）固定住位置。一如克萊斯勒之前的猜想，要繞到我們後頭，對於像畢全姆這樣經驗豐富的登山者來說根本不算什麼。我回頭看看現在已經被擊倒的這個敵人，想到形勢改變的方式如此驟然且難解，也只能搖頭。

傑克．麥馬納斯綁好了康納的兩個手下，然後期待地看著克萊斯勒。「好吧，傑克。」克萊斯勒問。「全都弄好了嗎？很好。接下來不需要你幫忙了。不過再說一次——非常感謝。」

麥馬納斯又碰了他的帽簷最後一次，然後一言不發，就轉身大步沿著黑暗的散步道走遠了。

克萊斯勒轉向那男孩。「先讓你進去休息吧，好嗎？摩爾，我把這個年輕朋友送進控制機房裡頭，馬上回來。」

我點點頭，柯爾特手槍還是指著畢全姆的頭，同時克萊斯勒和那男孩走進機房裡。畢全姆依然蜷縮著身子並抽搐，此時喉頭發出一種短促的嗚咽聲。看起來他不會再帶給我任何麻煩了，但我可不想冒險。我很快掃視一下整個區域，看到他的刀躺在散步道上，於是走過去撿起來，插進我的後褲腰裡。我看了一眼昏迷的康納，注意到他的腰帶上夾著一副手銬，於是拿了丟給畢全姆。

「拿去，」我說。「銬上吧。」

畢全姆心不在焉地緩緩把手銬套住兩邊手腕，有點艱難地扣上了。我翻了康納的口袋，找到手銬的鑰匙，然後注意到康納的襯衫上有一小塊血漬。我解開他的襯衫鈕釦，拉開來看，從頭到尾手槍還是指著畢全姆，然後我看到康納身側有一道長長的、半癒合的傷口，顯然剛剛又被傑克·麥馬納斯扯開了。然後我恍然大悟，這就是瑪麗·帕默被康納推下樓梯之前，在他身上割出來的。

「做得好，瑪麗。」我輕聲說，從康納身邊退開。

克萊斯勒又從控制機房走出來，一手梳過頭髮，審視著眼前的場景，顯然很滿意，甚至頗為驚奇。然後他難為情地看著我，好像知道接下來要面對什麼了。

「你，」我說，平靜但非常堅定地說，「你要告訴我這一切到底是怎麼回事！」

45

克萊斯勒才剛張開嘴要回答，下頭的四十街就傳來一個尖銳的口哨音。克萊斯勒跑到欄杆邊，我也趕緊過去往下看，看到賽勒斯和史蒂威坐在輕馬車上。

「解釋的事情，恐怕得請你等一下了，摩爾，」克萊斯勒說著又轉向畢全姆。「賽勒斯和史蒂威到了，就表示歌劇結束後已經有至少四十五分鐘。現在羅斯福的疑心已經被完全喚起了。他會去高橋水塔找其他人，然後等到他們發現我們失蹤了……」

「可是你打算怎麼做？」我問。

克萊斯勒抓抓腦袋，笑了一下。「我也不是很確定。我的計畫裡沒有料到這個狀況——我原先不完全確定我還會活著，即使有我們的朋友麥馬納斯。」

這個話激怒了我，而且我也不想隱瞞：「啊，」我氣呼呼地說，「那麼看起來，我本來也該跟你一起死掉的！」

「拜託，摩爾，」克萊斯勒說，不耐地揮著手。「我們真的沒有時間了。」

「可是康納怎麼辦？」我問，指著那位前任警探倒地的身影。

「我們應該把康納交給羅斯福，」克萊斯勒立刻回答，走到畢全姆瑟縮坐著的地方。「雖然他不配得到這麼好的待遇！」他蹲下來凝視畢全姆的臉，吸了一大口氣冷靜下來，然後伸出一隻手在畢全姆眼前搖一搖，畢全姆似乎完全沒注意。

「這個男孩才剛從山上下來，」克萊斯勒終於沉吟道。「或者看起來是這樣。」我贊成他的看法：如果我們這一夜在蓄水池牆上初次見到的這個男人，是一度漫遊在夏文岡山區間那個冷靜、殘酷的設陷阱獵人所逐漸發展而成的；那麼眼前這個嚇壞的男人，就是傑菲士．杜瑞在人生其他每個時刻所感到的恐懼和自我憎恨所造成的。克萊斯勒顯然發現，只要畢全姆還處於這個心理狀態，就沒什麼好害怕的，於是拿起他手上抓的外套，披在他寬厚的赤裸肩膀上。「聽我說，傑菲士．杜瑞，」克萊斯勒說，那種不祥的口氣終於讓畢全姆停止搖晃和呻吟。「你手上沾了很多人的血，尤其是你父母的。要是你的罪行公開，你的哥哥亞當——他還活著，也還是努力想過著誠實、像樣的生活——很可能就會失去隱私，被不斷糾纏騷擾。即使只為了這個原因，你還有人性的那部分一定要仔細聽我說。」

雖然畢全姆的雙眼還是很呆滯，但他緩緩點了頭。「很好，」克萊斯勒說。「警方很快就會趕到了，屆時他們會不會發現你，就要看你對我有多老實。現在我要問你幾個問題，以判斷你的心智能力，以及你合作的意願。你好好回答這些問題，那麼我們或許有辦法幫你安排一個比較不那麼嚴厲的下場，不要像這個城市人民所希望的那麼極端。你明白嗎？」畢全姆又點頭，然後克萊斯勒掏出他始終帶在身上的小記事本和一枝筆。「那麼，好吧。先談基本的事實……」

然後克萊斯勒快速、精簡、但冷靜地核對了畢全姆的一生，從他身為傑菲士．杜瑞的童年開始，然後問了一些他謀殺父母的細節。畢全姆的種種回答，都愈來愈確認了我們調查期間所推出來的種種假說，而他的口氣也愈來愈虛弱且無助，好像面對眼前這個跟他自己一樣了解他的人，除了完全服從之外，也沒有別的選擇。至於克萊斯勒，也對畢全姆認真配合的態度愈發滿意，因為他從這些回答中確認，兇手心中暗藏著一個非常強烈的部分，的確是在渴望這一刻。

我猜想，我也應該要對一開始的這段訪談結果深感滿意才對；但是當我看著畢全姆回答克萊斯勒的問題時——他的聲音變得愈加順從，甚至是孩子氣，絲毫沒有之前制住我們時那種威脅、傲慢的口氣——我內心深處就就變得非常惱火、不安。這種惱火很快就變成憤慨，彷彿這個人做過了那麼多可怕的事情後，沒有資格展現出任何可憐的人類特質。我心想，這個龐大而怪誕的傢伙憑什麼坐在那裡，像他曾經屠殺的那些小孩一樣哭訴著坦承一切？他在其他夜晚所表現出的那一切暴力、殘酷、傲慢、無法阻擋都跑到哪裡去了？這類問題在我的腦袋裡不斷出現，我的怒氣也急速高漲，直到最後，我忽然再也忍不下去了，於是站直身子咆哮：

「閉嘴！給我閉嘴，你這可悲的懦夫！」

畢全姆和克萊斯勒都立刻沉默下來，抬起頭震驚地看著我。畢全姆看到我手上的柯爾特手槍時，臉上的抽搐變得嚴重許多，同時克萊斯勒的態度很快就從震驚轉為責備的理解。

「好吧，摩爾，」他說，沒要求我解釋。「你就進去機房裡陪那個男孩吧。」

「然後留下你跟他？」我說，聲音還是因為憤怒和激動而顫抖著。「你瘋了嗎？看看他，克萊斯勒，這是他，他應該為我們所看過的一切鮮血負責！而你居然坐在這裡，讓他說服你說他是某種——」

「約翰！」克萊斯勒阻止我。「好了。你進去等我吧。」

我看著畢全姆。「怎麼樣？你想說服他什麼？」我彎下身，手槍始終指著畢全姆的腦袋。

「你以為你還是可以逃過，對吧？」

「該死，摩爾！」克萊斯勒說，抓住我的手腕，但沒法讓我把槍移開。「別鬧了！」

我更湊近畢全姆抽搐的臉。「我的朋友認為，如果你不怕死，那就證明你瘋了，」我激動地說。雖然克萊斯勒還是想搶下我的槍，但我照樣把槍管抵著畢全姆的喉嚨。「你怕死嗎？死，就像那些你殺害的——」

「摩爾！」克萊斯勒又吼道。

但我根本聽不進去了。我努力用大拇指把槍上的擊錘往後扳起，畢全姆絕望地輕喊一聲，然後像個受困的動物般往後縮。「不，」我對他說。「不，你沒瘋——你怕死！」

忽然一聲轟然槍響，我們全都愣住了。我的手下方某處傳來一個共鳴的、拍擊的撞擊聲，然後畢全姆身子一扭，往後搖晃，左胸出現了一個紅黑色的孔，正在咻咻冒出氣來。畢全姆睜大的小眼睛瞪著我，垂下銬住的雙手，然後垮在地上。他的外套從肩上滑落。

我殺了他，我腦袋清楚想著。但隨之沒有歡喜或罪惡，只是簡單地認知這個事實——但接著，畢全姆倒在地上後，我目光往下看著自己手上那把柯爾特手槍的擊錘：還是在未擊發的豎起狀態。我困惑的腦袋還沒搞清這是怎麼回事，克萊斯勒就衝到畢全姆旁邊，粗略檢查一下那個子彈傷。然後他搖搖頭，同時畢全姆的胸部仍發出空氣和鮮血湧出的那個可怕聲音，克萊斯勒握起拳頭憤怒地往上看。但他的目光掠過我；我循著他的視線緩緩轉身。

康納不知怎地已經掙脫了束縛，正站在散步道的中央，因為暈眩和疼痛而弓著背，左手抓著流血的身側，同時右手握著一把粗糙的雙管手槍。流著血的嘴扯出一抹笑容，然後他踉蹌往前走了一兩步。

「一切都會在今夜結束，」他說，把槍舉高，指著我們。「把槍放下，摩爾。」

我緩慢而小心地照做了；但正當我那把槍碰觸到地面時，另一個槍聲劃破空氣——這一聲發自更遠處——然後康納往前一扭，好像背部被狠狠敲中。他面朝下倒地，發出一個小小的咕噥聲，外套上的一個洞立刻湧出鮮血來。康納射中畢全姆那槍的火藥煙霧都還沒散，一個新的人影從散步道的黑暗處走過來，在月光下變得清晰。

是莎拉，手上是她那把珍珠握柄的輪轉手槍。她往下看了康納片刻，沒有露出任何情緒，然後抬頭看著克萊斯勒和我。

「我們在高橋水塔才剛就定位之後，我就想到這個地方了，」她緊張地說，同時艾薩克森兄弟從她後方的黑暗中走出來。「後來羅斯福說你們離開了歌劇院，我就知道……」

我吐出一大口氣。「感謝老天你想到了。」我說，用手擦擦眉毛，然後撿起柯爾特手槍。克萊斯勒依然蹲在畢全姆旁邊，只是抬頭看著莎拉。「那局長人呢？」

「在外頭到處找，」莎拉說。「我們沒告訴他。」

克萊斯勒點點頭。「謝謝你，莎拉。你沒有理由這麼體諒我的。」

莎拉還是一臉冷漠。「你說得沒錯。」

畢全姆忽然發出一個帶血的、哽咽的咳嗽，克萊斯勒一手放在他脖子下，抬起那個大腦袋。「警佐？」克萊斯勒說，盧修斯聽到就衝過去協助他。

盧修斯看了畢全姆的胸部一眼，斷然搖搖頭說。「狀況不妙，醫師。」

「是的，是的，我知道。」克萊斯勒兇巴巴地說。「我只需要——揉他的手，好嗎？摩爾，把那個該死的手銬拿掉。我只需要幾分鐘。」我把手銬解開之時，克萊斯勒從口袋裡掏出一小瓶嗅鹽，放在畢全姆的鼻子底下。盧修斯開始又拍又揉畢全姆的手掌，同時克萊斯勒的表情變得愈來愈擔心，動作也愈來愈激動，最後簡直是拚了命似的。「傑菲士，」他開始低聲但懇求地說。「傑菲士．杜瑞，你聽得到嗎？」

畢全姆的眼皮顫抖了片刻，然後睜開，呆滯的眼球無助地轉著。最後他的目光固定在眼前那得不到幫助了。

張臉上。現在他沒抽搐了，表情像個嚇壞的小孩看著一個陌生人想求助，但不知怎地卻心知自己

「我——」他吸了口氣，又咳出一點血。「我——我就要死了⋯⋯」

「聽我說，傑菲士，」克萊斯勒擦掉畢全姆嘴上和臉上的血。「你一定要好好聽我講——你看到了什麼，傑菲士？你看著那些小孩時，你看到了什麼？是什麼逼你殺掉他們的？」

畢全姆的腦袋開始迅速地左右搖晃，然後一陣顫抖傳遍全身。他恐懼的目光轉向天空，嘴巴張得更大，露出大大的牙齒，現在染上了鮮血。

「傑菲士！」克萊斯勒又說了一次，感覺到這個人就要死了。「你看到了什麼？」

畢全姆繼續搖頭，目光回到克萊斯勒懇求的臉。「我——從來不知道——」他吸口氣，聲音同時帶著歉意和懇求。「我——從來——不知道！我——沒有——他們——」

約翰．畢全姆臉上的顫抖擴散到全身片刻，然後他抓住克萊斯勒的襯衫，依然滿臉恐懼至極，抽搐了最後一次，嘴巴一角吐出一些鮮血混合著嘔吐物，然後逐漸不動。他的頭轉向一側，雙眼裡終於沒有恐懼了。

「傑菲士！」克萊斯勒又喊了一聲；但他知道太遲了。盧修斯伸手幫畢全姆闔上眼，克萊斯勒也終於把死者的頭放回冰冷的石砌地面上。

有一兩分鐘，在場都沒人講話，然後有個聲音：下頭的街道上傳來另一個口哨音。我站起身，走到散步道外側的圍牆，往下看著賽勒斯和史蒂威，他們正著急指著西城的方向。我朝他們揮揮手表示看到了，然後走向克萊斯勒。

「拉茲洛，」我小心翼翼地說。「雖然不確定，但我想羅斯福就要趕來了。你最好準備解

釋——」

「不。」雖然克萊斯勒沒抬起頭，但他的聲音很堅定。「我不會留在這裡。」他終於坐直身子，看了周圍一圈，雙眼發紅而濡溼。他的目光從我轉到莎拉，接著是馬庫斯，最後是盧修斯，朝我們一一點頭。「你們全都給了我幫助和友誼——或許都超出了我有資格得到的份量。但我必須再要求你們繼續支持我，只要再一會兒就行。」克萊斯勒站起身，對著盧修斯和馬庫斯說。「兩位警佐，我需要你們協助運走畢全姆的屍體。約翰，你剛剛說羅斯福會從四十街過來？」

「我認為是，」我回答。「根據下頭兩個人比劃的樣子。」

「很好，那麼，」克萊斯勒繼續說。「等他到了，賽勒斯會帶他上來這裡。兩位警佐和我則會帶著屍體，從第五大道的那道門出去——」他走向靠街道的欄杆，舉起一隻手朝下頭揮動，傳達了一個命令。「——史蒂威會在那邊等著。」他走向莎拉，握住她的雙肩。「如果你拒絕參與這件事，我不會怪你的。」

一時之間，她的表情似乎就要破口大罵一些惡意的指控了，但接著她只是聳聳肩，把手槍收回洋裝上的口袋。「這部份你對我們不誠實，醫師。」她說，嚴厲的表情柔和下來。「但一開始要不是你，我們也永遠不會有機會。所以我想，現在就算扯平了吧。」

克萊斯勒把她拉近了擁抱。「謝謝你，」他喃喃說，然後抽身後退。「那麼，現在，你會在機房裡發現一個嚇壞的小男孩，身上包著我一件相當不錯的披風。麻煩你去陪著他，而且在我們有時間趕到下城之前，先拖一下時間，別讓羅斯福問他任何問題。」

「下城？」我問，同時莎拉走向機房的入口。「等一下，克萊斯勒——」

「沒有時間了，約翰，」克萊斯勒說，走向馬庫斯和盧修斯，對著他們開口。「兩位警佐，局長是你們的上級，如果你們不——」

「不必問了，醫師，」盧修斯沒讓克萊斯勒講完就回答。「我想我知道你有什麼打算。我也很好奇，想看看結果是怎樣。」

「你會親眼看到的。」克萊斯勒說。「我打算請你協助我。」他轉向馬庫斯。「馬庫斯，如果你不想參與，我完全可以理解的。」

馬庫斯斟酌了一會兒。「現在只剩這個謎要解開了，對不對，醫師？」

克萊斯勒點點頭。「或許是最重要的謎。」

馬庫斯又想了一會兒，然後點了頭。「好吧，稍微違抗上司一下，怎麼比得上科學的重要性呢？」

克萊斯勒握住他的一邊肩膀。「太好了。」然後他們回到畢全姆的身旁，克萊斯勒抓住屍體的一隻手臂。「好，那麼我們開始進行吧，而且要快。」

馬庫斯抓住畢全姆的雙腿，同時盧修斯用死者的衣服罩住屍體的軀幹，這才抓住另一條手臂。他們抬起屍體，克萊斯勒痛得皺一下臉，然後他們沿著散步道走向第五大道的方向。

想到自己被獨自留在那裡，眼前只有兩個昏迷的惡漢和康納的屍體，讓我又忍不住開口了。「慢著，」我說，跟在他們後頭。「天殺的等一下！克萊斯勒！我知道你打算做什麼！但是你不能把我留在這裡，還指望我——」

「沒時間了，約翰！」克萊斯勒回答，和艾薩克森兄弟加快速度。「我需要大約六個小時——之後一切就會清楚的。」

「可是我——」

「你是個忠實的朋友，摩爾！」克萊斯勒喊道。

我聽了停下，看著他們的身影在深藍色的散步道上逐漸模糊，然後轉入了通往第五大道的樓梯。「忠實的朋友，」我咕噥道，踢了地上幾下，然後轉身。「忠實的朋友可不會被拋下，去收拾這種爛攤子——」

我停止自言自語，因為聽到了機房裡傳來的騷動：莎拉的聲音，接著是羅斯福的聲音。他們大聲講了幾句，然後羅斯福衝到散步道上，後頭跟著莎拉和幾個制服警員。

「原來！」羅斯福看到我大聲說。他開始往前走，舉起一根控訴的粗手指。「我錯把你們當成紳士了，這就是我跟你們達成協議所付出的代價！老天，我應該——」

他看到兩個綁住的惡漢和一具屍體，忽然停下來。他不知所措，目光兩度從地上轉到我身上，然後手指朝下。「那是康納嗎？」

我點點頭走過去，趕緊把我對克萊斯勒的怒氣擱在一旁，假裝很焦慮地說。「是的，你來得正好，羅斯福。我們來這裡找畢全姆——」

羅斯福一時之間又憤慨起來。「是的，我知道，」他吼道，「要不是我最好的兩個手下跟蹤克萊斯勒的僕人——」

「但是畢全姆沒出現，」我繼續。「這是個陷阱，由康納佈置的。其實他是打算要——殺史蒂威的。」

「史蒂威？」羅斯福懷疑地說。「克萊斯勒的那個跑腿小弟？」

我一本正經看著他。「羅斯福，康納謀殺瑪麗．帕默時，史蒂威是唯一的目擊證人。」

羅斯福一臉恍然大悟，眼鏡後頭的雙眼睜大了。「啊！」他說，然後手指往上指。「當然了！」然後又皺起眉頭。「但是發生了什麼事？」

「幸好，局長，」莎拉說，適時發現我的創造能力已經減弱，「兩位警佐和我及時趕到。」她看似非常自信且肯定地指著那具屍體。「你會發現，康納背部的那顆子彈是我的。」

「你的，莎拉？」羅斯福不太相信地說。「但是我不明白。」

「我們原先也不明白，」莎拉說，「直到你告訴我們約翰和醫師打算要去做什麼。但是等到我們推算出他們可能在哪裡，你已經離開高橋水塔了。不過如果我是你，局長，我會回去那邊——你們其他的警探都還在那裡監視，而且兇手也還沒發動攻擊。」

「是啊，」羅斯福說，考慮著一切。「是的，我想你講得沒錯——」他忽然站直身子，嗅出了不對勁。「稍等一下。我來看看我現在得到的線索。如果你講的這一切都是真的，那麼麻煩你告訴我——那邊的那個男孩是誰？」他手指朝機房指去。

「我說真的，羅斯福，」我堅持道，「你最好——」

「還有你們其他人——克萊斯勒和艾薩克森兄弟呢？」

「局長，」莎拉說，「我可以告訴你——」

「啊，是的，」羅斯福回答，揮著手阻止我們。「我看得出這裡是怎麼回事了。密謀策劃，不是嗎？好極了！我很樂意成全你們！警佐！」一個穿著制服的警察趕緊應了一聲走過來。「派一個手下照顧那個男孩，然後逮捕這兩個人！立刻把他們帶回茂比利街總局去！」莎拉和我還來不及說些什麼，羅斯福的手指就再度轉過來在我們的臉前揮動。「我要好好教你們一課，讓你們知道誰才是紐約市警局的負責人！」

46

那些只是空話，當然了。啊，羅斯福把我們拖到茂比利街總警局，沒錯，然後把我們關在他的辦公室裡幾個小時，狠狠訓了我們一頓，提到有關榮譽和信賴和說話算話；但是最後，等到我相當確定克萊斯勒和艾薩克森兄弟有足夠的時間到達他們要去的地方，便終於告訴羅斯福那天晚上所發生的實情。我解釋說我們其實也不算是跟他撒謊，因為我去看歌劇之前，也根本不曉得是怎麼回事：的確，我說，我還是無法解釋蓄水池圍牆上所發生的許多事情，不過我打算要查個水落石出。然後我保證等到我搞清楚了，就會直奔茂比利街，把我查到的資料告訴他。此時羅斯福已經冷靜下來；然後等到莎拉指出，重要的是畢全姆很確定已經死了，羅斯福的心情這才開朗許多。就像他幾個星期前告訴我們的，這個案子能成功地了結，對他個人的意義很重大（不過由於這個案子的諸多複雜性，他在事業上完全無法從這次的破案中獲得好處）；而且等到大約四點，莎拉和我終於可以離開他的辦公室時，羅斯福對這一夜的發展已經不再嚴詞指責，而是轉變為對我們這個團隊的熱烈讚美。

「無疑地，很不傳統，」他說，伸手攬著我們的肩膀，送我們出去。「不過，整體來說，你們的努力非常了不起。了不起。想想看——一個跟被害人毫無關係的兇手，可能是這個城市裡的任何人，你們卻查出了他的身分，阻止了他。」他搖搖頭，同時讚賞地嘆了口氣。「沒有人會相信。另外還把康納給摞倒了！」我看到莎拉聽了稍微皺了一下眉頭；但她努力隱藏自己的反應。「是的，我會很樂意聽聽我們的朋友克萊斯勒是怎麼訂出這個計畫的最後一部分。」羅斯福摩挲著下巴，低頭看著地板幾秒鐘，然後抬頭又看著我們。「那麼——你們接下來要怎麼做？」

這是個簡單的問題，但我忽然發現，其中的暗示完全令人興奮不起來。「我們——？」我說。「唔，我們——應該說我，我真的不曉得。有一些——有一些細節還要處理。」

「那是當然的，」羅斯福回答。「不過我的意思是，這個案子結束了——你們贏了！」他轉向莎拉，好像希望得到她的贊同。

莎拉緩緩點頭，表情跟我一樣困惑又不自在。「是的。」她看著羅斯福一臉期待的表情，總算擠出一個回答。

接下來是一段漫長而怪異的停頓，因為我們想到這個案子結束了，心中不禁湧起一種模糊而不安的情緒。為了擺脫這種感覺，羅斯福刻意換了個話題。

「無論如何，」他說，兩手拍拍胸口，「這真是一個幸運而令人好奇的收場。而且時機也剛好。我明天就要離開紐約，前往聖路易了。」

「啊，是的，」我說，很樂意談其他話題。「全國代表大會。我想總統提名人會是麥金萊了？」

「第一次投票就會過關，」羅斯福起勁地回答。「全國代表大會只是個形式而已。」

我朝他諷刺地微笑。「你在華府找好房子了嗎？」

一如往常，羅斯福只要聽到有人暗示他喜歡野心算計，就會勃然大怒；不過他想到我是個老朋友，絕對不會質疑他的初衷，於是就讓怒氣過去。「還沒呢。不過老天，可能性太多了！或許海軍部——」

莎拉忽然無法控制地笑出來，然後又趕緊摀住嘴巴。「啊，」她說。「對不起，局長。只不過——我從來想不到你會是海軍的一份子。」

「是啊，羅斯福，」我補充，「仔細想想，你對海軍的了解有多少？」

「你怎麼會這麼問，」他憤慨地回答。「我寫過一本關於一八一二年海戰的專書，還得到很好的評價！」

「啊，那麼，」我點著頭回答，「那就完全不一樣了。」

羅斯福又露出微笑。「是的，應該就是接掌海軍部了。然後我們可以開始策劃，跟那些可惡的西班牙人結清總帳！為什麼——」

「拜託，」我插嘴，舉起一隻手。「我不想知道。」

莎拉和我走向樓梯，同時羅斯福還站在他辦公室的門口，雙手扠在腰側。一如往常，經過了漫長的一夜活動之後，他的精力還是沒有絲毫消退的跡象，等我們走到黑暗走廊的盡頭，還能看到他滿臉燦爛的微笑。

「你不想知道嗎？」羅斯福在我們身後開心地喊著，此時我們才剛開始要下樓梯。「不過你們可以一起來！以你們這些人的工作成果來看，西班牙帝國絕對不可能構成太大的挑戰！考慮一下吧，我有個想法——西班牙國王的心理學！沒錯，帶著你們的黑板來華府，我們會決定要怎麼狠狠擊敗他！」

等到我們走出總警局，才終於聽不到他的聲音。

莎拉和我走過那個短短的街區，來到拉法葉街，依然處於某種震驚狀態，因而完全無法回頭討論這個案子結局的任何細節。發生在蓄水池那邊的很多事，我們不是不想搞清楚；但兩人都知道我們沒有足夠的資訊，可以單憑自己就搞懂。而我們所擁有的確切資訊，也還得花時間和腦力才有辦法理解。總之，那天夜裡最真切的事情，莫過於莎拉結束了一個人的生命。

「我本來就以為，我們其中一個人是註定要做這件事的，」她疲倦地說，此時我們已經轉上拉法葉街，開始朝北走。她的雙眼空茫地瞪著人行道。「雖然我從沒想到，那會是我……」

「如果有任何人是自找的，那就是康納了。」我說，設法跟她保證，同時不要犯下太寵愛她的罪過（以莎拉的想法來說）。

「啊，這個我知道的，約翰。」她只是回答。「我真的知道。只不過……」她的聲音逐漸變小，然後停下來深吸一口氣，看著周圍安靜的街道。她的目光依然四處游移，掠過一棟棟黑暗的建築物，最後停在我臉上——然後，以快得令我吃驚的速度，她雙臂擁住我，頭靠在我的胸膛。「現在真的結束了，對不對，約翰？」

「你好像很遺憾。」我說，撫摸著她的頭髮。

「有一點，」莎拉回答。「不是因為發生的任何事而遺憾，而是我從來沒有過這種經驗。而且我也不曉得以後還有多少機會，能被允許參與這種事了。」

我抬起她的下巴，注視著她的綠色眼珠深處。「不知道為什麼，我有種感覺，你受夠了人們允許你去做任何事。不過其實你從來就不是很能忍受。」

她聽了露出微笑，走到人行道邊緣。「或許你是對的，」她聽到馬蹄聲，連忙轉頭看。「啊，運氣不錯，有一輛出租馬車。」

莎拉舉起右手，伸出食指和大拇指，令我驚愕的是，她把那兩根手指放進嘴裡，然後用力一吹，發出一個差點撕裂我耳膜的哨音。我雙手摀住耳朵，震驚地看著她，她又朝我露出一個大大的笑容。

「我一直在練習，」她說，同時馬車嘩啦啦駛過來，停在她旁邊。「史蒂威教我的。我剛剛吹得還不錯，你不覺得嗎？」她爬上出租馬車，依然一臉微笑。「晚安，約翰。還有謝謝。」然後她輕敲車廂頂，喊道：「車夫，麻煩到格拉梅西公園！」就離開了。

這一夜我首度落單，於是先花一點時間，設法決定自己要去哪裡。我累壞了，這點很確定，但不知怎地我並不考慮去睡覺。漫步在靜寂的街道絕對是有必要的，不是為了要想清楚發生的一切是怎麼回事，而只是為了慢慢消化已知的事實。約翰·畢全姆死了：我生活的焦點（無論這個焦點有多麼可怕）除掉了，於是我忽然驚懼地明白，隨著星期一早晨的到來，我得決定自己是否要回到《紐約時報》繼續當記者。這個短暫掠過的想法似乎非常恐怖——要花更多日夜守在總警局門口，等著一個線索或一則新聞出現，然後趕緊離開，去查清一個家庭暴力事件，或是第五大道某家人遭竊……

不知不覺間，我來到大瓊斯街的角落，停下腳步。我往前看著這個街區，看到了新布萊登舞廳依然燈火通明。我心想，或許我要找的解釋，畢竟不是那麼遙遠；然後，我還沒意識到，雙腳就走向那裡了。

離新布萊登舞廳還有幾戶門，我就開始聽到那裡傳來的喧鬧樂聲（保羅·凱利雇了一個更大也更專業的樂團，遠超過一般舞廳裡的三人樂團規模）。很快地，刺耳的笑聲、幾個醉客的叫嚷，最後是玻璃杯和酒瓶響亮的碰撞聲，紛紛加入這片嘈雜中。我想到要真的走進去就不太情願，因此到了門口，看到凱利剛好從舞廳的霧面玻璃門走出來，不禁鬆了口大氣。跟他在一起的是一個警佐——穿著制服的——正在笑著數一疊鈔票。凱利目光掃過來，看到了我，然後用手肘碰一下那警察，點個頭叫他快點離開。那警佐只好聽命，匆忙朝茂比利街的方向離開了。

「嗯，摩爾！」凱利說，從他的絲背心裡掏出一個小小的鼻煙盒，露出俊美的笑容。「你可以忘記剛剛看到的。」他說，朝剛剛那警察消失的方向點了個頭。

「別擔心，凱利，」我回答，走到他面前。「我猜想我可能欠你一次。」

「我？」凱利低笑。「不太可能吧，大記者。不過我看到你好像平安無恙。根據城裡流傳的謠言，我想你太走運了。」

「拜託，凱利，」我說。「我今天夜裡看到你的馬車了——還有你的手下傑克．麥馬納斯救了我們的命。」

「傑克？」凱利打開鼻煙盒，裡頭是磨細的古柯鹼粉。「為什麼？他沒告訴我。不過出去外頭做好事，這聽起來不像傑克的作風。」凱利把一小撮古柯鹼放在一根指節上，用力吸入鼻孔，然後朝我遞出盒子。「要不要來一點？我平常是不會吸的，不過最近深夜裡——」

「不，」我說。「謝了。聽我說，我所能猜想到的，就是你和克萊斯勒安排了某種交易。」

「交易？」凱利說，那種假裝不知情的態度開始搞得我不耐煩了。他又吸了點古柯鹼，然後讓到一旁，此時一個衣著考究的大塊頭男人踉蹌走出新布萊登，後頭緊跟著兩個衣著俗豔、態度殷勤的女人。凱利親切地朝那男人道了晚安，然後又轉向我。「我幹嘛要跟那位好醫師做交易啊？」

「這就是我不知道的！」我火大地回答。「我能想到的唯一解釋，就是你說過你對他非常尊敬。搭你馬車的那一天，你說你甚至讀過他的一篇專題文章。」

凱利又低聲笑了。「那也不可能讓我違背自己的利益，摩爾。畢竟，我是個務實的人。就像你的朋友摩根先生一樣。」我茫然看著他，他的笑容更大了。「啊，沒錯。有關你們和大鼻子碰面的事情，我全都知道了。」

我想過要問他究竟怎麼會知道，但其實沒用——他顯然不打算配合，於是我就放他一馬。「好吧，」我宣佈，後退了幾步。「我今天晚上已經經歷了太多，沒辦法站在這裡跟你玩猜謎遊戲，凱利。告訴傑克，我會還他這份情的。」

然後我轉身快步離開，或至少盡量；不過才走到離街角一半距離，我就又聽到凱利的聲音：「嘿，摩爾。」我回頭，看到他還是一臉笑容。「聽起來你們度過了很辛苦的一夜。」他把鼻煙盒放回背心裡，打趣地歪著頭。「當然，我可不是說我知道任何相關的事情。但是等你有空的時候，問你自己這個問題吧——今天夜裡在上頭的那所有人，你認為誰對北邊那些男孩是真正最危險的？」

我站在那裡，沉默看著凱利，然後目光轉到地上，試圖從他的問題裡摸出頭緒來。過了半分鐘，我操勞過度的腦袋裡開始有一個答案成形，驚訝得稍微張開嘴。我面帶笑容再度往上看，正要說出我的回答——但凱利已經不見了。我想過要追進他店裡，但很快就放棄了：因為沒有意義。我明白他的意思，也知道他做過什麼事。保羅．凱利是黑幫老大，是積習難改的賭徒，也是業餘哲學家和社會評論家，他憑著直覺做出決定；而儘管我們大概都不會活到能看見這場賭局的最終結果，但我猜想，他的直覺是對的。

我覺得受到了奇異的鼓舞，再度轉身，跳上了舞廳外頭的一輛出租馬車，大聲喊著要車夫趕緊載我去東百老匯大道。我的車夫揮鞭沿著拉法葉街南下，接著在沃斯街轉往東行，此時我開始低聲笑了，甚至還哼起歌來。「最後的謎題，」我唱著，呼應著馬庫斯那天夜裡稍早說過的話：等他們解開之時，我希望自己能在場。

我的馬車在剛過四點半時來到克萊斯勒學園門口，停在那輛熟悉的輕馬車後頭。街道上唯一的聲音，就是學園兩層樓建築對面一戶廉價租屋打開的窗子裡，傳來一個嬰兒的哭聲。我付了車夫錢，來到街上，看到馬庫斯正坐在學園門口的鐵階梯上抽菸，同時一隻手梳過頭髮。他看到我，緊張地揮手招呼，然後我走到輕馬車旁往車內看了一下。史蒂威正躺在座位上抽菸，看到我時，起身用他的香菸朝我行了個舉手禮。

「摩爾先生，」他友好地說。「不錯，這是警佐平常抽的菸。你應該試試看。」

「謝了，」我說著轉頭看了一下。「我想我會的。賽勒斯人呢？」

「在裡頭，」史蒂威答道，又躺回去。「在幫他們沖咖啡。他們已經忙了好幾個小時了。」他又吸了一口菸，然後把香菸舉向天空。「你知道，摩爾先生，真想不到像紐約市這種臭地方，上頭居然還有那麼多星星。感覺上好像光是這個臭氣，就足以把它們給逼走了……」

我微笑退開來。「有道理，史蒂威。」我說，看著馬庫斯身後的學園一樓窗子：裡頭燈火通明。

我在馬庫斯旁邊坐下來。「你怎麼沒進去？」

他很快搖頭，俊美的長鼻子噴出煙霧。「剛剛進去過。本來以為自己受得了，但是——」

「你不必告訴我，」我說，接了他遞過來的香菸點著了。「我也不想進去。」學園的前門打開一條縫，我回頭看到賽勒斯探出頭來。「摩爾先生？」他說。「你要喝杯咖啡嗎？」

「如果是你的咖啡，賽勒斯，」我回答。「那一定要了。」

他歪著頭沉默地聳聳肩。「我可不敢保證任何事，」他說。「自從腦袋被敲昏以來，我還沒有沖過咖啡。」

「我願意冒這個險，」我回答。「他們在裡頭進行得怎麼樣了？」

「我相信，就要結束了，」賽勒斯回答。「就要結束了……」

但是又過了四十五分鐘，克萊斯勒的開刀房裡才有收工的跡象。這段時間裡，馬庫斯和我就抽菸，喝咖啡，同時以某種拐彎抹角的方式，讓自己逐漸接受我們的任務告終、整個團隊即將解散。無論克萊斯勒和盧修斯在開刀房裡有什麼發現，都不會改變畢全姆已死的事實。隨著黑夜告終而進入清晨，我終於完全明白，這個狀況已經深深影響了我們所有人的一生。

最後，將近五點半時，一樓的門打開，盧修斯走出來。他穿著一件皮革圍裙，上頭沾著各種臭乎乎的液體，有體液也有別的，而且整個人看起來筋疲力盡。

「好吧，」他說，用一條沾了血漬的毛巾擦了雙手。「我想，就這樣了。」他跨坐在我旁邊的階梯，拿出手帕擦著前額，同時賽勒斯跟在後頭出了前門。

「就這樣了？」馬庫斯問，有點火大。「什麼意思，就這樣了？這樣是哪樣，你們發現了什麼？」

「什麼都沒有，」盧修斯說，搖頭閉上眼睛。「從外觀來看，所有一切都完全正常。克萊斯勒正在檢查最後幾個細節，但是……」

我站起來，把菸蒂扔到街道上。「那麼他是對的。」我低聲說，一股寒氣竄上我的後背。

盧修斯弓著身。「根據目前醫學所能判定的範圍，他是對的。」

馬庫斯繼續審視著他弟弟，「你是想破壞這個結論嗎？」他說。「如果他是對的，那他就是對的，別把醫學扯進來。」

盧修斯正要指出他上述說法的一些次要論據，但結果嘆了口氣點頭道：「沒錯，」他吸了口氣。「他是對的。」盧修斯站起來，脫掉圍裙，遞給賽勒斯。「而我，」他繼續說，「我要回家了。他要我們所有人晚上去戴蒙尼寇。十一點半。或許到時候我能吃得下東西。」然後開始朝外走。

「等一下，」馬庫斯說，看著他的弟弟踉蹌離開。「你可不能丟下我，自己走回家——別忘了，你身上有槍。再見，約翰。晚上見了。」

「晚上見，」我點了個頭。「辛苦了，盧修斯！」

盧修斯轉身，敷衍地揮著一隻手。「啊，謝謝，約翰。你也辛苦了。還有莎拉，還有——好吧，晚上見了。」

他們沿著街道漫步離開，一路聊天爭辯，直到走出我的視線。

學園一樓的門再度打開，克萊斯勒走出來，穿上了外套。他的臉色比盧修斯還糟糕：滿臉蒼白，雙眼底下有大大的黑眼圈。他好像還花了好一會兒，才認出我來。

「啊，摩爾，」他終於說。「沒想到你會來。不過，當然，我很高興。」然後他對賽勒斯說：「我們弄完了，賽勒斯。接下來你知道該怎麼做吧？」

「是的，先生。馬車夫和他的貨車應該再過幾分鐘就會到了。」

「他會安排好不讓人看到吧？」克萊斯勒問。

「他非常可靠，醫師。」賽勒斯回答。

「很好。那你可以搭他的車回十七街家裡。我要送摩爾到華盛頓廣場。」

克萊斯勒和我爬上他的馬車，叫醒倒在車裡的史蒂威。他引導著拉車的馬佛瑞吉克掉頭，接著溫柔地催促他向前。我沒逼問克萊斯勒，心知先給他幾分鐘穩定思緒，他就會告訴我的。

「盧修斯告訴你了吧，有關我們什麼都沒發現？」最後他終於問，此時馬車以從容的速度回到百老匯大道，往北行駛。

「是的。」我回答。

「沒有先天畸形或身體創傷，」克萊斯勒繼續平靜地說。「也沒有任何可能造成精神疾病或缺陷的身體異常狀況。從各個方面看，都是個完全正常、健康的腦子。」他往後靠，頭歇在輕馬車後掀折疊的車蓋上。

「你並不失望，對吧？」我問，被他的口氣搞得有點困惑。「畢竟，這證明了你是對的——他沒有發瘋。」

「這顯示我是對的，」克萊斯勒平靜地回答。「但是我們對腦子的了解太少了，摩爾……」他嘆氣，但接著又試圖振作起來。「總之，沒錯，根據目前心理學和醫學的知識，約翰．畢全姆沒有發瘋。」

「那麼，」我說，無奈地意識到克萊斯勒難以從這個成就中得到任何滿足感。「無論有沒有發瘋，他都不再有危險了。這一點比什麼都重要。」

此時史蒂威左轉進入王子街，以便避開郝士頓街和百老匯大道交叉的十字路口。克萊斯勒轉向我，「到了最後，你其實並不覺得很同情他，對吧，摩爾？」

「啊，」我不安地回答。「老實說。我對他的同情，已經超過我願意的程度了。你好像被他的死搞得很心煩。」

「其實不太是因為他的死，」克萊斯勒回答，拿出他的銀菸盒。「而是被他的一生。創造他的那種邪惡和愚蠢。還有我們還沒能真正研究他、他就死掉的事實。這整件事好像都是可悲的徒勞……」

「如果你希望他活著，」我問，看著克萊斯勒點起一根菸。「那你為什麼說你本來就期望康納會跟蹤我們？你明知道他會試圖殺掉畢全姆的。」

「康納，」克萊斯勒說，輕咳一聲。「我得承認，這一夜有一件事是我並不遺憾的。」

「唔——」我試著保持審慎，「——我的意思是，畢竟，他死了。而且他的確救了我們的命。」

「不是那麼回事，」克萊斯勒回答。「傑克・麥馬納斯會阻止畢全姆對我們做出任何真正的傷害——他從頭到尾都在監視的。」

「什麼？那為什麼他等了那麼久？老天在上，我被打掉了一顆牙齒啊！」

「是啊，」克萊斯勒不安地回答，摸著臉上那道小割傷，「他當時差點就出手了。但是我告訴過他，除非他確定有致命的危險，否則不要介入，因為我想盡量多觀察畢全姆的行為。至於康納，我期待他出現，是希望我們能逮捕他。或者……」

克萊斯勒的聲音中有種可怕的決定性和孤寂意味，我知道如果我希望他繼續說下去，就最好改變話題，於是開了口：

「我剛剛碰到凱利了。我想你實在沒有辦法，所以去找他幫忙了？」克萊斯勒點頭，黑色眼珠還是滿懷憤恨。我又說，「他告訴我他為什麼答應幫你。或者應該說，他暗示了。他認為你對這個社會的現狀是個危險。」

克萊斯勒咕噥道。「或許他和孔斯塔克先生應該交換意見。不過如果我對社會是個危險，那他們就更是社會的致死原因。尤其是孔斯塔克。」

我們右轉上了麥都葛街，經過一些小小的、黑暗的餐廳和義大利小餐館，前往華盛頓廣場。我看他再度沉默下來，於是又開口，「拉茲洛，」我說，「你之前跟畢全姆說，你可能有辦法安排一個比較不那麼嚴厲的下場，那是什麼意思？你該不會打算作證說他瘋了，只為了保住他一條命，讓你研究吧？」

「不會的，」克萊斯勒回答。「不過我是打算先去除立即性的危險，然後提出將他判處終身監禁，而不是上電椅或絞刑架。這件事我已經想了好一陣子了，因為他暗中觀察我們辦案、他的信，甚至他謀殺喬瑟夫男孩，全都顯示他渴望跟我們溝通。而今天夜裡，當他開始回答我的問題時，我就知道這是我之前從來沒有碰到過的——一個殺害陌生人的謀殺犯，而且願意談他的罪行。」克萊斯勒又嘆氣，虛弱地舉起雙手。「我們失去了一個大好機會。你要知道，這樣的人很少會討論自己的行為。他們被逮到後，通常都不願意承認自己做過什麼，即使承認了，也不願意討論其中的細節。他們似乎都不曉得該怎麼談。你回想一下畢全姆生前最後說的那些話——他始終無法說出讓他殺人的是什麼原因。但我相信，只要有時間，我可以協助他想出該怎麼表達的。」

我仔細地審視著他。「你明知道他們不會讓你這樣安排的。」克萊斯勒頑固地聳聳肩，不願意承認。「以這件事在政治上的敏感度？」我繼續說。「他會是近年內審判最快的案子，而且幾個星期內就會被吊死。」

「或許吧，」克萊斯勒說。「現在我們永遠不會曉得了。啊，摩爾——有這麼多事情，現在我們永遠不會曉得了……」

「你能不能至少讚許自己找到了這個人？要命，這件事本身就是個相當了不起的成就啊。」

克萊斯勒又聳聳肩。「是嗎？我很懷疑。要是我們沒查到他，他又能躲多久，約翰？」

「多久？唔，我想是很久——要命，他已經暗自殺人很多年了。」

「是啊，」克萊斯勒回答，「但是還能再撐多久？危機是無可避免的——他不可能永遠這樣繼續下去，不會被人發現。他想要被發現，想得不得了。如果要一般人描述這個犯下謀殺案的約翰．畢全姆，他們會說他是個被社會排斥的人，但這種描述再膚淺、再虛假不過了。畢全姆從來無法拋棄人類社會，社會也無法拋棄他，為什麼？因為他是——或許很違背常理，但確實如此——跟這個社會緊密相連。他是社會的產物，是這個社會的愧疚。他活生生提醒了我們，在我們彼此緊密合作、共同生活時，所有曾犯下的隱密罪行。他渴望人類社會，渴望能有機會讓人們看看他們的『社會』對他做了什麼。而奇怪的是，社會也渴望他。」

「渴望他？」我說，此時我們經過華盛頓廣場周邊的安靜地帶。「這是什麼意思？要是他們有機會，就會迫不及待射殺他啊。」

「是的，但是會先把他的身分昭告全世界，」克萊斯勒回答。「我們對畢全姆這樣的人著迷，摩爾——這種人是我們這個社會所有黑暗事物的儲藏處。但是對造就畢全姆變成這樣的事物呢？我們卻予以容忍，甚至樂在其中。」

克萊斯勒的目光再度失焦之時，輕馬車也緩緩停在我祖母的房子外。東方的天空才剛開始發亮，但我祖母家二樓已經有一盞燈亮起。克萊斯勒轉頭看著周圍的街道，看到了那盞燈，於是臉上露出了這個早晨的第一抹微笑。

「你祖母對你參與一樁謀殺案調查有何感想，摩爾？」他問，「她向來對死亡的事情有濃厚的興趣。」

「我還沒告訴她，」我回答。「她以為我的賭博惡習更惡化了。而且考慮過所有狀況之後，我打算讓她繼續這樣想。」我僵硬地跳下人行道。「那麼——今天晚上我們要去戴蒙尼寇餐廳了？」

克萊斯勒點了一下頭。「這樣似乎很適合，嗯？」

「絕對是，」我說。「我要打電話給查理，請他吩咐朗歐佛準備一些非常特別的好菜。總之，我們有資格好好吃一頓。」

克萊斯勒的微笑稍微擴大一點。「沒錯，摩爾，」他說，關上輕馬車的門，朝我伸出手。我握了，然後他又面向前方輕聲說：「好了，史蒂威。」

史蒂威轉頭朝我舉手敬禮，然後馬車繼續駛向第五大道。

47

將近二十四個小時之後，我在戴蒙尼寇餐廳吃了一頓大餐，份量足以餵飽一群騎兵外加他們的馬，然後踉蹌著走回家。我在第五大道飯店前暫停下來，買了一份星期二早版的《紐約時報》。然後我繼續往南走，一邊瀏覽報紙，再度發現魏林上校那些戴著頭盔的年輕掃街人正在嚴密監視我，等著我丟下某張報紙，就可以逮住我。但是我沒理會他們，繼續搜尋著報紙，終於在頭版的右下角找到我想要找的。

那天早上，表維醫院停屍處的守衛發現了一件可怕的事。一具身高超過一八五公分的男性成人屍體被包在防水布裡，放在停屍處後門附近。因為屍體沒穿衣服，所以也沒找到任何可以辨認身分的證件。胸部的一個槍傷顯然是死因，但這具屍體還遭受了進一步的毀損。精確地說，顱骨頂部被打開，裡頭的腦部顯然被解剖過，而且根據停屍處員工的說法，解剖手法顯示是專家所為。防水布上釘了一張字條，說這具屍體就是近日數名男雛妓——或者，以《紐約時報》的說法：「這幾名可憐的少年，據知曾在某些本版不宜提及的下流場所工作」——謀殺案的罪魁禍首。媒體去詢問了羅斯福局長（當天下午我曾在電話裡跟他談過），他證實這名謀殺兇手是在企圖繼續殺人時被殺死。局長說，因為各種重要但未說明的原因，他不能透露兇手的名字或他死亡的任何細節；但是一般公眾應該知道，刑事組的成員參與了辦案，這個案子很確定結束了。

閱讀過這篇報導，我四下看著第五大道，然後發出了一聲頗長的、滿足的叫喊。

過了將近二十三年，回顧起來，我還能感受到那種欣喜的滋味。現在克萊斯勒和我都老了，紐約也變得大不相同——一如我們去拜訪「黑色圖書室」那一夜，J．P．摩根告訴過我們的，一八九六年的紐約，就像整個國家，正處於動盪與蛻變的邊緣。多虧羅斯福和許多他的政治盟友，我們轉變為一個強權大國，紐約更是超越以往，成為全世界的重要中心。犯罪與貪腐仍是城市生活中的堅實基礎，而且有了更務實的外貌——比方保羅．凱利後來就成為勞工組織的領袖。沒錯，還是會有兒童在賣淫時死於邪惡成人的手裡，某些奇怪的地方有時也會出現身分不明的屍體；但是據我所知，像約翰．畢全姆那樣的威脅，在這個城市裡再也不曾出現。我也一直希望，這樣的人不會常常出現；至於克萊斯勒，他當然認為我這樣的信念是自我欺騙。

過去二十三年來，我跟盧修斯和馬庫斯常常見面，跟莎拉就更頻繁了。他們都繼續在犯罪調查的領域發展事業，也都非常成功。甚至還有幾回，我們有機會合作調查了一些小案子，這些事情都成為我最難忘的經驗。但我猜想，沒有一件能像追獵畢全姆那樣。或許隨著羅斯福的過世，這個成就終於可以得到大眾的認可；就算不為別的，也可以提醒我們，在種種誇張的言辭之下，西奧多．羅斯福也擁有寬大的心靈和理智，足以讓這樣史無前例的任務成為可能。

啊，另外或許有人會好奇賽勒斯．芒綽斯和史蒂威．塔格特後來的狀況，我就在此提一下：賽勒斯後來結婚了，而且帶著他太太一起幫克萊斯勒工作。這對夫婦生了幾個小孩，其中一位目前正在哈佛醫學院就讀。至於史蒂威，他成年後就跟克萊斯勒借了些錢，在第五大道飯店對面新蓋的熨斗大樓開了一家菸草店。他生意做得很好，過去十五年，我每次看到他，他嘴裡總是啣著一根香菸。

畢全姆一案才三年後，克羅頓蓄水池——在「老大」湯姆．普拉特實現了他的大紐約方案之後，被新建設的新供水系統取代——就拆除了，原址成為紐約公共圖書館的總館。我看到《紐約時報》一則報導宣佈克羅頓蓄水池即將拆除的消息，於是有天中午休息時間就跑去看一眼。拆除工作從南牆開始，當年我們就在這道牆的頂端，面對調查工作的最後一個挑戰，現在牆被敲掉，露出了一街區寬、兩街區長的巨大人造坑。打掉一面牆之後，這裡看起來一點也不像蓄水池；很難相信它曾經堅實得承受得起幾百萬加侖的水所帶來的驚人壓力。

新版後記

就像大部分絕妙或極糟的事情一樣，《精神病學家》這本書原本從來不該出現的。一九九〇年代初期，我是專門研究軍事史和外交史的歷史學者，而且我對這兩個領域的想法都太過極端，因而難以找到固定的正職。我過去的兩本書——一本是美國國防政策史，另一本是一位關鍵但被忽略的美國傭兵的傳記——得到了不錯的評價，但這些評價並未轉換成可觀的銷售數字。就連我在歷史期刊寫的文章，似乎都會引起爭議，而且我幫《紐約時報》書評版寫的一篇文章中，因為大膽質疑南北戰爭中那些將軍的才華，因而收到了大量攻擊性的信件，打破了該書評版漫長歷史以來單篇文章所創下的紀錄。

而如果我對於過去歷史的言論都會引起反感，那麼對現在、對未來的想法，以及比方某個沒沒無聞的外國組織會發起對美國一場災難性攻擊的可能性，我的看法更是悲觀得根本不要想發表了。

在這樣的狀況下，我開始考慮寫小說，我想告訴任何有興趣聽的人：我的腦子再也無法局限於純粹的事實中。我大學剛畢業時出版過一本長篇小說（寫得很爛），所以我至少知道，如果你想尋找寫作主題，那麼試著想像一本你自己想看、但找不到的書，會是一個聰明的策略。我從小就對犯罪和人類內心世界有興趣，因而決定要寫一本心理驚悚小說，但由於以往撰寫歷史著作的基礎，所以我的研究和進行方法必然會十分縝密。很快地，我就發現，這樣可能會很棘手：要怎麼寫出一個故事，既可以納入我所搜尋到那些扎實科學知識，又不會害讀者和觀眾想拿冰錐刺瞎自己的雙眼呢？

我正在茫然之際，忽然想到一個點子，把焦點集中在兩個人身上：兩個人同樣有童年受虐的經歷，長大後一個變成謀殺兇手，另一個成為追捕這個兇手的獵人。或許我一直就有這個想法；也或許這是源於我開朗又極其憤怒的年輕時代，因而本來就有這類調和自己極端不同兩面的方法。無論源頭是什麼，最迫切需要的，就是知道為什麼這類背景相似的人，最後會變得如此不同。以我看，這就是當時（以及現在）大部分心理驚悚小說搞錯的一點：那些小說根本不是心理研究，而是傳統的「誰殺的」（whodunit）偵探小說，我稱之為敘事縱橫字謎。

從一開始，我跟大部分作者一樣，就想要開創一些與眾不同的東西：以我而言，就是寫一部「為什麼殺人」（whydunit）的小說，即使你很早就知道兇手是誰，依然驚悚效果十足。我想做的，是描繪出人生中一些個人關鍵時刻，會持續建構並強化性格，成為其行動的構成要素；而不是設法編出又一個「行動的動態導致性格」的老式演繹推理故事。（因為如果我們從現代電影中學到任何事，那就是行動未必等於性格。）當我開始尋找有解釋性的構成事件時，忽然想到，或許我可以將自己的個性和經驗，反映在我兩個主要角色的環境中。

身為亨利．亞當斯（他的祖父和曾祖父都曾擔任美國總統，他本人則是早年開創出嚴謹的、學術性美國歷史研究的一員大將）的學生，我很早就接受他的核心觀念：國家是有個性的，就像人一樣，而判定這些集體特徵和行為，是歷史學者最困難、但也最重要的任務。當我開始為我的兩個主要角色尋找歷史上的轉捩點時，我忽然想到，我應該把故事的時代背景設定在美國歷史上的這麼一個時間點：此時心理學剛發展得夠成熟、從原來所屬的哲學裡分出來成為獨立的學門，開始研究人類行為的動態的（也就是說，有意識且自願地）模式，而不僅僅只是功能的（自動而回應式的）動機和行動。簡言之，讓故事獨特的關鍵，可能就是我投注畢生心血的事業：歷史。一切都要取決於找到一個時刻——不光是適合安排一個心理調查者的古老時刻（這類小說已經出現過太多了，有的也寫得不錯，可惜的是，從古羅馬到中世紀英格蘭的，全都有時代錯誤的問題），而是要對照著當時實際的科學進展，讓這樣的調查者顯得真實可信。如果我想在情節和對話上精確運用剛萌芽的鑑識心理學，那麼在美國歷史上可以回溯到多遠？

此時，任何幸運歷史小說家的同伴——愉快的巧合——開始接連出現。顯然，考慮到故事中的科學根源，我所能推到最早的時期，就是威廉．詹姆斯在哈佛大學建立全美第一個心理學實驗室之時：一八七〇年代。沒錯，在此之前已經出現了一些精神病學家和其他心理學專家，但他們頂多都只是擁護自己那套系統的騙子而已。於是，這些人無一曾有系統地受過訓練（甚至根本沒受過訓練）：學院領域都由數位偉大的德國先驅人物們佔領了。

詹姆斯改變了這一切，不是因為他對法律或犯罪心理學有興趣（他沒興趣；其實他很不願意把心理學原則推得太遠，使之脫離了功能的領域，進入像犯罪這麼動態與行為的世界），而是因為他的影響力太普遍了。在十九世紀末、二十世紀初，你如果是一位真正的心理學家，就絕對不可能沒閱讀過他的《心理學原理》並決定自己的立場，他這部驚人的龐大作品，是美國在心理學領域第一部真正的綜合性著作。

至於故事的發生地點，我已經傾向於設定在我出生、長大的紐約市，主要因為這個城市的某些區域一直有瀕臨消失之虞，我希望能協助保存現有的部分（有比〈國家歷史文化保護法〉更被糟蹋的法律嗎？），另外我也希望能協助記錄一八九〇年代西奧多．羅斯福（始終最令我著迷的美國領袖）擔任紐約市警察局局長那短暫但重要的幾年。我小時候曾研讀種種有關羅斯福的資料，因此判斷他在就讀哈佛大學時，很有可能詹姆斯已經創辦了心理學實驗室；但結果，我的運氣太好了。他們兩人不光是湊巧同時間在哈佛，而且羅斯福還修過詹姆斯的課——不是心理學，而是比較解剖學。這表示我想要描繪代表兩股歷史力量的主要人物（心理學進展到動態領域，以及現代犯罪學在紐約市的發展）可以在背景故事的同時同地出現，這麼一來，我就可以設計他們成為主角所認識的人，每隔一陣子就會出現。

接下來，我只需要設計幾個虛構人物，填滿這兩股歷史力量的其他面向，並把他們放在同一個歷史大燉鍋裡，就可以順利進行了。約翰・司凱勒・摩爾和拉茲洛・克萊斯勒於焉誕生：摩爾是西奧多・羅斯福的童年友人，兩人同時期就讀於哈佛大學；而克萊斯勒則是外國出生的主角，同時也是詹姆斯的門生，有才華但內心苦惱。他們每一個人都是通向一個重要世界的導管：摩爾是生活墮落的社會記者，深入這個城市罪惡的陰暗面；而克萊斯勒則是堅定改革的精神病學家，進入精神病院、監獄、貧民窟。加上其他次要角色：立志成為女性偵探的莎拉・霍華德；精通最新鑑識科學的艾薩克森兄弟；還有史蒂威・塔格特和賽勒斯・芒綽斯，則是克萊斯勒處理城市污穢那一面的左右手。隨著我研究早期犯罪學和異常心理學，像是逐漸形成了一副骨架、一個腦子、一根脊椎，在歷史上、科學上，以及（我希望）情感上都頗為可信，這些人物也逐漸充實起來。

整個狀態讓我覺得很興奮，但之前我就曉得，這些東西在商業上未必有太多價值；而且我知道，無論整個點子有多麼吸引人，我的編輯安・戈道夫（Ann Godoff）還是不會願意讓我從紀實作者轉為小說作者。而我的經紀人蘇珊・葛拉克（Suzanne Gluck）也會對我抱著懷疑的態度。我需要一個計畫——其實是另一個計畫，而且就像我要寫的小說一樣拐彎抹角，只是沒那麼精心設計而已……

當時還不是資訊全面爆炸時代，偽造這類東西還沒辦法隨便用筆記型電腦就能完成。不過想像力可以彌補匱乏的部分，而我的想像力此時異常活躍。我當時常用的電腦是一台原版ＩＢＭ個人電腦，那種桌上型的主機上頭放著螢光綠的螢幕，能做的「圖畫」頂多只是一些很基本的向量圖。因此或許不難理解，我構思的計謀因而變得非常巧妙複雜。我決定要給我的經紀人和編輯她們想要的：一個精采的紀實故事。我會把這個故事當成實際的歷史向她們提案，至少一開始是這樣：然後，等她們上鉤了，我再揭露實情——而且希望她們最後不會氣得把我趕出她們各自的辦公室。

就像前面說過的，要實施這樣的計謀，在當時要困難太多了，而且我不確定現在變得這麼簡單是不是好事。我想出來的這個計畫中，當然需要各式各樣假冒的印刷品，但其中最困難的，也是我相信可以發揮臨門一腳作用的，就是一張偽造的照片。更精確地說，是一張「拍攝」於一九一〇年代的照片，裡頭是拉茲洛・克萊斯勒博士去白宮拜訪西奧多・羅斯福，回憶多年前他們共同經歷過的那場冒險：利用種種最新的心理學洞見所發展出來的獨特方法，去追捕一名紐約市的連續殺人兇手。

當然，現在你可以跑出去，隨便抓住幾乎任何一個九歲的小鬼，給他二十元，他兩三下就能幫你做出這樣的剪貼工作，花的時間只有你跟他解釋西奧多・羅斯福是誰的幾分之一：謝了，比爾・蓋茲。但在當時，我得全部用手工：翻閱一本又一本老照片，找出某張可能類似克萊斯勒幾年後模樣的照片（最後挑了作曲家葛利格〔Edvard Grieg〕），並確定比例和光線適合我已經挑好的一張羅斯福坐在橢圓辦公桌前的照片，然後影印（必須出門）夠多份好讓我可以剪貼，試驗又失敗很多次……然後，等到我覺得可以了，就把那些貼在一起的照片以及假造的圖片說明再拿去影印（必須出門），看看整體的效果如何。

以今天的標準來說，一如你會在這篇後記末尾看到的，這張照片很粗糙；但是以一九九二年的標準而言，我敢說那真的很厲害。我準備好提案後，就先找我的經紀人蘇珊試驗。她的反應很完美：對這個想法興奮極了，覺得可以成為歷史暢銷書。然後我告訴她，我想寫成小說。

為什麼？她問。你蒐集的原始素材不夠嗎？

呃——不完全是……

真相揭曉後，蘇珊應付得還不錯，但聽到我想把同樣的騙局拿去跟我的編輯再耍一次，她遲疑了好一會兒。安．戈道夫在接下來幾十年註定會成為現代出版界一位很有份量的人物，但即使在一九九二年，她也還是相當令人敬畏的。簡單來說，拿出版專業的事情去對她耍一個好笑的騙局，可是要有點勇氣的：蘇珊告訴我，我得有心理準備，安對我身為一個作者的認真程度很可能會大打折扣。我說，我知道，但如果這是唯一能說服她考慮讓我寫小說的方式，尤其是這本小說，那麼我就打算要承受後果了。

於是我書面提案了；安也看過了；然後蘇珊和我到安位於中城的辦公室去參加這場重大的面談。安承認這個故事非常有份量；然後我告訴安，我想寫成小說。她擔心起來。老天在上，我為什麼會這樣決定？我查到的初步資料（這個問題我練習過了）不夠嗎？有哪位家族的後代不願意配合嗎？或是——

最後，我再一次說出真相：沒有其他的辦法說出這個故事。因為整個故事是我編出來的。

安冷靜地坐在那裡幾分鐘；然後她一掌狠狠朝辦公桌拍下，大聲說，「該死！從來沒有人敢愚弄我的！」

這個嘛，我緊張地說，這不就表示，這個故事將會成為一本多麼史無前例的、可信的書？

接下來又度過緊張的幾分鐘，安一直譴責地瞪著我；然後，就像日後常常出現的，安的勇氣顯現無遺，我們達成了協議。剩下的就要看我自己了。

然後對於我的讀者，我還有最後一點要說：這本書一開始收到的熱烈支持，當然是讓我難以理解，也無法完全相信的。但《精神病學家》及其續集《黑暗天使》（*The Angel of Darkness*）持續——或者應該說，你們使得這兩本書持續獲得肯定——成為偵探小說和歷史小說界的標準，則是任何作者想像不到的。期待能得到這種反應，就是作者持續寫作的原動力，也因而讓作者能忍受各式各樣隨之衍生的負面影響。但書、讀者和作者之間的關係，應該永遠都是清楚、純粹的。對我來說，從一開始我就得到了讀者這樣的反應。所以即使不為別的，我也應該為這個新版寫一篇後記，以資紀念。

凱勒柏・卡爾
紐約州，櫻原村
二〇〇六年四月

西奧多·羅斯福成為總統之後不久，接見了拉茲洛·克萊斯勒醫師。克萊斯勒此行是為了「最被剝奪公民權利」的兒童和精神病患而請命，希望他們能得到更好的照顧。羅斯福發現，克萊斯勒在一八九六年便已開始泛灰的頭髮，此時已經變得很白；但他的神態還是跟當年一樣。「他還是時而唐突直率、時而殷勤有禮，時而陰鬱、時而溫暖，」羅斯福在這次會面後寫道，「而且他還是興致高昂地談論他對人類心理構成的種種觀點。他的理論就像他的人，還是保持那種令人不安又難以理解的古怪特質。不過由於我們的友誼，也由於他了不起的成就，我永遠都會認真傾聽。」克萊斯勒在羅斯福於一九一九年過世後寫道，「西奧多有兒童那種做出大好事、大蠢事，外加偶爾有點小損害的能力。大家老說『世界』將會懷念他；我確定我會的。」

謝辭

在為本書做初步研究時，我忽然想到，我們現在稱之為「連續殺人」的現象，其實早在人類開始群居而形成社會時，便已經開始了。我這個外行意見獲得肯定、且更深入探索，要多虧David Abrahamsen博士的指點，他是全國研究暴力最優秀的專家之一，對連續殺人方面尤其專精。David Abrahamsen博士於二〇〇二年過世，留下他一生勇敢與深具開創性的大量作品；由於我一直沒有機會適當表達我對他的感恩與深情，所以這個版本除了要獻給忠誠的讀者之外，也要獻給David Abrahamsen博士，以做為對他的紀念。《精神病學家》的成功，要感謝他聰慧的指引。他真的很懂得如何在年老時仍保持年輕的活力。

哈佛大學檔案館、紐約公共圖書館、紐約歷史協會、美國自然史博物館、紐約社會圖書館都提供了我寶貴的協助。

John Coston從很早就建議我研究幾條重要的紐約街道，而且花時間跟我交換想法，非常感激他。

許多作者透過他們關於連續殺人案件與兇手的紀實作品，無意間對本書有所貢獻，其中我不能不感謝的是：Colin Wilson對犯罪的百科全書式歷史；Janet Colaizzi針對一八〇〇年以來精神失常兇殺案的傑出研究；Harold Schechte對惡名昭彰的殺人狂Albert Fish（他寫給Grace Budd之母的那封信，啟發我寫出有關約翰．畢卻姆類似信件的情節）的詳盡調查；Joel Norris針對連續殺人兇手的知名論文；Robert K. Ressler描寫他耗費一生追兇的回憶錄；另外，我還要再度感謝

Abrahamsen博士針對David Berkowitz和開膛手傑克無與倫比的研究。

Tim Haldeman以他訓練有素的雙眼幫我審閱初稿。我珍惜他犀利的評論，更珍惜他的友誼。

一如往常，從我突發奇想到完成全書，我的經紀人蘇珊・葛拉克和我的編輯安・戈道夫始終以善意、老練、深情指引我。所有的作者都該有這樣的經紀人和編輯。Susan Jensen的熟練、速度、好脾氣往往有助於我免於在財務上失控，非常感激她。

Tom Pivinski以他心理學的洞見協助我把夢魘化為文字。他一直是我的磐石。

本書首度出版至今的這些年間，世人和我失去了James Chace，他的忠告和友誼對我所有的作品都太重要了。我至今一直很想念他。

David Fromkin、Rob Cowley、Ezequiel Viñao始終給予我堅定的友誼，我深受恩惠，十分感激。

特別感謝我在Core Four at La Tourette的會員友人：Martin Signore、Debbie Deuble、Yong Yoon。

還要感謝我的家人，尤其是表親Maria and William von Hartz夫婦。

另外，本書初版提獻中引用英國博物學家約翰・雷的句子（譯註），有些人覺得神祕難解，或者顯然就是很不合理，在此我要交代一下：其中「祕密」（其實也不是那麼神祕）就是忠誠。我有幸認識那麼多人，其中一些前面列出的，都能掌握這個概念的本質；而碰到竟然有人覺得這個概念複雜難解，我也覺得很難過。

最後，因為出版社特別出了這個新版本，同時讓我有說明和寫後記的機會，我要特別謝謝Gina Centrello、Jennifer Hershey、Laura Ford、Caitlin Newman、Evan Camfield。

譯註：此段提獻為：那些年老時仍保有年輕心態的人，在年輕時代必然便已十分老成。

Storytella 78

精神病學家

The Alienist

精神病學家 /凱勒柏．卡爾作；尤傳莉譯. -- 初版. -- 臺北市：春天出版國際, 2018.08
面；　公分. -- (Storytella；78)
譯自：The alienist
ISBN 978-957-9609-53-1(平裝)

874.57　　107007484

ISBN 978-957-9609-53-1
Printed in Taiwan

作　者　凱勒柏．卡爾
譯　者　尤傳莉
總編輯　莊宜勳
主　編　鍾靈

出版者　春天出版國際文化有限公司
地　址　台北市大安區忠孝東路4段303號4樓之1
電　話　02-7733-4070
傳　眞　02-7733-4069
E－mail　frank.spring@msa.hinet.net
網　址　http://www.bookspring.com.tw
部落格　http://blog.pixnet.net/bookspring
郵政帳號　19705538
戶　名　春天出版國際文化有限公司
法律顧問　蕭顯忠律師事務所
出版日期　二〇一八年八月初版
　　　　　二〇二一年十一月初版十三刷

定　價　550元

總經銷　楨德圖書事業有限公司
地　址　新北市新店區中興路二段196號8樓
電　話　02-8919-3186
傳　眞　02-8914-5524
香港總代理　一代匯集
地　址　九龍旺角塘尾道64號 龍駒企業大廈10 B&D室
電　話　852-2783-8102
傳　眞　852-2396-0050